Steve Berry
ANTARCTICA

Das Buch

Sein Leben lang dachte der ehemaligen Agent Cotton Malone, dass sein Vater bei einer U-Boot-Explosion im Nordatlantik starb. Aber jetzt erfährt er, dass das U-Boot seines Vaters mit einem geheimen Kernreaktor ausgestattet war und während einer gefährlichen Mission unter dem ewigen Eis der Antarktis verloren ging.

Die Zwillinge Dorothea Lindauer und Christl Falk sind ebenfalls fest entschlossen herauszufinden, was mit ihrem Vater passierte, der im selben U-Boot starb – und sie wissen etwas, das Malone ignoriert: Nachdem Nazi-Offiziere rätselhafte Symbole im Grab von Karl dem Großen entdeckt hatten, erforschten sie noch vor den Amerikanern die Antarktis, um ein Geheimnis zu lüften, das die Zukunft der Menschheit für immer verändern sollte. Mit den beiden Schwestern macht Cotton Malone sich auf die Suche nach der rätselhaften »Sprache des Himmels«, die der Grund war, warum Malones Vater die gefährliche Mission akzeptierte. Verzweifelt versucht Malone herauszufinden, wer den Tod seines Vaters vertuschen will und was die geheimen Schriften mit einer verschollenen Zivilisation verbindet. Allerdings scheint er nicht der Einzige zu sein, der sich für diesen Fall interessiert, und seine Gegner schrecken vor nichts zurück …

Der Autor

Steve Berry war viele Jahre als erfolgreicher Anwalt tätig, bevor er seine Leidenschaft für das Schreiben entdeckte. Mit jedem seiner hochspannenden Thriller stürmt er in den USA die Spitzenplätze der Bestsellerlisten und begeistert Leser in über 50 Ländern. Steve Berry lebt mit seiner Frau in St. Augustine, Florida.

Bei Blanvalet von Steve Berry bereits erschienen:
Der Korse, Das verbotene Reich, Die Washington-Akte, Die Kolumbus-Verschwörung, Das Königs-Komplott, Der Lincoln-Pakt

Besuchen Sie uns auch auf www.facebook.com/blanvalet
und www.twitter.com/BlanvaletVerlag

STEVE BERRY

ANTARCTICA

Thriller

Aus dem Amerikanischen
von Barbara Ostrop

blanvalet

Die englische Originalausgabe erschien 2008 unter dem Titel
»The Charlemagne Pursuit« bei Ballantine Books, New York.

Die Übersetzung des vorangestellten Laotse-Zitats stammt aus: Laozi, Tao-
te-king: das Buch vom Sinn und Leben/Laotse. Übersetzt und mit einem
Kommentar von Richard Wilhelm. 9.Auflage der Neuausgabe, München:
Diederichs 1995 (© Eugen Diederichs Verlag, München 1978)

Der Verlag weist ausdrücklich darauf hin, dass im Text
enthaltene externe Links vom Verlag nur bis zum Zeitpunkt
der Buchveröffentlichung eingesehen werden konnten.
Auf spätere Veränderungen hat der Verlag keinerlei Einfluss.
Eine Haftung des Verlags ist daher ausgeschlossen.

Verlagsgruppe Random House FSC® N001967

2. Auflage
Taschenbuchausgabe Dezember 2016 bei Blanvalet,
einem Unternehmen der Verlagsgruppe Random House GmbH,
Neumarkter Straße 28, 81673 München
Copyright der Originalausgabe © 2008 by Steve Berry
Copyright der deutschsprachigen Ausgabe © 2011 by Blanvalet,
einem Unternehmen der Verlagsgruppe Random House GmbH,
Neumarkter Straße 28, 81673 München
This translation published by arrangement with Ballantine Books,
an imprint of Random House Publishing Group,
a division of Random House, Inc.
Copyright © Vaynich Manuskript, Beinecke Rare Book and
Manuscript Library, Yale University
Umschlaggestaltung: Johannes Frick, Neusäß
Umschlagabbildungen: Shutterstock/Cardaf, Jose Alberto Tejo,
Willyam Bradberry und pixelparticle
Herstellung: wag
Druck und Einband: GGP Media GmbH, Pößneck
Printed in Germany
ISBN 978-3-7341-0393-3
www.blanvalet.de

Für Pam Ahearn und Mark Tavani,
die Träume wahr machen.

Studiere die Vergangenheit, wenn du die Zukunft kennen willst.

– Konfuzius

Die vor alters tüchtig waren als Meister,
waren im Verborgenen eins mit den unsichtbaren Kräften.
Tief waren sie, so dass man sie nicht kennen kann.
Weil man sie nicht kennen kann,
darum kann man nur mit Mühe ihr Äußeres beschreiben.
Zögernd, wie wer im Winter einen Fluss durchschreitet,
vorsichtig, wie wer von allen Seiten Nachbarn fürchtet,
zurückhaltend wie Gäste,
vergehend wie Eis, das am Schmelzen ist,
einfach wie unbearbeiteter Stoff.

– Laotse (604 v. Chr.)

Wer sein Haus zerrüttet, der wird Wind erben.

– Sprüche 11, 29

Prolog

November 1971

Der Alarm schrillte, und Forrest Malone schreckte auf.

»Tiefe?«, rief er.

»Zweihundert Meter.«

»Was liegt unter uns?«

»Weitere siebenhundert Meter kaltes Wasser.«

Angespannt sah er auf die Messanzeigen, Messuhren und Thermometer. In der winzigen Kommandozentrale saß der Seitenrudergänger zu seiner Rechten und der Tiefenrudergänger eingeklemmt zu seiner Linken; beide Männer hatten die Hände um Steuerknüppel gelegt. Die Stromversorgung ging an und aus.

»Auf zwei Knoten verlangsamen.«

Das U-Boot schlingerte im Wasser.

Das Alarmsignal verstummte. In der Kommandozentrale war es plötzlich dunkel.

»Captain, Meldung aus dem Reaktorraum. Bei einem der Regelstäbe hat es einen Kurzschluss gegeben.«

Malone begriff, was passiert war. Der in die störanfällige Anlage eingebaute Sicherheitsmechanismus hatte automatisch die anderen Regelstäbe einfahren lassen – die Schnellabschaltung des Reaktors war eingeleitet worden. Nun gab es nur noch eine mögliche Reaktion. »Auf Batterien umschalten.«

Matte Notleuchten gingen an. Flanders, Malones Leitender Ingenieur und ein energischer und tüchtiger Mann, auf den er sich verlassen konnte, trat in die Kommandozentrale. Malone sagte: »Schießen Sie los, Tom.«

»Ich weiß nicht, wie schwer der Zwischenfall ist oder wie viel Zeit wir zur Reparatur benötigen werden, aber wir müssen den Stromverbrauch senken.«

Die Stromerzeugung war auch schon früher zusammengebrochen, sogar schon mehrere Male, und Malone wusste, dass sie mit Batterien bei vorsichtigem Gebrauch noch für zwei Tage Strom hatten. Auf genau diese Art von Situation hatte seine Mannschaft sich durch rigoroses Training vorbereitet, aber nach einer Notabschaltung musste der Reaktor laut Handbuch innerhalb einer Stunde wieder hochgefahren werden. Falls mehr Zeit verging, musste das Boot zum nächstgelegenen Hafen gebracht werden.

Der aber lag über zweitausend Kilometer entfernt.

»Schaltet alles ab, was wir nicht brauchen«, sagte Malone.

»Captain, es wird schwer werden, das Boot im Gleichgewicht zu halten«, bemerkte der Seitenrudergänger.

Malone kannte das Archimedische Prinzip. Ein Objekt, das genau so viel wog wie eine Wassermenge gleichen Volumens, sank nicht, noch stieg es auf. Vielmehr schwebte es im Wasser. Jedes U-Boot funktionierte nach diesem grundlegenden Prinzip und wurde mit Antriebsmaschinen, die für den nötigen Schub sorgten, unter Wasser manövriert. Ohne Elektrizität hatten sie keinen Antrieb, kein Tiefenruder und konnten keine Fahrt machen. All diesen Problemen wäre durch das Aufsteigen an die Wasseroberfläche leicht zu begegnen gewesen, aber über ihnen war nicht der offene Ozean. Sie steckten unter einer Eisdecke fest.

»Captain, der Maschinenraum meldet ein kleineres Leck im Rohrleitungssystem.«

»Ein kleineres Leck?«, fragte Malone. »Gerade jetzt?«

»Es wurde schon früher entdeckt, aber jetzt, da die Stromversorgung zusammengebrochen ist, wird um die Genehmigung gebeten, ein Ventil zu schließen, um das Leck zu unterbinden, damit ein Schlauch ersetzt werden kann.«

Logisch. »Genehmigt. Und ich hoffe, das waren jetzt die letzten schlechten Nachrichten.« Er wandte sich dem Sonarmann zu. »Ist vor uns irgendetwas?«

U-Boot-Mannschaften lernten von denen, die vor ihnen die Meere befahren hatten, und die Ersten, die mit zugefrorenen Meeren gekämpft hatten, hatten zwei Lektionen weitergegeben: Fahre niemals gegen irgendetwas Gefrorenes, wenn es nicht sein muss. Wenn es sich aber nicht vermeiden lässt, fahre langsam mit dem Bug gegen das Eis, schiebe sanft und bete.

»Voraus ist alles klar«, meldete der Sonarmann.

»Wir beginnen zu treiben«, sagte der Seitenrudergänger.

»Gegensteuern. Aber Vorsicht mit dem Energieverbrauch.«

Plötzlich schoss der Bug des U-Boots nach unten.

»Was zum Teufel …?«, murmelte Malone.

»Hecktiefenruder haben sich auf Abtauchen gestellt«, schrie der Tiefenrudergänger, der aufsprang und heftig am Steuerknüppel zerrte. »Sie reagieren nicht.«

»Blount!«, brüllte Malone. »Helfen Sie ihm.«

Der Angerufene kam aus dem Sonarraum gestürmt und eilte dem Tiefenrudergänger zu Hilfe. Die Abwärtsfahrt wurde noch steiler. Malone hielt sich am Kartentisch fest, während alles, was nicht befestigt war, lawinenartig vorwärtsstürzte.

»Tiefenrudernotkontrolle!«, brüllte Malone.

Die Abwärtsfahrt wurde noch steiler.

»Über fünfundvierzig Grad Neigung«, meldete der Seitenrudergänger. »Tiefenruder ist noch immer auf Abtauchen gestellt. Es funktioniert nicht.«

Malone packte den Tisch fester und kämpfte um sein Gleichgewicht.

»Dreihundert Meter, und es geht noch weiter nach unten.«

Die Tiefenanzeige änderte sich so schnell, dass die Ziffern verschwammen. Das Boot war bis tausend Meter tauchfähig, aber der Meeresgrund näherte sich rasch, und der Außendruck des Wassers stieg – wenn es zu schnell ging, würde der Rumpf implodieren. Aber die Aussicht, mit voller Fahrt den Meeresgrund zu rammen, war auch nicht gerade angenehm.

Es blieb nur noch ein einziger Ausweg.

»Notgang rückwärts. Alle Ballasttanks anblasen.«

Das Boot erzitterte, als die Maschinerie Malones Kommando gehorchte. Die Propeller drehten in die Gegenrichtung und Druckluft donnerte in die Tanks und drängte das Wasser hinaus. Der Seitenrudergänger hielt den Steuerknüppel fest. Der Tiefenrudergänger bereitete sich auf das vor, was, wie Malone wusste, gleich bevorstand.

Das Boot bekam wieder Auftrieb.

Die Fahrt nach unten verlangsamte sich.

Der Bug wanderte nach oben, bis das Schiff wieder horizontal lag.

»Balancieren Sie das Boot aus«, befahl Malone. »Halten Sie uns im Schwebezustand. Ich will nicht aufsteigen.«

Der Tiefenrudergänger reagierte auf sein Kommando.

»Wie weit noch bis zum Meeresgrund?«

Blount kehrte in den Sonarraum zurück. »Siebzig Meter.«

Malones Blick schoss zur Tiefenanzeige hinüber. Achthundert Meter. Der Rumpf ächzte unter dem Druck, hielt aber stand. Sein Blick heftete sich auf die Öffnungsanzeigen. Die Signalleuchten zeigten, dass alle Ventile geschlossen waren und dass es keine Lecks gab. Endlich einmal eine gute Nachricht.

»Setzen Sie uns ab.«

Der Vorteil, den dieses U-Boot gegenüber anderen besaß, bestand darin, dass es auf dem Meeresgrund ruhen konnte. Das war einfach nur eine von vielen Besonderheiten des U-Boots – so wie das ärgerlich heikle Antriebs- und Steuerungssystem, dessen Schwächen ihnen gerade eben eindringlich vor Augen geführt worden waren.

Das U-Boot setzte auf dem Meeresgrund auf.

Alle in der Kommandozentrale wechselten Blicke. Keiner sagte etwas. Das war auch nicht nötig. Malone wusste, was sie dachten: *Das war knapp.*

»Wissen wir, was passiert ist?«, fragte er.

»Der Maschinenraum meldet, dass beim Schließen des Ventils für die Reparatur die normale Steuerung, die Notsteuerung und die Tauchsysteme ausgefallen sind. Das ist noch nie zuvor passiert.«

»Könnten Sie mir etwas erzählen, was ich nicht schon weiß?«

»Das Ventil ist jetzt wieder geöffnet.«

Er lächelte über die ausweichende Antwort seines Leitenden Ingenieurs: *Wenn ich mehr wüsste, würde ich es Ihnen sagen.*

»Okay, sagen Sie den Leuten, dass sie die Reparatur durchführen sollen. Was ist mit dem Reaktor?«

Beim Kampf gegen den unerwarteten Tauchvorgang hatten sie bestimmt massenhaft Batteriestrom verbraucht.

»Noch immer abgeschaltet«, antwortete der Erste Offizier.

Die Stunde, die ihnen für den Neustart des Systems zur Verfügung stand, verstrich schnell.

»Captain!«, rief Blount aus dem Sonarraum. »Wir haben außerhalb des Rumpfs etwas entdeckt. Mehrere feste Objekte. Wir scheinen in einem Feld von Gesteinsbrocken zu liegen.«

Malone beschloss, ein wenig Strom zu opfern. »Kameras und Außenleuchten anschalten. Aber nur ein kurzer Blick, dann machen wir wieder aus.«

Die Videomonitore schalteten sich ein und zeigten klares Wasser, in dem hier und da etwas Lebendiges schwamm. Das U-Boot war von Gesteinsbrocken umgeben, die kreuz und quer auf dem Meeresgrund verstreut lagen.

»Merkwürdig«, sagte einer der Männer.

Auch Malone war es aufgefallen. »Das sind keine Gesteinsbrocken. Es sind behauene Steine. Und zwar große. Kuben und Würfel. Zoomen Sie einen heran.«

Blount bediente die Schalter und richtete die Kamera auf einen der Steine aus.

»Heilige Scheiße«, sagte der Erste Offizier.

In den Stein war etwas eingraviert. Keine Schrift, die Malone kannte. Es war ein abgerundeter, fließender Kursivstil. Einzelne Buchstaben wirkten wie zu Worten zusammengruppiert, aber er konnte nichts lesen.

»Auf den anderen Steinblöcken steht auch etwas«, sagte Blount, und Malone studierte die restlichen Bildschirme.

Sie waren von Verfall umgeben, und die Steinblöcke ragten um sie herum auf wie Geister.

»Schalten Sie die Kameras aus«, befahl Malone. Im Moment war der schwindende Energievorrat seine Hauptsorge, nicht die Neugierde. »Können wir hier ungefährdet liegen bleiben?«, fragte er.

»Wir haben auf einer freien Stelle aufgesetzt«, erklärte Blount. »Alles ist in Ordnung.«

Ein Alarmsignal ertönte. Malone erkannte auf der Anzeige, dass es um die Elektrik ging.

»Captain, Sie werden vorn gebraucht!«, schrie der Erste Offizier über das Fiepen hinweg.

Malone stolperte aus der Kommandozentrale und hastete zu der Leiter, die in den Turm hinaufführte. An deren Fuß stand schon sein Leitender Ingenieur.

Das Alarmsignal verstummte.

Er spürte Hitze, und seine Augen hefteten sich auf das Deck. Nichts Gutes ahnend, bückte er sich und berührte ganz leicht das Metall: höllisch heiß. Das war nicht gut. Unter der Abdeckung lagen hundertfünfzig Silber-Zink-Batterien in einem Aluminiumschacht. Aus bitterer Erfahrung wusste er, dass deren Anordnung weit eher künstlerischen als wissenschaftlichen Gesichtspunkten genügte. Es gab ständig Pannen.

Eine nach der anderen löste ein Maschinist vier Schrauben, welche die Abdeckung an Ort und Stelle fixierten. Diese wurde entfernt, und darunter kam eine wirbelnde Rauchwolke zum Vorschein. Malone begriff sofort, wo das Problem lag: Die Kaliumhydroxidlösung in den Batterien war übergelaufen.

Wieder einmal.

Krachend wurde die Abdeckung wieder eingesetzt. Aber das würde ihnen nur einige wenige Minuten erkaufen. Bald würde das Ventilationssystem den beißenden Qualm im ganzen U-Boot verteilen, und da sie nicht lüften konnten, würden sie bald alle tot sein.

Malone rannte in die Kommandozentrale zurück.

Er wollte nicht sterben, aber ihre Optionen schwanden rasch. Seit sechsundzwanzig Jahren diente er auf U-Booten – sowohl auf diesel- als auch auf atomgetriebenen. Nur einer von fünf Bewerbern schaffte es auf die U-Bootsschule der Marine, denn körperliche Untersuchungen, psychologische Interviews und Reaktionstests loteten die Grenzen der Rekruten aus. Die silbernen Delphine hatte ihm sein erster Kapitän angesteckt, und er selbst hatte diese Ehre seitdem vielen angehenden Offizieren erwiesen.

Er wusste also Bescheid.

Das Spiel war aus.

Sonderbarerweise erfüllte ihn nur ein einziger Gedanke, als er die Kommandozentrale betrat und sich darauf vorbereitete, wenigstens so zu tun, als hätten sie eine Chance. Der Gedanke an seinen Sohn. Der war zehn Jahre alt. Und würde ohne Vater aufwachsen.

Ich liebe dich, Cotton.

ERSTER TEIL

ERSTER TEIL

1

Garmisch, Deutschland
Dienstag, 11. Dezember, Gegenwart
13.40 Uhr

Cotton Malone hasste es, eingeschlossen zu sein.

Sein derzeitiges Unbehagen wurde noch dadurch gesteigert, dass die Gondel der Seilbahn gerammelt voll war. Die meisten Passagiere hatten Urlaub, waren farbenfroh gekleidet und hatten Skier und Skistöcke geschultert. Alle möglichen Nationen waren vertreten. Einige Italiener, ein paar Schweizer, eine Handvoll Franzosen, aber überwiegend Deutsche. Er war als einer der ersten Passagiere eingestiegen und hatte sich, um sein Unbehagen zu bekämpfen, an eines der vereisten Fenster gestellt. Dreitausend Meter weiter oben zeichnete sich die näher kommende Zugspitze als Silhouette vor dem stahlblauen Himmel ab; der eindrucksvolle graue Gipfel war mit spätherbstlichem Schnee bedeckt.

Es war nicht klug gewesen, diesem Ort zuzustimmen.

Die Gondel setzte ihre schwindelerregende Fahrt fort und kam an einer von mehreren Stahlstützen vorbei, die aus den zerklüfteten Felsen aufragten.

Er war entnervt und nicht nur wegen des Gedränges in der Gondel. Oben auf Deutschlands höchstem Gipfel erwarteten ihn die Geister der Vergangenheit. Er hatte diese Begegnung seit Jahrzehnten vermieden. Menschen wie er, die ihre Vergangenheit so entschlossen begraben hatten, sollten ihr nicht so mir nichts, dir nichts wieder aus dem Grab helfen.

Und doch tat er jetzt genau das.

Die Vibrationen hörten auf, als die Gondel in die Gipfelstation einfuhr und hielt.

Die mit Skiern beladenen Fahrgäste strömten zu einer anderen Bergbahn, die sie weiter abwärts in ein Bergtal bringen würde, wo ein Chalet und Skihänge auf sie warteten. Malone fuhr nicht Ski, das hatte er noch nie getan und hatte es auch in Zukunft nicht vor.

Das Besucherzentrum war mit einem gelben Schild als Münchner Haus gekennzeichnet. Die eine Hälfte des Gebäudes wurde von einem Restaurant eingenommen, in der anderen befanden sich ein Vortragssaal, ein Imbiss, Andenkenläden und eine meteorologische Beobachtungsstation.

Er schob sich durch die dicken Glastüren und trat auf eine von einer Brüstung eingefasste Terrasse. Die frische Alpenluft stach ihm in die Lippen. Stephanie Nelle zufolge sollte seine Kontaktperson ihn auf der Aussichtsplattform erwarten. Eines war offensichtlich. Die fast dreitausend Höhenmeter verliehen diesem Treffen zweifellos eine zusätzliche private Note.

Die Zugspitze lag an der Grenze. Südwärts in Richtung Österreich erhob sich eine Kette verschneiter Felsgipfel. Im Norden erstreckte sich ein von Felsspitzen umschlossenes Tal. Ein eisiger Nebelschleier verbarg das deutsche Städtchen Garmisch mit dem dazugehörigen Partenkirchen vor den Blicken. Beide Orte waren Sport-Mekkas, und in der Region waren nicht nur Skifahren, sondern auch Bobschlittenfahren, Eislauf und Eisstockschießen im Angebot.

Weitere Sportarten, die Malone immer gemieden hatte.

Die Aussichtsplattform lag verlassen da, abgesehen von einem älteren Paar und ein paar Skifahrern, die offensichtlich um des schönen Ausblicks willen hier Halt machten. Malone war hierhergekommen, um ein Geheimnis zu lüften, das ihm auf der Seele lag, seit die Männer in Uniform damals gekommen waren, um seine Mutter über den Tod ihres Mannes zu informieren.

»*Der Kontakt mit dem Unterseeboot ist vor achtundvierzig Stunden verloren gegangen. Wir haben Such- und Rettungsschiffe in den Nordatlantik geschickt, die die letzte bekannte Position abgesucht haben. Wrackteile wurden vor sechs Stunden gefunden. Wir haben mit der Benachrichtigung der Familien gewartet, bis wir sicher sein konnten, dass es keine Überlebenden gibt.*«

Seine Mutter hatte nicht geweint. Das war nicht ihre Art. Aber das bedeutete nicht, dass sie nicht niedergeschmettert war. Es dauerte Jahre, bevor ihm als Jugendlichem die ersten Fragen kamen. Die Regierung bot ihnen praktisch keine Erklärung an, die über die offiziellen Verlautbarungen hinausging. Als er bei der Marine anfing, hatte er versucht, Zugang zum Bericht der mit dem Untergang des U-Bootes befassten Untersuchungskommission zu bekommen, hatte aber erfahren müssen, dass dieser streng geheim war. Später, als Agent des Justizministeriums, der auch vertrauliche Dokumente einsehen konnte, hatte er es erneut versucht. Wieder ohne Erfolg. Als Gary, sein fünfzehnjähriger Sohn, in diesem Sommer zu Besuch gekommen war, hatte Malone sich mit neuen Fragen konfrontiert gesehen. Gary hatte mehr über seinen Großvater erfahren wollen und hatte sich besonders für dessen Tod interessiert. Die Presse hatte über den Untergang der USS *Blazek* im November 1971 berichtet, und so hatten sie viele der alten Artikel im Internet nachgelesen. Ihre Unterhaltungen hatten seine alten Zweifel wieder aufleben lassen – und zwar so stark, dass er schließlich beschlossen hatte, etwas zu unternehmen.

Er steckte die geballten Fäuste in die Taschen seines Parkas und ging über die Aussichtsterrasse.

Bei der Brüstung waren Teleskope aufgestellt. Vor einem davon stand eine Frau, deren dunkles Haar zu einem wenig vorteilhaften Knoten aufgesteckt war. Sie war in ein knalliges

Outfit gekleidet, hatte Skier und Skistöcke neben sich abgestellt und betrachtete das tiefer gelegene Tal.

Er ging unauffällig hinüber. Eine Regel hatte er schon vor langer Zeit gelernt: nie etwas überstürzen. Das brachte nur Ärger.

»Eine eindrucksvolle Aussicht«, sagte er.

Sie drehte sich um. »Unbedingt.«

Ihr Teint war zimtbraun, was in Verbindung mit den, wie er fand, ägyptischen Zügen um Mund, Nase und Augen auf Vorfahren aus dem Nahen Osten schließen ließ.

»Ich bin Cotton Malone.«

»Woher wussten Sie, dass ich diejenige bin, die Sie treffen sollen?«

Er deutete auf den braunen Umschlag, der auf dem Sockel des Teleskops lag. »Offensichtlich ist das keine besonders dringliche Mission.« Er lächelte. »Sind Sie einfach nur eine Botin?«

»Etwas in der Art. Ich bin zum Skilaufen hergekommen. Eine Woche Urlaub, endlich einmal. Das wollte ich immer schon mal machen. Stephanie bat mich, das hier«, sie zeigte auf den Umschlag, »mitzunehmen.« Die Frau wandte sich wieder dem Teleskop zu. »Macht es Ihnen etwas aus, wenn ich hier noch zu Ende schaue? Es hat mich einen Euro gekostet, und ich möchte sehen, was dort unten liegt.«

Sie drehte das Teleskop und betrachtete das deutsche Tal, das sich unten über Kilometer hinzog.

»Haben Sie einen Namen?«, fragte Malone.

»Jessica«, sagte sie, das Auge immer noch ans Okular geheftet.

Er griff nach dem Umschlag.

Sie verhinderte den Zugriff mit dem Schuh. »Noch nicht. Stephanie sagte, ich solle Sie eindringlich darauf hinweisen, dass Sie beide damit quitt sind.«

Letztes Jahr hatte er seiner ehemaligen Chefin in Frankreich aus der Patsche geholfen. Zu dem Zeitpunkt hatte sie ihm gesagt, dass sie ihm einen Gefallen schulde und dass er sich dessen klug bedienen solle.

Das hatte er getan.

»Einverstanden. Die Schuld ist beglichen.«

Sie wandte sich vom Teleskop ab. Vom Wind waren ihre Wangen gerötet. »Ich habe im *Magellan Billet* von Ihnen gehört. Sie sind so eine Art Legende. Einer der ursprünglichen zwölf Agenten.«

»Mir war gar nicht bewusst, dass ich so beliebt bin.«

»Stephanie sagte, dass Sie auch bescheiden wären.«

Er war nicht in der Stimmung für Komplimente. Die Vergangenheit erwartete ihn. »Könnte ich die Unterlagen jetzt haben?«

Ihre Augen funkelten. »Klar.«

Er nahm den Umschlag an sich. Der erste Gedanke, der ihm durch den Kopf zuckte, war die Überlegung, wie etwas so Dünnes so viele Fragen beantworten konnte.

»Das muss wichtig sein«, sagte Jessica.

Noch eine Lektion, die er gelernt hat. Übergehe Fragen, die du nicht beantworten möchtest. »Sind Sie schon lange beim Billet?«

»Seit ein paar Jahren.« Sie trat vom Teleskopsockel herunter. »Aber es gefällt mir nicht. Ich denke übers Aussteigen nach. Wie ich hörte, sind auch Sie vorzeitig ausgestiegen.«

So sorglos, wie sie sich verhielt, erschien die Kündigung ihm als ein guter Karriereschritt. Während seiner zwölf Jahre beim Billet hatte er nur drei Mal Urlaub gemacht, und während dieser Zeit war er ständig auf der Hut gewesen. Paranoia war eine der Berufskrankheiten des Agenten, und nach zwei Jahren freiwilligen Rückzugs aus diesem Leben war er noch immer nicht geheilt.

»Viel Spaß beim Skifahren«, wünschte er Jessica.

Morgen würde er nach Kopenhagen zurückfliegen. Heute

wollte er noch in der Gegend bleiben und bei ein paar Läden für seltene Bücher vorbeischauen – eine Berufskrankheit seines neuen Betätigungsfeldes. Er war Buchantiquar.

Mit einem wütenden Blick griff sie nach ihren Skiern und Stöcken. »Das habe ich auch vor.«

Sie verließen die Terrasse und gingen durch das beinahe menschenleere Besucherzentrum. Jessica wandte sich dem Lift zu, der sie ins Bergtal bringen würde. Malone kehrte zur Seilbahn zurück, die ihn dreitausend Meter tiefer am Fuß des Berges absetzen sollte.

Er trat in die leere Gondel, den Umschlag in der Hand. Es gefiel ihm, dass außer ihm keiner in der Gondel war. Doch unmittelbar bevor die Tür sich schloss, eilten ein Mann und eine Frau Hand in Hand herein. Der Seilbahnwart schlug die Tür von außen zu, und die Gondel glitt langsam von der Station weg.

Malone sah aus den vorderen Fenstern.

Eingeschlossensein war schon schlimm genug. Aber in einem engen Raum eingeschlossen zu sein, das war noch schlimmer. Er litt nicht an Klaustrophobie, nein, es ging eher um ein Gefühl verwehrter Freiheit. Er hatte das bisher schon oft genug ertragen – mehr als einmal hatte er sich unter der Erde befunden –, aber sein Unbehagen war einer der Gründe, aus denen er sich vor Jahren, als er zur Navy ging, anders als sein Vater nicht für U-Boote entschieden hatte.

»Mr. Malone.«

Er drehte sich um.

Die Frau stand da, eine Pistole in der Hand.

»Ich nehme diesen Umschlag an mich.«

2

Baltimore, Maryland
09.10 Uhr

Admiral Langford C. Ramsey sprach ausgesprochen gerne zu Menschenmengen. Dass er diese Erfahrung genoss, hatte er zum ersten Mal in der Marineakademie bemerkt, und im Laufe seiner über vierzigjährigen Karriere hatte er ständig nach Möglichkeiten gesucht, diesem Vergnügen nachzugehen. Heute sprach er zur nationalen Versammlung des Kiwanis-Clubs – was für den Chef des Nachrichtendiensts der Marine ein bisschen ungewöhnlich war. Er lebte normalerweise in einer geheimen Welt aus Fakten, Gerüchten und Spekulationen, und über einen gelegentlichen Auftritt vor dem Kongress gingen seine Möglichkeiten zur öffentlichen Rede sonst nicht hinaus. Doch in jüngster Zeit war er mit dem Segen seiner Vorgesetzten verfügbarer geworden. Er sprach honorarfrei und es gab keine Restriktionen für die Presse. Je größer die Zuhörerschaft, desto besser.

Und viele hatten zugegriffen.

Dies hier war sein achter Auftritt in diesem Monat.

»Ich bin heute gekommen, um Ihnen von etwas zu erzählen, worüber Sie mit Sicherheit wenig wissen. Es war lange Zeit geheim. Amerikas kleinstes atomgetriebenes Unterseeboot.« Er sah in die aufmerksame Menge. »Jetzt fragen Sie sich bestimmt: *Spinnt der? Der Chef des Nachrichtendienstes der Marine will uns von einem streng geheimen U-Boot erzählen?*«

Er nickte.

»Genau das habe ich vor.«

»Captain, es gibt ein Problem«, sagte der Seitenrudergänger.

Ramsey war hinter dem Sitz des Tiefenrudergängers immer wieder eingedöst. Der U-Boot-Kapitän, der neben ihm saß, stand auf und konzentrierte sich auf die Kamerabildschirme.

Jede einzelne Außenkamera zeigte Seeminen.

»Heilige Mutter Gottes«, murmelte der Kapitän. »Sofort komplett stoppen. Keinen Zentimeter weiter.«

Der Pilot gehorchte dem Kommando und betätigte eine Reihe von Schaltern. Auch wenn Ramsey damals erst Leutnant war, wusste er doch, dass Sprengstoffe hochempfindlich wurden, wenn sie längere Zeit in Salzwasser lagen. Sie fuhren unmittelbar vor der französischen Küste über den Grund des Mittelmeeres und waren plötzlich von hochgefährlichen Überresten des Zweiten Weltkriegs umgeben. Eine einzige Berührung mit einem der Metallkörper, und NR-1 wäre nicht mehr streng geheim, sondern einfach ausradiert.

Das Boot war die spezialisierteste Waffe der Navy, von Admiral Hyman Rickover forciert und für schlappe hundert Millionen Dollar gebaut. Mit seinen nur fünfzig Metern Länge und vier Metern Breite und einer Besatzung von gerade mal elf Mann war das U-Boot zwar vergleichsweise winzig, steckte aber voller Raffinessen. Das bis tausend Meter tauchfähige Fahrzeug wurde von einem einzigartigen Reaktor angetrieben. Drei Beobachtungsfenster gestatteten eine visuelle Inspektion des Außengeländes, Scheinwerfer unterstützten zahlreiche Außenkameras. Mit Hilfe eines mechanischen Greifarms ließen sich Objekte einholen; ein Manipulatorarm verfügte über Greif- und Schneidewerkzeuge. Im Gegensatz zu Angriffs- oder Raketen-U-Booten war die NR-1 mit einem Turm in knalligem Orange, einem flachen Oberdeck, einem klobigen Kastenkiel und zahlreichen äußeren Zusatzteilen ausgerüstet, darunter zwei ausfahrbare Räder mit alkoholbefüllten LKW-Reifen von Goodyear, die es ihr gestatteten, über den Meeresgrund zu fahren.

»Abwärtsstrahlruder betätigen.«

Ramsey begriff, was sein Kapitän tat. Er hielt den Boots-rumpf auf dem Meeresgrund fest. Das war gut so. Auf den Monitoren waren zahllose Minen zu sehen.

»Anblasen der Tauchzellen vorbereiten«, sagte der Kapitän. »Ich möchte, dass wir lotrecht aufsteigen. Kein Schwanken.«

In der Kommandozentrale war es still, wodurch das Heu-len der Turbinen, das Zischen von Luft, das Quietschen der hydraulischen Flüssigkeit und das Piepen der elektronischen Geräte nur umso deutlicher zu hören war, ein Geräuschpegel, der vor kurzem noch wie ein Beruhigungsmittel auf ihn ge-wirkt hatte.

»Ruhig und stetig«, sagte der Kapitän. »Halten Sie das Boot beim Aufsteigen in der Balance.«

Der Pilot packte die Steuerknüppel.

Das Boot war nicht mit einem Steuerrad ausgestattet. Statt-dessen waren vier Steuerknüppel von Kampfjets umgerüstet worden. Das war typisch für die NR-1. Obgleich Antrieb und Konzeption dem neuesten Stand der Technik entsprachen, ge-hörte die Ausstattung eher ins Steinzeit- denn ins Raumfahrt-zeitalter. Das Essen wurde im billigen Nachbau eines Ofens zubereitet, wie er in Passagierflugzeugen zum Einsatz kam. Der Manipulatorarm war von einem anderen Projekt der Navy übrig geblieben. Das von Langstreckenflugzeugen adaptierte Navigationssystem funktionierte unter Wasser so gut wie gar nicht. Die Mannschaftsquartiere waren beengt, die Toilette fast immer verstopft, und zum Essen gab es nur Fertigmahl-zeiten, die vor dem Aufbruch in einem Supermarkt vor Ort eingekauft worden waren.

»Hatten wir keinen Sonarkontakt zu diesen Minen?«, fragte der Kapitän. »Bevor sie plötzlich da waren?«

»Nein«, antwortete ein Besatzungsmitglied. »Sie sind ganz plötzlich aus der Dunkelheit aufgetaucht.«

Druckluft rauschte in die Tauchzellen, und das U-Boot stieg

auf. Der Pilot hatte beide Hände um die Steuerknüppel gelegt und war darauf vorbereitet, die Lage des Bootes mit Hilfe der Strahlruder zu korrigieren.

Sie mussten nur etwa dreißig Meter aufsteigen, dann waren sie aus der Gefahrenzone.

»Wie Sie sehen, haben wir das Boot aus dem Minenfeld herausgeschafft«, erklärte Ramsey den Versammelten. »Das war im Frühjahr 1971.« Er nickte. »Richtig, das ist lange her. Ich war einer der wenigen, die das Glück hatten, auf der NR-1 zu dienen.«

Er registrierte die verblüfften Blicke.

»Nur wenige Leute wissen über dieses U-Boot Bescheid. Mitte der Sechzigerjahre wurde es unter strenger Geheimhaltung gebaut, selbst die meisten Admiräle wussten damals nichts davon. Es war mit einem verblüffenden Arsenal von Geräten ausgestattet und konnte dreimal tiefer tauchen als jedes andere U-Boot. Es trug keinen Namen, war nicht mit Waffen oder Torpedos ausgerüstet und hatte keine offizielle Besatzung. Seine Missionen waren geheim, und viele bleiben es bis zum heutigen Tag. Noch verblüffender ist, dass das Boot noch heute im Einsatz ist – es ist inzwischen das zweitälteste U-Boot im Dienst, nämlich seit 1969. So geheim wie früher ist es nicht mehr. Heute wird es sowohl zu militärischen als auch zu zivilen Zwecken genutzt. Aber wo immer tief im Ozean menschliche Augen und Ohren vonnöten sind, ist die NR-1 gefragt. Erinnern Sie sich an all diese Geschichten, wie Amerika transatlantische Telefonkabel angezapft und die Sowjets belauscht hat? Das war die NR-1. Als 1976 eine F-14 mit einer neuen Phoenix-Rakete in den Ozean stürzte, barg die NR-1 diese, bevor sie den Sowjets in die Hände fallen konnte. Nach dem Challenger-Unglück war es die NR-1, die die Feststoffrakete mit dem fehlerhaften O-Ring gefunden hat.«

Mit nichts konnte man ein Publikum besser fesseln als mit

solchen Geschichten, und aus seiner Dienstzeit auf dem einzigartigen U-Boot hatte er eine Menge davon auf Lager. Die NR-1 war keineswegs ein technologisches Meisterwerk gewesen, sondern geplagt von Fehlfunktionen. Allein der Erfindungsreichtum ihrer Crew hatte sie in Betrieb gehalten. Die Betriebsanleitung war unbrauchbar gewesen – und so hatte das Motto an Bord *Innovation* geheißen. Beinahe jeder Offizier, der an Bord gedient hatte, war später in eine höhere Position aufgestiegen, Ramsey selbst eingeschlossen. Es gefiel ihm, dass er jetzt von der NR-1 erzählen konnte. Im Rahmen des Rekrutierungsprogramms der Navy wurden Erfolge zur Schau gestellt. Veteranen wie er konnten ihre Geschichten erzählen, und Leute wie jene, die ihm jetzt von ihren Frühstückstischen aus zuhörten, würden ihn später Wort für Wort zitieren. Die Presse, deren Anwesenheit man ihm zugesagt hatte, würde für eine noch weitere Verbreitung sorgen. *Admiral Langford Ramsey, Chef des Nachrichtendienstes der Marine, sagte bei einer Rede vor der nationalen Versammlung des Kiwanis-Clubs ...*

Er hatte eine schlichte Sicht auf das Thema Erfolg.

Erfolg räumte mit Misserfolgen auf.

Bereits vor zwei Jahren hätte er in Pension gehen sollen, doch er war der höchstrangige farbige Angehörige des US-Militärs und der erste bekennende Junggeselle, der je in den Admiralsrang aufgestiegen war. Er hatte sein Vorhaben lange geplant und war äußerst vorsichtig gewesen. Er achtete darauf, dass sein Gesicht so ruhig wie seine Stimme blieb, seine Stirn faltenfrei und sein offener Blick mild und gelassen. Er hatte seine gesamte Karriere in der Marine mit der Präzision eines U-Boot-Navigators geplant. Störungen würde er nicht dulden, insbesondere jetzt nicht, da sein Ziel in Sicht war.

Und so blickte er auf seine Zuhörerschaft und erzählte mit zuversichtlicher Stimme weitere Geschichten.

Doch ein Problem belastete ihn.

Ein mögliches Schlagloch auf seinem Weg.

Garmisch.

3

Garmisch

Malone sah auf die Waffe und bewahrte die Fassung. Er hatte ein bisschen hart über Jessica geurteilt. Offensichtlich war auch er nicht wachsam genug gewesen. Er winkte mit dem Umschlag. »Das hier wollen Sie? Sind nur ein paar Rettet-die-Berge-Broschüren, die ich meiner Greenpeace-Ortsgruppe zuschicken will. Wir bekommen Sonderpunkte für Reisen vor Ort.«

Die Gondel setzte ihre Abwärtsfahrt fort.

»Sehr witzig«, sagte die Frau.

»Ich hatte an eine Karriere als Stand-up-Comedian gedacht. Meinen Sie, das war ein Fehler?«

Genau solche Situationen waren der Grund, warum er sich hatte pensionieren lassen. Ein Agent des *Magellan Billet* verdiente 72 300 Dollar jährlich vor Steuern. Als Buchantiquar machte er mehr Gewinn, und zwar ohne das Risiko.

Zumindest hatte er das geglaubt.

Jetzt wurde es Zeit, zur alten Sichtweise zurückzukehren.

Und auf einen Patzer des Gegners zu warten.

»Wer sind Sie?«, fragte er.

Sie war klein und untersetzt, und ihr Haar wies einen wenig schmeichelhaften, rötlichen Braunton auf. Vielleicht war sie Anfang dreißig. Sie trug einen blauen Wollmantel und einen goldfarbenen Schal. Der Mann trug einen roten Mantel und schien weiter keine Rolle zu spielen. Sie gab ihrem Komplizen einen Wink mit der Waffe und sagte: »Nehmen Sie das.«

Rotmantel sprang vor und riss den Umschlag an sich.

Die Frau warf einen kurzen Blick auf die zerklüfteten Felsen, die an den beschlagenen Fenstern vorbeisausten. Diesen Moment nutzte Malone, um den Pistolenlauf mit einem linken Haken zur Seite zu schlagen.

Sie schoss.

Der Knall dröhnte ihm in den Ohren; die Kugel durchschlug eine der Fensterscheiben.

Kalte Luft strömte herein.

Er verpasste dem Mann einen Faustschlag, so dass dieser zurücktaumelte. Dann umfasste er das Kinn der Frau mit seiner behandschuhten Hand und schlug ihren Hinterkopf gegen das Fenster. Ein Spinnennetz von Rissen bildete sich im Glas.

Ihre Augen klappten zu, und er stieß sie zu Boden.

Rotmantel sprang auf und stürzte sich auf ihn. Zusammen krachten sie gegen die gegenüberliegende Gondelwand und stürzten dann auf den feuchten Boden. Malone wälzte sich zur Seite, um einen Würgegriff um seine Kehle zu lösen. Er hörte, wie die Frau etwas murmelte, und begriff, dass er es bald wieder mit zwei Gegnern zu tun haben würde, von denen einer bewaffnet war. Also öffnete er die Hände und schlug mit den Handflächen auf die Ohren des Mannes. Das mit den Ohren hatte er bei seiner Ausbildung als Navy-Soldat gelernt. Die Ohren waren so ziemlich die empfindlichsten Körperteile. Die Handschuhe waren ungünstig, doch beim dritten Schlag schrie der Mann vor Schmerz auf und ließ seinen Hals los.

Malone stieß den Angreifer mit einem Tritt von sich und sprang auf. Ehe er jedoch den nächsten Schritt einleiten konnte, langte Rotmantel ihm über die Schulter, umklammerte erneut seine Kehle und zwang sein Gesicht gegen eine der Fensterscheiben, wo das überfrierende Kondenswasser eiskalt seine Wangen berührte.

»Keine Bewegung«, befahl der Mann.

Malones rechter Arm war verdreht. Er versuchte, sich zu befreien, doch Rotmantel war stark.

»Keine Bewegung, hab ich gesagt.«

Malone beschloss, vorläufig zu gehorchen.

»Panya, alles in Ordnung mit Ihnen?« Rotmantel versuchte offensichtlich, die Frau auf sich aufmerksam zu machen.

Malones Gesicht war noch immer gegen das Glas gepresst, und sein Blick war nach vorn gerichtet, in Fahrtrichtung der Gondel.

»Panya?«

Malone sah etwa fünfzig Meter entfernt und schnell näher kommend eine der Stahlstützen. Dann merkte er, dass sein linker Arm gegen etwas gequetscht war, das sich wie ein Griff anfühlte. Offensichtlich waren sie bei ihrem Kampf an der Tür gelandet.

»Panya, antworten Sie mir. Alles in Ordnung mit Ihnen? Suchen Sie die Pistole.«

Der Druck auf seine Kehle war enorm, und sein Arm steckte wie in einem Schraubstock. Doch Newton hatte recht. Für jede Aktion gab es eine gleichwertige, entgegengesetzte Reaktion.

Inzwischen waren sie beinahe bei den dünnen Streben der Stahlstütze angelangt. Die Gondel würde so nahe daran vorbeifahren, dass man die Stütze mit ausgestrecktem Arm berühren konnte.

Daher riss er den Türgriff nach oben und öffnete die Tür, wobei er sich gleichzeitig in die eiskalte Luft hinausschwang.

Rotmantel, der damit nicht gerechnet hatte, wurde aus dem Wagen geschleudert und prallte gegen die Stütze. Malone hielt den Türgriff fest umklammert. Sein Angreifer, der zwischen der Gondel und der Stütze eingeklemmt wurde, stürzte in die Tiefe.

Sein Schrei verhallte rasch.

Malone hangelte sich wieder nach drinnen. Mit jedem Atemzug stieß er ein weißes Wölkchen aus. Seine Kehle war mehr als trocken.

Die Frau richtete sich mühsam auf.

Er trat ihr gegen das Kinn, und sie ging wieder zu Boden.

Dann taumelte er nach vorn und sah nach unten.

An der Haltestation der Gondel standen zwei Männer in dunklen Mänteln. Verstärkung? Er befand sich noch dreihundert Meter über ihnen. Unter ihm breitete sich ein dichter Wald aus, der sich über die unteren Berghänge zog, ein dichter Bewuchs immergrüner, dick mit Schnee bedeckter Zweige. Er bemerkte eine Kontrolltafel. Drei Lichter blinkten grün, zwei rot. Er starrte aus dem Fenster und sah, dass eine weitere der hoch aufragenden Stützen sich näherte, deshalb griff er nach der Notbremse und legte den Hebel um.

Ein Ruck ging durch die Gondel, und sie verlangsamte ihre Fahrt, blieb aber nicht vollkommen stehen. Wieder galt Isaac Newtons Gesetz. Die Reibung würde die Vorwärtsbewegung schließlich stoppen.

Er hob den Umschlag auf, der neben der Frau lag, und steckte ihn unter seinen Mantel. Dann griff er nach der Pistole und ließ sie in seine Manteltasche gleiten, trat zur Tür und wartete darauf, dass die Stütze näher kam. Die Gondel bewegte sich im Schneckentempo, aber trotzdem würde der Sprung riskant sein. Tempo und Entfernung abschätzend, sprang er zu einer der stählernen Querstreben, wo er mit seinen behandschuhten Händen Halt suchte.

Unsanft krachte er gegen das Gestell und dämpfte den Aufprall mit seinem Ledermantel.

Zwischen seinen Fingern und der Strebe knirschte Schnee.

Er klammerte sich daran fest.

Die Gondel setzte ihre Abwärtsfahrt fort und blieb etwa dreißig Meter weiter unten stehen. Malone schnappte ein paar Mal nach Luft und hangelte sich dann auf eine Leiter zu, die an der Hauptstütze nach unten führte. Trockener Schnee rieselte herab wie Talkumpuder. Bei der Leiter angekommen, stellte er seine Gummisohlen auf eine schneebedeckte Sprosse. Er sah, wie die beiden Männer in den dunklen Mänteln unten bei der Station eilig wegrannten. Sie bedeuteten Ärger, genau wie er vermutet hatte.

Er stieg die Leiter hinunter und sprang auf den Boden.

Jetzt befand er sich in gut hundertfünfzig Meter Höhe auf dem bewaldeten Hang.

Er stapfte zwischen den Bäumen hindurch und stieß auf eine asphaltierte Straße, die den Hang entlangführte. Vor ihm erhob sich ein von schneebedeckten Büschen umsäumtes, mit braunen Schindeln gedecktes Gebäude. Irgendein Arbeitsgebäude. Dahinter führte die von Schnee geräumte Straße weiter. Er ging zum Tor, das auf das umzäunte Gelände führte. Ein Vorhängeschloss verschloss den Eingang. Plötzlich hörte er einen Motor, der die Straße heraufdröhnte, zog sich hinter einen abgestellten Traktor zurück und beobachtete, wie ein dunkler Peugeot um die Kurve kam und langsamer wurde, um das Gelände rings um das Gebäude zu inspizieren.

Die Waffe in der Hand, wartete Malone kampfbereit ab.

Doch der Wagen beschleunigte wieder und fuhr bergauf weiter.

Malone sah das schwarze Band eines weiteren schmalen Sträßchens, das durch den Wald zur Seilbahnstation hinunterführte.

Er eilte darauf zu.

Hoch oben stand die Gondel noch immer still. In der Kabine lag eine bewusstlose Frau in einem blauen Mantel. Ein toter Mann, der einen roten Mantel trug, lag irgendwo im Schnee.

Beides ging ihn nichts an.

Und was war dann sein Problem?

Nun, die Frage, wer über Stephanie Nelles und seine Angelegenheiten Bescheid wusste.

4

Atlanta, Georgia
07.45 Uhr

Stephanie Nelle sah auf die Uhr. Sie hatte seit kurz vor sieben in ihrem Büro gearbeitet und war Berichte ihrer Agenten durchgegangen. Von ihren zwölf juristisch geschulten Agenten waren derzeit acht im Einsatz. Zwei hielten sich in Belgien auf, als Teil eines internationalen Teams, das mit der Überführung von Kriegsverbrechern betraut war. Zwei weitere waren gerade mit einer Mission, die heikel werden konnte, in Saudi-Arabien eingetroffen. Die restlichen vier waren an verschiedenen Orten Europas und Asiens im Einsatz.

Eine ihrer Agentinnen befand sich jedoch im Urlaub.

In Deutschland.

Das *Magellan Billet* beschränkte sich absichtlich auf wenige Mitarbeiter. Neben dem einen Dutzend Juristen-Agenten beschäftigte die Einheit fünf Verwaltungsassistenten und drei Berater. Stephanie hatte darauf bestanden, dass ihre Mannschaft klein blieb. Je weniger Augen und Ohren, desto weniger undichte Stellen, und in den vierzehn Jahren der Existenz des Billets war es nie gefährdet worden.

Sie wandte sich von ihrem Computer ab und schob ihren Stuhl zurück.

Ihr Büro war schlicht und funktional eingerichtet. Nichts fiel aus dem Rahmen – das wäre nicht ihr Stil gewesen. Sie war hungrig, da sie zu Hause nach dem Aufwachen vor zwei Stunden das Frühstück übergangen hatte. Anscheinend verschwendete sie immer weniger Gedanken auf das Essen. Zum Teil wohl, weil sie allein lebte, und zum Teil auch, weil sie nicht gerne kochte. Sie beschloss, sich einen Happen in der Cafeteria zu besorgen. Natürlich war das Kantinenfraß, aber ihr knurrender Magen wollte gefüllt werden. Vielleicht würde sie sich zu Mittag ein Essen außerhalb des Büros gönnen – gegrillten Fisch oder etwas Ähnliches.

Sie verließ ihren gesicherten Bürotrakt und ging zum Lift. Der vierte Stock des Gebäudes beherbergte das Innenministerium und außerdem eine Abteilung des Gesundheitsministeriums. Das *Magellan Billet* lag hier absichtlich versteckt – JUSTIZMINISTERIUM, JURISTISCHE TASK FORCE stand in unauffälligen Buchstaben an der Tür – und ihr gefiel die Anonymität.

Der Lift kam an. Als die Tür aufging, trat ein hochgewachsener, schlaksiger Mann mit schütterem, grauem Haar und ruhigen blauen Augen heraus.

Edwin Davis.

Er lächelte sie kurz an. »Stephanie. Genau zu Ihnen wollte ich.«

Sie war sofort auf der Hut. Einer der stellvertretenden Nationalen Sicherheitsberater des Präsidenten. Bei ihr in Georgia. Unangekündigt. Das konnte nichts Gutes bedeuten.

»Und es ist erfrischend, Sie einmal nicht in einer Gefängniszelle anzutreffen«, sagte Davis.

Sie erinnerte sich an das letzte Mal, als Davis plötzlich aufgetaucht war.

»Wo wollten Sie denn hin?«, fragte er.

»In die Cafeteria.«

»Was dagegen, dass ich mitkomme?«

»Habe ich die Wahl?«

Er lächelte. »So schlimm ist es nicht.«

Sie fuhren zum ersten Stock hinunter und fanden einen Tisch. Sie trank Orangensaft, während Davis eine Flasche Wasser leerte. Der Appetit war ihr vergangen.

»Möchten Sie mir sagen, warum Sie vor fünf Tagen auf den

Untersuchungsbericht zum Untergang der USS *Blazek* zugegriffen haben?«

Sie verbarg ihre Überraschung. »Es war mir nicht bewusst, dass ich damit das Weiße Haus involvieren würde.«

»Die Akte ist geheim.«

»Ich habe kein Gesetz gebrochen.«

»Sie haben sie nach Deutschland geschickt. An Cotton Malone. Ist Ihnen eigentlich klar, was Sie damit in Gang gesetzt haben?«

Jetzt schrillten bei ihr alle Alarmglocken. »Ihr Informationsnetzwerk ist gut.«

»Das sichert unser aller Überleben.«

»Cotton hat eine hohe Sicherheitseinstufung.«

»Hatte. Er ist pensioniert.«

Jetzt war sie erregt. »Das hat Sie nicht weiter gestört, als Sie ihn letzthin in all diese Probleme in Zentralasien mit hineingezerrt haben. Und das war bestimmt auch streng geheim. Es hat auch den Präsidenten nicht daran gehindert, Cotton zu involvieren, als es um den Orden vom Goldenen Vlies ging.«

Davis' glattes Gesicht legte sich in Sorgenfalten. »Sie wissen nicht, was vor weniger als einer Stunde auf der Zugspitze vorgefallen ist, oder?«

Sie schüttelte den Kopf.

Er stürzte sich in einen umfassenden Bericht und erzählte, dass ein Mann aus einer Seilbahngondel gestürzt war, während ein anderer Mann aus derselben Gondel gesprungen und eine der Stahlstützen hinuntergeklettert war, und dass man eine bewusstlose Frau und ein durchschossenes Fenster vorgefunden hatte, als die Gondel endlich nach unten gebracht worden war.

»Wer von den beiden Männern ist wohl Cotton?«, fragte Davis.

»Ich hoffe derjenige, der entkommen ist.«

Er nickte. »Sie haben die Leiche gefunden. Es war nicht Malone.«

»Woher wissen Sie das alles?«

»Ich habe das Gebiet überwachen lassen.«

Ihre Neugier war geweckt. »Warum denn das?«

Davis leerte sein Wasser. »Ich habe es immer merkwürdig gefunden, dass Malone das Billet so abrupt verlassen hat. Zwölf Jahre war er dabei, und dann ist er einfach so mir nichts, dir nichts komplett ausgestiegen.«

»Dass in Mexico City damals sieben Menschen ums Leben gekommen sind, hat ihn sehr mitgenommen. Und es war schließlich Ihr Chef, der Präsident, der ihn persönlich hat gehen lassen. Eine Revanche für einen geleisteten Gefallen, wie ich es erinnere.«

Davis schien in Gedanken versunken. »Das ist die Währung der Politik. Die Leute denken, dass Geld das System am Laufen hält.« Er schüttelte den Kopf. »Es sind die Gefälligkeiten. Man tut jemandem einen Gefallen und hat Anspruch auf Revanche.«

Sie bemerkte einen sonderbaren Unterton. »Ich habe mich bei Malone für einen Gefallen revanchiert, als ich ihm die Akte gab. Er will über seinen Vater Bescheid wissen …«

»Dazu hatten Sie kein Recht.«

Ihre Erregung machte Verärgerung Platz. »Das sehe ich anders.«

Sie leerte ihren Orangensaft und versuchte, die zahllosen verstörenden Gedanken abzuwehren, die ihr durch den Kopf schwirrten.

»Die Sache liegt inzwischen achtunddreißig Jahre zurück«, erklärte sie.

Davis griff in seine Anzugtasche und legte einen USB-Stick vor ihr auf den Tisch. »Haben Sie die Akte gelesen?«

Sie schüttelte den Kopf. »Ich habe sie nicht angerührt. Ich habe einen meiner Agenten damit beauftragt, eine Kopie auszudrucken und diese Malone zu überbringen.«

Er zeigte auf den USB-Stick. »Sie müssen das hier lesen.«

5

Feststellungen der Untersuchungskommission
zur USS Blazek

Nachdem noch immer keinerlei Spuren der USS *Blazek* gefunden worden sind, konzentrierte die Kommission sich bei ihrem erneuten Zusammentreten im Dezember 1971 auf das Aufzeigen von Optionen statt auf die Ursachenforschung. Im Bewusstsein fehlender physischer Beweisstücke wurde darauf geachtet, die Suche nach der wahrscheinlichsten Ursache des Unglücks nicht von vorgefassten Meinungen beeinflussen zu lassen. Erschwert wurde die Aufgabe durch die hohe Geheimhaltungsstufe, und es wurde streng darauf geachtet, die Vertraulichkeit bezüglich des Unterseeboots und seiner Mission zu wahren. Nach Untersuchung aller bekannten Tatsachen und Umstände im Zusammenhang mit dem Verlust der *Blazek* hält die Kommission Folgendes fest:

Feststellung der Tatsachen

1. USS *Blazek* ist ein fiktiver Name. Das tatsächlich von dieser Untersuchung betroffene Unterseeboot ist die im Mai 1969 in Auftrag gegebene NR-1A. Das Boot wurde im Rahmen eines geheimen Programms zur Entwicklung technisch fortgeschrittener Unterwasserkapazitäten als eines von zwei Unterseebooten gebaut. Weder die NR-1 noch die NR-1A haben einen offiziellen Namen, doch aufgrund der Tragödie und der unvermeidlichen öffentlichen Aufmerksamkeit wurde ein fiktiver Name vergeben. Offiziell bleibt das Boot allerdings die NR-1A. Zum Zwecke der öffentlichen Diskussion wird die USS *Blazek*

als ein technisch fortgeschrittenes U-Boot beschrieben, das im Nordatlantik für unterseeische Bergungsaktionen getestet wurde.

2. Die NR-1A war auf eine Tauchtiefe von tausend Metern ausgelegt. Wartungsberichte erwähnen eine Vielzahl technischer Probleme während des zweijährigen Einsatzzeitraums. Diese wurden nicht als Versagen der Konstrukteure betrachtet, sondern als Herausforderungen eines radikalen Entwurfs, der die Grenzen der U-Boot-Technik auslotet. Die NR-1 hat mit ähnlichen Betriebsproblemen zu kämpfen, was die vorliegende Untersuchung umso dringlicher macht, da dieses Fahrzeug im Einsatz bleibt und etwaige Fehler identifiziert und korrigiert werden müssen.

3. Der Miniaturreaktor wurde ausschließlich für die beiden Boote der NR-Klasse gebaut. Obwohl der revolutionäre Reaktor auch problematisch ist, gibt es am Unglücksort keinen Hinweis auf den Austritt von Radioaktivität, was darauf hinzudeuten scheint, dass das Unglück nicht durch ein katastrophales Reaktorversagen ausgelöst wurde. Natürlich schließt eine solche Feststellung die Möglichkeit eines Versagens der Elektrik nicht aus. Beide Boote der NR-Klasse berichteten wiederholt von Problemen mit den Batterien.

4. Elf Mann befanden sich zum Zeitpunkt des Untergangs an Bord der NR-1A. Oberkommando: Kommandant Forrest Malone; Erster Offizier: Kapitänleutnant Beck Stvan; Navigation: Kapitänleutnant Tim Morris; Funk: E-Maat Tom Flanders; Reaktorsteuerung: E-Maat Gordon Jackson; Reaktorbetrieb: E-Maat George Turner; Bordelektronik: Elektronik-Maat Jeff Johnson; Bordkommunikation: Zentrale-Maat Michael Fender; Sonar und Verpflegungsdienst: Maschinisten-Maat Mikey Blount; Mechanische Abteilung: Zentrale-Maat

Bill Jenkins; Reaktorlabor: Maschinisten-Maat Doug Vaught;
Außenspezialist: Dietz Oberhauser.

5. Der NR-1A zugeschriebene akustische Signale wurden von
Horchstationen in Argentinien und Südafrika aufgefangen. Die
jeweiligen akustischen Signale und Stationen sind auf den fol-
genden Seiten unter dem Titel: »Tabelle der faktischen akustischen Ereignisse« aufgelistet. Die Nummer des akustischen
Ereignisses wurde von Experten als Ergebnis einer Energiefrei-
setzung bestimmt, die viele tiefe Frequenzen und keine erkennbare harmonische Struktur aufweist. Kein Experte konnte feststellen, ob es sich bei dem Ereignis um eine Explosion oder eine
Implosion handelte.

6. Die NR-1A operierte unter dem antarktischen Packeis.
Kurs und Fahrtziel waren dem Flottenkommando nicht bekannt, da die Mission streng geheim war. Zum Zweck der vorliegenden Untersuchung wurden der Kommission die letzten
bekannten Koordinaten der NR-1A als 73 ° S, 15 ° W, ungefähr
150 Meilen nördlich des Norvegia-Kaps mitgeteilt. Der Aufenthalt in derart trügerischen und nicht kartierten Gewässern
hat die Entdeckung physischer Beweisstücke erschwert. Bisher
wurden keine Überreste des Unterseeboots gefunden. Hinzu
kommt, dass die akustische Unterwasserüberwachung in der
Antarktis minimal ist.

7. Eine Untersuchung der NR-1 mit dem Zweck, im Schwes-
terschiff etwaige technische Schwachstellen aufzuspüren,
zeigte, dass die negativen Batteriepole mit Quecksilber be-
schichtet worden waren, um ihre Lebenszeit zu verlängern.
Der Gebrauch von Quecksilber ist in Unterseebooten verboten.
Es ist unklar, warum diese Regel im Falle der NR-Klasse außer
Acht gelassen wurde. Sollten Batterien an Bord der NR-1A
Feuer gefangen haben, was den Reparaturlogbüchern zufolge

sowohl auf der NR-1 als auch auf der NR-1A mehrfach vorgekommen ist, dürften die entstandenen Quecksilberdämpfe sich
als tödlich erwiesen haben. Natürlich gibt es keinerlei Beweise
für ein Feuer oder Batterieversagen.

8. Die USS *Holden* wurde unter dem Kommando von Kapitänleutnant Zachary Alexander am 23. November 1971 zur
letzten bekannten Position der NR-1A geschickt. Laut dem
Bericht eines spezialisierten Erkundungsteams wurden keine
Spuren der NR-1A gefunden. Ausgedehnte Sonarmessungen
erbrachten kein Ergebnis. Radioaktive Strahlung wurde nicht
entdeckt. Eine groß angelegte Such- und Rettungsoperation
hätte möglicherweise ein anderes Ergebnis gezeitigt, doch die
Mannschaft der NR-1A hat vor ihrem Aufbruch eine Opera-
tionsanweisung unterschrieben, in der sie sich damit einverstanden erklärte, dass im Falle einer Katastrophe eine Suche
und Rettung unterbleiben würde. Die Genehmigung für diesen
ungewöhnlichen Vorgang kam unmittelbar vom Oberkommando der Navy. Der Geheimbefehl liegt der Kommission vor.

Einschätzung der Kommission
Auch wenn die NR-1A nicht gefunden wurde, verringert das in
Anbetracht der Tatsache, dass die NR-1 noch immer im Einsatz ist, nicht die Verpflichtung, alle zu korrigierenden Prakti-
ken, Gegebenheiten und Unzulänglichkeiten zu identifizieren
und zu korrigieren. Nach sorgfältigem Abwägen der begrenzten Hinweise kommt die Kommission zu dem Schluss, dass
sich die genaue Ursache oder die Ursachen für den Verlust der
NR-1A nicht bestimmen lassen. Offensichtlich hat sich ein fol-
genschwerer Unfall ereignet, doch die isolierte Lage des Unterseeboots, das Nichtauffinden des Wracks, fehlende Funkverbin-
dungen und die Abwesenheit eines Versorgungsschiffs machen
jedes Urteil der Kommission zum Ablauf des Unfalls zur reinen
Spekulation.

Empfehlungen

Als Teil der fortdauernden Bemühungen, zusätzliche Informationen über die Ursache der Tragödie zu erlangen und eine vergleichbare Havarie der NR-1 zu verhindern, soll, sobald praktisch durchführbar, eine weitere technische Untersuchung der NR-1 mit Hilfe der neuesten Untersuchungsmethoden vorgenommen werden. Zweck einer solchen Untersuchung wäre das Feststellen möglicher Schadensmechanismen, die Evaluation ihrer sekundären Effekte, das Ermitteln von derzeit nicht verfügbaren Daten zur technischen Verbesserung und wenn möglich die Feststellung der Ursache des Unglücks der NR-1A.

Malone saß in seinem Zimmer im Posthotel. Durch die Fenster im ersten Stock sah man jenseits von Garmisch das Wettersteingebirge und die hoch aufragende Zugspitze, doch allein der Anblick dieses fernen Gipfels erinnerte ihn nur allzu deutlich an das, was zwei Stunden zuvor geschehen war.

Er hatte den Bericht gelesen. Zwei Mal.

Die Bestimmungen der Navy sahen vor, dass unmittelbar nach einem Schiffsunglück eine Untersuchungskommission aus Admiralen einberufen wurde, die die Aufgabe hatte, die Wahrheit herauszufinden.

Doch diese Untersuchung war eine Farce gewesen.

Sein Vater hatte sich auf keiner Mission im Nordatlantik befunden. Und die USS *Blazek* existierte nicht einmal. Stattdessen war sein Vater an Bord eines streng geheimen U-Boots in der Antarktis unterwegs gewesen und hatte weiß Gott was getan.

Malone erinnerte sich an das Nachspiel.

Schiffe hatten den Nordatlantik abgesucht, doch es waren keine Wrackteile gefunden worden. In den Nachrichtensendungen hatte es geheißen, die *Blazek*, ein atomgetriebenes U-Boot, das für Bergungsarbeiten in der Tiefsee getestet wurde, sei implodiert. Malone erinnerte sich, was der Mann in Uniform – kein Vizeadmiral der U-Boot-Flotte, der, wie Malone später erfuhr, der Frau eines Kommandanten normalerweise die Nachricht vom Tod ihres Mannes überbracht hätte, sondern ein Captain aus dem Pentagon – seiner Mutter gesagt hatte: »*Sie waren im Nordatlantik, in vierhundert Meter Tiefe.*«

Entweder hatte der Mann gelogen, oder die Navy hatte *ihn* belogen. Kein Wunder, dass der Bericht geheim gehalten worden war.

Amerikanische Atom-U-Boote sanken nur selten. Seit 1945 war das erst drei Mal vorgekommen. Die *Thresher* war aufgrund des Bruchs einer Rohrleitung gesunken. Die *Scorpion* durch eine ungeklärte Explosion. Und die *Blazek* aus unbekanntem Grund. Oder genauer gesagt, die NR-1A aus unbekanntem Grund.

In jedem einzelnen der Presseartikel, die er im Sommer ein zweites Mal mit Gary gelesen hatte, war vom Nordatlantik die Rede gewesen. Dass kein Wrack gefunden wurde, erklärte man mit der Wassertiefe und dem von tiefen Schluchten durchzogenen Meeresgrund. Malone hatte da schon immer seine Zweifel gehabt. In großer Tiefe wäre der Rumpf geborsten und das U-Boot vollgelaufen, so dass irgendwann Wrackteile an die Oberfläche hätten aufsteigen müssen. Die Navy hatte auch die Meere nach Geräuschen abgehorcht. Die Untersuchungskommission stellte fest, dass akustische Signale aufgefangen worden waren, aber diese Geräusche erklärten praktisch nichts, und in diesem Teil der Welt wurde zu wenig gehorcht, als dass es von Belang gewesen wäre.

Verdammt.

Er hatte in der Navy gedient, war freiwillig eingetreten, hatte einen Eid abgelegt und ihn gehalten.

Die Navy dagegen nicht.

Als irgendwo in der Antarktis ein U-Boot gesunken war, hatte keine Flottille von Schiffen das Gebiet abgesucht und den Meeresgrund mit Sonar abgetastet. Für die Beurteilung der Ursache hatte man nicht Ordner voller Zeugenberichte, Karten, Zeichnungen, Briefe, Fotos oder Operationsanweisungen gesammelt. Man hatte nur ein einziges jämmerliches Schiff losgeschickt, ihm drei Tage Zeit für die Untersuchung eingeräumt und einen nichtssagenden vierseitigen Bericht verfasst.

In der Ferne läuteten Glocken.

Er hätte am liebsten mit der Faust die Wand durchschlagen. Aber was hätte das genützt?

Stattdessen griff er nach seinem Handy.

6

Captain Sterling Wilkerson von der US Navy blickte durch die vereiste Fensterscheibe auf das Posthotel. Er saß diskret auf der gegenüberliegenden Straßenseite in einem gut besuchten McDonald's. Draußen gingen Passanten vorbei; alle waren gegen die Kälte und den beständig fallenden Schnee eingemummelt.

Garmisch war ein Gewirr verstopfter Straßen und Fußgängerzonen. Der ganze Ort kam ihm vor wie eine dieser Spielzeugstädte im Spielzeugladen, mit bunt bemalten, in weißer Watte halb verborgenen Alpenhäuschen, die dick mit Plastikschneeflocken bestreut waren. Die Touristen kamen sicherlich wegen der Atmosphäre und der nahegelegenen Skihänge. Er war wegen Cotton Malone gekommen und hatte vorhin zugesehen, wie der Exagent des *Magellan Billet*, inzwischen Buchhändler in Kopenhagen, einen Mann getötet hatte und dann aus einer Seilbahngondel gesprungen, auf den Erdboden geklettert und in seinem Mietwagen geflüchtet war. Wilkerson war ihm gefolgt, und als Malone direkt zum Posthotel gefahren und drinnen verschwunden war, hatte er auf der Straßenseite gegenüber Stellung bezogen und sich beim Warten ein Bier genehmigt.

Er wusste alles über Cotton Malone.

Dieser stammte aus Georgia und war achtundvierzig Jahre alt. Ehemaliger Marineoffizier. In Georgetown hatte er ein Jurastudium abgeschlossen. Anschließend hatte er im Judge Advocate General's Corps gedient und war Agent des Justizministeriums gewesen. Vor zwei Jahren war Malone in eine Schießerei in Mexico City verwickelt und zum vierten Mal bei der Ausübung seiner Pflichten verwundet worden, womit offensichtlich das Maß voll gewesen war, denn er hatte beschlossen, vorzeitig aus dem Dienst auszuscheiden, was der Präsident persönlich genehmigt hatte. Malone hatte dann sein Offizierspatent zurückgegeben und war nach Kopenhagen gezogen, wo er ein Buchantiquariat eröffnet hatte.

All das konnte Wilkerson verstehen.

Zwei Dinge aber verwirrten ihn.

Zum einen der Name *Cotton*. In der Akte war Malones amtlicher Name als *Harold Earl* festgehalten. Der ungewöhnliche Spitzname war nirgends erklärt.

Und zum anderen fragte er sich, wie wichtig Malones Vater war. Oder genauer gesagt die Erinnerung an ihn. Der Mann war vor achtunddreißig Jahren gestorben.

War das immer noch von Bedeutung?

Anscheinend ja, da Malone einen Menschen getötet hatte, um die Unterlagen zu schützen, die Stephanie ihm geschickt hatte.

Wilkerson trank sein Bier.

Draußen fuhr ein Windstoß vorbei und wirbelte die tanzenden Schneeflocken noch heftiger auf. Ein bunter Schlitten tauchte auf, der von zwei tänzelnden Pferden gezogen wurde. Die Fahrgäste waren in karierte Decken gehüllt, und der Kutscher hielt die Zügel fest in der Hand.

Wilkerson verstand einen Mann wie Cotton Malone.

Er selbst war ihm ganz ähnlich.

Einunddreißig Jahre hatte er in der Navy gedient. Nur wenige stiegen zum Kapitän auf, und noch weniger brachten es zur Admiralswürde. Elf Jahre lang hatte er für den Nachrichtendienst der Navy gearbeitet, davon die letzten sechs Jahre in Übersee, wo er in Berlin zum Bürochef aufgestiegen war. Seine Personalakte strotzte von erfolgreich erledigten schwierigen Aufträgen. Gewiss, er war niemals in dreihundert Meter Höhe aus der Gondel einer Seilbahn gesprungen, aber auch er hatte Gefahren in die Augen geblickt.

Er sah auf die Uhr: 16.20 Uhr.

Das Leben war gut.

Die Scheidung von seiner zweiten Frau im letzten Jahr war nicht teuer gewesen. Tatsächlich war seine Ex ohne viel Theater gegangen. Danach hatte er zehn Kilo abgenommen und sein blondes Haar kastanienbraun gefärbt, so dass er jetzt zehn Jahre jünger als seine dreiundfünfzig aussah. Dank eines französischen Schönheitschirurgen, der die Fältchen um seine Augen geliftet hatte, wirkte sein Blick jetzt lebhafter. Ein weiterer Spezialist sorgte dafür, dass er keine Brille mehr tragen musste, während ein Freund, der Ernährungsberater war, ihn lehrte, wie man durch vegetarische Kost seine Vitalität steigerte. Seine Charakternase, die straffen Wangen und die scharfen Gesichtszüge würden lauter Trümpfe sein, wenn er schließlich in den Admiralsrang aufstieg.

Admiral.

Das war das Ziel.

Zwei Mal war er übergangen worden. Mehr Chancen bot die Navy einem normalerweise nicht. Doch Langford Ramsey hatte ihm eine dritte Chance versprochen.

Sein Handy vibrierte.

»Inzwischen hat Malone die Unterlagen gelesen«, sagte eine Stimme.

»Jedes einzelne Wort, da bin ich mir sicher.«

»Bringen Sie ihn in Bewegung.«

»Männer wie ihn kann man nicht antreiben«, gab er zurück.

»Aber man kann sie lenken.«

»Das alles hat doch schon zwölfhundert Jahre gewartet, bis es gefunden wurde.« Dies musste er einfach sagen.

»Dann lassen Sie es jetzt nicht noch länger warten.«

Stephanie saß an ihrem Schreibtisch und beendete die Lektüre des Berichts der Untersuchungskommission. »Die ganze Sache ist gefälscht?«

Davis nickte. »Dieses U-Boot war überhaupt nicht im Nordatlantik.«

»Welchen Sinn hatte das denn?«

»Rickover hat zwei NR-Boote bauen lassen. Die waren sein Lebenswerk. Er hat auf dem Höhepunkt des Kalten Krieges ein Vermögen für sie aufgewendet, und keiner hat auch nur eine Sekunde lang gezögert, zweihundert Millionen Dollar auszugeben, um die Sowjets abzuhängen. Aber er hat an allen Ecken und Enden gespart. Sicherheit war nicht die Hauptsorge, es ging um Ergebnisse. Zum Teufel, es wusste ja kaum jemand auch nur, dass diese U-Boote existierten. Aber der Untergang der NR-1A warf auf vielen Ebenen Probleme auf. Das U-Boot selbst. Die Mission. Viele peinliche Fragen. Also versteckte sich die Navy hinter dem nationalen Sicherheitsinteresse und erfand eine Deckgeschichte.«

»Es wurde nur ein einziges Schiff losgeschickt, um nach Überlebenden Ausschau zu halten?«

Davis nickte. »Ich stimme Ihnen zu, Stephanie. Malone hat das Recht, das hier zu lesen. Die Frage ist aber, ob er es auch wirklich tun sollte.«

Ihre Antwort kam ohne jedes Zögern. »Unbedingt.« Sie erinnerte sich an ihren eigenen Schmerz wegen der ungelösten Fragen über den Selbstmord ihres Mannes und den Tod ihres Sohnes. Malone hatte ihr geholfen, diese quälenden Fragen zu klären, und genau das war der Grund, warum sie ihm etwas schuldig gewesen war.

Ihr Schreibtischtelefon summte. Einer ihrer Mitarbeiter sagte, dass Cotton Malone am Apparat sei und mit ihr zu sprechen wünsche.

Sie und Davis wechselten einen erstaunten Blick.

»Schauen Sie mich nicht an«, sagte Davis. »Nicht ich habe ihm diese Unterlagen gegeben.«

Sie nahm den Hörer ab. Davis zeigte auf eine Lautsprecherbox. Das gefiel ihr zwar nicht, doch sie aktivierte das Gerät, so dass er mithören konnte.

»Stephanie, lass mich einfach sagen, dass ich im Moment nicht in der Stimmung für irgendeinen Scheiß bin.«

»Ebenfalls hallo.«

»Hast du das Dokument gelesen, bevor du es mir geschickt hast?«

»Nein.« Das war die Wahrheit.

»Wir sind jetzt schon lange befreundet. Ich weiß zu schätzen, dass du das für mich getan hast. Aber ich brauche noch etwas anderes, und ich will keine Fragen hören.«

»Ich dachte, wir wären quitt«, versuchte sie es.

»Setz es auf meine Rechnung.«

Sie wusste schon, was er wollte.

»Es geht um ein Schiff der Navy«, sagte er. »Die *Holden*. Im November 1971 wurde sie in die Antarktis geschickt. Ich möchte wissen, ob der Kapitän noch lebt – es handelt sich um einen Mann namens Zachary Alexander. Falls ja, wo ist er jetzt? Und falls nein, lebt dann noch irgendeiner seiner Offiziere?«

»Du wirst mir wohl nicht sagen, warum?«

»Hast du das Dokument inzwischen gelesen?«, fragte er.

»Warum fragst du?«

»Du hast es gelesen, das höre ich deiner Stimme an. Dir ist also klar, warum ich es wissen will.«

»Ich habe vor kurzem das mit der Zugspitze erfahren. Da habe ich beschlossen, das Dokument zu lesen.«

»Hattest du Leute da? Am Boden?«

»Nicht meine eigenen.«

»Wenn du den Bericht gelesen hast, weißt du, dass die Schweine gelogen haben. Sie haben dieses U-Boot einfach da draußen gelassen. Vielleicht haben mein Vater und die anderen zehn Männer dort auf dem Meeresgrund gelegen und darauf gewartet, dass sie gerettet werden. Aber es ist nie jemand gekommen. Ich möchte wissen, warum die Navy das gemacht hat.«

Er war eindeutig wütend. Sie selbst auch.

»Ich möchte mit einem oder mehreren dieser Offiziere von der *Holden* sprechen«, sagte er. »Suche sie für mich.«

»Kommst du her?«

»Sobald du sie gefunden hast.«

Davis signalisierte mit einem Nicken seine Zustimmung.

»Okay. Ich finde heraus, wo sie sich aufhalten.«

Sie hatte diese Farce satt. Edwin Davis war ja nicht grundlos hier. Malone war offensichtlich manipuliert worden. Und sie selbst übrigens ebenfalls.

»Da ist noch etwas«, sagte er, »wo du schon über den Vorfall in der Seilbahn Bescheid weißt. Die Frau, die da war – ich habe ihr einen Schlag auf den Kopf versetzt, aber ich muss sie finden. Wurde sie in Haft genommen? Oder hat man sie laufen lassen? Was ist mit ihr?«

Sie rufen ihn zurück, flüsterte Davis lautlos mit deutlichen Lippenbewegungen.

Genug. Malone war ihr Freund. Er hatte ihr zur Seite gestanden, als sie ihn wirklich gebraucht hatte, und so war es jetzt an der Zeit, ihm zu sagen, was ablief – Edwin Davis hin oder her.

»Schon gut«, sagte Malone plötzlich.

»Was meinst du?«

»Ich habe sie gerade gefunden.«

7

Garmisch

Malone stand am Fenster im ersten Stock und sah auf die geschäftige Straße hinunter. Panya, die Frau aus der Seilbahn, ging ganz gelassen auf einen verschneiten Parkplatz vor einem McDonald's zu. Das Schnellrestaurant lag halb verborgen in einem Gebäude im bayrischen Stil, und nur das Zeichen mit den goldgelben Bögen und ein paar Fensterdekorationen kündeten diskret von seiner Anwesenheit.

Er ließ den Spitzenvorhang zufallen. Was tat diese Frau hier? War sie vielleicht geflohen? Oder hatte die Polizei sie einfach gehen lassen?

Hastig griff er nach seiner Lederjacke und den Handschuhen und steckte die Pistole, die er ihr abgenommen hatte, in eine seiner Jackentaschen. Sich vorsichtig, aber nach außen hin lässig bewegend, verließ er das Hotelzimmer und ging ins Erdgeschoss hinunter.

Draußen war die Luft so eisig wie im Inneren einer Gefriertruhe. Sein Mietwagen parkte ein paar Schritte neben der Tür. Auf der anderen Straßenseite sah er, dass der dunkle Peugeot, auf den die Frau zugegangen war, gerade mit gesetztem rechtem Blinker aus dem Parkplatz ausscheren wollte.

Er sprang in seinen Wagen und folgte dem Wagen.

Wilkerson schüttete den Rest von seinem Bier runter. Er hatte gesehen, wie sich in dem Fenster im zweiten Stock die Vorhänge geteilt hatten, als die Frau aus der Seilbahn vor dem Restaurant vorbeigeschlendert war.

Timing war wirklich alles.

Er hatte geglaubt, Malone könne man nicht lenken.

Doch da hatte er sich wohl geirrt.

Stephanie war sauer. »Ich mach da nicht mit«, erklärte sie Edwin Davis. »Ich rufe Cotton zurück. Sie können mich ruhig feuern, das ist mir scheißegal.«

»Ich bin nicht in offizieller Eigenschaft hier.«

Sie sah ihn misstrauisch an. »Der Präsident weiß nicht Bescheid?«

Davis schüttelte den Kopf. »Das hier ist persönlich.«

»Dann müssen Sie mir sagen, warum.«

Sie hatte bisher erst ein einziges Mal unmittelbar mit Davis zu tun gehabt, und da war er nicht sehr entgegenkommend gewesen und hatte sogar ihr Leben in Gefahr gebracht. Doch am Ende hatte sie begriffen, dass dieser Mann kein Dummkopf war. Er hatte zwei Doktortitel – einen in Amerikanischer Geschichte, den anderen in Internationalen Beziehungen – und besaß außerdem ein hervorragendes Organisationstalent. Er war immer höflich. Volksnah. Darin ähnelte er Präsident Daniels. Sie hatte gesehen, dass die Leute dazu neigten, Davis zu unterschätzen, und das war auch ihr selbst schon passiert. Drei Staatssekretäre hatten mit seiner Hilfe ihre chaotischen Abteilungen auf Trab gebracht. Inzwischen arbeitete er für das Weiße Haus und half der Regierung durch die letzten drei Jahre ihrer zweiten Amtszeit.

Und doch brach dieser Karrierebürokrat nun offen die Regeln.

»Ich dachte, ich wäre hier das einzige schwarze Schaf«, sagte sie.

»Sie hätten Malone dieses Dokument nicht zukommen lassen dürfen. Aber nachdem ich davon erfahren hatte, habe ich mir gesagt, dass ich durchaus Hilfe gebrauchen kann.«

»Wozu?«

»Ich schulde jemandem etwas.«

»Und jetzt sind Sie in der Position, Ihre Schulden zu be-
gleichen? Mit Ihrem Rückhalt im Weißen Haus?«

»So ungefähr.«

Sie seufzte. »Was wollen Sie von mir?«

»Malone hat recht. Wir müssen uns mit der *Holden* und
ihren Offizieren befassen. Falls einige von ihnen noch leben,
müssen wir sie finden.«

Malone folgte dem Peugeot. Zu beiden Seiten der Landstraße
ragten von Schnee gestreifte, sägezahnförmige Berge auf. Es
ging in nördlicher Richtung auf einer ansteigenden, kurvenrei-
chen Straße aus Garmisch hinaus. Hohe Bäume mit schwarzen
Stämmen säumten die Straße und bildeten eine malerische
Szenerie, die einer Beschreibung im Baedeker würdig gewesen
wäre. So weit im Norden brach im Winter die Dunkelheit früh
herein – es war noch nicht einmal fünf Uhr, und das Tageslicht
war schon halb verschwunden.

Er nahm die Landkarte vom Beifahrersitz und stellte fest,
dass vor ihnen ein Tal durchs Ammergebirge führte, das sich
am Fuß des über eintausendsechshundert Meter hohen Ettaler
Mandl kilometerweit hinzog. In der Nähe des Ettaler Mandl
war auf der Karte ein Dorf verzeichnet, und mit gedrosselter
Geschwindigkeit fuhren sowohl er selbst als auch der Peugeot
dort hinein.

Malone beobachtete, wie die Verfolgte unvermittelt auf einen
Parkplatz vor einem großen, weißen Gebäude einbog, einem
zweigeschossigen, symmetrischen und mit Rundbogenfenstern
versehenen Bauwerk. In seiner Mitte ragte eine hohe Kuppel
auf, die links und rechts von zwei kleineren Türmen flankiert
wurde. Das Dach war mit schwarzem Kupfer gedeckt, und das
ganze Gebäude war mit Scheinwerfern angestrahlt.

Auf einem Bronzeschild stand KLOSTER ETTAL.

Die Frau stieg aus und verschwand unter dem Rundbogen
eines Portals.

Malone parkte und folgte ihr.

Die Luft war merklich kälter als in Garmisch, was an der größeren Höhe lag. Er hätte einen wärmeren Mantel mitnehmen sollen, aber er hasste Mäntel. Das stereotype Bild des Spions im Trenchcoat war lächerlich. Die Dinger schränkten die Bewegungsfreiheit ein. Er steckte die behandschuhten Hände in seine Jackentaschen und legte die rechte Hand um die Pistole. Der Schnee knirschte unter seinen Füßen, als er über einen betonierten Durchgang in einen Hof trat, der Fußballfeldgröße hatte und von weiteren barocken Gebäuden umschlossen war. Die Frau eilte über einen ansteigenden Weg auf ein Kirchenportal zu.

Menschen gingen dort ein und aus.

Er versuchte, sie im Laufschritt einzuholen, und rannte durch eine Stille, die nur vom Geräusch seiner auf das vereiste Pflaster treffenden Schuhsohlen und dem Ruf eines Kuckucks in der Ferne durchbrochen wurde.

Durch ein barockes Portal, dessen Giebelfeld mit biblischen Szenen geschmückt war, betrat er die Kirche. Seine Augen wurden sofort zu den Fresken in der Kuppel hinaufgezogen, die sich wie ein Himmel über ihm wölbte. Die Wände waren üppig mit Stuckstatuen, Putten und verschlungenen Ornamenten verziert, und alles glänzte in Schattierungen von Gold, Rosa, Grau und Grün, die zu flackern schienen, als wären sie in steter Bewegung. Er hatte schon früher Rokokokirchen gesehen, die meistens so überladen waren, dass das Gefühl für das Gebäude verloren ging, aber hier war das anders. Die Dekorationen schienen sich der Architektur unterzuordnen.

Leute gingen herum. Manche saßen auf den Kirchenbänken. Die Frau, der er folgte, ging zwanzig Meter rechts von ihm an der Kanzel vorbei auf ein weiteres Portal zu.

Sie trat ein und schloss eine schwere Holztür hinter sich.

Malone blieb stehen und wägte seine Optionen ab.

Er hatte keine Wahl.

Also trat er zu der Tür und packte den eisernen Türgriff. Die rechte Hand hielt er noch immer um die Pistole gelegt, doch er ließ die Waffe in seiner Jackentasche stecken.

Langsam drückte er den Türgriff herunter und schob die Tür auf.

Der Raum dahinter war kleiner, und das Deckengewölbe wurde von schlanken, weißen Säulen getragen. Wieder waren die Wände mit Rokokodekorationen verziert, aber nicht ganz so üppig. Vielleicht war das hier die Sakristei. Ein paar hohe Schränke und zwei Tische stellten die einzige Möblierung dar. Neben einem der Tische standen zwei Frauen – die Frau aus der Seilbahn und noch eine andere.

»Willkommen, Herr Malone«, sagte die unbekannte Frau. »Ich habe Sie erwartet.«

8

Maryland
12.15 Uhr

Das Haus lag verlassen da, kein Mensch hielt sich in den umliegenden Wäldern auf, und doch flüsterte der Wind immer wieder seinen Namen.

Ramsey.

Er blieb stehen.

Es war eigentlich keine richtige Stimme, sondern eher ein Gemurmel, das der Winterwind mit sich trug. Er hatte das Haus durch eine geöffnete Hintertür betreten und befand sich nun in einem geräumigen Salon, in dem mit schmuddeligen, braunen Tüchern verhängte Möbelstücke standen. Durch die Fenster in der gegenüberliegenden Wand war eine große Wiese zu sehen. Er blieb weiter stocksteif stehen und spitzte die

Ohren. Er sagte sich, dass er seinen Namen gar nicht gehört haben konnte.

Langford Ramsey.

War das wirklich eine Stimme oder einfach nur seine Einbildungskraft, die sich von der unheimlichen Umgebung inspirieren ließ? Von der Versammlung beim Kiwanis-Club war er allein nach Maryland aufs Land gefahren. Er trug keine Uniform. Seine Aufgabe als Leiter des Nachrichtendienstes der Navy verlangte ein unauffälligeres Auftreten, und das war der Grund, warum er normalerweise keine offizielle Kleidung trug und auf einen von der Regierung gestellten Chauffeur verzichtete. Nichts auf der kalten Erde draußen ließ darauf schließen, dass letzthin irgendjemand hier vorbeigekommen war, und ein Stacheldrahtzaun war schon vor langem weggerostet. Das Haus war ein verschachtelter Bau mit zahlreichen Anbauten, viele der Fenster waren zerbrochen, und ein klaffendes Loch im Dach wurde offensichtlich von niemandem repariert. Er schätzte das Haus auf neunzehntes Jahrhundert, sicherlich war es einmal ein elegantes Gutshaus gewesen, doch nun zerfiel es rasch zur Ruine.

Der Wind wehte weiter. Laut Wetterbericht sollte im Osten bald Schnee fallen. Er warf einen Blick auf den schmutzigen Holzboden und versuchte, dort Spuren zu entdecken, sah aber nur Hinweise auf seine eigenen Schritte.

Irgendwo hinten im Haus klirrte etwas. War Glas zerbrochen? Schlug Metall aufeinander? Schwer zu sagen.

Genug von diesem Unsinn.

Er knöpfte seinen Mantel auf und zog eine Walther hervor. Er schlich sich nach links. Der Korridor lag in tiefes Dunkel getaucht vor ihm, und ihn fröstelte unwillkürlich. Zentimeterweise schob er sich zum Ende des Gangs vor.

Wieder ein Geräusch. Ein Scharren. Rechts von ihm. Dann ein anderer Laut. Metall auf Metall. Von hinten im Haus.

Offensichtlich gab es zwei Eindringlinge.

Ramsey schlich sich durch den Gang und beschloss, dass ein

rascher Angriff ihm einen Vorteil verschaffen würde, umso mehr, als der unbekannte Eindringling seine Anwesenheit weiter mit einem stetigen metallischen Scheppern verkündete.

Er holte tief Luft, machte seine Pistole schussbereit und stürmte in die Küche.

Von einer der Arbeitsplatten starrte ihm aus drei Meter Entfernung ein Hund entgegen. Es war ein großer Mischling mit rundlichen Ohren und einem gelbbraunen, am Bauch helleren Fell mit weißer Kehle und ebensolcher Schnauze.

Ein Knurren stieg aus der Kehle des Tiers. Es fletschte scharfe Reißzähne, und seine Hinterbeine spannten sich sprungbereit an.

Von vorne im Haus ertönte ein Bellen.

Zwei Hunde?

Der Hund vor ihm sprang von der Arbeitsplatte und rannte durch die Küchentür nach draußen.

Ramsey eilte in den vorderen Bereich des Hauses zurück und sah gerade noch, wie das andere Tier durch einen leeren Fensterrahmen floh.

Ramsey atmete tief aus.

Ramsey.

Es war, als hätte der Wind selbst sich zu Vokalen und Konsonanten geformt. Die Stimme war nicht laut oder deutlich. Sie war einfach nur da.

Oder doch nicht?

Er zwang sich, sein lächerliches Unbehagen zu ignorieren, verließ den Salon im vorderen Bereich des Hauses, folgte einem Gang und kam an weiteren Räumen mit stoffverhüllten Möbeln vorbei, in denen die Tapeten sich stellenweise von den Wänden gelöst hatten. Ein altes Klavier stand aufgedeckt da. Mit Stoff verhängte Gemälde hingen gesichtslos an den Wänden. Neugierig blieb er stehen, um ein paar Bilder zu untersuchen – es waren bräunlich verfärbte Stiche vom Bürgerkrieg. Einer stellte Monticello dar, ein anderer Mount Vernon.

Beim Speisesaal zögerte er und stellte sich vor, wie sich dort vor zwei Jahrhunderten die weißhäutigen Gäste den Bauch mit Beefsteak und warmem Crumb Cake vollgeschlagen hatten. Vielleicht war hinterher im Salon Whiskey-Soda gereicht worden. Dort mochte man eine Partie Bridge gespielt haben, während ein Kohlenbecken den Raum wärmte und mit dem Aroma von Eukalyptus erfüllte. Ramseys Vorfahren waren damals natürlich draußen gewesen und hatten in den Sklavenhütten gefroren.

Er spähte einen langen Korridor entlang. Ein Raum am Ende des Gangs zog ihn vorwärts. Er untersuchte den Boden auf Spuren, aber auf den Brettern war nur Staub zu sehen.

Am Ende des Korridors blieb er im Eingang zu dem Raum stehen.

Wieder fiel sein Blick durch ein schmutziges Fenster auf die kahle Wiese. Wie in den anderen Zimmern war auch hier das Mobiliar mit Tüchern abgedeckt, abgesehen von einem Schreibtisch: Der war aus Ebenholz, alt und verzogen, und die mit Intarsien verzierte Tischplatte war mit graublauem Staub bedeckt. An braungrauen Wänden hingen Hirschgeweihe, und braune Tücher verhängten Wandgestelle, vermutlich Bücherregale. In der Luft schwebten Staubteilchen.

Ramsey.

Das war nicht der Wind.

Er entdeckte, wo die Stimme herkam, eilte zu einem abgedeckten Stuhl und riss das Tuch herunter, was eine weitere nebelartige Staubwolke aufsteigen ließ. Auf dem halb zerfallenen Polster stand ein alter Kassettenrekorder, dessen Kassette halb abgelaufen war.

Er packte seine Pistole fester.

»Wie ich sehe, haben Sie mein Gespenst gefunden«, sagte eine Stimme.

Er drehte sich um und sah einen Mann in der Tür stehen. Der war klein, Mitte vierzig, hatte ein rundes Gesicht; sein

Teint war so blass wie der Schnee, der bald fallen sollte. Das dünne schwarze Haar war gerade gebürstet, und silberne Strähnen schimmerten darin.

Der Mann lächelte. Wie immer.

»War dieses Theater wirklich nötig, Charlie?«, fragte Ramsey, während er seine Waffe wieder einsteckte.

»Das hat viel mehr Spaß gemacht, als einfach nur Guten Tag zu sagen, und ich mochte die Hunde. Es scheint ihnen hier zu gefallen.«

Seit fünfzehn Jahren arbeiteten sie zusammen, dabei kannte Ramsey noch nicht einmal den echten Namen dieses Mannes. Er kannte ihn nur als Charles C. Smith junior, wobei die Betonung auf dem *junior* lag. Er hatte einmal nach Mr. Smith senior gefragt und sich einen halbstündigen Vortrag zur Familiengeschichte anhören müssen, die mit Sicherheit komplett erstunken und erlogen gewesen war.

»Wem gehört dieses Haus?«, fragte Ramsey.

»Inzwischen mir. Hab's vor einem Monat gekauft. Dachte, ein Schlupfwinkel auf dem Land wäre eine kluge Investition. Hab mir überlegt, dass ich es in Ordnung bringe und vermiete. Ich werde es Bailey Mill nennen.«

»Zahle ich Ihnen etwa nicht genug?«

»Man muss diversifizieren, Admiral. Man kann sich nicht einfach darauf verlassen, dass der Gehaltsscheck schon eintreffen wird. Wer sich aufs Alter vorbereiten will, braucht Aktien- und Immobilienbesitz.«

»Es wird ein Vermögen kosten, das in Ordnung zu bringen.«

»Das veranlasst mich zu einer formlosen Anmerkung. Aufgrund unerwartet gestiegener Treibstoffkosten, unvorhergesehen hoher Fahrtkosten und eines allgemeinen Anstiegs der Gemeinkosten und Ausgaben steht eine leichte Tariferhöhung an. Obwohl wir uns bemühen, bei exzellentem Service trotzdem die Kosten niedrig zu halten, verlangen unsere Aktionäre, dass wir eine akzeptable Gewinnmarge einhalten.«

»Sie sind ein Scheißkerl, Charlie.«

»Und außerdem hat mich das Haus ein Vermögen gekostet, deshalb brauche ich mehr Geld.«

Auf dem Papier war Smith ein bezahlter Agent, der spezialisierte Überwachungsdienste in Übersee leistete, wo Lauschangriffe nicht gesetzlich reglementiert waren, insbesondere in Zentralasien und im Nahen Osten. Daher war es Ramsey scheißegal, was Smith berechnete. »Schicken Sie mir eine Rechnung. Und jetzt hören Sie zu. Es wird Zeit zu handeln.«

Er war froh, dass die Vorbereitungen im vergangenen Jahr abgeschlossen worden waren. Sämtliche Unterlagen lagen bereit, die Pläne standen fest. Er hatte gewusst, dass sich irgendwann eine Gelegenheit bieten würde – nicht wann oder wie, aber dass sie sich bieten würde.

Und so war es auch gekommen.

»Fangen Sie mit dem wichtigsten Zielobjekt an wie besprochen. Danach fahren Sie nach Süden und erledigen Nummer zwei und drei.«

Smith salutierte spöttisch. »Zu Befehl, Captain Sparrow. Wir setzen die Segel und suchen den besten Wind.«

Er ging nicht auf den Idioten ein. »Kein Kontakt zwischen uns, bis alle drei erledigt sind. Geräuschlos und sauber, Charlie. Wirklich sauber.«

»Wir bieten bei Nichtzufriedenheit eine Geld-zurück-Garantie. Nichts ist uns wichtiger als zufriedene Kunden.«

Manche Leute schrieben Songs, erdachten Romane, malten, bildhauerten oder zeichneten. Smiths Talent war das Töten. Wäre Charlie Smith nicht der beste Auftragskiller, den er je gekannt hatte, hätte er den nervtötenden Idioten längst erschossen.

Dennoch beschloss er, ihm den Ernst der Lage vollkommen klarzumachen.

Daher spannte er seine Walther und rammte Smith die Mündung ins Gesicht. Ramsey war gut fünfzehn Zentimeter größer, und so starrte er auf Smith hinunter und sagte: »Vermasseln

Sie das nicht. Ich höre mir den Unsinn an, den Sie verzapfen, aber. Vermasseln. Sie. Das. Nicht.«

Smith hob die Hände in gespielter Unterwürfigkeit. »Bitte, Miss Scarlett, nicht schlagen. Bitte nicht schlagen …«

Ramsey mochte keine rassistischen Scherze und hielt die Waffe deshalb weiter auf Smith gerichtet.

Dieser lachte los. »Ach, Admiral, regen Sie sich doch ab.«

Ramsey fragte sich, was wohl dazu nötig war, diesen Mann aus der Fassung zu bringen. Er steckte die Waffe wieder unter seinen Mantel.

»Aber ich habe noch eine Frage«, sagte Smith. »Die ist wichtig. Ich muss das wirklich wissen.«

Ramsey wartete ab.

»Boxershorts oder Slip?«

Genug. Ramsey drehte sich um und verließ den Raum.

Smith lachte wieder los. »Kommen Sie schon, Admiral. Boxershorts oder Slip? Oder gehören Sie zu denen, die dem Wind freien Zugang lassen? Laut CNN tragen zehn Prozent von uns überhaupt keine Unterwäsche. So wie ich – freier Zugang für den Wind.«

Ramsey hielt weiter auf die Tür zu.

»Möge die Kraft mit Ihnen sein, Admiral!«, brüllte Smith. »Ein Jedi-Ritter versagt nie. Und keine Sorge, die werden alle tot sein, ehe Sie sich's versehen.«

9

Malone sah sich mit scharfem Blick im Raum um. Jedes Detail war wichtig. Eine geöffnete Tür zu seiner Rechten beunruhigte ihn, besonders die undurchdringliche Dunkelheit dahinter.

»Wir sind allein«, sagte seine Gastgeberin. Ihr Englisch war gut und wies nur einen leichten deutschen Akzent auf.

Sie gab der Frau aus der Seilbahn einen Wink, und diese stolzierte auf Malone zu. Im Näherkommen strich sie sich über die Prellung in ihrem Gesicht, die sein Tritt hinterlassen hatte.

»Vielleicht bekomme ich eines Tages Gelegenheit, Ihnen den Gefallen heimzuzahlen«, knurrte sie Malone an.

»Das haben Sie doch schon. Offensichtlich bin ich manipuliert worden.«

Sie lächelte unverhohlen zufrieden und ging dann aus dem Raum, wobei sie die Tür kräftig hinter sich zuschlug.

Er betrachtete die Frau, die zurückgeblieben war. Sie war hochgewachsen und wohlgeformt; das aschblonde Haar war hinten im Nacken kurz geschnitten. Der zarte Teint ihrer rosigen Haut war ohne Makel. Ihre Augen waren milchkaffeebraun, ein Farbton, den er so noch nie gesehen hatte, und er konnte sich ihrer Faszination nur schwer entziehen. Sie trug einen Pulli mit geripptem Kragen, Jeans und einen Lambswool-Blazer.

Es war unübersehbar, dass sie sowohl eine privilegierte als auch eine problematische Frau war.

Sie sah großartig aus und wusste es.

»Wer sind Sie?«, fragte er und zog die Pistole.

»Ich versichere Ihnen, dass ich keine Bedrohung für Sie darstelle. Ich habe es mich einiges kosten lassen, Ihnen hier zu begegnen.«

»Mit Verlaub, mit der Waffe in der Hand fühle ich mich wohler.«

Sie zuckte die Schultern. »Wie Sie wollen. Um Ihre Frage zu beantworten, ich bin Dorothea Lindauer. Ich wohne hier in der Nähe. Meine Familie ist bayrisch, ihr Stammbaum reicht bis zu den Wittelsbachern zurück. Wir sind Oberbayern, in den Alpen verwurzelt. Außerdem haben wir tiefe Bande zu diesem Kloster. Diese sind so stark, dass die Benediktiner uns einige Freiheiten gestatten.«

»Wie zum Beispiel, einen Mann zu töten und dann den Mörder in diese Sakristei hier zu führen?«

Zwischen Lindauers Augenbrauen grub sich eine Falte ein.

»Unter anderem. Aber man muss schon sagen, dass das eine sehr große Freiheit ist.«

»Woher wussten Sie, dass ich heute auf der Zugspitze sein würde?«

»Ich habe Freunde, die mich informieren.«

»Ich brauche eine bessere Antwort.«

»Die USS *Blazek* interessiert mich. Auch ich will schon seit langem herausfinden, was damals wirklich geschehen ist. Ich nehme an, dass Sie das Dokument inzwischen gelesen haben. Sagen Sie mir, war es informativ?«

»Ich spiele hier nicht mit.« Malone wandte sich zur Tür.

»Sie und ich, wir haben etwas gemeinsam«, sagte sie.

Er ging weiter.

»Sowohl Ihr als auch mein Vater haben sich an Bord dieses U-Boots befunden.«

Stephanie bediente eine Telefontaste. Sie befand sich noch immer mit Edwin Davis in ihrem Büro.

»Es ist das Weiße Haus«, informierte ihr Assistent sie über den Lautsprecher.

Davis verhielt sich still. Sie nahm das Gespräch sofort an.

»Anscheinend geht es wieder los«, dröhnte die Stimme sowohl aus dem Hörer als auch aus dem Lautsprecher, über den Davis zuhörte.

Präsident Danny Daniels.

»Und was ist es diesmal?«, fragte Stephanie.

»Stephanie, es wäre einfacher, wenn wir zur Sache kommen könnten.« Eine neue Stimme. Weiblich. Diane McCoy. Eine weitere Stellvertretende Sicherheitsberaterin. Sie bekleidete den gleichen Rang wie Edwin Davis und war keine Freundin Stephanies.

»Um welche Sache geht es denn, Diane?«

»Vor zwanzig Minuten haben Sie ein Dokument über Captain Zachary Alexander, pensionierter Kapitän der US-Navy, heruntergeladen. Wir wüssten gern, warum der Nachrichtendienst der Navy seinerseits Nachforschungen über *Ihr* Interessengebiet anstellt und warum Sie vor ein paar Tagen das Kopieren eines geheimen Dokuments über ein vor achtunddreißig Jahren verloren gegangenes U-Boot gestattet haben.«

»Mir scheint, es gibt da eine bessere Frage«, entgegnete Stephanie. »Warum ist das dem Nachrichtendienst der Navy nicht scheißegal? Das ist doch eine uralte Geschichte.«

»Da sind wir einer Meinung«, antwortete Diane. »Auf diese Frage hätte ich auch gerne eine Antwort. Ich habe mir dieselbe Personalakte angeschaut, die Sie gerade heruntergeladen haben, und dort ist nichts zu finden. Alexander war ein guter Offizier, der seine zwanzig Jahre gedient hat und dann in den Ruhestand versetzt wurde.«

»Mr. President, warum interessieren *Sie* sich für diese Angelegenheit?«

»Weil Diane in mein Büro gekommen ist und mir gesagt hat, dass wir Sie anrufen müssen.«

Das war Quatsch. Keiner sagte Danny Daniels, was er zu tun und zu lassen hatte. Er war drei Mal zum Gouverneur und ein Mal zum Senator gewählt worden und hatte es geschafft, zwei Mal zum Präsidenten der Vereinigten Staaten gewählt zu werden. Er war kein Dummkopf, auch wenn manche ihn dafür hielten.

»Mit Verlaub, Sir, aber nach allem, was ich von Ihnen gesehen habe, tun Sie immer genau das, was Sie selbst wollen.«

»Ein Privileg meines Jobs. Jedenfalls, da Sie Dianes Frage nicht beantworten wollen, hören Sie jetzt meine. Wissen Sie, wo Edwin ist?«

Davis bat sie mit einem Handzeichen, ihn zu verleugnen.

»Ist er abhandengekommen?«

Daniels kicherte. »Sie haben diesem Drecksack Brent Green die Hölle heiß gemacht und mir dabei wahrscheinlich das Leben gerettet. Mut. Den haben Sie, Stephanie. Aber hier haben wir ein Problem. Edwin ist in eigener Sache unterwegs. Es geht da um irgendetwas Persönliches. Er hat sich gestern ein paar Tage frei genommen. Diane glaubt, dass er zu Ihnen gegangen ist.«

»Ich mag ihn nicht einmal. Schließlich ist er schuld, dass ich in Venedig beinahe ums Leben gekommen wäre.«

»Das Sicherheitsprotokoll Ihres Eingangsbereichs lässt erkennen, dass er sich derzeit in Ihrem Gebäude aufhält«, bemerkte McCoy.

»Stephanie«, meinte Daniels, »als ich klein war, erzählte ein Freund von mir einmal unserer Lehrerin, er und sein Vater seien angeln gegangen und hätten im Verlauf einer einzigen Stunde einen dreißig Kilo schweren Barsch gefangen. Die Lehrerin war nicht dumm und erklärte, das sei unmöglich. Um meinem Kumpel eine Lehre übers Lügen zu erteilen, erzählte sie, ein Bär sei aus dem Wald gekommen und habe sie angegriffen, sei aber von einem kleinen Hündchen mit einem einzigen Bellen vertrieben worden. ›Glaubst du das?‹, fragte die Lehrerin. ›Klar‹, antwortete mein Kumpel, ›das war nämlich mein Hund.‹«

Stephanie lächelte.

»Und Edwin ist mein Hund, Stephanie. Was er tut, wird mir auf direktem Weg berichtet. Und im Moment steckt er tief im Dreck. Können Sie mir hier helfen? Weshalb interessieren Sie sich für Captain Zachary Alexander?«

Genug. Sie hatte einfach nur Malone und dann Davis helfen wollen, war dabei aber schon viel zu weit gegangen. So sagte sie Daniels nun die Wahrheit: »Weil Edwin mich dazu aufgefordert hat.«

Davis' Gesicht umwölkte sich.

»Lassen Sie mich mit ihm reden«, sagte Daniels.

Sie reichte Davis den Hörer.

10

Malone sah Dorothea Lindauer an und wartete auf ihre Erklärung.

»Mein Vater, Dietz Oberhauser, befand sich an Bord der *Blazek*, als diese verschwand.«

Er bemerkte, dass sie wiederholt den falschen Namen des U-Bootes verwendet hatte. Entweder sie wusste nur wenig oder sie versuchte, ihn zu manipulieren. Das eine, was sie gesagt hatte, passte allerdings. Der Bericht der Untersuchungskommission hatte einen Außenspezialisten namens Dietz Oberhauser erwähnt.

»Was hat Ihr Vater dort gemacht?«, fragte er.

Ihr faszinierendes Gesicht wurde weicher, doch ihr Basiliskenblick lenkte noch immer seine Aufmerksamkeit auf sich. Sie erinnerte ihn an Cassiopeia Vitt, eine andere Frau, die mehr als einmal sein Interesse geweckt hatte.

»Mein Vater war dort, um den Beginn der menschlichen Zivilisation zu erforschen.«

»Mehr nicht? Ich dachte, es wäre etwas Wichtiges gewesen.«

»Mir ist bewusst, Herr Malone, dass Humor entwaffnend wirken kann. Aber wenn es um meinen Vater geht, und das wird bei Ihnen nicht anders sein, ist mir nicht nach Scherzen zumute.«

Das beeindruckte ihn nicht. »Sie haben noch nicht auf meine Frage geantwortet. Was hat er dort gemacht?«

Die Röte der Verärgerung stieg ihr ins Gesicht, zog sich aber schnell wieder zurück. »Ich meine das vollkommen ernst. Er war an Bord, um den Beginn der menschlichen Zivilisation aufzuspüren. Dies war ein Rätsel, an dem er zeit seines Lebens gearbeitet hat.«

»Ich mag es nicht, wenn man mich manipuliert. Ihretwegen habe ich heute einen Menschen getötet.«

»Das war seine eigene Schuld. Er war übereifrig. Oder vielleicht hat er Sie auch unterschätzt. Aber Ihr Verhalten in dieser Situation hat alles bestätigt, was ich über Sie gehört habe.«

»Töten scheint etwas zu sein, was Sie auf die leichte Schulter nehmen. Ich nicht.«

»Aber nach allem, was ich über Sie gehört habe, sind Sie damit durchaus vertraut.«

»Ist das wieder eine Information Ihrer *Freunde?*«

»Die sind tatsächlich gut informiert.« Sie zeigte auf den Tisch. Ihm war bereits ein altes Buch aufgefallen, das auf dem zernarbten Eichenholz lag. »Sie sind ein Buchantiquar. Schauen Sie sich das einmal an.«

Langsam trat er näher und steckte die Pistole in seine Jackentasche. Er war zu dem Schluss gekommen, dass er inzwischen schon tot wäre, wenn das im Interesse dieser Frau läge.

Das Buch maß etwa fünfzehn mal dreiundzwanzig Zentimeter und war fünf Zentimeter dick. Er ging kurz die Hinweise durch, die auf seine Herkunft schließen ließen. Gebunden war es in braunes Kalbsleder. Die Prägung war ohne Gold oder Farbe vorgenommen worden. Der Buchrücken war unverziert, was gewisse Rückschlüsse auf das Alter des Buches erlaubte …

Vorsichtig schlug er den Einband auf und warf einen Blick auf die zerfledderten, dunkel verfärbten Pergamentseiten. Er untersuchte sie und entdeckte einen unentzifferbaren Text in einer ihm unbekannten Sprache, mit Zeichnungen an den Rändern.

»Was ist das?«

»Ich will Ihnen eine Antwort geben, indem ich Ihnen erzähle, was sich an einem Sonntag im Mai tausend Jahre nach Christus nördlich von hier in Aachen zugetragen hat.«

Otto III. sah zu, wie die letzten Hindernisse, die ihn von seinem kaiserlichen Schicksal trennten, zertrümmert wurden. Er stand in der Vorhalle der Palastkapelle, eines heiligen Bauwerks, das zwei Jahrhunderte zuvor von dem Mann errichtet worden war, dessen Grab er nun betreten würde.

»Wir sind so weit, Majestät«, erklärte von Lomello.

Der Graf, ein unangenehmer Mensch, sorgte dafür, dass die Kaiserpfalz während der Abwesenheit des Kaisers nicht verkam. In Ottos Fall schien das den größten Teil der Zeit zu betreffen. Als Kaiser hatte er nie viel für die deutschen Wälder übrig gehabt, und auch nicht für Aachens heiße Quellen, für die kalten Winter und den völligen Mangel an Zivilisation. Er zog die Wärme und Kultur Roms vor.

Arbeiter räumten die letzten zerbrochenen Bodenplatten beiseite.

Sie hatten nicht genau gewusst, wo sie die Ausgrabung vornehmen sollten. Die Krypta war vor langer Zeit versiegelt worden, und nichts wies auf ihre genaue Lage hin. Man hatte gehofft, den Verstorbenen so vor dem bevorstehenden Einfall der Wikinger beschützen zu können, und das hatte auch funktioniert. Als die Normannen die Kapelle 881 plünderten, hatten sie den Bestatteten nicht gefunden. Aber von Lomello hatte vor Ottos Eintreffen eine Erkundungsmission unternommen, und es war ihm gelungen, eine vielversprechende Stelle zu finden.

Zum Glück hatte der Graf richtiggelegen.

Otto hatte keine Zeit für Fehler.

Schließlich befand er sich in einem apokalyptischen Jahr, dem ersten Jahr des neuen Millenniums, in dem viele Menschen die Wiederkunft Christi und das Jüngste Gericht erwarteten.

Die Arbeiter beeilten sich. Zwei Bischöfe sahen schweigend zu. Das Grab, das sie gleich betreten würden, war seit dem 29. Januar 814 nicht mehr geöffnet worden, dem Tag, an dem ›der durchlauchte Augustus, der das Römische Reich regierende, von Gott gekrönte, große, Frieden stiftende Kaiser, von Gottes Gnaden auch König der Franken und Langobarden‹ *ge-storben war. Damals war er schon weiser als alle Sterblichen gewesen, ein Mann, um den sich Wunder rankten, der Beschüt-zer Jerusalems, ein Hellsichtiger, ein Mann aus Eisen, ein Bi-schof der Bischöfe. Ein Dichter erklärte, keiner werde der Schar der Apostel näher kommen als er. Als er noch lebte, war er Carolus genannt worden. Das Beiwort* Magnus *hatte er zu-nächst wegen seines hohen Wuchses erhalten, doch inzwischen stand es für seine Herrschergröße. Die französische Bezeich-nung für ihn war allerdings die am häufigsten verwendete, sie verschmolz* Carolus *und* Magnus *zu einem einzigen Namen, der dieser Tage mit gesenktem Kopf und leiser Stimme ausge-sprochen wurde, als spräche man von Gott.*

Charlemagne.

Karl der Große.

Die Arbeiter zogen sich von dem schwarzen Loch im Boden zurück, und von Lomello inspizierte ihre Arbeit. Ein sonderba-rer Geruch breitete sich in der Vorhalle aus – süßlich, modrig und ekelerregend. Otto hatte schon verdorbenes Fleisch gero-chen, verschüttete Milch und menschliche Exkremente. Dieser Lufthauch aber war anders. Er roch nach Alter. Diese Luft hatte über Dinge gewacht, die nicht für menschliche Augen bestimmt waren.

Eine Fackel wurde entzündet, und einer der Arbeiter streckte den Arm in das Loch. Als der Mann nickte, wurde von drau-ßen eine Holzleiter herbeigetragen.

Heute war Pfingsten; früher am Tag war die Kirche mit Gläubigen gefüllt gewesen. Otto befand sich auf einer Pilger-reise. Gerade war er vom Grab seines alten Freundes Adalbert, Bischof von Prag, gekommen, der in Gnesen bestattet lag, das Otto mit einem kaiserlichen Befehl zum Erzbistum erhoben hatte. Jetzt war Otto gekommen, um die sterblichen Überreste Karls des Großen zu betrachten.

»*Ich steige als Erster hinunter*«, erklärte Otto.

Er war gerade einmal zwanzig Jahre alt, ein Mann von beeindruckendem Wuchs, Sohn eines deutschen Königs und einer griechischen Mutter. Im Alter von drei Jahren war er zum Kaiser des Heiligen Römischen Reiches gekrönt worden, die ersten acht Jahre hatte er unter der Vormundschaft seiner Mutter regiert und drei weitere unter der Vormundschaft seiner Großmutter. Seit sechs Jahren regierte er allein. Sein Ziel war eine Renovatio Imperii, *eine Erneuerung des Heiligen Römischen Reiches, in dem Teutonen, Romanen und Slawen wie in der Zeit Karls des Großen unter der gemeinsamen Herrschaft von Kaiser und Papst stehen sollten. Das, was dort unten im Grab lag, mochte helfen, diesen Traum zu verwirklichen.*

Er trat auf die Leiter, und von Lomello reichte ihm eine Fackel. Acht Sprossen stieg er hinunter, bevor seine Füße auf festen Boden stießen. Die Luft war lau wie in einer Höhle, und der eigenartige Geruch war beinahe überwältigend, aber er sagte sich, dass dies nicht mehr war als der Duft der Macht.

Die Fackel enthüllte eine mit Marmor und Mörtel ausgekleidete Kammer, die der Vorhalle an Größe entsprach. Von Lomello und die beiden Bischöfe kamen ebenfalls die Leiter herunter.

Dann sah er ihn.

Unter einem Baldachin saß Karl der Große auf einem marmornen Thron.

Der Leichnam war in Purpur gehüllt und hielt ein Zepter in der behandschuhten linken Hand. Der König saß da wie ein Lebender, die eine Schulter gegen den Thron gelehnt, den Kopf durch eine an seinem Diadem befestigte Goldkette gehalten. Das Gesicht war mit einem hauchdünnen Tuch bedeckt. Der Verfall war unübersehbar, aber es waren noch keine Gliedmaßen abgefallen und nur die Nasenspitze fehlte.

Otto fiel ehrfürchtig auf die Knie. Die anderen folgten rasch seinem Beispiel. Er war überwältigt. Mit einem solchen Anblick hatte er nicht gerechnet. Er hatte Gerüchte gehört, hatte aber nie viel darauf gegeben. Kaiser brauchten Legenden.

»Man sagt, dass ein Splitter des Kreuzes in das Diadem eingefügt wurde«, flüsterte von Lomello.

Otto hatte dasselbe gehört. Der Thron stand auf einer behauenen Marmorplatte, und seine drei sichtbaren Seiten waren reich mit Reliefs verziert. Männer. Pferde. Ein Streitwagen. Ein zweiköpfiger Höllenhund. Frauen mit Blumenkörben. All das war römisch. Otto hatte andere prächtige Beispiele dieser Art in Italien gesehen. Dass hier, in einem christlichen Grab, so etwas zu finden war, nahm er als Zeichen, dass seine Vision für das Reich richtig war.

Auf einer Seite ruhten ein Schild und ein Schwert. Er wusste, was es mit dem Schild auf sich hatte. Am Tag von Karls des Großen Kaiserkrönung vor zweihundert Jahren hatte Papst Leo es persönlich geweiht. Es war mit dem königlichen Siegel geschmückt. Otto hatte das Zeichen auf Dokumenten in der kaiserlichen Bibliothek gesehen.

Otto stand auf.

Einer der Gründe, weshalb er gekommen war, waren Zepter und Krone, wobei er nicht erwartet hatte, etwas anderes vorzufinden als die blanken Gebeine.

Doch die Lage hatte sich geändert.

Er entdeckte gebundene Seiten, die auf dem Schoß des Kaisers ruhten. Behutsam näherte er sich dem Herrschaftspodium und erkannte illuminiertes Pergament, dessen Schrift und Buchmalerei verblasst, aber immer noch lesbar waren. »Kann einer von euch Lateinisch lesen?«, fragte er.

Einer der Bischöfe nickte, und Otto winkte ihn heran. Zwei Finger der behandschuhten linken Hand des Leichnams zeigten auf einen Abschnitt der Seite.

Der Bischof studierte die Seite mit schief gelegtem Kopf. »Es ist das Markusevangelium.«

»Lest vor.«

»Was hülfe es dem Menschen, wenn er die ganze Welt gewönne und nähme an seiner Seele Schaden.«

Otto sah auf den Leichnam. Der Papst hatte ihm gesagt, die Herrschaftssymbole von Carolus Magnus seien die idealen Werkzeuge, um den Glanz des Heiligen Römischen Reiches wieder erstehen zu lassen. Nichts umgab Macht mit einer stärkeren Aura als die Vergangenheit, und Otto hatte in diesem Moment eine großartige Vergangenheit vor Augen. Einhard hatte Karl den Großen als reckenhaft beschrieben, als athletisch und breitschultrig, mit einer Brust so mächtig wie ein Ross, als dunkelblond und von gesunder Gesichtsfarbe, als ungewöhnlich rührig und unermüdlich, als Mann, dessen Energie und Herrschaftsgröße selbst im Zustand der Ruhe wie jetzt den eingeschüchterten Beobachter zutiefst beeindruckten. Jetzt endlich verstand Otto, wie wahr diese Worte waren.

Der andere Zweck seines Besuchs kam ihm in den Sinn.

Er sah sich in der Krypta um.

Seine Großmutter, die vor einigen Monaten gestorben war, hatte ihm die Geschichte weitergegeben, die sein Großvater, Otto I., ihr erzählt hatte. Es ging um etwas, das nur Kaiser wussten. Nämlich darum, dass Carolus Magnus angeordnet hatte, bestimmte Dinge mit ihm zusammen zu bestatten. Viele Menschen wussten vom Schwert, dem Schild und dem Splitter vom Kreuz Jesu. Der Abschnitt aus dem Markusevangelium war dagegen eine Überraschung.

Dann sah er es. Den eigentlichen Grund seines Kommens. Es lag auf einem Marmortisch.

Er trat näher, reichte von Lomello die Fackel und sah auf ein kleines, staubbedecktes Buch. In den Buchdeckel war ein Symbol eingeprägt, das seine Großmutter ihm beschrieben hatte.

Behutsam schlug er das Buch auf. Auf den Seiten sah er Symbole, sonderbare Zeichnungen und eine nicht zu entziffernde Schrift.

»Was ist das, Majestät?«, fragte von Lomello. »Was ist das für eine Sprache?«

Normalerweise hätte Otto eine solche Frage nicht zugelassen. Kaiser akzeptierten keine Fragen. Aber die Freude, dass er das Buch, von dessen Existenz seine Großmutter ihm erzählt hatte, tatsächlich gefunden hatte, erfüllte ihn mit unermesslicher Erleichterung. Der Papst war der Meinung, Krone und Zepter vermittelten Macht, aber wenn man Ottos Großmutter Glauben schenken konnte, waren diese eigenartigen Worte und Symbole sogar noch mächtiger. Und so gab er dem Grafen die Antwort, die er damals von ihr erhalten hatte:

»Dies ist die Sprache des Himmels.«

Malone hörte skeptisch zu.

»Es heißt, Otto hätte der Leiche die Fingernägel geschnitten, ihr einen Zahn gezogen und die Nasenspitze durch Gold ersetzen lassen, bevor er das Grab wieder versiegelte.«

»Sie klingen so, als würden Sie diese Geschichte nicht glauben«, sagte er.

»Jene Zeit hieß nicht umsonst das dunkle Zeitalter. Wer will das schon so genau wissen?«

Auf der letzten Seite des Buches erkannte er dasselbe Zeichen, das Frau Lindauer in Zusammenhang mit dem Schild beschrieben hatte – eine sonderbare Zusammenstellung der Buchstaben K, R, L und S, neben der aber noch andere Worte standen. Er fragte sie danach.

»Das ist die vollständige Unterschrift Karls des Großen«, erklärte sie. »Das A von Karl steht im Zentrum des Kreuzes. Ein Schreiber fügte dann die Worte links und rechts hinzu. *Signum Caroli gloriosissimi regis*. Signum des ruhmreichen Königs Karl.«

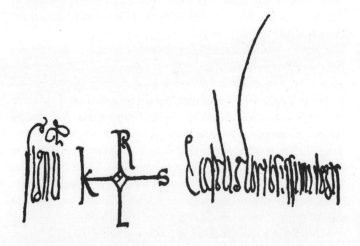

»Ist dies hier das Buch aus seinem Grab?«
»Ja, genau.«

11

Atlanta, Georgia

Stephanie beobachtete, wie Edwin Davis sich unbehaglich auf dem Stuhl wand.

»Sprechen Sie mit mir, Edwin«, kam Daniels' Stimme aus dem Lautsprecher. »Was geht hier vor sich?«

»Das ist kompliziert.«

»Ich habe das College besucht. Beim Militär gedient. Ich war Gouverneur und Senator. Ich denke, ich bin dem gewachsen.«

»Ich muss das selbst erledigen.«

»Wenn es nur nach mir ginge, Edwin, kein Problem, nur zu. Aber Diane hat einen Tobsuchtsanfall. Der Marinegeheimdienst stellt uns Fragen, auf die wir die Antwort nicht wissen. Normalerweise würde ich die Kinder im Sandkasten die Sache unter sich ausmachen lassen, aber nachdem man mich nun schon herbeigezerrt hat, möchte ich auch Bescheid wissen. Worum geht es hier?«

Nach Stephanies begrenzter Erfahrung mit dem Stellvertretenden Nationalen Sicherheitsberater war dieser ihr als ein Mann erschienen, der immer ein ruhiges, gelassenes Äußeres zeigte. Jetzt jedoch nicht. Diane McCoy mochte sich an der Nervosität dieses Mannes weiden, aber Stephanie genoss den Anblick nicht.

»Operation Highjump«, sagte Davis. »Was wissen Sie darüber?«

»Okay, Sie haben mich überrumpelt«, gab der Präsident zu. »Eins zu null für Sie.«

Davis saß stumm da.

»Ich warte«, sagte Daniels.

73

1946 war ein Jahr der Erholung nach dem Sieg. Der Zweite Weltkrieg war zu Ende gegangen, und die Welt würde nie wieder dieselbe sein. Aus ehemaligen Feinden wurden Freunde. Aus ehemaligen Freunden wurden Gegner. Amerika musste eine neue Last schultern, da es über Nacht zur globalen Führungsmacht geworden war. Sowjetische Aggression dominierte die Politik, und der Kalte Krieg begann. Militärisch jedoch wurde die amerikanische Marine Stück für Stück demontiert. Auf den großen Marinestützpunkten in Norfolk, San Diego, Pearl Harbor, Yokosuka und Quonset Point herrschte Untergangsstimmung. Zerstörer, Kriegsschiffe und Flugzeugträger wurden im toten Wasser abgelegener Kais stillgelegt. Die Navy der Vereinigten Staaten wurde rasch zum Schatten dessen, was sie nur ein Jahr zuvor dargestellt hatte.

Mitten in diesen Umwälzungen unterzeichnete der Marineoberkommandant eine erstaunliche Folge von Befehlen, mit denen das Antarctic Developments Project – das antarktische Entwicklungsprojekt – *für den antarktischen Sommer von Dezember 1946 bis März 1947 ins Leben gerufen wurde. Unter dem Decknamen* Highjump *nahmen an der Operation zwölf Schiffe und mehrere tausend Mann teil, die sich auf den Weg zum Rand der Antarktis machten:*

Um den Einsatz von Militärmaterial in Kältezonen zu testen und die Mannschaften entsprechend zu trainieren.

Um die Herrschaft der USA über das größte nutzbare Gebiet des antarktischen Kontinents auszudehnen bzw. zu konsolidieren.

Um die Realisierbarkeit des Baus und der Nutzung von Stützpunkten in der Antarktis zu eruieren und mögliche Standorte zu untersuchen.

Um Techniken zum Bau und zur Nutzung von Luftwaffenstützpunkten auf Eis zu entwickeln, unter besonderer Beachtung der Anwendbarkeit solcher Techniken auf Operationen auf Grönland, wo nach der herrschenden Auffassung die physischen und klimatischen Bedingungen denen in der Antarktis ähnelten.

Und um das bestehende Wissen über hydrografische, geografische, geologische, meteorologische und elektromagnetische Bedingungen zu erweitern.

Die Flottillenadmirale Richard H. Cruzen und Richard Byrd – der berühmte, unter dem Namen Admiral der Antarktis *bekannt gewordene Erforscher – wurden zu Missionskommandanten ernannt. Die Expedition wurde in drei Abschnitte eingeteilt. Zur Zentralen Gruppe gehörten drei Versorgungsschiffe, ein U-Boot, ein Eisbrecher, das Flaggschiff der Expedition und ein Flugzeugträger mit Byrd an Bord. Sie sollten die Station Little America IV auf dem Eisschelf bei der Bay of Whales errichten. Zu beiden Seiten operierten die Östliche und die Westliche Gruppe. Die Östliche Gruppe umfasste einen Tanker, einen Zerstörer und einen Wasserflugzeug-Versorger und sollte Kurs auf den nullten Längengrad nehmen. Die Westliche Gruppe war ähnlich zusammengesetzt, sollte zu den Balleny-Inseln fahren und von dort die Antarktis westwärts umschiffen, bis sie auf die Östliche Gruppe stieß. Wenn alles nach Plan verlief, würde man die Antarktis gemeinsam einmal umrunden. In wenigen Wochen würde man mehr über dieses große, unbekannte Gebiet erfahren, als man zuvor in einem Jahrhundert der Forschungsexpeditionen herausgefunden hatte.*

Im August 1946 legten viertausendsiebenhundert Mann ab. Bis zum Abschluss der Expedition wurden 8 700 Kilometer Küstenlinie kartiert, von denen 2 200 Kilometer vorher gänzlich unbekannt gewesen waren. Es wurden zweiundzwanzig unbekannte Bergzüge entdeckt, sechsundzwanzig Inseln, neun Buchten, zwanzig Gletscher, fünf Kaps – und es wurden siebzigtausend Luftbilder erstellt.

Maschinen und Geräte wurden bis zur Belastbarkeitsgrenze getestet.

Vier Menschen starben.

»Die ganze Sache hat der Navy wieder Leben eingehaucht«, sagte Davis. »Sie verlief recht erfolgreich.«

»Wen schert das heute?«, fragte Daniels.

»Wussten Sie, dass wir 1948 noch einmal in die Antarktis zurückgekehrt sind? Operation *Windmill*. Angeblich waren die siebzigtausend während *Highjump* erstellten Fotos nutzlos, weil keiner daran gedacht hatte, Bodenkontrollpunkte zur Interpretation der Bilder anzubringen. Die Fotos waren wie lauter leere, weiße Papierseiten. Also kehrte man zurück, um die Kontrollpunkte zu stecken.«

»Edwin«, schaltete sich nun Diane McCoy ein, »was soll das? Das ist doch sinnloses Geschwätz.«

»Wir geben Millionen von Dollar aus, um Schiffe und Männer zum Erstellen von Fotos in die Antarktis zu schicken, von der wir ganz genau wissen, dass sie mit Eis bedeckt ist, und doch bringen wir keine Kontrollpunkte für die Bilder an, während wir da sind? Wir erkennen nicht einmal im Voraus, dass das ein Problem darstellen könnte?«

»Wollen Sie damit sagen, dass *Windmill* einem anderen Zweck diente?«, fragte Daniels.

»Beide Operationen. Zu den beiden Expeditionen gehörte jeweils ein kleiner Trupp – bestehend aus nur sechs Mann. Die waren eigens trainiert und mit Sonderinstruktionen versehen. Sie begaben sich mehrmals ins Landesinnere. Diese Expeditionen sind der Grund, aus dem Captain Zachary Alexanders Schiff 1971 in die Antarktis geschickt wurde.«

»In seiner Personalakte steht nichts über diese Mission«, sagte Daniels. »Den Unterlagen ist nur zu entnehmen, dass er zwei Jahre lang Kommandant der *Holden* war.«

»Alexander ist in die Antarktis gefahren, um ein verloren gegangenes U-Boot zu suchen.«

Wieder herrschte Schweigen am anderen Ende der Leitung.

»Sie meinen das U-Boot, das vor achtunddreißig Jahren verschwunden ist?«, fragte Daniels. »Geht es um den Untersuchungsbericht, auf den Stephanie zugegriffen hat?«

»Jawohl, Sir. In den späten Sechzigerjahren haben wir zwei streng geheime U-Boote gebaut. NR-1 und NR-1A. NR-1 ist noch heute in Betrieb, aber NR-1A ging 1971 in der Antarktis verloren. Keiner wurde über diesen Verlust informiert – der wurde vertuscht. Nur die *Holden* wurde auf die Suche geschickt, Mr. President. Kapitän der NR-1A war Commander Forrest Malone.«

»Cotton Malones Vater?«

»Und welches Interesse haben Sie an der Sache?«, fragte Diane emotionslos.

»Eines der Besatzungsmitglieder des U-Boots war ein Mann namens William Davis. Mein älterer Bruder. Ich sagte mir damals, falls ich jemals in eine Position gelangen sollte, in der ich herausfinden könnte, was mit ihm geschehen ist, würde ich das tun.« Davis stockte. »Jetzt bin ich endlich in dieser Position.«

»Warum interessiert sich der Nachrichtendienst der Navy so stark für die Angelegenheit?«, fragte Diane.

»Ist das nicht offensichtlich? Das Unglück wurde mit Fehlinformationen vertuscht. Das U-Boot wurde einfach verloren gegeben. Nur die *Holden* ist hingefahren, um danach zu suchen. Stellen Sie sich mal vor, was die Nachrichtensendungen mit so was anfangen würden.«

»Okay, Edwin«, sagte Daniels. »Sie haben die Puzzlestücke recht gut zusammengesetzt. Zwei zu null für Sie. Machen Sie weiter. Aber bringen Sie sich nicht in Schwierigkeiten und tanzen Sie in zwei Tagen wieder hier an.«

»Danke, Sir. Ich weiß diesen Freiraum zu schätzen.«

»Nur noch ein Rat«, sagte der Präsident. »Es stimmt zwar, dass der frühe Vogel den Wurm bekommt, aber die zweite Maus bekommt den Käse.«

Er legte auf.

»Ich könnte mir vorstellen, dass Diane stinksauer ist«, meinte Stephanie. »Sie steht hier eindeutig außen vor.«

»Ich mag ehrgeizige Bürokraten nicht«, knurrte Davis.

»Manche würden behaupten, dass Sie selbst in diese Kategorie fallen.«

»Die würden sich irren.«

»Sie scheinen hier allein dazustehen. Ich würde sagen, Admiral Ramsey beim Marinegeheimdienst versucht, den Schaden nach Kräften zu begrenzen, die Navy zu schützen und so weiter. Wo wir gerade von ehrgeizigen Bürokraten sprachen – er ist ein Inbegriff davon.«

Davis stand auf. »Sie haben recht, was Diane angeht. Sie wird nicht lange brauchen, um sich Insiderinformationen zu beschaffen, und der Marinegeheimdienst wird schnell aufholen.« Er zeigte auf den Ausdruck ihres Downloads. »Deshalb müssen wir nach Jacksonville in Florida.«

Sie hatte die Akte gelesen und wusste daher, dass Zachary Alexander dort lebte. Aber eines war ihr nicht klar. »Warum *wir?*«

»Weil Scot Harvath, der Meisterspion, abgelehnt hat.«

Sie lächelte. »Das zum Thema einsamer Wolf.«

»Stephanie, ich brauche Ihre Hilfe. Erinnern Sie sich, was ich vorhin über Gefälligkeiten gesagt habe? Ich schulde Ihnen dann einen Gefallen.«

Sie stand auf. »Das genügt mir.«

Aber das war nicht der wahre Grund, aus dem sie so schnell einwilligte, ihn zu begleiten, und ihr Gegenüber wusste das sicherlich auch. Es ging vielmehr um den Untersuchungsbericht. Schließlich hatte sie diesen auf Davis' Bitte hin gelesen.

Unter der Besatzung der NR-1A war kein William Davis aufgelistet.

12

Kloster Ettal

Malone bewunderte das Buch, das auf dem Tisch lag. »Dies hier stammt aus dem Grab Karls des Großen? Es ist zwölfhundert Jahre alt? In diesem Fall ist es aber bemerkenswert gut erhalten.«

»Das ist eine komplizierte Geschichte, Herr Malone. Eine Geschichte, die sich durch die zwölfhundert Jahre hindurchzieht.«

Diese Frau ging Fragen aus dem Weg. »Klären Sie mich auf.«

Sie zeigte auf das Buch. »Erkennen Sie diese Schrift?«

Er betrachtete eine der Seiten, die mit einer merkwürdigen Schrift und Zeichnungen von Frauen gefüllt war, nackt in Badebecken planschend, die mit einem raffinierten eher anatomisch als hydraulisch wirkenden Röhrensystem verbunden waren.

Er studierte weitere Seiten und entdeckte Bilder, die wie Karten von astronomischen Objekten wirkten, welche man durch ein Teleskop betrachtet. Anderes sah aus wie lebendige Zellen unter einem Mikroskop. Er sah Bilder von Pflanzen mit fein ausgeführtem Wurzelgeflecht und einen sonderbaren Kalender mit Tierkreiszeichen, die von winzigen, nackten Menschlein in Gefäßen bevölkert waren, welche ihrerseits wie Mülltonnen aussahen. Es gab ungeheuer viele Illustrationen. Die unverständliche Schrift wirkte fast wie nachträglich hinzugefügt.

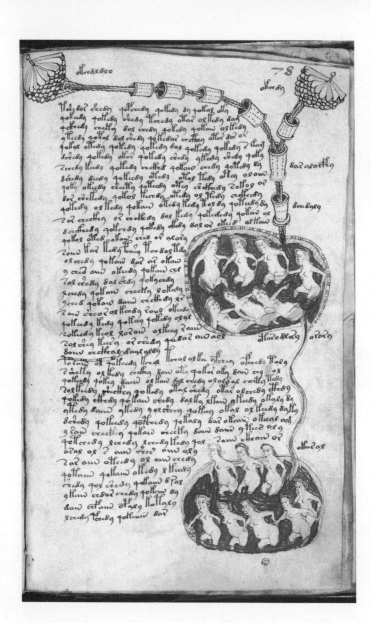

»Es ist genau, wie Otto III. bemerkt hat«, sagte sie. »Es ist die Sprache des Himmels.«

»Ich war mir nicht bewusst, dass der Himmel eine Sprache benötigt.«

Sie lächelte. »In der Zeit Karls des Großen hatte man eine ganz andere Vorstellung vom Himmel als heute.«

Er fuhr mit dem Finger über das in den Buchdeckel eingeprägte Symbol.

»Was ist das?«, fragte er.

»Ich habe keine Ahnung.«

Ihm fiel schnell auf, was in dem Buch fehlte. Es gab kein Blut und keine Untiere oder mythischen Ungeheuer. Keine Konflikte oder destruktive Tendenzen. Keine religiösen Symbole oder Insignien weltlicher Macht. Es fehlte tatsächlich alles, was auf irgendeine erkennbare Lebensweise verwiesen hätte – man sah keine bekannten Werkzeuge, Möbel oder Transportmittel. Vielmehr vermittelten die Seiten einem den Eindruck einer ganz anderen, aus der Zeit gefallenen Welt.

»Es gibt noch etwas, was ich Ihnen gerne zeigen würde«, sagte sie.

Er zögerte.

»Kommen Sie schon, Sie sind doch an solche Situationen gewöhnt.«

»Ich verkaufe Bücher.«

Sie zeigte auf die offene Tür auf der anderen Seite des düsteren Raums. »Dann nehmen Sie das Buch mit und folgen Sie mir.«

So leicht würde er es ihr nicht machen. »Wie wäre es, wenn Sie das Buch nehmen und ich die Pistole?« Er griff wieder nach der Waffe.

Sie nickte. »Wenn Sie sich dann besser fühlen.«

Sie nahm das Buch vom Tisch, und er folgte ihr durch die Tür. Dahinter führte eine steinerne Treppe nach unten ins Dunkel, wo ein Lichtschimmer aus einem Eingang drang.

Sie stiegen hinunter.

Unten öffnete sich ein knapp zwanzig Meter langer Korridor. Er war zu beiden Seiten von Holztüren gesäumt, und auch an seiner Stirnseite lag eine Holztür.

»Eine Krypta?«, fragte Malone.

Sie schüttelte den Kopf. »Die Mönche bestatten ihre Toten oben im Kreuzgang. Dies hier gehört zur alten mittelalterlichen Abtei. Heute wird sie als Lagerraum genutzt. Mein Großvater hat während des Zweiten Weltkriegs sehr viel Zeit hier verbracht.«

»Hat er sich versteckt?«

»In gewisser Weise.«

Sie ging durch den von grellen Glühbirnen erleuchteten Gang. Hinter der geschlossenen Tür am anderen Ende des Korridors öffnete sich ein museumsartig mit sonderbaren Steinartefakten und Holzschnitzereien ausstaffierter Raum. Es waren vielleicht vierzig oder fünfzig Ausstellungsstücke. Sie waren in das helle Licht von Natriumdampflampen getaucht. Entlang der hinteren Raumwand zogen sich ebenfalls von oben beleuchtete Tische. Links und rechts standen im bayrischen Stil bemalte Holzschränke an den Wänden.

Sie zeigte auf die Holzschnitzereien, eine Sammlung von Schnörkeln, Mondsicheln, Kreuzen, Kleeblättern, Sternen,

Herzen, Diamanten und Kronen. »Die Schnitzereien stammen von den Giebeln niederländischer Bauernhäuser. Sie wurden als Volkskunst bezeichnet, aber Großvater hielt sie für etwas weit Wichtigeres, dessen Bedeutung im Laufe der Zeit verloren gegangen war, darum hat er sie gesammelt.«

»Nachdem die Wehrmacht mit ihrem Zerstörungswerk fertig war?«

Er bemerkte eine aufflackernde Verärgerung. »Großvater war Wissenschaftler, kein Nazi.«

»Wie viele haben es vor Ihnen schon mit diesem Spruch versucht?«

Sie schien seinen Seitenhieb nicht zu beachten. »Was wissen Sie über Arier?«

»Genug, um mir klar darüber zu sein, dass dieser Begriff älter ist als die Nazis.«

»Mal wieder ein Beleg Ihres eidetischen Gedächtnisses?«

»Sie stecken ja wirklich voller Informationen über mich.«

»So, wie Sie mit Sicherheit Informationen über mich einholen werden, falls Sie zu dem Schluss kommen, dass das hier Ihre Zeit lohnt.«

Da hatte sie recht.

»Der Begriff der Arier als eines hochgewachsenen, schlanken, muskulösen Menschenschlags mit blondem Haar und blauen Augen geht auf das neunzehnte Jahrhundert zurück«, begann sie. »Damals fielen einem englischen, wohlgemerkt *englischen* Rechtsanwalt, der am Obersten Gerichtshof Indiens tätig war, Ähnlichkeiten zwischen verschiedenen alten Sprachen auf. Er studierte Sanskrit und bemerkte, in welchem Maße diese Sprache dem Altgriechischen und dem Lateinischen ähnelte. Er prägte das Wort *Arya*, das im Sanskrit ›edel‹ bedeutet, für die Beschreibung der zugehörigen indischen Dialekte. Weitere Gelehrte, die Ähnlichkeiten zwischen dem Sanskrit und anderen Sprachen bemerkten, verwendeten den Begriff *arisch*, um diese Sprachfamilie zu bezeichnen.«

»Sie sind Linguistin?«

»Nein, aber Großvater wusste so etwas.« Sie zeigte auf einen der Steinblöcke. Dort war ein Bild eingraviert. Eine menschliche Gestalt auf Skiern. »Das hier kommt aus Norwegen. Es ist vielleicht viertausend Jahre alt. Die anderen Beispiele, die Sie hier sehen, stammen aus Schweden. In Stein gravierte Kreise, Scheiben oder Räder. Für Großvater war das hier die Sprache der Arier.«

»Das ist doch Unsinn.«

»Stimmt. Aber es kommt noch schlimmer.«

Sie erzählte ihm von einem brillanten Volk von Kriegern, die einstmals friedlich in einem Tal des Himalaja gelebt hatten. Irgendein historisch nicht mehr fassbares Ereignis brachte sie dazu, ihr friedfertiges Leben aufzugeben und sich dem Kriegshandwerk zuzuwenden. Manche fielen im Süden ein und eroberten Indien. Andere strömten nach Westen und stießen auf die kalten, regnerischen Wälder des nördlichen Europa. Unterwegs verschmolz ihre eigene Sprache mit den jeweiligen Sprachen der Urbevölkerungen, was spätere Gemeinsamkeiten erklärt. Die Eroberer aus dem Himalaja hatten keinen Namen. Ein deutscher Literaturkritiker nannte sie schließlich Arier. Dann brachte ein weiterer deutscher Schriftsteller, der weder Historiker noch Linguist war, die Arier mit den nordischen Völkern in Verbindung und kam zu dem Schluss, sie seien ein und dasselbe. Er schrieb eine Reihe von Büchern, die in den Zwanzigerjahren des letzten Jahrhunderts in Deutschland zu Bestsellern wurden.

»All das ist völliger Unsinn«, fuhr Lindauer fort. »Es entbehrt jeder Grundlage. Arier sind also in ihrer Essenz ein mythisches Volk mit einer fiktiven Geschichte und einem geborgten Namen. Doch in den Dreißigerjahren sattelten die Nationalsozialisten auf diese romantische Vorstellung auf. Die Worte *arisch*, *nordisch* und *deutsch* wurden austauschbar. Das sind sie noch heute. Die Vorstellung eines flachshaarigen arischen Eroberervolks brachte bei den Deutschen eine Saite zum Klingen – sie schmeichelte ihrer Eitelkeit. Was also als harmlose linguistische Untersuchung begonnen hatte, wurde zum gefährlichen Werkzeug einer rassistischen Ideologie, die Millionen von Menschen das Leben kostete und die Deutschen zu Untaten motivierte, die sie sonst nie verübt hätten.«

»Das ist lange vorbei«, hielt Malone dagegen.

»Ich will Ihnen etwas zeigen, was noch nicht lange vorbei ist.«

Sie führte ihn durch die Ausstellung zu einem Sockel, auf dem vier zerbrochene Steinstücke lagen. In diese waren Buchstaben tief eingraviert. Er bückte sich und untersuchte sie.

»Es sind dieselben wie im Manuskript«, sagte er. »Dieselbe Schrift.«

»Genau dieselben«, stimmte sie zu.

Er stand auf. »Noch mehr skandinavische Runen?«

»Diese Steine kommen aus der Antarktis.«

Das Buch. Die Steine. Die unbekannte Schrift. Sein Vater. Ihr Vater. Die NR-1A. Die Antarktis. »Was wollen Sie eigentlich von mir?«

»Großvater hat diese Steine dort gefunden und hat sie mitgebracht. Mein Vater hat sein Leben mit dem Versuch zugebracht, sie und« – sie hielt das Buch hoch – »diesen Text hier zu entziffern. Beide Männer waren hoffnungslose Träumer. Aber um begreifen zu können, wofür sie gestorben sind – und das gilt für Sie wie für mich –, müssen wir das Rätsel lösen, das Großvater die *Suchfahrt Karls des Großen* nannte.«

»Woher wissen Sie, dass irgendetwas davon mit dem U-Boot zu tun hat?«

»Vater war nicht zufällig an Bord. Er war Teil dessen, was geschah. Tatsächlich war er sogar der Grund, warum es geschah. Seit Jahrzehnten versuche ich, den geheimen Bericht über die *Blazek* in die Hände zu bekommen, erfolglos. Aber Sie haben ihn jetzt.«

»Und Sie haben mir immer noch nicht gesagt, woher Sie das wussten.«

»Ich habe Quellen in der Navy. Aus denen habe ich erfahren, dass Ihre ehemalige Chefin, Stephanie Nelle, auf den Bericht zugegriffen und Ihnen eine Kopie geschickt hat.«

»Das erklärt noch immer nicht, woher Sie wussten, dass ich heute auf diesem Berg sein würde.«

»Wie wäre es, wenn wir dieses Geheimnis vorläufig offen ließen.«

»Sie haben Ihre beiden Leute losgeschickt, um den Bericht zu stehlen?«

Sie nickte.

Er mochte ihre hochmütige Art nicht, aber verdammt noch mal, er war fasziniert. Er befand sich unterhalb einer bayrischen Abtei, war von einer Vielzahl alter Steine mit sonderbaren Gravuren umgeben und betrachtete ein Buch, das angeblich von Karl dem Großen stammte und das man nicht lesen konnte. Wenn das, was Dorothea Lindauer sagte, der Wahrheit entsprach, mochte es durchaus eine Verbindung zum Tod seines Vaters geben.

Aber es wäre verrückt, sich mit dieser Frau zusammenzutun.

Er brauchte sie nicht. »Nehmen Sie es nicht übel, aber ich lehne Ihr Angebot ab.« Er wandte sich zum Gehen.

»Einverstanden«, sagte sie, als er zur Tür ging. »Wir beiden könnten niemals zusammenarbeiten.«

Er blieb stehen, drehte sich um und stellte klar: »Nehmen Sie mich nicht noch einmal auf den Arm.«

»*Guten Abend*, Herr Malone.«

13

Füssen, Deutschland
20.30 Uhr

Wilkerson stand unter den verschneiten Ästen einer Buche und beobachtete den Bücherladen. Dieser lag unmittelbar außerhalb der Fußgängerzone in einer Arkade mit pittoresken Läden, nicht weit von einem lauten Weihnachtsmarkt, wo Menschengedränge und Flutlicht einen Anflug von Wärme in die winterlich kalte Nacht brachten. Der Duft von Zimt, Lebkuchen und gebrannten Mandeln hing in der Luft, zusammen mit dem Geruch von brutzelnden Schnitzeln und Bratwürsten. Hoch oben auf einer Kirche spielte eine Bläserkapelle Bachstücke.

Ein schwacher Lichtschein drang aus dem Fenster des Bücherladens und ließ erkennen, dass der Besitzer pflichtschuldig wartete. Wilkersons Leben würde sich ändern. Langford Ramsey, sein gegenwärtiger Vorgesetzter bei der Navy, hatte ihm versprochen, dass er mit einem goldenen Stern auf den Achselklappen nach Hause zurückkehren würde.

Aber er hatte seine Zweifel an Ramsey.

So war das eben mit den Schwarzen. Man konnte ihnen nicht trauen. Er erinnerte sich immer noch an das Gespräch, das er als Neunjähriger mit seinem Vater geführt hatte. Damals wohnten sie in einer kleinen Stadt im südlichen Tennessee, wo Männer wie sein Vater in den Teppichfabriken ihren Lebensunterhalt verdienten. Wo Schwarze und Weiße früher getrennt gelebt hatten, zwang nun eine Änderung der Gesetze und der Einstellungen die Rassen näher zusammen. Einmal an einem Sommerabend hatte er auf einem Teppichläufer gelegen und gespielt. Nebenan in der Küche hatten sich die Nachbarn gedrängt, und er war zur Tür geschlichen und hatte gelauscht, wie die Menschen über ihre Zukunft diskutierten. Er hatte nicht recht verstanden, warum sie so aufgebracht waren, und so hatte er seinen Vater am nächsten Nachmittag, als er mit ihm hinten im Garten war, danach gefragt.

»Die machen die Nachbarschaft kaputt, Junge. Nigger ham hier nichts zu suchen.«

Er hatte seinen Mut zusammengenommen und gefragt: »Ham wir sie nich' zuerst aus Afrika hier rübergeholt?«

»Na und? Heißt das, dass wir ihnen was schuldig sin'? Die sin' selber schuld. Unten in der Fabrik schafft keiner von denen es, seinen Job zu behalten. Für die zählt nur, was die Weißen ihnen geben. Leute wie ich und die anderen Leute von dieser Straße hier arbeit'n ihr ganzes Leben lang, und dann kommen die einfach und machen alles kaputt.«

Er dachte über das nach, was er am Vorabend gehört hatte. »Du un' die Nachbarn, ihr kauft das Haus weiter unten an der Straße und reißt es ab, damit die da nich' einziehen können?«

»Scheint mir das Klügste zu sein.«

»Wollt ihr jedes Haus in der Straße kaufen und abreißen?«

»Wenn es sein muss.«

Sein Vater hatte recht gehabt. *Man kann keinem von denen trauen.* Und schon gar nicht einem, der zum Admiral in der US-Marine aufgestiegen und Leiter des Marinegeheimdienstes geworden war.

Aber was blieb ihm für eine Wahl? Der Zugang zur Admiralität führte für ihn direkt über Langford Ramsey.

Er warf einen Blick auf die Uhr. Ein Toyota-Coupé fuhr die Straße entlang und hielt zwei Geschäfte hinter dem Bücherladen. Ein Seitenfenster wurde heruntergelassen, und der Fahrer gab ihm einen Wink.

Er zog ein Paar Lederhandschuhe über und trat zur Tür des Bücherladens. Ein leises Klopfen, und der Besitzer schloss auf.

Ein Geklingel von Glöckchen ertönte, als Wilkerson in den Laden trat.

»Guten Abend, Martin«, sagte er auf Deutsch zu dem untersetzten, übergewichtigen Mann mit dem buschigen, schwarzen Schnauzbart.

»Freut mich, Sie wiederzusehen«, antwortete der Deutsche.

Er trug dieselbe Fliege und dieselben Stoffhosenträger, die er schon vor Wochen angehabt hatte, als Wilkerson ihm zum ersten Mal begegnet war. Sein Laden beherbergte eine wilde Mischung aus Altem und Neuem, wobei das Hauptgewicht auf Okkultem lag. Er hatte einen Ruf als diskreter Büchermakler.

»Ich hoffe, Sie hatten einen erfolgreichen Tag?«, fragte Wilkerson.

»Nein, das Geschäft war flau. Es gab nur wenig Kundschaft – bei dem Schnee und wo heute Abend Weihnachtsmarkt ist, haben die Leute keine Lust auf Bücher.« Martin schloss die Tür und drehte den Schlüssel im Schloss.

»Dann kann ich ja vielleicht Ihr Glück heute wenden. Es wird Zeit, dass wir unser Geschäft abschließen.«

In den letzten drei Monaten hatte dieser Deutsche als Mittelsmann gearbeitet und verschiedene seltene Bücher und Dokumente aus unterschiedlichen Quellen angekauft, alle zum selben Thema und hoffentlich unbemerkt.

Wilkerson folgte dem Mann durch einen zerschlissenen Vorhang in den hinteren Teil des Ladens. Bei seinem ersten Besuch hatte er erfahren, dass das Gebäude Anfang des zwanzigsten Jahrhunderts einmal eine Bank beherbergt hatte. Von damals gab es noch einen Tresorraum, und Wilkerson sah jetzt zu, wie der Deutsche die Kombination einstellte, die Öffnungsmechanik einrasten ließ und dann die schwere Eisentür aufzog.

Martin trat ein, zog an einem Kettchen und schaltete eine nackte Glühbirne an. »Ich rackere mich schon den größten Teil des Tages damit ab.«

In der Mitte des Tresorraums waren Kisten aufgestapelt. Wilkerson untersuchte den Inhalt der obersten. Es waren Ausgaben der *Germanien*, einer archäologischen und anthropologischen Monatszeitschrift, die von den Nazis in den Dreißigerjahren herausgegeben worden war. In einer anderen Kiste lagen ledergebundene Bände mit dem Titel: Forschungsgemeinschaft *Deutsches Ahnenerbe: Entwicklung, Wesen, Wirkung*.

»Die hier hat Heinrich Himmler Adolf Hitler zu seinem fünfzigsten Geburtstag geschenkt«, erklärte Martin. »Das war ein echter Fund. Und noch nicht einmal besonders teuer.«

In den restlichen Kisten lagen weitere Zeitschriften, Korrespondenz, Abhandlungen und Dokumente aus der Zeit vor, während und nach dem Krieg.

»Ich hatte das Glück, Verkäufer zu finden, die Bargeld brauchten. Die werden immer seltener. Was mich zur Frage meiner eigenen Bezahlung bringt.«

Wilkerson fischte einen Umschlag aus der Innentasche seines Mantels und reichte ihn weiter. »Zehntausend Euro, wie vereinbart.«

Der Deutsche blätterte die Scheine mit dem Daumen durch, eindeutig zufrieden.

Sie verließen den Tresorraum und kehrten in den vorderen Bereich des Ladens zurück.

Martin kam als Erster beim Vorhang an, fuhr plötzlich herum und richtete eine Pistole auf Wilkerson. »Ich bin kein Amateur. Aber der, für den Sie arbeiten, wer auch immer das ist, muss mich für einen halten.«

Wilkerson versuchte, die Verwirrung aus seinem Gesicht zu verbannen.

»Diese Männer da draußen. Warum sind sie hier?«

»Um mir zu helfen.«

»Ich habe getan, was Sie verlangt haben, habe gekauft, was Sie wollten, und keine Spuren hinterlassen, die zu Ihnen führen könnten.«

90

»Dann haben Sie keinen Grund zur Sorge. Ich bin nur wegen der Kisten gekommen.«

Martin winkte mit dem Umschlag. »Geht es um das Geld?«

Wilkerson zuckte die Schultern. »Das glaube ich kaum.«

»Sagen Sie dem, der diesen Ankauf bezahlt, dass er mich in Ruhe lassen soll.«

»Woher wissen Sie denn, dass ich nicht selbst kaufe?«

Martin fasste ihn ins Auge. »Jemand benutzt Sie. Oder schlimmer noch, Sie prostituieren sich selbst. Sie haben Glück, dass ich Sie nicht erschieße.«

»Und warum tun Sie das nicht?«

»Ich brauche keine Kugel an Sie zu verschwenden. Sie stellen keine Bedrohung dar. Aber sagen Sie Ihrem Wohltäter, dass er die Finger von mir lassen soll. Jetzt nehmen Sie Ihre Kisten und gehen Sie.«

»Ich brauche Hilfe.«

Martin schüttelte den Kopf. »Die beiden da draußen können im Wagen bleiben. Tragen Sie die Kisten selber hinaus. Aber eines sage ich Ihnen. Ein einziger Trick, und ich erschieße Sie.«

14

Kloster Ettal

Dorothea Lindauer sah auf die glänzenden blaugrauen Steinblöcke, die ihr Großvater wohl aus der Antarktis hergeschafft hatte. Sie hatte die Abtei im Laufe der Jahre nur selten besucht. Die fixen Ideen von Großvater und Vater hatten ihr nur wenig bedeutet. Und als sie jetzt mit den Fingern über die raue Oberfläche der Steine strich und den sonderbaren Buchstaben nachfuhr, um deren Verständnis die beiden gerungen hatten, war sie sich sicher:

Sie waren Narren gewesen. Alle beide.

Insbesondere aber ihr Großvater.

Hermann Oberhauser war in eine aristokratische Familie reaktionärer Politiker hineingeboren worden, die bei aller Leidenschaft, mit der sie ihren Überzeugungen anhingen, real nur wenig für diese Positionen bewirken konnten. Er hatte sich der antipolnischen Bewegung angeschlossen, die Anfang der Dreißigerjahre in Deutschland im Schwange war, und Geld gesammelt, um die verhasste Weimarer Republik zu bekämpfen. Als Hitler nach der Macht strebte, erwarb Hermann eine Werbefirma, verkaufte den Nationalsozialisten Werbeplatz zu Sonderkonditionen und half beim Aufstieg der Braunhemden von Terroristen zu Staatsführern. Er gründete einen Medienkonzern und wurde Vorsitzender der Deutschnationalen Volkspartei, die schließlich geschlossen zu den Nazis übertrat. Außerdem zeugte er drei Söhne. Zwei davon erlebten das Ende des Krieges nicht, der eine fiel in Russland, der andere in Frankreich. Dorotheas Vater war nur deshalb am Leben geblieben, weil er zum Kämpfen noch zu jung war. Nach Kriegsende wurde ihr Großvater zu einem der zahllosen Enttäuschten, die Hitler zu dem gemacht hatten, was er war, und nun die Schande trugen. Er verlor seine Zeitungsverlage, konnte aber zum Glück seine Fabriken und seine Ölraffinerie behalten, denn da die Alliierten diese brauchten, wurden seine Sünden vielleicht nicht vergeben, aber praktischerweise vergessen.

Dorotheas Großvater hatte außerdem einen irrationalen Stolz auf sein teutonisches Erbe gehegt. Er war ein begeisterter Nationalist gewesen, überzeugt, dass die westliche Zivilisation am Rande des Zusammenbruchs stand und dass ihre einzige Hoffnung im Wiedererlangen alter Wahrheiten lag. Genau wie Dorothea es Malone erzählt hatte, hatte ihr Großvater Ende der Dreißigerjahre sonderbare Symbole in den Giebeln niederländischer Bauernhäuser entdeckt und war zu der Überzeugung gelangt, dass diese – wie auch die Steingravuren aus Schweden und Norwegen und die Steinblöcke aus der Antarktis – arische Hieroglyphen darstellten.

Die Mutter aller Schriften.

Die Sprache des Himmels.

Das war kompletter Unsinn, aber die Nazis liebten solche romantischen Ideen. 1931 gehörten Zehntausende Männer der SS an, die Himmler allmählich in eine rassische Elite junger Arier umformte. Das Rasse- und Siedlungshauptamt der Organisation prüfte akribisch, ob ein Bewerber genetisch für die Mitgliedschaft geeignet war. Dann, 1935, ging Himmler noch einen Schritt weiter und gründete eine Forschungsgemeinschaft mit dem Ziel, die Existenz einer goldenen arischen Vergangenheit aufzudecken.

Die Forschungsgemeinschaft hatte eine doppelte Aufgabe.

Hinweise auf die Vorfahren der Deutschen bis zurück zur Altsteinzeit aufzuspüren und dem deutschen Volk die Forschungsergebnisse zu vermitteln.

Ein langer Name unterstrich die erwünschte Bedeutung. *Deutsches Ahnenerbe – Studiengesellschaft für Geistesurgeschichte.* Oder einfacher: das Ahnenerbe. Hundertdreiundsiebzig Gelehrte und Wissenschaftler arbeiteten für die Gesellschaft, dazu kamen noch zweiundachtzig Filmemacher, Fotografen, Künstler, Bildhauer, Bibliothekare, Techniker, Buchhalter und Sekretärinnen.

Den Vorsitz hatte Hermann Oberhauser.

Während ihr Großvater an seinen Fiktionen arbeitete, starben Millionen von Deutschen. Hitler entließ ihn schließlich aus dem Ahnenerbe und demütigte sowohl ihn als auch die ganze Familie Oberhauser öffentlich. Damals hatte ihr Großvater sich hierher zurückgezogen, in die Abtei, hinter die sicheren, von der Religion beschützten Mauern, und versucht, sich zu rehabilitieren.

Doch dazu war es nie gekommen.

Sie erinnerte sich an den Tag seines Todes.

» *Großvater.* « *Sie kniete sich neben das Bett und ergriff seine gebrechliche Hand.*

Die Augen des alten Mannes öffneten sich, doch er sagte nichts. Er hatte schon vor langer Zeit die Erinnerung an seine Enkelin verloren.

» *Man darf niemals aufgeben* «, *sagte sie.*

» *Lassen Sie mich an Land gehen.* « *Er hauchte die Worte nur, und sie musste sich anstrengen, sie zu verstehen.*

» *Großvater, was sagst du?* «

Seine Augen verschleierten sich, ihr matt schimmernder Glanz war verstörend. Langsam schüttelte er den Kopf.

» *Du möchtest sterben?* «, *fragte sie.*

» *Ich muss an Land gehen. Sagen Sie dem Kapitän Bescheid.* «

» *Was meinst du damit?* «

Wieder schüttelte er den Kopf. » *Ihre Welt. Sie ist verschwunden. Ich muss an Land gehen.* «

Sie setzte zum Sprechen an, um ihn zu beruhigen, doch sein Griff löste sich und seine Brust flatterte. Dann öffnete sich sein Mund langsam und er sagte: » *Heil … Hitler.* «

Immer wenn sie an diese letzten Worte dachte, überlief sie ein Schauder. Warum hatte er mit seinem letzten Atemzug ein Bündnis mit dem Bösen verkündet?

Das würde sie leider niemals erfahren.

Die Tür zu dem unterirdischen Raum ging auf, und die Frau aus der Seilbahn kehrte zurück. Dorothea sah zu, wie sie selbstbewusst zwischen den Ausstellungsstücken hindurchschlenderte. Wie hatte es dahin kommen können? Ihr Großvater war als Nazi gestorben und ihr Vater als Träumer.

Nun würde sie mit all dem von vorn anfangen.

» Malone ist weg «, sagte die Frau. » Er ist abgefahren. Ich brauche mein Geld. «

» Was ist heute auf dem Berg passiert? Der Tod Ihres Mitarbeiters entsprach nicht dem Plan. «

» Die Sache ist aus dem Ruder gelaufen. «

»Sie haben viel Aufmerksamkeit auf etwas gelenkt, das unbeobachtet bleiben sollte.«

»Es hat doch geklappt. Malone ist gekommen und Sie hatten diese Unterredung mit ihm, die Sie wollten.«

»Sie haben vielleicht das ganze Vorhaben gefährdet.«

»Ich habe getan, was Sie mir aufgetragen haben, und ich möchte meine Bezahlung. Und außerdem noch Eriks Anteil. Er hat ihn definitiv verdient.«

»Sein Tod macht Ihnen nichts aus?«, fragte Dorothea.

»Er hat überreagiert und musste den Preis dafür bezahlen.«

Dorothea hatte vor zehn Jahren mit dem Rauchen aufgehört, vor kurzem aber wieder damit angefangen. Nikotin schien ihre angegriffenen Nerven zu beruhigen. Sie ging zu einem der bemalten Schränke, nahm eine Packung Zigaretten heraus und bot ihrem Gast eine an.

Die Frau nahm dankend an.

Dorothea wusste von ihrer ersten Begegnung, dass die Frau rauchte. Sie wählte eine Zigarette für sich selbst, griff nach Streichhölzern und zündete beide Zigaretten an.

Die Frau inhalierte zwei Mal tief. »Mein Geld, bitte.«

»Selbstverständlich.«

Dorothea beobachtete, wie sich zuerst die Augen veränderten. Ein nachdenklicher Blick wich dem Ausdruck von Angst, Schmerz und schließlich Verzweiflung. Die Muskeln im Gesicht der Frau verkrampften sich schmerzlich. Die Zigarette fiel ihr aus dem Mund, und sie griff mit beiden Händen nach ihrer Kehle. Die Zunge quoll ihr aus dem Hals, und sie rang würgend um Atem, bekam aber keine Luft.

Schaum trat ihr vor den Mund.

Sie holte ein letztes Mal mühsam Atem, hustete und versuchte zu sprechen, doch dann ließ sie den Kopf hängen und brach zusammen.

Ein Hauch von Bittermandel mischte sich in ihren letzten Atemzug.

Zyanid. Damit war der Tabak geschickt versetzt worden.

Interessant, wie willig diese Frau für Leute gearbeitet hatte, über die sie nicht das Geringste wusste. Niemals hatte sie auch nur eine Frage gestellt. Diese Art Fehler hatte Dorothea nicht begangen. Sie hatte ihre Verbündeten sorgfältig überprüft. Die Tote war ein schlichtes Gemüt gewesen – nur hinter Geld her –, aber Dorothea durfte kein Gerede riskieren.

Und Cotton Malone? Der war wohl ein ganz anderes Kaliber.

Und etwas sagte ihr, dass sie mit ihm noch nicht fertig war.

15

Washington, D.C.
15.20 Uhr

Ramsey kehrte zum Nationalen Maritimen Nachrichtendienstzentrum zurück, in dem der Marinegeheimdienst arbeitete. In seinem Privatbüro wurde er von seinem Stabschef begrüßt, einem ehrgeizigen Kapitän namens Hovey.

»Was ist in Deutschland vorgefallen?«, fragte Ramsey ihn sofort.

»Die NR-1A-Akte wurde Malone wie geplant auf der Zugspitze übergeben, aber dann war auf der Rückfahrt mit der Seilbahn der Teufel los.«

Er hörte sich Hoveys Bericht über den Vorfall an und fragte dann: »Wo ist Malone jetzt?«

»Das Satellitenüberwachungssystem an seinem Mietwagen zeigt, dass er wie wild rumfährt. Eine Zeitlang war er in seinem Hotel, dann ist er zu einem Ort namens Kloster Ettal gefahren. Das liegt etwa fünfzehn Kilometer außerhalb von Garmisch.

Als Letztes war er dann wieder auf dem Rückweg von Garmisch.«

Sie hatten klugerweise ein elektronisches Überwachungsgerät an Malones Wagen angebracht, das ihnen den Luxus der Satellitenüberwachung gestattete. Ramsey setzte sich an seinen Schreibtisch. »Was ist mit Wilkerson?«

»Der Drecksack hält sich für superschlau«, antwortete Hovey. »Er hat Malone locker beschattet, eine Weile in Garmisch gewartet und ist dann nach Füssen gefahren, wo er sich mit dem Besitzer eines Bücherladens getroffen hat. Er hatte draußen in einem Wagen zwei Helfer sitzen. Sie haben Kisten mit Büchern weggeschleppt.«

»Er geht Ihnen auf die Nerven, nicht wahr?«

»Er macht viel mehr Ärger, als er wert ist. Wir müssen uns von ihm trennen.«

Ramsey hatte schon vorher einen gewissen Widerwillen Hoveys gegen Wilkerson gespürt. »Wo sind Sie beide sich schon einmal über den Weg gelaufen?«

»Im NATO-Hauptquartier. Er hat mich beinahe meine Kapitänsstreifen gekostet. Zum Glück war der Arschkriecher meinem Vorgesetzten aber genauso verhasst wie mir.«

Ramsey hatte keine Zeit für kleinliche Eifersüchteleien. »Wissen wir, was Wilkerson jetzt tut?«

»Wahrscheinlich versucht er, sich schlüssig zu werden, wer ihm mehr helfen kann. Wir oder die.«

Sobald Ramsey erfahren hatte, dass Stephanie Nelle auf den Untersuchungsbericht über die NR-1A zugegriffen hatte, um diesen Malone zukommen zu lassen, hatte er sofort freischaffende Agenten zur Zugspitze geschickt, Wilkerson deren Anwesenheit aber absichtlich verschwiegen. Sein Berliner Abteilungschef glaubte, der einzige auf die Sache angesetzte Agent zu sein, und hatte Anweisung, Malone locker zu überwachen und Bericht zu erstatten. »Hat Wilkerson sich gemeldet?«

Hovey schüttelte den Kopf. »Kein Wort von ihm.«

Ramseys Sprechanlage summte, und seine Sekretärin informierte ihn, dass das Weiße Haus am Apparat war. Er schickte Hovey weg und nahm ab.

»Wir haben ein Problem«, sagte Diane McCoy.

»Was für ein Problem denn?«

»Edwin Davis ist los.«

»Der Präsident kann ihn nicht zurückhalten?«

»Nicht, wenn er nicht will.«

»Und das spüren Sie?«

»Ich konnte Daniels dazu bringen, mit Davis zu sprechen, aber der Präsident hat sich nur ein wirres Geschwätz über die Antarktis angehört und sich dann freundlich verabschiedet und aufgelegt.«

Ramsey erkundigte sich näher, und sie berichtete, was vorgefallen war. Dann fragte er: »Unsere Nachfrage nach der Akte von Zachary Alexander hat dem Präsidenten nichts gesagt?«

»Offensichtlich nicht.«

»Vielleicht müssen wir den Druck verstärken.« Genau deshalb hatte er ja Charlie Smith losgeschickt.

»Davis hat sich mit Stephanie Nelle verbündet.«

»Die ist ein Leichtgewicht.«

Das *Magellan Billet* hielt sich gerne für einen Akteur auf der Bühne der internationalen Spionage. Was für ein Quatsch. Zwölf verdammte Anwälte? Schluss mit den Träumereien. Keiner von denen war einen Pfifferling wert. Mit Cotton Malone war das etwas anderes gewesen. Aber der war aus dem Dienst ausgeschieden und hatte zur Zeit nur seinen Vater im Sinn. Im Moment sollte er so richtig sauer sein, und nichts behinderte das Urteilsvermögen stärker als Zorn.

»Nelle ist bedeutungslos.«

»Davis ist sofort nach Atlanta aufgebrochen. Er ist kein impulsiver Typ.«

Das stimmte, aber trotzdem. »Er kennt weder das Spiel noch die Regeln noch den Einsatz.«

»Ihnen ist klar, dass er wahrscheinlich auf dem Weg zu Zachary Alexander ist?«

»Sonst noch was?«

»Vermasseln Sie das nicht.«

Auch wenn sie die Nationale Sicherheitsberaterin war, war er doch kein Untergebener, den man einfach so herumschubsen durfte. »Ich werde mich bemühen.«

»Hier geht es auch um meinen Job. Vergessen Sie das nicht. Einen guten Tag noch, Admiral.«

Damit legte sie auf.

Das würde heikel werden. Mit wie vielen Bällen gleichzeitig konnte er jonglieren? Er blickte auf die Uhr.

Wenigstens eine Sache dürfte bald reif sein.

Er sah auf seinen Schreibtisch, wo die gestrige *New York Times* lag, aufgeschlagen auf der Seite Nationales bei einem Artikel über Admiral David Sylvian, Vier-Sterne-Admiral und stellvertretender Vorsitzender des Vereinigten Generalstabs. Siebenunddreißig Jahre hatte er beim Militär gedient und war neunundfünfzig Jahre alt. Derzeit lag er nach einem Motorradunfall im Krankenhaus, den er eine Woche zuvor auf der vereisten Fahrbahn eines Highways in Virginia erlitten hatte. Man rechnete mit seiner Genesung, aber sein Zustand wurde als ernst eingestuft. Das Weiße Haus wurde mit Genesungswünschen zitiert. Sylvian hatte ein Händchen für den Bürokratieabbau und hatte das Budget- und Beschaffungsprozedere des Pentagon vollkommen umgekrempelt. Er war ein U-Boot-Mann. Beliebt und geachtet.

Ein Hindernis.

Ramsey hatte nicht gewusst, wann der richtige Moment für ihn kommen würde, doch jetzt, da es so weit war, war er vorbereitet. In der vergangenen Woche hatte sich alles wunderbar geordnet. Charlie Smith würde sich hier um die Dinge kümmern.

Jetzt war es Zeit für Europa.

Er griff nach dem Telefon und wählte eine Nummer in Übersee.

Nach dem vierten Läuten wurde abgenommen. Ramsey fragte: »Wie ist das Wetter bei euch?«

»Bewölkt, kalt und regnerisch.«

Die korrekte Antwort. Er redete mit der richtigen Person. »Diese Weihnachtspäckchen, die ich bestellt habe, bitte sorgfältig verpacken und dann ausliefern.«

»Express oder normale Post?«

»Express. Die Feiertage stehen bevor.«

»Wir können das innerhalb einer Stunde erledigen.«

»Großartig.«

Er legte auf.

Sterling Wilkerson und Cotton Malone würden bald tot sein.

TEIL ZWEI

16

White Oak, Virginia
17.15 Uhr

Charlie Smith blickte auf die kleinen Leuchtzeiger seiner India-na-Jones-Sammleruhr und sah dann durch die Windschutzschei-be seines geparkten Hyundai nach draußen. Er würde froh sein, wenn der Frühling kam und das Wetter sich änderte. Irgendwie reagierte er psychisch auf den Winter. Es hatte angefangen, als er noch ein Teenager war, war aber schlimmer geworden, als er in Europa lebte. In einem Nachrichtenmagazin hatte er einen Beitrag über diesen Zustand gesehen. Auslöser waren die langen Nächte, der Mangel an Sonne und die kalten Temperaturen.

Verdammt deprimierend.

Dreißig Meter entfernt lag der Haupteingang des Kranken-hauses. Der grau verputzte Kasten war dreigeschossig. Smith' Dossier lag aufgeschlagen auf dem Beifahrersitz, damit er je-derzeit nachschauen konnte, aber seine Aufmerksamkeit rich-tete sich jetzt wieder auf sein iPhone und eine *Star-Trek*-Episo-de, die er heruntergeladen hatte. Kirk und ein eidechsenähnlicher Alien bekämpften sich auf einem unbewohnten Asteroiden. Er hatte jede einzelne der neunundsiebzig Originalepisoden so oft gesehen, dass er meistens schon die nächste Dialogzeile kannte. Übrigens, zum Thema Mädels. Uhura war ganz schön scharf. Er sah zu, wie die außerirdische Echse Kirk in eine Ecke drängte, blickte aber vom Bildschirm auf, als zwei Menschen aus dem Krankenhauseingang traten und auf einen mokkafarbenen Ford Focus zugingen.

Er verglich das Nummernschild mit seinen Unterlagen. Das Fahrzeug gehörte der Tochter und ihrem Mann.

Ein weiterer Mann kam aus dem Krankenhaus – Mitte dreißig, rötliches Haar – und ging auf einen zinkfarbenen Toyota SUV zu.

Er überprüfte das Nummernschild. Das war der Sohn.

Eine ältere Frau folgte ihm. Sylvians Frau. Ihr Gesicht entsprach dem Schwarz-Weiß-Foto in seinen Unterlagen.

Wie schön, wenn man gut vorbereitet war.

Kirk rannte aus Leibeskräften vor der Echse weg, aber Smith wusste, dass er nicht weit kommen würde. Ein Showdown stand bevor.

Genau wie hier.

Zimmer 245 sollte jetzt frei von Besuchern sein.

Smith wusste, dass das Krankenhaus ein regionales Zentrum war. Die beiden Operationssäle wurden rund um die Uhr genutzt, und in die Notaufnahme kamen Krankenwagen aus mindestens vier weiteren Bezirken. Da war eine Menge los, und das sollte es Smith ermöglichen, sich als Krankenpfleger verkleidet unauffällig durch die Gänge zu bewegen.

Lässig stieg er aus dem Wagen und schlenderte durch den Haupteingang.

Die Rezeption in der Eingangshalle war nicht besetzt. Er wusste, dass die Angestellte ab siebzehn Uhr dienstfrei hatte und erst um sieben Uhr am nächsten Morgen an ihren Platz zurückkehren würde. Ein paar Besucher schlenderten zum Parkplatz. Die Besuchszeit endete um siebzehn Uhr, aber in seinen Unterlagen hatte er nachgelesen, dass die meisten Besucher nicht vor achtzehn Uhr gingen.

Er ging an den Aufzügen vorbei und über den glänzenden Terrazzo-Boden in den hinteren Bereich des Erdgeschosses, wo er in der Wäschekammer Halt machte. Fünf Minuten später trat er im ersten Stock selbstbewusst aus dem Lift, die Schritte gedämpft von den Gummisohlen seiner Krankenhausschuhe.

Links und rechts von ihm lagen die Korridore menschenleer da, die Türen der belegten Zimmer waren geschlossen. Im Schwesternzimmer unmittelbar vor ihm saßen zwei ältere Frauen und arbeiteten an Patientenunterlagen.

Smith trug einen Arm voll ordentlich gefalteter Bettwäsche. Unten in der Wäschekammer hatte er erfahren, dass die Zimmer 248 und 250, die Zimmer 245 gegenüber lagen, frische Bettwäsche gebrauchen konnten.

Die einzigen schwierigen Entscheidungen dieses Tages waren die Fragen gewesen, was er auf sein iPhone herunterladen und welche Todesart er wählen sollte. Zum Glück hatte der Krankenhaushauptcomputer leichten Zugang zur Krankenakte des Patienten gewährt. Auch wenn genug innere Verletzungen vorhanden waren, um Herz- oder Leberversagen zu rechtfertigen – seine beiden Lieblingsmethoden –, schien der niedrige Blutdruck des Patienten zur Zeit die Hauptsorge des Arztes darzustellen. Gegen dieses Problem waren bereits Medikamente verordnet worden, doch in einem Vermerk stand, dass man die Dosis erst am nächsten Morgen verabreichen würde, um dem Patienten Zeit zum Kräftesammeln zu geben.

Das war perfekt.

Smith hatte Virginias Autopsiegesetz studiert. Außer im Fall einer Gewalttat, eines Suizids, des unerwarteten Todes eines Gesunden oder im Fall anderer verdächtiger oder ungewöhnlicher Umstände wurde keine Autopsie vorgenommen.

Er liebte es, wenn die Gesetze für ihn arbeiteten.

Er betrat Zimmer 248 und warf die Bettwäsche auf die nackte Matratze. Rasch machte er das Bett, wobei er das Bettlaken auf Krankenhausart straff zog. Dann richtete er seine Aufmerksamkeit auf den Korridor. Mit einem Blick nach links und rechts vergewisserte er sich, dass alles ruhig war.

Drei Schritte, und er war in Zimmer 245.

Eine Sparleuchte warf kühles, weißes Licht auf eine tapezierte

Wand. Der Herzmonitor piepte. Ein Beatmungsgerät zischte. Im Schwesternzimmer wurden beide Geräte kontinuierlich überwacht, und so achtete Smith darauf, keines von beiden zu stören.

Der Patient lag regungslos in seinem Bett – Schädel, Gesicht, Arme und Beine waren dick verbunden. Der Krankenakte zufolge waren bei seiner Einlieferung in die Notaufnahme ein Schädelbruch, Schnittwunden und innere Verletzungen festgestellt worden. Wie durch ein Wunder war jedoch das Rückgrat unversehrt geblieben. Die Operation hatte drei Stunden gedauert, in denen die inneren Verletzungen und die Schnittwunden genäht worden waren. Es hatte einen beträchtlichen Blutverlust gegeben, und ein paar Stunden lang hatte der Admiral in Lebensgefahr geschwebt. Aber schließlich war die Ungewissheit gewichen, und der Zustand des Patienten wurde nun nicht mehr als ernst, sondern als stabil eingestuft.

Trotzdem musste dieser Mann sterben.

Warum? Smith hatte keine Ahnung. Und es war ihm auch egal.

Er streifte sich Latexhandschuhe über und zog die Spritze aus seiner Tasche. Im Krankenhauscomputer hatte er die relevanten Daten gefunden, so dass er seine Spritze mit der richtigen Menge an Nitroglycerin laden konnte.

Er spritzte den Inhalt in den Zugang für den Tropf, der neben dem Bett aufgehängt war. Eine Entdeckung war ausgeschlossen, da das Nitroglycerin im Körper des Sterbenden abgebaut werden und keine Spuren zurückbleiben würden.

Ein sofortiger Tod, den Smith eigentlich vorgezogen hätte, würde die Überwachungsgeräte auf Alarmstufe setzen und die Krankenschwestern herbeirufen.

Smith brauchte aber Zeit, um sich abzusetzen, und er wusste ja, dass der Tod von Admiral David Sylvian in etwa einer halben Stunde eintreten würde.

Bis dahin würde er weit weg sein und die Krankenpflegerkluft abgelegt haben, schon wieder auf dem Weg zu seinem nächsten Termin.

17

Garmisch
22.00 Uhr

Malone betrat erneut das Posthotel. Aufgewühlt hatte er das Kloster verlassen und war sofort nach Garmisch zurückgefahren. Ständig sah er die Besatzung der NR-1A vor sich, wie sie am Grund des eiskalten Ozeans gefangen saß und darauf hoffte, gerettet zu werden.

Aber keiner war gekommen.

Stephanie hatte ihn nicht zurückgerufen, und er war in Versuchung, sie zu kontaktieren, begriff aber, dass sie ihn schon anrufen würde, sobald es etwas zu sagen gab.

Diese Dorothea Lindauer war ein Problem. Ob ihr Vater wirklich an Bord der NR-1A gewesen war? Falls nicht, woher sollte sie dann den Namen des Mannes aus dem Bericht kennen? Zwar hatte die nach dem Untergang des Schiffs veröffentlichte offizielle Pressemitteilung auch eine Besatzungsliste enthalten, aber er erinnerte sich an keine Erwähnung eines Dietz Oberhauser. Die Anwesenheit des Deutschen auf dem U-Boot war offensichtlich nicht für die Öffentlichkeit bestimmt, ganz unabhängig von den zahllosen anderen Lügen, die verbreitet worden waren.

Was ging hier vor sich?

Dieser Aufenthalt in Bayern kam ihm sehr ungut vor.

Er stieg die Holztreppe hinauf. Schlaf würde ihm jetzt guttun. Morgen würde er Ordnung in seine Gedanken bringen. Er warf einen Blick in den Korridor. Die Tür zu seinem Zimmer war nur angelehnt. Aus war es mit der Hoffnung auf Erholung.

Er griff nach der Pistole in seiner Tasche und schlich über den bunten Läufer, der auf dem Holzboden lag, bemüht, möglichst so aufzutreten, dass die Dielen nicht knarrten und seine Anwesenheit ankündigten.

Die Architektur seines Zimmers schoss ihm durch den Kopf.

Die Eingangstür führte in eine kleine Diele, durch die es geradeaus in ein geräumiges Bad ging. Rechts lag dann das eigentliche Zimmer, in dem ein Kingsize-Bett, ein Schreibtisch, ein paar Beistelltischchen, ein Fernseher und zwei Stühle standen.

Vielleicht hatte das Zimmermädchen ja einfach vergessen, die Tür zu schließen? Möglich, aber nach dem heutigen Tag würde er kein Risiko eingehen. Er blieb stehen, und als er die Tür mit der Pistole aufschob, fiel ihm auf, dass das Licht an war.

»Alles in Ordnung, Mr. Malone«, sagte eine weibliche Stimme.

Er spähte an der Tür vorbei.

Eine hochgewachsene, wohlgeformte Frau mit schulterlangem aschblondem Haar stand auf der anderen Seite des Bettes. Ihr faltenloses Gesicht, glatt wie ein Stück Butter, wies fein gemeißelte, nahezu vollkommene Gesichtszüge auf.

Er hatte sie schon früher gesehen.

War das Dorothea Lindauer?

Nein.

Nicht ganz.

»Ich bin Christl Falk«, sagte die Frau.

Stephanie saß auf dem Fensterplatz, Edwin Davis neben sich, als das Flugzeug sich dem Jacksonville International Airport näherte. Unter ihnen breitete sich der östliche Teil des Okefenokee National Wildlife Refuge aus, dessen Sumpfvegetation winterlich braun gefärbt war. Sie hatte Davis während des fünfzigminütigen Flugs mit seinen Gedanken allein gelassen, aber genug war genug.

»Edwin, warum sagen Sie mir nicht die Wahrheit?«

Sein Kopf war gegen die Kopfstütze gelehnt, und er hatte die Augen geschlossen. »Ich weiß. Ich hatte keinen Bruder auf diesem U-Boot.«

»Warum haben Sie Daniels belogen?«

Er richtete sich auf. »Das musste ich tun.«

»Das sieht Ihnen so gar nicht ähnlich.«

Er sah sie an. »Wirklich? Wir kennen einander doch kaum.«

»Warum bin ich dann hier?«

»Weil Sie ehrlich sind. Verdammt naiv manchmal. Und stur. Aber immer ehrlich. Das hat etwas für sich.«

Sie staunte über seinen Zynismus.

»Das System ist korrupt, Stephanie. Bis ins Innerste. Wohin man auch schaut, ist die Regierung vergiftet.«

Sie war verblüfft über die Richtung, die das Gespräch nahm.

»Was wissen Sie über Langford Ramsey?«, fragte Davis.

»Ich mag ihn nicht. Er hält alle anderen für Idioten und glaubt, ohne ihn wäre der Nachrichtendienst am Ende.«

»Er steht seit neun Jahren an der Spitze des Marinenachrichtendienstes. Das hat es noch nie gegeben. Aber jedes Mal, wenn ein Amtswechsel anstand, hat man ihm erlaubt zu bleiben.«

»Ist das ein Problem?«

»Und ob. Ramsey hat Ambitionen.«

»Sie klingen so, als ob Sie ihn kennen.«

»Besser, als mir lieb ist.«

»Edwin, lass das«, sagte Millicent.

Er hatte das Telefon in der Hand und gab die Nummer der örtlichen Polizeidienststelle ein. Sie nahm ihm den Hörer aus der Hand und legte ihn auf die Gabel.

»Lass es sein«, sagte sie.

Er sah in ihre dunklen Augen. Das wunderschöne, lange braune Haar war zerzaust. Ihr Gesicht war so fein gezeichnet wie eh und je, wirkte aber gequält. Sie waren sich in so vieler Hinsicht ähnlich. Intelligent, engagiert und loyal. Nur ethnisch waren sie verschieden – sie war ein wunderschönes Beispiel für afrikanische Gene und er das Inbild eines weißen, angelsächsischen Protestanten. Schon Tage nachdem man ihn ins NATO-Hauptquartier in Brüssel geschickt und zu Captain Langford Ramseys Verbindungsmann zum US-Außenministerium ernannt hatte, hatte er sich zu ihr hingezogen gefühlt.

Sanft liebkoste er die neue Prellung auf ihrem Oberschenkel. »Er hat dich geschlagen.« Vergebens kämpfte er gegen das nächste Wort an. »Wieder.«

»So ist er eben.«

Sie war Lieutenant und stammte aus einer Familie, die schon in der vierten Generation in der Navy diente. Seit zwei Jahren war sie Langford Ramseys Assistentin und seit einem Jahr seine Geliebte.

»Ist er das wert?«, fragte Davis.

Sie zog sich vom Telefon zurück und fasste ihren Bademantel enger. Vor einer halben Stunde hatte sie Davis angerufen und ihn gebeten, in ihre Wohnung zu kommen. Da war Ramsey gerade gegangen. Davis wusste nicht, warum er immer kam, wenn sie ihn rief.

»Er will das eigentlich gar nicht«, sagte sie. »Aber sein Jähzorn geht mit ihm durch. Er mag es nicht, wenn man sich ihm verweigert.«

Die Vorstellung, dass die beiden es miteinander machten, tat ihm in der Seele weh, aber er hörte zu, da er wusste, dass Millicent sich von ihren falschen Schuldgefühlen befreien musste.

»Man muss das nach oben melden.«

»Das würde nichts nützen. Er ist ein Mann, der Karriere macht, Edwin. Ein Mann mit Freunden. Keiner würde sich darum scheren, was ich zu sagen habe.«

»Mir ist es wichtig.«

Sie sah ihn furchtsam an. »Er hat mir gesagt, dass er es nie wieder tun wird.«

»Das hat er das letzte Mal auch gesagt.«

»Es war mein Fehler. Ich habe ihn bedrängt. Das hätte ich nicht tun sollen.«

Sie saß auf dem Sofa und forderte ihn mit einer Handbewegung auf, sich neben sie zu setzen. Als er das tat, legte sie ihren Kopf an seine Schulter und schlief innerhalb einer Minute ein.

»Ein halbes Jahr später ist sie gestorben«, sagte Davis mit gedankenverlorener Stimme.

Stephanie schwieg.

»Herzstillstand. Die Verantwortlichen in Brüssel sagten, das habe wahrscheinlich genetische Ursachen.« Davis stockte. »Ramsey hatte sie wieder geschlagen, drei Tage zuvor. Man konnte nichts sehen. Es waren nur ein paar gut platzierte Knüffe.« Er verstummte eine Weile. »Danach habe ich um meine Versetzung gebeten.«

»Wusste Ramsey, was Sie Millicent gegenüber empfanden?«

Davis zuckte die Schultern. »Ich weiß selbst nicht genau, was ich ihr gegenüber empfand. Aber ich bezweifle, dass ihn das interessiert hätte. Ich war achtunddreißig Jahre alt und arbeitete mich im Außenministerium die Karriereleiter hoch. Der diplomatische Dienst hat viel mit dem Militär gemein. Man nimmt die Ernennungen, wie sie kommen. Aber was ich vorhin über den erfundenen Bruder sagte, stimmt zumindest so weit. Ich schwor mir damals, Ramsey das heimzuzahlen, falls ich jemals Gelegenheit dazu hätte.«

»Was hat denn Ramsey mit dieser Sache hier zu tun?«

Davis lehnte den Kopf zurück.

Das Flugzeug setzte zum Landeanflug an.

»Alles«, sagte er.

18

Bayern
22.30 Uhr

Wilkerson schaltete den Volvo herunter und fuhr langsamer. Die Straße führte in ein breites Alpental, das zwischen hoch aufragenden Gipfeln lag. Die aus der Dunkelheit niederfallenden Schneeflocken wurden von den Scheibenwischern beiseitegewischt. Er befand sich fünfzehn Kilometer nördlich von Füssen mitten im dunklen bayrischen Wald, nicht weit von Linderhof, einem der Märchenschlösser des verrückten Königs Ludwig II.

Er bremste und bog auf einen steinigen Weg ab, der tiefer in die verträumte Stille zwischen den Bäumen führte. Ein Bauernhaus kam in Sicht. Es war für die Gegend typisch: Giebeldach, bunte Farben und Mauern aus Stein, Mörtel und Holz. Die grünen Fensterläden im Erdgeschoss waren geschlossen, genau wie er sie früher am Tag zurückgelassen hatte.

Er parkte und stieg aus.

Der Schnee knirschte unter seinen Schuhen, als er zur Haustür ging. Drinnen schaltete er das Licht an und schürte das Feuer, das er im Herd hatte glimmen lassen. Dann kehrte er zum Wagen zurück, schleppte die Kisten aus Füssen ins Haus und stapelte sie in einem Küchenschrank auf.

Dann war er mit dieser Aufgabe fertig.

Er ging wieder zur Haustür und sah in die verschneite Nacht hinaus.

Bald würde er Ramsey Bericht erstatten müssen. Der hatte ihm gesagt, dass er in einem Monat nach Washington zurückbeordert würde und dort im Hauptquartier des Marinegeheimdienstes einen hohen Rang bekleiden sollte. Er würde zum nächsten Schwung Offiziere gehören, die für den Admiralsrang vorgeschlagen wurden, und Ramsey würde bis dahin, so hatte er versprochen, in der Position sein, für einen erfolgreichen Ausgang zu sorgen.

Aber würde er sein Versprechen auch halten?

Wilkerson konnte nur hoffen. Anscheinend hing sein ganzes Leben in letzter Zeit von anderen ab.

Und das kam ihm sehr ungut vor.

Die Glut im Herd rutschte mit einem Zischen zusammen. Er musste ein paar frische Scheite vom Holzstapel neben dem Haus holen. Später würde er ein kräftiges Feuer brauchen.

Er öffnete die Haustür.

Eine Explosion erschütterte die Nacht.

Instinktiv schirmte er sein Gesicht gegen ein plötzlich auf-flammendes, grelles Licht und einen Ausbruch sengender Hitze ab. Als er aufblickte, sah er, dass der Volvo, von dem kaum mehr als das Fahrgestell übrig war, in Flammen stand.

In der Dunkelheit bemerkte er eine Bewegung. Zwei Gestal-ten kamen auf ihn zu. Bewaffnet.

Krachend schlug er die Tür zu.

Das Glas in einem der Fenster zerbrach, und etwas fiel mit einem dumpfen Schlag auf den Holzboden. Er fasste den Ge-genstand ins Auge. Es war eine Granate. Sowjetische Bauart. Er stürzte sich ins Nachbarzimmer, da explodierte der Spreng-körper auch schon. Die Wände des Hauses waren anscheinend sehr stabil – die Zwischenwand fing die Explosion ab –, aber er hörte, wie der Wind durch das ehemals gemütliche Wohn-zimmer pfiff, da die Explosion offensichtlich eine Außenmauer eingerissen hatte.

Er kam auf die Beine und kauerte sich hin.

Er hörte Stimmen. Von draußen. Da waren zwei Männer. Einer auf jeder Seite des Hauses.

»Such nach der Leiche«, sagte einer der beiden auf Deutsch.

Er hörte, wie jemand die Trümmer durchstöberte, und der

Strahl einer Taschenlampe drang durch die Dunkelheit. Die Angreifer bemühten sich nicht, ihre Anwesenheit zu verbergen. Wilkerson drückte sich gegen die Wand.

»Was gefunden?«, fragte einer der Männer.

»Nein.«

»Geh tiefer rein.«

Wilkerson machte sich bereit.

Ein schmaler Lichtstrahl fiel durch den Eingang. Dann sah er die Taschenlampe selbst, gefolgt von einer Pistole. Er wartete, bis der Angreifer in den Raum trat, packte dann nach der Waffe, verpasste dem Mann einen Kinnhaken und riss ihm die Pistole mit einem Ruck aus der Hand.

Der Mann taumelte vorwärts, die Taschenlampe noch immer in der Hand. Wilkerson verschwendete keine Zeit. Während der Angreifer noch sein Gleichgewicht suchte, schoss er ihm einmal in die Brust. Dann legte er die Waffe erneut an, als ein zweiter Lichtstrahl tastend auf ihn zukam.

Etwas Schwarzes zischte durch die Luft und fiel krachend zu Boden.

Noch eine Granate.

Er sprang über ein Sofa hinweg und rollte es schützend auf sich, als die Bombe explodierte und die Trümmer auf ihn herabregneten. Wieder wurden Außenwand und Fenster weggesprengt, und die bittere Nachtkälte drang unerbittlich herein. Das umgedrehte Sofa hatte ihn vor der Explosion beschützt, und er dachte schon, er hätte das Schlimmste hinter sich, als er plötzlich ein Bersten hörte und einer der Deckenbalken auf das Sofa niederkrachte.

Zum Glück war er nicht eingeklemmt.

Der Mann mit der Taschenlampe schlich sich näher.

Bei dem Angriff hatte Wilkerson die Pistole verloren und suchte jetzt die Dunkelheit danach ab. Als er sie erblickte, kroch er, dicht an den Boden gepresst, unter dem Sofa hervor darauf zu.

Der Angreifer betrat den Raum und suchte sich einen Weg zwischen den Trümmern.

Unmittelbar vor Wilkerson prallte eine Kugel vom Boden ab.

Er verkroch sich hinter einem Trümmerhaufen, während eine weitere Kugel in seiner Nähe einschlug. Allmählich gingen ihm die Optionen aus. Die Pistole lag zu weit weg. Kalter Wind biss ihm ins Gesicht. Der Strahl der Taschenlampe fand ihn.

Verdammt. Er verfluchte erst sich selbst und dann Langford Ramsey.

Ein Gewehrschuss krachte.

Der Strahl der Taschenlampe schwankte, und dann fuhr das Licht wild herum.

Ein Körper fiel zu Boden.

Dann herrschte Stille.

Wilkerson rappelte sich auf und erspähte eine dunkle Gestalt – hochgewachsen, wohlgeformt und weiblich –, die, ein Jagdgewehr in der Hand, im Kücheneingang stand.

»Alles in Ordnung mit Ihnen?«, fragte Dorothea Lindauer.

»Guter Schuss.«

»Ich habe gesehen, dass Sie in Schwierigkeiten steckten.«

Er ging zu Lindauer hinüber und sah sie durch die Dunkelheit an.

»Damit dürften wohl keine Zweifel mehr bleiben, was Sie von Admiral Ramsey und seinen Absichten zu halten haben?«, fragte sie.

Er nickte. »Von jetzt an läuft es nach Ihrem Plan.«

19

Malone schüttelte den Kopf. Zwillinge? Er schloss die Tür. »Gerade habe ich Ihre Schwester getroffen. Ich habe mich schon gefragt, wieso sie mich so einfach gehen ließ. Hätten Sie beide nicht einfach zusammen mit mir sprechen können?«

Christl Falk schüttelte den Kopf. »Wir reden nicht viel miteinander.«

Jetzt war er verwirrt. »Sie arbeiten doch offensichtlich zusammen.«

»Nein, tun wir nicht.« Im Gegensatz zu ihrer Schwester war ihr Englisch völlig akzentfrei.

»Und was machen Sie dann hier?«

»Dorothea hat heute versucht, Sie zu ködern. Sie in die Sache reinzuziehen. Ich habe mich schon gefragt, warum. Ich hatte vor, mit Ihnen zu sprechen, wenn Sie vom Gipfel herunterkämen, habe es mir aber nach dem, was passiert ist, anders überlegt.«

»Sie haben alles gesehen?«

Sie nickte. »Dann bin ich Ihnen hierher gefolgt.«

In was zum Teufel war er da hineingeraten?

»Ich hatte mit dem Vorfall nichts zu tun«, stellte sie klar.

»Außer dass Sie schon im Voraus davon wussten.«

»Ich wusste nur, dass Sie da sein würden. Sonst nichts.«

Er beschloss, zur Sache zu kommen. »Sie wollen ebenfalls über Ihren Vater Bescheid wissen?«

»Genau.«

Er saß auf dem Bett und ließ seinen Blick zur anderen Seite des Raums und der eingebauten Holzbank wandern, die sich unter dem Fenster entlangzog, wo er bei dem Telefonat mit Stephanie gestanden hatte, als er die Frau aus der Seilbahn erblickte. Der Bericht über die *Blazek* lag noch immer da, wo er ihn hatte liegen lassen. Er fragte sich, ob seine Besucherin einen Blick riskiert hatte.

Christl Falk machte es sich in einem der Stühle bequem. Sie trug ein langärmliges Jeanshemd und eine khakifarbene Bundfaltenhose, die beide ihre gute Figur betonten. Diese beiden schönen Frauen, die abgesehen von unterschiedlichen Frisuren – Christl trug ihr glatt gebürstetes, frei fallendes Haar schulterlang – beinahe gleich aussahen, wirkten von der Persönlichkeit her recht unterschiedlich. Wo Dorothea Lindauer den Eindruck von Stolz und einer privilegierten Herkunft vermittelt hatte, ließ Christl Falks Art auf innere Kämpfe schließen.

»Hat Dorothea Ihnen von Großvater erzählt?«

»Ich habe eine Zusammenfassung bekommen.«

»Er hat für die Nazis gearbeitet, als Chef des Ahnenerbes.«

»Was für ein nobles Unterfangen.«

Sie schien seinen Sarkasmus zu spüren. »Ich bin ganz Ihrer Meinung. Das Ahnenerbe war ein Forschungsinstitut, das zu politischen Zwecken archäologische Beweise fabrizieren sollte. Himmler glaubte, die Ahnen der Deutschen stammten aus der Ferne, wo sie eine Herrenrasse gebildet hätten. Dann hätte sich dieses arische Blut in verschiedenen Teilen der Welt ausgebreitet. Daher rief er das Ahnenerbe ins Leben – wo sich Abenteurer, Mystiker und Gelehrte tummelten – und machte sich daran, diese Arier zu finden und gleichzeitig alle anderen Völker auszurotten.«

»Was war denn Ihr Großvater?«

Sie sah ihn verwirrt an.

»Abenteurer, Mystiker oder Gelehrter?«

»Eigentlich alles zusammen.«

»Aber anscheinend war er auch ein Politiker. Er war der Leiter der Institution, da muss er die wahre Mission des Ahnenerbes ja gekannt haben.«

»Genau da irren Sie sich. Großvater hat nur an das Konzept einer mythischen arischen Rasse geglaubt. Himmler hat diese fixe Idee manipuliert und zu einem Werkzeug ethnischer Säuberungen gemacht.«

»Mit dieser Rechtfertigung hat man es auch nach dem Krieg bei den Nürnberger Prozessen versucht, aber vergebens.«

»Glauben Sie, was Sie wollen, das ist ohne Bedeutung für das, was mich zu Ihnen geführt hat.«

»Ich warte schon – recht geduldig, wie ich hinzufügen muss – die ganze Zeit darauf, dass Sie mir erklären, was Sie hier suchen.«

Sie schlug die Beine übereinander. »Schrift- und Symbolstudien waren das Hauptinteresse des Ahnenerbes – es ging um die Suche nach Botschaften der alten Arier. Aber Ende 1935 fand Großvater tatsächlich etwas.« Sie deutete auf ihren Mantel, der neben Malone auf dem Bett lag. »Dort in der Tasche.«

Er griff hinein und zog ein in eine Plastiktüte gehülltes Buch heraus. Größe, Form und Erhaltungszustand waren wie bei dem vorherigen Buch, nur dass in den Deckel kein Symbol eingeprägt war.

»Wissen Sie über Einhard Bescheid?«, fragte sie.

»Ich habe sein *Leben Karls des Großen* gelesen.«

»Einhard stammte aus dem östlichen Teil des Frankenreichs, aus dem Teil, der eindeutig deutsch war. Er wurde in Fulda erzogen, einer der eindrucksvollsten Gelehrtenstätten im Frankenland. Gegen 791 wurde er am Hof Karls des Großen aufgenommen. Karl der Große war ein für die damalige Zeit einzigartiger Herrscher. Er war Bauherr, weltlicher Herrscher, religiöser Propagandist, Reformator und Schutzherr der Künste und der Wissenschaften. Er umgab sich gerne mit Gelehrten, und Einhard wurde sein verlässlichster Ratgeber. Als Karl der Große 814 starb, machte sein Sohn Ludwig der Fromme Einhard ebenfalls zu seinem persönlichen Schreiber. Doch sechzehn Jahre später, als Ludwig und seine Söhne um den Thron kämpften, zog Einhard sich vom Hof zurück. Er starb 840 und wurde in Seligenstadt bestattet.«

»Jetzt bin ich aber wahnsinnig beeindruckt von Ihren Kenntnissen.«

»Ich habe in mittelalterlicher Geschichte promoviert.«

»Was alles nicht erklärt, was zum Teufel Sie hier suchen.«

»Das Ahnenerbe suchte an vielen Orten nach diesen Ariern. In ganz Deutschland wurden Gräber geöffnet.« Sie zeigte auf das Buch. »In Einhards Grab fand Großvater das Buch, das Sie jetzt in der Hand halten.«

»Ich dachte, das hier stammt aus dem Grab Karls des Gro-ßen?«

Sie lächelte. »Wie ich sehe, hat Dorothea Ihnen ihren Band gezeigt. *Der* stammt tatsächlich aus dem Grab Karls des Gro-ßen. Das hier ist aber ein anderes Buch.«

Er konnte nicht widerstehen, holte das alte Buch aus der Tüte und schlug es behutsam auf. Die Seiten waren lateinisch beschriftet, dazu kamen Beispiele derselben unbekannten Schrift und der sonderbaren Zeichnungen und Symbole, die er zuvor schon gesehen hatte.

»1930 fand Großvater dieses Buch zusammen mit Einhards letztem Willen und Testament. Zur Zeit Karls des Großen hin-terließen wohlhabende Männer bereits schriftliche Testamente. In Einhards Testament entdeckte Großvater ein Geheimnis.«

»Und woher wissen Sie, dass das nicht noch so eine seiner Einbildungen war? Ihre Schwester hat nicht allzu gut von Ihrem Großvater gesprochen.«

»Noch ein Grund, warum wir beide uns nicht ausstehen können.«

»Und warum sind Sie ihm so zugetan?«

»Weil er außerdem Beweise gefunden hat.«

Dorothea küsste Wilkerson sanft auf die Lippen. Sie bemerkte, dass er immer noch zitterte. Sie standen in den Trümmern des Hauses und sahen zu, wie der Wagen abbrannte.

»Wir stecken da jetzt zusammen drin«, sagte sie.

Das hatte er begriffen. Und noch etwas anderes. Für ihn wür-de es keine Admiralswürde geben. Dorothea hatte ihm gesagt, dass Ramsey ihn betrog, aber er hatte ihr nicht glauben wollen.

Inzwischen war er klüger.

»Ein privilegiertes Leben in Luxus kann ein guter Ersatz für die Admiralswürde sein«, sagte sie.

»Du bist verheiratet.«

»Nur dem Namen nach.« Sie sah, dass sie ihn aufbauen musste. So war es bei den meisten Männern. »Du hast dich im Haus gut gehalten.«

Er wischte sich den Schweiß von der Stirn. »Ich habe sogar einen der beiden getötet. Habe ihn in die Brust geschossen.«

»Was zeigt, dass du notfalls klarkommst. Ich habe gesehen, wie sie zur Hütte fuhren, als ich hier heraufkam. Da habe ich im Wald geparkt und bin vorsichtig näher geschlichen, während sie dich angriffen. Ich hatte gehofft, dass du sie aufhalten könntest, bis ich eines der Gewehre gefunden hätte.«

Das Tal, das sich kilometerweit in alle Richtungen erstreckte, gehörte Dorotheas Familie. Weit und breit gab es keine Nachbarn.

»Diese Zigaretten, die du mir gegeben hast, haben sofort gewirkt«, sagte sie. »Du hattest mit der Frau recht. Die hätte sonst nur Ärger gemacht.«

Komplimente hatten ihre Wirkung. Er beruhigte sich.

»Ich bin froh, dass du dieses Gewehr gefunden hast«, sagte er.

Die von dem brennenden Wagen aufsteigende Hitze erwärmte die eiskalte Luft. Dorothea hielt noch immer das Jagdgewehr in der Hand, nachgeladen und schussbereit, doch sie bezweifelte, dass heute Abend noch mehr Besucher zu erwarten waren.

»Wir brauchen diese Kisten, die ich hergebracht habe«, sagte er. »Sie waren zuletzt im Küchenschrank.«

»Ich habe sie gesehen.«

Interessant, wie Gefahr das Begehren weckte. Dieser Mann, ein Navy-Captain, gutaussehend, mäßig intelligent und nicht besonders mutig, zog sie an. Warum nur waren schwache Männer so begehrenswert? Ihr Mann war ein Nichts und ließ sie tun und lassen, was sie wollte. Die meisten ihrer Geliebten waren ähnlich.

Sie lehnte das Gewehr gegen einen Baum.

Und küsste Wilkerson erneut.

»Was für Beweise?«, fragte Malone.

»Sie sehen müde aus«, sagte Christl.

»Das bin ich auch. Und hungrig.«

»Dann lassen Sie uns etwas essen gehen.«

Er hatte es satt, dass Frauen versuchten, ihn an die Leine zu nehmen, und wenn es ihm nicht um seinen Vater gegangen wäre, hätte er Christl wie ihre Schwester aufgefordert, zu verschwinden. Aber er wollte mehr wissen.

»Einverstanden. Aber Sie zahlen.«

Sie verließen das Hotel und gingen zu einem Lokal, das ein paar Straßen entfernt in Garmischs Fußgängerzone lag. Drinnen bestellte er Schweinebraten mit Bratkartoffeln. Christl Falk ließ sich Suppe und Brot bringen.

»Haben Sie je von der *Deutschen Antarktischen Expedition* gehört?«, fragte sie. »Sie brach im Dezember 1938 von Hamburg aus auf. Offiziell ging es darum, in der Antarktis ein Gebiet für eine deutsche Walfangstation zu sichern, als Teil eines Plans, die deutsche Fettproduktion zu erhöhen. Können Sie sich das vorstellen? Das wurde tatsächlich geglaubt.«

»Eigentlich kann ich mir das sehr gut vorstellen. Walöl war damals der wichtigste Rohstoff für die Herstellung von Margarine und Seife. Deutschland war ein großer Abnehmer des norwegischen Walöls. Ein Krieg steht vor der Haustür, und dann gibt es eine Abhängigkeit in einem so wichtigen Punkt? Das hätte ein Problem werden können.«

»Wie ich sehe, sind Sie gut informiert.«

»Ich habe über die Nazis in der Antarktis gelesen. Die *Schwabenland,* ein Frachter, der als schwimmender Flugzeugstützpunkt diente, fuhr mit etwa sechzig Mann dorthin. Norwegen hatte kurz zuvor ein Gebiet der Antarktis für sich beansprucht, das den Namen Königin-Maud-Land erhielt, aber die Nazis kartierten dieselbe Region und benannten sie in Neuschwabenland um. Sie schossen viele Fotos und warfen überall deutsche

Fallflaggen ab. Muss ein ziemlicher Anblick gewesen sein. Lauter kleine Hakenkreuze im Schnee.«

»Großvater war bei der Expedition 1938 dabei. Es wurde zwar tatsächlich ein Fünftel der Antarktis kartiert, doch der wahre Zweck der Expedition bestand in der Klärung der Frage, ob das, was Einhard in diesem Buch hier geschrieben hatte, stimmte.«

Malone erinnerte sich an die Steine in der Abtei. »Und er brachte behauene Steine zurück, auf denen dieselben Symbole abgebildet waren wie in dem Buch.«

»Sie waren in der Abtei?«

»Auf Einladung Ihrer Schwester. Aber warum nur habe ich das Gefühl, dass Sie das schon wussten?« Christl antwortete nicht, und so fragte er: »Und wie lautet das Urteil? Was hat Ihr Großvater gefunden?«

»Das ist ja gerade das Problem. Wir wissen es nicht. Nach dem Krieg wurden die Unterlagen des Ahnenerbes von den Alliierten konfisziert oder vernichtet. Großvater war bei einer Parteiversammlung 1939 von Hitler öffentlich angegriffen worden. Hitler stimmte mit einigen seiner Thesen nicht überein, insbesondere nicht mit Großvaters feministischer Annahme, dass die alten arischen Gesellschaften möglicherweise von Priesterinnen und Seherinnen geleitet worden waren.«

»Ein großer Gegensatz zu Hitlers Auffassung, nach der Frauen reine Gebärmaschinen waren.«

Sie nickte. »So wurde Hermann Oberhauser zum Schweigen gebracht und seine Ideen geächtet. Er erhielt ein Publikations- und Vortragsverbot. Zehn Jahre später wurde er allmählich dement und hat die letzten Jahre seines Lebens als seniler alter Mann verbracht.«

»Erstaunlich, dass Hitler ihn nicht einfach töten ließ.«

»Hitler brauchte unsere Fabriken, unsere Ölraffinerie und unsere Zeitungen. Wenn er Großvater am Leben ließ, hatte er die legitime Kontrolle darüber. Und unglückseligerweise wollte

Großvater nie etwas anderes, als Hitler zu gefallen, und so stellte er ihm alles willig zur Verfügung.« Sie zog das Buch wieder aus ihrer Manteltasche und befreite es von seiner Plastikhülle. »Dieser Text hier wirft viele Fragen auf. Fragen, die ich nicht beantworten kann. Ich habe die Hoffnung, dass Sie mir helfen werden, das Rätsel zu lösen.«

»Die Suchfahrt Karls des Großen?«

»Wie ich sehe, hatten Sie und Dorothea wirklich eine ausführliche Unterredung. Ja, ich meine die Suchfahrt Karls des Großen.«

Sie reichte ihm das Buch. Sein Latein war ganz in Ordnung, so dass er den Text ungefähr verstand, aber sie merkte, dass die Lektüre ihm Mühe bereitete.

»Darf ich?«, fragte sie.

Er zögerte.

»Sie könnten das hier interessant finden. Ich jedenfalls fand es sehr interessant.«

20

Jacksonville, Florida
17.30 Uhr

Stephanie betrachtete den älteren Herrn, der ihnen die Tür des bescheidenen Backsteinhauses auf der Südseite der Stadt geöffnet hatte. Er war klein, übergewichtig und hatte eine knollige, leuchtend rote Nase, die an Rudolph, das Rotznasen-Rentier erinnerte. Seiner Personalakte zufolge sollte Zachary Alexander schon über siebzig sein – und er sah auch so aus. Sie hörte zu, wie Edwin Davis erklärte, wer sie waren und warum sie gekommen waren.

»Was soll ich Ihnen Ihrer Meinung nach erzählen können?«,

fragte Alexander. »Ich bin jetzt schon beinahe dreißig Jahre aus dem Dienst.«

»Tatsächlich exakt sechsundzwanzig Jahre«, sagte Davis.

Alexander richtete seinen Wurstfinger auf ihn. »Ich verschwende nicht gerne meine Zeit.«

Sie hörte einen Fernseher in einem angrenzenden Zimmer. Eine Spielshow. Ihr fiel auch auf, dass das Haus tadellos gepflegt war und nach Desinfektionsmittel roch.

»Wir brauchen nur ein paar Minuten«, sagte Davis. »Und schließlich komme ich vom Weißen Haus.«

Stephanie wunderte sich über die Lüge, sagte aber nichts.

»Ich habe Daniels nicht einmal gewählt.«

Sie lächelte. »Da geht es Ihnen wie vielen von uns, aber könnten Sie uns trotzdem ein paar Minuten schenken?«

Nun gab Alexander endlich nach und führte sie ins Wohnzimmer, wo er den Fernseher ausschaltete und sie zum Sitzen aufforderte.

»Ich habe lange in der Navy gedient«, erklärte Alexander. »Aber ich muss Ihnen sagen, dass ich keine guten Erinnerungen daran habe.«

Stephanie hatte seine Personalakte gelesen. Alexander war bis zum Commander aufgestiegen, dann aber zwei Mal bei einer Beförderung übergangen worden. Schließlich war er freiwillig aus dem Dienst ausgeschieden und mit vollen Bezügen pensioniert worden.

»Für die war ich anscheinend nicht gut genug.«

»Sie waren gut genug, um die *Holden* zu befehligen.«

Alexander zog die runzligen Augen schmal. »Die *Holden* und noch ein paar andere Schiffe.«

»Wir sind wegen der Mission gekommen, die die *Holden* in der Antarktis hatte«, sagte Davis.

Alexander erwiderte nichts. Stephanie fragte sich, ob er aus Berechnung oder aus Vorsicht schwieg.

»Damals habe ich mich tatsächlich über diesen Befehl gefreut«, sagte Alexander endlich. »Ich wollte das Eis sehen. Aber später dachte ich immer, dass diese Fahrt etwas damit zu tun hatte, weshalb ich bei den Beförderungen übergangen wurde.«

Davis beugte sich vor. »Bitte erzählen Sie uns von der Fahrt.«

»Wozu?«, spie Alexander hervor. »Die ganze Sache ist streng geheim. Vielleicht bis heute. Man hat mir gesagt, dass ich den Mund halten soll.«

»Ich bin ein Stellvertretender Nationaler Sicherheitsberater. Und meine Begleiterin steht an der Spitze einer regierungseigenen Geheimdienstabteilung. Wir können hören, was Sie zu sagen haben.«

»Quatsch.«

»Gibt es einen Grund, warum Sie so feindselig sind?«, fragte Stephanie.

»Außer dem, dass ich die Navy hasse?«, fragte Alexander. »Oder außer dem, dass Sie beide angeln und ich nicht der Köder sein möchte?«

Alexander lehnte sich in seinem Sessel zurück. Stephanie stellte sich vor, dass er dort schon seit Jahren saß und über dasselbe nachgrübelte, was ihm im Moment durch den Kopf ging. »Ich habe getan, was man mir befohlen hat, und ich habe es gut getan. Ich habe immer die Befehle befolgt. Aber das alles ist lange her, also, was wollen Sie wissen?«

»Wir wissen, dass die *Holden* im November 1971 in die Antarktis beordert wurde. Dort gingen Sie auf die Suche nach einem U-Boot.«

Ein erstaunter Ausdruck trat in Alexanders Gesicht. »Wovon zum Teufel reden Sie da?«

»Wir haben den Untersuchungsbericht zum Untergang der *Blazek* beziehungsweise der NR-1A gelesen, wie immer Sie das U-Boot nun nennen wollen. Dort wird eigens erwähnt, dass Sie und die *Holden* sich auf die Suche nach dem Fahrzeug gemacht haben.«

Alexander sah sie mit einer Mischung aus Neugier und

Feindseligkeit an. »Mein Befehl lautete, zum Weddell-Meer zu fahren, dort Sonarmessungen vorzunehmen und auf Anomalien zu achten. Ich hatte drei Passagiere an Bord und außerdem den Auftrag, mich um sie zu kümmern, ohne Fragen zu stellen. Das habe ich getan.«

»Und ein U-Boot gab es nicht?«, fragte Stephanie.

Alexander schüttelte den Kopf. »Absolut nicht.«

»Was haben Sie gefunden?«, fragte Davis.

»Überhaupt gar nichts, verdammt. Zwei Wochen lang hab ich mir den Arsch abgefroren.«

Neben Alexanders Stuhl stand ein Atemgerät. Stephanie wunderte sich darüber, genau wie über eine Sammlung medizinischer Abhandlungen, die in einem Regal an der gegenüberliegenden Wand standen. Alexander kam ihr nicht kränklich vor, und sein Atem schien normal zu gehen.

»Ich weiß nichts von einem U-Boot«, wiederholte er. »Von damals her erinnere ich mich, dass eines im Nordatlantik gesunken ist. Das war die *Blazek,* das stimmt. Ich erinnere mich daran. Aber mein Auftrag hatte nichts damit zu tun. Wir kreuzten im Südpazifik und machten einen Abstecher nach Südamerika, wo wir diese drei Fahrgäste aufnahmen. Dann fuhren wir direkt nach Süden.«

»Wie war es im Eis?«, fragte Davis.

»Obwohl beinahe schon Sommer war, ist diese Gegend schwer zu befahren. Kalt wie in einem Gefrierschrank und überall Eisberge. Aber schön ist es da – das kann ich sagen.«

»Sie haben nichts in Erfahrung gebracht, während Sie dort waren?«, fragte Stephanie.

»Mich dürfen Sie das nicht fragen.« Seine Miene war weicher geworden, als hätte er beschlossen, dass sie nicht der Feind waren. »Stand in diesem Bericht, den Sie gelesen haben, nichts von den drei Fahrgästen?«

Davis schüttelte den Kopf. »Kein Wort. Nur Ihr Name war erwähnt.«

»Typisch für die verdammte Navy.« Sein Gesicht verlor den gelassenen Ausdruck. »Meine Befehle lauteten, diese drei Männer hinzubringen, wo immer sie hinwollten. Sie gingen mehrmals an Land, doch wenn sie zurückkamen, erzählten sie nie etwas.«

»Haben sie irgendwelche Ausrüstung mitgenommen?«

Alexander nickte. »Kältetauchanzüge und Wasserstoffflaschen. Nachdem sie das vierte Mal an Land gegangen waren, sagten sie, wir könnten abfahren.«

»Von Ihren Leuten hat keiner die drei begleitet?«

Alexander schüttelte den Kopf. »Aber nein. Das war verboten. Diese drei Lieutenants haben alles allein erledigt. Was auch immer das war.«

Stephanie dachte über diese eigenartige Auskunft nach, aber beim Militär gehörten sonderbare Vorgänge nun einmal zum Alltag. Trotzdem musste sie noch die Eine-Million-Dollar-Frage stellen. »Wer waren die drei?«

Sie sah Bestürzung in den Zügen des alten Mannes. »Wissen Sie, ich habe nie zuvor darüber geredet.« Er schien unfähig, seine Enttäuschung runterzuschlucken. »Ich wollte zum Captain befördert werden. Ich hatte es verdient, aber die Navy war anderer Meinung.«

»Das ist lange her«, gab Davis zurück. »An der Vergangenheit kann man nichts mehr ändern.«

Stephanie fragte sich, ob Davis von Alexander sprach oder von sich selbst.

»Das hier muss wichtig sein«, sagte der alte Mann.

»So wichtig, dass wir heute hierhergekommen sind.«

»Der eine war ein Mann namens Nick Sayer. Der zweite hieß Herbert Rowland. Beide waren arrogant wie die meisten Lieutenants.«

Sie gab ihm insgeheim recht.

»Und der dritte?«, fragte Davis.

»Der war der eingebildetste von allen. Ich fand diesen bla-

sierten Pinkel grässlich. Das Problem ist, dass er später zum
Rang eines Captains aufstieg. Und dann wurde er sogar Admiral. Ramsey hieß er. Langford Ramsey.«

21

Die Wolken laden mich ein, und ein Nebel ruft mich. Der Lauf
der Sterne treibt mich zur Eile an, und die Winde lassen mich
fliegen und heben mich in den Himmel hinauf. Ich nähere mich
einem Wall aus Kristall und bin von Eiszungen umgeben. Ich
nähere mich einem aus Stein errichteten Tempel, und die Wände sind wie ein steinerner Mosaikboden. Die Decke ist wie der
Pfad der Sterne. Hitze entweicht den Wänden, Angst überkommt mich und ich zittere. Ich werfe mich auf mein Gesicht
und sehe einen erhabenen Thron, der so durchscheinend ist
wie die leuchtende Sonne. Dort sitzt der Hohe Ratgeber, und
sein Gewand leuchtet heller als die Sonne und ist weißer als
jeder Schnee. Der Hohe Ratgeber sagt mir: »Einhard, du rechtschaffener Schreiber, trete zu mir und höre meine Stimme.« Er
spricht zu mir in meiner Sprache, was mich erstaunt. »So wie
ER den Menschen geschaffen und ihm die Fähigkeit gegeben
hat, die Worte der Weisheit zu verstehen, so hat ER auch mich
geschaffen. Willkommen in unserem Land. Ich höre, dass du
ein gelehrter Mann bist. Dann kannst du die Geheimnisse der
Winde sehen – wie sie geteilt werden, um über die Erde zu
wehen – und die Geheimnisse der Wolken und des Taus. Wir
können dich über die Sonne und den Mond unterrichten, woher sie kommen, wohin sie gehen und woher sie so glorreich
wiederkehren, wir können dir berichten, wie die eine dem anderen übergeordnet ist, und dir erklären, wie sie ihre erhabenen Kreisbahnen ziehen und dass sie ihre Kreisbahn nicht verlassen – sie fügen ihr nichts hinzu und nehmen ihr nichts weg,

und sie halten einander die Treue, getreu dem Schwur, der sie aneinander bindet.«

Malone hörte zu, wie Christl Falk den lateinischen Text übersetzte, und fragte dann: »Wann wurde das geschrieben?«

»Zwischen 814, als Karl der Große starb, und 840, Einhards Todesjahr.«

»Das ist unmöglich. Es ist die Rede von Kreisbahnen der Sonne und des Mondes und davon, dass sie miteinander verbunden sind. Diese astronomischen Vorstellungen gab es damals doch noch gar nicht. Das wäre Häresie gewesen.«

»Da haben Sie recht, so weit es um die Bewohner Westeuropas geht. Aber für Menschen an anderen Orten des Planeten, die nicht durch die Kirche eingeschränkt waren, sah die Sache anders aus.«

Er war noch immer skeptisch.

»Lassen Sie mich die Sache historisch einordnen«, sagte sie. »Die beiden älteren Söhne Karls des Großen starben beide vor ihm. Sein dritter Sohn, Ludwig der Fromme, erbte das Karolingerreich. Ludwigs Söhne kämpften mit ihrem Vater und untereinander. Einhard diente Ludwig so treu, wie er Karl dem Großen gedient hatte, hatte aber schließlich den Familienzwist so satt, dass er sich vom Hof zurückzog und den Rest seiner Tage in einer Abtei verbrachte, die Karl der Große ihm geschenkt hatte. Während dieser Zeit schrieb er seine Biografie Karls des Großen und« – sie hob das alte Buch hoch – »dieses Buch hier.«

»Ein Bericht über eine großartige Reise?«, fragte er.

Sie nickte.

»Wer kann sagen, dass das real ist? Es klingt wie reine Fantasie.«

Sie schüttelte den Kopf. »Sein *Leben Karls des Großen* ist eines der berühmtesten Werke aller Zeiten. Es ist bis heute im Druck. Einhard war nicht dafür bekannt, dass er Romane schrieb, und er hat sich sehr viel Mühe gegeben, diesen Text hier zu verstecken.«

Malone war noch immer nicht überzeugt.

»Wir wissen viel über die Taten Karls des Großen«, sagte sie, »aber wenig über seine inneren Überzeugungen. Darüber sind keine verlässlichen Berichte erhalten. Wir wissen allerdings, dass er alte Erzählungen und epische Dichtung liebte. Vor seiner Zeit wurden Mythen nur mündlich überliefert. Er war der Erste, der sie aufschreiben ließ. Wir wissen, dass Einhard diese Bemühungen beaufsichtigte. Aber nachdem Ludwig den Thron geerbt hatte, zerstörte er all diese Texte wegen ihres heidnischen Inhalts. Die Vernichtung dieser Schriften muss Einhard mit Abscheu erfüllt haben, und so sorgte er dafür, dass zumindest dieses Buch hier erhalten blieb.«

»Indem er es teilweise in einer Sprache verfasste, die keiner verstand?«

»So ungefähr.«

»Ich habe Darstellungen gelesen, denen zufolge Einhard möglicherweise nicht einmal die Biografie Karls des Großen selbst verfasst hat. Es gibt kein gesichertes Wissen.«

»Mr. Malone …«

»Nennen Sie mich doch Cotton. Ich fühle mich sonst so alt.«

»Interessanter Name.«

»Ich mag ihn.«

Sie lächelte. »Ich kann Ihnen das alles viel detaillierter erklären. Mein Großvater und mein Vater haben Jahre mit Nachforschungen zugebracht. Es gibt Dinge, die ich Ihnen zeigen und erklären muss. Danach werden Sie mir gewiss zustimmen, dass unsere Väter nicht umsonst gestorben sind.«

Obgleich ihre Augen die Bereitschaft signalisierten, all seine Argumente zu widerlegen, spielte sie jetzt ihre Trumpfkarte aus, und das wussten sie beide.

»Mein Vater war der Kapitän eines U-Bootes«, sagte er. »Ihr Vater war ein Fahrgast auf diesem Boot. Einverstanden. Ich habe keine Ahnung, was die beiden in der Antarktis zu suchen hatten, aber umsonst gestorben sind sie jedenfalls.«

Und keiner hat sich darum geschert, fügte er lautlos hinzu.

Sie schob ihre Suppe weg. »Werden Sie uns helfen?«

»Wer ist *uns?*«

»Ich. Mein Vater. Und Ihr Vater.«

Er hörte die Auflehnung in ihrer Stimme, brauchte aber Zeit, um mit Stephanie zu reden. »Wie wäre es damit? Lassen Sie mich darüber schlafen, und morgen können Sie mir zeigen, was Sie wollen.«

Ihr Blick wurde sanfter. »Einverstanden. Es wird schon spät.«

Sie verließen das Café und kehrten über den verschneiten Bürgersteig zum Posthotel zurück. Weihnachten war in zwei Wochen und Garmisch schien dafür bereit zu sein. Die Feiertage betrachtete er mit gemischten Gefühlen. Die letzten zwei Weihnachten hatte er bei Henrik Thorvaldsen in Christiangade verbracht, und dieses Jahr würde er es wohl genauso halten. Er fragte sich, was für Weihnachtstraditionen Christl Falk wohl hatte. Sie wirkte melancholisch und bemühte sich kaum, das zu verbergen. Sie schien intelligent und entschlossen zu sein – nicht viel anders als ihre Schwester –, aber die beiden Frauen waren unbekannte Größen, und er musste vorsichtig sein.

Sie überquerten die Straße. Viele Fenster des fröhlich bemalten Posthotels waren erleuchtet. Sein Zimmer im ersten Stock über Restaurant und Lobby hatte vier Fenster zur Seite und drei nach vorne hinaus. Er hatte die Lampen brennen lassen, und jetzt erregte eine Bewegung hinter den Scheiben seine Aufmerksamkeit.

Er blieb stehen.

Jemand war da. Christl sah es ebenfalls.

Die Vorhänge wurden zurückgerissen.

Das Gesicht eines Mannes kam zum Vorschein, und sein

Blick traf sich mit dem von Malone. Dann sah der Mann nach rechts auf die Straße, verließ das Fenster und floh, wie man an seinem Schatten erkannte, eilig aus dem Zimmer.

Malone entdeckte einen Wagen mit drei Insassen, der auf der Straßenseite gegenüber parkte.

»Kommen Sie«, sagte er.

Er wusste, dass sie verschwinden mussten, und zwar schnell. Gott sei Dank hatte er noch immer die Schlüssel seines Mietwagens bei sich. Sie eilten zu dem Fahrzeug und sprangen hinein.

Er ließ den Motor an und legte hastig den Gang ein. Mit aufheulendem Motor und Reifen, die auf dem vereisten Asphalt durchdrehten, jagte er los. Er ließ das Fenster herunter, bog auf die Hauptstraße ein und erblickte im Rückspiegel einen Mann, der aus dem Hotel herauskam.

Er zog die Pistole aus seiner Jackentasche, fuhr langsamer, als er sich dem geparkten Wagen näherte, und zerschoss den einen Hinterreifen, worauf die drei Gestalten im Inneren des Wagens in Deckung gingen.

Dann raste er davon.

22

Mittwoch, 12. Dezember
00.40 Uhr

Malone schlängelte sich aus Garmisch hinaus und nutzte dabei das Gewirr unbeleuchteter, schmaler Straßen und seinen Vorsprung vor den Männern, die vor dem Posthotel gewartet hatten, maximal aus. Er konnte nicht wissen, ob sie nicht ein zweites Fahrzeug zur Verfügung hatten. Als er sich vergewissert hatte, dass sie nicht verfolgt wurden, bog er auf die Straße nach Norden ein, über die er schon früher am Tag gefahren war, und merkte, als er nach Christls Anweisungen weiterfuhr, welches Ziel sie hatten.

»Befindet sich das, was Sie mir zeigen müssen, im Kloster Ettal?«, fragte er.

Sie nickte. »Es macht keinen Sinn, damit bis morgen zu warten.«

Er gab ihr recht.

»Ich bin mir sicher, als Sie vorhin mit Dorothea sprachen, hat die Ihnen nur das erzählt, was Sie ihrer Meinung nach wissen sollten.«

»Und Sie sind anders?«

Sie sah ihn an. »Vollkommen.«

Da war er sich nicht so sicher. »Diese Männer im Hotel. Hatten Sie die geschickt? Oder kamen die von Dorothea?«

»Sie würden mir nicht glauben, was auch immer ich sagte.«

Er schaltete herunter, als die Straße zur Abtei hin wieder abwärtsführte. »Wollen Sie einen ungebetenen Rat? Sie müssen endlich erklären, was Sie eigentlich wollen. Meine Geduld ist bald zu Ende.«

Sie zögerte. Er wartete ab.

»Vor fünfzigtausend Jahren entwickelte sich eine Zivilisation auf diesem Planeten, und zwar eine, die schnellere Fortschritte machte als der Rest der Menschheit. Sie ging uns voran, wenn Sie so wollen. War sie technologisch entwickelt? Nicht so richtig, aber sie war dennoch sehr fortgeschritten. In Mathematik, Architektur, Chemie, Biologie, Geologie, Meteorologie und Astronomie. Da zeichnete sie sich aus.«

Er hörte zu.

»Unsere Vorstellung der Frühgeschichte ist stark von der Bibel beeinflusst. Doch deren Texte betrachten das Altertum aus einer insularen Sicht. Sie geben ein verzerrtes Bild alter Kulturen, und manche wichtigen Kulturen, wie etwa die der Minoer, werden auch vollkommen ausgelassen. Jene besondere

133

Kultur, über die ich spreche, ist nicht biblisch. Es handelte sich um eine seefahrende Gesellschaft, die weltweit Handel trieb und über seetüchtige Boote und fortgeschrittene Navigationskenntnisse verfügte. Spätere Kulturen wie die der Polynesier, der Phönizier, der Wikinger und schließlich der Europäer haben diese Fertigkeiten schließlich auch entwickelt, aber die Zivilisation Eins hat sie als Erste gemeistert.«

Malone hatte über diese Theorien gelesen. Die meisten Wissenschaftler lehnten inzwischen die Vorstellung einer linearen Gesellschaftsentwicklung von der Altsteinzeit über die Neusteinzeit, die Bronzezeit und die Eisenzeit ab. Vielmehr waren die Gelehrten der Meinung, dass die Kulturen sich unabhängig voneinander entwickelt hatten. Beweise dafür gab es selbst heute noch auf jedem Kontinent, wo primitive Kulturen mit fortschrittlichen Gesellschaften koexistierten. »Sie wollen sagen, dass es in vergangenen Jahrtausenden, als Europa noch in der Altsteinzeit war, anderswo schon fortschrittlichere Kulturen gegeben haben könnte.« Er erinnerte sich an Dorothea Lindauers Vortrag. »Geht es wieder um Arier?«

»Wohl kaum. Die sind ein Mythos. Aber der Mythos könnte eine reale Grundlage haben. Nehmen Sie Kreta oder Troja. Die hielt man auch lange Zeit für rein fiktiv, aber wir wissen inzwischen, dass es sie wirklich gegeben hat.«

»Und was ist mit dieser ersten Zivilisation geschehen?«

»Unglückseligerweise trägt jede Kultur schon den Keim ihrer eigenen Zerstörung in sich. Fortschritt und Zerfall gehen Hand in Hand. Die Geschichte zeigt uns, dass alle Gesellschaften irgendwann selbst das Fundament zu ihrem Untergang legen. Denken Sie an Babylon, Griechenland, Rom, die Mongolen, die Hunnen, die Türken und zahllose Königreiche. Sie tun es sich immer selbst an. Da war Zivilisation Eins keine Ausnahme.«

Was sie sagte, ergab Sinn. Menschen schienen wirklich so viel zu vernichten, wie sie schufen.

»Großvater und Vater waren beide besessen von dieser verlorenen Zivilisation. Und ich muss gestehen, dass ich ebenfalls davon fasziniert bin.«

»In meinem Buchantiquariat gibt es mehr als genug New-Age-Material über Atlantis und ein Dutzend andere sogenannte verlorene Gesellschaften, von denen aber nie die geringste Spur gefunden wurde. Das ist reine Fantasie.«

»Kriege und Eroberungen haben der Menschheitsgeschichte ihren Zoll abverlangt. Die Geschichte verläuft zyklisch. Auf Fortschritt folgen Krieg und Zerstörung, und dann kommt ein Wiedererwachen. Es gibt eine soziologische Binsenweisheit. Je fortschrittlicher eine Kultur ist, desto leichter wird sie zerstört und desto weniger Spuren hinterlässt sie. Einfacher gesagt, wir finden nur, was wir suchen.«

Er fuhr langsamer. »Nein, das ist falsch. Meistens stolpern wir einfach über etwas.«

Sie schüttelte den Kopf. »Die größten Erkenntnisse der Menschheit haben alle mit einer einfachen Theorie begonnen. Erst nachdem Darwin seine Ideen postuliert hatte, fielen uns all die Hinweise auf, die seine Theorie bestätigen. Kopernikus schlug eine radikal neue Sichtweise auf das Sonnensystem vor, und als wir schließlich hinsahen, stellten wir fest, dass er recht hatte. Vor den letzten fünfzig Jahren hat keiner ernsthaft geglaubt, dass uns eine fortgeschrittene Zivilisation vorangegangen sein könnte. Das hielt man für Unsinn. Und so wurden die Beweise dafür einfach übergangen.«

»Was für Beweise?«

Sie zog Einhards Buch aus ihrer Tasche. »Dies hier.«

... März 800. Karl der Große reitet von Aachen aus nordwärts. Nie zuvor ist er um diese Jahreszeit, da kalte Winde gegen die Küste anstürmen und der Fischfang kärglich ist, bis zum gallischen Meer geritten. Aber er besteht auf dieser Reise. Drei Soldaten und ich begleiten ihn, und der Ritt nimmt den größten

Teil eines Tages in Anspruch. Nach unserer Ankunft schlagen wir das Lager am üblichen Ort hinter den Dünen auf, die uns aber wenig Schutz vor einem starken Wind bieten. Drei Tage nach unserer Ankunft sehen wir Segel und rechnen mit Booten der Dänen oder mit einem Teil der Sarazenerflotte, die das Reich im Norden und Süden bedroht. Aber schließlich schreit der König vor Freude auf und wartet am Strand, während die Schiffe mit erhobenen Rudern grüßen und kleinere Boote mit den *Wächtern* an Bord an Land rudern. An der Spitze steht Uriel, der über den Tartarus herrscht. Bei ihm sind Arakiba, der über die Geister der Menschen regiert, Raguel, der sich an der Welt der Lichtkörper rächt, Danel, der über den größten Teil der Menschheit und des Chaos gesetzt ist, und Saraqael, der über die Geister gesetzt ist. Sie tragen dicke Mäntel, Fellhosen und Fellstiefel. Ihr blondes Haar ist ordentlich geschnitten und gekämmt. Karl der Große drückt jeden Einzelnen fest an sich. Der König stellt viele Fragen, und Uriel beantwortet sie. Der König darf an Bord der Schiffe gehen, die aus dicken Balken gebaut und mit Teer kalfatert sind, und er staunt über ihre Stabilität. Wir erfahren, dass sie nicht im Land der *Wächter* gebaut wurden, sondern dort, wo Bäume im Überfluss wachsen. Die *Wächter* lieben das Meer und verstehen es weit besser als wir. Danel zeigt dem König Landkarten von Orten, von denen wir bisher nichts wussten, und wir erfahren, wie die *Wächter* mit ihren Schiffen den Weg finden. Danel zeigt uns ein spitzes Stück Eisen, das auf einem Holzspan ruht und mit diesem in einer Wasserschale treibt, wo es den Weg über das Meer weist. Der König will wissen, wie das sein kann, und Danel erklärt, dass das Metall in einer bestimmten Richtung angezogen wird, und dabei deutet er nach Norden. Gleichgültig, wie man die Schale dreht, die Eisenspitze findet immer ihre Richtung. Sie sind drei Tage lang zu Besuch, und Uriel und der König unterhalten sich ausführlich. Ich freunde mich mit Arakiba an, der Uriels Berater ist, so wie ich der Berater des Königs bin. Arakiba erzählt mir von seinem Land, wo Feuer und Eis dicht beieinander wohnen, und ich sage ihm, dass ich diesen Ort gern besuchen würde.

»*Wächter*, so nannte Einhard die Menschen aus Zivilisation Eins«, sagte Christl. »*Die Heiligen* ist eine andere Bezeichnung, die er verwendete. Sowohl er als auch Karl der Große glaubten, dass sie aus dem Himmel kämen.«

»Wer sagt denn, dass sie nicht einer Kultur angehörten, von deren Existenz wir bereits wissen?«

»Kennen Sie irgendein Volk, das eine Schrift oder eine Sprache wie die in Dorotheas Buch verwendete?«

»Das ist kein schlüssiger Beweis.«

»Gab es im neunten Jahrhundert ein seefahrendes Volk? Nur die Wikinger. Aber das hier waren keine Wikinger.«

»Sie wissen doch gar nicht, wer sie waren.«

»Das stimmt. Aber ich weiß, dass Karl der Große befahl, das Buch, das Dorothea Ihnen gezeigt hat, mit ihm zusammen zu bestatten. Es war offensichtlich so wichtig, dass es nur in die Hände eines Kaisers gelangen sollte. Einhard hat sich alle erdenkliche Mühe gegeben, sein Buch zu verstecken. Es genügt zu sagen, dass es hier noch einiges zu finden gibt, was erklärt, warum die Nazis 1938 wirklich in die Antarktis fuhren und warum unsere Väter 1971 dorthin zurückkehrten.«

Vor ihnen erhob sich die Abtei, die noch immer angestrahlt wurde und sich vor dem grenzenlosen Nachthimmel hell abzeichnete.

»Parken Sie dort drüben«, sagte Christl, und er bog ab und hielt.

Sie wurden weiterhin von niemandem verfolgt.

Sie machte die Wagentür auf. »Ich will Ihnen etwas zeigen, was Dorothea bestimmt übergangen hat.«

23

Washington, D.C.
20.20 Uhr

Ramsey liebte die Nacht. Er wurde jeden Tag erst gegen sechs Uhr abends richtig lebendig, und seine besten Gedanken und entschiedensten Handlungen waren den Nachtstunden zu verdanken. Schlaf war notwendig, aber er beschränkte ihn normalerweise auf vier bis fünf Stunden – gerade genug, damit sein Gehirn sich erholen konnte, aber nicht so viel, dass er Zeit verschwendet hätte. Die Nacht schützte auch Geheimnisse, da man um zwei Uhr nachts viel eher merkte, ob jemand hinter einem herschnüffelte, als um zwei Uhr mittags. Deshalb traf er sich mit Diane McCoy immer nur nachts.

Er lebte in einem bescheidenen Haus in Georgetown, das er von einem langjährigen Freund gemietet hatte, dem ein Vier-Sterne-Admiral als Mieter gerade recht kam. Mindestens einmal täglich suchte er sowohl das Erdgeschoss als auch das Obergeschoss nach Wanzen ab – und zwar ganz besonders, bevor Diane kam.

Er hatte Glück gehabt, dass Daniels sie zur Nationalen Sicherheitsberaterin ernannt hatte. Qualifiziert war sie auf jeden Fall für den Posten, sie hatte Universitätsabschlüsse in Internationalen Beziehungen und Globaler Ökonomie, und politisch hatte sie sowohl Verbindungen zur Rechten als auch zur Linken. Im vergangenen Jahr war sie im Verlauf der Erschütterungen, die Larry Daleys Karriere so abrupt beendet hatten, aus dem Außenministerium gekommen. Ramsey hatte Daley gemocht – ein Mann, der mit sich handeln ließ –, doch Diane war besser. Sie war intelligent, ehrgeizig und entschlossen, länger im Amt zu bleiben als die drei Jahre, die von Daniels letzter Amtszeit noch übrig waren.

Glücklicherweise konnte er ihr diese Gelegenheit bieten.

Und das wusste sie.

»Es geht los«, sagte er.

Sie saßen gemütlich in seinem Wohnzimmer, und im gemauerten Kamin brannte ein Feuer. Draußen waren die Temperaturen auf deutlich unter null Grad gesunken. Noch fiel kein Schnee, aber der stand bevor.

»Da ich wenig über das weiß, was da losgeht, kann ich nur annehmen, dass es etwas Gutes ist«, sagte McCoy.

Er lächelte. »Wie sieht es auf Ihrer Seite aus? Können Sie dafür sorgen, dass ich ernannt werde?«

»Admiral Sylvian ist noch nicht tot. Er ist zwar von dem Motorradunfall in Mitleidenschaft gezogen, doch man rechnet mit seiner Genesung.«

»Ich kenne David. Er wird für Monate ans Bett gefesselt sein. So lange wird er seinen Posten nicht unbesetzt lassen wollen. Er wird zurücktreten.« Er hielt inne. »Falls er nicht vorher schon seinen Verletzungen erliegt.«

McCoy lächelte. Sie war eine gelassene, blonde Frau, die Kompetenz ausstrahlte und deren Augen vor Selbstbewusstsein leuchteten. Das gefiel ihm an ihr. Sie gab sich bescheiden. Schlicht. Kühl. Aber sie war verteufelt gefährlich. Sie saß mit geradem Rücken auf dem Stuhl und hielt einen Whiskey Soda in der Hand.

»Fast möchte ich meinen, Sie könnten für Sylvians Tod sorgen«, sagte sie.

»Was, wenn ich das wirklich kann?«

»Dann würde ich *Hut ab* sagen.«

Er lachte. »Das Spiel, das wir spielen, hat keine Regeln und nur ein Ziel. Zu gewinnen. Deswegen will ich über Daniels Bescheid wissen. Wird er mitmachen?«

»Das wird von Ihnen selbst abhängen. Sie wissen, dass er

nicht Ihr Fan ist, aber qualifiziert sind Sie ja. Vorausgesetzt natürlich, dass der Posten überhaupt frei wird.«

Er bemerkte ihr Misstrauen. Der Ausgangsplan war einfach. David Sylvian eliminieren, sich seinen Posten im Vereinigten Generalstab sichern, drei Jahre dort dienen und dann Phase zwei einleiten. Aber eines musste er wissen: »Wird Daniels Ihrem Rat folgen?«

Sie trank einen weiteren Schluck. »Es passt Ihnen nicht, wenn Sie nicht die Kontrolle haben, oder?«

»Wem passt das schon?«

»Daniels ist der Präsident. Er kann tun und lassen, was ihm gefällt. Aber ich denke, was er hier tut, hängt von Edwin Davis ab.«

Das wollte Ramsey nicht hören. »Wie kann denn *der* eine Rolle spielen? Er ist nur ein Stellvertretender Berater.«

»Wie ich?«

Er merkte, dass sie ihm die Bemerkung verübelte. »Sie wissen schon, was ich meine, Diane. Wie könnte Davis ein Problem darstellen?«

»Das ist Ihr Fehler, Langford. Sie neigen dazu, Ihren Feind zu unterschätzen.«

»Warum sollte Davis *mein* Feind sein?«

»Ich habe den Bericht über die *Blazek* gelesen. In diesem U-Boot ist kein Mann namens Davis gestorben. Edwin Davis hat Daniels angelogen. Ein älterer Bruder von ihm ist nicht ums Leben gekommen.«

»Wusste Daniels das?«

Sie schüttelte den Kopf. »Er hat den Untersuchungsbericht nicht gelesen, sondern mich aufgefordert, das zu erledigen.«

»Können Sie Davis nicht kontrollieren?«

»Wie Sie eben so klug angemerkt haben, stehen wir auf derselben Ebene. Per Anweisung des Präsidenten hat Davis ebenso freien Zugang zu Daniels wie ich. Es ist das Weiße Haus, Langford. Die Regeln mache nicht ich.«

»Wie sieht es mit dem Nationalen Sicherheitsberater aus? Haben Sie von dieser Seite irgendwelche Hilfe zu erwarten?«

»Er hält sich derzeit in Europa auf und ist in diese Angelegenheit nicht involviert.«

»Sie glauben, dass Daniels unmittelbar mit Davis zusammenarbeitet?«

»Wie zum Teufel soll ich das denn wissen? Ich weiß nur, dass Danny Daniels zehnmal klüger ist, als er jedermann gerne glauben machen würde.«

Ramsey warf einen Blick auf die Uhr auf dem Kaminsims. Bald würde die Nachricht von Admiral David Sylvians vorzeitigem Tod, vermeintliche Folge eines tragischen Motorradunfalls, in Radio und Fernsehen kommen. Morgen würde vielleicht ein weiterer Todesfall in Jacksonville, Florida, in den Lokalnachrichten erwähnt werden. Es war viel los, und was McCoy sagte, beunruhigte ihn.

»Es könnte sich auch als problematisch erweisen, dass Cotton Malone in diese Sache verwickelt wurde«, bemerkte McCoy.

»Wie das? Der Mann ist pensioniert. Er will nur über seinen Vater Bescheid wissen.«

»Der Bericht hätte nicht in seine Hände gelangen dürfen.«

Da gab er ihr recht, aber das sollte keine Rolle mehr spielen. Wilkerson und Malone waren inzwischen höchstwahrscheinlich schon tot. »Wir haben diese Dummheit einfach zu unserem Vorteil umgemünzt.«

»Ich habe keine Ahnung, wie das zu *unserem* Vorteil sein sollte.«

»Lassen Sie sich einfach sagen, dass es so ist.«

»Langford, werde ich das hier noch bereuen?«

»Sie können gerne bis zum Ende von Daniels' Amtszeit im Dienst bleiben und anschließend für irgendeine Denkfabrik Berichte schreiben, die kein Mensch liest. Ehemalige Angestellte des Weißen Hauses machen sich im Briefkopf großartig, und wie ich hörte, werden sie gut bezahlt. Vielleicht stellt auch eines der Netzwerke Sie ein, um Zehn-Sekunden-Sentenzen darüber abzugeben, was andere Leute tun, um die Welt zu verändern. Wird ebenfalls gut bezahlt, auch wenn man den größten Teil der Zeit wie ein Idiot dasteht.«

»Wie ich eben schon mal gefragt habe, werde ich das hier bereuen?«

»Diane, Macht muss man sich nehmen. Es gibt keine andere Möglichkeit, sie zu erlangen. Aber Sie haben mir noch keine Antwort auf meine Frage gegeben. Wird Daniels mitspielen und mich ernennen?«

»Ich habe den Bericht über die *Blazek* gelesen«, sagte sie. »Und ich habe mich auch sonst noch kundig gemacht. Sie befanden sich auf der *Holden*, als das Schiff in die Antarktis fuhr, um nach dem U-Boot zu suchen. Sie und zwei weitere Offiziere. Das Oberkommando hat Ihr Team mit Geheimbefehlen losgeschickt. Tatsächlich ist diese Mission noch immer geheim. Nicht einmal ich kann etwas darüber erfahren. Ich habe herausgefunden, dass Sie dort an Land gegangen sind und einen Bericht über das Vorgefundene erstellt haben, den Sie persönlich dem Oberkommandierenden der Navy übergeben haben. Was der mit der Information machte, weiß keiner.«

»Wir haben nichts gefunden.«

»Sie sind ein Lügner.«

Er überlegte, wie ernst er ihren Angriff nehmen musste. Diese Frau war beeindruckend – eine Vollblutpolitikerin mit ausgezeichneten Instinkten. Sie konnte helfen, und sie konnte schaden. Daher machte er einen Rückzieher. »Sie haben recht. Ich lüge. Aber glauben Sie mir, Sie wollen gar nicht wissen, was wirklich geschehen ist.«

»Stimmt. Aber was auch immer es war, es könnte zurückkommen und Ihnen das Leben schwer machen.«

Dasselbe dachte er jetzt seit achtunddreißig Jahren. »Nicht, wenn ich es verhindern kann.«

Sie schien ihren aufsteigenden Ärger darüber zu unterdrücken, dass er ihren Fragen auswich. »Meine Erfahrung, Langford, ist, dass die Vergangenheit immer wiederkehrt. Wer nicht aus ihr lernt oder wer sie vergisst, ist dazu verdammt, sie zu wiederholen. Jetzt haben Sie einen Exagenten in die Sache hineingezogen – und einen verdammt guten, wie ich hinzufügen könnte –, der persönlich in diese Angelegenheit involviert ist. Und Edwin Davis ist los. Ich habe keine Ahnung, was er macht …«

Er hatte genug gehört. »Können Sie das mit Daniels erledigen?«

Sie stockte angesichts seines schroffen Tonfalls und sagte dann langsam: »Ich würde sagen, dass alles von Ihren Freunden im Kapitol abhängt. Daniels braucht deren Hilfe in vielerlei Hinsicht. Er tut das, was jeder Präsident am Ende seiner Amtszeit tut. Er denkt an sein politisches Vermächtnis. Er möchte noch eine Reihe von Gesetzen durchbringen, und das heißt, falls die richtigen Kongressmitglieder Sie im Vereinigten Generalstab sehen wollen, wird er ihnen den Gefallen tun – im Austausch für deren Stimmen natürlich. Die Fragen sind einfach. Wird der Posten überhaupt frei werden und falls ja, können Sie dann die richtigen Kongressmitglieder für sich einspannen?«

Genug geredet. Vor dem Schlafengehen hatte er noch einiges zu erledigen. Daher beendete er das Treffen mit einer Bemerkung, die Diane McCoy nicht vergessen sollte: »Die richtigen Kongressmitglieder werden meine Kandidatur nicht nur billigen, sie werden sogar darauf bestehen.«

24

Kloster Ettal
01.05 Uhr

Malone sah zu, wie Christl Falk die Tür der Abteikirche aufschloss. Offensichtlich hatten die Oberhausers beträchtlichen

Einfluss bei den Mönchen. Es war mitten in der Nacht, und sie kamen und gingen, wie es ihnen passte.

Die verschwenderisch dekorierte Kirche war noch immer schwach erleuchtet. Sie überquerten den im Dunkeln liegenden Marmorboden, und nur das Echo ihrer Schuhsohlen war in dem warmen Raum zu hören. Malones Sinne waren hellwach. Er hatte die Erfahrung gemacht, dass menschenleere europäische Kirchen nachts ein Problem darstellen konnten.

Sie betraten die Sakristei, und Christl marschierte direkt auf das Portal zu, das in die Tiefen der Abtei führte. Unten, am Fuße der Treppe am Ende des Gangs, war die Tür nur angelehnt.

Er packte Christl beim Arm und gab ihr mit einem Kopfschütteln zu verstehen, dass sie vorsichtig sein sollten. Die Pistole aus der Seilbahn in der Hand, schob er sich an der Wand entlang. Am Ende des Korridors spähte er in den Raum.

Alles war auf den Kopf gestellt.

»Vielleicht sind die Mönche ja sauer?«, meinte er.

Die Steinblöcke und Holzschnitzereien lagen auf dem Boden verstreut, und die Ausstellung war das reinste Chaos. Die Tische an der gegenüberliegenden Wand waren umgestürzt. Die beiden Schränke an der Wand waren durchwühlt worden.

Dann sah er die Leiche.

Es war die Frau aus der Seilbahn. Er konnte keine Wunden und auch kein Blut entdecken, doch in der stillstehenden Luft hing ein vertrauter Geruch.

»Zyanid.«

»Sie ist vergiftet worden?«

»Schauen Sie sie an. Sie ist an ihrer Zunge erstickt.«

Er sah, dass Christl die Leiche nicht anschauen wollte.

»Mit so etwas komme ich nicht zurecht«, sagte sie. »Mit Leichen.«

Sie geriet zunehmend aus der Fassung, und so fragte er: »Was suchen wir hier eigentlich?«

Sie schien ihre Gefühle allmählich unter Kontrolle zu bekommen und ließ den Blick aufmerksam über die Trümmer wandern. »Sie sind weg. Die Steine aus der Antarktis, die Großvater gefunden hat. Sie sind nicht mehr hier.«

Sie waren tatsächlich weg. »Sind die denn wichtig?«

»Es ist dieselbe Schrift darauf wie in den Büchern.«

»Erzählen Sie mir etwas, was ich nicht schon weiß.«

»Hier stimmt etwas nicht«, murmelte sie.

»Das könnte man so sagen. Die Mönche werden ein wenig verärgert sein, welche Sonderrechte Ihre Familie auch immer genießen mag.«

Christl war eindeutig durcheinander.

»Sind wir nur wegen der Steine gekommen?«, fragte er.

Sie schüttelte den Kopf. »Nein. Sie haben recht. Da ist noch mehr.« Sie trat auf einen der bunt bemalten Schränke zu, dessen Türen und Schubladen offen standen, und blickte hinein. »O nein.«

Er trat hinter sie und sah das Loch, das in die Rückwand gehackt worden war, groß genug, um eine Hand hindurchzuschieben.

»Großvater und Vater haben ihre Papiere dort aufbewahrt.«

»Was anscheinend irgendjemand wusste.«

Sie steckte den Arm hinein. »Leer.«

Dann stürzte sie zur Tür.

»Wohin gehen Sie?«, fragte er.

»Wir müssen uns beeilen. Ich hoffe nur, dass wir nicht zu spät kommen.«

Ramsey schaltete die Lichter im Erdgeschoss aus und stieg die Treppe zu seinem Schlafzimmer hinauf. Diane McCoy war gegangen. Er hatte schon mehrmals darüber nachgedacht, ihre Zusammenarbeit auszuweiten. Sie war attraktiv, sowohl körperlich als auch wegen ihrer Intelligenz. Doch er hatte entschieden, dass das eine schlechte Idee wäre. Wie viele mächtige Männer waren schon über eine Liebelei zu Fall gekommen?

Zu viele, um sie zu zählen, und er hatte nicht vor, sich diesem Reigen anzuschließen.

McCoy war eindeutig wegen Edwin Davis besorgt gewesen. Ramsey kannte Davis. Ihre Pfade hatten sich vor Jahren in Brüssel gekreuzt. Damals war es um Millicent gegangen, eine Frau, mit der er viele Male geschlafen hatte. Auch sie war intelligent, jung und ehrgeizig gewesen, aber auch …

»Schwanger«, sagte Millicent.

Er hatte sie schon beim ersten Mal verstanden. »Was soll ich da tun?«

»Du könntest mich heiraten.«

»Aber ich liebe dich nicht.«

Sie lachte. »Doch, du liebst mich. Du willst es nur nicht zugeben.«

»Nein, ich liebe dich wirklich nicht. Ich schlafe gerne mit dir. Ich höre dir gerne zu, wenn du mir erzählst, was im Büro los ist. Ich nutze dein Wissen gerne zu meinem Vorteil aus. Aber ich will dich nicht heiraten.«

Sie kuschelte sich an ihn. »Du würdest mich vermissen, wenn ich weg wäre.«

Es erstaunte ihn, wie scheinbar intelligente Frauen ihre Selbstachtung so vergessen konnten. Er hatte diese Frau zahllose Male geschlagen, und doch war sie nie vor ihm weggelaufen, fast als ob ihr die Prügel gefielen. Als ob sie sie verdient hätte. Als ob sie sie wollte. Wenn er ihr jetzt ein paar Hiebe verpasste, würde ihnen das beiden guttun, doch er beschloss, dass er mit Geduld weiter kommen würde, und so nahm er sie fest in die Arme und sagte leise: »Du hast recht. Ich würde dich vermissen.«

Keinen Monat später war sie tot.

In der Woche nach ihrem Tod ging auch Edwin Davis.

Millicent hatte ihm erzählt, dass Davis immer kam, wenn sie ihn anrief, und ihr half, Ramseys ständige Ablehnung zu ertragen. Warum sie ihm so etwas gestand, konnte er nur raten. Es war, als ob dieses Wissen ihn daran hindern sollte, sie wieder zu schlagen. Aber er prügelte sie weiter, und sie vergab ihm immer. Davis sagte nie ein Wort, aber Ramsey erkannte viele Male Hass in den Augen des Jüngeren – Hass und Frustration, weil er überhaupt nichts an der Lage ändern konnte. Davis war damals ein niedrigrangiger Angestellter des Außenministeriums auf einer seiner ersten Dienststellen im Ausland. Er hatte die Aufgabe, Probleme zu lösen, nicht, welche zu schaffen – den Mund geschlossen zu halten und die Ohren offen. Doch jetzt war Edwin Davis ein Stellvertretender Nationaler Sicherheitsberater des Präsidenten der Vereinigten Staaten. Andere Zeiten, andere Regeln. *Per Anweisung des Präsidenten hat Davis ebenso freien Zugang zu Daniels wie ich.* Das hatte McCoy gesagt. Sie hatte recht. Was immer Davis unternahm, hatte mit ihm selbst, Ramsey, zu tun. Für diese Annahme gab es keinen Beweis, das war nur ein Gefühl, aber er hatte vor langer Zeit gelernt, nicht an seinen Gefühlen zu zweifeln.

Also würde er Edwin Davis vielleicht eliminieren müssen.

Genau wie damals Millicent.

Wilkerson stapfte durch den Schnee zu der Stelle, wo Dorothea Lindauer ihren Wagen geparkt hatte. Sein eigenes Fahrzeug qualmte noch. Dorothea schien wegen der Zerstörung des Hauses nicht weiter betroffen zu sein, obwohl dieses sich, wie sie ihm vor Wochen erzählt hatte, schon seit der Mitte des neunzehnten Jahrhunderts im Besitz der Familie befand.

Sie ließen die Leichen in den Trümmern liegen. »*Damit befassen wir uns später*«, hatte Dorothea gesagt. Andere Dinge erforderten ihre sofortige Aufmerksamkeit.

Er schleppte die letzte aus Füssen mitgebrachte Kiste zum Wagen und lud sie in den Kofferraum. Kälte und Schnee hatte er mittlerweile gründlich satt. Sonne und Wärme, das war sein Ding. Als Römer hätte er sich viel besser gemacht denn als Wikinger.

Er öffnete die Wagentür und manövrierte seine müden Beine hinters Lenkrad. Dorothea saß bereits auf dem Beifahrersitz.

»Bring es hinter dich«, sagte sie.

Er sah auf die Leuchtanzeige seiner Uhr und berechnete den Zeitunterschied. Er wollte diesen Anruf nicht tätigen. »Später.«

»Nein. Er muss Bescheid wissen.«

»Warum denn?«

»Männer wie ihn muss man ständig aus dem Gleichgewicht bringen. Dann macht er Fehler.«

Wilkerson war zwischen Verwirrung und Angst hin- und hergerissen. »Gerade eben bin ich dem Tod entronnen. Ich bin nicht in der Stimmung dafür.«

Sie berührte ihn am Arm. »Sterling, hör mir zu. Alles ist in Bewegung. Die Sache lässt sich nicht mehr stoppen. Sag ihm Bescheid.«

Er konnte ihr Gesicht in der Dunkelheit kaum erkennen, sah aber ihre große Schönheit vor seinem inneren Auge. Sie war eine der umwerfendsten Frauen, die er je kennengelernt hatte. Und intelligent dazu. Sie hatte richtig vorhergesagt, dass Langford Ramsey eine falsche Schlange war.

Und sie hatte ihm gerade eben das Leben gerettet.

Also suchte er sein Handy und tippte die Nummer ein. Er nannte der Telefonistin seinen Sicherheitscode und das Passwort des Tages und erklärte ihr dann, was er wollte.

Zwei Minuten später hatte er Langford Ramsey am Apparat.

»Bei Ihnen ist es jetzt doch schon ganz schön spät«, sagte der Admiral in freundlichem Tonfall.

»Sie verdammter Drecksack. Sie sind ein verlogenes Arschloch.«

Es entstand ein Moment der Stille, und dann kam die Antwort: »Ich nehme an, es muss einen Grund dafür geben, dass Sie so mit einem vorgesetzten Offizier sprechen.«

»Ich habe überlebt.«

»Was haben Sie überlebt?«

Der fragende Tonfall verwirrte Wilkerson. Aber warum sollte Ramsey lügen? »Sie haben ein Team losgeschickt, um mich umzulegen.«

»Ich versichere Ihnen, Captain, wenn ich Ihren Tod wünschte, dann wären Sie schon tot. Sie sollten sich noch einmal Gedanken darüber machen, wer Sie umbringen will. Vielleicht Frau Lindauer? Ich habe Sie zu ihr geschickt, um den Kontakt zu knüpfen, sie kennenzulernen und herauszufinden, was ich wissen musste.«

»Und ich habe genau nach Ihren Anweisungen gehandelt. Ich wollte diesen verdammten Stern haben.«

»Und Sie werden ihn wie versprochen bekommen. Aber haben Sie irgendetwas erreicht?«

Da es im Wagen ganz still war, hatte Dorothea Ramsey mit angehört. Sie griff nach dem Hörer und sagte: »Sie sind ein Lügner, Admiral. Sie selbst haben Wilkersons Tod gewollt. Und ich würde sagen, ja, er hat sehr viel erreicht.«

»Frau Lindauer, wie schön, endlich mit Ihnen zu sprechen«, hörte er Ramseys Stimme aus dem Hörer.

»Sagen Sie mir, Admiral, warum interessieren Sie sich für mich?«

»Ich interessiere mich gar nicht für Sie. Aber für Ihre Familie.«

»Sie wissen über meinen Vater Bescheid, oder?«

»Ich bin mit der Situation vertraut.«

»Sie wissen, warum er in diesem U-Boot mitgefahren ist.«

»Die Frage ist, warum interessiert Sie das so sehr? Ihre Familie versucht seit Jahren, undichte Stellen in der Navy zu finden. Dachten Sie, ich hätte das nicht gemerkt? Da habe ich Ihnen einfach einmal jemanden von unserer Seite geschickt.«

»Wir wissen, dass mehr an der Sache war«, sagte sie.

»Leider, Frau Lindauer, werden Sie die Antwort niemals erfahren.«

»Verlassen Sie sich nicht zu sehr darauf.«

»Immer tapfer drauflos! Ich bin gespannt, ob Sie Ihre Prahlerei wahr machen können.«

»Wie wäre es, wenn Sie mir eine einzige Frage beantworten?«

Ramsey kicherte. »Okay, eine einzige Frage.«

»Ist dort irgendetwas zu finden?«

Wilkerson war bestürzt über diese Frage. *Wo* sollte es etwas zu finden geben?

»Sie haben nicht die geringste Vorstellung«, sagte Ramsey. Damit legte er auf.

Sie gab Wilkerson das Handy zurück, und er fragte: »Was hast du damit gemeint? Das *dort* etwas zu finden sein soll?«

Sie rutschte in ihrem Sitz nach hinten. Der Wagen war von außen mit Schnee bedeckt.

»Das hatte ich befürchtet«, murmelte sie. »Unglückseligerweise liegen alle Antworten in der Antarktis.«

»Was suchst du denn?«

»Ich muss die Unterlagen im Kofferraum durchlesen, bevor ich dir das sagen kann. Ich bin mir noch immer nicht sicher.«

»Dorothea, ich werfe meine ganze Karriere, mein ganzes Leben für das hier weg. Du hast Ramsey gehört. Vielleicht war er gar nicht hinter mir her.«

Sie saß aufrecht da und rührte sich nicht. »Du wärest jetzt schon tot, wenn ich nicht wäre.« Sie wandte den Kopf in seine Richtung. »Dein Leben ist fest mit meinem verbunden.«

»Und ich wiederhole es. Du bist verheiratet.«

»Die Beziehung zwischen Werner und mir ist gescheitert. Und zwar schon lange. Jetzt heißt es du und ich.«

Sie hatte recht, und er wusste es. Was ihn gleichzeitig verstörte und erregte.

»Was wirst du tun?«, fragte er.

»Sehr viel für uns beide, hoffe ich.«

25

Bayern

Malone betrachtete die mächtige, an den steilen Hang geklammerte Burg durch die Windschutzscheibe. Fenster mit Mittelpfeilern, Gaubenfenster und anmutige Erkerfenster leuchteten in die Nacht hinaus. Bogenlampen tauchten die Außenmauern in ein sanftes, mittelalterlich schönes Licht. Etwas, was Luther einmal über eine andere Feste gesagt hatte, ging ihm durch den Sinn: *Ein feste Burg ist unser Gott, ein gute Wehr und Waffen.*

Er lenkte den Mietwagen, Christl Falk saß auf dem Beifahrersitz. Sie hatten das Kloster Ettal eilig verlassen und sich auf einer einsamen, verkehrsarmen Straße tief in die verschneiten bayrischen Wälder begeben. Nach vierzig Minuten tauchte endlich die Burg auf, und er fuhr dort ein und parkte im Hof. Über ihnen standen funkelnde Sterne am nachtblauen Himmel.

»Das hier ist unser Zuhause«, sagte Christl, als sie ausstiegen. »Der Landsitz der Oberhausers. Reichshoffen.«

»Das Hoffen des Reichs. Interessanter Name.«

»Unser Familienmotto. Wir bewohnen diesen Berggipfel schon seit über siebenhundert Jahren.«

Er betrachtete die wohlgeordnete Szenerie, deren neutrale Farben nur von Schneeflecken durchbrochen wurden, die auf den alten Steinen klebten.

Sie wandte sich ab, und er packte sie beim Handgelenk. Schöne Frauen waren schwierig, und diese Fremde war in der Tat schön. Schlimmer noch, sie manipulierte ihn, und er wusste es.

»Warum heißen Sie Falk und nicht Oberhauser?«, fragte er, um sie aus der Fassung zu bringen.

Ihre Augen fielen auf ihr Handgelenk. Er ließ sie los.

»Es gab eine Ehe, die ein Fehler war.«

»Und Ihre Schwester? Frau Lindauer. Ist die noch verheiratet?«

»Ja, auch wenn man nicht sagen kann, dass das noch eine wirkliche Ehe ist. Werner mag ihr Geld, und sie mag es, verheiratet zu sein. So kann sie ihren Geliebten erklären, warum sie nie über diesen Status hinauskommen.«

»Erzählen Sie mir, warum Sie und Ihre Schwester nicht miteinander können?«

Sie lächelte, was sie nur noch faszinierender machte. »Das hängt davon ab, ob Sie bereit sind, mir zu helfen.«

»Sie wissen, warum ich hier bin.«

»Wegen Ihres Vaters. Eben aus demselben Grund bin auch ich hier.«

Das bezweifelte er, beschloss aber, mit der Verzögerungstaktik Schluss zu machen. »Dann lassen Sie uns sehen, was so wichtig ist.«

Sie kamen unter einem Torbogen hindurch. Seine Aufmerksamkeit wanderte zu einem riesigen Gobelin, der an der gegenüberliegenden Wand hing. Wieder ein altes Bild, diesmal in Gold auf einen kastanienbraunen und marineblauen Untergrund gestickt.

Sie bemerkte sein Interesse. »Unser Familienwappen.«

Er betrachtete das Bild. Eine Krone über der vereinfachten

Darstellung eines Tiers – vielleicht eines Hundes oder einer Katze, das war schwer zu sagen –, das im Maul eine Beute trug, die wie ein Nagetier aussah. »Was bedeutet das?«

»Ich habe nie eine gute Erklärung dafür bekommen. Aber einem unserer Vorfahren gefiel das Bild, und so ließ er den Gobelin sticken und hier aufhängen.«

Von draußen hörte er das ungedämpfte Motorendröhnen eines Autos, das in den Hof schoss. Er sah durch den offenen Torbogen hinaus und erblickte einen Mann, der mit einer Automatikwaffe in der Hand aus einem Mercedes-Coupé stieg.

Er erkannte das Gesicht.

Das war derselbe Kerl, der vorhin in seinem Zimmer im Posthotel gewesen war.

Was war da los, zum Teufel?

Der Mann legte die Waffe an.

Malone riss Christl zurück, als die Schüsse eines Schnellfeuergewehrs durch die Tür peitschten und an der gegenüberliegenden Wand einen Seitentisch zerlegten. Daneben zerbrach das Glas einer Wanduhr. Christl voran, eilten sie los. Weitere Kugeln schlugen hinter ihm in die Wand.

Als sie um die Ecke bogen und in einen kurzen Gang stürmten, der in einen großen Saal führte, griff Malone nach der Pistole aus der Seilbahn.

Er sah sich rasch um und erkannte einen rechteckigen Saal, an dessen vier Seiten sich Säulengänge öffneten, mit langen Galerien darüber. Von schwachen Glühlampen angestrahlt, hing an der gegenüberliegenden Wand die Fahne des ehemaligen Deutschen Reichs – Schwarz-Weiß-Rot. Darunter gähnte der schwarze Rachen eines gemauerten Kamins, groß genug, dass mehrere Leute sich hätten hineinstellen können.

»Wir trennen uns«, sagte Christl. »Sie gehen hoch.«

Bevor er noch Einwände erheben konnte, stürmte sie in die Dunkelheit davon.

Er entdeckte eine Treppe, die zur Galerie im ersten Stock hinaufführte, und huschte leichtfüßig zur untersten Stufe. Es war so dunkel, dass er kaum etwas sehen konnte. Überall öffneten sich Nischen, dunkle Leerräume, in denen, so fürchtete er, weitere übel gesonnene Verfolger lauern mochten.

Er schlich die Treppe hinauf und betrat die obere Galerie, wo er sich ein paar Meter von der Balustrade entfernt in die Dunkelheit zurückzog. Unten sah er einen Schatten in den Saal kommen, der sich vom Licht, das aus dem Korridor einfiel, dunkel abhob. Achtzehn Stühle umstanden einen massiven Esstisch. Ihre vergoldeten Rückenlehnen standen aufrecht in Reih und Glied wie Soldaten, abgesehen von zweien, unter die Christl offensichtlich gekrochen sein musste, da sie nirgends zu sehen war.

Ein Lachen drang durch die Stille. »Sie sind tot, Malone.«

Interessant. Der Mann kannte seinen Namen.

»Kommen Sie doch und holen Sie mich«, rief er laut, in dem Wissen, dass der Ruf in dem Saal widerhallen würde, so dass man unmöglich feststellen konnte, wo er herkam.

Er sah, wie der Mann durch die Dunkelheit im Saal spähte, in die Bögen der Kolonnaden schaute, einen Kachelofen in der einen Ecke, den schweren Tisch und einen an der Decke hängenden Messingleuchter ins Auge fasste.

Malone schoss nach unten.

Die Kugel ging fehl.

Schritte eilten auf die Treppe zu.

Malone stürzte vor, bog um die Ecke und blieb stehen, als er auf der gegenüberliegenden Galerie angelangt war. Von hinten waren keine Schritte mehr zu hören, aber der Angreifer war definitiv da.

Malone sah auf den Tisch hinunter. Zwei Stühle waren noch immer verrückt. Ein weiterer kippte jetzt nach hinten und fiel krachend zu Boden, so dass der Schlag im ganzen Saal widerhallte.

Von der Galerie gegenüber schlug eine Salve in die Tischplatte ein. Zum Glück war das dicke Holz dem Angriff gewachsen. Malone schoss quer durch den Saal dorthin, wo das Mündungsfeuer aufgeflammt war. Jetzt flogen die Kugeln in seine Richtung und prallten hinter ihm vom Stein ab.

Angestrengt spähend versuchte er, den Gegner in der Dunkelheit auszumachen. Er hatte versucht, mit einem Ruf die Aufmerksamkeit des Angreifers auf sich zu lenken, doch Christl Falk hatte dieses Bemühen – absichtlich oder nicht – zunichtegemacht. Hinter ihm öffneten sich weitere tiefschwarze Nischen in der Wand. Vor ihm war es ebenso düster. Auf der gegenüberliegenden Seite entdeckte er jetzt eine Bewegung – eine Gestalt, die in seine Richtung kam. Er hielt sich im Dunkeln und schlich sich gebückt nach links, um die Stirnseite des Saals zu passieren.

Was ging hier vor sich? Dieser Mann war hinter ihm her.

Unten in der Mitte des Saals tauchte plötzlich Christl auf und stellte sich ins schwache Licht.

Malone blieb trotzdem weiter versteckt. Die Dunkelheit nutzend, presste er sich gegen die Innenseite eines Säulenbogens und spähte um die Ecke.

»Zeigen Sie sich«, rief Christl laut.

Keine Antwort.

Malone verließ seine Stellung und eilte los, um den Schützen von hinten zu überrumpeln.

»Schauen Sie. Ich gehe weg. Wenn Sie mich aufhalten wollen, wissen Sie, was Sie zu tun haben.«

»Nicht klug«, sagte eine Stimme.

Malone verharrte bei der nächsten Ecke. Vor ihm, in der Mitte der Galerie, stand der Angreifer, das Gesicht von ihm abgewendet. Malone warf einen kurzen Blick nach unten und sah, dass Christl noch immer dort stand.

Kalte Erregung machte ihn ganz ruhig.

Die schattenhafte Gestalt vor ihm hob die Waffe.

»Wo ist er?«, fragte der Mann. Aber Christl antwortete nicht. »Malone, zeigen Sie sich, oder sie ist tot.«

Malone schlich sich mit erhobener Waffe vorwärts und sagte: »Hier bin ich.«

Die Waffe des Mannes blieb nach unten gerichtet. »Ich kann immer noch Frau Lindauer töten«, sagte er ruhig.

Malone bemerkte die Verwechslung, stellte aber klar: »Bevor Sie den Abzug durchdrücken können, habe ich Sie längst erschossen.«

Der Mann schien sein Dilemma zu bedenken und wandte sich langsam zu Malone um. Dann beschleunigte sich seine Bewegung, als er das Sturmgewehr herumriss und gleichzeitig den Abzug betätigte. Kugeln zischten durch den Saal. Malone wollte gerade feuern, als ein anderer Schuss von den Wänden widerhallte.

Der Kopf des Angreifers wurde zurückgerissen, und das Schießen verstummte.

Sein Körper flog von der Brüstung weg.

Die Beine taumelten.

Ein Schrei, kurz und überrascht, der verstummte, als der Getroffene auf dem Boden zusammenbrach.

Malone senkte die Waffe.

Die Schädeldecke des Mannes war weg.

Malone trat zur Brüstung.

Unten neben Christl Falk stand ein großer, dünner Mann, das Gewehr nach oben gerichtet. Auf Christls anderer Seite stand eine ältere Frau, die zu Malone gewandt sagte: »Sehr unterhaltsam, Herr Malone.«

»Es war nicht nötig, ihn zu erschießen.«

Die Frau gab dem anderen Mann einen Wink, und dieser senkte sein Gewehr.

»Mir schien das aber so«, sagte sie.

26

Malone stieg zur ebenen Erde hinunter. Der andere Mann und die ältere Frau standen noch immer bei Christl Falk.

»Das ist Ulrich Henn«, erklärte Christl. »Er arbeitet für unsere Familie.«

»Und was tut er?«

»Er schaut nach der Burg«, sagte die ältere Frau. »Er ist der Haushofmeister.«

»Und wer sind Sie?«, fragte Malone.

Sie zog, anscheinend amüsiert, die Augenbrauen hoch und warf ihm ein Lächeln zu, das Zähne wie in einem Halloween-kürbis zum Vorschein brachte. Sie war ungewöhnlich hager, fast vogelartig, und hatte glänzendes, graublondes Haar. Ein Aderngeflecht trat an ihren Armen hervor, und ihre Handgelenke waren mit Leberflecken übersät.

»Ich bin Isabel Oberhauser.«

Sie schien ihn mit den Lippen willkommen heißen zu wollen, doch ihre Augen wirkten verhaltener.

»Soll ich jetzt beeindruckt sein?«

»Ich bin das Familienoberhaupt.«

Malone zeigte auf Ulrich Henn. »Sie und Ihr Angestellter haben gerade einen Menschen umgebracht.«

»Der widerrechtlich mit einer Waffe in mein Haus einge-drungen ist und versucht hat, Sie und meine Tochter zu ermor-den.«

»Und da hatten Sie doch zufällig gerade ein Gewehr zur Hand und zudem noch einen Mann, der fähig ist, in einem kaum erleuchteten Saal aus einem guten Dutzend Meter Entfer-nung die Schädeldecke eines Menschen wegzuschießen.«

»Ulrich ist ein ausgezeichneter Schütze.«

Henn sagte nichts. Offensichtlich kannte er seine Stellung.

»Ich wusste nicht, dass die beiden hier waren«, sagte Christl zu Malone. »Ich dachte eigentlich, Mutter wäre nicht da. Aber als ich sie und Ulrich in den Saal kommen sah, gab ich ihm ein Zeichen, sich bereitzuhalten, während ich die Aufmerksamkeit des Angreifers auf mich lenkte.«

»Ganz schön riskant.«

»Es hat anscheinend funktioniert.«

Das sagte ihm auch etwas über diese Frau. Man brauchte Mut, um in eine schussbereite Mündung zu blicken. Aber er wusste nicht recht, ob sie gerissen und mutig oder aber eine Idiotin war. »Ich kenne nicht allzu viele Akademikerinnen, die es Ihnen eben gleichgetan hätten.« Er wandte sich der älteren Frau Oberhauser zu. »Wir hätten den Schützen lebendig gebraucht. Er kannte meinen Namen.«

»Das ist mir ebenfalls aufgefallen.«

»Ich brauche Antworten, nicht noch mehr Rätsel, und was Sie getan haben, hat eine ohnehin schon verfahrene Situation noch zusätzlich kompliziert.«

»Zeig es ihm«, sagte Isabel zu ihrer Tochter. »Hinterher, Herr Malone, können wir beiden uns unter vier Augen unterhalten.«

Er folgte Christl zurück in die Eingangshalle und von dort nach oben in eines der Schlafzimmer, wo in einer Ecke ein riesiger Kachelofen, der das Datum 1651 trug, bis zur Decke ragte.

»Das hier war das Zimmer meines Vaters und meines Großvaters.«

Sie betrat eine Nische, in der unter einem Fenster mit Mittelpfosten eine dekorative Bank stand.

»Meine Vorfahren, die Reichshoffen im dreizehnten Jahrhundert erbaut haben, waren von der Angst besessen, irgendwann in der Falle zu sitzen. Daher bekam jedes Zimmer mindestens zwei Ausgänge – und dieses hier ist keine Ausnahme. Tatsächlich wurde es mit dem damals möglichen Höchstmaß an Sicherheitsvorkehrungen ausgestattet.«

Sie drückte auf eine der Mörtelfugen – und ein Wandabschnitt ging auf und gab den Blick auf eine Wendeltreppe frei, die sich entgegen dem Uhrzeigersinn nach unten wand. Als sie einen Schalter betätigte, erhellte eine Reihe schwacher Lampen die Dunkelheit.

Er folgte Christl nach unten. Am Fuß der Treppe angekommen, legte sie einen weiteren Schalter um.

Ihm fiel auf, dass die Luft trocken, warm und klimatisiert war. Der Boden bestand aus grauen Schieferplatten mit schwarzen Fugen. Die rauen Steinwände, verputzt und ebenfalls grau gestrichen, ließen erkennen, dass sie vor Jahrhunderten aus dem gewachsenen Fels gehauen worden waren.

Vor ihnen lag ein an einen gewundenen Korridor erinnernder Raum aus Kammern, die ineinander übergingen und den Hintergrund für einige ungewöhnliche Objekte bildeten. Es waren deutsche Fahnen zu sehen, Nazibanner und sogar der Nachbau eines SS-Altars, wie man ihn in den Dreißigerjahren für Namensgebungszeremonien verwendet hatte. Außerdem zahllose Figürchen, Zinnsoldaten, die auf einer bunten Karte vom Europa des frühen zwanzigsten Jahrhunderts aufgestellt waren, Nazihelme, Schwerter, Dolche, Uniformen, Mützen, Windjacken, Pistolen, Gewehre, Halstücher, Patronengurte, Ringe, Schmuck, Schutzhandschuhe und Fotos.

»Diese Sammlung hat mein Großvater nach dem Krieg angelegt. Damit hat er seine Zeit zugebracht.«

»Das hier ist wie ein Nazi-Museum.«

»Dass er bei Hitler in Verruf geraten war, hat ihn zutiefst verletzt. Er hatte dem Drecksack gut gedient und konnte die Ablehnung der Nationalsozialisten nie begreifen. Sechs Jahre lang bis zum Ende des Krieges versuchte er alles Erdenkliche, um Hitlers Gunst wiederzuerlangen. Und bis er dann in den Fünfzigerjahren vollkommen dement wurde, hat er all das hier gesammelt.«

»Das erklärt nicht, warum Ihre Familie es aufbewahrt hat.«

»Mein Vater hatte Achtung vor seinem Vater. Aber wir kommen nur selten hier herunter.«

Sie führte ihn zu einer Vitrine. Dort zeigte sie ihm einen Silberring mit SS-Runen, die er in dieser Darstellungsweise noch nie gesehen hatte. Es war einer Kursivschrift nicht unähnlich. »Das hier ist die wahre germanische Form, wie man sie auf alten skandinavischen Schilden findet. Sehr passend, denn diese Ringe wurden nur vom Ahnenerbe getragen.« Sie lenkte seine Aufmerksamkeit auf einen anderen Gegenstand in der Vitrine. »Dieses Abzeichen mit der Odal-Rune und dem kurzarmigen Hakenkreuz wurde ebenfalls nur von Angehörigen des Ahnenerbes getragen. Großvater hat es entworfen. Die Krawattennadel ist recht speziell – eine Darstellung des Irminsul oder Lebensbaumes der Sachsen. Der wuchs angeblich bei den Externsteinen in Detmold und wurde von Karl dem Großen persönlich gefällt, womit der lange Krieg zwischen den Sachsen und den Franken begann.«

»Sie sprechen ja beinahe mit Ehrfurcht von diesen Relikten.«

»Wirklich?« Sie klang verblüfft.

»Als ob sie Ihnen etwas bedeuten.«

Sie zuckte die Schultern. »Sie erinnern einfach nur an die Vergangenheit. Mein Großvater hat das Ahnenerbe aus rein kulturellen Gründen initiiert, aber dann hat es sich zu etwas ganz anderem entwickelt. Das Institut für wehrwissenschaftliche Zweckforschung führte grauenhafte Experimente an KZ-Häftlingen durch. Untersuchungen zu Unterdruck, Unterkühlung und Blutgerinnung. Einfach furchtbar. Die Abteilung für darstellende und angewandte Naturkunde stellte eine Sammlung aus den Knochen eigens ermordeter jüdischer Frauen und Männer zusammen. Später wurden mehrere Angehörige des Ahnenerbes wegen Kriegsverbrechen hingerichtet. Viele weitere kamen ins Gefängnis. Man sprach nur noch mit Abscheu von der Gesellschaft.«

Malone beobachtete sie genau.

»An all dem hatte mein Großvater keinen Anteil«, erklärte sie, da sie anscheinend seine Gedanken las. »All das ist geschehen, nachdem er entlassen und öffentlich gedemütigt worden war.« Sie stockte. »Lange nachdem er sich wie ein Gefangener in die Einsamkeit dieser Burg und der Abtei zurückgezogen hatte, wo er alleine arbeitete.«

Neben der Fahne des Ahnenerbes hing ein Wandteppich, auf dem derselbe Lebensbaum wie auf der Krawattennadel zu sehen war. Unten waren Worte eingewebt, die Malone ins Auge fielen. KEIN VOLK LEBT LÄNGER ALS DIE DOKUMENTATION SEINER KULTUR.

Sie bemerkte seinen Blick. »Mein Großvater hat an diese Aussage geglaubt.«

»Und Sie auch?«

Sie nickte. »Ja.«

Er verstand noch immer nicht, wieso die Oberhausers diese Sammlung in einem klimatisierten Raum aufbewahrten, in dem kein einziges Stäubchen zu sehen war. Aber er begriff einen der Gründe, die Christl genannt hatte. Auch er respektierte seinen Vater. Obwohl dieser den größten Teil von Malones Kindheit gefehlt hatte, erinnerte er sich doch an die gemeinsam verbrachte Zeit, wenn sie mit einem Baseball gespielt hatten, geschwommen waren oder ums Haus herum gewerkelt hatten. Noch Jahre nach dem Tod seines Vaters war er wütend gewesen, dass ihm etwas vorenthalten blieb, was seine Freunde, die noch beide Eltern hatten, für selbstverständlich nahmen. Seine Mutter hatte nie zugelassen, dass er seinen Vater vergaß, doch erst als er älter wurde, hatte er begriffen, dass ihre Erinnerungen vielleicht nicht die schönsten waren. Das Leben als Frau eines Navy-Offiziers war nicht leicht – genauso wenig wie das Leben als Frau eines Agenten, das Malones Exfrau schließlich nicht mehr ausgehalten hatte ...

Christl ging Malone durch die Ausstellung voran. Jede Biegung brachte neue Beweise von Hermann Oberhausers Leidenschaft zum Vorschein. Sie blieb vor einem bunt bemalten Holzschrank stehen, der den Schränken in der Abtei ähnelte. Aus einer seiner Schubladen holte sie eine einzelne Seite, die in einer festen Plastikhülle steckte.

»Dies hier ist das Original von Einhards letztem Willen und Testament. Großvater hat es gefunden. Eine Kopie davon wurde in der Abtei aufbewahrt.«

Er betrachtete das Dokument, das eine eng auf Lateinisch beschriftete Pergamenthandschrift zu sein schien. Die Tinte war zu einem hellen Grau verblasst.

»Auf der Rückseite steht die deutsche Übersetzung«, sagte Christl. »Der letzte Abschnitt ist der entscheidende.«

Im Leben galt mein Treueschwur meinem gottesfürchtigen Herrn – Karl, dem Kaiser und Augustus, der mir befahl, jede Erwähnung des Tartarus zu unterlassen. Ein vollständiger Bericht dessen, was ich weiß, wurde vor langer Zeit am Todestag Kaiser Karls ehrfurchtsvoll seinem Grab beigegeben. Falls das heilige Grab je geöffnet wird, sollen diese Seiten nicht aufgeteilt werden, sondern wisset, dass Karl sie jenem heiligen Herrscher zuteilwerden lassen möchte, der dann die Kaiserkrone hält. Diese Wahrheiten zu lesen würde vieles enthüllen. Nachdem ich erleben musste, welche Missachtung Kaiser Ludwig den großen Bemühungen seines Vaters zeigte, bestimmen mich Gottesfurcht und Vorsicht dazu, die Lektüre jener Worte nur dem zu gestatten, der zwei weitere Wahrheiten kennt. Die erste vermache ich hiermit meinem Sohn mit der Anweisung, sie für seinen Sohn und danach für dessen Sohn und so weiter bis in alle Ewigkeit aufzubewahren. Hüte die Schrift gut, denn sie ist in der Sprache der Kirche verfasst und leicht zu verstehen, doch ihre Botschaft ist nicht vollständig. Die zweite Wahrheit, die das volle Verständnis der bei Kaiser Karl ruhenden Weisheit ermöglicht, beginnt im neuen Jerusalem. Die Offenbarung wird enthüllt werden, wenn das Geheimnis dieses wundersamen Ortes gelüftet ist. Löse dieses Rätsel, indem du die Vollkommenheit des Engels auf die Heiligung unseres Herrn anwendest. Doch nur, wer den Thron Salomons und die römische Frivolität zu schätzen weiß, wird den Weg zum Himmel finden. Sei gewarnt, weder ich noch die Heiligen haben mit Unwissen Geduld.

»Ich hatte Ihnen ja davon erzählt«, sagte sie. »Von der *Suchfahrt Karls des Großen*. Dieses Rätsel müssen wir lösen. Wir müssen jene Lösung finden, die Otto III. und sämtlichen Heiligen Römischen Kaisern nach ihm entgangen ist. Gelingt uns das, wird sie uns zu dem führen, was unsere Väter damals in der Antarktis gesucht haben.«

Malone schüttelte den Kopf. »Sie sagten, Ihr Großvater sei dort gewesen und habe von dort Zeugnisse mitgebracht. Offensichtlich hat er das Rätsel gelöst. Hat er diese Lösung nicht hinterlassen?«

»Er hat keine Aufzeichnungen über das hinterlassen, was er gefunden hat. Wie schon gesagt, er wurde senil und konnte keine Auskunft mehr geben.«

»Und warum ist das jetzt so wichtig geworden?«

Sie zögerte mit ihrer Antwort. »Weder Großvater noch Vater interessierten sich sehr für Geschäfte. Ihr Interesse galt der Welt. Unglückseligerweise lebte Großvater zu einer Zeit, als Ideen nicht kontrovers diskutiert werden konnten. So war er gezwungen, allein zu arbeiten. Und Vater war ein hoffnungsloser Träumer, der nicht das Zeug dazu hatte, irgendetwas zu erreichen.«

»Offensichtlich hat er es geschafft, an Bord eines amerikanischen U-Boots in die Antarktis zu gelangen.«

»Was eine Frage aufwirft.«

»Warum die amerikanische Regierung so viel Interesse an der Sache hatte, dass sie ihn für diese Fahrt engagierte?«

Malone wusste, dass sich das teilweise durch die Geisteshaltung der damaligen Zeit erklären ließ. In den Fünfziger-, Sechziger- und Siebzigerjahren ging Amerika einer Reihe von unkonventionellen wissenschaftlichen Fragestellungen nach. Man forschte über paranormale Phänomene, Außersinnliche Wahrnehmung, Bewusstseinskontrolle oder UFOs. In der Hoffnung, irgendeinen Vorteil den Sowjets gegenüber zu erringen, wurden auch ungewöhnliche Sichtweisen untersucht. Hatte es sich um einen dieser Versuche gehandelt?

»Ich hatte gehofft, dass Sie das vielleicht erklären könnten«, sagte Christl.

Doch er wartete noch immer auf eine Antwort auf seine Frage. Also hakte er noch einmal nach. »Warum ist das gerade jetzt so wichtig geworden?«

»Es könnte eine große Rolle spielen. Es könnte sogar buchstäblich unsere Welt verändern.«

Hinter Christl tauchte ihre Mutter auf. Die alte Dame kam mit lautlosen Schritten auf sie zu.

»Lass uns allein«, befahl sie ihrer Tochter.

Christl zog sich wortlos zurück.

Malone stand auf, Einhards letzten Willen in Händen.

Isabel richtete sich auf. »Sie und ich, wir haben etwas zu besprechen.«

27

Jacksonville, Florida
01.20 Uhr

Charlie Smith wartete auf der Straßenseite gegenüber. Er hatte noch eine letzte Aufgabe zu erledigen, bevor seine Nachtschicht endete.

Commander Zachary Alexander, pensionierter Navy-Offizier, hatte die letzten dreißig Jahre mit nichts als Gejammer zugebracht. Sein Herz sei nicht in Ordnung, klagte er. Die Milz. Die Leber. Die Knochen. Kein Körperteil war von seinen ständigen Ängsten verschont geblieben. Vor zwölf Jahren war er überzeugt gewesen, dass er eine Blinddarmentzündung hatte, bis ein Arzt ihn daran erinnerte, dass sein Blinddarm schon zehn Jahre zuvor entfernt worden war. Als jahrelanger starker Raucher war er vor drei Jahren plötzlich überzeugt gewesen, dass er von Lungenkrebs befallen war, doch eine Untersuchung nach der anderen wies ihn als gesund aus. Vor kurzem war Prostatakrebs zu einem weiteren seiner eingebildeten Leiden mutiert; wochenlang hatte er versucht, die Spezialisten von seiner Erkrankung zu überzeugen.

Heute Nacht würden Zachary Alexanders Sorgen jedoch ein für alle Mal enden.

Die Entscheidung, wie er die Aufgabe am besten angehen sollte, war Smith nicht leichtgefallen. Da tatsächlich jedes Körperteil Alexanders gründlich ärztlich untersucht worden war, würde ein Tod, der eine medizinische Ursache hatte, gewiss Verdacht erregen. Gewalt kam nicht in Frage, die erregte immer Aufmerksamkeit. Aber in Smith' Unterlagen über Alexander stand:

Lebt allein. Des ewigen Gejammers müde hat seine Frau sich vor Jahren von ihm scheiden lassen. Die Kinder besuchen ihn selten, er geht ihnen ebenfalls auf die Nerven. Hat niemals Damenbesuch. Hält Sex für eklig und gesundheitsgefährdend. Will angeblich seit Jahren mit dem Rauchen Schluss gemacht haben, raucht aber meistens abends, meistens im Bett, noch eine Zigarre. Eine starke, importierte Marke, die er speziell über einen Tabakladen in Jacksonville (Adresse siehe Ende) bestellt. Er raucht mindestens eine Zigarre pro Tag.

Diese Kleinigkeit hatte genügt, um Smith' Fantasie anzuregen, und in Verbindung mit ein paar anderen Informationen aus seinen Unterlagen hatte er sich schließlich zurechtgelegt, wie Zachary Alexander sterben sollte.

Smith hatte einen Spätflug von Washington, D.C. nach Jacksonville genommen, war dann der Wegbeschreibung in seinem Dossier gefolgt und hatte einen halben Kilometer hinter Alexanders Haus geparkt, hatte eine Jeansjacke angezogen, sich eine Segeltuchtasche vom Rücksitz gegriffen und war das Stück Weg zurückgegangen.

An der ruhigen Straße standen nur einige wenige Häuser.

Alexander wurde in den Unterlagen als chronischer Schnarcher mit festem Schlaf bezeichnet, was Smith sagte, dass man selbst außerhalb des Hauses noch Schnarchlaute hören musste.

Er trat in den vorderen Garten.

Eine klapprige Wärmepumpe dröhnte auf einer Seite des Hauses. Die Nacht war zwar kalt, aber doch deutlich weniger frostig als in Virginia.

Vorsichtig ging er zu einem der Seitenfenster und blieb lange genug stehen, um auf Alexanders rhythmisches Schnarchen zu lauschen. An den Händen trug er bereits neue Latexhandschuhe. Behutsam stellte er die Segeltuchtasche ab und holte einen kleinen Gummischlauch mit einer hohlen Metallspitze daraus hervor. Sorgfältig untersuchte er das Fenster. Genau wie es in dem Dossier stand, war bei einer unfachmännischen Reparatur auf beiden Seiten eine Isolierung aus Silikon angebracht worden.

Er durchbohrte die Isolierung mit der Metallspitze und holte dann einen kleinen Gaszylinder aus der Tasche. Das Gas darin war eine vor langer Zeit von ihm entdeckte giftige Mischung, die für tiefe Bewusstlosigkeit sorgte, ohne dass im Blut oder in der Lunge Spuren davon zurückblieben. Er schloss den Schlauch an die Auslassdüse an, öffnete das Ventil und ließ die Chemikalien lautlos ins Haus einströmen.

Nach zehn Minuten hörte das Schnarchen auf.

Smith schloss das Ventil, zog den Schlauch mit einem Ruck ab und steckte alles wieder in seine Tasche. Im Silikon blieb nun zwar ein kleines Loch zurück, doch das bereitete ihm kein Kopfzerbrechen. Dieser winzige Hinweis auf das Verbrechen würde nicht lange bestehen bleiben.

Er ging am Haus vorbei nach hinten.

Auf halbem Wege setzte er die Segeltuchtasche ab, öffnete eine hölzerne Zugangstür in dem Fundament aus Betonsteinen und schlüpfte unter das Haus. Dort verliefen eine Vielzahl elektrischer Leitungen. Seinen Unterlagen entnahm er, dass der Hypochonder Alexander außerdem auch noch ein Geizhals war. Vor ein paar Jahren hatte er einem Nachbarn ein paar Dollar dafür bezahlt, dass er eine zusätzliche Steckdose im Schlafzimmer installierte und eine direkte Leitung vom Sicherungskasten nach draußen zur Wärmepumpe verlegte.

Das Ganze war eine einzige Pfuscherei.

Er fand den in dem Dossier erwähnten Anschlusskasten und schraubte die Deckplatte ab. Danach entfernte er die 220-Volt-Leitung, worauf das Dröhnen der Wärmepumpe verstummte. Ein paar Sekunden lang lauschte er nervös, ob Alexander vielleicht doch vom Gas verschont geblieben war. Doch die Nacht blieb still und ungestört.

Aus seiner Westentasche holte er ein Messer und entfernte die Isolierung der Kabel, die in den Anschlusskasten führten. Wer immer die Arbeit ausgeführt hatte, hatte die Leitungen offen verlegt – die Defekte würde man ohne weiteres dem Fehlen eines Isolierrohrs zuschreiben –, und so musste er nur darauf achten, es mit dem Messer nicht zu übertreiben.

Smith steckte das Messer wieder ein.

Aus einer anderen Westentasche holte er eine Plastiktüte. Darin lagen ein knetartiges Material und ein Überbrücker aus Keramik. Er verband den Überbrücker mit den Schrauben im Anschlusskasten. Bevor er den Stromkreislauf wieder schloss, umhüllte er die freigelegten elektrischen Kabel mit der Knetmasse. In seiner gegenwärtigen Form war das Material harmlos, aber wenn es einmal ausreichend lange auf die richtige Temperatur erhitzt war, würde es verdampfen und die verbliebene Isolierung zum Schmelzen bringen. Die nötige Wärme würde der Keramikstecker erzeugen. Ein paar Minuten würde es dauern, bis der Strom den Überbrücker auf die richtige Temperatur erhitzt hatte, doch das war in Ordnung.

Er brauchte Zeit, um sich abzusetzen.

Als Nächstes zog er die Schrauben wieder fest.

Die Wärmepumpe sprang an.

Absichtlich deckte er den Anschlusskasten nicht wieder ab, sondern steckte die Abdeckplatte in seine Westentasche. So wie das Pyro-Papier eines Zauberers würden der Stecker und die Knetmasse, sobald sie entflammt waren, verdampfen und dabei eine intensive Hitze abgeben. Es handelte sich um Spezialmaterialien, die von Kollegen verwendet wurden, die eher auf gewerbliche Brandstiftung als auf Mord spezialisiert waren, doch manchmal, wie heute Abend, konnte beides auch Hand in Hand gehen.

Nachdem er sich unter dem Haus herausgewunden hatte, schloss er die Tür und nahm die Segeltuchtasche an sich. Dabei achtete er darauf, dass nichts auf dem Boden liegen blieb, was später seine Anwesenheit verraten konnte.

Dann ging er zum Seitenfenster zurück. Mit Hilfe seiner Stiftlampe spähte er durch eine schmutzige Scheibe ins Schlafzimmer. Auf dem Nachttisch stand ein Aschenbecher mit einer Zigarre darin. Perfekt. Falls der Befund »Kurzschluss« nicht genügte, konnte man sicherlich »Rauchen im Bett« verwenden, um jede Untersuchung auf Brandstiftung abzuwürgen.

Smith schlenderte zur Straße zurück.

Die Leuchtzifferanzeige seiner Uhr zeigt 01.35 Uhr.

Er verbrachte nachts viel Zeit draußen. Vor ein paar Jahren hatte er sich einen Sternführer gekauft und sich über den Nachthimmel kundig gemacht. Es war gut, Hobbys zu haben.

Heute Abend erkannte er Jupiter, der hell leuchtend am westlichen Himmel stand.

Fünf Minuten vergingen.

Unter dem Haus schoss eine Stichflamme hervor, als erst der Stecker und dann die leicht entzündliche Knetmasse in Flammen aufgingen. Smith stellte sich vor, wie die von ihrer Isolierung entblößten Leitungen nun ebenfalls aufflammten und die Elektrizität das Feuer weiter nährte. Das aus Holzbalken errichtete Haus war mehr als dreißig Jahre alt, und das unter dem Boden ausgebrochene Feuer breitete sich so schnell aus, als läge dort ein Haufen trockener Holzscheite. Innerhalb von Minuten stand das ganze Haus in Flammen.

Zachary Alexander würde jedoch gar nicht wissen, wie ihm geschah.

Nichts würde seine Bewusstlosigkeit durchbrechen. Lange bevor die Flammen seinen Körper ergriffen, würde er längst erstickt sein.

28

Bayern

Malone hörte Isabel Oberhauser zu.

»Ich habe meinen Mann vor langer Zeit geheiratet. Wie Sie sehen, hüteten sowohl er selbst als auch sein Vater Geheimnisse.«

»War Ihr Mann ebenfalls ein Nazi?«

Sie schüttelte den Kopf. »Er glaubte einfach nur, dass Deutschland nach dem Krieg nie wieder dasselbe war. Vermutlich hatte er da recht.«

Fragen nicht zu beantworten schien eine Familieneigentümlichkeit zu sein. Sie betrachtete ihn mit einem berechnenden

Blick, und er bemerkte ein nervöses Zucken an ihrem rechten Auge. Ihr Atem ging leise, pfeifend. Und nur das Ticken einer Uhr unterbrach die benommen machende Stille.

»Herr Malone, ich fürchte, dass meine Töchter nicht aufrichtig mit Ihnen waren.«

»Das ist heute das erste Mal, dass ich etwas höre, dem ich vorbehaltlos zustimme.«

»Seit dem Tod meines Mannes manage ich die Familienfinanzen. Das ist eine enorme Aufgabe. In der Hand der Familie befindet sich beträchtlicher Besitz. Leider gibt es keine weiteren Oberhausers. Meine Schwiegermutter war hoffnungslos inkompetent und ist glücklicherweise wenige Jahre nach Hermann gestorben. Alle anderen nahen Verwandten sind entweder im Krieg umgekommen oder in den Jahren danach gestorben. Als mein Mann noch lebte, hat er die Familie geführt. Er war das letzte von Hermanns Kindern. Hermann selbst ist Mitte der Fünfzigerjahre vollständig dement geworden. Heute nennt man das Alzheimer, damals hieß es einfach Senilität. Jede Familie ringt mit der Regelung ihrer Nachfolge, und für meine Kinder ist jetzt die Zeit gekommen, ihr Erbe anzutreten. Der Besitz der Oberhausers ist nie geteilt worden. Es hat immer Söhne gegeben. Mein Mann und ich haben jedoch Töchter zur Welt gebracht. Zwei sehr unterschiedliche, starke Frauen. Um ihnen Gelegenheit zu geben, sich selbst zu beweisen, und um sie zu zwingen, die Realität zu akzeptieren, habe ich ihnen eine Suche aufgegeben.«

»Das hier ist ein Spiel?«

Sie zog die Augenbrauen zusammen. »Durchaus nicht. Es ist eine Suche nach der Wahrheit. Obwohl ich meinen Mann sehr geliebt habe, muss ich sagen, dass er wie sein Vater ein törichter Mensch war. Hitler hat Hermann offen zurückgewiesen, und ich glaube, dass diese Ablehnung zu seinem geistigen Verfall beigetragen hat. Mein Mann war ebenfalls schwach. Es fiel ihm schwer, Entscheidungen zu treffen. Traurigerweise kämpfen meine Töchter seit jeher gegeneinander. Sie haben sich niemals nahe gestanden. Einer der Gründe für die Reibungen zwischen ihnen war ihr Vater. Dorothea hat ihn manipuliert und sich seine Schwäche zunutze gemacht. Christl dagegen hat sie ihm übel genommen und dagegen rebelliert. Beide waren erst zehn, als er starb, aber die unterschiedliche Beziehung, die sie zu ihrem Vater hatten, scheint am besten geeignet, die beiden zu beschreiben. Dorothea ist praktisch veranlagt, geerdet und in der Realität verwurzelt – sie will einen Mann, der sich leicht zufriedengibt. Christl ist eine Träumerin, eine Frau mit starken Überzeugungen – sie braucht einen starken Mann. Die beiden befinden sich jetzt auf einer Suche, die keine von ihnen vollständig versteht …«

»Was sie Ihnen zu verdanken haben, nehme ich an.«

Sie nickte. »Ich gestehe, dass ich eine gewisse Kontrolle bewahrt habe. Aber hier steht viel auf dem Spiel. Buchstäblich alles.«

»Was meinen Sie mit alles?«

»Unsere Familie besitzt viele Industrieunternehmen, eine Ölraffinerie, mehrere Banken und Aktien auf der ganzen Welt. Milliarden von Euro.«

»Als Teil Ihres Spiels sind heute zwei Menschen gestorben.«

»Das ist mir bewusst, aber Dorothea wollte die Unterlagen über die *Blazek* haben. Das entspricht ihrer realistischen Art. Anscheinend hat sie aber entschieden, dass sie von Ihnen nichts zu erwarten hat, und hat ihre Bemühungen aufgegeben. Ich hatte das schon vermutet. Daher habe ich dafür gesorgt, dass Christl die Gelegenheit bekam, mit Ihnen zu reden.«

»Sie haben Christl zur Zugspitze geschickt?«

Sie nickte. »Ulrich war dort, um über sie zu wachen.«

»Was ist, wenn ich bei dieser ganzen Sache nicht mitmachen möchte?«

Ihre wässrigen Augen nahmen einen verärgerten Ausdruck an. »Hören Sie, Herr Malone, wir beide sollten uns nicht gegenseitig zum Narren halten. Ich rede offen mit Ihnen. Könnte ich Sie um denselben Gefallen bitten? Sie wollen genauso dringend wissen wie ich, was vor achtunddreißig Jahren geschehen ist. Mein Mann und Ihr Vater sind zusammen gestorben. Der Unterschied zwischen Ihnen und mir liegt darin: Ich wusste, dass er in die Antarktis reiste. Nur war mir damals nicht klar, dass ich ihn nie wiedersehen würde.«

Malones Gedanken rasten. Diese Frau besaß viel Wissen aus erster Hand.

»Er war auf der Suche nach den *Wächtern*«, sagte sie. »Nach den *Heiligen*.«

»Sie können nicht ernstlich glauben, dass es solche Menschen gegeben hat.«

»Einhard hat es geglaubt. Sie sind in dem Testament erwähnt, das Sie in der Hand halten. Hermann hat es geglaubt. Dietz hat sein Leben für diese Überzeugung gegeben. Tatsächlich haben diese *Wächter* in vielen verschiedenen Kulturen verschiedene Namen erhalten. Die Azteken nannten sie Gefiederte Schlangen, es waren angeblich große, weiße Männer mit roten Bärten. Die Bibel nennt sie im Buch Genesis Elohim. Die Sumerer bezeichneten sie als Anunnaki. Die Ägypter kannten sie als Akhu, als Osiris und die Shemsu Hor. Sowohl im Hinduismus als auch im Buddhismus werden sie beschrieben. Ja, Herr Malone, in dieser Hinsicht sind Christl und ich einer Meinung, diese *Wächter* sind real. Sie haben sogar Karl den Großen beeinflusst.«

Sie redete Unsinn. »Frau Oberhauser, wir sprechen hier von Dingen, die vor Tausenden von Jahren geschehen sind ...«

»Mein Mann war fest überzeugt, dass es die *Wächter* bis heute gibt.«

Ihm war bewusst, dass die Welt 1971 noch anders ausgesehen hatte. Es gab keine globale Medienvernetzung, keine GPS-Satellitenüberwachung, keine geosynchronen Satelliten und kein Internet. Damals wäre eine verborgene Kultur noch möglich gewesen. Doch das war vorbei. »Das ist lächerlich.«

»Und warum waren die Amerikaner dann bereit, ihn in die Antarktis zu bringen?«

Er konnte sehen, dass das eine rhetorische Frage war. Sie gab die Antwort selbst.

»Weil sie ebenfalls auf der Suche nach etwas waren. Nach dem Krieg unternahmen sie unter dem Namen *Highjump* eine riesige militärische Expedition in die Antarktis. Mein Mann hat oft davon gesprochen. Sie machten sich auf die Suche nach dem, was Hermann 1938 gefunden hatte. Dietz war immer überzeugt, dass die Amerikaner während *Highjump* etwas entdeckt hatten. Viele Jahre vergingen. Dann aber, etwa sechs Monate vor seinem Aufbruch in die Antarktis, kamen einige Ihrer Militärs hierher und trafen sich mit Dietz. Sie redeten über *Highjump* und wussten über Hermanns Forschungen Bescheid. Anscheinend hatten sie nach dem Krieg einen Teil seiner Bücher und Papiere konfisziert.«

Er erinnerte sich an das, was Christl ihm gerade gesagt hatte. *Es könnte eine große Rolle spielen. Es könnte sogar buchstäblich unsere Welt verändern.* Normalerweise würde er das Ganze für Unsinn halten, aber die US-Regierung hatte eines ihrer innovativsten U-Boote zur Untersuchung losgeschickt und dann, als das U-Boot sank, die Sache komplett vertuscht.

»Dietz hat sich klugerweise für die Amerikaner statt für die Sowjets entschieden. Die kamen ebenfalls hierher und baten ihn um seine Hilfe, aber er verabscheute die Kommunisten.«

»Haben Sie irgendeine Vorstellung, was in der Antarktis zu finden sein könnte?«

Sie schüttelte den Kopf. »Das habe ich mich selbst lange Zeit gefragt. Ich wusste von Einhards Testament, von den *Heiligen* und von den beiden Büchern, die jetzt in Dorotheas und Christls Besitz sind. Ich habe mir sehr gewünscht, zu erfahren, was es in der Antarktis zu finden gibt. Daher lösen nun meine Töchter dieses Rätsel und lernen dabei hoffentlich, dass es Situationen gibt, in denen sie einander brauchen.«

»Das könnte ein frommer Wunsch bleiben. Die beiden scheinen einander zu verachten.«

Sie senkte den Blick. »Keine zwei Schwestern könnten sich tiefer hassen. Aber mein Leben geht dem Ende entgegen, und ich muss wissen, dass die Familie bestehen bleibt.«

»Und außerdem möchten Sie noch Ihre eigenen Fragen klären?«

Sie nickte. »Genau. Sie müssen verstehen, Herr Malone, dass man nur das findet, wonach man sucht.«

»Genau das hat auch Christl gesagt.«

»Dieser Satz war ein Leitspruch ihres Vaters, und in dieser Hinsicht hatte er recht.«

»Warum haben Sie mich in die Sache hineingezogen?«

»Diese Entscheidung hat ursprünglich Dorothea getroffen. Sie glaubte, durch Sie etwas über das U-Boot erfahren zu können. Ich vermute, dass sie Sie dann wegen Ihrer starken Persönlichkeit verschmäht hat. So etwas macht ihr Angst. Ich dagegen habe mich für Sie entschieden, weil Christl von Ihrer Stärke profitieren kann. Sie können für einen Gleichstand zwischen ihr und ihrer Schwester sorgen.«

Als wenn ihm das nicht herzlich egal wäre. Aber er wusste schon, was als Nächstes kommen würde.

»Und indem Sie uns helfen, können Sie möglicherweise auch Ihr eigenes Problem lösen.«

»Ich habe immer allein gearbeitet.«

»Wir wissen mehr als Sie.«

Das ließ sich nicht bestreiten. »Haben Sie von Dorothea gehört? In der Abtei liegt eine Leiche.«

»Christl hat mir davon erzählt«, sagte sie. »Ulrich wird sich darum kümmern, genau wie um die Leiche hier. Die Frage, wer sich sonst noch in diese Angelegenheit mischt, bereitet mir Sorgen, aber ich glaube, dass Sie am ehesten in der Lage sind, diese Komplikation zu lösen.«

Sein Adrenalinrausch von eben wich rasch der Erschöpfung.

»Der Angreifer war meinetwegen und Dorotheas wegen hier. Von Christl hat er nichts gesagt.«

»Das habe ich gehört. Christl hat Ihnen von Einhard und Karl dem Großen berichtet. Dieses Dokument, das Sie in der Hand halten, fordert eindeutig zu einer Suche heraus. Sie haben das von Einhard geschriebene Buch gesehen. Und das Buch aus dem Grab Karls des Großen, das nur in den Besitz eines Kaisers des Heiligen Römischen Reichs gelangen durfte. Hier handelt es sich um eine reale Herausforderung, Herr Malone. Stellen Sie sich nur einen Moment lang vor, es hätte wirklich eine erste Zivilisation gegeben. Denken Sie an die Folgen für die Geschichte der Menschheit.«

Er konnte sich nicht klar werden, ob die alte Frau ihn manipulierte, aussog oder ausbeutete. Wahrscheinlich alles zusammen. »Frau Oberhauser, das alles ist mir vollkommen gleichgültig. Offen gesagt halte ich Sie alle für verrückt. Ich möchte einfach nur wissen, wo, warum und wie mein Vater gestorben ist.« Er stockte und hoffte, dass er seine nächsten Worte nicht noch bereuen würde. »Falls ich die Antwort auf diese Fragen bekomme, wenn ich Ihnen helfe, reicht mir das als Anreiz aus.«

»Sie haben also Ihre Entscheidung getroffen?«

»Nein.«

»Dürfte ich Ihnen somit für heute Nacht ein Bett anbieten, dann können Sie Ihre Entscheidung morgen fällen.«

Alle Knochen taten ihm weh, und er wollte nicht wieder ins Posthotel zurückfahren – das möglicherweise ohnehin nicht gerade ein sicherer Hafen war, wenn man bedachte, wie viele ungeladene Besucher dort in den letzten Stunden vorbeigeschaut hatten. Hier dagegen war wenigstens Ulrich da. Sonderbarerweise wurde ihm bei diesem Gedanken wohler.

»Einverstanden. Gegen diesen Vorschlag habe ich nichts einzuwenden.«

29

Washington, D.C.
04.30 Uhr

Ramsey schlüpfte in seinen Morgenmantel. Ein neuer Tag begann. Tatsächlich mochte dies der wichtigste Tag seines Lebens werden, der erste Schritt einer Reise, die sein Leben verändern würde.

Er hatte von Millicent, Edwin Davis und der NR-1A geträumt. Eine sonderbare Dreierkonstellation, die sich zu beunruhigenden Bildern verbunden hatte. Aber er würde nicht zulassen, dass ein Traum ihm die Realität vermieste. Er hatte einen langen Weg hinter sich – und in ein paar Stunden würde er den nächsten Etappensieg erzielen. Diane McCoy hatte recht gehabt. Es war zweifelhaft, ob er als Nachfolger David Sylvians die erste Wahl des Präsidenten wäre. Er wusste von mindestens zwei weiteren Kandidaten, die Daniels ihm mit Gewissheit vorziehen würde – vorausgesetzt, die Entscheidung blieb allein dem Weißen Haus überlassen. Aber zum Glück war eine freie Entscheidung in der Washingtoner Politik die Ausnahme.

Als er ins Erdgeschoss hinunterstieg und sein Arbeitszimmer betrat, läutete sein Handy. Er trug es ständig bei sich. Das Display zeigte einen Anruf aus Übersee an. Gut. Seit er vorhin mit Wilkerson gesprochen hatte, wartete er auf den Bescheid, dass der offensichtliche Fehler behoben worden war.

»Diese Pakete, die Sie für Weihnachten bestellt haben«, sagte eine Stimme. »Leider müssen wir Ihnen sagen, dass sie vielleicht nicht pünktlich eintreffen werden.«

Er unterdrückte seinen aufsteigenden Zorn. »Und der Grund für die Verzögerung?«

»Wir dachten, wir hätten noch Lagerbestände, mussten aber feststellen, dass keine bereitlagen.«

»Das ist nicht mein Problem. Ich habe schon vor Wochen im Voraus bezahlt und erwarte prompte Lieferung.«

»Das ist uns bewusst. Wir beabsichtigen, dafür zu sorgen, dass die Lieferung rechtzeitig erfolgt. Wir wollten Sie nur wissen lassen, dass es eine kleine Verzögerung gibt.«

»Scheuen Sie keine Kosten. Für mich spielt das keine Rolle. Ich möchte nur, dass Sie liefern.«

»Wir verfolgen gerade den Weg, den die Pakete genommen haben, und sollten Ihnen bald die Bestätigung geben können, dass die Lieferung erfolgt ist.«

»Sorgen Sie dafür«, sagte er und legte auf.

Jetzt war er erregt. Was war denn in Deutschland los? Wilkerson war noch am Leben? Und Malone? Solche Pannen konnte er sich eigentlich nicht leisten. Aber es ließ sich nichts daran ändern. Er musste seinen Kräften vor Ort vertrauen. Die hatten bisher immer gute Arbeit geleistet und würden es hoffentlich auch diesmal tun.

Er schaltete die Schreibtischlampe ein.

Einer der Vorzüge, die ihn – abgesehen von Lage, Größe und Atmosphäre – für dieses Stadthaus eingenommen hatten, war ein Schranktresor, den der Besitzer unauffällig eingebaut hatte. Er war zwar keineswegs völlig sicher, bot aber doch genug Schutz für Akten, die Ramsey über Nacht mit nach Hause nahm, oder seine wenigen privaten Ordner.

Er öffnete die kaschierte hölzerne Abdeckplatte und gab einen digitalen Code ein.

Drinnen standen sechs Ordner.

Er nahm den ganz links heraus.

Charlie Smith war nicht nur ein ausgezeichneter Killer, sondern auch ein Mann, der Informationen mit demselben Eifer sammelte, mit dem ein Eichhörnchen seinen Wintervorrat an Nüssen zusammenträgt. Es schien ihm Vergnügen zu bereiten,

Geheimnisse aufzudecken, die mit großem Aufwand verborgen wurden. Smith hatte die letzten zwei Jahre damit zugebracht, Fakten zusammenzutragen. Ein Teil davon wurde im Moment verwendet, den Rest würde er in den nächsten Tagen je nach Bedarf ins Spiel bringen.

Er schlug den Ordner auf und machte sich wieder mit den Details vertraut.

Erstaunlich, wie jemand sich in seiner öffentlichen Rolle so stark von der Privatperson unterscheiden konnte. Er fragte sich, wie die Politiker es nur schafften, ihre Fassade zu wahren. Es musste schwierig sein. Begehren und Gelüste drängten sie in die eine Richtung – doch die Karriere und die Sorge um ihr Image zerrten sie in die andere.

Dafür war Senator Aatos Kane das perfekte Beispiel.

Sechsundfünfzig Jahre alt. Zum vierten Mal in Michigan zum Senator gewählt, verheiratet, drei Kinder. Ein Berufspolitiker seit dem Alter von Mitte zwanzig, erst auf Bundesstaatsebene und dann im US-Senat. Als im vergangenen Jahr der Posten des Vizepräsidenten frei geworden war, hatte Daniels ihn dafür in Betracht gezogen, doch Kane hatte mit der Begründung abgelehnt, dass er zwar dem Weißen Haus für das gezeigte Vertrauen danke, aber überzeugt sei, dass er im Senat mehr für den Präsidenten leisten könne. Durch Michigan war ein erleichtertes Aufatmen gegangen. Kane wurde von mehreren politischen Beobachtergruppen als einer der Senatoren mit der effektivsten lokalen Klientelwirtschaft betrachtet. Die zweiundzwanzig Jahre auf dem Kapitol hatten Aatos Kane alles Wichtige gelehrt.

Und welches war die wichtigste Lektion?

Dass Politik immer lokal war.

Ramsey lächelte. Er liebte Leute, die mit sich handeln ließen.

Dorothea Lindauers Frage klang ihm noch immer im Ohr. *Ist dort irgendetwas zu finden?* Jahrelang hatte er nicht mehr an diese Fahrt in die Antarktis gedacht.

Wie oft waren sie damals an Land gegangen?

Vier Mal?

Der Kapitän des Schiffs – Zachary Alexander – war ein neugieriger Kerl gewesen, aber Ramsey hatte den Befehl gehabt, die Mission geheim zu halten. Nur der Funkempfänger, den sein Team mit an Bord gebracht hatte, war auf die Notruffrequenz der NR-1A eingestellt gewesen. Horchstationen in der südlichen Hemisphäre hatten nie ein Signal aufgefangen. Das hatte später das Vertuschen erleichtert. Auch radioaktive Strahlung war nicht entdeckt worden. Man war der Meinung gewesen, dass ein Signal und Strahlung näher bei dem U-Boot leichter aufzuspüren wären. In jenen Tagen machte das Eis oft die empfindliche Elektronik unbrauchbar. Daher hatten sie zwei Tage lang gehorcht und gemessen, während die *Holden* das Weddell-Meer abgefahren war, einen Ort heulender Stürme, purpurrot leuchtender Wolken und eines geisterhaften Hofs um die schwache Sonne.

Ergebnislos.

Dann waren sie mit der Ausrüstung an Land gegangen.

»Was ist?«, fragte er Lieutenant Herbert Rowland.

Der Mann war erregt. »Signal in zweihundertvierzig Grad.«

Er starrte über den in kilometerdickes Eis gepackten toten Kontinent. Es war acht Grad unter null und dabei beinahe schon Sommer. Ein Signal? Hier? Unmöglich. Sie befanden sich sechshundert Meter landeinwärts der Stelle, an der sie mit ihrem Boot gelandet waren, und das Terrain war so flach und ausgedehnt wie das Meer; unmöglich zu sagen, ob unter ihnen Wasser oder Erde lag. Rechts von ihnen und vor ihnen ragten Berggipfel wie Zähne aus der glitzernden, weißen Fläche.

»Eindeutiges Signal. in zweihundertvierzig Grad«, wiederholte Rowland.

»Sayers«, rief Ramsey dem dritten Mitglied des Teams zu.

Der Lieutenant untersuchte fünfzig Meter weiter vorn den Boden auf Risse. Optische Wahrnehmung war hier ein ständi-

ges Problem. *Der Schnee war weiß, der Himmel war weiß, und selbst die Luft war von ihren Atemwölkchen weiß. An diese in Eis erstarrte Leere war das menschliche Auge kaum besser angepasst als an tiefste Dunkelheit.*

»Es ist das verdammte U-Boot«, sagte Rowland, der seine Aufmerksamkeit noch immer auf den Empfänger gerichtet hielt.

Er fühlte bis heute die absolute Kälte, die ihn in diesem schattenlosen Land umfasst gehalten hatte, wo sich von einem Moment zum anderen graugrüne Nebelschwaden ausbreiten konnten. Sie hatten unter schlechtem Wetter, einem tief hängenden Himmel, dichten Wolken und ständigem Wind gelitten. Seitdem verglich er jeden Winter, den er auf der nördlichen Halbkugel erlebte, mit der rauen Witterung eines ganz normalen Antarktistags. Vier Tage hatte er dort verbracht – vier Tage, die er nie vergessen hatte.

Sie machen sich keine Vorstellung, hatte er Dorothea Lindauer auf ihre Frage geantwortet.

Er sah aufmerksam in den Tresor.

Neben den Ordnern lag ein Logbuch.

Vor achtunddreißig Jahren hatten die Bestimmungen der Navy verlangt, dass der kommandierende Offizier auf einem seefahrenden Fahrzeug ein solches Tagebuch führte.

Er nahm es heraus.

30

Atlanta
07.22 Uhr

Stephanie weckte Edwin Davis. Schlaftrunken fuhr er hoch und war einen Moment lang desorientiert, bis er begriff, wo er lag.

»Sie schnarchen«, sagte Stephanie.

Trotz einer geschlossenen Tür und des Flurs dazwischen hatte sie ihn in der Nacht gehört.

»Das hat man mir schon gesagt. Ich mache das, wenn ich wirklich müde bin.«

»Und wer sagt Ihnen das?«

Er wischte sich den Schlaf aus den Augen. Vollständig bekleidet lag er auf dem Bett, sein Handy neben sich. Kurz vor Mitternacht waren sie mit dem letzten Flug von Jacksonville wieder in Atlanta eingetroffen. Davis hatte in ein Hotel gehen wollen, aber sie hatte darauf bestanden, dass er in ihrem Gästezimmer schlief.

»Ich bin kein Mönch«, erklärte er.

Sie wusste wenig über sein Privatleben. Er war unverheiratet, so viel war ihr klar. Aber war er vielleicht doch einmal verheiratet gewesen? Hatte er Kinder? Jetzt war allerdings nicht die richtige Zeit für neugierige Fragen, deshalb sagte sie einfach nur: »Sie sollten sich rasieren.«

Er rieb sich das Kinn. »Wie reizend von Ihnen, mich darauf hinzuweisen.«

Sie ging zur Tür. »Im Bad sind Handtücher und ein paar Rasierklingen – leider für Damen, na ja.«

Sie war schon geduscht und angezogen, bereit für das, was der Tag bereithalten mochte.

»Jawohl, Ma'am«, sagte er und stand auf. »Hier herrscht ja ein strenges Regiment.«

Sie ließ ihn stehen und ging in die Küche, wo sie den Fernseher auf der Theke anschaltete. Sie frühstückte nur selten mehr als ein Muffin oder ein paar Frühstücksflocken. Und sie verabscheute Kaffee; normalerweise trank sie Grüntee. Sie musste im Büro anrufen. Dass sie so gut wie kein Büropersonal hatte, war der Sicherheit zuträglich, machte aber das Delegieren zur Hölle.

»... wird sehr interessant«, sagte gerade ein CNN-Reporter. »Präsident Daniels hat jüngst sein Missfallen am Vereinigten

Generalstab geäußert. In einer Rede vor zwei Wochen hat er die Frage aufgeworfen, ob diese ganze Befehlskette überhaupt nötig ist.«

Nun kam Daniels ins Bild, der vor einem blauen Podium stand.

»Sie haben keine Befehlsgewalt«, sagte er in seinem typischen volltönenden Bariton. »Sie sind Berater. Politiker. Dabei machen sie die Politik noch nicht einmal selbst. Verstehen Sie mich nicht falsch. Ich habe große Achtung vor diesen Männern. Nicht mit ihnen, sondern mit der Institution an sich habe ich ein Problem. Es ist keine Frage, dass das Talent der Offiziere, die derzeit dem Vereinigten Generalstab angehören, in anderer Funktion besser genutzt wäre.«

Schnitt zurück zur Reporterin, einer kessen Brünetten. »Da fragt man sich jetzt natürlich, ob und wie er die Vakanz füllen wird, die durch den vorzeitigen Tod von Admiral David Sylvian entstanden ist.«

Davis kam in die Küche, den Blick auf den Fernseher geheftet.

Stephanie bemerkte sein Interesse. »Was ist denn?«

Er stand stumm da, düster und gedankenverloren. Endlich sagte er: »Sylvian war der Vertreter der Navy im Vereinigten Generalstab.«

Sie begriff nicht. Sie hatte über den Motorradunfall und Sylvians Verletzungen gelesen. »Es ist traurig, dass er gestorben ist, Edwin, aber warum beunruhigt Sie das?«

Er zog sein Handy aus der Jackentasche, drückte ein paar Tasten und sagte: »Ich muss wissen, wie Admiral Sylvian gestorben ist. Die genaue Todesursache, und zwar schnell.«

Er beendete das Gespräch.

»Erklären Sie mir, was los ist?«, fragte sie.

»Stephanie, Langford Ramsey ist kein unbeschriebenes Blatt. Vor etwa sechs Wochen erhielt der Präsident den Brief der Witwe eines Lieutenants der Navy ...«

Das Handy klickte. Davis sah auf die Anzeige und nahm ab. Er hörte kurz zu und legte wieder auf.

»Dieser Lieutenant arbeitete in der Finanzkontrollabteilung der Navy. Er bemerkte Unregelmäßigkeiten. Mehrere Millionen Dollar waren zwischen mehreren Banken transferiert worden, und dann war das Geld einfach verschwunden. Die Konten liefen alle auf den Leiter des Geheimdienstes der Navy.«

»Geheimdienste brauchen nun einmal geheime Mittel«, sagte sie. »Ich selbst habe mehrere schwarze Konten, die ich für Zahlungen an Außenstehende, freie Mitarbeiter und dergleichen verwende.«

»Jener Lieutenant starb zwei Tage vor einem angesetzten Termin, bei dem er seine Vorgesetzten unterrichten sollte. Seine Witwe wusste einiges von dem, was er erfahren hatte, und misstraute dem gesamten Militär. Sie schickte ein persönliches Gesuch an den Präsidenten, und der Brief landete auf meinem Schreibtisch.«

»Und als Sie sahen, dass es um den Geheimdienst der Navy ging, waren Sie plötzlich hellwach. Was haben Sie also herausgefunden, als Sie sich diese Konten näher anschauten?«

»Sie waren nicht aufzufinden.«

Ähnlich frustrierende Erfahrungen hatte auch sie selbst schon gemacht. Banken in verschiedenen Teilen der Welt waren dafür berüchtigt, dass sie Konten löschten – vorausgesetzt natürlich, der Besitzer des Kontos zahlte eine ausreichend hohe Gebühr. »Und was hat Sie jetzt so aufgebracht?«

»Dieser Lieutenant fiel einfach zu Hause vor dem Fernseher tot um. Seine Frau ging einkaufen, und als sie zurückkam, war er tot.«

»So was kommt vor, Edwin.«

»Er hatte einen extremen Blutdruckabfall. Ja, so etwas kommt tatsächlich manchmal vor. Bei der Autopsie wurde nichts gefunden. Da es keine verdächtigen Hinweise gab, schien bei seiner Krankengeschichte die Todesursache naheliegend.«

Sie wartete ab.

»Gerade eben habe ich erfahren, dass Admiral David Sylvian an einem Blutdruckabfall gestorben ist.«

In Davis' Miene mischten sich Abscheu, Wut und Frustration.

»Und das ist Ihnen zu viel des Zufalls?«, fragte sie.

Er nickte. »Wir beide wissen, dass Ramsey die Konten geführt hat, auf die dieser Lieutenant gestoßen ist. Und jetzt gibt es eine Vakanz im Vereinigten Generalstab?«

»Sie haben viel Fantasie, Edwin.«

»Wirklich?« In seiner Stimme lag Verachtung. »Mein Büro sagte, dass man mich ohnehin gerade kontaktieren wollte. Gestern Abend, vor dem Einschlafen, habe ich zwei Geheimdienstagenten nach Jacksonville schicken lassen. Ich wollte, dass sie ein Auge auf Zachary Alexander hielten. Sie sind vor einer Stunde dort eingetroffen. Sein Haus ist gestern Nacht abgebrannt. Er lag drin in seinem Bett.«

Sie war schockiert.

»Alles spricht für einen elektrischen Kurzschluss in den Leitungen unter dem Haus.«

Sie schwor sich, niemals Poker mit Edwin Davis zu spielen. Beide Nachrichten hatte er mit vollkommen gleichmütiger Miene entgegengenommen. »Wir müssen diese beiden anderen Lieutenants finden, die mit Ramsey in der Antarktis waren.«

»Nick Sayers ist tot«, gab Davis zurück. »Schon vor Jahren gestorben. Herbert Rowland lebt noch. Er wohnt in der Nähe von Charlotte. Das habe ich gestern Abend ebenfalls überprüfen lassen.«

Der Geheimdienst war mit einbezogen worden? Es gab Leute im Weißen Haus, die Davis unterstützten? »Sie lügen mich doch an, Edwin. Sie stecken nicht allein in dieser Sache. Sie befinden sich auf einer Mission.«

Seine Augen zuckten. »Wie man's nimmt. Wenn es hinhaut, bin ich fein raus. Wenn es schiefgeht, gehe ich unter.«

»Sie setzen Ihre Karriere aufs Spiel?«

»Das bin ich Millicent schuldig.«

»Und warum bin ich hier?«

»Wie ich Ihnen schon sagte, hat Scot Harvath, der Meister-spion, abgelehnt. Aber er sagte mir, dass keiner solo besser fliegt als Sie.«

Diese Erklärung war nicht unbedingt beruhigend. Aber zum Teufel. Für einen Rückzieher war es jetzt zu spät.

»Dann also auf nach Charlotte.«

31

Aachen, Deutschland
11.00 Uhr

Malone spürte, wie der Zug langsamer fuhr, als sie sich den Außenbezirken von Aachen näherten. Auch wenn seine Sorgen vom Vorabend nicht mehr ganz so ausgeprägt waren, fragte er sich doch, was er hier machte. Christl Falk saß neben ihm, doch während der rund siebenstündigen Fahrt von Garmisch nach Norden hatten sie kaum miteinander gesprochen.

Seine Kleider und Toilettenartikel aus dem Posthotel hatten schon bereitgelegen, als er in Reichshoffen aufgewacht war. Einer Notiz hatte er entnommen, dass Ulrich Henn die Sachen in der Nacht abgeholt hatte. Malone hatte auf kleeduftenden Bettlaken geschlafen und dann geduscht, sich rasiert und sich umgezogen. Natürlich hatte er aus Dänemark nur ein paar Hemden und Hosen mitgebracht, da er nur ein oder zwei Tage hatte verreisen wollen. Jetzt war er sich da nicht mehr so sicher.

Unten hatte ihn Isabel erwartet, und er hatte das Familien-oberhaupt der Oberhausers informiert, dass er beschlossen hatte, ihnen zu helfen. Was für eine Wahl blieb ihm auch?

Er wollte herausfinden, was seinem Vater zugestoßen war, und er wollte wissen, wer versuchte, ihn zu ermorden. Wenn er einfach wegging, würde ihn das nicht weiterbringen. Und die alte Frau hatte eines ganz klargemacht. *Sie wussten mehr als er ...*

»Vor zwölfhundert Jahren«, sagte Christl gerade, »war hier das Zentrum der säkularen Welt. Die Hauptstadt des neuen nördlichen Reichs, das zweihundert Jahre später das Heilige Römische Reich genannt wurde.«

Er lächelte. »Dabei war es weder heilig noch römisch noch ein Reich.«

Sie nickte. »Das stimmt. Aber Karl der Große war ein sehr fortschrittlicher Herrscher. Mit seiner großen Schaffenskraft gründete er Universitäten, schuf rechtliche Prinzipien, die schließlich ins Allgemeinrecht übergingen, organisierte die Regierung und stiftete ein Gefühl von Gemeinschaft, das an der Wiege Europas stand. Ich beschäftige mich seit Jahren mit ihm. Er scheint immer die richtigen Entscheidungen getroffen zu haben. In einer Zeit, in der Könige sich kaum einmal fünf Jahre an der Macht hielten und mit dreißig starben, regierte er siebenundvierzig Jahre lang und starb erst mit vierundsiebzig.«

»Und Sie glauben, dass das so war, weil er Hilfe erhielt?«

»Er aß bescheiden und trank maßvoll – und das in einer Zeit, da Völlerei und Trunksucht allgegenwärtig waren. Er ritt täglich, jagte und schwamm. Ein Grund, weshalb er Aachen als Hauptstadt wählte, waren die heißen Quellen, die er regelmäßig aufsuchte.«

»Und das heißt also, dass die *Heiligen* ihn über den Wert von gesunder Nahrung, Hygiene und Körperertüchtigung belehrt haben?«

Er sah, dass sie seine Ironie verstanden hatte.

»Er war ein Krieger«, sagte sie. »Seine ganze Regierungszeit war durch Eroberungen gekennzeichnet. Aber er ging diszipliniert an einen Krieg heran. Er plante einen Feldzug mindestens ein Jahr lang und studierte seine Gegner. Außerdem *lenkte* er Schlachten, statt in ihnen mitzukämpfen.«

»Und er war verdammt brutal. In Verden befahl er, viertausendfünfhundert Sachsen töten zu lassen.«

»Das ist gar nicht sicher«, wandte sie ein. »Es wurden nie archäologische Beweise für ein solches Massaker gefunden. Möglicherweise wurde auch in der ursprünglichen Quelle fälschlich das Wort *decollabat* – enthauptete – verwendet, wo es hätte *delocabat* – siedelte um – heißen müssen.«

»Eins plus für Ihre Geschichtskenntnisse. Und für Ihr Latein.«

»Übrigens glaube ich das persönlich nicht. Der Chronist war Einhard. Er hat diesen Vorfall festgehalten.«

»Vorausgesetzt natürlich, dass seine Schrift authentisch ist.«

Der Zug kroch jetzt nur noch langsam dahin.

Malone dachte noch immer über den Vortag und das Untergeschoss von Reichshoffen nach. »Sieht Ihre Schwester die Nazis und das, was sie Ihrem Großvater angetan haben, ähnlich wie Sie?«

»Dorothea ist das völlig gleichgültig. Familie und Geschichte bedeuten ihr nichts.«

»Und was bedeutet ihr dann etwas?«

»Nur sie selbst.«

»Sonderbar, dass Zwillinge sich so verabscheuen.«

»Es gibt kein Gesetz, welches besagt, dass es ein Band zwischen uns geben muss. Ich habe schon als Kind gelernt, dass Dorothea ein Problem ist.«

Er musste mehr über diese Meinungsverschiedenheiten erfahren. »Ihre Mutter scheint ihre Favoritin zu haben.«

»Davon gehe ich eigentlich nicht aus.«

»Sie hat Sie zu mir geschickt.«

»Stimmt. Aber davor hat sie Dorothea geholfen.«

Der Zug hielt.

»Würden Sie mir das erklären?«

»Sie hat ihr das Buch aus dem Grab Karls des Großen gegeben.«

Dorothea beendete ihre Inspektion der Kisten, die Wilkerson in Füssen abgeholt hatte. Der Bücherhändler hatte gute Arbeit geleistet. Viele der Schriften des Ahnenerbes waren nach dem Krieg von den Alliierten beschlagnahmt worden, und so war sie überrascht, dass er doch noch so viel aufgespürt hatte. Doch selbst nach einer Lektüre von mehreren Stunden blieb ihr das Ahnenerbe ein Rätsel. Erst in den letzten Jahren war die Gesellschaft endlich von Historikern studiert worden, doch die wenigen Bücher, die über das Thema geschrieben worden waren, handelten überwiegend von Fehlschlägen.

In diesen Kisten waren dagegen die Erfolge gesammelt.

Es waren Expeditionen nach Schweden durchgeführt worden, um Felszeichnungen zu bergen, und in den Nahen Osten, wo die inneren Machtkämpfe des Römischen Reiches untersucht wurden – die aus Sicht des Ahnenerbes zwischen Angehörigen nordischer und semitischer Völker ausgekämpft worden waren. Göring selbst hatte diese Reise finanziert. In Damaskus hießen die Syrer die Forscher als Verbündete im Kampf gegen eine wachsende jüdische Bevölkerung willkommen. Im Iran besuchten die Forschungsreisenden persische Ruinen sowie Babylon und sannen über eine mögliche Verbindung zu den Ariern nach. In Finnland studierten sie alte heidnische Gesänge. In Bayern stießen sie auf Höhlenmalereien und fanden dort Hinweise auf die Anwesenheit des Cro-Magnon-Menschen, der aus Sicht des Ahnenerbes zweifelsfrei arisch gewesen war. Weitere Höhlenmalereien wurden in Frankreich studiert, wo, wie ein Kommentator anmerkte, »Himmler und so viele andere Nazigrößen davon träumten, sich in der dunklen Umarmung ihrer Ahnen zu befinden«.

Wirkliche Faszination erregte dann allerdings Asien.

Beim Ahnenerbe glaubte man, dass die frühen Arier einen

großen Teil Chinas und Japans erobert hatten und dass Buddha selbst ein Nachfahre der Arier war. Auf einer großen Expedition nach Tibet sammelte man neben exotischen Tier- und Pflanzenarten Tausende Fotos von Tibetern sowie deren Schädel- und Körpermaße, alles in der Hoffnung, eine gemeinsame Vorfahrenschaft beweisen zu können. Weitere Reisen nach Bolivien, in die Ukraine, nach Island und auf die Kanarischen Inseln wurden detailliert geplant, kamen allerdings nicht mehr zustande.

Den Unterlagen war auch zu entnehmen, dass die Rolle des Ahnenerbes im Verlauf des Krieges größer geworden war. Nachdem Himmler die Arisierung der eroberten Krim angeordnet hatte, wurde das Ahnenerbe damit beauftragt, deutsche Wälder anzulegen und Getreide für das Reich anzubauen. Außerdem überwachte es die Ansiedlung von Volksdeutschen in dieser Region und die Deportation Tausender Ukrainer.

Doch als die wissenschaftliche Gesellschaft größer wurde, stieg auch ihr Bedarf an finanziellen Mitteln.

Daher gründete man eine Stiftung, um Spenden zu sammeln.

Beiträge kamen von der Deutschen Bank, BMW und Daimler-Benz, denen wiederholt in offiziellen Schreiben gedankt wurde. Der stets innovative Himmler erfuhr von Reflektoren für Fahrräder, die von einem deutschen Maschinenbauer patentiert worden waren. Er gründete zusammen mit dem Erfinder eine Gesellschaft und regte dann ein Gesetz an, das Reflektoren an allen Fahrradpedalen vorschrieb, was dem Ahnenerbe Zehntausende Reichsmark jährlich verschaffte.

So viel Mühe, nur um lauter Fiktion zu schaffen.

Doch inmitten der lächerlichen Suche nach verschollenen Ariern und der Tragödie organisierten Mordes war Dorotheas Großvater tatsächlich über einen Schatz gestolpert.

Dorothea betrachtete das Buch, das auf dem Tisch lag.

Ob es wirklich aus dem Grab Karls des Großen stammte?

In all den Materialien, die sie gelesen hatte, war nie von diesem Buch die Rede gewesen, doch ihre Mutter hatte ihr gesagt, dass es 1935 in den Archiven der Weimarer Republik gefunden worden war, zusammen mit dem Zeugnis eines unbekannten Schreibers, der die Entnahme aus dem Grab in Aachen am 19. Mai des Jahres 1000 durch Kaiser Otto III. festhielt. Dass dieses Buch bis ins zwanzigste Jahrhundert erhalten geblieben war, grenzte an ein Wunder. Was bedeutete es? Warum war es so wichtig?

Ihre Schwester Christl glaubte, dass die Antwort in einem Geheimnis lag.

Und mit seiner mysteriösen Antwort *Sie machen sich keine Vorstellung*, hatte Ramsey ihre Ängste nicht gerade beschwichtigt.

Aber nichts von alldem konnte die Antwort in sich bergen.

Oder doch?

Malone und Christl traten aus dem Bahnhof. Die feuchte, kalte Luft erinnerte ihn an einen Winter in den Neuenglandstaaten. Am Straßenrand standen Taxis. Die Menschen kamen und gingen in einem steten Strom.

»Mutter will *meinen* Erfolg«, sagte Christl.

Er konnte nicht entscheiden, ob sie versuchte, ihn zu überzeugen oder sich selbst.

»Ihre Mutter manipuliert Sie beide.«

Sie sah ihn an. »Mr. Malone ...«

»Ich heiße Cotton.«

Sie schien sich zu ärgern, beherrschte sich aber. »Das haben Sie mir schon gestern Abend gesagt. Wie sind Sie eigentlich an diesen komischen Namen geraten?«

»Die Geschichte erzähle ich Ihnen später einmal. Sie wollten mir den Kopf waschen, bevor ich Sie unterbrochen habe.«

Ihr Gesicht verzog sich zu einem Lächeln. »Sie sind ein Problem.«

»Nach allem, was Ihre Mutter sagte, hat Dorothea das auch

gedacht. Aber ich habe beschlossen, das als Kompliment aufzufassen.« Er blickte sich um. »Ich muss ein paar Dinge kaufen. Lange Unterwäsche wäre jetzt prima. Das hier ist nicht die trockene bayrische Luft. Wie steht es mit Ihnen? Ist Ihnen nicht kalt?«

»Ich bin in diesem Klima aufgewachsen.«

»Ich nicht. In Georgien, wo ich geboren und aufgewachsen bin, ist es neun Monate des Jahres heiß und schwül.« Er sah sich noch immer, Unbehagen vortäuschend, scheinbar uninteressiert um. »Außerdem brauche ich Kleider zum Wechseln. Ich habe nicht für eine lange Reise gepackt.«

»In der Nähe des Doms gibt es eine Einkaufsmeile.«

»Irgendwann werden Sie mir hoffentlich erklären, was Ihre Mutter eigentlich will und warum wir hier sind.«

Sie winkte einem Taxi, das dicht heranrollte.

Christl öffnete die Tür und stieg ein, er folgte ihr. Sie nannte dem Fahrer das Ziel.

»Ja«, antwortete sie. »Das werde ich Ihnen erklären.«

Als sie vom Bahnhof losfuhren, blickte Malone sich durch die Heckscheibe um. Derselbe Mann, der ihm fünf Stunden zuvor im Bahnhof von Garmisch aufgefallen war – groß mit einem schmalen, beilförmigen Gesicht voller Falten –, winkte ein Taxi heran.

Er trug kein Gepäck und schien nur eines im Sinn zu haben: ihnen zu folgen.

Dorothea hatte die Unterlagen des Ahnenerbes auf gut Glück erworben. Sie war ein Risiko eingegangen, als sie Kontakt mit Malone aufnahm, doch hatte sie nun wenigstens den Beweis, dass er unbrauchbar war. Dennoch war sie sich nicht sicher, dass ihr Weg zum Erfolg pragmatischer war. Eines schien klar zu sein: Es kam nicht in Frage, ihre Familie noch einmal der Lächerlichkeit preiszugeben. Gelegentlich meldete sich ein Forscher oder Historiker mit dem Wunsch in Reichshoffen, die

Unterlagen ihres Großvaters einzusehen oder mit der Familie über das Ahnenerbe zu sprechen. Diese Bitten wurden jedes Mal abgeschlagen – aus gutem Grund.

Die Vergangenheit sollte vergangen bleiben.

Sie sah auf das Bett und den schlafenden Sterling Wilkerson.

Gestern Abend waren sie nordwärts gefahren und hatten ein Zimmer in München genommen. Ihre Mutter würde noch vor Ende des Tages von der Zerstörung des Jagdhauses erfahren. Auch die Leiche in der Abtei war inzwischen sicher gefunden worden. Entweder die Mönche oder Ulrich würden sie beiseiteschaffen. Wahrscheinlich Ulrich.

Sie begriff, dass ihre Mutter, die ihr mit dem Buch aus dem Grab Karls des Großen geholfen hatte, auch Christl etwas gegeben haben musste. Ihre Mutter hatte darauf bestanden, dass sie selbst mit Cotton Malone redete. Deshalb hatten sie und Wilkerson Malone mit Hilfe der gedungenen Frau zur Abtei geführt. Ihre Mutter mochte Wilkerson nicht besonders. »Wieder so eine schwache Seele«, so nannte sie ihn. »Und Kind, wir haben keine Zeit für Schwäche.« Doch ihre Mutter näherte sich den Achtzigern, und Dorothea stand in der Blüte ihrer Jahre. Gutaussehende, abenteuerlustige Männer wie Wilkerson waren für vieles zu gebrauchen.

So wie gestern Nacht.

Sie trat zum Bett und weckte ihn.

Er wachte auf und lächelte.

»Es ist beinahe Mittag«, sagte sie.

»Ich war müde.«

»Wir müssen aufbrechen.«

Er bemerkte, dass der Inhalt der Kisten auf dem Boden verstreut lag. »Wohin geht es denn?«

»Hoffentlich an einen Ort, wo wir Christl einen Schritt voraus sind.«

32

Washington, D.C.
08.10 Uhr

Ramsey war begeistert. Er hatte mehrere Nachrichtenwebsites für Jacksonville, Florida, angesehen und zu seiner Freude einen Bericht über ein tödliches Feuer im Haus des pensionierten Navy-Kommandanten Zachary Alexander gefunden. Niemandem war etwas Ungewöhnliches an dem Brand aufgefallen, und laut ersten Berichten war die Ursache ein auf schadhafte Kabel zurückzuführender elektrischer Kurzschluss. Charlie Smith hatte gestern eindeutig zwei Meisterleistungen vollbracht. Ramsey hoffte, dass der heutige Tag genauso produktiv werden würde.

Es war ein frischer, sonniger Washingtoner Morgen. Er schlenderte in der Nähe der Smithsonian-Museen über die National Mall, vor sich das leuchtend weiße Kapitol auf seinem Hügel. Er liebte solche kalten Wintertage. Jetzt, da Weihnachten nur noch dreizehn Tage entfernt war und der Kongress sitzungsfrei hatte, gingen die Regierungsgeschäfte langsam; alle warteten auf das neue Jahr und den Beginn einer neuen Legislaturperiode.

Es war nicht viel los, was wahrscheinlich erklärte, welche Beachtung der Tod von Admiral Sylvian in den Medien fand. Daniels' kürzlich geäußerte Kritik am Vereinigten Generalstab war ja auch fast mit dem vorzeitigen Tod des Admirals zusammengefallen. Ramsey hatte sich den Kommentar des Präsidenten belustigt angehört, da er wusste, dass niemand im Kongress sich für Änderungen an dieser Institution einsetzen würde. Gewiss, der Vereinigte Generalstab erteilte keine Befehle, aber wenn er sich äußerte, hörten die Menschen zu. Was wahrscheinlich schon zur Genüge erklärte, warum das Weiße Haus die Institution ablehnte. Insbesondere Daniels, der nun, in seiner zweiten Amtszeit, den Zenit seiner politischen Karriere schon überschritten hatte.

Vor sich erblickte Ramsey einen kleinen, eleganten Mann in einem eng geschnittenen Kaschmirmantel, dessen blasses, engelhaftes Gesicht von der Kälte gerötet war. Er war glatt rasiert und hatte dicht am Kopf anliegendes, borstiges dunkles Haar. Er stampfte auf dem Bürgersteig herum, um sich aufzuwärmen. Ramsey warf einen Blick auf seine Uhr und schätzte, dass der Abgesandte seit mindestens einer Viertelstunde wartete.

Er trat zu ihm.

»Admiral, wissen Sie eigentlich, wie verdammt kalt es hier draußen ist?«

»Minus zwei Grad.«

»Und da konnten Sie nicht pünktlich kommen?«

»Hätte ich pünktlich sein müssen, wäre ich es auch gewesen.«

»Ich bin nicht in der Stimmung für solche Spielchen. Absolut nicht.«

Interessant, wie mutig der Stabschef eines US-Senators durch sein Amt wurde. Ramsey fragte sich, ob Aatos Kane seinem Gefolgsmann den Auftrag gegeben hatte, die Krallen zu zeigen – oder improvisierte der?

»Ich bin hier, weil der Senator meinte, dass Sie etwas zu sagen hätten.«

»Will er immer noch Präsident werden?« Sämtliche früheren Kontakte Ramseys mit Kane waren über diesen Boten gelaufen.

»Ja. Und das wird er auch.«

»Das sagen Sie mit dem Vertrauen eines Mitarbeiters, der sich fest an den Rockzipfel seines Chefs hängt.«

»Jeder Hai hat seinen Schiffshalterfisch.«

Ramsey lächelte. »Das ist richtig.«

»Was wollen Sie, Admiral?«

Er nahm dem Jüngeren seine Überheblichkeit übel. Es war Zeit, diesem Mann seine Stellung klarzumachen. »Ich möchte, dass Sie den Mund halten und zuhören.«

Der andere musterte ihn mit dem berechnenden Blick eines politischen Profis.

»Als Kane Probleme hatte, hat er um Hilfe gebeten, und ich habe ihm verschafft, was er brauchte. Ohne Fragen zu stellen, ich habe es einfach getan.«

Drei Männer eilten vorbei, und er machte eine kurze Pause, bevor er weitersprach.

»Ich könnte hinzufügen, dass ich dabei eine Vielzahl von Gesetzen verletzt habe, was Ihnen gewiss vollkommen egal ist.«

Sein Zuhörer war weder alt noch erfahren oder wohlhabend. Doch er war ehrgeizig und verstand den Wert eines politischen Gefallens.

»Der Senator ist sich bewusst, was Sie getan haben, Admiral. Auch wenn er, wie Sie wissen, nicht in das ganze Ausmaß Ihres Plans eingeweiht war.«

»Doch er hat hinterher die Vorteile nicht abgelehnt.«

»Zugegeben. Was wollen Sie jetzt?«

»Ich möchte, dass Kane den Präsidenten auffordert, mich in den Vereinigten Generalstab zu ernennen. Ich will den Platz, der durch Sylvians Tod frei geworden ist.«

»Und Sie denken, der Präsident kann dem Senator seinen Wunsch nicht abschlagen?«

»Nicht ohne ernsthafte Konsequenzen.«

In das Gesicht, das ihn erregt ansah, trat ein flüchtiges Lächeln. »Das kommt nicht in Frage.«

Hatte er richtig gehört?

»Der Senator hat schon vermutet, wie Ihre Bitte lauten würde. Sylvians Leiche war wahrscheinlich noch nicht einmal kalt, als Sie vorhin anriefen.« Der Jüngere zögerte. »Was uns verwunderlich erscheint.«

Ramsey entdeckte Misstrauen im aufmerksamen Blick des anderen.

»Schließlich haben Sie uns, wie Sie eben selbst sagten, einmal einen *Dienst* erwiesen, ohne dass irgendwelche Spuren zurückblieben.«

Ramsey ging nicht auf die Andeutung ein und fragte: »Was meinen Sie mit *Das kommt nicht in Frage?*«

»Sie sind zu umstritten. Sie haben etwas von einem Blitzableiter. Zu viele Angehörige der Navy mögen Sie entweder nicht oder trauen Ihnen nicht über den Weg. Es hätte negative Folgen, Ihre Bewerbung zu unterstützen. Und wie ich schon sagte: Wir bereiten uns ab Anfang nächsten Jahres auf die Kandidatur fürs Weiße Haus vor.«

Ramsey begriff, dass der klassische Washingtoner Twostep begonnen hatte. Ein berühmter Tanz, den Politiker wie Aatos Kane aus dem Effeff beherrschten. Da waren alle Experten sich einig. Kanes Kandidatur fürs Weiße Haus war plausibel. Er war der führende Bewerber seiner Partei und hatte nur wenig Konkurrenz zu fürchten. Ramsey wusste, dass der Senator in aller Stille Spendenzusagen gesammelt hatte, die inzwischen in die Millionen gingen. Kane war ein sympathischer, einnehmender Mensch, der sich vor Menschenmengen und Kameras wohl fühlte. Er war weder ein echter Konservativer noch ein Liberaler, sondern stand irgendwo dazwischen, was die Medien gerne einen *Mann der Mitte* nannten. Seit dreißig Jahren war er mit derselben Frau verheiratet, ohne den kleinsten Hinweis auf einen Skandal. Er war beinahe *zu* vollkommen. Abgesehen natürlich von dem Gefallen, den Ramsey ihm einmal hatte leisten müssen.

»Eine nette Art, seinen Freunden zu danken«, sagte Ramsey.

»Wer sagt denn, dass Sie unser Freund sind?«

Ramsey legte müde die Stirn in Falten, doch er fing sich

schnell wieder. Er hätte es kommen sehen müssen. Arroganz. Die typische Berufskrankheit langjähriger Politiker. »Nein, Sie haben recht. Das war anmaßend von mir.«

Das Gesicht des Boten verlor seinen gleichmütigen Ausdruck. »Dass wir uns richtig verstehen, Admiral. Senator Kane dankt Ihnen für Ihre Leistung. Wir hätten einen anderen Weg vorgezogen, aber dennoch weiß er zu schätzen, was Sie getan haben. Er hat allerdings alle Schulden Ihnen gegenüber beglichen, als er die Navy dazu bewog, Sie nicht zu versetzen, sondern auf Ihrem Posten zu belassen. Nicht nur einmal, sondern zweimal. Da haben wir uns richtig für Sie ins Zeug gelegt. Das hatten Sie gewollt, und das haben wir für Sie getan. Aatos Kane gehört Ihnen nicht. Weder jetzt noch jemals. Das, worum Sie bitten, ist unmöglich. In weniger als sechzig Tagen wird der Senator seine Kandidatur fürs Weiße Haus ankündigen. Sie sind ein Admiral, der in Pension gehen sollte. Tun Sie das. Genießen Sie Ihre wohlverdiente Ruhe.«

Ramsey unterdrückte seinen Widerspruch und nickte einfach nur verstehend.

»Und noch etwas. Der Senator hat Ihren Anruf mit der Bitte um ein Treffen übel aufgefasst. Ich soll Ihnen ausrichten, dass die Beziehung zu Ende ist. Keine Besuche mehr und keine Anrufe mehr. Und jetzt muss ich gehen.«

»Natürlich. Lassen Sie sich nicht aufhalten.«

»Schauen Sie, Admiral, ich weiß, dass Sie sauer sind. Ich wäre es an Ihrer Stelle auch. Aber Sie werden dem Vereinigten Generalstab nicht angehören. Gehen Sie in Pension. Arbeiten Sie für Fox TV und erzählen Sie der Welt, was für ein Haufen Idioten wir sind. Genießen Sie das Leben.«

Ramsey erwiderte nichts und sah einfach zu, wie der Drecksack davonstolzierte, sicherlich stolz auf seine großartige Show und begierig, seinem Chef zu berichten, wie er den Leiter des Marinegeheimdienstes abserviert hatte.

Er ging zu einer freien Bank und setzte sich.

Die Kälte stieg von unten durch seinen Mantel auf.

Senator Aatos Kane hatte keine Ahnung. Und auch sein Stabschef nicht.

Aber die beiden würden es bald herausfinden.

33

München, Deutschland
13.00 Uhr

Wilkerson hatte gut geschlafen und war sowohl mit seinem Auftritt im Jagdhaus als auch mit seiner Nacht mit Dorothea zufrieden. Geld, wenige Pflichten und eine schöne Frau zu haben war kein schlechter Ersatz dafür, dass er nicht Admiral werden würde.

Vorausgesetzt natürlich, dass er am Leben blieb.

Als Vorbereitung auf seinen Auftrag hatte er die Oberhausers gründlich überprüft. Sie besaßen Milliarden, und zwar nicht etwa altes Geld, sondern uraltes Geld, das Jahrhunderte voll politischer Umwälzungen überdauert hatte. Ob sie Opportunisten waren? Mit Sicherheit. Ihr Familienwappen schien alles zu erklären. Ein Hund mit einer Ratte im Maul im Inneren eines mit einer Krone geschmückten Kessels. Wie abgrundtief widersprüchlich. Ganz ähnlich wie die Familie selbst. Aber wie sonst hätte sie so lange überdauern sollen?

Die Zeit hatte jedoch ihren Zoll gefordert.

Dorothea und ihre Schwester waren die letzten Oberhausers.

Beide waren schöne, starke Frauen. Sie gingen auf die fünfzig zu. Äußerlich sahen sie fast gleich aus, auch wenn beide sich alle Mühe gaben, sich von der anderen zu unterscheiden. Dorothea hatte Betriebswirtschaft studiert und arbeitete mit ihrer Mutter in den Familienunternehmen. Sie hatte Anfang zwanzig geheiratet und einen Sohn zur Welt gebracht, doch dieser war vor fünf Jahren, eine Woche nach seinem zwanzigsten Geburtstag, bei einem Autounfall ums Leben gekommen. Alle Berichte wiesen darauf hin, dass sie sich danach verändert hatte. Sie war härter geworden und wurde von Ängsten und unberechenbaren Launen beherrscht. Dass sie gestern einen Mann mit dem Gewehr erschossen und anschließend mit einer so entfesselten Intensität Liebe gemacht hatte, bewies diese innere Widersprüchlichkeit.

Christl hatte sich nie fürs Geschäft interessiert und auch nicht für eine lebenslange Ehe oder Kinder. Wilkerson hatte sie erst ein einziges Mal getroffen, bei einem gesellschaftlichen Anlass, dem Dorothea und ihr Mann beigewohnt hatten, als er den ersten Kontakt anbahnte. Christl war ohne Allüren. Eine Akademikerin wie ihr Vater und Großvater, die sich in Abseitiges vertieft und über die endlosen Möglichkeiten von Legenden und Mythen nachgegrübelt hatte. Ihre beiden Doktorarbeiten hatten sich mit unbekannten Verbindungen zwischen mythischen alten Zivilisationen – sie hatten ihn bei der Lektüre an Atlantis erinnert – und der Entwicklung historischer Kulturen befasst. All das war reine Fantasie. Aber die männlichen Oberhausers waren von solchen lächerlichen Themen fasziniert gewesen, und Christl schien ihre Neugierde geerbt zu haben. Kinder konnte sie in ihrem Alter nicht mehr bekommen, und so fragte er sich, was nach Isabel Oberhausers Tod geschehen würde. Zwei Frauen, die einander nicht ausstehen konnten und von denen keine einen leiblichen Erben hinterlassen würde, würden alles erben.

Ein faszinierendes Szenario mit endlosen Möglichkeiten.

Er befand sich draußen in der Kälte, nicht weit von ihrem Hotel, einer großartigen Anlage, die den Launen jedes Königs genügen würde. Dorothea hatte gestern Abend aus dem Auto in der Rezeption angerufen, und bei ihrer Ankunft waren sie von einer Suite erwartet worden.

Auf dem sonnigen Marienplatz, über den er jetzt schlenderte, wimmelte es von Touristen. Eine sonderbare Stille lag über dem Platz, nur durchbrochen von den Geräuschen der Schritte und dem Gemurmel von Stimmen. Kaufhäuser, Cafés, der zentrale Markt, die Residenz und mehrere Kirchen befanden sich in Sichtweite. Eine Seite wurde von dem großen Rathaus beherrscht, dessen lebhafte Fassade an manchen Stellen vom Alter nachgedunkelt war. Wilkerson mied absichtlich den Museumsbezirk und ging zu einer von mehreren Bäckereien, wo reges Leben herrschte. Er hatte Hunger, und ein Schokoteilchen wäre jetzt genau richtig.

Mit duftenden Tannenzweigen geschmückte Buden standen auf dem Platz, Teil des Christkindlmarkts, der sich die geschäftige Hauptdurchgangsstraße der Altstadt entlangzog. Er hatte gehört, dass der Markt jedes Jahr Millionen Besucher anzog, bezweifelte aber, dass er und Dorothea dafür Zeit haben würden. Dorothea befand sich auf einer Mission. Er selbst ebenfalls, und das erinnerte ihn an seinen Beruf. Er musste in Berlin anrufen und seinen Mitarbeitern zeigen, dass er sich um den Laden kümmerte. Daher griff er nach seinem Handy und wählte.

»Captain Wilkerson«, sagte sein Schreibstubenoffizier, nachdem er abgenommen hatte. »Ich habe Anweisung, jeden Anruf von Ihnen unmittelbar an Commander Bishop weiterzuleiten.«

Bevor er noch fragen konnte, warum, hatte er die Stimme seines Stellvertreters im Ohr. »Captain, ich muss Sie fragen, wo Sie sind.«

Nun war er alarmiert. Bryan Bishop nannte ihn nur *Captain*, wenn andere Leute zuhörten.

»Was ist los?«, fragte er.

»Sir, dieser Anruf wird aufgezeichnet. Man hat Sie Ihres Amtes enthoben und Sie als Sicherheitsrisiko dritten Grades eingestuft. Wir haben Befehl, Sie aufzuspüren und festzunehmen.«

Er riss sich zusammen. »Wer hat diesen Befehl erteilt?«

»Er kommt direkt aus dem Führungsbüro. Captain Hovey

hat ihn ausgegeben und Admiral Ramsey hat ihn unterschrieben.«

Wilkerson hatte Bishops Beförderung zum Commander persönlich unterstützt. Bishop war ein gehorsamer Offizier, der Befehle ohne Nachfragen eilfertig ausführte. Damals war das großartig gewesen, jetzt war es schlecht.

»Werde ich gesucht?« Dann begriff er plötzlich und schaltete das Handy aus, bevor er die Antwort hörte.

Er starrte das Gerät an. Die Dinger hatten eingebautes GPS, um jemanden im Notfall finden zu können. Verdammt. So hatten sie ihn auch am Vorabend aufgespürt. Er hatte nicht nachgedacht. Vor dem Angriff hatte er natürlich keine Ahnung gehabt, dass man es auf ihn abgesehen hatte. Danach war er verstört gewesen und Ramsey, der Drecksack, hatte ihn in Sicherheit gewiegt und so Zeit gewonnen, ein neues Team loszuschicken.

Wilkersons Vater hatte recht gehabt. Einem Schwarzen konnte man einfach nicht trauen.

Plötzlich verwandelte sich eine Stadt von dreißigtausend Hektar mit Millionen von Einwohnern aus einem Zufluchtsort in ein Gefängnis. Er blickte sich nach den Passanten um, die in dicke Mäntel gehüllt kreuz und quer in alle Richtungen eilten.

Teilchen wollte er jetzt nicht mehr.

Ramsey verließ die National Mall und fuhr zum Dupont Circle im Zentrum von Washington. Normalerweise verwendete er Charlie Smith für seine Spezialaufgaben, doch das war im Moment nicht möglich. Zum Glück hatte er eine Liste von Agenten – alle mit ihren besonderen Fähigkeiten. Er war dafür bekannt, dass er gut und prompt bezahlte, was half, wenn etwas schnell erledigt werden musste.

Der einzige Admiral, der David Sylvians Posten wollte, war er nicht. Er ging davon aus, dass mindestens fünf Kollegen sich mit Abgeordneten oder Senatoren in Verbindung gesetzt hatten, sobald sie von Sylvians Tod erfahren hatten. Der ehrenvolle Abschied von dem Toten und seine Bestattung standen in ein paar Tagen an – doch die Entscheidung über Sylvians Nachfolger würde in den nächsten paar Stunden fallen, da Posten so hoch oben in der militärischen Fresskette nicht lange unbesetzt blieben.

Er hätte wissen sollen, dass Aatos Kane Probleme machen würde. Der Senator war schon viele Jahre im Amt. Er kannte sich aus. Doch mit der Erfahrung kamen auch Verbindlichkeiten. Männer wie Kane zählten darauf, dass ihren Gegnern entweder der Mut oder die Mittel fehlten, dies auszunutzen.

Ihm jedoch mangelte es an beidem nicht.

Er erwischte einen Parkplatz am Straßenrand, als ein anderes Auto losfuhr. Wenigstens etwas, das heute richtig lief. Er fütterte die Parkuhr mit fünfundsiebzig Cent und ging durch die Kälte zu Capitol Maps.

Das war ein interessanter Laden.

Dort wurden Landkarten aus jedem Winkel des Erdballs verkauft und dazu eine eindrucksvolle Sammlung von Reiseberichten und Reiseführern. Doch er war heute nicht auf der Suche nach kartografischen Erzeugnissen. Vielmehr musste er mit der Besitzerin sprechen.

Er trat ein und sah sie in der Unterhaltung mit einem Kunden.

Sie bemerkte ihn, doch nichts in ihren Zügen verriet das geringste Wiedererkennen. Er nahm an, dass die beträchtlichen Summen, die er ihr im Laufe der Jahre für ihre Dienstleistungen gezahlt hatte, ihr bei der Finanzierung ihres Ladens geholfen hatten, doch sie hatten nie darüber gesprochen. Das war eine seiner Regeln. Agenten waren Werkzeuge, die er wie Hammer, Säge oder Schraubenzieher benutzte und dann aus der Hand legte. Die meisten Leute, die er einstellte, verstanden diese Regel. Die anderen wurden nie wieder engagiert.

Die Ladenbesitzerin kam mit ihrem Kunden zum Ende und

trat beiläufig zu ihm. »Suchen Sie eine bestimmte Karte? Wir haben eine große Auswahl.«

Er sah sich um. »Das stimmt. Und das ist gut, weil ich heute sehr viel Hilfe brauche.«

Wilkerson merkte, dass er verfolgt wurde. Dreißig Meter hinter ihm lauerten ein Mann und eine Frau, die wahrscheinlich durch seinen Kontakt mit Berlin auf ihn aufmerksam geworden waren. Sie hatten nicht versucht, sich zu nähern, was zweierlei bedeuten konnte. Entweder sie suchten Dorothea und warteten darauf, dass er sie zu ihr führte, oder sie trieben ihn vor sich her.

Keine dieser Aussichten war angenehm.

Er drängte sich durch das mittägliche Passantengewimmel, ohne jede Vorstellung, wie viele Gegner sich vor ihm befinden mochten. Er galt als Sicherheitsrisiko dritten Grades? Das bedeutete, dass man alle notwendigen Maßnahmen gegen ihn ergreifen würde – auch tödliche. Schlimmer noch, seine Gegner hatten Stunden gehabt, um sich vorzubereiten. Er wusste, dass die Operation gegen die Oberhausers wichtig war – mehr in persönlicher als in professioneller Hinsicht –, und Ramsey hatte das Gewissen eines Scharfrichters. Wenn er bedroht wurde, würde er reagieren. Im Moment schien er eindeutig bedroht zu sein.

Wilkerson ging schneller.

Er sollte Dorothea anrufen und sie warnen, aber er nahm ihr ihre Einmischung in sein Telefongespräch mit Ramsey am Vorabend übel. Dies hier war sein Problem, und er würde damit fertig werden. Wenigstens hatte sie ihm nicht vorgehalten, dass er sich in Ramsey geirrt hatte. Stattdessen war sie mit ihm in ein luxuriöses Münchener Hotel gefahren und sie hatten sich gegenseitig genossen. Wenn er sie anrief, würde er ihr vermutlich auch erklären müssen, wie sie aufgespürt worden waren, und dieses Gespräch wollte er lieber vermeiden.

Fünfzig Meter weiter vorn endete das Menschengewimmel in der Altstadt-Fußgängerzone vor einer dicht befahrenen, breiten Straße, die von gelb gestrichenen, mediterran wirkenden Häusern gesäumt war.

Er blickte sich um.

Seine beiden Verfolger holten auf.

Er schaute nach links und rechts und dann über das Verkehrsgedränge hinweg. Auf der gegenüberliegenden Straßenseite gab es einen Taxistand; die Fahrer standen dort an ihre Wagen gelehnt und warteten auf Fahrgäste. Dazwischen drängte sich sechsspurig der chaotische Verkehr, dessen Lärmpegel so laut war wie Wilkersons pochendes Herz. Der Verkehr verdichtete sich, als die Ampeln zu seiner Linken ihre Grünphase beendeten. Von rechts näherte sich in der Mitte der Fahrbahn ein Bus.

Die innere und die äußere Spur fuhren langsamer.

Aus seiner Nervosität wurde Angst. Er hatte keine Wahl. Ramsey wollte seinen Tod. Und da Wilkerson wusste, was er von den Verfolgern hinter ihm zu erwarten hatte, würde er sein Glück mit dem Überqueren der Straße versuchen.

Er sprang auf die Fahrbahn, wo ein Fahrer ihn offensichtlich sah und bremste.

Für seinen nächsten Schritt war das Timing perfekt, und er schoss über die mittlere Fahrbahn, als die Ampeln auf Rot umsprangen und der Bus vor der Kreuzung bremste. Er hastete über die äußere Spur, die zum Glück ein paar Momente lang frei war, und erreichte den begrünten Mittelstreifen.

Der Bus hielt und blockierte die Sicht vom Bürgersteig aus. Hupen und Reifenquietschen signalisierten eine günstige Gelegenheit. Er hatte ein paar kostbare Sekunden gewonnen und beschloss, keine einzige zu verschwenden. Also rannte er über die drei Spuren vor ihm, die dank der roten Ampel frei waren, sprang in das vorderste Taxi und befahl dem Fahrer auf Deutsch: »Fahren Sie los.«

Der Fahrer sprang hinters Steuerrad, und Wilkerson duckte sich, während das Taxi losfuhr.

Er warf einen Blick aus dem Fenster. Die Ampel sprang auf Grün um, und der Verkehr brauste los. Seine Verfolger überquerten die frei gewordene Straßenseite, konnten aber wegen der Flut von Autos, die ihnen auf den Gegenfahrbahnen entgegenkamen, die Straße nicht ganz überqueren.

Die beiden sahen sich nach allen Richtungen um.

Wilkerson lächelte.

»Wohin?«, fragte der Fahrer auf Deutsch.

Wilkerson entschloss sich zu einem weiteren klugen Schachzug. »Nur über die nächsten paar Kreuzungen, dann können Sie anhalten.«

Als das Taxi am Straßenrand hielt, gab er dem Fahrer zehn Euro und sprang aus dem Wagen. Er hatte ein U-Bahn-Schild entdeckt, eilte die Treppe hinunter, kaufte einen Fahrschein und rannte auf den Bahnsteig.

Die U-Bahn fuhr ein, und er stieg in einen nahezu besetzten Wagen. Er setzte sich hin und schaltete sein Handy ein, das eine Löschfunktion besaß. Nachdem er einen numerischen Code eingetippt hatte, erschien auf dem Bildschirm: ALLE DATEN LÖSCHEN? Er drückte auf JA. Wie seine zweite Frau, die ihn nie beim ersten Mal gehört hatte, fragte das Handy nach: SIND SIE SICHER? Wieder bestätigte er mit JA.

Nun war der Speicher vollständig leer.

Er beugte sich vor, als wollte er seine Strümpfe zurechtzupfen, und legte das Handy seitlich unter den Sitz.

Der Zug fuhr in die nächste Station ein.

Er stieg aus, sein Handy fuhr weiter.

Das sollte Ramsey zu tun geben.

Froh über sein Entkommen stieg er die U-Bahn-Treppe hinauf. Er musste Kontakt mit Dorothea aufnehmen, doch dabei musste er vorsichtig zu Werke gehen. Wenn er beobachtet wurde, dann auch sie.

Er trat in den sonnigen Nachmittag hinaus und orientierte sich: unweit der Isar in der Nähe des Deutschen Museums. Wieder lagen eine vielbefahrene Straße und ein geschäftiger Bürgersteig vor ihm.

Plötzlich blieb ein Mann neben ihm stehen.

»Bitte, Herr Wilkerson«, sagte er auf Deutsch. »Gehen Sie zu dem Wagen, der dort am Straßenrand parkt.«

Wilkerson erstarrte.

Der Mann trug einen langen Wollmantel und hatte beide Hände in den Manteltaschen stecken.

»Ich möchte das nicht tun«, sagte der Fremde, »aber notfalls erschieße ich Sie hier auf offener Straße.«

Wilkersons Augen wanderten zur Manteltasche des Mannes.

Plötzlich hatte er ein widerliches Gefühl in der Magengrube. Ramseys Leute konnten ihm unmöglich gefolgt sein. Aber er hatte sich so auf die beiden konzentriert, dass er auf sonst niemanden geachtet hatte. »Sie kommen nicht aus Berlin, oder?«, fragte er.

»Nein. Ich komme ganz woanders her.«

34

Aachen, Deutschland
13.20 Uhr

Malone bewunderte eines der letzten Überbleibsel des Karolingerreichs, damals Marienkirche und heute Pfalzkapelle oder Kaiserdom genannt. Das Bauwerk schien aus drei verschiedenen Abschnitten zu bestehen. Es hatte einen gotischen Turm, der vom Rest abgesetzt wirkte. Dazu kam ein vieleckiger, fast runder Mittelteil, der durch eine überdachte Brücke mit dem Turm verbunden war und eine ungewöhnlich gefaltete Kuppel besaß. Und ein hoher, länglicher Chor, der fast nur aus Dach und Buntglasfenstern zu bestehen schien. Die Kirche war zwischen dem Ende des achten und dem fünfzehnten Jahrhundert erbaut worden, und es war fast ein Wunder, dass sie bis heute stand, da Aachen, wie Malone wusste, im Krieg gnadenlos bombardiert worden war.

Der Dom stand an der Schmalseite eines städtischen Platzes und war früher einmal mit dem eigentlichen Palast durch eine Reihe hölzerner Gebäude verbunden gewesen, die eine militärische Garnison, einen Gerichtshof und Wohngemächer für den Herrscher und seine Familie beherbergt hatten.

Die Kaiserpfalz Karls des Großen.

Geblieben waren nur ein Hof, der Dom und das Fundament des Palasts, auf dem im vierzehnten Jahrhundert Aachens Rathaus errichtet worden war. Der Rest war schon vor Jahrhunderten verschwunden.

Sie betraten den Dom durch das Westtor, das alte Portal, dem ein Hof vorgelagert war. Drei Stufen führten in eine Eingangshalle mit weiß getünchten, schmucklosen Wänden hinunter.

»Diese Stufen haben etwas zu bedeuten«, erklärte Christl. »Draußen ist der Boden seit den Zeiten Karls des Großen nach oben gewachsen.«

Er erinnerte sich an Dorotheas Bericht über Otto III. »Hier unten wurde das Grab Karls des Großen gefunden? Von hier kommt das Buch, das jetzt in Dorotheas Besitz ist?«

Sie nickte. »Einige behaupten, Otto III. habe den Boden aufgegraben und den König sitzend vorgefunden, die Finger auf eine Stelle im Evangelium des Markus gelegt. *Was hülfe es dem Menschen, wenn er die ganze Welt gewönne und nähme an seiner Seele Schaden?*«

Er bemerkte ihren Zynismus.

»Andere sagen, Kaiser Barbarossa habe 1165 die Grabstätte hier gefunden, und der Leichnam habe in einem Marmorsarg gelegen. Dieser römische Sarkophag wird in der Schatzkammer nebenan gezeigt. Barbarossa soll ihn durch einen goldenen Schrein ersetzt haben, der sich jetzt« – sie zeigte ins Innere des Doms – »dort im Chor befindet.«

Hinter dem Altar entdeckte Malone einen goldenen Reliquienschrein, der in einer beleuchteten Glasvitrine ausgestellt war. Sie verließen die Eingangshalle und traten ins Innere des Doms. Links und rechts öffnete sich ein Umgang, doch ihn zog es ins Zentrum des inneren Oktogons. Von den Fenstern hoch oben in der Kuppel sickerte Licht wie Nebel herein.

»Ein Achteck, das von einem Sechzehneck umschlossen wird«, sagte er.

Acht mächtige Pfeiler vereinigten sich zu Doppelpfeilern, die die hohe Kuppel trugen. Rundbögen stiegen zu den oberen Galerien auf, wo schlanke Säulen, marmorne Brücken und Gitterwerk alles verbanden.

»Noch drei Jahrhunderte nach seiner Fertigstellung war dies hier das höchste Bauwerk nördlich der Alpen«, erklärte Christl. »Im Süden hatte man Stein verwendet, um Tempel, Arenen, Paläste und später Kirchen zu bauen, aber unter den germanischen Stämmen war diese Art von Bauwerk unbekannt. Außerhalb des Mittelmeerraums war dies hier der erste Versuch, ein steinernes Gewölbe zu errichten.«

Er sah zu der hoch aufragenden Galerie hinauf.

»Nur wenig von dem, was Sie sehen, stammt aus der Zeit Karls des Großen«, erklärte Christl. »Zunächst einmal natürlich die Struktur des Bauwerks. Dann die sechsunddreißig Marmorsäulen im oberen Stockwerk. Einige von ihnen sind Originale – sie wurden aus Italien herangeschafft, von Napoleon gestohlen, aber schließlich zurückgegeben. Die acht Bronzegitter zwischen den Bögen: ebenso original. Alles andere wurde später hinzugefügt. In karolingischer Zeit wurden die Kirchen getüncht und innen mit Fresken ausgemalt. Später wurde die Ausstattung eleganter. Das hier bleibt jedoch die einzige erhaltene Kirche Deutschlands, die auf Geheiß Karls des Großen gebaut wurde.«

Malone musste den Kopf in den Nacken legen, um in die Kuppel hinaufzuschauen. Das Deckenmosaik stellte vierundzwanzig weiß gekleidete Älteste dar, die vor dem Thron standen und in Anbetung des Lammes ihre Kronen darboten. Eine Szene aus der Offenbarung, wenn er sich nicht irrte. Weitere Mosaike verzierten die Wände unterhalb der Kuppel. Maria, Johannes der Täufer, Christus, die Erzengel Michael und Gabriel und sogar Karl der Große selbst waren zu sehen.

An einer schmiedeeisernen Kette, deren Glieder nach oben hin größer wurden, hing ein schwerer, radförmiger, fein gearbeiteter goldener Leuchter.

»Kaiser Barbarossa hat diesen Leuchter nach seiner Krönung im zwölften Jahrhundert anfertigen lassen. Er symbolisiert das himmlische Jerusalem, die Stadt des Lichts, die, wie es jedem Christen verheißen ist, einer Siegerkrone gleich vom Himmel herabkommen wird.«

Auch das war eine Szene aus der Offenbarung. Er dachte an einen anderen Dom, den Markusdom in Venedig. »Dieser Ort hier hat etwas Byzantinisches an sich.«

»Das entspricht Karls des Großen Liebe zur byzantinischen Fülle im Gegensatz zur römischen Strenge.«

»Wer hat das Bauwerk entworfen?«

Sie zuckte die Schultern. »Das weiß keiner. In manchen Texten wird ein Meister Odo erwähnt, aber über ihn weiß man nur, dass er sich offensichtlich mit der Architektur aus dem Süden auskannte. Einhard war mit Sicherheit an dem Entwurf beteiligt und ebenso Karl der Große selbst.«

Das Kircheninnere war nicht durch seine Größe eindrucksvoll, es ging vielmehr um die intimere Illusion, dass der Blick nach oben gezogen wurde, zum Himmel hinauf.

Der Eintritt in den Dom war frei, aber mehrere bezahlte Besichtigungstouren waren unterwegs, und die Führer erklärten die Glanzpunkte. Der Mann vom Bahnhof war ebenfalls unter der Deckung einer der Gruppen nach drinnen gekommen. Nachdem er sich vergewissert hatte, dass es keinen anderen Ausgang gab, war er aber wieder nach draußen verschwunden.

Malone hatte richtig geraten. Jemand hatte ein Satelliten-überwachungssystem an seinem Mietwagen angebracht. Wie sonst hätte der Angreifer ihn gestern Abend finden sollen? Gefolgt war ihnen mit Sicherheit keiner. Heute waren sie mit demselben Wagen von Reichshoffen nach Garmisch zum Zug gefahren, und dort hatte er dann Beilgesicht zum ersten Mal gesehen.

Dass einem jemand folgte, bekam man am besten heraus, indem man ihn führte.

Christl zeigte zur Galerie hinauf. »Der Bereich dort oben war ausschließlich für den König reserviert. Dreißig Könige des Heiligen Römischen Reiches wurden hier gekrönt. Auf dem Thron Karls des Großen gesessen zu haben und in seine Fußstapfen getreten zu sein verschaffte ihnen symbolisch die Herrschaft über das Reich. Ein König galt erst als legitim, wenn er den Thron bestiegen hatte, der dort oben steht.«

Im Oktogon standen Stühle für die Gläubigen und Touristen. Malone setzte sich auf eine Seite und fragte: »Okay, warum sind wir hier?«

»Mathematik und Architektur gehörten zu Einhards Leidenschaften.«

Er spürte, dass sie etwas ausgelassen hatte. »Etwas, was die *Heiligen* ihn gelehrt hatten?«

»Schauen Sie sich hier doch einmal um. Für das neunte Jahrhundert war das hier eine ganz schöne Leistung. Vieles wurde hier zum ersten Mal ausprobiert. Diese Steinkuppel oben? Die war revolutionär. Wer immer sie entworfen und gebaut hat, wusste, was er tat.«

»Aber was hat diese Pfalzkapelle mit Einhards Testament zu tun?«

»In seinem Testament schrieb Einhard, dass das Verständnis der Weisheit des Himmels im neuen Jerusalem beginnt.«

»Dies hier ist das neue Jerusalem?«

»Genau so nannte Karl der Große die Pfalzkapelle.«

Er rief sich den Rest in Erinnerung. »*Die Offenbarung wird enthüllt werden, wenn das Geheimnis dieses wundersamen Ortes gelüftet ist. Löse dieses Rätsel, indem du die Vollkommenheit des Engels auf die Heiligung unseres Herrn anwendest. Doch nur, wer den Thron Salomons und die römische Frivolität zu schätzen weiß, wird den Weg zum Himmel finden.*«

»Sie haben ein gutes Gedächtnis.«

»Na ja, wie man's nimmt.«

»Rätsel sind nicht meine Stärke, und dieses hier bereitet mir Schwierigkeiten.«

»Wer behauptet denn, dass ich mit Rätseln gut zurechtkomme?«

»Mutter sagt, Sie hätten da einen ziemlichen Ruf.«

»Freut mich zu hören, dass ich Mamas Test bestanden habe. Wie ich ihr und Ihnen schon sagte, scheint sie ihre Favoritin zu haben.«

»Sie versucht, Dorothea und mich zur Zusammenarbeit zu bewegen. Irgendwann wird das vielleicht tatsächlich unvermeidlich sein. Aber ich habe vor, es so lange wie möglich hinauszuschieben.«

»Als Sie gestern in der Abtei sahen, dass jemand den Schrank beschädigt hatte, hielten Sie Dorothea für die Schuldige, nicht wahr?«

»Sie wusste, dass Vater seine Unterlagen dort aufbewahrte. Aber ich hatte ihr nie verraten, wie man den Schrank öffnet. Bis vor kurzem hatte sie kein Interesse daran. Sie wollte offensichtlich nicht, dass die Unterlagen in meinem Besitz blieben.«

»Aber sie wollte, dass ich mit Ihnen zusammenarbeite?«

»Das ist verwirrend.«

»Vielleicht hielt sie mich für nutzlos?«

»Ich wüsste nicht, warum.«

»Schmeichelei? Sie versuchen aber auch alles.«

Sie lächelte.

Eines wollte er wissen. »Warum hat Dorothea die Unterlagen in der Abtei gestohlen und das Original zumindest eines der Dokumente in der Burg zurückgelassen?«

»Dorothea war nur selten im Kellergeschoss von Reichshoffen. Sie weiß kaum, was sich dort befindet.«

»Und wer hat die Frau aus der Seilbahn getötet?«

Ihr Gesicht verhärtete sich. »Dorothea.«

»Aus welchem Grund?«

Sie zuckte die Schultern. »Sie müssen wissen, dass meine Schwester kein oder fast kein Gewissen besitzt.«

»Sie beide sind die eigenartigsten Zwillinge, mit denen ich je zu tun hatte.«

»Auch wenn wir zur gleichen Zeit zur Welt gekommen sind, macht uns das einander doch nicht ähnlich. Wir haben immer Abstand voneinander gehalten, und den genießen wir beide.«

»Und was geschieht, wenn Sie beide alles erben?«

»Ich denke, Mutter hofft, dass unsere derzeitigen Nachforschungen unsere Meinungsverschiedenheiten beenden.«

Er bemerkte, wie reserviert sie klang. »Aber dazu wird es nicht kommen?«

»Wir haben beide versprochen, dass wir uns Mühe geben würden.«

»Sie haben eine sonderbare Art, sich Mühe zu geben.«

Er sah sich im Dom um. Einige Meter entfernt, im äußeren Polygon, stand der Hauptaltar.

Christl bemerkte sein Interesse. »Die vordere Verkleidung soll aus Gold bestehen, das Otto III. im Grab Karls des Großen gefunden hat.«

»Ich weiß schon, was Sie gleich wieder sagen: *Aber keiner weiß es mit Sicherheit.*«

Ihre bisherigen Erklärungen waren präzise gewesen, doch

das bedeutete nicht, dass sie stimmten. Er sah auf die Uhr und stand auf. »Wir müssen etwas essen.«

Sie warf ihm einen überraschten Blick zu. »Sollten wir nicht erst das hier erledigen?«

»Das würde ich tun, wenn ich wüsste, wie.«

Vor ihrem Eintritt in den Dom hatten sie einen Abstecher zu einem Souvenirladen gemacht und dort erfahren, dass der Dom bis neunzehn Uhr geöffnet blieb und dass die letzte Führung um achtzehn Uhr begann. Außerdem hatte er eine Sammlung von Domführern und Geschichtsmaterialien bemerkt, manche auf Englisch, die meisten allerdings auf Deutsch. Zum Glück war er des Deutschen recht gut mächtig.

»Wir müssen noch eine Kleinigkeit einkaufen und dann essen gehen.«

»Der Marktplatz ist ganz in der Nähe.«

Er zeigte aufs Hauptportal. »Gehen Sie voran.«

35

Charlotte, North Carolina
11.00 Uhr

Charlie Smith trug verwaschene Jeans, ein dunkles Strickhemd und Stiefel mit Stahlkappen. All das hatte er ein paar Stunden zuvor in einem Walmart gekauft. Er kam sich vor wie einer der Duke Boys in der Fernsehserie Hazzard County, der gerade einmal wieder aus dem Fahrerfenster des *General Lee* geklettert ist. Der leichte Verkehr auf dem zweispurigen Highway nördlich von Charlotte hatte ihm ein angenehmes Tempo gestattet, und jetzt stand er zitternd im Wald und sah auf das Haus, das ungefähr vierhundert Quadratmeter maß.

Er kannte seine Geschichte.

Herbert Rowland hatte das Grundstück im Alter von etwa dreißig Jahren gekauft, es bis zum Alter von vierzig Jahren abbezahlt und mit fünfzig dort das Haus errichtet. Zwei Wochen nach seinem Abschied von der Navy hatten Rowland und seine Frau einen Umzugswagen beladen und waren die zwanzig Meilen von Charlotte hierhergekommen. Seit zehn Jahren lebten sie nun friedlich neben dem See.

Auf dem Flug von Jacksonville nach Norden hatte Smith das Dossier studiert. Rowland hatte zwei echte medizinische Probleme. Das erste war eine seit langer Zeit bestehende Diabetes vom insulinabhängigen Typ 1. Sie ließ sich durch tägliche Insulinspritzen behandeln. Das zweite war eine Neigung zum Alkohol, wobei Rowlands Vorliebe dem Whiskey galt. Als eine Art Kenner gab er einen Teil seiner monatlichen Pension für erstklassige Marken in einem teuren Getränkeshop in Charlotte aus. Er trank immer nur zu Hause, abends, zusammen mit seiner Frau.

Smith' Notizen aus dem vergangenen Jahr legten einen durch die Diabetes verursachten Tod nahe. Aber es hatte ihn einiges Nachdenken gekostet, bis er eine Methode gefunden hatte, zu diesem Ergebnis zu kommen, ohne dabei Verdacht zu erregen.

Die Haustür ging auf, und Herbert Rowland schlenderte in den strahlenden Sonnenschein hinaus. Der ältere Herr ging direkt zu einem schmutzigen Ford Tundra und fuhr weg. Ein zweites Fahrzeug, das Rowlands Frau gehörte, war nirgends zu sehen. Smith wartete zehn Minuten im Unterholz und beschloss dann, es zu wagen.

Er ging zur Haustür und klopfte an.

Keine Reaktion.

Er klopfte wieder.

Er brauchte weniger als eine Minute, um das Schloss zu knacken. Dass es keine Alarmanlage gab, wusste er. Rowland erzählte gerne aller Welt, dass er so etwas als Geldverschwendung betrachtete.

Vorsichtig zog er die Tür auf, trat ein und sah den Anrufbeantworter. Er hörte sich die gespeicherten Nachrichten an. Die sechste, die ein paar Stunden alt war und von Rowlands Frau stammte, gefiel ihm. Sie war bei ihrer Schwester zu Besuch, hatte angerufen, um sich zu vergewissern, dass alles in Ordnung war, und endete mit der Bemerkung, dass sie übermorgen heimkommen würde.

Sofort änderte er seinen Plan.

Zwei Tage allein, das war eine ausgezeichnete Gelegenheit.

Er kam an einem Gestell mit Jagdgewehren vorbei. Rowland war ein passionierter Jäger. Smith betrachtete mehrere Schrotflinten und Jagdbüchsen. Auch er selbst jagte gerne, allerdings ging seine Beute auf zwei Beinen.

Smith betrat die Küche und öffnete den Kühlschrank. Genau wie im Dossier notiert, standen in der Tür vier Fläschchen mit Insulin. Die Hände in Handschuhen, untersuchte er jedes einzelne. Abgesehen von dem Fläschchen, das derzeit im Gebrauch war, waren alle voll und die Kunststoffsiegel intakt.

Er trug das Fläschchen zur Spüle und holte eine leere Spritze aus seiner Jackentasche. Nachdem er das Gummisiegel mit der Nadel durchstochen hatte, saugte er den Inhalt des Fläschchens mit der Spritze aus und entsorgte die Flüssigkeit in den Ausguss. Das wiederholte er zweimal, bis das Fläschchen leer war. Aus einer anderen Jackentasche zog er eine Flasche mit physiologischer Kochsalzlösung. Er füllte die Spritze damit und injizierte den Inhalt in das Fläschchen, bis dieses wieder dreiviertel voll war.

Anschließend reinigte er die Spüle und stellte das manipulierte Fläschchen in den Kühlschrank zurück. Wenn Herbert Rowland sich in acht Stunden seine Spritze setzte, würde er nichts Besonderes bemerken. Aber Alkohol und Diabetes vertrugen sich nicht. Exzessiver Alkoholgenuss und unbehandelte Diabetes waren absolut tödlich. In wenigen Stunden sollte er im diabetischen Koma liegen, und bis zum nächsten Morgen wäre er tot.

Smith hatte nicht mehr zu tun, als eine Nachtwache zu halten.

Plötzlich hörte er von draußen ein Motorgeräusch und stürzte zum Fenster.

Ein Mann und eine Frau stiegen aus einem Chrysler.

Dorothea machte sich Sorgen. Wilkerson war nun schon lange weg. Er hatte gesagt, er wolle eine Bäckerei suchen und Teilchen mitbringen, aber das war nun schon fast zwei Stunden her.

Das Zimmertelefon klingelte und schreckte sie auf. Keiner wusste, dass sie hier war, außer …

Sie nahm ab.

»Dorothea«, sagte Wilkerson. »Hör mir zu. Zwei Leute sind mir gefolgt, aber ich konnte sie abschütteln.«

»Wie haben sie uns gefunden?«

»Ich habe keine Ahnung, aber ich habe es zum Hotel zurückgeschafft und draußen Leute gesehen. Benutze dein Handy nicht. Es lässt sich überwachen. So was machen wir ständig.«

»Bist du dir sicher, dass du deine Verfolger abgeschüttelt hast?«

»Ich bin ihnen mit der U-Bahn vor der Nase weggefahren. Jetzt konzentrieren sie sich auf dich, da sie glauben, dass du sie zu mir führen wirst.«

Sie fasste einen Plan. »Warte ein paar Stunden und komm dann mit der U-Bahn zum Hauptbahnhof. Warte in der Nähe der Touristeninformation auf mich. Ich komme um achtzehn Uhr.«

»Wie schaffst du es, ungesehen aus dem Hotel zu entwischen?«, fragte er.

»Wenn man bedenkt, wie sehr meine Familie hier das Geschäft belebt, sollte die Frau am Empfang alles regeln können, worum ich sie bitte.«

Stephanie stieg aus ihrem Wagen und ebenso Edwin Davis, der auf dem Beifahrersitz gesessen hatte. Sie waren aus Atlanta nach Charlotte gefahren und hatten für die 240 Meilen Highway kaum mehr als drei Stunden gebraucht. Davis hatte die Adresse des pensionierten Kapitänleutnants Herbert Rowland aus der Datenbank der Navy gezogen, und Google hatte ihnen die Wegbeschreibung geliefert.

Das Haus lag nördlich von Charlotte neben dem Eagles Lake, der nach seiner Größe und unregelmäßigen Form zu schließen ein künstlicher See war. Das Ufer war steil, bewaldet und felsig. Hier gab es nur wenige Häuser. Rowlands Holzhaus mit Walmdach lag eine Viertelmeile von der Straße entfernt zwischen kahlen Laubbäumen und grünen Nadelbäumen und bot eine großartige Aussicht.

Stephanie war nicht von ihrer Vorgehensweise überzeugt und hatte während der Fahrt vorgeschlagen, dass man zur Polizei gehen solle.

Doch Davis hatte das abgelehnt.

»Das ist immer noch eine schlechte Idee«, sagte sie zu ihm.

»Stephanie, wenn ich zum FBI oder dem hiesigen Sheriff ginge und ihnen von meinem Verdacht erzählte, würden die mich für verrückt erklären. Und verdammt noch mal, wer weiß? Vielleicht bin ich das ja wirklich.«

»Dass Zachary Alexander gestern Nacht gestorben ist, ist keine Fantasie.«

»Aber es ist auch kein beweisbarer Mord.«

Sie hatten beim Geheimdienst in Jacksonville Informationen eingezogen. Es waren keine Hinweise auf ein Verbrechen entdeckt worden.

Ihr fiel auf, dass vor dem Haus keine Autos standen. »Sieht nicht so aus, als ob jemand zu Hause wäre.«

Davis schlug die Wagentür krachend zu. »Das lässt sich leicht herausfinden.«

Sie folgte ihm auf die Veranda, wo er gegen die Haustür

hämmerte. Alles blieb still. Er klopfte erneut. Nach weiteren Momenten der Stille drückte Davis die Türklinke herunter.

Die Tür ging auf.

»Edwin ...«, begann Stephanie, doch er war schon eingetreten.

Sie blieb auf der Veranda stehen. »Das ist Hausfriedensbruch.«

Er drehte sich um. »Dann bleiben Sie draußen in der Kälte. Ich habe Sie nicht aufgefordert, irgendwelche Gesetze zu brechen.«

Sie wusste, dass hier ein kühler Kopf vonnöten war, und so trat sie ein. »Ich muss verrückt sein, dass ich hier mitmache.«

Er lächelte. »Malone hat mir erzählt, dass er Ihnen letztes Jahr in Frankreich genau dasselbe gesagt hat.«

Sie war überrascht. »Wirklich? Was hat Cotton denn sonst noch so erzählt?«

Er antwortete nicht und machte sich an die Inspektion des Hauses. Die Einrichtung ließ sie an einen Katalog von Pottery Barn denken. Sessel mit Lederlehnen, eine Couchecke und Juteläufer auf gebleichtem Hartholzboden. Alles war ordentlich und sauber. An den Wänden und auf den Tischen sah man gerahmte Bilder. Rowland war offensichtlich von seinem Sport begeistert. An den Wänden hingen Jagdtrophäen und dazwischen Porträts, wahrscheinlich von Kindern und Enkeln. Von der Couchecke sah man auf eine Holzterrasse hinaus. Das gegenüberliegende Ufer des Sees fiel einem ins Auge. Das Haus schien am Eingang einer kleinen Bucht zu liegen.

Davis sah sich weiter um und öffnete Schubladen und Schränke.

»Was machen Sie da?«, fragte Stephanie.

Er ging in die Küche. »Ich versuche einfach nur, einen Eindruck zu bekommen.«

Sie hörte, wie er den Kühlschrank aufmachte.

»Man kann eine Menge über jemanden erfahren, wenn man sich seinen Kühlschrank ansieht«, sagte er.

»Wirklich? Was haben Sie denn aus meinem gelernt?«

Vor ihrem Aufbruch hatte er ihren Kühlschrank geöffnet, um sich etwas zu trinken zu holen.

»Dass Sie nicht kochen. Ihr Kühlschrank hat mich ans College erinnert. Es war nicht viel drin.«

Sie lächelte. »Und was haben Sie hier erfahren?«

Er zeigte auf die Fläschchen. »Herbert Rowland ist Diabetiker.«

Sie bemerkte Fläschchen mit Rowlands Namen darauf, auf denen INSULIN stand. »Das war nicht allzu schwierig.«

»Und er mag gekühlten Whiskey. Maker's Mark. Gutes Zeug.«

Drei Flaschen standen im obersten Kühlschrankfach.

»Trinken Sie gerne?«, fragte sie.

Er machte die Kühlschranktür zu. »Hin und wieder mag ich ein Glas Highland Malt, ja, aber keinen Bourbon, sondern am liebsten einen sechzig Jahre alten Macallan-Whisky aus Schottland.«

»Wir müssen hier weg«, sagte sie.

»Was wir hier tun, ist zu Rowlands eigenem Besten. Jemand wird demnächst versuchen, ihn zu töten, und zwar auf eine Weise, mit der er absolut nicht rechnet. Wir müssen uns noch die anderen Zimmer anschauen.«

Sie war noch immer nicht überzeugt und kehrte ins Wohnzimmer zurück. Aus dem großen Raum gingen drei Türen ab. Unter einer davon fiel ihr etwas auf. Sie sah einen Schatten, als wäre gerade jemand auf der anderen Seite vorbeigegangen.

In ihrem Kopf läuteten die Alarmglocken.

Sie griff unter ihren Mantel und zog eine Beretta des *Magellan Billet* hervor.

Davis sah die Pistole. »Sie sind bewaffnet.«

Sie legte den Finger an die Lippen und zeigte auf die Tür. »*Wir haben Gesellschaft*«, flüsterte sie lautlos.

Charlie Smith hatte versucht zu lauschen. Die beiden Fremden waren dreist ins Haus eingedrungen und hatten ihn ins Schlafzimmer vertrieben, wo er in der Nähe der geschlossenen Tür gestanden hatte. Als der Mann sagte, er wolle noch die verbliebenen Zimmer in Augenschein nehmen, wusste Smith, dass er ein Problem hatte. Er hatte keine Waffe dabei. Eine Pistole führte er nur bei sich, wenn es absolut unvermeidlich war, und da er von Virginia nach Florida geflogen war, war die Mitnahme einer Waffe unmöglich gewesen. Außerdem waren Schusswaffen nicht das richtige Mittel, um jemanden unauffällig um die Ecke zu bringen. Sie erregten Aufmerksamkeit, schufen Beweise und hinterließen viele Fragen.

Eigentlich sollte jetzt keiner hier sein. Sein Dossier vermerkte eindeutig, dass Herbert Rowland jeden Mittwoch bis siebzehn Uhr ehrenamtlich in der lokalen Bibliothek aushalf. Er würde erst in Stunden zurückkommen. Und seine Frau war verreist. Smith hatte Bruchstücke der Unterhaltung eben aufgefangen. Sie wirkte eher persönlich als professionell und die Frau war eindeutig gereizt. Doch dann hörte er: *Sie sind bewaffnet.*

Er musste hier weg, aber er konnte nirgends hin. Vier Fenster führten vom Schlafzimmer nach draußen, doch sie waren nicht zur Flucht geeignet.

Im Schlafzimmer befanden sich eine Tür zum Bad und zwei Kleiderschränke.

Er musste schnell handeln.

Stephanie öffnete die Schlafzimmertür. Das Ehebett war gemacht und alles war ordentlich wie im übrigen Haus. Eine Badezimmertür stand offen, und durch vier Fenster fiel das Tageslicht herein und badete den Berberteppich auf dem Boden in hellem Glanz. Draußen bewegten sich Bäume im Wind, und schwarze Schatten tanzten über den Boden.

»Keine Geister?«, fragte Davis.

Sie zeigte nach unten. »Nein. War wohl falscher Alarm.«

Dann fiel ihr etwas ins Auge.

Der eine Schrank hatte eine Schiebetür und war wohl der von Mrs. Rowland, da dort Frauenkleider hingen, ziemlich durcheinander. Ein zweiter Schrank war kleiner und hatte eine hölzerne Drehflügeltür. Sie konnte nicht hineinsehen, da der Schrank in einem kleinen Flur, der ins Bad führte, im rechten Winkel zu ihr stand. Ein Kunststoffbügel, der darin hing, schaukelte ganz, ganz leicht hin und her.

Das war nicht viel, aber es reichte.

»Was ist?«, fragte Davis.

»Sie haben recht«, antwortete Stephanie. »Hier ist niemand. Mir sind einfach nur die Nerven durchgegangen, weil wir hier eingebrochen sind.«

Sie sah, dass Davis nichts aufgefallen war – oder falls doch, behielt er seine Wahrnehmung für sich.

»Können wir jetzt hier verschwinden?«, fragte sie.

»Klar. Ich denke, wir haben genug gesehen.«

Wilkerson war in Panik.

Mit vorgehaltener Waffe hatte sein Entführer ihn zu dem Anruf bei Dorothea gezwungen und ihm genau vorgeschrieben, was er sagen sollte. Er hatte Wilkerson eine 9-mm-Pistole gegen die Stirn gedrückt und ihn gewarnt, dass er bei der kleinsten Abweichung vom Drehbuch abdrücken würde.

Aber der Bedrohte hatte genau nach Anweisung gehandelt.

Wilkerson war dann auf dem Rücksitz eines Mercedes-Coupés durch München gefahren worden, die Hände auf dem Rücken in Handschellen gelegt. Eine Zeitlang hatten sie gehalten und der Kidnapper hatte ihn allein im Wagen gelassen, während er draußen über Handy telefonierte.

Mehrere Stunden waren vergangen.

Dorothea sollte nun bald beim Bahnhof ankommen, doch sie waren gar nicht dort in der Nähe. Vielmehr fuhren sie vom Stadtzentrum weg, in südlicher Richtung aus der Stadt hinaus und auf Garmisch und die knapp hundert Kilometer entfernten Alpen zu.

»Eine Bitte«, wandte er sich an den Fahrer.

Dieser erwiderte nichts.

»Sie werden mir nicht sagen wollen, für wen Sie arbeiten, aber wie steht es mit Ihrem Namen? Ist der auch ein Geheimnis?«

Ein Gespräch mit dem Entführer, so hatte Wilkerson gelernt, war der erste Schritt, um etwas über ihn in Erfahrung zu bringen. Der Mercedes bog nach rechts auf eine Autobahnzufahrt ab und fädelte sich ein.

»Ich heiße Ulrich Henn«, sagte der Fahrer schließlich.

36

Aachen
17.00 Uhr

Malone aß mit Genuss. Er und Christl waren zum dreieckigen Marktplatz zurückgekehrt und hatten ein Restaurant gegenüber dem Rathaus gefunden. Unterwegs hatten sie im Souvenirladen des Doms Halt gemacht und ein halbes Dutzend Stadt- und Domführer gekauft. Ihr Weg hatte sie durch ein Gewirr schmaler, gepflasterter Gassen zwischen bürgerlichen Stadthäusern hindurchgeführt, die eine mittelalterliche Atmosphäre schufen, obwohl die meisten wohl kaum älter als fünfzig Jahre waren, da Aachen im Zweiten Weltkrieg schwer bombardiert worden war. Der kalte Nachmittag hielt niemanden vom Einkaufen ab. Da Weihnachten bevorstand, waren die schicken Läden voll.

Beilgesicht folgte ihnen noch immer und hatte sich in ein Lokal gesetzt, das schräg gegenüber von seinem und Christls Restaurant lag. Malone hatte um einen Tisch gebeten, der nicht direkt am, aber doch in der Nähe des Fensters lag, so dass er ein Auge nach draußen halten konnte.

Er wunderte sich über ihren Verfolger. Dass nur ein einziger Mann mit dieser Aufgabe betraut war, hieß, dass sie es entweder mit Amateuren zu tun hatten oder mit Leuten, denen es an Geld fehlte, um genug Hilfskräfte zu engagieren. Vielleicht hielt Beilgesicht sich auch für so gut, dass keiner ihn bemerken würde? Malone hatte schon oft Privatdetektive mit einem ähnlich großen Ego getroffen.

Drei der Führer hatte er bereits durchgeblättert. Genau wie von Christl angemerkt, hatte Karl der Große die Pfalzkapelle als sein »neues Jerusalem« betrachtet. Jahrhunderte später hatte Barbarossa diesen Standpunkt durch die Gabe seines vergoldeten Kupferleuchters bekräftigt. Vorhin war Malone eine lateinische Inschrift auf dem Leuchter aufgefallen, und in einem der Bücher war nun eine Übersetzung festgehalten. Die erste Zeile lautete: »Hier erscheinst du auf dem Bild, o Jerusalem, himmlisches Zion, Tempel des Friedens für uns und Hoffnung gesegneter Ruhe.«

Der Geschichtswissenschaftler Notker wurde mit den Worten zitiert, Karl der Große habe die Pfalzkapelle nach eigenen Vorgaben bauen lassen, und zwar so, dass Länge, Höhe und Breite in symbolischer Beziehung zueinander standen. Die Arbeit war zwischen 790 und 800 n. Chr. begonnen worden, und das Bauwerk war am 6. Januar 805 in Gegenwart des Kaisers durch Papst Leo III. geweiht worden.

Er griff nach einem neuen Buch. »Vermutlich haben Sie die Geschichte der Zeit Karls des Großen detailliert studiert?«

Sie hielt ein Glas Wein in der Hand. »Das ist mein Studiengebiet. Die karolingische Zeit ist eine Periode des Übergangs für die westliche Zivilisation. Vor ihm war Europa ein brodelndes Irrenhaus streitender Völkerschaften, es herrschten Unwissenheit und absolutes politisches Chaos. Karl der Große schuf die erste zentrale Regierungsgewalt nördlich der Alpen.«

»Und doch ging alles, was er erreicht hatte, nach seinem Tod zugrunde. Sein Reich zerfiel. Sein Sohn und seine Enkel zerstörten alles.«

»Aber seine Überzeugungen blieben. Für ihn lag das erste Regierungsziel im Wohlergehen des Volkes. Bauern waren für ihn menschliche Wesen, über die nachzudenken sich lohnte. Er regierte nicht um seines Ruhmes willen, sondern zum Wohle aller. Oft hat er gesagt, seine Aufgabe läge nicht darin, das Reich zu vergrößern, sondern ein Reich zu bewahren.«

»Und doch hat er neue Gebiete erobert.«

»Kaum. Nur einige Gebiete hier und da zu bestimmten Zwecken. Er war in beinahe jeder Hinsicht revolutionär. Die Herrscher seiner Tage sammelten normalerweise Muskelmänner um sich, Bogenschützen und Krieger, er aber berief Gelehrte und Lehrer.«

»Dennoch ging das alles unter, und Europa wartete weitere vierhundert Jahre, bevor es zu wirklichen Veränderungen kam.«

Sie nickte. »Das scheint das Schicksal der meisten großen Herrscher zu sein. Die Erben Karls des Großen waren nicht so weise wie er. Er war mehrmals verheiratet und zeugte viele Kinder. Keiner weiß, wie viele. Sein Erstgeborener, Pippin, der einen Buckel hatte, bekam nie die Chance zur Herrschaft.«

Die Erwähnung dieser Behinderung ließ ihn an Henrik Thorvaldsens verkrümmten Rücken denken. Er fragte sich, was sein dänischer Freund wohl derzeit tat. Thorvaldsen würde Isabel Oberhauser gewiss persönlich kennen oder zumindest über sie informiert sein. Einige Auskünfte über ihre Person wären hilfreich. Aber wenn er Thorvaldsen anrief, würde dieser sich wundern, warum er sich immer noch in Deutschland aufhielt.

Da er die Antwort auf diese Frage selbst nicht wusste, ging er ihr lieber aus dem Weg.

»Pippin wurde enterbt, als Karl der Große von späteren Frauen gesunde, gerade gewachsene Söhne bekam. Pippin wurde zum verbissenen Gegner seines Vaters, starb aber vor Karl dem Großen. Ludwig war schließlich der einzige Sohn, der überlebte. Er war sanftmütig, tief religiös und gelehrt, schrak aber vor jedem Kampf zurück, auch fehlte es ihm an Festigkeit. Er wurde gezwungen, zugunsten seiner drei Söhne abzudanken, die das Reich bis 841 entzweirissen. Erst im zehnten Jahrhundert wurde es durch Otto I. neu errichtet.«

»Hatte der auch Hilfe? Durch die *Heiligen?*«

»Das weiß keiner. Der einzige direkte Bericht von einer Begegnung der *Heiligen* mit der europäischen Kultur stammt von den Kontakten mit Karl dem Großen, und davon wird nur in dem Tagebuch berichtet, das sich in meinem Besitz befindet, dem Buch, das Einhard in seinem Grab hinterließ.«

»Und wie kommt es, dass all dies geheim geblieben ist?«

»Großvater hat nur Vater davon erzählt. Aber wegen seiner verschrobenen Art wusste man nicht recht, was real und was nur Fantasie war. Vater involvierte die Amerikaner. Doch weder Vater noch die Amerikaner konnten das Buch aus dem Grab Karls des Großen lesen, das Buch, das jetzt in Dorotheas Besitz ist und das angeblich den vollständigen Bericht enthalten soll. So ist das Geheimnis nie gelüftet worden.«

Da sie einmal redete, fragte er weiter: »Und wie konnte Ihr Großvater dann in der Arktis fündig werden?«

»Das weiß ich nicht. Ich weiß nur, dass er tatsächlich etwas gefunden hat. Sie haben die Steine gesehen.«

»Und wer hat die jetzt?«

»Dorothea, da bin ich mir sicher. Sie wollte garantiert nicht, dass ich sie bekomme.«

»Dann hat sie sie also zerstört? Die Funde Ihres Großvaters?«

»Meine Schwester hat nie etwas von Großvaters Überzeugungen gehalten. Und sie ist zu allem fähig.«

Er bemerkte wieder, wie eisig ihr Tonfall wurde, und beschloss, nicht weiter nachzuhaken. Stattdessen schaute er in einen der Führer und betrachtete einen Grundriss des Doms, seiner umliegenden Höfe und der anstoßenden Gebäude.

Der Domkomplex schien eine fast phallische Form zu besitzen, mit dem Oktogon auf der einen Seite und dem auf der anderen Seite herausragenden, abgerundeten Chor. Durch eine Innentür war der Dom mit einem Raum verbunden, der einmal das Refektorium gewesen war, inzwischen aber die Schatzkammer darstellte. Es gab nur eine Tür nach draußen – der Wolfstor genannte Haupteingang, durch den sie vorhin gegangen waren.

»Was denken Sie?«, fragte Christl.

Die Frage lenkte seine Aufmerksamkeit zu ihr zurück. »Das Buch, das Sie aus Einhards Grab haben. Besitzen Sie eine vollständige Übersetzung des lateinischen Texts?«

Sie nickte. »Die ist auf meinem Computer in Reichshoffen gespeichert. Aber sie hilft kaum weiter. Einhard berichtet von den *Heiligen* und einigen ihrer Besuche bei Karl dem Großen. Die wichtigen Informationen befinden sich wahrscheinlich in dem Buch, das in Dorotheas Hand ist. Dort findet man wohl das, was Einhard ›volles Verständnis‹ nannte.«

»Aber Ihr Großvater hat dieses Verständnis anscheinend erworben.«

»Es scheint so, obwohl wir das nicht mit Sicherheit wissen.«

»Und was geschieht, wenn wir am Ende unserer Suche anlangen? Wir verfügen nicht über Dorotheas Buch.«

»Das ist der Punkt, an dem Mutter unsere Zusammenarbeit erwartet. Jede von uns beiden hat einen Teil und ist somit gezwungen, mit der anderen zu kooperieren.«

»Aber Sie beide versuchen auf Teufel komm raus, alle Teile in die Hände zu bekommen, damit Sie die andere nicht brauchen.«

Wie hatte er es nur geschafft, in ein solches Chaos zu geraten?

»Die *Suchfahrt Karls des Großen* ist meiner Meinung nach die einzige Möglichkeit, etwas Entscheidendes zu erfahren. Dorothea glaubt, die Lösung könnte beim Ahnenerbe und dessen Unternehmungen liegen. Aber das glaube ich nicht.«

Er war neugierig. »Sie wissen eine Menge über das, was Dorothea denkt.«

»Meine Zukunft steht auf dem Spiel. Da versuche ich selbstverständlich, so viel in Erfahrung zu bringen, wie ich kann.«

Diese schicke Frau musste nie nach dem richtigen Wort suchen, sie hatte niemals Mühe mit der Zeitenfolge und sprach immer in perfekten Sätzen. Sie war schön, klug und faszinierend, aber etwas an Christl Falk kam ihm nicht ganz richtig vor. Ähnlich war es ihm gegangen, als er Cassiopeia Vitt vor einem Jahr zum ersten Mal in Frankreich begegnet war.

Er fühlte sich angezogen und war gleichzeitig auf der Hut.

Aber Negatives schien ihn niemals abzuschrecken.

Was war das nur an starken Frauen mit tiefen inneren Widersprüchen, was ihn anzog? Pam, seine Exfrau, war schwierig gewesen. Alle Frauen, die er seit seiner Scheidung kennengelernt hatte, waren harte Brocken gewesen, einschließlich Cassiopeias. Und jetzt also diese deutsche Erbin, die Schönheit, Intelligenz und zur Schau gestellte Tapferkeit miteinander verband.

Er sah aus dem Fenster auf das neogotische Rathaus mit seinen zwei flankierenden Türmen, auf dessen einem die Turmuhr 17.30 Uhr anzeigte.

Sie bemerkte sein Interesse an dem Gebäude. »Es gibt eine Geschichte dazu. Der Dom steht hinter dem Rathaus. In Karls des Großen Zeit befand sich dort, wo heute das Rathaus liegt, die Königshalle, die durch einen Hof und den Palastkomplex mit dem Dom verbunden war. Als Aachen im vierzehnten Jahrhundert das Rathaus baute, wurde der Eingang von der Nordseite, der Hofseite, nach Süden, also auf unsere Seite verlegt. Das spiegelte eine neue bürgerliche Unabhängigkeit wider. Die Menschen waren von sich selbst eingenommen und kehrten der Kirche symbolisch den Rücken.« Sie zeigte aus dem Fenster auf den Brunnen auf dem Marktplatz. »Die Statue dort oben stellt Karl den Großen dar. Sehen Sie, auch er schaut von der Kirche weg. So wurde diese Haltung im siebzehnten Jahrhundert noch einmal bestätigt.«

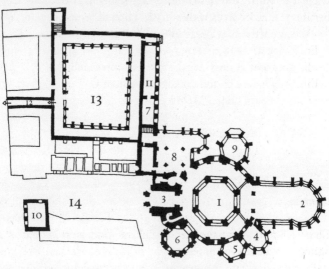

1. Oktogon (Pfalzkapelle)
2. Chor
3. Vorsaal
4. Matthiaskapelle
5. Annakapelle
6. Ungarnkapelle
7. Allerheiligenkapelle
8. Michaeliskapelle
9. Karls- und Hubertuskapelle
10. Taufkapelle
11. Allerseelenkapelle
12. Domschatzkammer (Kleines Drachenloch)
13. Kreuzgang
14. Domvorhof

Ihre Einladung, nach draußen zu schauen, nutzte er als Gelegenheit, das Lokal in Augenschein zu nehmen, in das Beilgesicht sich geflüchtet hatte – ein barockes Holzhaus, das ihn an ein englisches Pub erinnerte.

Er lauschte auf das Stimmengewirr und das Klirren von Geschirr und Besteck rundum und merkte dabei, dass er seine inneren Einwände und seinen Widerspruch aufgegeben hatte. Folglich suchte er keine Erklärungen mehr dafür, dass er hier war. Stattdessen spielte er in Gedanken mit einer Idee. Das kalte Gewicht der Waffe, die er seit gestern in seiner Jackentasche trug, beruhigte ihn. Doch es waren nur noch fünf Schuss geladen.

»Wir schaffen das«, sagte Christl.

Er sah sie an. »*Wir?*«

»Es ist wichtig, dass *wir* das gemeinsam machen.«

Ihre Augen leuchteten erwartungsvoll auf.

Doch er hatte seine Zweifel.

37

Charlotte

Charlie Smith stand im Kleiderschrank und wartete. Er war, ohne nachzudenken, hineingeflüchtet, hatte erleichtert festgestellt, dass der Schrank geräumig und vollgehängt war, hatte sich hinter die hängende Kleidung gestellt und die Schranktür in der Hoffnung aufgelassen, niemand würde hineinschauen. Er hatte gehört, wie die Schlafzimmertür aufging und zwei Besucher eintraten, aber es klang so, als hätte seine List funktioniert. Sie hatten beschlossen zu gehen, und er hörte, wie die Haustür auf- und wieder zuging.

Näher war er einer Entdeckung noch nie gekommen. Er hatte keine Störung erwartet. Wer waren die beiden? Ob er

Ramsey informieren sollte? Nein, der Admiral hatte ihm eindeutig gesagt, dass er ihn erst kontaktieren sollte, wenn die Aufträge erledigt waren.

Er schlich sich zum Fenster und beobachtete, wie der Wagen, der draußen geparkt hatte, mit zwei Personen darin über die Schotterzufahrt zum Highway hin verschwand. Smith war stolz auf seine minuziösen Vorbereitungen. Seine Dossiers steckten voller nützlicher Informationen. Die Leute waren normalerweise Gewohnheitstiere. Selbst diejenigen Menschen, die energisch erklärten, keine Gewohnheiten zu haben, waren vorhersehbar. Herbert Rowland war ein schlichter Mann, der nach seiner Pensionierung gemeinsam mit seiner Frau das Leben am Ufer eines Sees genoss, sich um seine eigenen Angelegenheiten kümmerte und seiner Alltagsroutine nachging. Er würde später nach Hause zurückkehren, wahrscheinlich mit einer Mahlzeit zum Mitnehmen aus einem Restaurant, sich seine Spritze setzen, sein Essen genießen und einen Schlummertrunk nehmen, ohne eine Ahnung zu haben, dass sein letzter Tag auf Erden gekommen war.

Bedächtig schüttelte er den Kopf, während seine Angst sich legte. Er hatte eine merkwürdige Art, seinen Lebensunterhalt zu verdienen, ja, aber jemand musste die Arbeit doch schließlich tun.

Die nächsten paar Stunden musste er irgendwie totschlagen, und so beschloss er, in die Stadt zu fahren und sich ein paar Filme anzuschauen. Vielleicht würde er abends ein Steak essen. Er liebte die Ruth's-Chris-Steakhouse-Kette und hatte erfahren, dass es in Charlotte zwei Restaurants gab.

Später würde er dann hierher zurückkehren.

Stephanie saß schweigend im Wagen, während Davis über den mit totem Laub und Schotter bedeckten Weg zum Highway zurückfuhr. Sie blickte sich um und bemerkte, dass das Haus nicht mehr zu sehen war. Rundherum nichts als dichter Wald.

Sie hatte Davis den Autoschlüssel gegeben und ihn gebeten zu fahren. Zum Glück hatte er keine Fragen gestellt, sondern sich einfach hinters Steuer gesetzt.

»Halt«, sagte sie.

Die Räder kamen auf dem knirschenden Schotter zum Stehen.

»Wie lautet Ihre Handynummer?«

Er nannte sie ihr, und sie speicherte die Ziffern in ihrem eigenen Gerät. Dann streckte sie die Hand nach dem Türgriff aus. »Fahren Sie zum Highway zurück, und entfernen Sie sich ein paar Meilen. Halten Sie dann irgendwo, wo man Sie nicht sehen kann, und warten Sie auf meinen Anruf.«

»Was haben Sie vor?«

»Ich habe da so ein Gefühl.«

Malone schlenderte mit Christl über Aachens Marktplatz. Es war kurz vor achtzehn Uhr, und die Sonne stand tief an einem Himmel, der voller Unwetterwolken hing. Das Wetter hatte sich verschlechtert; ein eiskalter Nordwind drang ihm durch Mark und Bein.

Christl führte ihn durch den ehemaligen Hof des Palastkomplexes, einen rechteckigen, gepflasterten Platz, der doppelt so lang wie breit war und an dessen Rand kahle, schneebedeckte Bäume standen, zum Dom. Die umstehenden Gebäude hielten den Wind, aber nicht die Kälte ab. Kinder rannten umher, schreiend und fröhlich durcheinanderplappernd. Aachens Weihnachtsmarkt belebte den Platz. Jede deutsche Stadt schien einen zu haben. Malone fragte sich, was sein Sohn Gary jetzt wohl in den Ferien tat. Er musste ihn anrufen. Das tat er mindestens alle paar Tage.

Er sah zu, wie die Kinder auf eine neue Attraktion zueilten. Das war ein niedergeschlagen dreinblickender Mann in einem purpurroten, pelzbesetzten Mantel und mit einer langen, schmal zulaufenden Mütze.

»Der heilige Nikolaus«, erklärte Christl. »Unser Santa Claus.«

»Ein ziemlicher Unterschied.«

Malone nutzte das Gewusel der Kinder, um sich unauffällig zu vergewissern, dass Beilgesicht ihnen folgte. Der hielt sich im Hintergrund und betrachtete beiläufig die Buden in der Nähe einer hoch aufragenden Blaufichte, die mit elektrischen Kerzen und winzigen Lichtern geschmückt war, die über schwankenden Zweigen hingen. Malone erschnupperte den Geruch von Glühwein. Eine Bude, wo das gewürzte Gebräu verkauft wurde, stand ein paar Meter entfernt. Die Gäste hielten dampfende braune Krüge zwischen ihren behandschuhten Händen.

Er zeigte auf eine andere Bude, in der etwas verkauft wurde, das wie Kekse aussah. »Was ist das?«

»Eine einheimische Spezialität. *Aachener Printen.* Würzige Lebkuchen.«

»Lassen Sie uns einen probieren.«

Sie warf ihm einen fragenden Blick zu.

»Was denn?«, fragte er. »Ich mag Süßigkeiten.«

Sie gingen hin und kauften zwei Stück von dem flachen, harten Gebäck.

Er biss ab. »Hm, nicht schlecht.«

Die ganze Zeit hatte er gehofft, dass Beilgesicht sich bei dieser Geste entspannen würde, und das hatte zu seiner Freude auch funktioniert. Der Mann wirkte noch immer locker und zuversichtlich.

Bald würde es dunkel werden. Vorhin, als sie die gedruckten Führer gekauft hatten, hatte er auch Karten für die Achtzehn-Uhr-Führung durch den Dom erstanden. Er würde improvisieren müssen. Aus seiner Lektüre hatte er erfahren, dass der Dom zum Weltkulturerbe der UNESCO gehörte. Einbruch oder Beschädigung wären schwerwiegende Gesetzesverstöße. Aber was spielte das nach dem Kloster in Portugal und dem Markusdom in Venedig schon für eine Rolle?

Er schien darauf spezialisiert, Schätze von Weltbedeutung zu verwüsten.

Dorothea ließ ihren Blick durch den Münchener Hauptbahnhof wandern. Dieser lag günstig im Stadtzentrum, kaum mehr als einen Kilometer vom Marienplatz entfernt. Züge aus ganz Europa verkehrten hier im Stundentakt, und dazu kamen noch die örtlichen Verbindungen mit U-Bahn, Straßenbahn und Bussen. Der Bahnhof war kein historisches Meisterwerk, sondern ein eher modernes Gebäude aus Stahl, Glas und Beton. Mehrere Uhren im Inneren zeigten kurz nach achtzehn Uhr.

Was war hier los?

Offensichtlich wollte Admiral Langford Ramsey Wilkersons Tod, doch sie brauchte Wilkerson.

Tatsächlich mochte sie ihn.

Sie sah sich nach der Touristeninformation um. Dort auf den Bänken war kein Wilkerson zu sehen, doch durch die Menge hindurch erblickte sie einen anderen Mann.

Die hochgewachsene Gestalt trug einen Glencheck-Anzug und lederne Oxfordschuhe unter dem geöffneten Wollmantel. Um seinen Hals lag ein beigefarbener, karierter Burberry-Schal. Er hatte ein gutaussehendes Gesicht mit jungenhaften Zügen, allerdings inzwischen auch mit einigen Altersfurchen. Die stahlgrauen Augen hinter einer Drahtgestellbrille maßen sie mit durchdringendem Blick.

Das war ihr Mann.

Werner Lindauer.

Er trat zu ihr. »Guten Abend, Dorothea.«

Sie wusste nicht, was sie sagen sollte. Sie waren nun schon im dreiundzwanzigsten Jahr verheiratet, und zu Beginn war ihre Ehe vielversprechend gewesen. Doch im Verlauf des vergangenen Jahrzehnts hatte sie ihm sein ewiges Gejammer zunehmend übelgenommen sowie seine völlige Unfähigkeit, sich einmal für etwas anderes als seinen eigenen Vorteil zu interessieren. Sein einziger Pluspunkt war seine Liebe zu ihrem gemeinsamen Sohn Georg gewesen. Doch Georgs Tod vor fünf Jahren hatte eine breite Kluft zwischen ihnen aufgerissen. Werner war am Boden zerstört gewesen, genau wie sie selbst, doch sie waren mit ihrer Trauer unterschiedlich umgegangen. Sie hatte sich in sich selbst zurückgezogen. Er war wütend geworden. Seit damals hatte sie einfach ihr Leben gelebt und ihn das seine leben lassen, ohne dass einer sich dem anderen verantwortlich fühlte.

»Was machst du hier?«, fragte sie.

»Ich bin deinetwegen gekommen.«

Sie war nicht in der Stimmung für seine Mätzchen. Gelegentlich hatte er versucht, ein richtiger Mann zu sein, doch das war mehr eine vorübergehende Laune als eine grundlegende Veränderung gewesen.

»Woher wusstest du, dass ich hier sein würde?«, fragte sie.

»Captain Sterling Wilkerson hat es mir gesagt.«

Aus ihrem Schreck wurde Entsetzen.

»Ein interessanter Mann«, sagte er. »Hält man ihm eine Pistole an den Kopf, kann er gar nicht mehr mit Reden aufhören.«

»Was hast du getan?«, fragte sie, ohne ihr Erstaunen zu verhüllen.

Sein Blick heftete sich auf sie. »Sehr viel, Dorothea. Wir dürfen unseren Zug nicht verpassen.«

»Ich fahre nicht mit dir weg.«

Werner schien einen Moment der Verärgerung zu unterdrücken. Vielleicht hatte er nicht mit dieser Reaktion gerechnet. Doch dann verzogen sich seine Lippen zu einem aufmunternden Lächeln, das ihr tatsächlich Angst einjagte. »Dann wirst du den von deiner Mutter angeregten Wettkampf mit deiner lieben Schwester verlieren. Ist dir das egal?«

Sie hatte keine Ahnung gehabt, dass er auf dem Laufenden war. Schließlich hatte sie ihm nichts erzählt. Doch ihr Mann war eindeutig gut informiert.

Schließlich fragte sie: »Wohin fahren wir?«
»Zu unserem Sohn.«

Stephanie sah dem davonfahrenden Edwin Davis nach. Dann stellte sie ihr Handy stumm, knöpfte ihren Mantel zu und marschierte in den Wald. Alte Nadelbäume und kahle Laubbäume, viele mit Misteln in der Krone, ragten über ihr auf. Der Winter hatte das Unterholz kaum ausgedünnt. Langsam kehrte sie die hundert Meter zum Haus zurück; ein dicker Nadelteppich verschluckte ihre Schritte.

Sie hatte gesehen, wie sich der Kleiderbügel bewegt hatte. Kein Zweifel. Irrte sie sich oder hatte sich wirklich jemand im Inneren des Schranks befunden und einen Fehler begangen?

Oft genug forderte sie ihre Agenten auf, ihren Instinkten zu vertrauen. Mit nichts kam man weiter als mit dem gesunden Menschenverstand. Cotton Malone war darin ein Meister gewesen. Sie fragte sich, was er im Moment wohl tat. Er hatte sie nicht wegen ihrer Information über Zachary Alexander und den restlichen Führungsstab der *Holden* zurückgerufen.

Ob er ebenfalls mit Problemen kämpfte?

Das Haus tauchte auf, halb verborgen von den vielen Bäumen, die noch davor standen. Sie kauerte sich hinter einen der Stämme.

Wie gut jemand auch immer sein mochte, irgendwann machte er einen Fehler. Der Trick bestand darin, dann zur Stelle zu sein. Falls Davis recht hatte, waren Zachary Alexander und David Sylvian von jemandem ermordet worden, der die gewaltsame Todesursache perfekt zu kaschieren verstand. Und auch wenn Davis bezüglich Millicents Tod keinen Verdacht geäußert hatte, hatte sie sein Misstrauen doch gespürt.

Herzstillstand.

Auch Davis hatte so ein Gefühl.

Der Kleiderbügel.

Er hatte gewackelt.

Und sie hatte klugerweise nicht darüber gesprochen, was sie im Schlafzimmer gesehen hatte, sondern beschlossen, abzuwarten, ob Herbert Rowland wirklich als Nächster an der Reihe war.

Die Haustür ging auf, und ein kleiner, schmaler Mann in Jeans und Stiefeln trat heraus.

Er zögerte, ging dann los und verschwand, von Schatten verdunkelt, im Wald. Stephanies Herz raste. Der Drecksack.

Was hatte er da drinnen getan?

Sie griff nach ihrem Handy und rief Davis an, der schon nach dem ersten Läuten abnahm.

»Sie hatten recht«, erklärte sie.

»Womit?«

»Mit dem, was Sie über Langford Ramsey gesagt haben. Alles stimmt. Absolut alles.«

TEIL DREI

38

Aachen
18.15 Uhr

Malone folgte der Führung zurück in das zentrale Oktogon von Karls des Großen Pfalzkapelle. Drinnen war es gut zwanzig Grad wärmer als draußen, und er war dankbar, der Kälte entronnen zu sein. Die Führerin sprach Englisch. Etwa zwanzig Leute hatten sich der Führung angeschlossen. Beilgesicht war nicht unter ihnen. Aus irgendeinem Grund hatte ihr Beschatter beschlossen, draußen zu warten. Vielleicht hatte die Enge im Dom ihn zur Vorsicht veranlasst. Dass dort kein Menschengedränge herrschte, mochte ebenfalls zu seiner Entscheidung beigetragen haben. Die Stühle unter der Kuppel standen leer, und außer der geführten Gruppe schlenderten nur noch etwa ein Dutzend andere Leute herum.

Ein Blitzlicht traf die Wände, als jemand ein Foto machte. Einer der Aufseher stürzte sich auf die Frau mit der Kamera.

»Fürs Fotografieren wird eine Gebühr verlangt«, flüsterte Christl.

Er sah zu, wie die Besucherin dem Aufseher ein paar Euro reichte und dieser sie mit einem Armband versah.

»Jetzt ist es legal?«, fragte er.

Christl lächelte. »Es ist nicht billig, diesen Bau hier zu unterhalten.«

Malone lauschte dem, was die Führerin über den Dom erklärte, wobei der größte Teil der Informationen dem entsprach, was er schon in den Büchern über den Dom gelesen hatte. Er hatte die Führung mitmachen wollen, weil nur geführte Gruppen zu bestimmten Teilen des Doms zugelassen waren, insbesondere oben, wo der Königsthron stand.

Sie traten mit den anderen Besuchern in eine von sieben Seitenkapellen, die den karolingischen Baukern in einem Kranz umgaben. Dies hier war die Michaelskapelle – sie war kürzlich renoviert worden, wie die Führerin erklärte. Hölzerne Kirchenbänke standen vor einem Marmoraltar. Mehrere Teilnehmer der Führung entzündeten Kerzen. Malone entdeckte eine Tür in der Westwand der Kapelle und nahm an, dass dies der andere Ausgang war, der ihm bei der Lektüre der Domführer ins Auge gefallen war. Die schwere Holztür war geschlossen. Er ging lässig durch die nur schwach erleuchtete Kapelle, während die Führerin weiter über die Geschichte schwadronierte. Bei der Tür blieb er stehen und prüfte rasch den Griff. Sie war verschlossen.

»Was machen Sie da?«, fragte Christl.

»Ich löse Ihr Problem.«

Sie folgten der Führerin vorbei am Hauptaltar zum gotischen Chor, einem weiteren Bereich des Doms, der nur geführten Gruppen offenstand. Im Oktogon blieb Malone noch einmal stehen und betrachtete eine Mosaikinschrift, die über der unteren Bogenreihe entlanglief. Sie bestand aus schwarzen lateinischen Buchstaben auf einem goldenen Untergrund. Christl trug die Einkaufstüte mit den Reiseführern. Rasch fand er das Buch, das er in Erinnerung hatte, eine schmale Broschüre mit dem treffenden Titel: *Der kleine Aachener Domführer*, und stellte fest, dass der im Buch abgedruckte lateinische Text der Inschrift des Mosaiks entsprach.

CUM LAPIDES VIVI PACIS CONPAGE LIGANTUR
INQUE PARES NUMEROS OMNIA CONVENIUNT
CLARET OPUS DOMINI TOTAM QUI CONSTRUIT
AULAM EFFECTUSQUE PIIS DAT STUDIIS HOMINUM

QUORUM PERPETUI DECORIS STRUCTURA
MANEBIT SI PERFECTA AUCTOR PROTEGAT ATQUE
REGAT SIC DEUS HOC TUTUM STABILI FUNDAMINE
TEMPLUM QUOD KAROLUS PRINCEPS CONDIDIT
ESSE VELIT

Christl bemerkte sein Interesse. »Das ist die Weihinschrift des Doms. Ursprünglich war sie auf den Stein gemalt. Das Mosaik ist ein Zusatz jüngeren Datums.«

»Aber die Worte sind dieselben wie in den Tagen Karls des Großen?«, fragte er. »Und sie stehen an derselben Stelle?«

Sie nickte. »Soweit man das weiß.«

Er lächelte. »Die Geschichte dieses Baus ist wie meine Ehe. Da war auch nie etwas richtig klar.«

»Und was ist mit Frau Malone geschehen?«

Er bemerkte ihren interessierten Tonfall. »Sie hat entschieden, dass Herr Malone unausstehlich ist.«

»Da hat sie vielleicht recht.«

»Glauben Sie mir, Pam hatte immer in allem recht.« Aber für sich fügte er doch eine Einschränkung hinzu, die er erst Jahre nach ihrer Scheidung begriffen hatte. *Beinahe.* Im Hinblick auf ihrer beider Sohn hatte sie unrecht gehabt. Aber er würde Garys Abstammung nicht mit dieser Fremden diskutieren.

Wieder betrachtete er die Inschrift. Die Mosaike, der Marmorboden und die Marmorverkleidung der Wände waren keine zweihundert Jahre alt. In der Zeit Karls des Großen und Einhards mussten die Wände rau verputzt und bemalt gewesen sein. Jetzt Einhards Anweisung zu folgen und *im neuen Jerusalem* zu beginnen konnte sich als wenig vielversprechend erweisen, da aus der Zeit vor zwölfhundert Jahren nichts erhalten geblieben war. Aber Hermann Oberhauser hatte das Rätsel gelöst. Wie sonst hätte er etwas finden sollen? Das bedeutete, dass irgendwo in diesem Bauwerk die Antwort verborgen lag.

»Wir müssen die anderen einholen«, sagte er.

Sie eilten der geführten Gruppe nach und trafen gerade noch rechtzeitig im Chor ein, bevor die Führerin den Durchgang wieder mit einem Samtseil versperrte. Unmittelbar dahinter hatte die Gruppe sich um einen vergoldeten Schrein versammelt, der mit seinem tischähnlichen Sockel gut einen Meter über dem Boden in einem Glaskasten stand.

»Das ist der Karlsschrein«, flüsterte Christl. »Stammt aus dem dreizehnten Jahrhundert. Drinnen liegen die Gebeine des Kaisers. Zweiundneunzig Knochen. Vier weitere befinden sich im Domschatz, der Rest ist verschwunden.«

»Die Knochen werden gezählt?«

»In dem Schrein ist jedes Öffnen des Deckels seit 1215 verzeichnet. O ja, es wird gezählt.«

Sie ergriff ihn leicht beim Arm und führte ihn zu einer Stelle vor dem Schrein. Die Gruppe hatte sich hinter den Schrein zurückgezogen, und die Führerin berichtete gerade, wie der Chor 1414 geweiht worden war. Christl zeigte auf eine in den Boden eingebettete Gedenktafel. »Hier unten ruht Otto III. Angeblich sollen noch fünfzehn weitere Kaiser hier bestattet liegen.«

Die Führerin beantwortete Fragen über Karl den Großen, während die Leute Fotos schossen. Malone betrachtete den Chor, einen kühnen gotischen Bau, dessen Steinwände zwischen den hoch aufragenden Glasfenstern fast zu verschwinden schienen. Ihm fiel auf, wie der Chor und das karolingische Oktogon so zusammengefügt waren, dass keiner der beiden Teile seine Wirkung verlor.

Er betrachtete den oberen Bereich des Chors und konzentrierte sich dann auf die Galerie im ersten Stock, die das zentrale Oktogon umlief. Als er sich die Grundrisse in den Führern angeschaut hatte, hatte er gedacht, dass ein Aussichtspunkt hier im Chor ihm klare Sicht auf das gestatten würde, was er sehen musste.

Er hatte recht gehabt.

Im Obergeschoss schien alles miteinander verbunden zu sein. So weit, so gut.

Die Gruppe wurde zum Haupteingang des Doms zurückgeführt, wo sie die von der Führerin Kaisertreppe genannte Wendeltreppe mit ihren ausgetretenen Stufen erstieg, die sich zum oberen Stockwerk hinaufwand. Die Führerin öffnete eine schmiedeeiserne Tür und erklärte allen, dass nur Kaiser des Heiligen Römischen Reichs oben Zutritt gehabt hätten.

Die Treppe führte in eine geräumige obere Galerie, von der aus man auf das offene Oktogon hinuntersah. Die Führerin lenkte die Aufmerksamkeit der Gruppe auf einen primitiven Aufbau von Steinen, die zu einer Treppe, einem erhöhten Sitz auf einem Sockel und einem Altar zusammengefügt waren, der hinter der erhobenen Plattform herausstand. Der sonderbar wirkende Aufbau war von einer dekorativen schmiedeeisernen Kette umschlossen, die die Besucher zurückhielt.

»Dies hier ist der Thron Karls des Großen«, sagte die Führerin. »In Anlehnung an die Throne byzantinischer Höfe befindet er sich im Obergeschoss und ist erhöht. Und wie jene liegt er, dem Hauptaltar gegenüber, auf der Ost-West-Achse der Kirche.«

Malone hörte die Erläuterungen der Führerin, wie die vier Platten parischen Marmors mit einfachen Messingklammern zum kaiserlichen Thron zusammengefügt worden seien. Die sechs zum Thron hinaufführenden Treppenstufen seien aus einer alten römischen Säule gehauen worden.

»Es mussten genau sechs Treppenstufen sein«, erklärte die Führerin, »um dem Thron Salomons zu entsprechen, wie er im Alten Testament geschildert ist. Salomon war der erste jüdische Herrscher, der einen Tempel errichten ließ, der erste, der ein Friedensreich schuf, und der erste, der auf einem Thron saß. Ganz Ähnliches erreichte Karl der Große im nördlichen Europa.«

Einige von Einhards Worten gingen Malone durch den Kopf.

Doch nur, wer den Thron Salomons und die römische Frivoli-
tät zu schätzen weiß, wird den Weg zum Himmel finden.

»Keiner weiß mit Sicherheit, wann dieser Thron errichtet
wurde«, erklärte die Führerin. »Einige behaupten, er stamme
aus der Zeit Karls des Großen. Andere argumentieren, er sei
erst im zehnten Jahrhundert durch Otto I. errichtet worden.«

»Er ist so schlicht«, sagte einer der Touristen. »Beinahe häss-
lich.«

»Aus der Dicke der vier Marmorplatten des Throns, die,
wie Sie sehen, variiert, kann man zweifelsfrei schließen, dass
es sich um Bodenplatten handelte. Eindeutig römischen Ur-
sprungs. Sie müssen von einem besonderen Ort hergebracht
worden sein. Offensichtlich waren sie so bedeutend, dass ihr
Äußeres keine Rolle spielte. Auf diesem schlichten Marmor-
thron mit einem Sitz aus Holz wurde der König des Heiligen
Römischen Reiches gekrönt, und hier huldigten ihm seine
Fürsten.«

Sie zeigte auf einen schmalen Durchgang, der unter dem
Thron hindurchführte.

»Mit gebeugten Rücken krochen Pilger hier hindurch und
huldigten dem Thron. Dieser Ort hier wurde jahrhundertelang
verehrt.«

Sie führte die Gruppe auf die andere Seite.

»Jetzt schauen Sie einmal hier.« Die Führerin zeigte auf einen
Stein. »Sehen Sie die Gravur.«

Deswegen war er gekommen. In den Domführern waren
Abbildungen und unterschiedliche Erklärungen zu finden gewesen, aber er wollte es mit eigenen Augen sehen.

In der rauen Marmoroberfläche waren schwache Linien zu
erkennen. Ein Quadrat, das ein weiteres Quadrat einschloss, in
dem wiederum ein Quadrat eingeschlossen war. Von der Mitte
der Seiten des größten Quadrats ging je eine Linie nach innen,
durchschnitt das mittlere Quadrat und führte bis zum inneren
Quadrat. Nicht alle Linien waren erhalten, doch es reichte,

damit er das Bild vor seinem inneren Auge vervollständigen konnte.

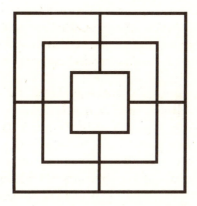

»Das hier ist der Beweis«, erklärte die Führerin, »dass die Marmorplatten ursprünglich römische Bodenplatten waren. Dies hier ist ein Spielbrett für das Mühlespiel, ein Spiel wie Dame, Schach oder Backgammon. Die Römer liebten dieses einfache Spiel. Sie ritzten die Quadrate in einen Stein und spielten los. Das Spiel war auch in der Zeit Karls des Großen beliebt und wird bis heute gespielt.«

»Was macht es auf einem Königsthron?«, fragte jemand.

Die Führerin schüttelte den Kopf. »Das weiß keiner. Aber es ist ein interessanter Aspekt, oder nicht?«

Malone gab Christl ein Zeichen, sich zurückzuziehen. Die Führerin ließ sich weiter über die obere Galerie aus, und noch mehr Blitzlichter zuckten auf. Der Thron schien ein großartiges Fotoobjekt zu sein, und zum Glück hatten alle ihre offiziellen Armbänder um.

Malone und Christl wichen hinter einen der oberen Bögen zurück und waren nun von der Gruppe nicht mehr zu sehen.

Er suchte das Halbdunkel mit den Augen ab.

Unten im Chor hatte er vermutet, dass der Thron in der westlichen Galerie stehen würde. Irgendwo hier oben, so hatte er gehofft, würde er ein Versteck finden.

Er führte Christl in eine dunkle Nische der Außenwand und zog sich mit ihr in den Schatten zurück. Mit einem Wink forderte er sie auf, still zu sein. Sie hörten zu, wie die geführte Gruppe die obere Galerie verließ und nach unten zurückstieg.

Er sah auf die Uhr.

19.00 Uhr.

Um diese Zeit wurde der Dom geschlossen.

39

Garmisch
20.30 Uhr

Dorothea saß in der Klemme. Ihr Mann wusste offensichtlich alles über Sterling Wilkerson. Was sie überraschte. Aber er wusste ebenfalls über ihren Wettkampf mit Christl Bescheid, und das bereitete ihr Sorgen – zusammen mit der Tatsache, dass Werner offensichtlich Wilkerson als Gefangenen festhielt.

Was um alles in der Welt war da los?

Sie hatten um 18.40 von München aus einen Zug nach Garmisch genommen. Während der rund anderthalbstündigen Fahrt hatte Werner kein Wort gesagt, sondern einfach nur ruhig dagesessen und eine Münchener Zeitung gelesen. Es hatte sie schon immer irritiert, wie er jedes Wort verschlang, sogar die Todesanzeigen und die Werbung las und dabei gelegentlich Kommentare zu Themen machte, die ihn interessierten. Sie hätte gerne gewusst, was er damit meinte, dass sie *zu ihrem Sohn fahren* würden, beschloss aber, nicht danach zu fragen. Zum ersten Mal seit dreiundzwanzig Jahren zeigte dieser Mann Rückgrat, und so beschloss sie, still zu sein und abzuwarten, wohin das alles führte.

Sie fuhren jetzt auf einer dunklen Straße von Garmisch, dem Kloster Ettal und Reichshoffen weg. Vor dem Bahnhof hatte sie ein Wagen mit dem Schlüssel unter der vorderen Fußmatte erwartet. Sie begriff jetzt, wohin sie fuhren, nämlich zu einem Ort, den sie seit drei Jahren mied.

»Ich bin nicht dumm, Dorothea«, sagte Werner endlich. »Das glaubst du zwar von mir, aber du irrst dich.«

Sie beschloss, ihm keinerlei Befriedigung zu gewähren. »Eigentlich denke ich überhaupt nicht über dich nach, Werner.«

Er überging diesen Seitenhieb und fuhr weiter durch die Kälte. Zum Glück schneite es nicht. Die Fahrt über diese Straße brachte Erinnerungen zurück, die sie nach Kräften verdrängt hatte. Erinnerungen an die Zeit vor fünf Jahren. Als Georgs Wagen von einer nicht durch Planken gesicherten Straße in den Tiroler Alpen abgekommen war. Er war zum Skifahren dort gewesen und hatte Dorothea unmittelbar vor dem Unfall angerufen, um ihr zu erzählen, dass er in demselben Hotel absteigen würde, das er immer besuchte. Sie hatten ein paar Minuten geplaudert – leicht, kurz und beiläufig, Mutter und Sohn, die Art von müßigem Gespräch, wie man es häufig führte.

Und danach hatte sie nie wieder mit ihm geredet.

Als sie ihr einziges Kind das nächste Mal sah, lag es in einen grauen Anzug gekleidet zum Begräbnis bereit in einem Sarg.

Das Familiengrab der Oberhausers lag neben einer alten bayrischen Kirche ein paar Kilometer westlich von Reichshoffen. Nach dem Begräbnis hatte die Familie dort in Georgs Namen eine Kapelle gestiftet, und die ersten zwei Jahre war Dorothea regelmäßig dorthin gegangen und hatte eine Kerze entzündet.

Doch in den letzten drei Jahren war sie weggeblieben.

Vorne erblickte sie die Kirche, deren Buntglasfenster schwach erleuchtet waren. Werner parkte davor.

»Warum sind wir hier?«, fragte sie.

»Glaub mir, wenn es nicht wichtig wäre, wären wir nicht hier.«

Er trat in die Nacht hinaus. Sie folgte ihm in die Kirche. Drinnen war keiner, aber die schmiedeeiserne Tür zu Georgs Kapelle stand offen.

»Du warst eine ganze Weile nicht mehr hier«, sagte er.

»Das geht nur mich etwas an.«

»Ich bin recht oft hierhergekommen.«

Das überraschte sie nicht.

Sie näherte sich der Tür. Ein marmorner Betschemel stand vor einem kleinen Altar. Darüber war St. Georg auf einem silbrigen Pferd in den Stein graviert. Sie betete nur selten und wusste nicht einmal recht, ob sie überhaupt glaubte. Ihr Vater war ein überzeugter Atheist gewesen und ihre Mutter eine nicht praktizierende Katholikin. Falls es einen Gott gab, empfand sie nichts als Zorn ihm gegenüber, weil er ihr den einzigen Menschen geraubt hatte, den sie vorbehaltlos geliebt hatte.

»Mir reicht es jetzt, Werner. Was willst du eigentlich? Das hier ist Georgs Grab. Er hat unsere Achtung verdient. Das ist nicht der Ort, um unsere Meinungsverschiedenheiten auszutragen.«

»Und das soll Respekt *ihm* gegenüber sein, wenn du mir die Achtung verweigerst?«

»Ich kümmere mich überhaupt nicht um dich, Werner. Du hast dein Leben, und ich habe das meine.«

»Es ist vorbei, Dorothea.«

»Einverstanden. Unsere Ehe ist schon lange vorbei.«

»Das habe ich nicht gemeint. Das mit den anderen Männern ist vorbei. Ich bin dein Mann, und du bist meine Frau.«

Sie lachte. »Das soll wohl ein Scherz sein.«

»Es ist mir tatsächlich sehr ernst.«

»Und was hat dich so plötzlich zum Mann gemacht?«

Er zog sich zur Wand zurück. »An irgendeinem Punkt müs-

248

sen die Lebenden die Toten loslassen. Ich bin an diesen Punkt gelangt.«

»Du hast mich hierher gebracht, um mir das zu sagen?«

Ihre Beziehung war durch die Eltern vermittelt worden. Es war keine arrangierte Ehe im formalen Sinne gewesen, aber dennoch geplant. Zum Glück hatte sich eine gegenseitige Zuneigung entwickelt, so dass ihre ersten Jahre durchaus glücklich gewesen waren. Georgs Geburt hatte ihnen beiden viel Freude gebracht. Auch während seiner Kindheit und Jugend waren sie glücklich gewesen. Aber sein Tod hatte unversöhnliche Gegensätze zwischen ihnen aufreißen lassen. Beide schienen das Bedürfnis nach Schuldzuweisungen zu empfinden, und sie richteten ihre Frustration gegeneinander.

»Ich habe dich hierher gebracht, weil ich musste«, sagte er.

»Ich bin nicht zu dem Punkt gelangt, den du anscheinend erreicht hast.«

»Es ist schrecklich schade«, sagte er, als hätte er sie gar nicht gehört. »Er wäre ein großartiger Mann geworden.«

Sie stimmte ihm zu.

»Der Junge hatte Träume und Ambitionen, und wir hätten ihn wunderbar unterstützen können. Er wäre das Beste aus uns beiden gewesen.« Er drehte sich um und sah sie an. »Was er jetzt wohl von uns denken würde?«

Seine Frage kam ihr merkwürdig vor. »Was meinst du damit?«

»Wir sind beide nicht gut miteinander umgegangen.«

Sie musste endlich Bescheid wissen. »Werner, was machst du hier eigentlich?«

»Vielleicht hört er zu und möchte unsere Gedanken kennen.«

Sie nahm ihm übel, dass er Druck machte. »Mein Sohn hätte alles gebilligt, was ich tue.«

»Ach, wirklich? Hätte er das gebilligt, was du gestern getan hast? Du hast zwei Menschen getötet.«

»Und woher weißt du das?«

»Ulrich Henn hat hinter dir aufgeräumt.«

Sie war verwirrt und besorgt, aber sie würde diesen Vorwurf nicht hier, an diesem geheiligten Ort, diskutieren. Sie trat zur Tür, doch er versperrte ihr den Weg und sagte: »Diesmal kannst du nicht weglaufen.«

Eine Welle des Unbehagens stieg in ihr auf. Sie nahm es ihm zutiefst übel, dass er Georgs Kapelle entweihte. »Geh weg.«

»Hast du die geringste Ahnung, was du eigentlich tust?«

»Zum Teufel mit dir, Werner.«

»Du hast keine Ahnung, was wirklich los ist.«

Seine Miene wirkte weder wütend noch verängstigt, und so war sie neugierig. »Möchtest du, dass ich gegen Christl verliere?«

Sein Gesichtsausdruck wurde weicher. »Ich war mir nicht bewusst, dass es ein Wettkampf war. Ich hielt es eher für eine Herausforderung. Aber deswegen bin ich hier – um dir zu helfen.«

Sie musste wissen, was er wusste und woher er es wusste, konnte sich aber nur zu den Worten bringen: »Ein totes Kind macht noch keine Ehe.« Ihr Blick bohrte sich in seinen. »Ich brauche deine Hilfe nicht. Nicht mehr.«

»Da irrst du dich.«

»Ich möchte gehen«, sagte sie. »Lässt du mich jetzt endlich vorbei?«

Ihr Mann blieb stocksteif stehen, und einen Moment lang hatte sie wirklich Angst. Werner hatte sich immer an Emotionen geklammert wie ein Ertrinkender an einen Rettungsring. Er war jemand, der mühelos Streit vom Zaun brach und sich nur schwer versöhnte. Als er daher von der Tür zurücktrat, war sie nicht überrascht.

Sie ging an ihm vorbei.

»Es gibt etwas, was du sehen musst«, sagte er.

Sie blieb stehen, drehte sich um und bemerkte etwas, was sie an diesem Mann schon lange nicht mehr gesehen hatte. Selbstvertrauen. Wieder stieg Angst in ihr auf.

Er verließ die Kirche und kehrte zum Auto zurück. Sie folgte ihm. Er griff nach dem Schlüssel und öffnete den Kofferraum. Drinnen enthüllte ein schwaches Licht das verzerrte, tote Gesicht von Sterling Wilkerson. In der Mitte seiner Stirn klaffte ein blutiges Loch.

Sie keuchte auf.

»Es ist mir sehr ernst mit allem, Dorothea.«

»Warum?«, fragte sie. »Warum hast du das getan?«

Er zuckte die Schultern. »Du hast ihn benutzt, er hat dich benutzt. Der entscheidende Punkt ist aber folgender: Er ist tot und ich lebe.«

40

Washington, D.C.
14.40 Uhr

Ramsey wurde ins Wohnzimmer von Admiral Raymond Dyals junior geführt, einem pensionierten Vier-Sterne-Admiral. Der Vierundneunzigjährige aus Missouri hatte im Zweiten Weltkrieg, in Korea und in Vietnam gedient und war dann Anfang 1980 in den Ruhestand getreten. 1971, als die NR-1A verloren ging, war Dyals der Oberkommandierende der Navy gewesen und hatte den Geheimbefehl unterzeichnet, keine Such- und Rettungsmannschaft hinter dem vermissten U-Boot herzuschicken. Damals war Ramsey Lieutenant gewesen und hatte, von Dyals für die Mission der *Holden* ausgewählt, den Admiral anschließend persönlich über die Geheimfahrt in die Antarktis informiert. Kurz darauf war er zum Commander befördert und Dyals persönlichem Stab zugewiesen worden. Von da an war er die Karriereleiter schnell und mühelos hinaufgeklettert.

Er verdankte diesem alten Mann alles.

Und er wusste, dass Dyals noch immer sehr einflussreich war.

Er war der älteste noch lebende Flaggoffizier. Präsidenten konsultierten ihn, auch der derzeitige bildete da keine Ausnahme. Dyals' Urteil galt als fundiert und gewichtig. Die Presse hatte großen Respekt vor ihm, und Senatoren pilgerten routinemäßig in diesen Raum, in den nun auch Ramsey trat. Dort saß der alte Mann vor einem lodernden Feuer, eine Decke über die dürren Beine gebreitet und eine langhaarige Katze im Schoß. Er trug inzwischen sogar einen Beinamen – *Winterfalke* –, der ihm, wie Ramsey wusste, sehr gefiel.

Die runzligen Augen leuchteten auf, als Dyals ihn kommen sah. »Ich freue mich immer, wenn Sie vorbeischauen.«

Ramsey stand respektvoll vor seinem Mentor, bis dieser ihn bat, sich zu setzen.

»Ich dachte mir schon, dass ich wahrscheinlich von Ihnen hören würde«, sagte Dyals. »Ich habe diesen Morgen von Sylvians Tod erfahren. Er hat einmal in meinem Stab gedient. Kein schlechter Berater, aber moralisch zu unflexibel. Er scheint damit jedoch nicht schlecht gefahren zu sein. Den ganzen Tag hört man nichts als lobende Berichte über sein Leben.«

Ramsey beschloss, zur Sache zu kommen. »Ich möchte seinen Posten haben.«

Die melancholischen Augen des Generals leuchteten zustimmend auf. »Mitglied des Vereinigten Generalstabs. So weit habe ich es nie gebracht.«

»Sie hätten es gekonnt.«

Der alte Mann schüttelte den Kopf. »Reagan und ich kamen nicht miteinander zurecht. Er hatte seine Favoriten. Oder zumindest hatten seine Berater ihre Favoriten, und ich stand nicht auf dieser Liste. Außerdem war es Zeit für mich zu gehen.«

»Wie steht es mit Ihnen und Daniels? Sind Sie auf seiner Favoritenliste?«

Er bemerkte etwas Hartes und Unbeugsames in Dyals' Miene.

»Langford«, sagte Dyals, »Sie wissen, dass der Präsident nicht zu unseren Freunden gehört. Er ist hart mit dem Militär umgesprungen. Das Budget wurde gekürzt und Programme zusammengestrichen. Seiner Meinung nach brauchen wir den Vereinigten Generalstab nicht einmal.«

»Da irrt er sich.«

»Vielleicht. Aber er ist der Präsident, und er ist beliebt. Genau wie damals Reagan, nur mit einer anderen Philosophie.«

»Es gibt doch bestimmt Offiziere, vor denen er Respekt hat. Männer, die Sie kennen. Wenn die meine Kandidatur unterstützen, könnte das helfen.«

Dyals streichelte mit leichter Hand die Katze. »Viele von ihnen würden den Posten für sich selbst wollen.«

Ramsey erwiderte nichts.

»Finden Sie dieses ganze Geschäft nicht unappetitlich?«, fragte Dyals. »Ihre Karriere hängt von diesen Huren von Politikern ab, und Sie müssen um deren Gunst betteln. Das ist einer der Gründe, weshalb ich mich zurückgezogen habe.«

»So läuft die Welt nun einmal. Wir machen die Regeln nicht, sondern spielen nach den Regeln, die schon da sind.«

Er wusste, dass viele Flaggoffiziere und eine beträchtliche Anzahl dieser »Huren von Politikern« ihre Stellung Ray Dyals zu verdanken hatten. Winterfalke hatte viele Freunde und wusste, wie er sie benutzen musste.

»Ich habe nie vergessen, was Sie getan haben«, sagte Dyals leise. »Oft denke ich über die NR-1A nach. Diese Männer. Erzählen Sie mir noch einmal, wie es war, Langford.«

Ein unheimlicher bläulicher Schimmer sickerte durch das Oberflächeneis, wurde mit zunehmender Tiefe immer dunkler und verlor sich schließlich in einem tiefen Indigoblau. Ramsey trug einen dicht verschlossenen, unförmigen Marine-Trockentauch-

anzug mit doppelten Materialschichten, der nur einen schmalen Streifen Haut um die Lippen frei ließ. Beim ersten Eintauchen ins Wasser hatte die Haut dort gebrannt, doch inzwischen war sie gefühllos. In den dicken Handschuhen schien er seine Hände kaum gebrauchen zu können. Zum Glück gab das Wasser ihm Auftrieb, und so fühlte er sich in den weiten Fluten, die so klar wie Luft waren, eher so, als würde er fliegen statt zu schwimmen.

Das Transpondersignal, das Herbert Rowland aufgefangen hatte, hatte sie über den Schnee zu einem schmalen Meeresarm geführt, wo der eiskalte Ozean über das vereiste Ufer leckte. Dort hatten sich jetzt im Sommer Robben und Seevögel versammelt. Die Stärke des Signals nötigte sie zu einer direkten Untersuchung. Daher war Ramsey in den Anzug gestiegen, und Sayers und Rowland hatten ihm geholfen, seine Ausrüstung anzulegen. Ramsey hatte eindeutige Befehle. Nur er allein sollte ins Wasser steigen.

Er kontrollierte die Tiefenanzeige. Zwölf Meter.

Es ließ sich unmöglich sagen, wie tief unten der Meeresgrund liegen mochte, doch er hoffte, zumindest irgendetwas zu entdecken, das ihm erlauben würde, das Schicksal des U-Boots zu bestätigen. Rowland hatte ihm erklärt, dass der Ursprung des Signals weiter landeinwärts lag, in Richtung auf die Berge, die sich hinter der Küstenlinie erhoben.

Er schwamm durchs Wasser.

Zu seiner Linken ragte eine schwarze Wand aus vulkanischem Gestein auf, die über und über mit orangeroten Anemonen, Schwämmen, rosa Geweihkorallen und gelblich grünen Mollusken bewachsen war. Wenn man davon absah, dass das Wasser minus zwei Grad kalt war, hätte er sich vor einem Korallenriff befinden können. Das durch die Eisdecke über ihm sickernde Licht wurde schwächer, und was eben noch wie ein bewölkter Himmel in verschiedenen Blautönen gewirkt hatte, war nun vollkommen schwarz.

Das Eis über ihm war offensichtlich einer Felsdecke gewichen.

Er nahm einen Scheinwerfer vom Gürtel und schaltete ihn ein. Rundum schwebten kleine Planktonteilchen. Sediment sah er nicht. Er leuchtete mit seinem Scheinwerfer, doch der Strahl wirkte unsichtbar, da nichts die Photonen zurückwarf. Sie drangen widerstandslos durchs Wasser und waren nur zu sehen, wenn sie auf etwas trafen.

Wie zum Beispiel auf eine Robbe, die vorbeischoss, fast ohne einen Muskel zu regen.

Weitere Robben tauchten auf.

Er hörte ihren trillernden Ruf und spürte ihn sogar im Körper, als würde er von einem Sonar getroffen. Was für ein Auftrag. Er bot ihm die Gelegenheit, sich Männern zu beweisen, die seine Karriere buchstäblich in der Hand hatten. Deswegen hatte er sich sofort freiwillig gemeldet. Außerdem hatte er Sayers und Rowland persönlich ausgewählt, zwei Männer, deren Zuverlässigkeit er kannte. Rowland hatte gesagt, der Ursprung des Signals liege vielleicht zweihundert Meter südwärts. Mehr nicht. Schätzungsweise war er inzwischen mindestens so weit geschwommen. Er suchte die Dunkelheit mit seinem Licht ab, das vielleicht fünfzehn Meter weit reichte, hoffte, den orangefarbenen Turm der NR-1A vom Meeresgrund aufleuchten zu sehen.

Er schien in einer riesigen Unterwasserhöhle zu schwimmen, die direkt in den antarktischen Kontinent hineinführte. Ringsum war er jetzt von vulkanischem Fels umgeben.

Aufmerksam sah er sich um. Nichts. Nur Wasser, das weiter vorn in der Dunkelheit verschwand.

Und doch war das Signal von hier gekommen.

Er beschloss, weitere hundert Meter zu erforschen.

Wieder schoss eine Robbe vorbei, dann noch eine. Es war, als führten sie vor ihm einen faszinierenden Tanz auf. Er beobachtete, wie sie mühelos durchs Wasser glitten. Eine der Rob-

ben schlug einen Purzelbaum und zog sich dann hastig nach oben zurück.

Er folgte ihr mit seinem Scheinwerfer.

Das Tier verschwand.

Eine zweite Robbe schlug mit den Flossen und stieg auf.

Auch diese Robbe brach durch die Oberfläche.

Wie war das möglich?

Über ihm sollte nur Fels sein.

»Verblüffend«, sagte Dyals. »Was für ein Abenteuer.«

Ramsey pflichtete ihm bei. »Als ich auftauchte, fühlten meine Lippen sich an, als hätte ich eisig kaltes Metall geküsst.«

Der Admiral kicherte. »Ich wäre nur zu gerne an Ihrer Stelle gewesen.«

»Das Abenteuer ist noch nicht vorbei, Admiral.«

In Ramseys Worten lag Angst, und jetzt begriff der alte Mann, dass der Besuch einem doppelten Zweck diente.

»Schießen Sie los.«

Ramsey berichtete, dass das *Magellan Billet* auf den Untersuchungsbericht über die NR-1A zugegriffen hatte. Dass Cotton Malone involviert war. Und dass es ihm gelungen war, den Bericht in die Hände zu bekommen. Dass das Weiße Haus die Personalakte von Zachary Alexander, Herbert Rowland und Nick Sayers eingesehen hatte. Nur den Auftrag, den Ramsey Charlie Smith gegeben hatte, ließ er aus.

»Jemand schnüffelt herum«, sagte er.

»Das war nur eine Frage der Zeit«, gab Dyals flüsternd zurück. »Geheimnisse lassen sich inzwischen nur noch schwer bewahren.«

»Ich kann für Ruhe sorgen«, erklärte Ramsey.

Der alte Mann zog die Augenbrauen zusammen. »Dann müssen Sie es tun.«

»Ich habe Maßnahmen ergriffen. Aber Sie haben vor langer Zeit angeordnet, dass er nicht belästigt werden sollte.«

Ein Name war nicht nötig. Beide wussten ganz genau, wer mit *er* gemeint war.

»Sie sind also gekommen, um zu klären, ob dieser Befehl noch immer gilt?«

Ramsey nickte. »Der Vollständigkeit halber müsste *er* ebenfalls mit einbezogen werden.«

»Ich kann Ihnen keine Befehle mehr erteilen.«

»Sie sind der Einzige, dem ich freiwillig gehorche. Als Sie mich vor achtunddreißig Jahren aus Ihrem Dienst entlassen haben, haben Sie mir einen Befehl erteilt: *Lassen Sie ihn in Ruhe.*«

»Lebt er denn noch?«, fragte Dyals.

Ramsey nickte. »Er ist inzwischen achtundsechzig. Lebt in Tennessee und unterrichtet an einem College.«

»Verzapft er immer noch denselben Unsinn?«

»Es hat sich nichts geändert.«

»Und die beiden Lieutenants, die mit Ihnen zusammen dort waren?«

Ramsey sagte nichts. Das war nicht nötig.

»Sie hatten viel zu tun«, meinte der Admiral.

»Ich hatte einen guten Lehrer.«

Dyals streichelte noch immer die Katze. »Wir sind 1971 ein Risiko eingegangen. Sicher, Malones Mannschaft hatte vor dem Ablegen den Bedingungen zugestimmt, aber wir hätten sie nicht darauf festnageln müssen. Wir hätten nach ihnen suchen können. Ich habe mich immer gefragt, ob ich das Richtige getan habe.«

»Das haben Sie.«

»Wie können Sie sich da so sicher sein?«

»Es waren andere Zeiten. Das U-Boot war unsere geheimste Waffe. Wir hätten seine Existenz unmöglich preisgeben können, und noch viel weniger, dass es gesunken war. Wie lange hätte es gedauert, bis die Sowjets das Wrack gefunden hätten? Außerdem ging es auch um die NR-1. Die war damals auf

Missionen unterwegs und ist bis heute im Einsatz. Gar keine Frage – Sie haben das Richtige getan.«

»Glauben Sie, der Präsident versucht herauszubekommen, was damals geschehen ist?«

»Nein. Die Sache ist ein paar Stufen tiefer angesiedelt, aber der Mann hat Daniels' Ohr.«

»Und Sie denken, dies alles könnte Ihre Chance auf eine Ernennung zunichtemachen?«

»Ohne jeden Zweifel.«

Das Offensichtliche brauchte er gar nicht hinzuzufügen. *Und es würde auch Ihre Reputation vernichten.*

»Dann widerrufe ich meinen Befehl. Tun Sie, was Sie für richtig halten.«

41

Aachen
21.50 Uhr

Malone saß in einem kleinen, leeren Raum, der von der oberen Galerie abging, auf dem Boden. Christl und er hatten sich dort versteckt, nachdem sie sich von der geführten Gruppe abgesetzt hatten. Durch einen fingerbreiten Spalt unter der Tür hatte er beobachtet, wie die Lichter im Dom gelöscht und die Türen für die Nacht verschlossen worden waren. Das war jetzt über zwei Stunden her, und seitdem hatten sie kein Geräusch gehört, außer dem gedämpften Stimmengewirr vom Weihnachtsmarkt, das durch das einzige Fenster des Raums hereindrang, und dem leisen Pfeifen des Windes, der die Außenmauern entlangstrich.

»Es ist komisch hier«, flüsterte Christl. »So still.«

»Wir brauchen Zeit, um den Dom genau zu untersuchen,

ohne gestört zu werden.« Außerdem hoffte er, dass ihr Verschwinden Beilgesicht verwirren würde.

»Wie lange warten wir noch?«, fragte sie.

»Draußen muss erst Ruhe einkehren. Man kann nicht wissen, ob hier drinnen vor Ende der Nacht nicht doch noch Besucher zu erwarten sind.« Er beschloss, ihre Einsamkeit auszunutzen. »Ich muss einige Dinge wissen.«

Im grünlichen Schein, der von der Außenbeleuchtung hereinfiel, sah er, wie ihr Gesicht aufleuchtete. »Ich hatte schon überlegt, wann Sie fragen würden.«

»Die *Heiligen*. Wieso sind Sie der Meinung, dass die real sind?«

Sie schien von seiner Frage überrascht, als hätte sie etwas anderes erwartet. Etwas Persönlicheres. Sie blieb aber gefasst und fragte: »Haben Sie je von der Karte des Piri Reis gehört?«

Das hatte er. Sie war vermutlich von einem türkischen Piraten gezeichnet worden und stammte aus dem Jahr 1513.

»Sie ist 1929 gefunden worden«, erzählte Christl, »wenn auch nur ein Fragment des Originals, aber sie zeigt Südamerika und Westafrika auf den korrekten Längengraden. Die Navigatoren des sechzehnten Jahrhunderts hatten keine Möglichkeit, den Längengrad zu bestimmen – dieses Konzept wurde erst im achtzehnten Jahrhundert perfektioniert. Gerardus Mercator war erst ein Jahr alt, als Piri Reis die Karte zeichnete, was heißt, dass Mercators Methode, den Globus auf einer Fläche abzubilden und alles mit Längen- und Breitengraden zu markieren, noch nicht entwickelt war. Dennoch tut die Karte des Piri Reis genau das. Außerdem ist die Nordküste der Antarktis verzeichnet. Dieser Kontinent wurde erst 1818 entdeckt. Erst 1949 wurden die ersten Sonarmessungen unter dem Eis durchgeführt. Inzwischen löst man dieselbe Aufgabe technisch ausgereifter mit Bodenradar. Es gibt eine nahezu perfekte Übereinstimmung zwischen der Piri-Reis-Karte und der eigentlichen Küstenlinie der Antarktis unter dem Eis.

Auf der Karte steht außerdem eine Anmerkung, der sich entnehmen lässt, dass der Zeichner Informationen aus der Zeit Alexanders des Großen als Quelle verwendet hat. Alexander lebte zu Beginn des vierten Jahrhunderts vor Christus. Damals war die Antarktis schon mit kilometerdickem Eis überzogen. Jenes Quellenmaterial, das die ursprüngliche Küstenlinie zeigte, muss also aus einer Zeit zwischen ungefähr 10 000 vor Christus, als es noch viel weniger Eis gab, und etwa 50 000 vor Christus stammen. Man darf auch nicht vergessen, dass eine Karte ohne Erläuterungen dessen, was man sieht, nutzlos ist. Stellen Sie sich nur einmal eine Karte Europas ohne jede Beschriftung vor. Der könnten Sie nicht viel entnehmen. Man nimmt allgemein an, dass die Erfindung der Schrift etwa bis dreitausendfünfhundert vor Christus zurückreicht und den Sumerern zuzuschreiben ist. Dass Piri Reis Quellenkarten verwendet hat, die viel älter als fünftausendfünfhundert Jahre sein müssen, bedeutet, dass die Kunst des Schreibens älter ist, als wir dachten.«

»In dieser Argumentationskette sind ganz schön viele logische Sprünge.«

»Sind Sie immer so skeptisch?«

»Das hat sich als gesund herausgestellt, wenn mein Arsch in der Schusslinie ist.«

»Im Verlauf meiner Doktorarbeit habe ich mittelalterliche Karten studiert und bin dabei einer interessanten Zweigleisigkeit begegnet. Die Landkarten jener Zeit waren grob – Italien wurde mit Spanien verbunden, England war missgestaltet, Gebirge lagen am falschen Ort und Flüsse wurden ungenau gezeichnet. Die Seekarten waren dagegen ein ganz anderer Stiefel. Sie hießen Portolane – von lateinisch ›portus‹, Hafen. Und sie waren unglaublich genau.«

»Und Sie glauben, die Zeichner jener Karten hatten Hilfe?«

»Ich habe diese Portolane genau studiert. Das Dulcert-Portolan von 1339 bietet eine sehr genaue Abbildung von Russland. Eine weitere türkische Karte von 1559 zeigt die Welt aus einer nördlichen Projektion, so als schwebte der Betrachter über dem Nordpol. Wie war das möglich? Eine 1737 veröffentlichte Karte der Antarktis zeigte den Kontinent in zwei Inseln geteilt, was stimmt, wie wir inzwischen wissen. Eine von 1531 stammende Karte, die ich untersucht habe, zeigte die Antarktis ohne Eis und mit Flüssen und sogar Bergen, die, wie wir heute wissen, unter dem Eis begraben sind. Keine dieser Informationen war verfügbar, als die Karten gezeichnet wurden. Doch sie sind bemerkenswert exakt – die Abweichungen sind nicht größer als einen halben Längengrad. Das ist unglaublich, wenn man bedenkt, dass die Zeichner nach allem, was man weiß, noch nicht einmal das Konzept der Längengrade kannten.«

»Aber die *Heiligen* wussten darüber Bescheid?«

»Um die Ozeane der Welt zu befahren, mussten sie mit der Sternennavigation und mit Längen- und Breitengraden vertraut sein. Bei meinen Untersuchungen sind mir Ähnlichkeiten zwischen den Portolanen aufgefallen. Es sind zu viele Übereinstimmungen, um als reiner Zufall durchgehen zu können. Falls es also vor langer Zeit einmal eine seefahrende Gesellschaft gegeben hat, eine Gesellschaft, die Jahrhunderte vor den großen geologischen und meteorologischen Katastrophen, die die Welt um zehntausend vor Christus umwälzten, globale Seekarten erstellt hat, wäre es nur logisch, dass Informationen weitergegeben wurden und schließlich in jene Portolane einflossen.«

Eine gehörige Portion Skepsis blieb, doch nach der Besichtigung des Doms und angesichts von Einhards Testament bewertete er die Dinge allmählich neu.

Er kroch zur Tür und spähte darunter hindurch. Noch immer war alles still. Er lehnte sich gegen die Tür.

»Da ist noch etwas«, sagte Christl.

»Ja?«

»Der Nullmeridian. Praktisch jede Nation, die schließlich die

Meere befuhr, hat einen entwickelt. Es musste ja einen Ausgangspunkt für die Längengrade geben. 1884 trafen sich schließlich die weltweit wichtigsten Staaten in Washington, D.C. und bestimmten eine Linie, die durch Greenwich führt, als null Grad Länge. Das ist eine weltweit anerkannte Größe, die seitdem benutzt wird. Doch die Portolane erzählen eine andere Geschichte. Erstaunlicherweise scheinen sie alle eine Linie von einunddreißig Grad acht Minuten östlicher Länge als Ausgangspunkt zu verwenden.«

Diese Koordinate sagte ihm nur, dass sie östlich von Greenwich lag, irgendwo hinter Griechenland.

»Diese Linie verläuft unmittelbar durch die Cheops-Pyramide«, erklärte Christl. »Bei ebenjener Konferenz 1884 in Washington wurde auch dafür geworben, den Nullmeridian durch diesen Punkt zu legen, doch das wurde abgelehnt.«

Er begriff nicht, worauf sie hinauswollte.

»Die von mir untersuchten Portolane haben alle das Konzept der Längengrade verwendet. Verstehen Sie mich nicht falsch, diese alten Karten besaßen keine Linien für Längen- und Breitengrade, wie wir sie heute kennen. Sie verwendeten eine einfachere Methode, wählten einen Punkt als Zentrum, umkreisten ihn mit dem Zirkel und unterteilten dann den Kreis. Das setzten sie nach außen fort und entwickelten so ein primitives Raster. Jedes dieser von mir erwähnten Portolane verwendete dasselbe Zentrum. Einen Punkt in Ägypten in der Nähe des heutigen Kairo, wo die Cheops-Pyramide steht.«

Das waren, wie er zugeben musste, wirklich viele »Zufälle«.

»Der Längengrad durch die Pyramide verläuft in der Antarktis genau dort, wo die Nazis 1938 ihr Neuschwabenland erforschten.« Sie hielt inne. »Großvater und Vater waren sich dessen beide bewusst. Diese Gedankengänge wurden mir klar, als ich ihre Aufzeichnungen las.«

»Ich dachte, Ihr Großvater sei senil gewesen.«

»Er hat einige historische Aufzeichnungen hinterlassen. Vater ebenfalls. Ich wünschte nur, sie hätten mehr von ihrer Suche gesprochen.«

»Das ist doch völlig verrückt«, sagte Malone.

»Wie vieles von dem, was heute wissenschaftlich anerkannt ist, hat genauso angefangen? Es ist nicht verrückt. Es ist die Wahrheit. Da draußen wartet etwas darauf, dass wir es finden.«

Und auf der Suche danach war sein Vater vielleicht gestorben.

Er warf einen Blick auf seine Uhr. »Wir können jetzt wahrscheinlich nach unten gehen. Ich muss ein paar Dinge überprüfen.«

Er hockte sich auf ein Knie und stemmte sich vom Boden hoch. Doch sie hielt ihn auf, die Hand auf sein Hosenbein gelegt. Er hatte ihre Erklärungen angehört und war zu dem Schluss gekommen, dass sie keine Spinnerin war.

»Ich weiß zu schätzen, was Sie tun«, sagte sie, noch immer mit gedämpfter Stimme.

»Bisher habe ich noch gar nichts getan.«

»Sie sind hier.«

»Wie Sie deutlich hervorgehoben haben, ist das, was meinem Vater zugestoßen ist, mit dieser Sache hier verquickt.«

Sie beugte sich vor und küsste ihn lange genug, um ihn wissen zu lassen, dass sie es genoss.

»Küssen Sie immer gleich beim ersten Date?«, fragte er.

»Nur Männer, die ich mag.«

42

Bayern

Dorothea stand schockiert da, während Sterling Wilkersons tote Augen zu ihr aufsahen.

»Du hast ihn ermordet?«, fragte sie ihren Mann.

Werner schüttelte den Kopf. »Ich nicht. Aber ich war dabei, als es geschah.«

Er schlug die Kofferraumklappe zu. »Ich habe deinen Vater nie kennengelernt, aber man sagte mir, er und ich hätten große Ähnlichkeit. Wir lassen unsere Frauen tun, was ihnen beliebt, vorausgesetzt, wir genießen dasselbe Vorrecht.«

In ihrem Kopf überstürzten sich die Gedanken. »Woher weißt du etwas über meinen Vater?«

»Ich habe es ihm erzählt«, sagte eine neue Stimme.

Sie fuhr herum.

Ihre Mutter stand im Kirchenportal, hinter sich wie immer Ulrich Henns hoch aufragende Gestalt. Jetzt wusste Dorothea Bescheid.

»Ulrich hat Sterling umgebracht«, sagte sie in die Nacht hinein.

Werner ging an ihr vorbei. »Genau. Und ich wage zu behaupten, dass er uns alle umbringen wird, wenn wir uns nicht benehmen.«

Malone verließ das Versteck als Erster und trat wieder in die obere Galerie des Oktogons. Er blieb bei den Bronzegeländern stehen – sie waren karolingisch, wie Christl vorhin angemerkt hatte, und stammten noch aus der Zeit Karls des Großen – und blickte nach unten. Ein paar Wandleuchter brannten als Nachtlichter. Noch immer blies der Wind heftig gegen die Außenmauer, und auf dem Weihnachtsmarkt schien sich allmählich der Trubel zu legen. Er sah quer über die Galerie auf den Thron und die Fenster dahinter, durch die helles Licht auf den erhöhten Sitz fiel. Er betrachtete das lateinische Mosaik, das unten um die Wand des Oktogons herumlief. Einhards Rätsel war gar nicht so anspruchsvoll.

Dank seines Studiums der Domführer und einer klugen Frau.

Er sah Christl an. »Es gibt hier eine Kanzel, oder?«

Sie nickte. »Im Chor. Der *Ambo*. Er ist recht alt. Elftes Jahrhundert.«

Er lächelte. »Immer eine Geschichtslektion parat.«

Sie zuckte die Schultern. »Das ist eben das, was ich weiß.«

Er ging um die obere Galerie herum, am Thron vorbei und dann die Wendeltreppe hinunter. Interessanterweise stand das Türgitter über Nacht offen. Unten angekommen, durchquerte er das Oktogon und betrat erneut den Chor. An der Südseite, über dem Eingang zu einer weiteren Seitenkapelle, erhob sich eine vergoldete, mit einzigartigen Ornamenten geschmückte, kupferne Kanzel. Eine kurze Treppe führte hinauf. Er überstieg ein samtenes Absperrseil und ging die Holzstufen hinauf. Zum Glück fand er, wonach er gesucht hatte. Eine Bibel.

Das Buch legte er auf das vergoldete Lesepult und schlug es bei der Offenbarung des Johannes, Kapitel 21 auf.

Christl stand unten und blickte zu ihm auf, als er laut vorlas:

»*Da entrückte er mich in der Verzückung auf einen großen, hohen Berg und zeigte mir die heilige Stadt Jerusalem, wie sie von Gott her aus dem Himmel herabkam. Sie hatte eine große und hohe Mauer mit zwölf Toren und zwölf Engeln darauf. Auf die Tore sind Namen geschrieben: die Namen der zwölf Stämme der Söhne Israels. Die Mauer der Stadt hat zwölf Grundsteine; auf ihnen stehen die zwölf Namen der zwölf Apostel des Lamms. Und der Engel, der zu mir sprach, hatte einen goldenen Messstab, mit dem die Stadt, die Tore und ihre Mauer gemessen wurden. Die Stadt war viereckig angelegt und ebenso lang wie breit. Er maß die Stadt mit dem Messstab; ihre Länge, Breite und Höhe sind gleich: zwölftausend Stadien. Und er maß ihre Mauer; sie ist hundertvierundvierzig Ellen hoch nach Menschenmaß, das der Engel benutzt hat. Die Grundsteine der Stadtmauer sind mit zwölf edlen Steinen geschmückt. Die zwölf Tore sind zwölf Perlen.*

Der Text der Offenbarung ist hier entscheidend. Der von Kaiser Barbarossa gestiftete Leuchter zitiert ihn. Das Mosaik in der Kuppel basiert darauf. Karl der Große bezeichnete die Pfalzkapelle selbst als ›Neues Jerusalem‹. Und diese Verbindung ist kein Geheimnis – ich habe in allen Domführern darüber gelesen. Zwölf karolingische Fuß sind das Grundmodul des Baus, wobei ein Fuß etwa dem dritten Teil eines Meters entspricht. Länge, Breite und Höhe des Zentralbaus sind gleich, nämlich jeweils sieben mal zwölf Fuß. Dabei ist die Höhe von vierundachtzig Fuß ohne den Helm gemessen, der Jahrhunderte später errichtet wurde. Der innere Umfang des Oktogons beträgt zwölf mal zwölf, also hundertvierundvierzig Fuß. Ebenso betrug die Gesamtlänge der ursprünglichen karolingischen Kirche hundertvierundvierzig Fuß.« Er zeigte auf die Bibel. »Man hat einfach die Maße des himmlischen Jerusalem aus der Offenbarung in dieses Gebäude hier übertragen.«

»Das weiß man doch schon seit Jahrhunderten«, bemerkte Christl. »Was hat das mit unserem Rätsel zu tun?«

»Denken Sie an das, was Einhard geschrieben hat. *Die Offenbarung wird enthüllt werden, wenn das Geheimnis dieses wundersamen Ortes gelüftet ist.* Er hat das Wort Offenbarung klug gewählt. Nicht nur hier ist eindeutig die Offenbarung des Johannes gemeint.«

Er zeigte auf die Bibel.

»Sondern andere Offenbarungen sind ebenfalls enthüllt worden.«

Zum ersten Mal seit Jahren hatte Dorothea das Gefühl, die Kontrolle zu verlieren. Sie hatte nichts von dem, was jetzt geschah, kommen sehen. Und als sie jetzt in die Kirche zurücktrat und ihre Mutter und ihren Mann ansah, neben denen der gehorsame Ulrich Henn stand, kämpfte sie um Fassung.

»Mach dir nichts aus dem Tod dieses Amerikaners«, sagte Isabel. »Er hat sein Fähnchen nach dem Wind gehängt.«

Dorothea sah Werner an. »Und du bist anders?«

»Ich bin dein Mann.«

»Nur auf dem Papier.«

»Das hast du selbst so entschieden«, fuhr Isabel sie an und hielt dann inne. »Ich verstehe, dass das mit Georg schwer war.« Der Blick der alten Frau wanderte zur Seitenkapelle. »Mir fehlt er auch. Aber er ist tot, und keiner von uns kann irgendetwas daran ändern.«

Dorothea hatte die Art ihrer Mutter, sich jedem Kummer zu verweigern, immer verabscheut. Sie konnte sich nicht erinnern, dass die Mutter beim Tod des Vaters auch nur eine Träne vergossen hätte. Nichts schien sie aus der Fassung zu bringen. Und doch konnte Dorothea Wilkersons leblosen Blick nicht abschütteln. Sicher, er hatte sein Fähnchen nach dem Wind gehängt. Aber sie hatte geglaubt, dass ihre Beziehung sich in etwas hätte verwandeln können, das mehr Substanz hatte.

»Warum habt ihr ihn umgebracht?«, fragte sie ihre Mutter.

»Er hätte dieser Familie unendlich viele Probleme bereitet. Und irgendwann hätten die Amerikaner ihn ohnehin getötet.«

»Du bist diejenige, die die Amerikaner in die Sache hineingezogen hat. Du wolltest diese Unterlagen über das U-Boot haben. Du hast mich das über Wilkerson arrangieren lassen. Du wolltest, dass ich die Unterlagen besorge, Kontakt mit Malone aufnehme und ihn wieder wegschicke. Du wolltest, dass ich Vaters Papiere und die Steine aus dem Kloster stehle. Ich habe genau das getan, was *du* von mir verlangt hast.«

»Und habe ich dir gesagt, dass du die Frau umbringen sollst? Nein. Das war die Idee deines Geliebten. Mit vergifteten Zigaretten. Lächerlich. Und was ist mit unserem Jagdhaus? Jetzt ist es ein Trümmerhaufen. Zwei Männer sind darin gestorben. Männer, die die Amerikaner geschickt hatten. Welchen von beiden hast du umgebracht, Dorothea?«

»Es musste geschehen.«

Ihre Mutter marschierte auf dem Marmorboden auf und ab. »Immer so praktisch. *Es musste geschehen.* Das stimmt, und zwar wegen *deinem* Amerikaner. Wäre er in die Sache involviert geblieben, hätte das verheerende Konsequenzen gehabt. Das alles ging ihn nichts an, und so habe ich seine Teilnahme beendet.« Ihre Mutter trat bis auf wenige Zentimeter an Dorothea heran. »Sie haben ihn zum Spionieren zu uns geschickt. Ich habe dich einfach nur ermutigt, seine Schwäche auszunutzen. Aber du bist zu weit gegangen. Ich muss allerdings sagen, dass ich ihr Interesse an unserer Familie unterschätzt habe.«

Dorothea zeigte auf Werner. »Warum hast du ihn ins Vertrauen gezogen?«

»Du brauchst Hilfe. Die wird er dir leisten.«

»Ich brauche nichts von ihm.« Sie stockte. »Oder von dir, alte Frau.«

Ihre Mutter holte mit der Hand aus und schlug Dorothea ins Gesicht. »Wage es nicht noch einmal, mich so anzureden. Das lasse ich nicht zu. Jetzt nicht und niemals.«

Dorothea rührte sich nicht. Ihre alte Mutter hätte sie vielleicht bezwingen können, doch mit Ulrich Henn war das eine andere Sache. Vorsichtig tastete sie ihre Wange von innen mit der Zunge ab.

Ihre Schläfe pulsierte.

»Ich bin heute Abend hierhergekommen, um klar zu sagen, was Sache ist«, erklärte Isabel. »Werner ist jetzt Teil des Ganzen. Ich habe ihn ins Vertrauen gezogen. Diese Suche geschieht auf meine Veranlassung. Wenn du die Regeln nicht akzeptieren willst, kann ich die Suche jetzt abbrechen. Dann bekommt deine Schwester alles.«

Sie maß Dorothea mit einem scharfen Blick. Diese merkte, dass die Worte ihrer Mutter keine leere Drohung waren.

»Du willst erben, Dorothea, das weiß ich. Du bist mir ähnlich. Ich habe dich beobachtet. Du hast hart im Familienunternehmen gearbeitet, und du machst das, was du tust, gut. Du hast diesen Mann in der Jagdhütte erschossen. Du hast Mut, und der fehlt deiner Schwester manchmal. Sie hat Visionen, und die fehlen dir manchmal. Schade, dass das Beste von euch nicht in einer einzigen Person vereinigt sein kann. Irgendwie war in meinem Inneren vor langer Zeit alles im Chaos, und leider hat jede von euch darunter gelitten.«

Dorothea sah Werner an.

Vielleicht liebte sie ihn nicht, aber verdammt, manchmal brauchte sie ihn auf eine Weise, die nur jemand verstehen konnte, der selbst sein Kind überlebt hatte. Ihre Gemeinsamkeit war die geteilte Trauer. Der betäubende Schmerz über Georgs Tod hatte Barrieren zwischen ihnen errichtet, die sie zu respektieren gelernt hatten. Und doch, während ihre Ehe gescheitert war, hatte ihr Leben außerhalb davon Früchte getragen. Ihre Mutter hatte recht. Das Unternehmen war ihre Leidenschaft. Ehrgeiz ist eine mächtige Droge, die alles dämpft, auch jedes fürsorgliche Gefühl.

Werner verschränkte die Arme hinter dem Rücken und stand aufrecht da wie ein Krieger. »Vielleicht sollten wir vor unserem Tod noch das genießen, was uns vom Leben bleibt.«

»Ich wusste gar nicht, dass du über deinen Tod nachgrübelst. Du bist völlig gesund und kannst noch viele Jahre leben.«

»Nein, Dorothea, ich kann noch viele Jahre *atmen*. Leben ist etwas ganz anderes.«

»Was willst du eigentlich, Werner?«

Er senkte den Kopf und trat dicht an eines der dunklen Fenster heran. »Dorothea, wir befinden uns an einem Scheideweg. In den nächsten paar Tagen könnte dir der Höhepunkt deines Lebens bevorstehen.«

»Er *könnte* bevorstehen? Was für ein Vertrauen.«

Seine Mundwinkel zogen sich nach unten. »Das war mit aller Hochachtung gesagt. Auch wenn wir in vielem nicht einer Meinung sind, bin ich doch nicht dein Feind.«

»Wer ist es denn dann, Werner?«

Sein Blick wurde stahlhart. »Du brauchst keinen. Du bist selber dein ärgster Feind.«

Malone trat von der Kanzel herunter. »Die Offenbarung ist das letzte Buch des Neuen Testaments, in dem Johannes seine Vision eines neuen Himmels, einer neuen Erde und einer neuen Wirklichkeit beschreibt.« Er zeigte ins Oktogon. »Das Gebäude hier symbolisierte diese Vision. *Er wird in ihrer Mitte wohnen und sie werden sein Volk sein.* So steht es in der Offenbarung. Karl der Große hat dieses Bauwerk errichtet und hier in der Mitte seines Volkes gewohnt. Zweierlei allerdings war entscheidend. Länge, Breite und Höhe des Gebäudes mussten gleich sein und die Wände mussten hundertvierundvierzig altertümliche Ellen messen. Zwölf mal zwölf.«

»Sie machen Ihre Sache gut«, sagte Christl.

»Acht war ebenfalls eine wichtige Zahl. Die Welt wurde in sechs Tagen erschaffen und Gott ruhte am siebten. Der achte Tag, an dem alles vollendet war, stand für Jesus, seine Auferstehung und den Beginn seines großartigen, alles vollendenden Krönungswerks. Deshalb haben wir hier ein Achteck, das von einem Sechzehneck umschlossen ist. Doch dann gingen die Bauherren dieser Kirche noch einen Schritt weiter.

Löse dieses Rätsel, indem du die Vollkommenheit des Engels auf die Heiligung unseres Herrn anwendest. Das sind Einhards Worte. Die Offenbarung handelt von Engeln und dem, was sie bei der Gründung des ›Neuen Jerusalem‹ taten. Zwölf Tore, zwölf Engel, zwölf Stämme der Kinder Israels, zwölf Fundamente, zwölf Apostel, zwölftausend Stadien, zwölf kostbare Steine, zwölf Tore, die zwölf Perlen waren.« Er machte eine Pause. »Die Zahl Zwölf bedeutet Vollkommenheit in den Augen der Engel.«

Er verließ den Chor, trat wieder in das Oktogon und zeigte auf das umlaufende Mosaikband. »Können Sie das übersetzen? Mein Latein ist ganz in Ordnung, aber Ihres ist besser.«

Ein dumpfer Schlag hallte von den Wänden wider. Als würde etwas mit Gewalt aufgebrochen.

Wieder ein Schlag.

Er merkte, wo das Geräusch herkam. Aus einer der Seitenkapellen – St. Michael. Wo die andere Tür nach draußen lag.

Er rannte in die Kapelle, um die leeren Kirchenbänke herum und zu der massiven Holztür, die mit einem Eisenriegel verschlossen war. Von der anderen Seite hörte er einen Schlag.

»Sie brechen die Tür auf.«

»Wer ist *sie?*«, fragte Christl.

Er griff nach seiner Pistole.

»Leute, die Ärger bedeuten.«

43

Dorothea musste hier weg, aber es gab kein Entkommen. Sie war in der Hand ihrer Mutter und ihres Mannes. Von Ulrich ganz zu schweigen. Henn arbeitete seit mehr als einem Jahrzehnt für die Familie und sorgte vorgeblich für die Instandhaltung Reichshoffens, doch sie hatte schon immer den Verdacht gehegt, dass er noch mehr Dienstleistungen im Angebot hatte. Jetzt wusste sie Bescheid. Dieser Mann tötete.

»Dorothea«, sagte ihre Mutter. »Dein Mann möchte euer Zerwürfnis wiedergutmachen. Er möchte, dass ihr beide euch wieder so versteht wie früher. Offensichtlich gibt es noch immer Gefühle zwischen euch, sonst hättet ihr euch schon längst scheiden lassen.«

»Ich bin um unseres Sohnes willen geblieben.«

»Euer Sohn ist tot.«

»Die Erinnerung an ihn nicht.«

»Nun, das stimmt. Aber du befindest dich in einem Kampf um *dein* Erbe. Denk nach. Nimm, was dir angeboten wird.«

»Warum liegt dir überhaupt etwas daran?«, wollte Dorothea wissen.

Isabel schüttelte den Kopf. »Deine Schwester sucht Ruhm,

sie will eine Rechtfertigung für unsere Familie. Aber das wäre mit viel öffentlicher Aufmerksamkeit verbunden. Du und ich, wir haben nie nach Ruhm getrachtet. Es ist deine Pflicht, ihre Bestrebungen zu verhindern.«

»Wieso sollte das plötzlich meine Pflicht sein?«

Ihre Mutter wirkte angewidert. »Ihr beide seid eurem Vater so ähnlich. Ist denn gar nichts von mir in euch zu finden? Hör mir zu, Kind. Du schlägst einen sinnlosen Weg ein. Ich versuche einfach nur, dir zu helfen.«

Dorothea nahm ihr den Mangel an Vertrauen und die herablassende Haltung übel. »Ich habe viel aus der Lektüre der Zeitschriften und Aufzeichnungen des Ahnenerbes gelernt. Großvater hat einen Bericht über das verfasst, was er in der Antarktis gesehen hat.«

»Hermann war ein Träumer, ein Mann, der in einer Fantasiewelt lebte.«

»Er hat von Gebieten berichtet, wo der Schnee den Felsen wich. Dort gab es eisfreie Seen, wo keine sein sollten. Er hat von hohlen Bergen und Eishöhlen geschrieben.«

»Und was haben wir für all diese Fantasien bekommen? Sag mir, Dorothea, sind wir einem Ergebnis irgendwie näher gekommen?«

»Wir haben eine Leiche im Kofferraum des Wagens draußen.«

Ihre Mutter stieß einen langen Atemzug aus. »Du bist ein hoffnungsloser Fall.«

Aber auch Dorotheas Geduldsfaden stand kurz vorm Zerreißen. »Du hast die Regeln dieses Wettstreits aufgestellt. Du wolltest wissen, was Vater zugestoßen ist. Du wolltest, dass Christl und ich zusammenarbeiten. Du hast jeder von uns einen Teil des Rätsels gegeben. Wenn du so verdammt schlau bist, warum müssen dann eigentlich *wir* das alles tun?«

»Ich will dir etwas erzählen. Etwas, das dein Vater mir vor langer Zeit erzählt hat.«

Karl der Große hörte Einhards Bericht ehrfürchtig an. In dem Raum, den er sich in der oberen Galerie des Oktogons einge-richtet hatte, hatten sie keine Störung zu befürchten. Ein später Sommerabend hatte sich niedergesenkt, die Fenster nach drau-ßen waren dunkel und in der Pfalzkapelle war es still. Einhard war erst gestern von seiner langen Reise zurückgekehrt. Der König bewunderte ihn. Einhard war ein kleiner Mann, aber wie die Biene, die köstlichen Honig sammelt, oder wie die em-sige Ameise war er großer Leistungen fähig. Der König nannte ihn Bezalel, was sich auf Exodus bezog und ein Hinweis auf seine großartige Handwerkskunst war. Einhard war der Ein-zige, der für diese Reise in Frage gekommen war, und jetzt hörte Karl zu, wie sein Gesandter ihm von seiner mühseligen Fahrt an einen Ort berichtete, an dem die Schneewälle so strahlend hell waren, dass das Sonnenlicht sie in der Höhe in blaue und jadegrüne Schattierungen tauchte. An einem der Wälle hatte sich ein Wasserfall gebildet, der wie Silber dahin-geflossen war, und Karl der Große musste an die zerklüfteten Gebirge im Süden und Osten denken. Einhard berichtete von unglaublicher Kälte, und bei der Erinnerung zitterte eine seiner Hände. Dort wehten Stürme mit einer solchen Kraft, dass nicht einmal die Kapelle, in der sie sich befanden, sie hätte überste-hen können. Karl der Große bezweifelte diese Behauptung, widersprach Einhard aber nicht. Hier leben die Leute in Erd-hütten, sagte Einhard. Sie haben keine Fenster und nur ein Loch im Dach, damit der Rauch abziehen kann. In Betten lie-gen nur die Privilegierten, und die Kleider der Menschen sind aus ungefüttertem Leder. Dort ist es ganz anders. Die Häuser sind aus Stein, möbliert und beheizt. Die Kleidung ist dick und warm. Es gibt keine gesellschaftlichen Klassen, keinen Reich-tum und keine Armut. Es ist ein Land der Gleichen, ein Land endloser Nächte, wo das Wasser so still steht wie der Tod, doch es ist unglaublich schön.

»Das hat Einhard geschrieben«, sagte Isabel. »Dein Vater hat mir davon erzählt, so wie sein Vater ihm. Er hatte es aus dem Buch, das ich dir gegeben habe, ich meine das Buch aus dem Grab Karls des Großen. Hermann hat gelernt, es zu lesen. Nun muss uns das ebenfalls gelingen. Deshalb habe ich euch mit meiner Aufgabe herausgefordert. Ich möchte, dass ihr beide, du und deine Schwester, die Antworten findet, die wir brauchen.«

Doch das Buch, das die Mutter Dorothea gegeben hatte, war nicht lesbar und mit fantastischen Bildern nicht erkennbarer Dinge vollgezeichnet.

»Denke an die Worte aus Einhards Testament«, sagte Isabel. »*Ein volles Verständnis der bei Kaiser Karl ruhenden Weisheit des Himmels beginnt im neuen Jerusalem.* Deine Schwester ist in diesem Moment dort, im neuen Jerusalem. Sie ist dir viele Schritte voraus.«

Dorothea konnte kaum glauben, was sie da hörte.

»Das hier ist keine Erfindung, Dorothea. Die Vergangenheit ist keine Erfindung. Das Wort *Himmel* hatte in der Zeit Karls des Großen eine ganz andere Bedeutung als heute. Die Karolinger nannten ihn *ha shemin*. Das bedeutete ›Hochland‹. Wir reden hier nicht von Religion oder von Gott, sondern von einem Volk, das in weiter Ferne in einem gebirgigen Land des Schnees und des Eises und endloser Nächte lebte. Diesen Ort hat Einhard besucht. Dort ist *dein* Vater gestorben. Willst du nicht wissen, warum?«

Doch, das wollte sie, verdammt noch mal, das wollte sie.

»Dein Mann ist hier, um dir zu helfen«, sagte ihre Mutter. »Mit Herrn Wilkerson habe ich ein potenzielles Problem ausgeschaltet. Jetzt kann die Suche ohne Störung weitergehen. Ich werde dafür sorgen, dass die Amerikaner seine Leiche finden.«

»Es war nicht nötig, ihn umzubringen«, erklärte Dorothea erneut.

»Ach nein? Gestern ist ein Mann in Reichshoffen aufgetaucht und hat versucht, Herrn Malone zu töten. Er hat deine
Schwester mit dir verwechselt und versucht, sie ebenfalls umzubringen. Zum Glück hat Ulrich das verhindert. Die Amerikaner haben wenig für dich übrig, Dorothea.«

Ihr Blick suchte und fand Henn, der ihr mit einem Nicken
bedeutete, dass ihre Mutter die Wahrheit sagte.

»Ich wusste, dass ich etwas unternehmen musste. Da du ein
Gewohnheitstier bist, habe ich dich, wie ich es mir dachte, in
München gefunden. Jetzt überleg einmal: Wenn ich dich so
mühelos finden konnte, wie lange hätten wohl die Amerikaner
dafür gebraucht?«

Sie erinnerte sich an Wilkersons Panik am Telefon.

»Ich habe getan, was getan werden musste. Nun, Kind,
genau das machst du ja auch selber.«

Doch Dorothea wusste nicht weiter. »Was soll ich tun? Du
hast gesagt, mit den Unterlagen, die ich mir beschafft habe,
hätte ich nur meine Zeit verschwendet.«

Ihre Mutter schüttelte den Kopf. »Ich bin mir sicher, dass
das Wissen, das du über das Ahnenerbe erworben hast, sich
als hilfreich erweisen wird. Befindet sich das Material in München?«

Dorothea nickte.

»Ich lasse es von Ulrich holen. Deine Schwester wird bald
auf dem richtigen Weg weitergehen – es ist von entscheidender
Bedeutung, dass du dich ihr anschließt. Unsere Familienge-
heimnisse müssen innerhalb der Familie bleiben.«

»Wo ist Christl denn?«, fragte Dorothea erneut.

»Sie versucht dasselbe wie vor kurzem du.«

Dorothea wartete.

»Einem Amerikaner zu vertrauen.«

44

Aachen

Malone packte Christl und floh aus der Michaelskapelle ins äußere Polygon. Er wandte sich zur Eingangshalle mit dem Hauptportal.

Aus der Michaelskapelle drangen weitere Schläge.

Malone gelangte zum Hauptportal, das sich, wie er hoffte, vielleicht von innen würde öffnen lassen, hörte dort aber ein Geräusch: Jemand zwang von außen den Riegel auf. Offensichtlich arbeitete Beilgesicht nicht allein.

»Was ist los?«, fragte Christl leise.

»Unsere Freunde von gestern Nacht haben uns gefunden. Sie sind uns schon den ganzen Tag gefolgt.«

»Und das erwähnen Sie erst jetzt?«

Er floh aus der Eingangshalle und trat wieder ins Oktogon. Mit den Augen suchte er das Kircheninnere ab. »Ich dachte mir, dass Sie nicht mit Details belästigt werden wollten.«

»Details?«

Er hörte, wie die Tür in der Michaelskapelle nachgab. Hinter ihm machte das Quietschen alter Angeln klar, dass auch das Hauptportal geöffnet worden war. Er erspähte die Treppe, und sie stürzten sich die gewundenen Stufen hinauf, nicht mehr vorsichtig, sondern nur noch auf Schnelligkeit bedacht.

Von unten hörte er Stimmen und gab Christl ein Zeichen, sich still zu verhalten.

Er musste Christl an einem sicheren Ort unterbringen, sie konnten ja nicht einfach in der oberen Galerie herumspazieren. Vor ihm stand der Kaiserthron. Unter sechs Steinstufen und dem Thronaufsatz mit dem roh gefertigten Marmorsitz lag eine dunkle Öffnung, wo, so rief er sich die Erläuterungen der Führerin in Erinnerung, früher einmal Pilger hindurchgekrochen waren. Unter dem Altar, der hinter dem Thron herausragte, befand sich eine weitere Öffnung, die von einer Holztür mit Eisenklammern versperrt wurde. Er gab Christl einen Wink, unter den Thron zu kriechen. Sie reagierte mit einem fragenden Blick. Er war nicht in der Stimmung für Argumente, und so zerrte er sie zur Eisenkette und zeigte auf die Öffnung, unter die sie kriechen sollte.

Mund halten, zischte er ihr lautlos zu.

Auf der Wendeltreppe waren Schritte zu hören. Ihnen blieben nur noch einige wenige Sekunden. Christl schien die Notlage zu begreifen, gab nach und verschwand unter dem Thron.

Er musste die Angreifer weglocken. Als Christl und er selbst vorhin die obere Galerie in Augenschein genommen hatten, war ihm ein vorspringendes Gesims aufgefallen, das sich über den unteren Bögen entlangzog und das untere Geschoss vom oberen absetzte. Es war breit genug, um darauf zu stehen.

Vorsichtig kroch er am Thron vorbei, umrundete den Thronaufsatz und sprang über das hüfthohe Bronzegeländer. Den Rücken aufrecht gegen einen der Pfeiler gedrückt, die die acht Bögen des inneren Oktogons trugen, hielt er auf dem Gesims das Gleichgewicht. Zum Glück handelte es sich um einen mehr als meterbreiten Doppelpfeiler, was bedeutete, dass er über einen Meter Marmor zwischen sich und den Angreifern hatte.

Gummisohlen auf dem Boden der oberen Galerie!

Nun fragte er sich doch, was er da eigentlich trieb, auf diesem gerade einmal zwei Dutzend Zentimeter breiten Band, eine Waffe mit nur fünf Schuss in der Hand und einen sechs Meter tiefen Abgrund unter sich. Er riskierte einen Blick und entdeckte zwei Gestalten auf der anderen Seite des Throns. Einer der Bewaffneten drang weiter vor, der andere bezog hinter dem Thron Posten – der eine machte einen Vorstoß, der andere gab ihm Deckung. Die Taktik zeigte, dass es sich um Profis handelte.

Malone drückte den Hinterkopf gegen den Marmor und sah über das Oktogon hinweg. Das Licht aus den Fenstern hinter dem Thron fiel auf die glänzenden Pfeiler der Seite gegenüber, und der Schatten des Kaiserthrons zeichnete sich verschwommen, aber deutlich genug ab. Nun bewegte sich ein weiterer Schatten hinter dem Thron vorbei und näherte sich der Seite, auf der Malone stand.

Er musste den Angreifer noch näher zu sich locken.

Vorsichtig steckte er die linke Hand in seine Jackentasche und fand eine Euromünze aus dem Restaurant. Er holte sie heraus, führte die Hand nach unten und warf die Münze sanft drei Meter weiter auf das Gesims vor dem Nachbarpfeiler. Die Münze traf klimpernd auf und fiel dann nach unten auf den Marmorboden, von wo ein Klirren durch die Stille hallte. Er hoffte, dass der Angreifer merken würde, wer das Geräusch verursacht hatte, hervorkommen und nach links schauen würde, während Malone von rechts zuschlug.

Aber das ließ die Frage offen, was der zweite Mann tun würde.

Der Schatten diesseits des Throns wurde größer.

Perfektes Timing war jetzt das Wichtigste. Er nahm die Pistole von der rechten Hand in die linke.

Der Schatten näherte sich dem Geländer.

Eine Pistole tauchte auf.

Malone fuhr herum, packte den Mann beim Mantel und zerrte ihn übers Geländer.

Der Körper stürzte nach unten ins Oktogon.

Malone rollte sich übers Geländer zurück, während ein Schuss fiel und die Kugel vom Marmor abprallte. Er hörte, wie der Gestürzte sechs Meter weiter unten aufschlug und mehrere Stühle krachend umstürzten. Er feuerte einmal über den Thron hinweg, kam dann mit dem Schwung, den er noch hatte, auf die Beine und suchte Deckung hinter dem Marmorpfeiler, diesmal allerdings in der Galerie und nicht auf dem Gesims.

Doch er rutschte mit dem rechten Fuß aus, und sein Knie krachte auf den Boden. Der Schmerz schoss bis ins Rückgrat hinauf. Er schüttelte ihn ab und versuchte, sein Gleichgewicht wiederzufinden, hatte aber jeden Vorteil verloren.

»*Nein*, Herr Malone«, sagte ein Mann.

Malone befand sich auf allen vieren, die Waffe in der Hand.

»Stehen Sie auf«, befahl der Mann.

Langsam kam er auf die Beine.

Beilgesicht war um den Thron herumgekommen.

»Werfen Sie die Waffe weg«, befahl der Mann.

Doch so leicht würde Malone nicht aufgeben. »Für wen arbeiten Sie?«

»Werfen Sie die Waffe weg.«

Er musste Zeit schinden, bezweifelte aber, dass dieser Mann noch viele Fragen gestatten würde. Am Boden hinter Beilgesicht bewegte sich etwas. In der Dunkelheit unter dem Thron entdeckte Malone zwei Schuhsohlen mit der Spitze nach oben. Christl stieß mit den Beinen aus dem Versteck heraus und trat Beilgesicht in die Kniekehlen.

Der überrumpelte Schütze taumelte rückwärts.

Malone nutzte die Gelegenheit und schoss dem Mann eine Kugel in die Brust. Beilgesicht schrie vor Schmerz auf, schien aber sofort wieder zu sich zu kommen und hob die Waffe. Malone schoss zum zweiten Mal. Der Mann brach auf dem Boden zusammen und rührte sich nicht mehr.

Christl krabbelte unter dem Thronaufsatz hervor.

»Wir sind ja eine ganz schön draufgängerische Dame«, sagte er.

»Wenn jemand Hilfe braucht …«

Sein Knie tat weh. »Das stimmt tatsächlich.«

Er fühlte nach dem Puls des Hingestreckten, spürte aber keinen mehr. Dann ging er zum Geländer und blickte nach unten. Die Leiche des anderen Angreifers lag verkrümmt zwischen umgestürzten Stühlen auf dem blutverschmierten Marmorboden.

Christl trat zu ihm. Für eine Frau, die die Tote im Kloster nicht hatte ansehen wollen, schien sie mit diesen Leichen hier erstaunlich wenig Probleme zu haben.

»Und jetzt?«, fragte sie.

Er zeigte nach unten. »Wie schon vor der Störung gesagt, brauche ich die Übersetzung der lateinischen Inschrift.«

45

Virginia
17.30 Uhr

Ramsey zeigte seine Ausweiskarte und fuhr nach Fort Lee hinein. Die Fahrt von Washington nach Süden hatte etwas länger als zwei Stunden gedauert. Der Militärstandort war als eines von sechzehn Ausbildungslagern zu Beginn des Ersten Weltkriegs errichtet und nach General Robert E. Lee, Virginias liebstem Sohn, benannt worden. Der in den Zwanzigerjahren abgerissene und in ein Naturschutzgebiet umgewandelte Komplex wurde 1940 reaktiviert und zu einem Zentrum der Kriegsaktivitäten. Im Verlauf der letzten zwanzig Jahre war der günstig zu Washington gelegene Standort ausgebaut und modernisiert worden.

Ramsey suchte seinen Weg durch ein Gewirr von Ausbildungsstätten und Verwaltungsgebäuden, in denen unterschiedliche Aufgaben der Armee erledigt wurden, insbesondere Logistik und Managementunterstützung. In einer Reihe von militärischen Lagerräumlichkeiten hatte die Navy in einer hinteren Ecke drei Lagerhäuser gemietet. Der Zugang war durch Zahlencodes und biometrische Fingerabdruckerkennung gesichert. Zwei der Lagerhäuser wurden vom Zentralkommando der Navy geführt, das dritte unterstand dem Navy-Geheimdienst.

Er parkte, stieg aus und zog den Mantel eng um seine Schultern. Unter einem Stahlportal gab er einen Code ein und schob seinen Daumen in den Fingerabdruckscanner.

Die Tür ging mit einem Klicken auf, er betrat einen kleinen Vorraum, dessen Deckenbeleuchtung durch sein Eintreten aktiviert wurde, ging zu einer Schalterleiste und stellte in der durch eine Fensterscheibe sichtbaren Halle dahinter die Lichter an.

Wann war er zum letzten Mal hier gewesen? Vor sechs Jahren?

Nein, eher schon acht oder neun.

Aber sein erster Besuch lag achtunddreißig Jahre zurück. Hier im Inneren hatte sich abgesehen von den modernen Sicherheitsvorkehrungen nicht viel geändert. Das erste Mal hatte Admiral Dyals ihn hierhergebracht. Es war ein stürmischer Wintertag gewesen. Etwa zwei Monate nach seiner Rückkehr aus der Antarktis.

»Wir sind aus einem bestimmten Grund hier«, sagte Dyals.

Ramsey hatte sich schon gefragt, warum sie diesen Ausflug unternahmen. Er hatte im vergangenen Monat viel Zeit im Lagerhaus verbracht, doch damit war vor ein paar Tagen Schluss gewesen, als die Mission beendet wurde. Rowland und Sayers waren zu ihren Einheiten zurückgekehrt, das Lagerhaus war versiegelt worden und er selbst war wieder dem Pentagon zugewiesen worden. Auf der Fahrt von Washington nach Süden hatte der Admiral kaum etwas gesagt. Das war so Dyals' Art. Viele fürchteten diesen Mann – nicht wegen irgendwelcher Zornausbrüche, denn so etwas kam fast nie vor, und auch nicht wegen verbaler Beschimpfungen, die Dyals als ehrenrührig vermied. Es war eher der eiskalte Blick seiner Augen, die niemals zu blinzeln schienen.

»Haben Sie die Akte über die Operation Highjump, *die ich Ihnen gegeben hatte, studiert?«*

»Bis in alle Einzelheiten.«

»Und was ist Ihnen dabei aufgefallen?«

»Dass der Ort, an dem ich in der Antarktis war, genau mit einer Stelle übereinstimmt, die das Highjump-Team erforscht hat.«

Vor drei Tagen hatte Dyals ihm eine Akte mit dem Vermerk STRENG VERTRAULICH gegeben. Deren Informationen waren in dem offiziellen Bericht, den die Admiräle Cruzen und Byrd nach ihrer Antarktismission erstellt hatten, nicht enthalten. Der vertrauliche Bericht stammte vielmehr von einem Team von Armee-Spezialisten, die zu den viereinhalbtausend Highjump zugeteilten Männern gehört hatten. Bei einer speziellen Erkundungsmission an der Nordküste hatten sie Byrd unmittelbar unterstanden. Die Berichte waren nur Byrd vorgelegt worden, der den damaligen Navy-Oberkommandierenden persönlich informiert hatte. Ramsey war über seine Lektüre sehr erstaunt gewesen.

»Vor Highjump«, erklärte Dyals, »waren wir überzeugt, die Deutschen hätten in den Vierzigerjahren Militärstützpunkte in der Antarktis errichtet. Während des Krieges und kurz danach hatte es im Südatlantik nur so von U-Booten gewimmelt. Die Deutschen führten dort 1938 eine größere Forschungsmission durch. Sie planten zurückzukehren. Wir dachten, das hätten sie auch getan und nur darüber den Mund gehalten. Aber das war ein Irrtum, Langford. Völliger Quatsch. Die Nazis waren gar nicht in der Antarktis, um Stützpunkte zu errichten.«

Ramsey wartete.

»Sie fuhren dorthin, um ihre Vergangenheit zu erforschen.«

Dyals ging ihm ins Lagerhaus voran und suchte sich einen Weg zwischen Holzkisten und Stahlregalen hindurch. Er blieb stehen und zeigte auf ein Regal voller Steinblöcke, die mit einer sonderbaren, geschwungenen und an Schnörkeln reichen Schrift bedeckt waren.

»Während Highjump wurde ein Teil von dem entdeckt,

was die Nazis 1938 gefunden hatten. Die Deutschen gingen einer Information nach, die aus der Zeit Karls des Großen stammte. Einer ihrer Leute, Hermann Oberhauser, hatte sie entdeckt.«

Den Nachnamen kannte Ramsey schon aus der Mannschaftsliste der NR-1A. Dietz Oberhauser, Außenspezialist.

»Vor etwa einem Jahr sind wir an Dietz Oberhauser herangetreten«, erzählte Dyals. »In unserer Forschungs- und Entwicklungsabteilung untersuchte man im Krieg beschlagnahmte deutsche Archive. Die Deutschen hofften, in der Antarktis auf interessante Informationen zu stoßen. Hermann Oberhauser war überzeugt, dass eine fortgeschrittene Kultur, die unserer eigenen vorangegangen war, dort gelebt hatte. Er hielt sie für längst vergessene Arier, und Hitler und Himmler wollten wissen, ob er recht hatte. Außerdem dachten sie, dass die Zivilisation, falls sie weiter fortgeschritten war, möglicherweise über nützliche Erkenntnisse verfügt hatte. Damals suchten alle nach einem Durchbruch.«

Das hatte sich nicht geändert.

»Aber Oberhauser fiel in Ungnade. Er hatte Hitler verärgert. Also wurde er kaltgestellt. Seine Ideen wurden aufgegeben.«

Ramsey zeigte auf die Steinblöcke. »Offensichtlich hatte er recht. Es gab etwas zu finden.«

»Sie haben die Akte gelesen. Und Sie waren dort. Sagen Sie mir, was Sie glauben.«

»Wir haben nichts Vergleichbares gefunden.«

»Und doch haben die Vereinigten Staaten Millionen von Dollar dafür ausgegeben, beinahe fünftausend Mann in die Antarktis zu schicken. Vier Männer sind bei diesem Unternehmen gestorben. Jetzt sind elf weitere tot, und wir haben ein hundert Millionen Dollar teures U-Boot verloren. Kommen Sie schon, Ramsey, denken Sie nach.«

Er wollte diesen Mann nicht enttäuschen, der ihm so viel zugetraut hatte.

»Stellen Sie sich eine Kultur vor, die sich Zehntausende von Jahren vor allem, was wir kennen, entwickelt hat. Vor den Sumerern, den Chinesen oder den Ägyptern. Ihre Angehörigen führten astronomische Observationen und Messungen durch, sie kannten Gewichts- und Volumenmaße, sie besaßen eine realistische Vorstellung von der Erde und verfügten über fortgeschrittene Kenntnisse in Kartographie, sphärischer Geometrie, Navigation und Mathematik. Man kann sagen, dass sie in diesen Wissenschaften Meister waren, Jahrtausende bevor wir uns damit überhaupt beschäftigten. Können Sie sich vorstellen, wie fortgeschritten sie waren? Dietz Oberhauser hat uns berichtet, dass sein Vater 1938 in die Antarktis fuhr. Dort machte er viele interessante Entdeckungen. Die Nazis waren absolute Dummköpfe – pedantisch, beschränkt und arrogant –, so dass sie die Bedeutung seiner Funde nicht zu würdigen wussten.«

»Aber anscheinend waren auch wir beschränkt, Admiral. Ich habe die Akte gelesen. Aus Highjump zog man die Schlussfolgerung, dass diese Steinblöcke hier im Lagerhaus von einer alten Rasse stammten, vielleicht einer arischen Rasse. Das schien allen Sorge zu bereiten. Anscheinend haben wir den Nazis den Mythos abgekauft, den sie über sich selbst in Umlauf gebracht haben.«

»Genau, und das war unser Fehler. Aber damals war eine andere Zeit. Trumans Leuten erschien die Sache politisch zu heikel, um sich damit öffentlich zu befassen. Sie wollten alles vermeiden, was Hitler oder den Deutschen irgendwelche Glaubwürdigkeit verschafft hätte. Daher stempelten sie STRENG VERTRAULICH auf das ganze Highjump-Unternehmen und versperrten den Zugang zu allen Funden. Aber damit haben wir uns selbst den schlechtesten Dienst erwiesen.«

Dyals zeigte auf eine verschlossene Stahltür. »Ich will Ihnen etwas zeigen, das Sie nie gesehen haben, solange Sie hier waren.«

Jetzt hatte Ramsey dieselbe Tür vor sich.

Sie führte in eine Kühlkammer.

Diesen Raum hatte er vor achtunddreißig Jahren zum ersten und bisher letzten Mal betreten. Admiral Dyals hatte ihm einen Befehl erteilt, den er bisher exakt befolgt hatte: *Lassen Sie ihn in Ruhe.* Dieser Befehl war nun widerrufen worden, doch bevor er handelte, war er hierhergekommen, um sich zu vergewissern, dass sie immer noch da waren.

Er griff nach der Türklinke.

46

Aachen

Malone und Christl stiegen ins Erdgeschoss hinunter. Die Tüte mit den Domführern lag noch immer auf einem stehen gebliebenen Holzstuhl. Er nahm eines der Hefte heraus und fand eine Übersetzung des lateinischen Mosaiks:

SIND DIE LEBENDIGEN STEINE ZUR EINHEIT FRIEDLICH VERBUNDEN,
STIMMEN IN JEGLICHEM TEIL ZAHL UND MASS ÜBEREIN,
SO WIRD LEUCHTEN DAS WERK DES HERRN, DER DIE HALLE GESCHAFFEN;
FROMMEN VOLKES BEMÜHEN KRÖNT DER VOLLENDETE BAU. BLEIBENDE ZIERDE MENSCHLICHER KUNST, WIRD ER RAGEN AUF EWIG,
WENN DES ALLMÄCHTIGEN HAND GNÄDIG IHN SCHIRMEND REGIERT. DESHALB BITTEN WIR GOTT, DASS ER SCHÜTZE DEN HEILIGEN TEMPEL,

WELCHEN UNS KAISER KARL BAUTE AUF SICHEREM GRUND.

Er reichte Christl das Heftchen. »Stimmt das?« Vorhin im Restaurant war ihm aufgefallen, dass alle Publikationen Übersetzungen enthielten, die leicht voneinander abwichen.

Sie studierte den Text und sah dann auf das Mosaik und wieder zurück, hin und her. Die Leiche lag zwei oder drei Meter entfernt mit verrenkten Gliedmaßen auf dem blutigen Boden, aber sie beide schienen so zu tun, als wäre sie gar nicht da. Er fragte sich, ob die Schüsse nicht Aufmerksamkeit erregt hatten, bezweifelte aber angesichts der dicken Wände und des draußen heulenden Windes, dass jemand sie gehört hatte. Jedenfalls war bisher keiner gekommen, um nach dem Rechten zu sehen.

»Die Übersetzung stimmt«, sagte Christl. »Ein paar kleinere Abweichungen, aber nichts, was die Bedeutung verändert.«

»Vorhin hast du mir gesagt, die Inschrift habe den Originalwortlaut beibehalten, auch wenn wir jetzt ein Mosaik vor uns haben statt der ursprünglichen Bemalung. Die Weihinschrift der Pfalzkapelle – das ist ein anderes Wort für ›Heiligung‹. *Löse dieses Rätsel, indem du die Vollkommenheit des Engels auf die Heiligung unseres Herrn anwendest.* Die Zahl Zwölf ist die Vollkommenheit des Engels, getreu der Offenbarung. Das Oktogon war ein Symbol jener Vollkommenheit.« Er zeigte auf das Mosaik. »Es könnte sich um jeden zwölften Buchstaben handeln, aber ich vermute eher, dass man jedes zwölfte Wort abzählen muss.«

Ein Kreuz bezeichnete Anfang und Ende der Inschrift. Malone sah zu, wie Christl die Wörter zählte.

»*Claret*«, sagte sie, als sie bei zwölf war. Dann fand sie zwei weitere Wörter an vierundzwanzigster und sechsunddreißigster Stelle. *Quorum.* Und *Deus.* »Das ist alles. Das letzte Wort, *velit*, steht an elfter Stelle.«

»Interessant, findest du nicht? Drei Wörter, und dann ist an elfter Stelle Schluss, so dass kein weiteres Wort mehr dazukommt.«

»*Claret quorum deus.* Das Leuchten Gottes.«

»Glückwunsch«, sagte Malone. »Gerade hast du das Rätsel gelöst.«

»Du wusstest es schon, oder?«

Er zuckte die Schultern. »Ich habe es im Restaurant mit einer der Übersetzungen versucht und bin auf dieselben drei Wörter gestoßen.«

»Das hättest du erwähnen können, neben der Tatsache, dass wir verfolgt wurden.«

»Klar, hätte ich, aber du hättest auch etwas erwähnen können.«

Sie warf ihm einen verblüfften Blick zu, aber den kaufte er ihr nicht ab, und so fragte er: »Warum manipulierst du mich?«

Dorothea starrte ihre Mutter an. »Du weißt, wo Christl ist?«

Isabel nickte. »Ich wache über meine beiden Töchter.«

Dorothea versuchte, gelassen auszusehen, aber ein wachsender Zorn erschwerte ihr die Aufgabe.

»Deine Schwester hat sich mit Herrn Malone zusammengetan.«

Die Worte taten weh. »Du hast mich dazu aufgefordert, ihn wegzuschicken. Du sagtest, er sei ein Problem.«

»Das war und ist er auch, aber deine Schwester hat mit ihm gesprochen, nachdem er sich mit dir getroffen hatte.«

Aus Sorge wurde das Gefühl, als die Dumme dazustehen. »Das hast du arrangiert?«

Ihre Mutter nickte. »Du hattest Herrn Wilkerson. Da habe ich ihr Malone gegeben.«

Dorotheas Körper war wie taub und ihre Gedanken wie gelähmt.

»Deine Schwester befindet sich in Aachen, in der Pfalzkapelle

Karls des Großen, und erledigt, was zu tun ist. Jetzt musst du es auch so halten.«

Das Gesicht ihrer Mutter blieb regungslos. Wo Dorotheas Vater unbesorgt, liebevoll und warmherzig gewesen war, hatte ihre Mutter sich diszipliniert und distanziert gegeben. Sowohl Christl als auch sie waren von Kindermädchen großgezogen worden, und sie hatten sich immer nach der Aufmerksamkeit der Mutter gesehnt und um das wenige an Zuneigung gewetteifert, was zu bekommen war. Das erklärte Dorotheas Meinung nach einen großen Teil ihrer Feindseligkeiten – der Wunsch jeder Tochter, etwas Besonderes zu sein, kompliziert durch die Tatsache, dass sie identisch waren.

»Ist das einfach nur ein Spiel für dich?«, fragte sie.

»Es ist viel mehr als ein Spiel. Es wird Zeit, dass meine Töchter erwachsen werden.«

»Ich verabscheue dich.«

»Endlich – Wut. Wenn sie dich daran hindert, Dummheiten zu machen, kannst du mich in Gottes Namen ruhig hassen.«

Für Dorothea war die Grenze des Erträglichen erreicht, und sie marschierte auf ihre Mutter zu, doch Ulrich trat zwischen die beiden. Ihre Mutter hob die Hand und brachte ihn zum Stehen wie einen gut dressierten Hund. Henn trat zurück.

»Was hattest du vor?«, fragte ihre Mutter. »Wolltest du mich angreifen?«

»Wenn ich könnte.«

»Und würdest du dadurch bekommen, was du dir wünschst?«

Die Frage brachte sie zum Innehalten. Die Wut verrauchte und ließ nur Schuldgefühle zurück. Wie immer.

Die Lippen ihrer Mutter verzogen sich zu einem Lächeln. »Du musst auf mich hören, Dorothea. Ich bin wirklich gekommen, um dir zu helfen.«

Werner hielt sich im Hintergrund und sah zu. Dorothea zeigte auf ihn. »Du hast Wilkerson ermordet und mir dafür Werner gegeben. Darf Christl ihren Amerikaner behalten?«

»Das wäre nicht fair. Werner ist zwar dein Mann, aber kein ehemaliger amerikanischer Agent. Ich befasse mich morgen damit.«

»Und woher weißt du, wo er morgen sein wird?«

»Das ist es ja, Kind. Ich weiß genau, wo er sein wird, und ich erzähle es dir jetzt.«

»Du besitzt zwei Doktortitel, und doch war Einhards Testament ein Problem für dich?«, fragte Malone Christl. »Jetzt mal ehrlich. Du wusstest das alles schon.«

»Das will ich nicht abstreiten.«

»Ich bin ein Idiot, dass ich mich mitten in dieses Chaos begeben habe. In den letzten vierundzwanzig Stunden habe ich wegen deiner Familie drei Menschen getötet.«

Sie saß auf einem der Stühle. »Ich konnte das Rätsel bis zu diesem Punkt lösen. Du hast recht. Es war relativ einfach. Aber für jemanden, der im dunklen Mittelalter lebte, war es wahrscheinlich unüberwindbar. Damals konnten nur ganz wenige Leute überhaupt lesen und schreiben. Ich muss sagen, dass ich neugierig darauf war, wie gut du dich schlagen würdest.«

»Habe ich die Prüfung bestanden?«

»Ziemlich gut.«

»*Doch nur, wer den Thron Salomons und die römische Frivolität zu schätzen weiß, wird den Weg zum Himmel finden.* Das ist der nächste Teil, wohin sollen wir also jetzt gehen?«

»Ob du mir glaubst oder nicht, ich weiß die Antwort nicht. Ich bin vor drei Tagen an diesem Punkt stehen geblieben und nach Bayern zurückgekehrt ...«

»Um auf mich zu warten?«

»Mutter rief mich heim und erzählte mir, was Dorothea plante.«

Er musste etwas klarstellen. »Ich bin nur wegen *meines* Vaters hier. Ich bin geblieben, weil jemand mir übelnimmt, dass ich einen Blick in diese Akte werfen konnte, und zwar jemand, der direkt in Washington sitzt.«

»Ich habe bei deiner Entscheidung gar keine Rolle gespielt?«

»Ein einziger Kuss macht noch keine Beziehung.«

»Und ich dachte, er hätte dir gefallen.«

Es wurde Zeit, der Wirklichkeit ins Auge zu sehen. »Da wir beide nun diesen Teil des Rätsels kennen, können wir den Rest jeder für sich lösen.«

Er marschierte zum Ausgang, blieb aber noch einmal bei der Leiche stehen. Wie viele Menschen hatte er im Laufe der Jahre getötet? Zu viele. Aber immer hatte es einen guten Grund gegeben. Gott und das Vaterland. Pflicht und Ehre.

Und diesmal?

Die Antwort blieb offen.

Er sah sich nach Christl Falk um, die unbekümmert dasaß.

Und er ging.

47

Charlotte
17.20 Uhr

Stephanie und Edwin Davis kauerten fünfzehn Meter vor Herbert Rowlands Haus im Wald. Rowland war vor einer Viertelstunde nach Hause gekommen und mit einer Pizzaschachtel in der Hand nach drinnen gehastet. Gleich darauf war er wieder draußen erschienen und hatte drei Scheite vom Holzstapel genommen. Jetzt quoll Qualm aus einem roh behauenen Steinkamin. Ein Feuer hätte Stephanie sich auch gewünscht.

Sie hatten am Nachmittag ein paar Stunden damit zugebracht, zusätzliche Winterkleidung, dicke Handschuhe und Wollmützen zu kaufen. Außerdem hatten sie sich einen Vorrat an Snacks und Getränken besorgt, waren dann zurückgekehrt und hatten sich eine Stelle gesucht, von der aus sie das Haus beobachten konnten, ohne gesehen zu werden. Davis bezweifelte, dass der Killer vor Einbruch der Nacht zurückkehren würde, wollte aber für alle Fälle an Ort und Stelle sein.

»Der geht heute nicht mehr aus«, sagte Davis, die Stimme zu einem Flüstern gesenkt.

Die Bäume hielten zwar den Wind ab, doch die trockene Luft wurde von Minute zu Minute kälter. Mit einer amöbenhaften Geschmeidigkeit legte die Dunkelheit sich über sie. Ihre neue Kleidung war für Jäger gedacht und mit einer Hightech-Isolierung ausgerüstet. Sie hatte nie im Leben gejagt und war sich komisch vorgekommen, als sie die Sachen in einem Outdoor-Laden in der Nähe einer von Charlottes hochpreisigen Shopping-Malls gekauft hatten.

Am Fuß eines kräftigen Nadelbaums hatten sie sich auf ein Bett von Kiefernnadeln gehockt. Stephanie kaute einen Twix-Riegel. Süßigkeiten waren ihre Schwäche. In ihrem Schreibtisch in Atlanta hatte sie eine ganze Schublade voller süßer Versuchungen.

Sie war sich noch immer unsicher, ob sie das Richtige taten.

»Wir sollten den Geheimdienst rufen«, flüsterte sie leise.

»Sind Sie immer so negativ?«

»Sie sollten die Idee nicht so ohne weiteres abtun.«

»Das hier ist mein Kampf.«

»Inzwischen scheint es auch meiner zu sein.«

»Herbert Rowland steckt in Schwierigkeiten. Er würde uns garantiert nicht glauben, wenn wir an seine Tür klopften und ihm von unserem Verdacht erzählten. Und der Geheimdienst ebenso wenig. Wir haben keine Beweise.«

»Nur, dass der Kerl heute im Haus war.«

»Was für ein Kerl? Wer ist er? Sagen Sie mir, was wir über ihn wissen.«

Das konnte sie nicht.

»Wir müssen ihn auf frischer Tat ertappen«, sagte Davis.

»Weil Sie glauben, dass er Millicent ermordet hat?«

»Das weiß ich.«

»Wie wäre es, wenn Sie mir sagen, was hier wirklich abläuft. Millicent hat nichts mit einem toten Admiral, Zachary Alexander oder der Operation *Highjump* zu tun. Das hier ist mehr als irgendein persönlicher Rachefeldzug.«

»Der gemeinsame Nenner ist Ramsey. Das wissen Sie.«

»Das Einzige, was ich weiß, ist, offen gesagt, dass ich Agenten habe, die für so etwas ausgebildet sind, und doch hier hocke und mir den Arsch abfriere, zusammen mit einem Mitarbeiter des Weißen Hauses, der auf Ärger aus ist.«

Sie aß ihren Schokoriegel auf.

»Mögen Sie das Zeug?«, fragte er.

»Lenken Sie nicht ab.«

»Also, ich finde die Dinger grässlich. Dagegen Baby Ruth. Die sind lecker.«

Sie griff in ihre Einkaufstüte und fand das Genannte. »Einverstanden.«

Er nahm ihr die Süßigkeit aus der Hand. »Na, ehe ich mich schlagen lasse.«

Sie lächelte. Davis war sowohl irritierend als auch faszinierend.

»Warum haben Sie nie geheiratet?«, fragte sie.

»Woher wissen Sie das denn?«

»Das ist doch offensichtlich.«

Ihre Wahrnehmungsgabe schien ihm zu gefallen. »Das war nie ein Thema.«

Sie fragte sich, wessen Schuld das gewesen war.

»Ich arbeite«, sagte er mit vollem Mund. »Und ich wollte mir die Schmerzen ersparen.«

Das konnte sie verstehen. Ihre eigene Ehe war eine Katastrophe gewesen. Sie hatte in einer langen Phase der Entfremdung geendet, auf die vor fünfzehn Jahren der Selbstmord ihres

Mannes gefolgt war. Das war eine lange Zeit des Alleinseins. Aber Edwin Davis mochte einer der wenigen Menschen sein, die das verstanden.

»Es gibt nicht nur den Schmerz«, sagte sie. »Es ist auch viel Freude dabei.«

»Aber mit Schmerz ist es immer verbunden. Das ist das Problem.«

Sie rückte näher an den Baum.

»Nach Millicents Tod wurde ich nach London versetzt«, erzählte Davis. »Eines Tages fand ich eine Katze. Sie war in einem jämmerlichen Zustand. Trächtig. Ich brachte sie zum Tierarzt, der sie rettete, aber nicht die Kätzchen. Danach nahm ich die Katze mit nach Hause. Sie war ein gutes Tier. Nie hat sie mich gekratzt. Sie war liebevoll. Ich hatte sie gerne. Dann eines Tages starb sie plötzlich. Das hat wehgetan. Richtig weh. Damals bin ich zu dem Schluss gekommen, dass alle, die ich liebe, früh sterben. Davon habe ich genug.«

»Klingt fatalistisch.«

»Eher schon realistisch.«

Ihr Handy vibrierte an ihrer Brust. Sie sah aufs Display – Atlanta war am Apparat – und nahm ab. Nachdem sie einen Moment lang zugehört hatte, sagte sie: »Verbinden Sie ihn mit mir.«

»Es ist Cotton«, sagte sie zu Davis. »Wird Zeit, dass er erfährt, was los ist.«

Doch Davis kaute einfach nur weiter und starrte auf das Haus.

»Stephanie«, kam Malones Stimme aus dem Hörer. »Hast du herausgefunden, was ich wissen muss?«

»Die Dinge haben sich verkompliziert.« Und, die Hand schützend vor den Mund gelegt, erzählte sie ihm einen Teil dessen, was geschehen war. Dann fragte sie: »Was ist mit der Akte?«

»Die ist wahrscheinlich weg.«

Sie hörte sich an, was in Deutschland vorgefallen war.

»Was machst du gerade?«, fragte Malone.

»Du würdest mir nicht glauben, wenn ich es dir sagte.«

»Wenn ich bedenke, welche Idiotien ich in den letzten zwei Tagen begangen habe, kann ich alles glauben.«

Sie erzählte ihm, wo sie war.

»Ich finde das gar nicht so dumm«, meinte Malone. »Ich stehe hier selbst in der klirrenden Kälte vor einer karolingischen Kirche. Davis hat recht. Dieser Kerl wird zurückkommen.«

»Das fürchte ich ja gerade.«

»Irgendjemand interessiert sich ganz verdammt für die *Blazek* oder NR-1A oder wie immer man dieses verdammte U-Boot nun nennen will.« Malones Ärger schien Verunsicherung gewichen zu sein. »Wenn das Weiße Haus sagt, dass der Navy-Geheimdienst Fragen stellt, bedeutet das, dass Ramsey involviert ist. Wir beide ermitteln parallel, Stephanie.«

»Neben mir sitzt ein Typ, der gerade ein Baby Ruth mampft und dasselbe behauptet. Anscheinend habt ihr beide miteinander gesprochen.«

»Wenn jemand mir den Arsch rettet, bin ich immer dankbar.«

Auch Stephanie hatte Zentralasien nicht vergessen, aber eines musste sie noch wissen: »Wie machst du weiter, Cotton?«

»Gute Frage. Ich ruf dich zurück. Pass auf dich auf.«

»Dasselbe gilt für dich.«

Malone legte auf. Er stand im hinteren Bereich des Platzes, der den Weihnachtsmarkt beherbergte, etwas erhöht bei Aachens Rathaus, das dem Dom mit hundert Meter Abstand gegenüberlag. Das verschneite Bauwerk schimmerte in phosphoreszierendem Grün. Mehr Schnee fiel lautlos vom Himmel, doch wenigstens hatte der Wind aufgehört.

Er sah auf die Uhr. Kurz vor halb zwölf.

Alle Buden waren geschlossen, das Menschengewimmel

hatte sich aufgelöst und das Stimmengewirr war bis zum nächsten Tag verstummt. Nur ein paar Menschen waren noch unterwegs. Christl war ihm nicht aus dem Dom gefolgt, und nachdem er mit Stephanie gesprochen hatte, war er sogar noch verwirrter.

Das Leuchten Gottes.

Der Ausdruck musste in Einhards Zeit bedeutsam gewesen sein. Er musste etwas Eindeutiges bezeichnet haben. Ob die Worte bis heute eine Bedeutung hatten?

Das war leicht herauszufinden.

Er tippte SAFARI in sein iPhone ein, nahm Verbindung mit dem Internet auf und öffnete Google. Dort tippte er LEUCH-TEN GOTTES EINHARD ein und drückte auf SUCHEN.

Der Bildschirm flackerte und zeigte dann die ersten fünfund-zwanzig Treffer an.

Gleich der erste beantwortete Malones Frage.

48

Donnerstag, 13. Dezember
Charlotte
00.40 Uhr

Stephanie hörte ein Knacken und Knistern. Nicht laut, aber doch beständig genug, um zu wissen, dass jemand da war. Davis war eingenickt. Sie hatte ihn schlafen lassen. Er brauchte den Schlaf. Er war beunruhigt, und sie wollte ihm helfen, so wie Malone ihr geholfen hatte, doch sie war sich noch immer unsicher, ob sie eigentlich klug handelten.

Die Pistole in der Hand, versuchte sie, die Dunkelheit unter den Bäumen mit den Augen zu durchdringen und auf die Lichtung zu sehen, die Rowlands Haus umgab. Sie lauschte angestrengt und hörte wieder ein Knacken. Rechts von ihnen. Kiefernzweige knisterten. Sie achtete darauf, wo das Geräusch herkam. Es war vielleicht fünfzig Meter entfernt.

Sie legte Davis die Hand auf den Mund und klopfte ihm mit der Pistole auf die Schulter. Er wachte mit einem Ruck auf, und sie drückte ihm die Hand fest auf die Lippen.

»Wir haben Gesellschaft«, flüsterte sie.

Er nickte.

Sie zeigte auf die Stelle.

Wieder knackte etwas.

Dann entdeckte sie eine Bewegung bei Rowlands Pick-up. Ein dunkler Schatten tauchte auf, verschmolz mit den Bäumen, verschwand einen Moment lang vollständig und war dann wieder zu sehen, wie er auf das Haus zuging.

Charlie Smith näherte sich der Haustür. Herbert Rowlands Haus war inzwischen lange genug dunkel.

Den Nachmittag hatte er im Kino verbracht und mit Genuss ein Steak bei Ruth's Chris verspeist. Alles in allem hatte er einen recht friedlichen Tag hinter sich. Er hatte die Zeitungsberichte über Admiral David Sylvians Tod gelesen und sich gefreut, dass niemand irgendwelchen Verdacht hegte. Vor zwei Stunden war er zurückgekehrt und hatte im kalten Wald gewacht und gewartet.

Doch alles wirkte ruhig.

Er betrat das Haus durch die Vordertür, deren Schloss lächerlich einfach zu knacken war, und genoss die Wärme. Zuerst schlich er sich zum Kühlschrank und überprüfte das Insulinfläschchen. Der Stand der Flüssigkeit war eindeutig gesunken. Er wusste, dass ein Fläschchen für vier Injektionen reichte, und schätzte, dass ein weiteres Viertel der Salzlösung verschwunden war. Mit behandschuhten Händen entsorgte er das Fläschchen in eine kleine Tüte.

Mit einem Blick auf die im Kühlschrank lagernden Whiskyflaschen stellte er fest, dass eine davon ebenfalls merklich leerer war. Herbert Rowland hatte offensichtlich seinen abendlichen Trunk genossen. Im Küchenmüll fand er eine gebrauchte Spritze und steckte sie ebenfalls in das Tütchen.

Er ging ins Schlafzimmer.

Rowland lag unter einer Quiltdecke und atmete nur noch ganz unregelmäßig. Smith überprüfte seinen Puls. Der ging langsam. Die Uhr auf dem Nachttisch zeigte beinahe ein Uhr morgens. Seit der Injektion waren wohl etwa sieben Stunden vergangen. Dem Dossier zufolge spritzte Rowland sich jeden Abend vor achtzehn Uhr sein Insulin und begann dann zu trinken. Da er heute Nacht kein Insulin im Blut gehabt hatte, hatte der Alkohol schnell gewirkt und zu einem schweren diabetischen Koma geführt. Der Tod würde bald eintreten.

Er zog einen Stuhl aus der Ecke. Er würde bleiben müssen, bis Rowland tot war. Aber er beschloss, nicht dumm zu sein. Die beiden Leute vom Vormittag gaben ihm immer noch zu denken, und so kehrte er ins Wohnzimmer zurück und nahm sich zwei der Jagdgewehre, die er dort zuvor bemerkt hatte. Das eine der beiden war eine Schönheit. Eine Mossberg mit Hochgeschwindigkeitsgeschossen und Kammerverschluss. Siebenschüssiges Magazin, großes Kaliber und eine beeindruckende Schussweite. Das andere Gewehr war eine Remington Kaliber 12. Eine der *Ducks Unlimited*-Sondereditionen, wenn er sich nicht irrte. Er hätte sich beinahe selbst einmal eine gekauft. Unter dem Gewehrgestell stand ein Schränkchen, das mit Patronen gefüllt war. Er lud beide Waffen und kehrte zu seiner Wache beim Bett zurück.

Jetzt war er bereit.

Stephanie packte Davis am Arm. Der war schon aufgesprungen und wollte losmarschieren. »Was machen Sie denn?«

»Wir müssen hin.«

»Und was wollen Sie tun, wenn wir ankommen?«

»Ihn aufhalten. Er bringt den Mann in diesem Augenblick um.«

Sie wusste, dass er recht hatte.

»Ich nehme die Vordertür«, sagte sie. »Der einzige andere Ausgang ist die Glastür hinten auf die Veranda. Die bewachen Sie. Wollen wir doch mal sehen, ob wir ihm richtig Angst einjagen und ihn dazu bringen können, einen Fehler zu begehen.«

Davis ging los.

Sie folgte ihm und fragte sich dabei, ob ihr Verbündeter schon jemals mit einer solchen Gefahr konfrontiert gewesen war. Falls nicht, war er ein tollkühner Bursche. Falls doch, war er ein Idiot.

Sie stießen auf die geschotterte Zufahrt und eilten so gut wie lautlos auf das Haus zu. Davis bog zur Seeseite des Hauses ab, und sie beobachtete, wie er die Holzstufen zur Veranda auf Zehenspitzen hochschlich. Sie sah, dass die Glasschiebetüren von innen mit einem Vorhang verhängt waren. Davis schlich sich zur gegenüberliegenden Seite der Veranda. Nachdem sie sich vergewissert hatte, dass er in der richtigen Position war, ging sie zur Vordertür und beschloss, die Sache direkt anzugehen.

Sie hämmerte gegen die Tür.

Dann floh sie von der Vortreppe weg.

Smith sprang vom Stuhl auf. Jemand hatte heftig an der Vordertür geklopft. Dann hörte er ein Hämmern von der Veranda her. Jemand schlug gegen die Glastür.

»Komm raus, du Drecksack«, schrie ein Mann.

Herbert Rowland hörte nichts. Sein Atem ging mühsam, und seine Kräfte nahmen stetig ab.

Smith packte beide Gewehre und hastete ins Wohnzimmer.

Stephanie hörte Davis schreien.

Was zum Teufel sollte das?

Smith feuerte mit dem Jagdgewehr zwei Schüsse in den Vorhang vor der Glasschiebetür. Durch die zerschossene Scheibe drang kalte Luft ein. Er nutzte den Moment der Verwirrung, um sich in die Küche zurückzuziehen und hinter die Theke zu kauern.

Rechts von ihm schlugen Schüsse ins Wohnzimmer ein, und er warf sich auf den Boden.

Stephanie schoss durchs Fenster neben der Vordertür. Gleich darauf gab sie einen zweiten Schuss ab. Vielleicht würde das genügen, die Aufmerksamkeit des Eindringlings von der Veranda abzulenken, wo Davis unbewaffnet stand.

Sie hatte zwei Schüsse eines Jagdgewehrs gehört. Sie hatte vorgehabt, den Killer einfach mit der Tatsache zu überrumpeln, dass draußen Leute standen und darauf warteten, dass er einen Fehler machte.

Doch Davis hatte offensichtlich eine andere Idee.

Smith war nicht daran gewöhnt, in die Ecke getrieben zu werden. Waren das die gleichen Leute wie davor? So musste es wohl sein. Polizei? Wohl kaum. Sie hatten an die Tür geklopft, verdammt noch mal. Und einer der beiden hatte ihn mit Geschrei herausgefordert. Nein, diese beiden waren keine Polizisten. Aber die Analyse der Situation konnte warten. Jetzt musste er erst einmal mit heiler Haut hier rauskommen.

Was würde wohl MacGyver in seiner Situation tun?

Er liebte diese Serie.

Streng deinen Kopf an.

Stephanie zog sich von der Haustür zurück und eilte zur Veranda, wobei sie sich vor den Fenstern in Acht nahm und Rowlands Pick-up als Deckung benutzte. Sie zielte weiter mit der Pistole auf das Haus und war schussbereit. Sie konnte nicht wissen, ob sie sich ungefährdet vorwärts bewegen konnte, doch sie musste Davis finden. Die Bedrohung, die sie aufgedeckt hatten, war rasch eskaliert.

Sie eilte am Haus vorbei zur Verandatreppe und traf gerade rechtzeitig dort ein, um zu sehen, wie Edwin Davis etwas, das wie ein schmiedeeiserner Stuhl aussah, durch die Glastür schleuderte.

Smith hörte, wie etwas durch das verbliebene Türglas krachte und den Vorhang herunterriss. Er legte das Jagdgewehr an, gab einen weiteren Schuss ab und nutzte dann die Gelegenheit, um sich das Sportgewehr zu schnappen, aus der Küche zu fliehen und ins Schlafzimmer zu hasten. Wer immer dort draußen war, würde kurz zögern, und diese paar Sekunden musste er maximal zu seinem Vorteil ausnutzen.

Herbert Rowland lag noch immer im Bett. Falls er noch nicht tot war, war er doch auf dem besten Wege dahin. Ein Hinweis auf ein Verbrechen lag nicht vor. Das manipulierte Fläschchen und die Spritze befanden sich sicher in Smith' Jackentasche. Gewiss, es war geschossen worden, doch es gab nichts, was zu seiner Identität führen könnte.

Er trat zu einem der Schlafzimmerfenster und schob die untere Scheibe hoch. Rasch wälzte er sich hinaus. Auf dieser Seite des Hauses schien keiner zu sein. Er schloss das Fenster wieder. Eigentlich hätte er sich mit den Angreifern hier befassen müssen, doch er war schon viel zu viele Risiken eingegangen.

Er beschloss, einen klugen Ausweg zu suchen.

Mit dem Gewehr in der Hand verschwand er im Wald.

»Sind Sie vollkommen verrückt geworden?«, schrie Stephanie Davis von unten an.

Davis blieb auf der Veranda stehen.

»Er ist weg«, sagte er.

Sie stieg vorsichtig die Treppe hinauf, ohne seinen Worten zu trauen.

»Ich habe gehört, wie ein Fenster aufging und wieder geschlossen wurde.«

»Das bedeutet nicht, dass er weg ist, es bedeutet nur, dass ein Fenster geöffnet und wieder geschlossen wurde.«

Davis trat durch die zerschmetterte Glastür.

»Edwin …«

Er verschwand in der Dunkelheit, und sie eilte hinter ihm her. Er war auf dem Weg ins Schlafzimmer. Ein Licht ging an, und sie langte bei der Tür an. Davis maß Herbert Rowlands Puls.

»Er schlägt kaum noch. Und offensichtlich hat er nicht das Geringste gehört. Er befindet sich im Koma.«

Sie machte sich noch immer Sorgen wegen des Mannes mit dem Jagdgewehr. Davis griff nach seinem Handy, und sie sah, dass er drei Ziffern eintippte.

Den Notruf.

49

Washington, D.C.
01.30 Uhr

Ramsey hörte, dass jemand an der Haustür klingelte. Er lächelte. Er hatte still dagesessen und einen Thriller von David Morrell gelesen, einem seiner Lieblingsautoren. Gemächlich klappte er das Buch zu, ließ seinen nächtlichen Besucher aber noch ein bisschen zappeln. Schließlich stand er auf, ging in die Eingangshalle und machte auf.

Draußen in der Kälte stand Senator Aatos Kane.

»Sie gottverdammter, jämmerlicher …«, begann Kane.

Ramsey zuckte die Schultern. »Eigentlich fand ich meine Reaktion eher milde in Anbetracht der Grobheit, mit der Ihr Berater mir begegnet ist.«

Kane stürmte ins Haus.

Ramsey forderte den Senator nicht zum Ablegen auf. Offensichtlich hatte die Ladenbesitzerin seinen Auftrag schon ausgeführt und Kane über dessen Berater – dasselbe unverschämte Arschloch, das ihn auf der Capitol Mall hatte einschüchtern wollen – die Botschaft zukommen lassen, dass sie Informationen über das Verschwinden einer Beraterin besaß, die vor drei Jahren für den Senator gearbeitet hatte. Diese Frau war ein attraktiver Rotschopf aus Michigan gewesen und tragischerweise einem Serienmörder zum Opfer gefallen, der in Washington und Umgebung sein Unwesen getrieben hatte. Der Massenmörder wurde schließlich gefunden, nachdem er Selbstmord begangen hatte, und die Angelegenheit hatte im ganzen Land für Schlagzeilen gesorgt.

»Sie jämmerliches Schwein«, schrie Kane. »Sie hatten gesagt, dass es vorbei ist.«

»Setzen wir uns doch.«

»Ich möchte mich nicht setzen. Ich möchte Sie prügeln, bis Sie umfallen.«

»Das würde absolut nichts ändern.« Er bohrte gerne in der Wunde. »Ich behalte trotzdem die Oberhand. Sie müssen sich also eine Frage stellen. Wollen Sie die Chance auf das Präsidentenamt haben? Oder ziehen Sie die sichere Entehrung vor?«

Kanes Wut paarte sich mit einem eindeutigen Unbehagen. Aus dem Inneren der Falle sah der Blick auf die Welt doch ganz anders aus.

Sie maßen sich weiter mit kämpferischen Blicken wie zwei Löwen, die unter sich abklären, wer als Erster von der Beute frisst. Schließlich nickte Kane. Ramsey führte den Senator in sein Arbeitszimmer, wo sie sich setzten. Der Raum war klein, was eine unangenehme Vertraulichkeit erzwang. Kane schien sich angemessen unbehaglich zu fühlen.

»Ich bin gestern Abend und heute Vormittag zu Ihnen gekommen, um Ihre Hilfe zu erbitten«, sagte Ramsey. »Eine offene Bitte an jemanden, den ich für einen Freund hielt.« Er hielt inne. »Doch man begegnete mir mit nackter Arroganz. Ihr Berater verhielt sich maßlos unhöflich. Natürlich folgte er nur seinen Anweisungen. Daher meine Reaktion.«

»Sie sind ein betrügerisches Schwein.«

»Und Sie sind ein fremd gehender Ehemann, der seinen Fehltritt mit dem opportunen Tod eines Serienmörders verdecken konnte. Sie gewannen sogar, wenn ich mich recht entsinne, das Mitgefühl der Öffentlichkeit für den tragischen Tod Ihrer Beraterin, indem Sie sich über ihr Schicksal zutiefst betroffen zeigten. Was würden Ihre Wähler und Ihre Familie denken, wenn sie erführen, dass das Opfer kurz zuvor abgetrieben hatte – und dass Sie der Vater des Ungeborenen waren?«

»Dafür gibt es keine Beweise.«

»Aber damals waren Sie ganz schön in Panik.«

»Sie wissen genau, dass sie mich hätte ruinieren können, ob ich nun der Vater war oder nicht. Allein die Anschuldigung hätte in den Augen der Öffentlichkeit ausgereicht.«

Ramsey saß kerzengerade da. Admiral Dyals hatte ihn gelehrt, wie man eindeutig übermittelte, wer am längeren Hebel saß

»Und Ihre Geliebte wusste das«, sagte er. »Deshalb konnte sie Sie manipulieren, was der Grund ist, warum Sie meine Hilfe so sehr zu schätzen wussten.«

Die Erinnerung an seine damalige Notlage schien Kanes Zorn zu beschwichtigen. »Ich hatte keine Ahnung von Ihrem Plan. Ich hätte dem, was Sie dann getan haben, niemals zugestimmt.«

»Ach nein? Es war ein raffinierter Trick. Wir haben sie getötet, die Tat einem anderen Mörder angehängt und dann ihn getötet. Nach meiner Erinnerung waren die Medien von dem Ergebnis begeistert. Der Selbstmord hat dem Staat ein Gerichtsverfahren und eine Hinrichtung erspart und für ein paar fantastische Schlagzeilen gesorgt.« Er hielt inne. »Und ich kann mich nicht erinnern, dass Sie damals ein einziges Wort dagegen eingewendet hätten.«

Er wusste, die gefährlichste Bedrohung für einen Politiker waren Beschuldigungen seitens einer angeblichen Geliebten. So viele Männer waren auf diese einfache Weise zu Fall gekommen. Es spielte keine Rolle, ob die Beschuldigungen unbewiesen oder offenkundig falsch waren. Es genügte einfach schon, dass sie existierten.

Kane lehnte sich im Stuhl zurück. »Ich hatte wohl kaum die Wahl, nachdem ich festgestellt hatte, was Sie getan hatten. Was wollen Sie von mir, Ramsey?«

Kein *Admiral* und nicht einmal der Vorname. »Ich möchte dafür sorgen, dass ich das nächste Mitglied des Vereinigten Generalstabs werde. Ich dachte, das hätte ich heute ausreichend deutlich gemacht.«

»Ist Ihnen klar, wie viele Anwärter es auf diesen Posten gibt?«

»Mehrere, da bin ich mir sicher. Aber sehen Sie, Aatos, ich habe diese unbesetzte Stelle *geschaffen*, und so steht mir der Job auch mit Fug und Recht zu.«

Kane sah ihn unsicher an und verarbeitete das Geständnis. »Das hätte ich mir ja denken können.«

»Ich erzähle Ihnen das aus drei Gründen. Erstens, weil ich weiß, dass Sie es niemandem weitersagen werden. Zweitens, weil Sie begreifen müssen, mit wem Sie es zu tun haben. Und drittens, weil ich weiß, dass Sie Präsident werden wollen. Glaubt man den Experten, haben Sie durchaus Chancen. Die Partei unterstützt Sie, Ihre Werte in den Meinungsumfragen sind ausgezeichnet und die Konkurrenz ist farblos. Sie haben die richtigen Kontakte und die Mittel, Spenden einzusammeln. Wie ich hörte, haben Sie insgeheim schon Zusagen über dreißig Millionen Dollar von verschiedener Seite.«

»Sie sind gut informiert«, sagte Kane mit einem Anstrich gequälter Höflichkeit.

»Sie sind einigermaßen jung, bei guter Gesundheit und Ihre Frau unterstützt Sie in jeder Hinsicht. Ihre Kinder beten Sie an. Alles in allem wären Sie ein fantastischer Kandidat.«

»Nur dass ich vor drei Jahren eine Mitarbeiterin gefickt habe, worauf sie schwanger wurde, das Baby abtrieb und dann beschloss, dass sie mich liebte.«

»So ungefähr. Zu ihrem Unglück wurde sie das Opfer eines Massenmörders, der sich später in einem Anfall von Wahnsinn das Leben nahm. Zum Glück hinterließ er eine Menge Beweise, die ihn mit allen Verbrechen in Verbindung brachten, darunter auch dem Mord an Ihrer Mitarbeiterin, und so verwandelte eine potenzielle Katastrophe für Sie sich in einen Pluspunkt.«

Ramsey hatte sich klugerweise nach allen Seiten abgesichert, indem er sich die Abtreibungsunterlagen von der südtexanischen Klinik besorgt und sich eine Kopie der Videoaufzeichnung der verpflichtenden Beratung verschafft hatte, die das texanische Gesetz vor einer Abtreibung verlangte. Die Mitarbeiterin Kanes war zwar unter falschem Namen dort hingegangen, war aber in der Sitzung zusammengebrochen und hatte der Beraterin, ohne Namen zu nennen, von einer Affäre mit ihrem Arbeitgeber berichtet. Viele Einzelheiten waren es zwar nicht, aber es hätte für die eine oder andere politische Sendung gereicht und Aatos Kanes Chancen auf das Amt im Weißen Haus vollständig vernichtet.

Seine Auftragnehmerin aus dem Kartenladen hatte ihre Sache gut hingekriegt und Kanes Stabschef klargemacht, dass sie selbst jene Schwangerschaftsberaterin sei. Sie wolle mit dem Senator sprechen, andernfalls werde sie den Nachrichtensender Fox News anrufen, der anscheinend nie etwas Gutes über Kane zu berichten habe. Der gute Ruf. Der sei zerbrechlicher als edles Glas.

»Sie haben Sylvian umgebracht?«, fragte Kane.

»Was glauben Sie?«

Kane betrachtete Ramsey mit unverhüllter Verachtung. Doch

er war so nervös und so jämmerlich manipulierbar, dass sein Widerstand sofort in sich zusammenfiel. »Okay, ich denke, ich kann für die Ernennung sorgen. Daniels braucht mich.«

Ramseys Gesicht verzog sich zu einem beruhigenden Lächeln. »Wusste ich's doch. Und jetzt lassen Sie uns die andere Angelegenheit besprechen.«

In seinem Blick lag weder Humor noch Sympathie.

»Welche andere Angelegenheit?«

»Ich werde Ihr Vizepräsidentschaftskandidat sein.«

Kane lachte. »Sie sind verrückt.«

»Das bin ich durchaus nicht. Der Ausgang des nächsten Präsidentschaftswahlkampfs ist nicht schwer vorherzusehen. Es gibt drei, vielleicht auch vier Kandidaten, aber keiner spielt in Ihrer Liga. Die Vorwahlen werden nicht ganz leicht sein, aber Sie sind zu geschickt und haben zu viele Ressourcen, als dass Ihnen jemand wirklich das Wasser reichen könnte. Jetzt könnten Sie natürlich versuchen, die Parteiflügel dadurch zu versöhnen, dass Sie den stärksten Verlierer zu Ihrem Stellvertreter wählen, oder aber einen, der Ihnen nicht schadet, aber keine der beiden Entscheidungen ergibt Sinn. Der erste Kandidat ist verbittert, und der zweite bringt Ihnen nichts. Sie könnten versuchen, jemanden zu finden, der Ihnen ein bestimmtes Segment der Wählerschaft zuführt, aber das würde voraussetzen, dass die Wähler den Präsidenten um seines Vizes willen wählen, was Unsinn ist, wie die Geschichte erwiesen hat. Realistischer wäre es schon, Ihren Stellvertreter in einem Bundesstaat zu suchen, in dem er Ihnen Wählerstimmen einbringen könnte. Aber auch das ist Unsinn. John Kerry hat sich 2004 für John Edwards entschieden, North Carolina aber trotzdem verloren. Er hat sogar Edwards' eigenen Wahlkreis verloren.«

Kane lächelte überheblich.

»Ihre größte Schwäche ist Ihre außenpolitische Unerfahrenheit. Senatoren bekommen auf diesem Feld selten Gelegenheit, sich zu profilieren, es sei denn, sie mischen sich aktiv ein, was

Sie klugerweise all die Jahre vermieden haben. Ich kann Sie auf diesem Feld ergänzen. Außenpolitik ist meine starke Seite. Während Sie nicht beim Militär waren, habe ich vierzig Jahre gedient.«

»Und Sie sind schwarz.«

Ramsey lächelte. »Das ist Ihnen aufgefallen? Ihnen entgeht aber auch gar nichts.«

Kane musterte ihn aufmerksam. »Vizepräsident Langford Ramsey, nur einen Herzschlag entfernt von ...«

Ramsey stoppte ihn mit erhobener Hand. »Denken wir nicht an so etwas. Ich möchte einfach nur acht Jahre als Vizepräsident dienen.«

Kane lächelte. »Beide Amtszeiten?«

»Natürlich.«

»Sie haben all das unternommen, um sich dieses Amt zu sichern?«

»Was ist verkehrt daran? Ist das nicht auch Ihr Ziel? Gerade Sie können doch verstehen, was das bedeutet. Ich könnte niemals zum Präsidenten *gewählt* werden. Ich bin ein Admiral ohne politische Basis. Aber ich habe eine Chance auf den Platz des Stellvertreters. Dafür brauche ich nur einen einzigen Menschen zu beeindrucken. Sie.«

Er ließ seine Worte wirken.

»Sie sehen doch gewiss die Vorteile dieser Abmachung, Aatos. Ich kann ein wertvoller Verbündeter für Sie sein. Falls Sie aber beschließen, gegen unsere Abmachung zu verstoßen, kann ich ein gefährlicher Gegner werden.«

Er beobachtete Kane dabei, wie er die Lage einschätzte. Er kannte diesen Menschen gut. Er war ein herzloser, gewissenloser Heuchler, der sein Leben in öffentlichen Ämtern damit zugebracht hatte, sich einen Ruf aufzubauen, den er jetzt benutzen wollte, um den Aufstieg zur Präsidentschaft zu schaffen.

Dem schien nichts im Weg zu stehen.

Und so würde es auch bleiben, vorausgesetzt …

»Einverstanden, Langford. Ich werde Ihnen Ihren Platz in der Geschichte verschaffen.«

Endlich redete Kane ihn mit Vornamen an. Vielleicht kamen sie nun allmählich weiter.

»Ich habe noch etwas anderes zu bieten«, sagte Ramsey. »Nennen Sie es eine Geste des guten Willens, um Ihnen zu zeigen, dass ich nicht der Teufel bin, für den Sie mich halten.«

Er entdeckte Misstrauen in Kanes wachsamem Blick.

»Wie ich hörte, wird Ihr Hauptgegner bei den Vorwahlen der Gouverneur von South Carolina sein. Sie beide verstehen sich nicht, was heißt, dass der Kampf schnell persönlich werden könnte. Er ist ein potenzielles Problem, insbesondere im Süden. Sehen wir den Tatsachen ins Gesicht, niemand kann das Weiße Haus ohne den Süden gewinnen. Das sind zu viele Wählerstimmen, die man nicht übergehen kann.«

»Sagen Sie mir etwas, was ich nicht schon weiß.«

»Ich kann seine Kandidatur verhindern.«

Kane gebot ihm mit erhobener Hand Einhalt. »Ich brauche keine weiteren Toten.«

»Halten Sie mich für so dumm? Nein, ich besitze Informationen, die seine Chancen zunichtemachen würden, bevor er überhaupt erst anfängt.«

Er bemerkte, dass ein belustigtes Zucken über Kanes Gesicht huschte. Ramseys Zuhörer lernte schnell und genoss die Abmachung inzwischen schon. Das war keine Überraschung. Eine Hauptcharakteristik von Kane war zweifellos seine Anpassungsfähigkeit. »Wenn der aus dem Weg wäre, würde das Spendensammeln erheblich leichter fallen.«

»Dann nennen Sie es das Geschenk eines neuen Verbündeten. Ihr Gegner wird in der Versenkung verschwinden«, Ramsey machte eine Kunstpause, »sobald ich meinen Eid als Mitglied des Vereinigten Generalstabs abgelegt habe.«

50

Ramsey war begeistert. Alles hatte sich genau nach Plan ent-wickelt. Ob Aatos Kane nun zum nächsten Präsidenten ge-wählt wurde oder nicht, Ramsey würde nicht als ein Niemand in Pension gehen. Sollte Kane nicht gewählt werden, würde Ramsey seine Pensionierung zumindest als Mitglied des Ver-einigten Generalstabs erleben.

Eindeutig eine Situation, bei der er nur gewinnen konnte.

Er schaltete die Lichter aus und ging nach oben. Ein paar Stunden Schlaf würden ihm guttun, da der nächste Tag kri-tisch war. Sobald Kane Kontakt mit dem Weißen Haus auf-nahm, würde die Gerüchteküche überkochen. Ramsey musste sich dann bereithalten, die Presse abzuwimmeln, ohne etwas zu dementieren oder zu bestätigen. Dies hier war eine Ernen-nung, die dem Weißen Haus zustand, und er musste den An-schein erwecken, dass er allein schon die Tatsache, in Betracht gezogen zu werden, als große Ehre betrachtete. Am Ende des Tages würden Pressesprecher die Nachricht von seiner mög-lichen Ernennung durchsickern lassen, um die Reaktionen zu testen, und falls es nicht zu einem großen Aufstand kam, würde schon am Tag danach aus dem Gerücht eine Tatsache werden.

Das Handy in der Tasche seines Morgenmantels klingelte. Sonderbar, um diese Stunde.

Er nahm das Gerät heraus und stellte fest, dass auf dem Dis-play keine Anruferkennung erschien.

Er war neugierig, blieb auf der Treppe stehen und nahm den Anruf an.

»Admiral Ramsey, hier ist Isabel Oberhauser.«

Er war nur selten überrascht, aber diese Erklärung bestürzte ihn. Er hörte die alte, brüchige Stimme und das Englisch mit dem deutschen Akzent.

»Sie wissen sich wirklich zu helfen, Frau Oberhauser. Schon seit einiger Zeit versuchen Sie, bei der Navy an Informationen zu gelangen, und jetzt ist es Ihnen gelungen, mich direkt anzurufen.«

»So schwierig war das nicht. Colonel Wilkerson hat mir die Nummer gegeben. Mit einer geladenen Waffe gegen den Schädel war er äußerst kooperativ.«

Ramseys Probleme hatten sich gerade vervielfältigt.

»Er hat mir sehr viel erzählt, Admiral. Er wollte unbedingt am Leben bleiben und dachte, er könnte das erreichen, indem er meine Fragen beantwortete. Leider sollte es nicht so sein.«

»Er ist tot?«

»Das erspart Ihnen die Mühe.«

Er würde nichts dergleichen zugeben. »Was wollen Sie von mir?«

»Tatsächlich rufe ich Sie an, um Ihnen ein Angebot zu machen. Aber vorher würde ich Ihnen gerne noch eine Frage stellen.«

Er stieg die Treppe hinauf und setzte sich auf die Bettkante. »Schießen Sie los.«

»Warum ist mein Mann gestorben?«

Er bemerkte einen Anflug von Emotion in ihrer ansonsten eiskalten Stimme und erkannte die Schwäche dieser Frau. Er beschloss, dass die Wahrheit ihm hier am besten diente. »Er hat sich freiwillig für eine gefährliche Mission gemeldet. Eine Mission, auf die auch sein Vater sich vor langer Zeit begeben hatte. Aber dem U-Boot ist etwas zugestoßen.«

»Sie sagen das Offensichtliche und haben meine Frage nicht beantwortet.«

»Wir haben keine Vorstellung davon, wie das U-Boot gesunken ist, und wissen nur, dass es gesunken ist.«

»Haben Sie es gefunden?«

»Es ist nie in den Hafen zurückgekehrt.«

»Wieder keine Antwort.«

»Es ist bedeutungslos, ob wir es gefunden haben oder nicht. So oder so ist die Besatzung tot.«

»Für mich spielt es aber eine Rolle, Admiral. Ich hätte es vorgezogen, meinen Mann zu bestatten. Er verdient es, bei seinen Ahnen zu ruhen.«

Jetzt hatte Ramsey auch eine Frage. »Warum haben Sie Wilkerson getötet?«

»Er war ein Mensch, der sein Fähnchen nach dem Wind hängte. Er wollte vom Vermögen meiner Familie leben. Das lasse ich nicht zu. Außerdem war er ein Spion.«

»Sie sind anscheinend eine gefährliche Frau.«

»Dasselbe hat Wilkerson gesagt. Er erzählte mir, dass Sie seinen Tod wollen. Dass Sie ihn belogen und ausgenutzt haben. Er war ein schwacher Mensch, Admiral. Aber er hat mir von der Antwort erzählt, die Sie meiner Tochter gegeben haben. Wie haben Sie es ausgedrückt? *Sie machen sich keine Vorstellung.* Das haben Sie auf Dorotheas Frage geantwortet, ob es in der Antarktis etwas zu finden gibt. Also, beantworten Sie meine Frage. Warum ist mein Mann gestorben?«

Diese Frau glaubte, die Oberhand zu haben, sonst hätte sie ihn nicht mitten in der Nacht angerufen und informiert, dass sein deutscher Geheimdienstleiter tot war. Sie war kühn, das musste er zugeben. Aber sie befand sich im Nachteil, da er viel mehr wusste als sie.

»Bevor man wegen der Reise in die Antarktis an Ihren Mann herantrat, wurden sowohl er als auch sein Vater gründlich überprüft. Was unser Interesse erregte, war die verbissene Forschung der Nazis. O ja, die hatten dort 1938 einiges von Interesse entdeckt – das wissen Sie. Unglückseligerweise waren die Nazis zu borniert, um zu begreifen, was sie gefunden hatten. Sie brachten Ihren Schwiegervater zum Schweigen. Als er nach dem Krieg endlich sprechen konnte, hörte niemand auf ihn. Und Ihr Mann erfuhr nie wirklich, was sein Vater herausbekommen hatte. So ruhte alles – bis dann wir vorbeikamen.«

»Und was haben Sie erfahren?«

Er kicherte. »Also, wo bliebe der Spaß, wenn ich Ihnen das verraten würde?«

»Wie schon gesagt, ich habe angerufen, um Ihnen ein Angebot zu machen. Sie haben einen Mann losgeschickt, um Cotton Malone und meine Tochter Dorothea zu töten. Er ist in mein Haus eingedrungen, hat aber unsere Fähigkeit zur Selbstverteidigung unterschätzt. Er ist gestorben. Ich wollte nicht, dass meine Tochter Schaden leidet, und Dorothea stellt ja auch keine Bedrohung für Sie dar. Cotton Malone dagegen ist offensichtlich eine Bedrohung für Sie, da er inzwischen über die Erkenntnisse der Navy bezüglich des Untergangs des U-Boots Bescheid weiß. Irre ich mich?«

»Ich höre zu.«

»Ich weiß genau, wo er sich aufhält, Sie dagegen wissen das nicht.«

»Wie können Sie sich da so sicher sein?«

»Weil Malone vor ein paar Stunden in Aachen zwei Männer umgebracht hat, die ihn töten sollten. Männer, die Sie ebenfalls geschickt hatten.«

Das war neu, da er noch keine Nachrichten aus Deutschland erhalten hatte. »Ihr Informationsnetzwerk ist gut.«

»Ja. Wollen Sie wissen, wo Malone sich aufhält?«

Er war neugierig. »Was für ein Spiel spielen Sie eigentlich?«

»Ich möchte einfach nur, dass Sie sich aus unseren Familienangelegenheiten heraushalten. Sie Ihrerseits wollen nicht, dass wir in Ihren Angelegenheiten herumschnüffeln, also trennen wir uns doch.«

Er spürte, so wie Aatos Kane es vorher bei ihm gespürt hatte, dass diese Frau sich als Verbündete erweisen mochte, und so beschloss er, ihr etwas anzubieten. »Ich war da, Frau Oberhauser. In der Antarktis. Unmittelbar nach dem Verlust des U-Boots. Ich bin im Wasser getaucht. Ich habe Dinge gesehen.«

»Dinge, von denen wir uns keine Vorstellung machen?«

»Dinge, die ich nie wieder vergessen habe.«

»Und doch halten Sie sie geheim.«

»Das ist mein Job.«

»Ich möchte dieses Geheimnis kennen. Vor meinem Tod möchte ich erfahren, warum mein Mann nie zurückgekommen ist.«

»Vielleicht kann ich Ihnen da helfen.«

»Als Gegenleistung dafür, dass ich Ihnen sage, wo Cotton Malone sich im Moment aufhält?«

»Keine Versprechungen, aber ich bin die beste Möglichkeit, die Sie haben.«

»Deswegen habe ich Sie angerufen.«

»Dann sagen Sie mir, was ich wissen will.«

»Malone ist auf dem Weg nach Frankreich, und zwar in den Ort Ossau. Er sollte in vier Stunden dort eintreffen. Mehr als genug Zeit für Sie, dort Ihre Leute hinzuschicken.«

51

Charlotte
03.15 Uhr

Stephanie stand zusammen mit Edwin Davis vor Herbert Rowlands Krankenhauszimmer. Rowland, dessen Leben an einem seidenen Faden gehangen hatte, war eilig in die Notaufnahme transportiert worden, doch dort war es den Ärzten gelungen, seinen Zustand zu stabilisieren. Stephanie war noch immer wütend auf Davis.

»Ich rufe meine Leute«, erklärte sie ihm.

»Ich habe schon das Weiße Haus kontaktiert.«

Er war vor einer halben Stunde verschwunden, und sie hatte sich gefragt, was er tat.

»Und was sagt der Präsident?«

»Er schläft. Aber der Geheimdienst ist auf dem Weg.«

»Wird auch Zeit, dass Sie allmählich zur Vernunft kommen.«

»Ich wollte diesen Scheißkerl schnappen.«

»Sie haben Glück, dass er Sie nicht erschossen hat.«

»Wir erwischen ihn schon noch.«

»Wie denn? Ihnen haben wir es zu verdanken, dass er längst über alle Berge ist. Wir hätten ihm Angst einjagen und ihn wenigstens so lange im Haus festhalten können, bis die Polizei eingetroffen wäre. Aber nein. Sie mussten ja unbedingt einen Stuhl durchs Fenster schmeißen.«

»Stephanie, ich habe getan, was ich tun musste.«

»Sie haben die Kontrolle über sich verloren, Edwin. Sie wollten meine Hilfe, und die habe ich Ihnen gewährt. Wenn Sie auf Ihren Tod aus sind, bitte sehr, nur zu, aber ich werde nicht da sein, um Ihnen dabei zuzuschauen.«

»Wenn ich es nicht besser wüsste, würde ich glatt denken, dass Sie sich Sorgen um mich machen.«

Mit Charme kam man hier nicht weiter. »Edwin, Sie hatten recht, da ist ein Mörder zugange. Aber so geht es nicht, mein Freund. Absolut nicht. Nicht einmal annähernd.«

Davis' Handy klingelte. Er blickte aufs Display. »Der Präsident.« Er drückte eine Taste. »Ja, Sir.«

Sie beobachtete Davis beim Zuhören, und dann reichte er ihr das Handy und sagte: »Er möchte mit Ihnen sprechen.«

Sie griff nach dem Gerät und sagte: »Ihr Berater ist verrückt.«

»Erzählen Sie mir, was vorgefallen ist.«

Sie erstattete Daniels kurz Bericht.

Nachdem sie geendet hatte, sagte dieser: »Sie haben recht –

Sie müssen die Kontrolle übernehmen. Edwin ist gefühlsmäßig zu stark involviert. Ich weiß über Millicent Bescheid. Das ist einer der Gründe, aus denen ich der ganzen Sache zugestimmt habe. Ramsey hat sie ermordet beziehungsweise ermorden lassen, daran hege ich keinen Zweifel. Außerdem glaube ich, dass er Admiral Sylvian und Commander Alexander getötet hat. Das zu beweisen ist allerdings eine ganz andere Sache.«

»Wir stecken möglicherweise in einer Sackgasse«, meinte Stephanie.

»So was kennen wir schon von früher. Lassen Sie uns nach einer Möglichkeit suchen weiterzumachen.«

»Warum gerate ich immer in so ein Chaos hinein?«

Daniels kicherte. »Das ist Ihr besonderes Talent. Nur damit Sie Bescheid wissen, man hat mich informiert, dass vor einigen Stunden zwei Leichen im Aachener Dom gefunden wurden. Das Innere des Doms ist durch Gewehrschüsse beschädigt worden. Einer der beiden Toten wurde erschossen, der andere ist bei einem Sturz ums Leben gekommen. Beide waren Hilfsagenten, die routinemäßig von unseren Geheimdiensten eingesetzt werden. Die Deutschen haben bei uns offiziell um weitere Informationen nachgesucht. Diese Nachricht befand sich in meinem allmorgendlichen Briefing. Ob es da wohl eine Verbindung gibt?«

Sie beschloss, nicht zu lügen. »Malone ist in Aachen.«

»Wieso wusste ich, dass Sie das sagen würden?«

»Dort geht irgendetwas vor sich, und Cotton glaubt, dass es mit dem in Beziehung steht, was hier abläuft.«

»Da hat er wahrscheinlich recht. Sie müssen hier am Ball bleiben, Stephanie.«

Sie sah Edwin Davis an, der sich einige Schritte entfernt gegen die tapezierte Wand gelehnt hatte.

Die Tür zu Herbert Rowlands Zimmer ging auf, und ein Mann, der in einem olivgrünen Arztkittel steckte, sagte: »Er ist wach und möchte mit Ihnen sprechen.«

»Ich muss los«, sagte sie zu Daniels.
»Passen Sie auf Edwin auf.«

Malone lenkte den Mietwagen die steile Straße hinauf. In der felsigen Landschaft lag zu beiden Seiten des Asphaltbandes Schnee, doch der Räumdienst hatte gute Arbeit geleistet. Malone befand sich tief in den Pyrenäen, auf der französischen Seite, in der Nähe der spanischen Grenze, auf dem Weg nach dem Dorf Ossau.

Er war früh am Morgen mit dem Zug von Aachen nach Toulouse aufgebrochen und von dort südwestwärts ins verschneite Gebirge gefahren. Als er gestern Abend DAS LEUCHTEN GOTTES EINHARD in die Suchmaske von Google eingegeben hatte, hatte er sofort erfahren, dass die Bezeichnung sich auf ein in den französischen Pyrenäen gelegenes Kloster aus dem achten Jahrhundert bezog. Die Römer, die als Erste in diese Gegend gekommen waren, hatten dort eine große Stadt errichtet, eine Metropole der Pyrenäen, die zu einem Zentrum von Kultur und Handel geworden war. Doch während der Bruderkriege der fränkischen Könige im sechsten Jahrhundert war die Stadt geplündert, niedergebrannt und zerstört worden. Nicht ein einziger Einwohner war verschont geblieben. Kein Stein war auf dem anderen geblieben. Nur ein einziger Steinbrocken stand noch zwischen kahlen Feldern und schuf etwas, was ein zeitgenössischer Chronist eine »Einsamkeit der Stille« nannte. Die dauerte an, bis Karl der Große zweihundert Jahre später dort eintraf und die Errichtung eines Klosters anordnete, das aus einer Kirche, einem Stiftshaus, einem Kreuzgang und einem nahe gelegenen Dorf bestand. Einhard überwachte den Bau persönlich und setzte den ersten Abt Bertrand ein, der sowohl für seine Frömmigkeit als auch für sein Verwaltungsgeschick berühmt wurde. Bertrand starb 820 am Fuße des Altars und wurde unter dem Bauwerk begraben, das er Kirche von St. Lestelle genannt hatte.

Die Fahrt von Toulouse hatte Malone durch eine Reihe pittoresker Gebirgsdörfer geführt. Er hatte die Gegend schon mehrmals besucht, zuletzt im vergangenen Sommer. Abgesehen von Namen und Einwohnerzahl unterschieden sich die zahllosen Orte kaum. In Ossau zogen sich unregelmäßige Häuserreihen an den steilen, gewundenen Straßen entlang, die Bruchsteinfassaden waren mit Ornamenten, Wappen und Kragsteinen verziert. Nur die Ziegeldächer bildeten ein Durcheinander von Winkeln wie aufs Geratewohl in den Schnee geworfene Bauklötze. Aus Kaminen quoll Qualm in die kalte Luft. Der Ort hatte etwa tausend Einwohner, und vier Gasthäuser standen den Besuchern offen.

Malone fuhr ins Dorfzentrum und parkte. Eine schmale Gasse führte auf einen offenen Platz. Menschen in warmer Kleidung und mit verschlossenen Blicken gingen in den Läden ein und aus. Seine Uhr zeigte neun Uhr vierzig.

Er sah an den Dächern vorbei auf den klaren Morgenhimmel und folgte mit den Augen einer Steilwand nach oben, wo ein quadratischer Turm sich auf einem Felsausläufer erhob. Links und rechts davon schienen sich die Überreste weiterer Türme an den Fels zu klammern.

Die Ruinen von St. Lestelle.

Stephanie stand Davis gegenüber an Herbert Rowlands Krankenhausbett. Rowland wirkte erschöpft, war aber wach.

»Sie haben mir das Leben gerettet?«, fragte er mit einer Stimme, die kaum lauter als ein Flüstern war.

»Mr. Rowland«, sagte Davis. »Wir arbeiten für die Regierung. Wir haben nicht viel Zeit. Wir müssen Sie ein paar Dinge fragen.«

»Sie haben mir das Leben gerettet?«

Stephanie warf Davis einen Blick zu, der besagte: *Lassen Sie mich das machen.* »Mr. Rowland, heute Abend ist ein Mann gekommen, um Sie zu töten. Wir wissen nicht, wie er es angestellt hat, aber er hat Sie in ein diabetisches Koma befördert. Zum Glück waren wir da. Fühlen Sie sich in der Lage, ein paar Fragen zu beantworten?«

»Warum sollte er meinen Tod wollen?«

»Sie erinnern sich an die *Holden* und an die Antarktis?«

Sie sah zu, wie er anscheinend in seiner Erinnerung suchte.

»Das ist sehr lange her«, antwortete Rowland schließlich.

Sie nickte. »Richtig. Aber deswegen wollte er Sie töten.«

»Für wen arbeiten Sie?«

»Für einen Geheimdienst.« Sie zeigte auf Davis. »Und er ist Mitarbeiter im Weißen Haus. Commander Alexander, der Kapitän der *Holden*, wurde gestern Nacht ermordet. Einer der Lieutenants, der mit Ihnen an Land ging, Nick Sayers, ist vor ein paar Jahren gestorben. Wir glaubten, dass Sie das nächste Opfer sein könnten, und wir hatten recht.«

»Ich weiß nichts.«

»Was haben Sie in der Antarktis gefunden?«, fragte Davis.

Rowland schloss die Augen, und sie fragte sich, ob er eingenickt war. Ein paar Sekunden später öffnete er die Augen wieder und schüttelte den Kopf. »Ich habe den Befehl erhalten, niemals darüber zu sprechen. Mit niemandem. Admiral Dyals hat mich höchstpersönlich dazu aufgefordert.«

Sie wusste, wer Raymond Dyals war. Der ehemalige Oberkommandierende der Navy.

»Er hat die Fahrt der NR-1A befohlen«, sagte Davis.

Das hatte sie nicht gewusst.

»Wissen Sie über das U-Boot Bescheid?«, fragte Rowland.

Sie nickte. »Wir haben den Bericht über seinen Untergang gelesen und vor seinem Tod mit Commander Alexander gesprochen. Sagen Sie uns daher bitte, was Sie wissen.« Sie beschloss, ihm klarzumachen, worum es ging. »Ihr Leben könnte davon abhängen.«

»Ich muss mit dem Trinken aufhören«, sagte Rowland. »Der

318

Arzt hat mir gesagt, dass es mich irgendwann noch umbringt. Ich nehme mein Insulin ...«

»Gestern Abend auch?«

Er nickte.

Sie wurde allmählich ungeduldig. »Der Arzt hat uns vorhin erklärt, dass Sie kein Insulin im Blut hatten. Deshalb sind Sie ins Koma gefallen – deswegen und wegen des Alkohols. Aber all das ist jetzt irrelevant. Wir müssen wissen, auf was Sie in der Antarktis gestoßen sind.«

52

Malone nahm die vier Gasthäuser Ossaus in Augenschein und kam zu dem Schluss, dass L'Arlequin die richtige Wahl darstellte – nach außen war es ein nüchternes Gebirgshaus, doch innen war es elegant und mit duftenden Kiefernzweigen, einer geschnitzten Krippe und Misteln über der Tür weihnachtlich geschmückt. Der Wirt wies ihn auf das Gästebuch hin, das, wie er erklärte, die Namen aller berühmten Pyrenäenforscher enthielt, zusammen mit vielen prominenten Persönlichkeiten des neunzehnten und zwanzigsten Jahrhunderts. Im Restaurant wurde ein wunderbarer geschmorter Seeteufel mit Schinkenwürfeln serviert, und so hatte er sich für ein frühes Mittagessen entschieden, über eine Stunde verweilt, gewartet und schließlich noch einen länglichen Kuchen aus Schokolade und Esskastanien genossen. Als seine Uhr elf zeigte, kam er zu dem Schluss, dass er sich vielleicht doch falsch entschieden hatte.

Vom Kellner erfuhr er, dass St. Lestelle im Winter geschlossen war und nur von Mai bis August Besucher empfing, die zum Wandern in die Gegend kamen. Viel sei dort nicht mehr zu sehen, sagte der Mann, das Ganze sei eine Ruine. Jedes Jahr würden kleine Teile der Anlage restauriert, finanziert werde das Ganze von der historischen Gesellschaft der Gemeinde, mit Unterstützung der katholischen Diözese. Davon abgesehen bleibe das Gelände ungestört.

Malone beschloss, dass es Zeit für einen Besuch war. Die Dunkelheit würde früh hereinbrechen, sicher schon um fünf, und so musste er das verbleibende Tageslicht ausnutzen.

Er verließ das Gasthaus bewaffnet, in seiner Pistole waren noch drei Schuss. Er schätzte die Temperatur auf minus fünf Grad. Eis gab es nicht, aber der verharschte Schnee knirschte wie Cornflakes unter seinen Stiefeln. Er war froh, dass er diese Stiefel in Aachen gekauft hatte, als er schon wusste, dass er in eine raue Gegend aufbrechen würde. Ein neuer Pullover unter seiner Jacke hielt seine Brust mollig warm. Eng sitzende Lederhandschuhe schützten seine Hände.

Er war vorbereitet.

Auf was?

Das wusste er noch nicht.

Stephanie wartete auf Herbert Rowlands Antwort auf ihre Frage, was 1971 geschehen war.

»Ich schulde diesen Drecksäcken nichts«, murmelte Rowland. »Ich habe meinen Eid gehalten. Nie ein Wort gesagt. Und trotzdem sind sie gekommen, um mich zu töten.«

»Wir müssen wissen, warum«, sagte Stephanie.

Rowland inhalierte Sauerstoff. »Es war eine ganz verdammte Sache. Ramsey kam zum Stützpunkt, wählte mich und Sayers aus und sagte, wir würden in die Antarktis fahren. Wir waren alle Spezialeinsatzkräfte und an verrückte Sachen gewöhnt, doch das hier war die eigenartigste von allen. Es war eine weite Reise.« Er atmete wieder aus der Sauerstoffflasche. »Wir flogen nach Argentinien, gingen an Bord der *Holden* und blieben unter uns. Wir hatten den Auftrag, nach einem Notrufsignal zu horchen, hörten aber nie etwas, bis wir endlich an Land gingen. Dort legte Ramsey seine Tauchausrüstung an und tauchte. Etwa fünfzig Minuten später kam er zurück.«

»Was hast du gefunden?«, fragte Rowland, der Ramsey an der Schulter gepackt hatte und ihm mitsamt seiner Ausrüstung aus dem eiskalten Meer aufs Eis half.

Nick Sayers zog an der anderen Schulter. »War da was?«

Ramsey legte Gesichtsschutz und Haube ab. »Kalt wie im Arsch eines sibirischen Grubenarbeiters. Sogar noch mit diesem Anzug. Aber das war ein verteufelter Tauchgang.«

»Du warst beinahe eine Stunde dort unten. Irgendwelche Probleme mit der Tiefe?«, fragte Rowland.

Ramsey schüttelte den Kopf. »Ich bin die ganze Zeit in zehn Meter Tiefe geblieben.« Er zeigte nach rechts. »Das Meer reicht dort weit hinein, bis direkt zum Berg.«

Ramsey zog seine Tauchhandschuhe aus, und Sayer reichte ihm ein trockenes Paar. In dieser Umgebung durfte die Haut nicht länger als eine Minute ungeschützt bleiben. »Ich muss aus diesem Tauchanzug raus und meine Kleider wieder anziehen.«

»Ist dort was?«, fragte Sayers erneut.

»Verdammt klares Wasser. Dort gibt es Farben wie an einem Korallenriff.«

Rowland begriff, dass Ramsey ihre Fragen absichtlich überging, aber er bemerkte auch eine verschlossene Tauchtasche, die mit einer Klemme an Ramseys Taille befestigt war. Vor fünfzig Minuten war diese Tasche noch leer gewesen.

Jetzt war sie voll.

»Was ist da drin?«, fragte er.

»Er hat mir nicht geantwortet«, flüsterte Rowland. »Und er ließ nicht zu, dass ich oder Sayers die Tasche berührten.«

»Was ist danach geschehen?«, fragte sie.

»Wir sind aufgebrochen. Ramsey hatte das Kommando. Wir führten noch ein paar Strahlungsmessungen durch, fanden nichts, und dann befahl Ramsey, mit der Holden nach Norden zu fahren. Er hat nie ein Wort darüber verloren, was er bei seinem Tauchgang gefunden hat.«

»Ich begreife das nicht«, warf Davis ein. »Wieso stellen Sie dann eine Bedrohung dar?«

Der ältere Herr leckte sich die Lippen. »Wahrscheinlich wegen dem, was auf dem Rückweg passiert ist.«

Rowland und Sayers ließen es darauf ankommen. Ramsey befand sich mit Commander Alexander oben und spielte Karten mit einigen der anderen Offiziere. So hatten sie schließlich beschlossen zu erkunden, was ihr Kollege bei dem Tauchgang gefunden hatte. Keinem der beiden gefiel es, im Ungewissen gelassen zu werden.

»*Bist du sicher, dass du die Kombination kennst?*«, *fragte Sayers.*

»*Der Quartermeister hat sie mir gegeben. Ramsey hat hier den großen Macker markiert, aber das ist nicht sein Schiff, und so hat der Offizier mir mehr als bereitwillig geholfen.*«

Neben Ramseys Regal stand ein kleiner Safe auf dem Boden. Was immer Ramsey von seinem Tauchgang mit nach oben gebracht hatte, hatte in den letzten drei Tagen, während sie den südlichen Polarkreis verließen und in den Südatlantik fuhren, dort geruht.

»*Halte ein Auge auf die Tür*«, *trug Rowland Sayers auf. Er kniete sich hin und gab die Zahlenkombination ein, die er erhalten hatte.*

Dreimaliges Klicken ließ erkennen, dass die Ziffern richtig waren.

Er öffnete den Safe und erblickte die Tauchtasche. Er holte sie heraus und befühlte ihren rechteckigen Umriss – sie maß etwa zwanzig auf fünfundzwanzig Zentimeter und war gut zwei Zentimeter dick. Er öffnete den Reißverschluss, holte den Inhalt heraus und erkannte sofort ein Logbuch. Auf der ersten Seite stand mit schwerer Hand in blauer Tinte geschrieben: BEGINN DER MISSION: 17. OKTOBER 1971,

ENDE: __. *Das zweite Datum wäre nach Einlaufen des Schiffs im Hafen hinzugefügt worden. Aber der Kapitän, der diese Eintragungen gemacht hatte, sollte nie Gelegenheit dazu erhalten.*

Sayers näherte sich: »Was ist es?«

Die Tür der Kajüte schwang auf.

Ramsey kam herein. »Dachte ich mir doch, dass ihr beide etwas dergleichen versuchen würdet.«

»Reg dich ab«, *sagte Rowland.* »Wir haben alle denselben Rang. Du bist nicht unser Vorgesetzter.«

Ein Lächeln spielte um Ramseys schwarze Lippen. »Doch, das bin ich hier tatsächlich. Aber vielleicht ist es besser, dass ihr euch die Sache auf eigene Faust angeschaut habt. Jetzt ist euch wenigstens klar, was hier auf dem Spiel steht.«

»Da hast du verdammt recht«, *erklärte Sayers.* »Wir haben uns freiwillig gemeldet, genau wie du, und da wollen wir auch unseren Lohn dafür, genau wie du.«

»Glaubt mir oder lasst es bleiben«, *sagte Ramsey,* »aber ich wollte euch ohnehin vor dem Einlaufen davon erzählen. Es ist einiges zu erledigen, und das schaffe ich nicht allein.«

»Warum war das so wichtig?«, *wollte Stephanie wissen.*

Davis schien es zu verstehen. »Das ist doch offensichtlich.«

»Für mich nicht.«

»Das Logbuch«, *sagte Rowland,* »kam von der NR-1A.«

Malone erklomm den Felsenpfad, der kaum mehr als ein schmales Band war, das in Haarnadelkurven den bewaldeten Hang hinaufführte. Auf der einen Seite bildeten schmiedeeiserne Kreuzwegstationen eine feierliche Prozession, auf der anderen entwickelte der Blick nach unten sich allmählich zum Panorama. Sonnenlicht übergoss das abschüssige Tal, und in der Ferne entdeckte er zerklüftete Schluchten. Weit entfernte Glocken kündigten die Mittagszeit an.

Er war auf dem Weg zu einem der Cirques, hoch oben im

Gebirge gelegenen Felsenkesseln, von denen es in den Pyrenäen viele gab und die nur zu Fuß erreichbar waren. Verkrüppelte Birken befestigten den Abhang, ihre nackten, schneebedeckten Äste waren zu ungestalten Knoten verschlungen. Er betrachtete den holprigen Pfad aufmerksam, bemerkte aber keine Fußabdrücke, was angesichts des Windes und des wirbelnden Schnees allerdings nicht viel bedeutete.

Eine letzte Haarnadelkurve und der Eingang des im Felsenkessel gelegenen Klosters tat sich vor ihm auf. Er blieb stehen, um Atem zu schöpfen, und genoss einen weiteren Panoramablick. In der Ferne wirbelte der Schnee im eiskalten Wind.

Links und rechts von ihm erstreckten sich hohe Steinmauern. Falls er seiner Lektüre Glauben schenken konnte, waren diese Mauern Zeugen der Römer, der Westgoten, der Sarazenen, der Franken und der Albigenserkreuzzüge geworden. Um diesen strategisch wichtigen Punkt waren viele Schlachten geschlagen worden. Die Stille schien geradezu körperlich zu sein, was dem Ort etwas Feierliches verlieh. Seine Geschichte lag wahrscheinlich mit den Toten begraben, und sein Ruhm war weder in Stein eingemeißelt noch auf Pergament geschrieben.

Das Leuchten Gottes.

War das wieder nur eine Fantasie? Oder eine Tatsache?

Er legte das verbliebene Dutzend Meter zurück, trat vor ein schmiedeeisernes Tor und entdeckte eine mit einem Vorhängeschloss gesicherte Kette.

Na großartig.

Die Mauern waren zu hoch zum Überklettern.

Er streckte die Hand aus und packte das Gitter. Die Kälte drang durch seine Handschuhe. Und jetzt? Sollte er die Umfassungsmauer entlanggehen und nach irgendeiner Öffnung suchen? Das schien die einzige Möglichkeit zu sein. Er war müde, und er kannte dieses Stadium der Erschöpfung gut – der Geist verirrte sich leicht in einem Gewirr von Möglichkeiten, und jede vermeintliche Lösung führte in eine Sackgasse.

Frustriert rüttelte er am Gitter.

Die Stahlkette glitt herunter und fiel zu Boden.

53

Charlotte

Stephanie ließ sich Rowlands Worte durch den Kopf gehen und fragte: »Wollen Sie damit behaupten, dass die NR-1A unbeschädigt war?«

»Ich sage einfach nur, dass Ramsey von dem Tauchgang das Logbuch mitgebracht hat.«

Davis warf ihr einen Blick zu. »Ich hatte Ihnen ja gesagt, dass der Drecksack da ganz tief drin steckt.«

»War Ramsey derjenige, der versucht hat, mich zu ermorden?«, fragte Rowland.

Sie hatte nicht vor, ihm eine Antwort zu geben, sah aber, dass Davis da anderer Meinung war.

»Er verdient es, Bescheid zu wissen«, sagte Davis.

»Die Sache ist ohnehin schon aus dem Ruder gelaufen. Soll es noch schlimmer werden?«

Davis sah Rowland an. »Wir glauben, dass er dahintersteckt.«

»Wir *wissen* es allerdings nicht«, fügte Stephanie eilig hinzu. »Aber die Möglichkeit ist eindeutig gegeben.«

»Er war immer schon ein Scheißkerl«, sagte Rowland. »Nachdem wir zurückkamen, war er derjenige, der den ganzen Nutzen aus der Sache gezogen hat. Nicht ich oder Sayers. Sicher, wir wurden auch ein paar Mal befördert, aber wir sind nie so weit gekommen wie er.« Rowland stockte, eindeutig ermüdet. »Admiral. Er ist bis ganz nach oben gekommen.«

»Vielleicht sollten wir später weitermachen«, sagte Stephanie.

»Kommt nicht in Frage«, erwiderte Rowland. »Keiner, der es auf mein Leben abgesehen hat, kommt ungeschoren davon. Wenn ich nicht im Bett läge, würde ich ihn eigenhändig umbringen.«

Stephanie wunderte sich über diese zur Schau gestellte Tapferkeit.

»Heute Nacht habe ich meinen letzten Schluck Alkohol getrunken«, sagte Rowland. »Schluss damit. Das meine ich ernst.«

Zorn war anscheinend ein wirksames Medikament. Rowlands Augen loderten.

»Erzählen Sie uns alles«, sagte Stephanie.

»Was wissen Sie über die Operation *Highjump?*«

»Wir kennen nur die offizielle Version«, erklärte Davis.

»Die ist völliger Quatsch.«

Admiral Byrd nahm sechs R4-D-Flugzeuge mit in die Antarktis. Jedes war mit Hightech-Kameras und Magnetometern ausgerüstet. Zum Start vom Flugzeugträgerdeck verwendete man Katapulte mit Raketenantrieb. Die Flugzeuge verbrachten mehr als zweihundert Stunden in der Luft und legten dreiundzwanzigtausend Meilen über dem Kontinent zurück. Von einem der letzten Kartierungsflüge kam Byrds Flugzeug mit drei Stunden Verspätung zurück. Offiziell war einer seiner Motoren beschädigt, wodurch sich der Rückflug verlangsamt hätte. Doch in Byrds privatem Flugbuch, das er dem damaligen Oberkommandierenden der Navy übergab, stand eine ganz andere Erklärung.

Byrd war über dem von den Deutschen Neuschwabenland genannten Gebiet unterwegs gewesen. Er flog gerade im Landesinneren über eine konturenlose, weiße Fläche nach Westen, als er ein eisfreies Gebiet entdeckte, in dem drei Seen lagen, zwischen denen nackte, rötlich braune Felsmassen aufragten. Die Seen selbst waren in rötlichen, bläulichen und grünlichen

Farbtönen gefärbt. Er notierte ihre Lage und entsandte am Folgetag ein Spezialteam in die Gegend, welches entdeckte, dass das Wasser der Seen warm war und dass Algen in ihnen lebten, die für die Färbung verantwortlich waren. Das Wasser war außerdem salzig, was eine Verbindung mit dem Ozean nahelegte.

Diese Entdeckung erregte Byrds Aufmerksamkeit. Er war in Ergebnisse der deutschen Expedition von 1938 eingeweiht, wo von einem ähnlichen Fund berichtet wurde. Da er die Antarktis bereist hatte und ihre Lebensfeindlichkeit kannte, hatte er diese Behauptungen bezweifelt, doch das Sonderkommando erforschte das Gebiet einige Tage lang.

»Ich wusste nicht, dass Byrd ein privates Flugbuch führte«, sagte Davis.

»Ich habe es gesehen«, gab Rowland zurück. »Die ganze Operation *Highjump* war vertraulich, aber wir haben nach unserer Rückkehr zahlreiche Aufgaben erledigt, und so konnte ich einen Blick darauf werfen. Erst in den letzten zwanzig Jahren wurde überhaupt etwas über *Highjump* bekannt – das meiste davon übrigens falsch.«

»Mit welchen Aufgaben wurden Sie, Sayers und Ramsey denn nach Ihrer Rückkehr betraut?«

»Wir lagerten alles um, was Byrd 1947 mit nach Hause gebracht hatte.«

»Die Sachen waren noch da?«

Rowland nickte. »Kistenweise. Die Regierung wirft nichts weg.«

»Was war in den Kisten drin?«

»Da habe ich keine Ahnung. Wir haben sie einfach nur transportiert und nie etwas geöffnet. Übrigens, ich mache mir Sorgen um meine Frau. Sie hält sich bei ihrer Schwester auf.«

»Geben Sie mir die Adresse«, sagte Davis, »dann lasse ich

den Geheimdienst vorbeischauen. Aber Sie sind derjenige, hinter dem Ramsey her ist. Und Sie haben uns noch immer nicht gesagt, warum Ramsey Sie als Bedrohung empfindet.«

Rowland lag still da, er hing mit beiden Armen am Tropf. »Ich kann noch immer nicht glauben, dass ich fast gestorben wäre.«

»Der Kerl, den wir überrascht haben, ist gestern in Ihr Haus eingebrochen, während Sie unterwegs waren«, erzählte Davis. »Vermutlich hat er an Ihrem Insulin herumgepfuscht.«

»Mir tut der Kopf weh.«

Stephanie hätte gerne mehr Druck gemacht, wusste aber, dass dieser alte Mann erst reden würde, wenn er so weit war. »Wir werden Sie von jetzt an bewachen lassen. Wir müssen einfach nur wissen, warum das nötig ist.«

Rowlands Gesicht war ein Kaleidoskop widersprüchlicher Emotionen. Er kämpfte mit etwas. Sein Atem ging unregelmäßig, und seine wässrigen Augen nahmen einen verächtlichen Ausdruck an. »Das verdammte Ding war knochentrocken. Auf keiner Seite auch nur der kleinste Wasserschmierer.«

Sie begriff, wovon er sprach. »Das Logbuch?«

Rowland nickte. »Ramsey hat es in der Tauchtasche vom Meer heraufgebracht. Das bedeutet, dass es nicht nass geworden ist, bevor er es gefunden hat.«

»Heilige Mutter Gottes«, murmelte Davis.

Jetzt begriff Stephanie. »Die NR-1A war unversehrt?«

»Das weiß nur Ramsey.«

»Deswegen also hat er es auf das Leben von allen Beteiligten abgesehen«, sagte Davis. »Als Sie dafür gesorgt haben, dass diese Akte in Malones Hände gelangte, Stephanie, ist er in Panik geraten. Er darf nicht zulassen, dass die Sache irgendwo durchsickert. Können Sie sich vorstellen, was das für die Navy bedeuten würde?«

Aber sie war sich da nicht so sicher. An dieser Geschichte musste noch mehr sein.

Davis sah Rowland an. »Wer außer Ramsey weiß sonst noch Bescheid?«

»Ich. Sayers, aber der ist tot. Und Admiral Dyals. Die ganze Sache stand unter seinem Kommando, und er hat uns den Befehl erteilt, zu schweigen.«

Winterfalke. So wurde Dyals in den Medien genannt, was sowohl eine Anspielung auf sein Alter als auch auf seine politische Ausrichtung war. Seit langem verglich man ihn mit einem anderen alten, arroganten Navy-Offizier, den man ebenfalls schließlich aus dem Amt hatte jagen müssen. Hyman Rickover.

»Ramsey wurde Dyals' Protegé«, sagte Rowland. »Er wurde in den persönlichen Mitarbeiterstab des Admirals berufen. Ramsey hat den Mann glühend verehrt.«

»So sehr, dass er dessen Ruf selbst heute noch verteidigen würde?«, fragte sie.

»Schwer zu sagen. Aber Ramsey ist ein sonderbarer Vogel. Der denkt nicht wie der Rest von uns. Ich war froh, als wir ihn nach unserer Rückkehr loswurden.«

»Dann ist also Dyals der Einzige, der sonst noch Bescheid weiß?«, fragte Davis.

Rowland schüttelte den Kopf. »Noch einer war eingeweiht.«

Hatte sie richtig gehört?

»Es gibt immer einen Experten. Er war ein Star-Wissenschaftler, als die Navy ihn engagierte. Wir nannten ihn den Zauberer von Oz. Sie wissen schon, der Typ hinter dem Vorhang, den nie jemand zu Gesicht bekommt? Dyals hatte ihn persönlich engagiert, und er war unmittelbar Ramsey und dem Admiral unterstellt. Er hat alle diese Kisten ganz allein geöffnet.«

»Wir brauchen einen Namen«, sagte Davis.

»Douglas Scofield. Dr. Douglas Scofield. Seinen Titel hat er uns ständig unter die Nase gerieben. Das hat aber keinen von uns beeindruckt. Er war Dyals gegenüber ein vollendeter Arschkriecher.«

»Was ist mit ihm geschehen?«, fragte sie.

»Ich will verflucht sein, wenn ich es weiß.«

Sie mussten los, aber noch blieb eine Frage offen. »Was ist mit diesen Kisten aus der Antarktis?«

»Wir haben alle Kisten in ein Lagerhaus in Fort Lee geschafft. In Virginia. Und sie dann Scofield überlassen. Was danach mit ihnen geschehen ist, weiß ich nicht.«

54

Ossau, Frankreich

Malone sah auf die im Schnee liegende Eisenkette hinunter. Denk nach, sagte er sich. Sei vorsichtig. Hier stimmt eine ganze Menge nicht. Insbesondere nicht der glatte Schnitt in der Kette. Jemand war vorbereitet gewesen und mit einem Bolzenschneider gekommen.

Er holte die Pistole unter seiner Jacke hervor und stieß das Tor auf.

Die eiskalten Angeln quietschten laut.

Er betrat die Ruine über bröckelige Trümmerstücke und näherte sich dem Bogen eines romanischen Portals. Über mehrere baufällige Stufen stieg er abwärts in einen stockdunklen Innenraum. Nur ein wenig Licht sickerte durch die vom Wind durchwehten nackten Fensteröffnungen herein. Die dicken Wände, die schrägen Fensteröffnungen und das schmiedeeiserne Tor am Eingang verwiesen auf die frühe Zeit der Erbauung. Er sah sich an diesem Ort um, der einmal bedeutend gewesen war – halb Gebetsstätte, halb Zitadelle, eine Festung an den Außengrenzen eines Kaiserreichs.

Jeder Atemzug ballte sich vor seinen Augen zu einem Wölkchen.

Aufmerksam suchte er den Boden mit den Augen ab, fand

aber keine Spuren von jemandem, der vor ihm dort gegangen war.

Er trat in ein Labyrinth von Säulen, die ein intaktes Dach stützten. Das Gefühl der Weite verlor sich nach oben in schattigen Gewölben, und er ging zwischen den Säulen umher wie zwischen hohen Bäumen in einem versteinerten Wald. Malone wusste nicht, wonach er suchte oder was er erwartete, und er widerstand der Versuchung, sich von der unheimlichen Umgebung einschüchtern zu lassen.

Nach allem, was er im Internet gelesen hatte, hatte Bertrand, der erste Bischof, sich einen ziemlichen Ruf erworben. Die Legende schrieb seinen sagenhaften Kräften viele Wunder zu. In der Nachbarschaft ansässige spanische Stammesführer hatten immer wieder eine Spur von Feuer und Verwüstung über die Pyrenäen gezogen und die örtliche Bevölkerung in Angst und Schrecken versetzt. Doch Bertrand hatten sie sich ergeben, ihre Gefangenen freigelassen, sich zurückgezogen und waren nie wiedergekommen.

Und da war das Wunder.

Eine Frau hatte ihr Baby vor Bertrand gebracht und sich beschwert, dass der Vater sie nicht unterstützte. Als der Mann die Vaterschaft abstritt, befahl Bertrand, ein Gefäß mit kaltem Wasser vor die beiden zu stellen und einen Stein hineinzuwerfen. Er wies den Mann an, den Stein aus dem Wasser zu holen, und falls er lüge, werde Gott ein Zeichen setzen. Der Mann holte den Stein heraus, aber seine Hände waren danach verbrüht, als hätte er sie in kochendes Wasser getaucht. Der Vater gab daraufhin seine Vaterschaft sofort zu und besserte sich. Bertrand erhielt für seine Frömmigkeit schließlich einen Beinamen – *Das Leuchten Gottes*. Angeblich hatte er diesen Beinamen abgelehnt, aber zugelassen, dass das Kloster so genannt wurde, und daran hatte Einhard sich offensichtlich Jahrzehnte später in seinem Testament erinnert.

Malone trat zwischen den Säulen hervor in den Kreuzgang,

ein unregelmäßiges Viereck, das von Bögen, Säulen und Kapitellen gesäumt war. Die Dachbalken wirkten neu, was wohl den jüngsten Restaurierungsarbeiten zuzuschreiben war. Rechts vom Kreuzgang gingen zwei Räume ab. Beide standen leer, der eine hatte kein Dach, beim anderen waren die Wände eingebrochen. Gewiss waren sie einmal Refektorien für die Mönche und ihre Gäste gewesen, doch nun hausten nur noch Tiere und die Elemente in ihnen.

Er bog um eine Ecke und ging die Schmalseite des Kreuzgangs entlang, vorbei an mehreren eingestürzten Räumen, die alle mit Schnee bestäubt waren, der entweder durch die leeren Fensteröffnungen oder durch offene Dächer eingedrungen war. In leeren Nischen wucherten Nesseln und anderes Unkraut. Über einer Tür erkannte er das verblasste, in Stein gemeißelte Relief der Jungfrau Maria. Er blickte durch den Eingang und entdeckte einen geräumigen Saal. Wahrscheinlich war das der Kapitelsaal, in dem die Mönche sich versammelt hatten. Dann sah er sich nach dem Garten im Kreuzgang um und blickte auf ein halb verfallenes Becken, das mit einer gerade noch erkennbaren Dekoration aus Laubwerk und Köpfen geschmückt war. Um seinen Fuß lag Schnee.

Irgendetwas huschte den Kreuzgang entlang.

Im Gang gegenüber. Schnell und unauffällig, aber da.

Er kauerte sich hin und schlich sich zur Ecke.

Die Längsseite des Kreuzgangs war zwanzig Meter lang und endete vor einem Doppeltorbogen ohne Türflügel. Der Eingang der Kirche. Er nahm an, dass das, was er suchte, was auch immer es war, dort zu finden sein würde, doch das war nur eine Vermutung. Aber jemand hatte draußen die Kette durchschnitten.

Er betrachtete die innere Wand zu seiner Rechten.

Zwischen ihm und dem Ende des Kreuzgangs öffneten sich drei Türen. Die Steinbögen zu seiner Linken, die um den Garten herumliefen, waren streng und fast gänzlich ohne Schmuck.

Die Zeit und die Elemente hatten ihren Zoll gefordert. Er be-
merkte einen einsamen Engel mit einem Wappenschild, der die
Zeiten überstanden hatte. Zu seiner Linken in dem langen
Gang hörte er etwas.

Schritte.

Sie kamen auf ihn zu.

Ramsey verließ seinen Wagen, eilte durch die Kälte und betrat
das Hauptverwaltungsgebäude des Navy-Geheimdienstes. Er
musste sich nicht mit irgendeinem Sicherheitscode ausweisen.
Vielmehr erwartete ihn ein Lieutenant seines Stabs vor der Tür.
Auf dem Weg in sein Büro erhielt er das übliche morgendliche
Briefing.

In seinem Büro erwartete ihn Hovey. »Wilkersons Leiche ist
gefunden worden.«

»Erzählen Sie mir Näheres.«

»In München, in der Nähe des Olympiaparks. Kopfschuss.«

»Sie sollten froh sein.«

»Den wären wir los.«

Aber Ramsey war nicht ganz so begeistert. Das Gespräch
mit Isabel Oberhauser belastete ihn immer noch.

»Wollen Sie, dass ich dem Auftragnehmer, der die Sache erledigt hat, seinen Lohn auszahle?«

»Noch nicht.« Ramsey hatte bereits in Übersee angerufen.
»Ich habe den Leuten einen neuen Auftrag gegeben, in Frankreich, und zwar in diesem Moment.«

Charlie Smith saß bei Shoney's und leerte einen Teller Hafer-
grütze. Die liebte er, insbesondere mit Salz und drei Scheibchen
Butter. Er hatte nicht viel geschlafen. Die gestrige Nacht war
ein Problem. Diese beiden Leute waren hinter ihm her gewesen.

Er war aus dem Haus geflohen und hatte in ein paar Meilen
Entfernung am Highway geparkt. Von dort hatte er einen

Krankenwagen gesehen, der zum Schauplatz gerast war, und war ihm zu einem Krankenhaus am Rand von Charlotte gefolgt. Er hatte hineingehen wollen, sich aber dagegen entschieden. Stattdessen war er in sein Hotel zurückgekehrt und hatte versucht zu schlafen.

In Kürze würde er Ramsey anrufen müssen. Der einzig akzeptable Bericht lautete, dass alle drei Zielobjekte eliminiert worden waren. Wenn es auch nur die Andeutung eines Problems gab, würde Smith plötzlich selbst zum Zielobjekt werden. Er forderte Ramsey heraus und nutzte ihre lange Beziehung und seine eigenen Erfolge aus, alles weil er wusste, dass Ramsey ihn brauchte.

Doch das würde sich von einem Moment zum nächsten ändern, wenn er versagte.

Er sah auf die Uhr.

06.15 Uhr.

Er musste das Risiko eingehen.

Draußen hatte er eine Telefonsäule bemerkt, und so zahlte er seine Rechnung und rief an. Als die Telefonansage des Krankenhauses die Optionen herunterbetete, wählte er Information über Patienten. Da er die Zimmernummer nicht kannte, wartete er, bis die Telefonistin abnahm.

»Ich möchte mich nach Herbert Rowland erkundigen. Er ist mein Onkel und wurde gestern Nacht eingeliefert.«

Er wurde gebeten, einen Moment zu warten, und dann meldete sich die Frau wieder. »Leider müssen wir Ihnen mitteilen, dass Mr. Rowland kurz nach seiner Einlieferung gestorben ist.«

Er heuchelte Bestürzung. »Das ist ja schrecklich.«

Die Frau wünschte ihm herzliches Beileid. Er dankte, legte auf und stieß einen Seufzer der Erleichterung aus.

Das war knapp gewesen.

Er fasste sich wieder, griff nach seinem Handy und wählte eine vertraute Nummer. Als Ramsey abnahm, sagte er fröhlich:

»Drei von drei. Alles hat hundertprozentig geklappt wie üblich.«

»Ich bin ja froh, dass Sie stolz auf Ihre Arbeit sind.«

»Wir geben unser Bestes.«

»Dann geben Sie noch einmal Ihr Bestes. Ich brauche den Vierten. Sie haben das Okay. Legen Sie los.«

Malone lauschte. Jemand war hinter und jemand vor ihm. Er duckte sich und huschte in einen der Räume, die vom Kreuzgang abgingen. Dieser Raum besaß noch Wände und Decke. Er drückte sich unmittelbar neben der Tür mit dem Rücken gegen die innere Wand. In der Dunkelheit wirkten die schattigen Winkel des Raums noch tiefer. Er befand sich ein halbes Dutzend Meter vor dem Kircheneingang.

Wieder Schritte.

Sie kamen auf der kirchenfernen Seite den Gang entlang.

Er umfasste seine Pistole und wartete.

Wer immer dort draußen war, näherte sich weiter. Hatte derjenige Malone in den Raum huschen sehen? Offensichtlich nicht, da er sich nicht bemühte, leise durch den brüchigen Schnee zu gehen. Malone machte sich bereit und neigte den Kopf, um den Eingang aus den Augenwinkeln zu beobachten. Die Schritte kamen jetzt von der Wand gegenüber.

Eine Gestalt tauchte auf und ging auf die Kirche zu.

Malone wirbelte herum, packte eine fremde Schulter, schwang die Waffe herum, schleuderte den Unbekannten gegen die äußere Wand und stieß ihm die Pistole in die Rippen.

Entsetzte Augen blickten zu ihm zurück.

Sie gehörten einem Mann.

55

Charlotte
06.27 Uhr

Stephanie rief im Büro des *Magellan Billet* an und forderte Informationen über Dr. Douglas Scofield an. Sie und Davis waren allein. Vor einer halben Stunde waren zwei Agenten des Geheimdienstes eingetroffen und hatten ein sicheres Notebook mitgebracht, das Davis mit Beschlag belegt hatte. Die Agenten erhielten den Auftrag, Herbert Rowland in ihre Obhut zu nehmen, der unter falschem Namen in ein neues Zimmer verlegt wurde. Davis hatte mit der Leiterin der Krankenhausverwaltung gesprochen und diese unterstützte ihn nun dabei, Rowland für tot zu erklären. Es war vorhersehbar, dass jemand sich nach Rowland erkundigen würde. Und tatsächlich hatte die Telefonistin, die die Informationen über die Patienten herausgab, bereits vor zwanzig Minuten von einem Anruf berichtet – ein Mann, der sich als Rowlands Neffe bezeichnet hatte, hatte sich nach der Verfassung seines Onkels erkundigt.

»Das sollte ihn glücklich machen«, sagte Davis. »Ich bezweifle, dass unser Killer sich ins Krankenhaus wagen wird. Sicherheitshalber setzen wir noch eine Todesanzeige in die Zeitung. Ich habe den Agenten aufgetragen, den Rowlands die Sache zu erklären und sie um ihre Mithilfe zu bitten.«

»Ziemlich hart für Freunde und Verwandte«, meinte Stephanie.

»Aber es wäre härter, wenn der Typ seinen Fehler bemerkte und zurückkäme, um die Sache zu Ende zu bringen.«

Das Notebook signalisierte, dass eine E-Mail eingetroffen war. Stephanie öffnete die Nachricht aus ihrem Büro:

Douglas Scofield ist Professor der Anthropologie an der East Tennessee State University. Von 1968 bis 1972 arbeitete er freiberuflich für die Navy. Seine Aktivitäten waren vertraulich. Der Zugang zu genaueren Daten ist möglich, würde aber Spuren hinterlassen, weshalb wir davon Abstand nahmen, da Sie uns aufgefordert hatten, die Nachforschungen unauffällig zu betreiben. Scofield hat zahlreiche Werke veröffentlicht. Er schreibt nicht nur für die üblichen anthropologischen Zeitschriften, sondern auch für okkulte Zeitschriften und New-Age-Magazine. Eine kurze Suche im Internet erbrachte Themengebiete wie Atlantis, UFOs, außerirdische Besucher in der Menschheitsfrühgeschichte und paranormale Ereignisse. Er ist der Autor von Land- und Seekarten alter Entdecker *(1986), einer vielgelesenen Darstellung darüber, wie die Kartographie eventuell von verschollenen Kulturen beeinflusst worden sein könnte. Derzeit besucht er in Asheville, North Carolina, eine Konferenz zum Thema Enthüllung Alter Mysterien. Sie findet im Inn on Biltmore Estate statt und hat etwa hundertfünfzig registrierte Teilnehmer. Er ist einer der Organisatoren und gleichzeitig einer der Hauptredner. Es scheint sich um ein jährliches Ereignis zu handeln, da es als die vierzehnte Konferenz angekündigt wird.*

»Er bleibt als Einziger übrig«, sagte Davis. Über ihre Schulter hinweg hatte er mitgelesen. »Asheville liegt nicht weit von hier.«

Sie wusste, was er dachte. »Das kann doch nicht Ihr Ernst sein.«

»Ich fahre hin. Sie können mitkommen, wenn Sie wollen. Man muss mit ihm reden.«

»Dann schicken Sie den Geheimdienst.«

»Stephanie, das Letzte, was wir brauchen, ist eine staatliche Machtdemonstration. Lassen Sie uns einfach hinfahren und sehen, wohin uns das führt.«

»Unser Freund von gestern Abend könnte ebenfalls dort sein.«

»Das können wir nur hoffen.«

Ein Piepton kündigte die Antwort auf ihre zweite Nachfrage an, und so öffnete sie auch diese Mail und las:

Die Navy pachtet Lagerraum in Fort Lee, Virginia. Und zwar schon seit dem Zweiten Weltkrieg. Derzeit verfügt sie dort über drei Gebäude. Nur eines davon ist aufwändig gesichert, und dort befindet sich ein 1972 eingerichteter Tiefkühlraum. Der Zugang ist durch den Geheimdienst der Navy mittels eines numerischen Codes und biometrischer Fingerabdruckerkennung gesichert. Ich konnte einen Blick auf das in einer Datenbank der Navy gespeicherte Besucherverzeichnis werfen. Das ist interessanterweise nicht vertraulich. In den letzten hundertachtzig Tagen war nur ein einziger nicht zum Personal von Fort Lee gehörender Besucher in dem Lagerhaus. Nämlich Admiral Langford Ramsey, und zwar gestern.

»Wollen Sie immer noch mit mir diskutieren?«, fragte Davis. »Sie wissen, dass ich recht habe.«

»Ein Grund mehr, uns Hilfe zu holen.«

Davis schüttelte den Kopf. »Das lässt der Präsident nicht zu.«

»Falsch. Das lassen *Sie* nicht zu.«

Davis schaute ertappt drein, doch in seine Züge trat Trotz. »Ich muss das tun. Und vielleicht gilt für Sie ja dasselbe. Vergessen Sie nicht, Malones Vater hat sich auf diesem U-Boot befunden.«

»Cotton sollte darüber Bescheid wissen.«

»Besorgen wir ihm erst ein paar Antworten.«

»Edwin, Sie hätten gestern Nacht getötet werden können.«

»Aber das ist nicht geschehen.«

»Rache ist die schnellste Methode, wie Sie sich ins Grab

bringen. Lassen Sie mich das doch erledigen. Ich habe Agenten.«

Sie befanden sich allein in einem kleinen Konferenzzimmer, das die Leiterin der Krankenhausverwaltung ihnen zur Verfügung gestellt hatte.

»Das kommt nicht in Frage«, sagte Davis.

Stephanie sah, dass die Diskussion sinnlos war. Forrest Malone hatte sich auf dem U-Boot befunden – und Davis hatte recht, das war ihr Motivation genug.

Sie klappte das Notebook zu und stand auf.

»Ich würde sagen, nach Asheville sind es ungefähr drei Stunden.«

»Wer sind Sie?«, fragte Malone den Unbekannten.

»Sie haben mich zu Tode erschreckt.«

»Beantworten Sie meine Frage.«

»Ich bin Werner Lindauer.«

»Dorotheas Mann?«

Der Gefragte nickte. »Mein Ausweis ist in meiner Jackentasche.«

Für so etwas war keine Zeit. Malone zog die Pistole zurück und riss seinen Gefangenen mit einem Ruck in den Seitenraum des Kreuzgangs. »Was machen Sie hier?«

»Dorothea ist vor drei Stunden hergekommen. Ich wollte nach ihr schauen.«

»Wie hat sie diesen Ort hier gefunden?«

»Sie kennen Dorothea offensichtlich nicht besonders gut. Sie erklärt nie, was sie tut. Christl ist ebenfalls hier.«

Das hatte er erwartet. Er hatte in der Annahme im Hotel gewartet, dass sie diesen Ort entweder schon kannte oder ihn auf dieselbe Weise finden würde wie er selbst.

»Sie ist vor Dorothea hierhergekommen.«

Er wandte seine Aufmerksamkeit wieder dem Kreuzgang zu. Es wurde Zeit nachzuschauen, was sich im Inneren der Kirche verbarg. Er gab Lindauer einen Wink mit der Pistole. »Sie voran. Gehen Sie nach rechts und durch das Portal am Ende des Ganges.«

»Ist das klug?«

»Nichts von all dem hier ist klug.«

Er folgte Lindauer in den Gang, durchschritt dann den doppelten Torbogen an seinem Ende und suchte sofort Deckung hinter einer dicken Säule. Ein großes Kirchenschiff, das durch Säulenreihen in die Länge gezogen wurde und dadurch schmaler wirkte, breitete sich vor ihm aus. Die Säulen führten, der Form der Apsis folgend, in einem Halbkreis um den Altar herum. Die nackten Wände zu beiden Seiten waren hoch und die Gänge breit. Nirgends waren Schmuck oder Ornamente zu sehen, die Kirche war eher eine Ruine denn ein Gebäude. Durch die nackten, durch Steinkreuze unterteilten Fensterhöhlen pfiff der Wind. Malone erblickte den Altar, einen Block aus zernarbtem Granit, doch seine Aufmerksamkeit wurde durch das gefesselt, was sich davor befand.

Zwei Menschen. Geknebelt.

Sie saßen links und rechts des Altars auf dem Boden; ihre Arme waren hinter ihnen um eine Säule festgebunden.

Dorothea und Christl.

56

Washington, D.C.
07.24 Uhr

Ramsey marschierte in sein Büro zurück. Er wartete auf einen Bericht aus Frankreich und hatte den Männern in Übersee klargemacht, dass er von ihnen ausschließlich die Nachricht akzeptieren würde, dass Cotton Malone tot war. Danach würde er seine Aufmerksamkeit Isabel Oberhauser zuwenden, doch bisher hatte er noch nicht entschieden, wie er am besten mit dem Problem umgehen sollte. Er hatte während des ganzen Briefings, an dem er gerade teilgenommen hatte, über sie nachgedacht und sich dabei an etwas erinnert, das er einmal gehört hatte. *Ich war paranoid und ich hatte recht. Es ist besser, paranoid zu sein.*

Ganz seiner Meinung.

Zum Glück wusste er eine Menge über die alte Frau.

Sie hatte Dietz Oberhauser Ende der Fünfzigerjahre geheiratet. Er war der Sohn einer reichen bayrischen Adelsfamilie und sie die Tochter eines Bürgermeisters. Ihr Vater hatte während des Kriegs zu den Nazis gehört, war aber in den Jahren nach dem Krieg trotzdem von den Amerikanern weiter verwendet worden. Nach Dietz' Verschwinden 1972 hatte sie die volle Kontrolle über das Vermögen der Oberhausers übernommen. Schließlich hatte sie ihren Mann für tot erklären lassen. Dadurch war sein Testament in Kraft getreten, in dem ihr alles übertragen worden war, zu treuen Händen und zu Gunsten ihrer beiden gemeinsamen Töchter. Bevor Ramsey Wilkerson mit der Kontaktaufnahme beauftragt hatte, hatte er dieses Testament studiert. Interessanterweise war die Entscheidung, wann sie die finanzielle Kontrolle den Töchtern übergeben würde, allein Isabel überlassen. Achtunddreißig Jahre waren seitdem vergangen und noch immer trug sie die Verantwortung. Wilkerson hatte berichtet, dass zwischen den Schwestern große Feindseligkeit herrschte, was einiges erklären mochte, aber bis heute hatte der Zwist in der Familie Oberhauser Ramsey wenig bedeutet.

Er wusste, dass Isabel sich seit langem für die *Blazek* interessierte und kein Geheimnis aus ihrem Wunsch machte, zu erfahren, was geschehen war. Sie hatte sich Anwälte genommen, die versucht hatten, über offizielle Kanäle an Informationen heranzukommen, und als das misslungen war, hatte sie sich bemüht, durch Bestechung so viel wie möglich heimlich in Erfahrung zu bringen. Ramseys Gegenspionage hatte Isabels Bestrebungen entdeckt und ihm davon berichtet. Daraufhin hatte er persönlich die Verantwortung übernommen und Wilkerson auf sie angesetzt.

Jetzt war sein Mann tot. Wie war er gestorben?

Er wusste, dass Isabel einen Ostdeutschen namens Ulrich Henn in ihren Diensten hatte. Dem Hintergrundbericht über Henn war zu entnehmen, dass dessen Vater mütterlicherseits den Oberbefehl über eines von Hitlers Vernichtungslagern geführt hatte und verantwortlich gewesen war, als achtundzwanzigtausend Ukrainer in eine Schlucht gestürzt wurden. Bei seinem Kriegsverbrecherprozess hatte er nichts abgestritten und stolz erklärt: *Ich war da.* Das hatte es den Alliierten leicht gemacht, ihn hinzurichten.

Henn wurde von einem Stiefvater erzogen, der seine neue Familie in die kommunistische Gesellschaft integrierte. Henn hatte in der Nationalen Volksarmee gedient, und seine derzeitige Arbeitgeberin unterschied sich gar nicht so sehr von seinen ehemaligen kommunistischen Vorgesetzten: Beide trafen Entscheidungen auf die berechnende Art eines Buchhalters und führten sie dann mit der bedingungslosen Unbarmherzigkeit eines Despoten durch.

Isabel war in der Tat eine eindrucksvolle Frau.

Sie besaß Geld, Macht und Mut. Doch ihr Mann war ihre Schwäche. Sie wollte wissen, warum er gestorben war. Diese Obsession hatte Ramsey keine echten Sorgen bereitet, bis Stephanie Nelle auf die Datei über die NR-1A zugegriffen hatte und sie Cotton Malone in Übersee hatte zukommen lassen.

Jetzt war das Ganze ein Problem.

Doch das wurde, so hoffte er, gerade in diesem Moment in Frankreich gelöst.

Malone sah, dass Christl ihn erblickte und gegen ihre Fesseln ankämpfte. Ihr Mund war mit Klebeband verschlossen. Sie schüttelte den Kopf.

Zwei Männer tauchten hinter den Säulen auf. Der eine war groß, schlaksig und dunkelhaarig, der andere untersetzt und blond. Malone fragte sich, wie viele Angreifer noch auf der Lauer liegen mochten.

»Wir sind Ihretwegen gekommen«, sagte der Dunkelhaarige, »und haben diese beiden hier angetroffen.«

Malone blieb hinter einer Säule versteckt, die Waffe schussbereit. Die beiden wussten ja nicht, dass er nur noch wenige Patronen hatte.

»Und warum bin ich so interessant?«

»Ich hab nicht die geringste Ahnung. Ich bin nur froh, dass Sie es sind.«

Der Blonde setzte Dorothea Lindauer die Pistole an den Schädel.

»Wir fangen mit ihr an«, sagte der Dunkelhaarige.

Malone dachte nach und schätzte die Situation ein. Ihm war nicht entgangen, dass gar nicht die Rede von Werner gewesen war. Er sah Lindauer an und flüsterte: »Haben Sie jemals einen Mann erschossen?«

»Nein.«

»Können Sie das denn?«

Der andere zögerte. »Wenn ich müsste. Für Dorothea.«

»Können Sie schießen?«

»Ich habe mein ganzes Leben lang gejagt.«

Malone beschloss, seiner wachsenden Liste von Dummheiten eine weitere hinzuzufügen und reichte Werner die Pistole.

»Was soll ich tun?«, fragte Werner.

»Erschießen Sie einen der beiden.«

»Welchen?«

»Das ist mir gleich. Erschießen Sie ihn einfach, bevor die mich erschießen.«

Werner nickte verstehend.

Malone holte ein paar Mal tief Luft, riss sich zusammen und trat mit erhobenen Händen von der Säule weg. »Okay, hier bin ich.«

Keiner der beiden Angreifer rührte sich. Offensichtlich hatte er sie überrumpelt. Und das war ja auch seine Absicht gewesen. Der Blonde nahm seine Waffe von Dorothea Lindauer weg und trat vollständig hinter seiner Säule hervor. Er war jung, wachsam und hatte das Sturmgewehr im Anschlag.

Ein Knall ertönte, und in der Brust des Blonden zeigte sich ein Einschussloch.

Werner Lindauer konnte offensichtlich schießen, gut.

Malone sprang nach rechts und suchte Deckung hinter einer anderen Säule, da er wusste, dass der Dunkelhaarige nur den Bruchteil einer Sekunde brauchen würde, um sich von seiner Überraschung zu erholen. Ein kurzer Feuerstoß, und Kugeln prallten ein paar Zentimeter neben seinem Kopf vom Stein ab. Er warf einen Blick zur anderen Seite des Kirchenschiffs auf Werner, der sicher hinter einer Säule stand.

Der Dunkelhaarige zischte einen Schwall von Obszönitäten und brüllte dann: »Ich werde beide töten. Und zwar jetzt.«

»Das ist mir scheißegal«, rief Malone.

»Wirklich? Sind Sie sich da sicher?«

Er musste den anderen dazu bringen, einen Fehler zu begehen. Er gab Werner ein Zeichen, dass er vorhatte, unter Deckung der Säulen durchs Kirchenschiff vorwärtszuhuschen.

Jetzt kam der eigentliche Test. Er forderte Werner mit einer Handbewegung auf, ihm die Pistole zuzuwerfen.

Dieser beförderte die Waffe sogleich durch die Luft. Malone fing sie auf und machte dem anderen ein Zeichen, sich nicht von der Stelle zu rühren.

Malone sprang nach rechts und flitzte über den ungedeckten Zwischenraum zur nächsten Säule.

Weitere Kugeln schlugen in seiner Nähe ein.

Er erhaschte einen Blick auf Dorothea und Christl, die noch immer an ihre Säulen gefesselt waren. Jetzt hatte er nur noch zwei Patronen in der Waffe, deshalb griff er nach einem faustballgroßen Steinbrocken und schleuderte ihn nach dem Dunkelhaarigen, bevor er zur nächsten Säule huschte. Das Wurfobjekt krachte gegen irgendetwas und rumpelte dann über den Boden.

Noch fünf Säulen standen zwischen Malone und Dorothea Lindauer, die auf seiner Seite des Kirchenschiffs gefesselt war.

»Sehen Sie mal her«, sagte der Dunkelhaarige.

Malone riskierte einen Blick.

Christl lag auf dem unebenen Boden. Von ihren Handgelenken baumelten Stricke herab, die durchschnitten worden waren. Der Dunkelhaarige hielt sich weiter verborgen, doch Malone erblickte den Lauf seines Gewehrs, der auf die Liegende zeigte.

»Ist Ihnen das egal?«, rief der Dunkelhaarige. »Wollen Sie zusehen, wie sie stirbt?«

Eine Gewehrsalve prallte unmittelbar hinter Christl vom Boden ab. Vor Angst kroch sie über die flechtenbewachsenen Steine.

»Halt«, schrie der Dunkelhaarige sie an.

Sie folgte dem Befehl.

»Bei der nächsten Salve sind ihre Beine weg.«

Malone verharrte lauschend und spähend. Wo war Werner Lindauer?

»Ich schätze, Sie sind nicht zu Verhandlungen bereit?«, fragte er.

»Werfen Sie Ihre Waffe weg und kommen Sie hinter der Säule vor.«

Noch immer erwähnte der Killer Lindauer mit keinem Wort. Dabei wusste er doch bestimmt, dass noch jemand da war. »Wie schon gesagt. Das ist mir scheißegal. Bringen Sie sie ruhig um.«

Malone drehte sich nach rechts, während er diese Herausforderung aussprach. Da er dem Altar näher gekommen war, befand er sich inzwischen in einem günstigeren Schusswinkel. In dem unheimlich wirkenden grünlichen Spätnachmittagslicht, das von draußen hereinsickerte, sah er, wie der Dunkelhaarige ein paar Schritt von der Säule wegtrat, um ein besseres Ziel auf Christl zu bekommen.

Malone schoss, verfehlte aber sein Ziel.

Jetzt hatte er nur noch eine einzige Kugel.

Der Dunkelhaarige begab sich wieder in Deckung.

Malone rannte zur nächsten Säule. Er entdeckte einen Schatten, der sich dem Dunkelhaarigen von der Säulenreihe im hinteren Teil des Kirchenschiffs her näherte. Der Dunkelhaarige hatte seine ganze Aufmerksamkeit auf Malone gerichtet, und so konnte der Schatten ungehindert weiterhuschen. Größe und Gestalt waren unverkennbar. Werner Lindauer war ganz schön mutig.

»Okay, Sie sind bewaffnet«, sagte der Dunkelhaarige. »Wenn ich die Frau erschieße, erschießen Sie mich. Aber ich kann mir die andere Schwester schnappen, ohne in Ihr Visier zu geraten.«

Malone hörte ein Ächzen und dann einen Aufschlag, mit dem Fleisch und Knochen etwas rammten, das festen Widerstand bot. Malone spähte um die Säule herum und erblickte Werner Lindauer, der mit erhobener Faust über dem Dunkelhaarigen kauerte. Die beiden Kämpfenden rollten ins Kirchenschiff hinein, und der Dunkelhaarige stieß Werner von sich. Er hielt noch immer die Waffe mit beiden Händen.

Christl war aufgesprungen.

Der Dunkelhaarige erhob sich ebenfalls.

Malone zielte.

Ein Gewehrschuss hallte zwischen den hohen Wänden wider.

Aus dem Hals des Dunkelhaarigen schoss Blut. Die Waffe fiel ihm aus der Hand, als er um Atem ringend nach der Schusswunde an seinem Hals griff. Malone hörte einen weiteren

Knall – einen zweiten Schuss –, und der Körper des Dunkelhaarigen verkrampfte sich und fiel dann mit einem harten Aufprall auf den Rücken.

Plötzlich war es sehr still in der Kirche.

Werner lag auf dem Boden. Christl stand da. Dorothea saß. Malone sah angespannt nach links.

Auf einer Empore über der Vorhalle der Kirche, wo vor Jahrhunderten vielleicht einmal der Chor gesungen hatte, stand Ulrich Henn und senkte sein Gewehr. Neben ihm blickte grimmig und herausfordernd Isabel Oberhauser herab.

57

Washington, D.C.

Ramsey sah zu, wie Diane McCoy die Wagentür öffnete und sich auf den Beifahrersitz setzte. Er hatte sie vor seinem Amt erwartet. Ihr Anruf vor einer Viertelstunde hatte alarmierend geklungen.

»Was zum Teufel haben Sie getan?«, fragte sie.

Von sich aus würde er keine Informationen preisgeben.

»Daniels hat mich vor einer Stunde ins Oval Office bestellt und mich zur Sau gemacht.«

»Erzählen Sie mir, warum?«

»Spielen Sie hier nicht das Unschuldslamm. Sie haben Aatos Kane erpresst, richtig?«

»Ich habe mit ihm gesprochen.«

»Und er hat mit dem Präsidenten gesprochen.«

Ramsey saß still und geduldig da. Er kannte McCoy jetzt seit einigen Jahren. Er hatte ihren Hintergrund studiert. Sie war vorsichtig und bedachtsam. Ihre Arbeit brachte das mit sich. Und doch war sie jetzt richtiggehend wütend. Warum?

347

Sein auf dem Armaturenbrett liegendes Handy leuchtete auf und signalisierte eine Nachricht. »Entschuldigung. Ich muss erreichbar sein.« Er sah auf das Display und knurrte: »Das kann warten. Was ist los, Diane? Ich habe einfach nur um die Unterstützung des Senators gebeten. Wollen Sie mir etwa sagen, dass sonst niemand mit dem Weißen Haus Kontakt aufgenommen und dasselbe versucht hat?«

»Aatos Kane spielt in einer anderen Liga. Was haben Sie getan?«

»Gar nicht so viel. Er war begeistert, dass ich mich mit ihm besprochen habe. Er sagte, ich würde eine echte Bereicherung des Vereinigten Generalstabs darstellen. Ich erwiderte, wenn er das so sehe, sei ich ihm dankbar für jede Unterstützung, die er mir gewähren könne.«

»Langford, hier sind nur wir beide, Sie und ich, Sie können sich also das Geschwafel sparen. Daniels war außer sich vor Wut. Er nahm Kanes Einmischung übel und gab mir die Schuld daran. Er sagte, ich hätte mich mit Ihnen verbündet.«

Er runzelte die Stirn. »Mit welcher Absicht denn?«

»Sie sind ein harter Brocken, Ramsey. Kürzlich haben Sie mir gesagt, dass Sie Kane am Haken haben, und das stimmt verdammt noch mal tatsächlich. Den Grund dafür möchte ich gar nicht wissen, aber ich wüsste gerne, wieso Daniels mich mit Ihnen in Verbindung bringt. Hier geht es um meinen Arsch.«

»Übrigens ein sehr hübscher Arsch.«

Sie schnaufte. »War das jetzt ein produktiver Beitrag?«

»Nein. Es ist einfach nur eine wahre Feststellung.«

»Haben Sie vielleicht auch etwas Hilfreiches im Angebot? Ich habe lange gearbeitet, um so weit zu kommen.«

»Was genau hat der Präsident denn gesagt?«, wollte er wissen.

Sie schob seine Frage beiseite. »Als wenn ich Ihnen das sagen würde.«

»Warum nicht? Sie werfen mir eine Verfehlung vor, und deshalb möchte ich gerne wissen, was Daniels zu sagen hatte.«

»Als wir uns das letzte Mal unterhalten haben, klangen Sie noch ganz anders.« Ihre Stimme hatte sich gesenkt.

Er zuckte die Schultern. »Wenn ich mich recht entsinne, waren Sie ebenfalls der Meinung, dass ich eine Bereicherung für den Vereinigten Generalstab darstellen würde. Ist es nicht Ihre Pflicht als Nationale Sicherheitsberaterin, dem Präsidenten gute Leute zu empfehlen?«

»Okay, Admiral. Spielen Sie nur Ihre Rolle als braver Soldat. Der Präsident der Vereinigten Staaten ist dennoch verärgert und ebenso Senator Kane.«

»Ich habe nicht die geringste Ahnung, wieso. Meine Unterredung mit dem Senator ist äußerst angenehm verlaufen, und mit dem Präsidenten habe ich nicht einmal gesprochen. Ich kann mir gar nicht vorstellen, warum er wütend auf mich sein sollte.«

»Gehen Sie zu Admiral Sylvians Begräbnis?«

Er merkte, dass sie das Thema wechselte. »Natürlich. Ich wurde gebeten, in der Ehrengarde mitzumarschieren.«

»Sie sind ja ganz schön frech.«

Er warf ihr sein reizendstes Lächeln zu. »Ich habe mich durch die Aufforderung geehrt gefühlt.«

»Ich bin hierhergekommen, weil wir miteinander reden müssen. Ich sitze hier wie ein Dummkopf in einem geparkten Wagen, weil ich mich mit Ihnen eingelassen habe …«

»Auf was haben Sie sich denn eingelassen?«

»Das wissen Sie verdammt gut. Kürzlich abends haben Sie eindeutig gesagt, dass es eine freie Stelle im Vereinigten Generalstab geben würde. Eine, die zu dem Zeitpunkt noch nicht frei war.«

»Daran erinnere ich mich ganz anders. Sie wollten mit mir reden. Es war schon spät, aber Sie haben darauf bestanden. Sie kamen in mein Haus. Sie machten sich Sorgen über Daniels und seine Haltung zum Militär. Wir haben ganz allgemein über den Vereinigten Generalstab gesprochen. Keiner von uns beiden wusste, dass dort eine Stelle frei werden würde. Und gewiss nicht gleich am nächsten Tag. Es ist eine Tragödie, dass David Sylvian gestorben ist. Er war ein guter Mann, aber ich verstehe nicht, wieso wir in irgendeiner Weise in irgendetwas verstrickt sein sollten.«

Sie schüttelte ungläubig den Kopf. »Ich muss los.«

Er hielt sie nicht auf.

»Einen schönen Tag noch, Admiral.«

Damit schlug sie krachend die Tür zu.

Er ging das Gespräch im Geist noch einmal durch. Er hatte seine Sache gut gemacht und alle seine Gedanken nur beiläufig geäußert. Als er sich vorgestern Nacht mit Diane McCoy unterhalten hatte, war sie seine Verbündete gewesen. Dessen war er sich sicher. Aber die Dinge hatten sich wohl geändert.

Ramseys Aktentasche lag auf dem Rücksitz. Darin befand sich ein technisch hochgerüsteter Monitor, mit dessen Hilfe sich feststellen ließ, ob in der näheren Umgebung Abhörgeräte installiert waren. Einen ebensolchen Monitor hatte Ramsey auch bei sich zu Hause, weshalb er wusste, dass keiner ihr Gespräch belauscht hatte.

Hovey hielt den Parkplatz mit Hilfe mehrerer an Masten angebrachter Sicherheitskameras überwacht. Die Nachricht auf Ramseys Handy war eine SMS gewesen. McCoys WAGEN STEHT AUF DEM WESTLICHEN PARKPLATZ. EINSTIEG GELUNGEN. EMPFANGS- UND AUFZEICHNUNGS-GERÄT VORHANDEN. Der Monitor auf Ramseys Rücksitz hatte ebenfalls ein Signal gegeben, und so war der letzte Teil der Nachricht klar. SIE HAT EIN ABHÖRGERÄT BEI SICH.

Er stieg aus und verschloss die Wagentüren.

Kane konnte nicht dahinterstecken. Der Senator hatte zu viel Interesse an den Vorteilen gezeigt, die sich für ihn ergeben würden, und er konnte nicht einmal die Möglichkeit einer Aufdeckung riskieren. Er wusste, dass ein Verrat schnelle und vernichtende Konsequenzen hätte.

Nein.

Diane McCoy handelte auf eigene Faust.

Malone sah zu, wie Lindauer seine Frau Dorothea von der Säule losband. Sie riss sich das Klebeband vom Mund.

»Was hast du dir eigentlich dabei gedacht?«, schrie sie. »Bist du verrückt geworden?«

»Er wollte dich erschießen«, sagte ihr Mann ruhig. »Und ich wusste, dass Herr Malone mit einer Pistole zur Stelle war.«

Malone stand im Kirchenschiff und sah zu Isabel und Ulrich Henn auf der Empore hinauf. »Ich sehe, dass Sie nicht so unwissend sind, wie Sie mich glauben machen wollten.«

»Diese Männer waren hier, um Sie zu töten«, erwiderte die alte Frau.

»Und woher wussten Sie, dass sie hier sein würden?«

»Ich bin gekommen, um dafür zu sorgen, dass meinen Töchtern nichts zustößt.«

Das war keine Antwort, und so wandte er sich Christl zu. Ihren Augen konnte man nicht ansehen, was sie dachte. »Ich habe im Dorf auf dich gewartet, aber du warst mir weit voraus.«

»Es war nicht schwer, die Verbindung zwischen Einhard und dem *Leuchten Gottes* zu finden.«

Er zeigte nach oben. »Aber das erklärt nicht, woher deine Mutter und deine Schwester Bescheid wussten.«

»Ich habe gestern Abend nach deinem Aufbruch mit Mutter gesprochen.«

Er ging auf Lindauer zu. »Ich gebe Ihrer Frau recht. Sie haben unklug gehandelt.«

»Jemand musste seine Aufmerksamkeit von Ihnen ablenken. Ich hatte keine Waffe, und so habe ich das getan, was, wie ich glaubte, funktionieren würde.«

»Er hätte dich erschießen können«, schimpfte Dorothea.

»Das wäre das Ende deiner Eheprobleme gewesen.«

»Ich habe nie gesagt, dass ich deinen Tod will.«

Malone verstand diese eheliche Hassliebe. Seine eigene Ehe war genauso gewesen, selbst noch Jahre nach der Trennung. Zum Glück hatte er Frieden mit seiner Exfrau geschlossen, auch wenn das einige Anstrengung gekostet hatte. Diese beiden dagegen schienen noch weit von einer Lösung entfernt.

»Ich habe getan, was ich tun musste«, beharrte Lindauer. »Und ich würde es wieder so machen.«

Malone sah zur Galerie hinauf. Henn zog sich von seinem Posten an der Balustrade zurück und verschwand hinter Isabel.

»Können wir uns jetzt um das kümmern, was wir suchen?«, fragte Isabel.

Henn tauchte wieder auf und flüsterte seiner Arbeitgeberin etwas ins Ohr.

»Herr Malone«, sagte Isabel. »Es wurden vier Männer auf Sie angesetzt. Wir dachten, dass die anderen beiden kein Problem darstellen würden, aber gerade eben sind sie durchs Tor gekommen.«

58

Asheville, North Carolina
10.40 Uhr

Charlie Smith studierte das Dossier über Douglas Scofield. Er hatte sich vor mehr als einem Jahr auf dieses Zielobjekt vorbereitet, aber im Gegensatz zu den anderen Männern war dieser Herr immer nur als eventuelles Opfer gekennzeichnet gewesen.

Doch das war jetzt vorbei.

Offensichtlich hatten die Pläne sich geändert, und so musste er nun sein Gedächtnis wieder auffrischen.

Er hatte Charlotte verlassen und war auf der US-Route 321 westwärts nach Hickory gefahren, wo er auf die Interstate 40 eingebogen war, die zu den Smoky Mountains im Westen führte. Er hatte im Internet überprüft, dass die im Dossier gesammelten Informationen noch immer stimmten. Dr. Scofield sollte auf einem Symposium sprechen, das er jeden Winter veranstaltete, und zwar in diesem Jahr in dem berühmten Biltmore Estate. Die Veranstaltung schien eine Versammlung von Spinnern zu sein. Es ging um Ufologie, Geisterkunde, Nekrologie, Entführungen durch Außerirdische und Kryptozoologie. Lauter bizarre Themen. Scofield war zwar Professor für Anthropologie an der Universität von Tennessee, hatte sich aber tief in Pseudowissenschaften vergraben und trat auf diesem Feld als Autor vieler Bücher und Artikel in Erscheinung. Da Smith nicht gewusst hatte, wann oder ob überhaupt er den Auftrag erhalten würde, sich Douglas Scofield vorzunehmen, hatte er über die Todesart des Mannes noch nicht weiter nachgedacht.

Jetzt hatte er vor einem McDonald's geparkt, der hundert Meter vom Eingang des Biltmore Estate entfernt lag.

Beiläufig blätterte er das Dossier durch.

Scofield hatte weitläufige Interessen. Er jagte gerne und verbrachte viele Winterwochenenden auf der Suche nach Rot- und Schwarzwild. Seine Lieblingswaffe waren Pfeil und Bogen, allerdings besaß er auch eine eindrucksvolle Gewehrsammlung. Smith hatte noch immer das Gewehr bei sich, das er aus Herbert Rowlands Haus mitgenommen hatte. Es lag geladen in seinem Kofferraum, nur für alle Fälle. Angeln und Wildwasserrafting gehörten ebenfalls zu Scofields Passionen. Allerdings gab es um diese Jahreszeit dafür praktisch keine Gelegenheit.

Smith lud das Programm der Konferenz herunter und versuchte, irgendwelche Einzelheiten zu entdecken, die sich als nützlich erweisen würden. Die Vorfälle der vergangenen Nacht beunruhigten ihn. Die beiden Unbekannten waren nicht zufällig da gewesen. Auch wenn er mit dem größten Vergnügen sehr von sich eingenommen war – Selbstvertrauen war schließlich alles –, durfte er doch nicht leichtsinnig sein.

Er musste vorbereitet sein.

Zwei Punkte des Programms fielen ihm ins Auge und gaben ihm zwei Ideen ein.

Die eine war defensiv, die andere offensiv.

Er hasste es, einen Auftrag überstürzt ausführen zu müssen, wollte Ramsey aber nicht eingestehen müssen, dass er mit so etwas nicht fertig wurde.

Er griff nach seinem Handy und suchte die Nummer in Atlanta.

Zum Glück lag Georgia in der Nähe.

»Ich habe nur noch einen Schuss«, erwiderte Malone auf Isabels Ankündigung.

Sie sprach mit Henn, der unter seinen Mantel griff, eine Pistole herauszog und sie Malone zuwarf. Malone fing die Waffe auf. Zwei Ersatzmagazine folgten.

»Sie sind gut vorbereitet«, sagte er.

»Immer«, gab Isabel zurück.

Er steckte die Magazine in seine Jackentasche.

»Es war ganz schön mutig von Ihnen, mir vorhin zu vertrauen«, sagte Lindauer.

»Als wenn ich die Wahl gehabt hätte.«

»Trotzdem.«

Malone warf einen Blick auf Christl und Dorothea. »Sie drei gehen hier irgendwo in Deckung.« Er zeigte hinter den Altar auf die Apsis. »Das dahinten sieht gut aus.«

Er sah zu, wie sie sich zurückzogen, und rief dann Isabel zu: »Könnten wir wenigstens einen der Angreifer lebendig fassen?«

Henn war bereits weg.

Sie nickte. »Das hängt von den beiden selbst ab.«

Er hörte zwei Schüsse aus dem Kircheninneren.

»Ulrich hat angegriffen«, sagte sie.

Er eilte durch das Kirchenschiff in die Vorhalle und trat in den Kreuzgang hinaus. Dort sah er einen der Angreifer auf der gegenüberliegenden Seite zwischen den Bögen hindurchhuschen. Das Tageslicht wich der Dämmerung. Die Temperatur war merklich gefallen.

Weitere Schüsse.

Von außerhalb der Kirche.

Stephanie bog von der Interstate 40 auf einen belebten Boulevard ab und fand den Haupteingang des Biltmore Estate. Tatsächlich war sie schon zwei Mal hier abgestiegen, einmal wie jetzt in der Vorweihnachtszeit. Das Grundstück umfasste über dreitausend Hektar, und das Zentrum bildete ein sechzehntausend Quadratmeter großes französisches Renaissance-Château, das größte Herrenhaus in Privatbesitz der Vereinigten Staaten. Das Gebäude war um 1890 als Landsitz für George Vanderbilt erbaut worden und hatte sich inzwischen in eine beliebte Touristenattraktion verwandelt, ein lebendiges Zeugnis von verflossenem Reichtum.

Zu ihrer Linken drängte sich eine Ansammlung von verputzten Backsteinhäusern, viele mit steilen Giebeldächern, hölzernen Dachgauben und breiten Vorderveranden. An hübschen, von Bäumen gesäumten Sträßchen zogen sich gepflasterte Bürgersteige entlang. Die Straßenlampen waren mit Kiefernzweigen und Weihnachtsschleifen geschmückt, und eine Weihnachtsbeleuchtung von zahllosen weißen Lichtchen sorgte für festtägliche Stimmung.

»Das Biltmore Village«, sagte sie. »Dort haben früher einmal die Arbeiter und das Personal gewohnt. Vanderbilt hat ihnen ihr eigenes kleines Städtchen errichtet.«

»Sieht aus, als stammte es aus einem Roman von Dickens.«

»Es wurde einem englischen Provinzstädtchen nachempfunden. Jetzt sind dort Läden und Cafés.«

»Sie kennen sich aber aus, was?«

»Das hier ist einer meiner Lieblingsorte.«

Sie bemerkte einen McDonald's, der in die pittoreske Architektur eingefügt war. »Ich muss mal zur Toilette.« Sie bremste und fuhr auf den Parkplatz des Restaurants.

»Ein Milkshake wäre jetzt nicht schlecht«, meinte Davis.

»Sie haben sonderbare Ernährungsgewohnheiten.«

Er zuckte die Schultern. »Was auch immer den Magen füllt.«

Sie sah auf die Uhr. 11.15 Uhr. »Wir halten kurz und dann fahren wir zum Hotel. Es liegt mehr als einen Kilometer hinter den Toren des Landsitzes.«

Charlie Smith bestellte einen Big Mac ohne Sauce und Zwiebeln, aber mit Fritten und einer großen Cola light. Das war eines seiner Lieblingsgerichte, und da er selbst tropfnass nie über siebzig Kilo wog, musste er sich um sein Gewicht nicht groß kümmern. Er war mit einem lebhaften Stoffwechsel gesegnet – das und ein aktiver Lebensstil, drei Mal wöchentlich Sport und gesunde Ernährung. Ja, richtig. Seine Vorstellung von Sport war, den Zimmerservice anzurufen oder Essen zum Mitnehmen zum Wagen zu tragen. Ihm bot sein Job mehr als genug Anlass für sportliche Betätigung.

Er hatte eine Mietwohnung am Rande von Washington, D.C., hielt sich aber nur selten dort auf. Er musste endlich mal Wurzeln schlagen, Mann. Vielleicht war es an der Zeit, ein eigenes Haus zu kaufen – wie Bailey Mill. Neulich hatte er Ramsey nur etwas vorgeflunkert, aber vielleicht konnte er dieses alte Farmhaus in Maryland tatsächlich in Ordnung bringen und dort auf dem Land leben. Das wäre idyllisch. Wie die Häuser, die ihn hier umgaben. Nicht einmal die McDonald's-Bude sah so aus, wie er es gewohnt war. Sie schien geradewegs aus einem Bilderbuch zu kommen, hatte ein selbstspielendes Klavier im Speisesaal, Marmorkacheln und einen schimmernden Wasserfall.

Er setzte sich mit seinem Tablett hin.

Nach dem Essen würde er zum Biltmore Inn aufbrechen. Er hatte bereits online ein Zimmer für die nächsten beiden Nächte reserviert. Ein feudales Haus und auch teuer. Aber er nahm gerne das Beste. Das hatte er verdient. Außerdem zahlte Ramsey die Spesen, daher scherten ihn die Kosten nicht.

Im Programm für die Vierzehnte Jährliche Konferenz zur Enthüllung alter Mysterien, das online abrufbar war, stand, dass Douglas Scofield morgen Abend als der Hauptredner eines Dinners auftreten würde, das im Preis der Konferenz inbegriffen war. Davor würde eine Cocktailparty in der Hotellobby stattfinden.

Er hatte schon vom Biltmore Estate gehört, war aber noch nie dort gewesen. Vielleicht würde er das Herrenhaus besichtigen und sich anschauen, wie die Reichen einmal gelebt hatten. Ein paar Anregungen für seine Einrichtung konnten nicht schaden. Schließlich konnte er sich Qualität leisten. Wer behauptete eigentlich, dass Mord sich nicht lohnte? Er hatte inzwischen zwanzig Millionen Dollar beisammen, Honorare und Spekulationsgewinne. Das, was er Ramsey neulich gesagt hatte, war ihm ernst gewesen. Er hatte nicht die Absicht, für den Rest seines Lebens zu arbeiten, egal wie sehr ihm sein Beruf gefiel.

Er gab einen Klecks Senf und einen Spritzer Ketchup auf seinen Big Mac. Smith war kein Freund vieler Würzmittel und nahm nur so viel, dass ein bisschen Geschmack darankam. Genüsslich mampfte er seinen Burger und beobachtete die Leute. Viele waren offensichtlich hier, um das Biltmore Estate in der Weihnachtszeit zu besuchen und im Village shoppen zu gehen.

Hier schien alles auf Touristen eingerichtet.

Was ihm sehr gut passte.

Eine Menge unbekannter Gesichter, zwischen denen er verschwinden konnte.

Malone hatte zwei Probleme. Zum einen verfolgte er einen unbekannten Killer durch einen düsteren, kalten Kreuzgang, und zum anderen stützte er sich auf Verbündete, die nicht gerade übermäßig vertrauenswürdig waren.

Zweierlei hatte ihn stutzig gemacht.

Zuerst einmal Werner Lindauer. *Ich wusste, dass Herr Malone mit einer Pistole zur Stelle war.* Wirklich? Da Malone bei ihrer kurzen Begegnung gar nicht erwähnt hatte, wer er war, woher wusste Lindauer dann Bescheid? Keiner in der Kirche hatte Malones Namen ausgesprochen.

Und dann war da noch der Killer von vorhin.

Es schien ihm nicht die geringsten Sorgen zu bereiten, dass noch jemand da war, jemand, der seinen Komplizen erschossen hatte. Christl hatte angedeutet, dass sie ihrer Mutter von Ossau erzählt hatte. Dabei mochte sie auch erwähnt haben, dass er, Malone, kommen würde. Aber das erklärte noch nicht Werner Lindauers Anwesenheit oder warum er sofort gewusst hatte, wer Malone war. Falls diese Information aber von Christl stammte, zeigte das ein Maß an Kooperationsbereitschaft, das er den Oberhausers untereinander gar nicht zugetraut hätte.

All das ließ Ärger erwarten.

Er verharrte und lauschte auf das Heulen des Windes. Mit schmerzenden Knien kauerte er auf dem Boden, unterhalb der Bögen. Der Schnee fiel dicht, und auf der anderen Seite des Gartens schien sich nichts zu rühren. Kalte Luft brannte ihm in Kehle und Lunge.

Er sollte seiner Neugier nicht nachgeben, konnte sich aber nicht zurückhalten. Auch wenn er einen Verdacht hatte, was hier vor sich ging, musste er doch genau Bescheid wissen.

Dorothea beobachtete ihren Mann, der zuversichtlich die Pistole in der Hand hielt, die Malone ihm gereicht hatte. In den letzten vierundzwanzig Stunden hatte sie eine Menge über ihren Mann gelernt. Dinge, die sie nie vermutet hätte.

»Ich gehe raus«, sagte Christl.

Dorothea konnte nicht widerstehen. »Ich habe gesehen, wie du Malone angeschaut hast. Er liegt dir scheint's ganz schön am Herzen.«

»Er braucht Hilfe.«

»Von dir?«

Christl schüttelte den Kopf und ging.

»Alles in Ordnung mit dir?«, fragte Werner.

»Sobald das hier vorbei ist. Christl oder meiner Mutter zu vertrauen ist ein großer Fehler. Das weißt du.«

Ein Kälteschauer überlief sie. Sie schlang die Arme um die Brust und verkroch sich in ihrem Wollmantel. Sie waren Malones Rat gefolgt und hatten sich, getreu ihrem Part, in die Apsis zurückgezogen. Der heruntergekommene Zustand der Kirche war wie ein böses Vorzeichen. Ob ihr Großvater hier tatsächlich Antworten gefunden hatte?

Werner ergriff sie beim Arm. »Wir können das schaffen.«

»Uns bleibt keine andere Wahl«, erwiderte sie, noch immer unglücklich über die Optionen, die ihre Mutter ihnen eröffnet hatte.

»Du kannst entweder das Beste daraus machen oder zu deinem eigenen Nachteil gegen die Sache ankämpfen. Für die anderen spielt das keine Rolle, für dich aber schon.«

Sie spürte eine gewisse Unsicherheit in seinen Worten. »Der Killer war wirklich überrumpelt, als du ihn angegriffen hast.«

Er zuckte die Schultern. »Wir hatten ihm gesagt, dass er sich auf die eine oder andere Überraschung gefasst machen sollte.«

»Das stimmt.«

Der Tag näherte sich seinem Ende. Die Schatten in der Kirche wurden länger, und die Temperatur fiel.

»Offensichtlich hat er nicht geglaubt, dass er sterben würde«, sagte Werner.

»Sein Fehler.«

»Was ist mit Malone? Meinst du, er begreift, was läuft?«

Sie zögerte vor ihrer Antwort und dachte an ihre Vorbehalte in der Abtei, als sie ihm zum ersten Mal begegnet war.

»Das kann man ihm nur wünschen.«

Malone blieb unter den Bögen und zog sich zu einem der Räume zurück, die vom Kreuzgang abgingen. Er stand dort zwischen Schnee und Trümmern und ging die Möglichkeiten durch, die ihm blieben. Er hatte eine Waffe und Kugeln, warum sollte er es also nicht mit derselben Taktik versuchen, die bei Lindauer funktioniert hatte? Vielleicht würde der Killer von der gegenüberliegenden Seite des Kreuzgangs auf dem Weg zur Kirche an ihm vorbeikommen, und er könnte ihn so überrumpeln.

»Er ist da drin«, hörte er einen Mann rufen.

Er starrte zum Eingang.

Jetzt befand sich ein zweiter Killer auf der Schmalseite des Kreuzgangs. Er passierte den Kircheneingang, bog um die Ecke und kam direkt auf Malone zu. Offensichtlich war es Ulrich Henn nicht gelungen, ihn aufzuhalten.

Der Mann hob seine Waffe und feuerte auf Malone.

Der duckte sich, und die Kugel prallte gegen die Wand.

Eine weitere Kugel zischte durch den Eingang. Die hatte der Killer auf der gegenüberliegenden Seite des Kreuzgangs abgeschossen. Malones Zufluchtsort hatte keine Fenster, und Wände und Dach waren nicht eingebrochen. Sein Rückzug hierher, der ihm wie eine sichere Wette erschienen war, erwies sich nun als ernsthaftes Problem.

Es gab keinen Ausweg.

Er saß in der Falle.

TEIL VIER

59

Asheville
12.15 Uhr

Stéphanie bewunderte das Inn on Biltmore Estate, ein weitläufiges, verputztes Natursteingebäude, das einen grasbewachsenen Hügel krönte, der einen Ausblick auf die berühmten Rebanlagen des Landsitzes bot. Die Zufahrt war auf Hotelgäste beschränkt, doch sie hatten am Haupttor gehalten und eine Zufahrtsberechtigung für das ganze Gelände erstanden, die das Hotel mit einschloss.

Sie wichen einem Angestellten des Reinigungsservice aus, parkten auf einem der gepflasterten Stellplätze und stiegen den parkähnlich angelegten Hang hinauf, der zum Haupteingang führte, wo uniformierte Türsteher sie mit einem Lächeln begrüßten. Beim Eintreten musste man daran denken, wie es wohl gewesen sein mochte, die Vanderbilts vor hundert Jahren zu besuchen. Heute sah man honigfarben glänzende Wände mit Lichtpaneelen, Marmorböden, elegante Kunst und Vorhänge sowie Polsterstoffe mit dekorativen Blumenmustern. Aus steinernen Pflanzenkübeln quoll üppiges Grün als Blickfang in der weiträumigen Halle, die sich zum Obergeschoss hin öffnete und in sieben Metern Höhe mit einer Kassettendecke abgeschlossen war. Durch Türen und Fenster blickte man über eine mit Schaukelstühlen bestückte Veranda auf den Pisgah National Forest und die Smoky Mountains.

Einen Moment lang lauschte sie einem Pianisten, der neben einem offenen Kamin spielte. Eine Treppe führte in eine Räumlichkeit hinunter, die nach Aussehen und Duft zu schließen der Speisesaal sein musste; ein steter Strom von Gästen kam und ging. Sie erkundigten sich am Empfang und wurden durch die Lobby am Pianisten vorbei in einen mit Fenstern versehenen Korridor geschickt, der zu Versammlungsräumen und einem Konferenzzentrum führte, wo sie den Anmeldetisch für die Konferenz zur Enthüllung alter Mysterien fanden.

Davis nahm sich ein Programm vom Stapel und studierte die Veranstaltungen des Tages. »Scofield spricht heute Nachmittag nicht.«

Eine kesse junge Frau mit rabenschwarzem Haar hörte ihn und sagte: »Der Professor spricht morgen. Heute sind Informationsveranstaltungen vorgesehen.«

»Wissen Sie, wo Dr. Scofield sich derzeit befindet?«, fragte Stephanie.

»Er war vorhin hier, aber jetzt habe ich ihn schon seit einer Weile nicht mehr gesehen.« Sie hielt inne. »Sind Sie auch von der Presse?«

Stephanie bemerkte das *auch*. »Es waren noch andere da?«

Die Frau nickte. »Vor einer Weile. Ein Mann. Er wollte Scofield sehen.«

»Und was haben Sie ihm gesagt?«, fragte Davis.

Sie zuckte die Schultern. »Dasselbe wie Ihnen. Ich habe keine Ahnung, wo er ist.«

Stephanie beschloss, eines der Programme zu studieren. Ihr Auge fiel auf die nächste Veranstaltung, die um ein Uhr beginnen sollte. »Plejadische Weisheit für unsere herausfordernde Zeit.« Sie las die Kurzbeschreibung.

Suzanne Johnson ist ein weltweit anerkanntes Trance-Medium und Autorin mehrerer Bestseller. In einer zweistündigen Sitzung voller gedankenerweiternder Fragen und manchmal harter, aber immer positiver, lebensverbessernder Antworten bietet Suzanne sich den nicht körperlichen, zeitreisenden, verwirrenden Plejadiern als Medium an. Zu den plejadischen Interessengebieten zählt: die Beschleunigung von Energie, Astrologie, geheime politische und ökonomische Pläne, verborgene Planetengeschichte, Gottspiele, Symbole, Gedankenkontrolle, aufblühende Psi-Fähigkeiten, Timeline-Therapie, Persönlichkeitsarbeit und vieles mehr.

Für den Rest des Nachmittags waren weitere Merkwürdigkeiten vorgesehen, so etwa Vorträge über Kornkreise, den bevorstehenden Weltuntergang, heilige Stätten sowie eine sehr ausführliche Veranstaltung über den Aufstieg und Untergang von Zivilisationen unter Einbeziehung der Binärbewegung, der Veränderung elektromagnetischer Wellen und der Auswirkung katastrophischer Ereignisse unter besonderer Berücksichtigung des Vorrückens der Tagundnachtgleiche.

Sie schüttelte den Kopf. Das war so interessant wie Däumchendrehen. Was für eine Zeitverschwendung.

Davis bedankte sich bei der Frau und trat vom Tisch zurück, noch immer ein Programm in der Hand. »Hier ist kein Journalist, um ihn zu interviewen.«

Da war sie sich nicht so sicher. »Ich weiß, was Sie denken, aber so offensichtlich würde der Kerl doch nicht vorgehen.«

»Vielleicht hat er es eilig.«

»Vielleicht ist er gar nicht in der Nähe.«

Davis hastete zur Eingangshalle zurück.

»Wohin gehen Sie?«, fragte Stephanie.

»Zeit zum Mittagessen. Wollen wir doch einmal sehen, ob Scofield isst.«

Ramsey eilte in sein Büro zurück und wartete auf Hovey, der kurz darauf eintrat und berichtete: »McCoy ist sofort losgefahren.«

Der Admiral war wütend. »Ich möchte alles, was wir über sie haben.«

Sein Helfer nickte. »Sie hat allein gehandelt«, sagte er. »Das wissen Sie.«

»Da haben Sie recht, aber sie hatte das Bedürfnis, mich aufzunehmen. Das ist ein Problem.«

Hovey wusste über die Bemühungen seines Chefs Bescheid, den Posten im Vereinigten Generalstab zu ergattern. Nur die Einzelheiten waren ihm nicht bekannt. Über seine langjährige Beziehung zu Charlie Smith wusste nur Ramsey selbst Bescheid. Seinem Helfer hatte er bereits versprochen, ihn ins Pentagon mitzunehmen – das war für Hovey mehr als genug Anreiz, aktiv mitzuarbeiten. Was für ein Glück, dass jeder Captain zum Admiral aufsteigen wollte.

»Besorgen Sie mir jetzt sofort die Informationen über McCoy«, befahl er erneut.

Hovey verließ Ramseys Büro. Dieser griff nach dem Hörer und rief Charlie Smith an. Der nahm nach dem vierten Läuten ab.

»Wo sind Sie?«

»Ich verspeise gerade eine köstliche Mahlzeit.«

Ramsey wollte keine Einzelheiten hören, aber er wusste schon, was jetzt kam.

»Der Speisesaal ist ganz bezaubernd. Ein großer Saal mit offenem Kamin, elegant eingerichtet. Sanftes Licht und eine entspannte Atmosphäre. Dazu der Service. Erstklassig. Mein Wasserglas und der Brotkorb werden ständig aufgefüllt, bevor sie nur halb leer sind. Gerade eben ist sogar der Chef persönlich vorbeigekommen und hat sich vergewissert, dass ich das Essen genieße.«

»Charlie, halten Sie den Mund.«

»Sind Sie heute aber empfindlich.«

»Hören Sie zu. Ich nehme an, Sie erledigen das, was ich Ihnen aufgetragen habe.«

»Wie immer.«

»Ich brauche Sie morgen wieder hier, beeilen Sie sich also.«

»Gerade bringt man mir eine Nachtischauswahl von Crème Brûlée und Schokoladen-Mousse. Sie sollten wirklich einmal hier vorbeischauen.«

Er wollte kein Wort mehr hören. »Charlie, tun Sie einfach, was ich Ihnen sage, und seien Sie morgen Nachmittag hier.«

Smith legte auf und wandte seine Aufmerksamkeit wieder dem Nachtisch zu. Auf der anderen Seite des Speisesaals des Inn on Biltmore Estate saß Dr. Douglas Scofield mit drei Begleitern an einem Tisch und speiste.

Stephanie stieg die mit einem Teppich ausgelegte Treppe hinunter, betrat den geräumigen Speisesaal und blieb am Tisch der Empfangsdame stehen. In einem weiteren offenen Kamin brannte ein knisterndes Feuer. Die meisten der mit weißen Tischdecken belegten Tische waren besetzt. Sie bemerkte feines Porzellan, Kristallgläser, Messinglüster und viele kastanienbraune, goldene, grüne und beige Stoffe. Hier fühlte man sich zu hundert Prozent in den Südstaaten. Davis hatte noch immer das Programm in der Hand, und sie kannte den Grund dafür. Er suchte nach einem Gesicht, das Douglas Scofields Foto entsprach.

Sie entdeckte den Professor zuerst, an einem Fenstertisch mit drei weiteren Leuten. Dann erblickte auch Davis ihn. Sie packte Davis beim Ärmel und schüttelte den Kopf. »Nicht jetzt. Wir können hier keine Szene machen.«

»Das werde ich auch nicht.«

»Er ist in Begleitung. Nehmen wir uns doch einen Tisch und warten wir ab, bis er gegessen hat. Dann können wir zu ihm gehen.«

»Für so etwas haben wir keine Zeit.«

»Und wo müssen wir stattdessen sein?«

»Ich weiß ja nicht, was Sie vorhaben, aber ich möchte auf keinen Fall um ein Uhr das Medium der Plejadier versäumen.«

Sie lächelte. »Sie sind unmöglich.«

»Aber ich werde Ihnen immer sympathischer.«

Sie beschloss nachzugeben und ließ ihn los.

Davis ging quer durch den Saal, und sie folgte ihm.

Sie traten zu Dr. Scofields Tisch. »Dr. Scofield, wäre es vielleicht möglich, kurz mit Ihnen zu sprechen?«, fragte Davis.

Scofield sah wie ein Mittsechziger aus. Er hatte eine breite Nase, eine Glatze und Zähne, die zu gerade und weiß wirkten, um noch die echten zu sein. Sein fleischiges Gesicht verriet eine Reizbarkeit, die seine dunklen Augen sofort bestätigten.

»Im Moment esse ich gerade zu Mittag.«

Davis' Gesicht blieb freundlich. »Ich muss mit Ihnen sprechen. Es ist wichtig.«

Scofield legte seine Gabel weg. »Wie Sie sehen, unterhalte ich mich gerade mit diesen drei Kollegen hier. Ich verstehe, dass Sie gerne ein wenig mit mir zusammen sein würden, nachdem Sie schon hier an der Konferenz teilnehmen, aber ich muss meine Zeit sorgfältig einteilen.«

»Warum denn das?«

Der Klang dieser Frage gefiel Stephanie gar nicht. Davis hatte offensichtlich ebenfalls erkannt, was bei Scofields Erklärung mitschwang, nämlich dass er wichtig war.

Der Professor zeigte seufzend auf das Programm in Davis' Hand. »Ich organisiere diese Veranstaltung jedes Jahr, um für die Menschen verfügbar zu sein, die sich für meine Forschung interessieren. Ich begreife, dass Sie über einige Punkte diskutieren wollen, und das ist ja auch in Ordnung. Vielleicht könnten wir uns oben beim Klavier unterhalten, wenn ich hier fertig bin?«

Sein Tonfall klang noch immer irritiert. Auch seine drei Begleiter wirkten verärgert. Einer von ihnen sagte: »Wir haben uns schon das ganze Jahr auf dieses Mittagessen gefreut.«

»Und das sei Ihnen auch gegönnt«, sagte Davis. »Sobald ich fertig bin.«

»Wer sind Sie?«, fragte Scofield.

»Raymond Dyals, pensionierter Admiral der Navy.«

Sie beobachtete, wie es bei Scofield *klick* machte.

»Okay, Mr. Dyals, und übrigens müssen Sie wohl einen Jungbrunnen entdeckt haben.«

»Sie werden überrascht sein, was ich entdeckt habe.«

Scofields Augen flackerten. »Dann müssen wir beide tatsächlich miteinander sprechen.«

60

Ossau

Malone beschloss zu handeln. Also schwang er die Waffe herum und gab zwei Schüsse über den Kreuzgang hinweg ab. Er hatte keine Ahnung, wo seine Angreifer standen, aber die Botschaft war eindeutig.

Er war bewaffnet.

Eine Kugel durchschnitt den Eingang und ließ ihn zurücktaumeln.

Er stellte fest, woher sie kam: von dem zweiten Killer auf seiner Seite des Kreuzgangs rechts von ihm.

Er sah nach oben. Das Giebeldach wurde von grob behauenen Balken getragen, die sich über die gesamte Breite des Raums erstreckten. Zerbrochene Steine und Trümmerstücke übersäten den Boden und bildeten an einer der baufälligen Wände einen Schutthaufen. Er steckte die Waffe in seine Jackentasche und kletterte auf die größten Brocken gut einen halben Meter über dem Boden. Von dort sprang er hoch, packte einen eiskalten Balken, schwang seine Beine nach oben und setzte sich rittlings darauf. Schnell rutschte er näher an die Wand heran, nur dass er sich jetzt drei Meter über dem Eingang befand. Er kam wieder auf die Beine, ging in die Hocke und hielt auf dem Balken das Gleichgewicht, die Muskeln angespannt wie ein Bündel straff geschnürter Stricke.

Vom Kreuzgang her waren Schüsse zu hören. Mehrere.

Ob Henn beteiligt war?

Er hörte einen weiteren Aufprall, ganz ähnlich wie vorhin, als Lindauer sich in der Kirche auf den Dunkelhaarigen geworfen hatte, dazu kamen Stöhnen, Keuchen und die Geräusche eines Kampfes. Er konnte nichts sehen außer den Steinen auf dem Boden, die in dem schwachen Licht kaum zu erkennen waren.

Ein Schatten tauchte auf.

Er machte sich bereit.

Zwei Schüsse fielen, und der Mann rannte in den Raum.

Malone stürzte sich vom Balken herunter auf den Angreifer, rollte sich nach dem Aufprall ab und machte sich für einen Kampf bereit.

Der Mann war kräftig und breitschultrig, der Körper so hart, als hätte er Stahl unter der Haut. Er war schnell vor dem Angriff zurückgewichen und aufgesprungen – ohne Waffe, die ihm aus der Hand gefallen war.

Malone schlug dem Mann die Pistole ins Gesicht. Der Getroffene krachte benommen gegen die Wand. Malone wollte den Mann mit vorgehaltener Waffe gefangen nehmen, doch hinter ihm fiel ein Schuss, und der Besiegte brach auf dem Schutt zusammen.

Malone fuhr herum.

Unmittelbar vor der Tür stand Henn, die Waffe im Anschlag.

Christl tauchte auf.

Malone brauchte gar nicht erst zu fragen, warum der Schuss notwendig gewesen war. Er wusste Bescheid. Aber eine Frage musste er stellen: »Was ist mit dem anderen?«

»Tot«, antwortete Christl und hob die Pistole vom Boden auf.

»Was dagegen, wenn ich die an mich nehme?«, fragte er.

Sie versuchte, nicht überrascht zu schauen. »Wie misstrauisch du bist.«

»Das kommt davon, wenn man mich belügt.«

Sie reichte ihm die Waffe.

Stephanie saß mit Davis und Scofield oben, wo eine Nische von der Empfangshalle abging. Hier standen bequeme Polstersessel, und man hatte einen Panoramablick. In die Wände waren Bücherregale eingelassen. Gäste studierten die Titel, und sie bemerkte ein kleines Schild, auf dem stand, dass man alles lesen durfte.

Ein Kellner eilte herbei, doch sie winkte ab.

»Da Sie offensichtlich nicht Admiral Dyals sind«, sagte Scofield, »wer sind Sie dann?«

»Ich komme vom Weißen Haus«, sagte Davis. »Und meine Begleiterin gehört zum Justizministerium. Wir bekämpfen Verbrechen.«

Scofield schien einen Schauder zu unterdrücken. »Ich war bereit, mich mit Ihnen zu unterhalten, weil ich dachte, es ginge um etwas Ernsthaftes.«

»Wie dieser Quatsch hier«, sagte Davis.

Scofields Gesicht lief rot an. »Keiner hier hält diese Konferenz für Quatsch.«

»Wirklich nicht? Im Moment befinden sich hundert Menschen in einem Raum und versuchen, über ein Medium Kontakt mit einer untergegangenen Zivilisation aufzunehmen. Sie sind ein ausgebildeter Anthropologe, ein Mann, den die Regierung einmal mit streng vertraulichen Forschungsaufgaben betraut hat.«

»Das ist schon lange her.«

»Sie wären überrascht, wie relevant das noch ist.«

»Ich nehme an, Sie können sich ausweisen?«

»Ja.«

»Lassen Sie mich sehen.«

»Jemand hat gestern Nacht Herbert Rowland getötet«, sagte Davis. »Die Nacht davor wurde ein ehemaliger Commander der Navy ermordet, der mit Rowland in Verbindung stand. Vielleicht erinnern Sie sich an Rowland, vielleicht auch nicht, aber er hat mit Ihnen in Fort Lee zusammengearbeitet, wo Sie diesen ganzen Mist ausgepackt haben, der von der Operation *Highjump* stammte. Wir sind uns nicht sicher, ob Sie als nächstes Opfer auf der Liste stehen, aber es ist sehr gut möglich. Reicht Ihnen das als Ausweis?«

Scofield lachte. »Das ist achtunddreißig Jahre her.«

»Was keine Rolle zu spielen scheint«, wandte Stephanie ein.

»Ich kann nicht über das sprechen, was damals geschehen ist. Es ist geheim.«

Er sprach die Worte aus, als wären sie ein schützender Schild.

»Wieder einmal. Aber auch das scheint keine Rolle zu spielen.«

Scofield runzelte die Stirn. »Sie beide verschwenden meine Zeit. Ich muss mit einer Menge Menschen reden.«

»Wie wäre es damit?«, fragte sie. »Sie erzählen uns, was Sie können.« Sie hoffte, dass dieser eingebildete Dummkopf nicht mehr mit Reden aufhören würde, wenn er erst einmal angefangen hatte.

Scofield sah auf die Uhr und sagte: »Ich habe ein Buch geschrieben. *Land- und Seekarten alter Entdecker.* Sie sollten es lesen, da es viele Erklärungen enthält. Am Büchertisch der Konferenz können Sie eine Ausgabe erhalten.« Er zeigte nach links. »Dort entlang.«

»Geben Sie uns eine Zusammenfassung«, sagte Davis.

»Warum denn? Sie haben gesagt, wir sind alle Spinner. Was schert es Sie, was ich denke?«

Davis setzte zum Sprechen an, doch Stephanie gab ihm einen Wink, still zu sein. »Überzeugen Sie uns. Wir sind nicht grundlos den ganzen Weg bis hierher gefahren.«

Scofield stockte, anscheinend auf der Suche nach den richtigen Worten. »Kennen Sie Ockhams Skalpell?«

Sie schüttelte den Kopf.

»Es ist ein Prinzip. Man soll keine überflüssigen Elemente verwenden. Einfacher gesagt, nimm keine komplizierte Lösung, wenn eine einfache ausreicht. Dieses Prinzip ist auf nahezu alles anwendbar, darunter auch die Geschichte der Zivilisationen.«

Sie fragte sich, ob sie es noch bereuen würde, dass sie den Mann nach seiner Meinung gefragt hatte.

»In frühen sumerischen Texten, darunter auch das berühmte *Gilgamesch-Epos,* ist wiederholt von gottähnlichen Personen die Rede, die unter den Menschen lebten. Sie wurden Wächter genannt. Alte jüdische Texte, darunter auch einige Versionen der Bibel, beziehen sich auf diese sumerischen Wächter, die als Götter, Engel und Himmelssöhne beschrieben werden. Das Buch Enoch berichtet, dass diese eigenartigen Leute Boten in die Welt ausschickten, um die Menschen neue Fertigkeiten zu lehren. Uriel, der Engel, der Enoch über die Astronomie belehrte, wird als einer dieser Wächter beschrieben. Im Buch Enoch werden acht Wächter beim Namen genannt. Sie galten als Experten für Zauberei, Wurzelschnitzerei, Astrologie, Lehre von den Konstellationen, Wetterkunde, Geologie und Astronomie. Selbst die Schriftrollen vom Toten Meer erwähnen die Wächter, unter anderem in der Episode, in der Noahs Vater besorgt ist, die außergewöhnliche Schönheit seines Kindes könnte darauf hinweisen, dass seine Frau mit einem Wächter geschlafen hat.«

»Das ist doch Unsinn«, sagte Davis.

Scofield unterdrückte ein Lächeln. »Wissen Sie, wie oft ich das schon gehört habe? Es gibt aber *historische* Tatsachen. In Mexiko schrieb man Quetzalcoatl, dem blonden, hellhäutigen, bärtigen Gott zu, dass er die Vorgängerzivilisation der Azteken unterrichtet hatte. Er kam übers Meer und trug lange, mit

Kreuzen bestickte Kleidung. Als Cortés im sechzehnten Jahrhundert eintraf, wurde er fälschlich für Quetzalcoatl gehalten. Die Mayas hatten einen ähnlichen Lehrer, Kukulcán, der aus Richtung des Sonnenaufgangs übers Meer kam. Die Spanier haben im siebzehnten Jahrhundert alle Dokumente der Mayas verbrannt, aber ein Bischof hielt einen Text fest, der erhalten geblieben ist. Darin ist von Besuchern in langen Mänteln die Rede, die mehrmals wiederkehrten. Ihr Anführer war ein Mann namens Votan. Die Inkas hatten einen göttlichen Lehrer namens Vinacocha, der über den großen Ozean im Westen gekommen war. Sie begingen denselben Fehler wie die Azteken und hielten Pizarro für den wiedergekehrten Gott. Daher, Mr. Weißes Haus, wer auch immer Sie sind, glauben Sie mir, Sie wissen nicht, wovon Sie sprechen.«

Sie hatte recht gehabt. Dieser Mann hörte sich gerne reden.

»1936 fand ein deutscher Archäologe in einem Parthergrab aus der Zeit von 250 vor Christus eine Tonvase mit einem Kupferzylinder, in dem sich ein Eisenstab befand. Als man Fruchtsaft hineingoss, entstand ein Strom von einem halben Volt, der zwei Wochen lang floss. Das war gerade ausreichend zum Galvanisieren, einer Kunst, von der wir wissen, dass man sie damals beherrschte. 1837 wurde in der Cheopspyramide eine Eisenplatte gefunden, die bei über tausend Grad Celsius geschmolzen worden war. Sie enthielt Nickel, was äußerst ungewöhnlich ist, und wurde auf zweitausend Jahre vor dem Beginn der Eisenzeit datiert. Als Columbus 1502 in Costa Rica landete, wurde er mit großer Ehrfurcht empfangen und landeinwärts zum Grab einer bedeutenden Person geführt. Das Grab war mit dem Schiffsschnabel eines sonderbaren Schiffes geschmückt. Auf dem Grabstein waren Männer abgebildet, die Columbus und seinen Männern recht ähnlich sahen. Bis dahin hatte noch kein Europäer den Kontinent besucht.

China ist ganz besonders interessant«, fuhr Scofield fort. »Der große Philosoph Laotse sprach von den alten Meistern.

Genauso Konfuzius. Lao nannte sie weise, wissend, mächtig, liebevoll und, wichtiger als alles, menschlich. Er hat im siebten Jahrhundert vor Christus von ihnen geschrieben. Seine Schriften sind bis heute erhalten. Wollen Sie den Text hören?«

»Deshalb sind wir gekommen«, erklärte Stephanie.

»*Die vor alters tüchtig waren als Meister, waren im Verborgenen eins mit den unsichtbaren Kräften. Tief waren sie, so dass man sie nicht kennen kann. Weil man sie nicht kennen kann, darum kann man nur mit Mühe ihr Äußeres beschreiben. Zögernd, wie wer im Winter einen Fluss durchschreitet, vorsichtig, wie wer von allen Seiten Nachbarn fürchtet, zurückhaltend wie Gäste, vergehend wie Eis, das am Schmelzen ist, einfach wie unbearbeiteter Stoff.* Interessante Worte aus einer lange zurückliegenden Zeit.«

Das war tatsächlich eigenartig.

»Wissen Sie, was die Welt verändert hat? Was den Lauf der menschlichen Geschichte für immer gewandelt hat?« Scofield wartete nicht auf eine Antwort. »Das Rad? Das Feuer?« Er schüttelte den Kopf. »Da war mehr. Die Schrift. Die war entscheidend. Als wir lernten, unsere Gedanken aufzuzeichnen, so dass andere sie noch Jahrhunderte später nachlesen konnten, hat das die Welt verändert. Sowohl die Sumerer als auch die Ägypter haben schriftliche Aufzeichnungen über ein Volk hinterlassen, das sie besucht und belehrt hat. Es handelte sich um Personen, die normal aussahen und lebten und starben, genau wie die anderen Menschen. Das ist nicht einfach nur meine Idee, sondern eine historische Tatsache. Wussten Sie, dass die kanadische Regierung gerade jetzt eine archäologische Unterwasserstätte vor den Queen-Charlotte-Inseln auf Spuren einer Zivilisation untersucht, von deren Existenz wir bislang nichts wussten? Es handelt sich um eine Art Basislager, das einmal am Ufer eines alten Sees lag.«

»Woher kamen diese Besucher?«, fragte Stephanie.

»Sie kamen übers Meer. Sie navigierten mit großer Kundigkeit. Jüngst wurden vor Zypern alte Navigationsinstrumente gefunden, die zwölftausend Jahre alt sind. Es sind mit die ältesten je dort entdeckten Artefakte. Dieser Fund bedeutet, dass das Mittelmeer zweitausend Jahre früher befahren und Zypern zweitausend Jahre früher besiedelt wurde als bisher angenommen. In Kanada wurden Seefahrer von reichen Riementangvorkommen angelockt. Es ist nur logisch, dass diese Menschen sich für Ernährung und Handel besonders geeignete Orte aussuchten.«

»Wie schon gesagt«, warf Davis ein. »Alles nur Science-Fiction.«

»Wirklich? Wussten Sie, dass Prophezeiungen über göttergleiche Wohltäter, die übers Meer kommen, einen bedeutenden Teil des indianischen Legendenschatzes darstellen? Maya-Aufzeichnungen berichten vom Popol-Vuh, einem Land, wo Licht und Dunkelheit beieinander wohnten. Prähistorische Höhlen- und Felsmalereien in Afrika und Ägypten zeigen ein unbekanntes Seevolk. Höhlenbilder in Frankreich, die auf ein Alter von zehntausend Jahren datiert wurden, zeigen bequem bekleidete Männer und Frauen. Sie tragen nicht die Felle und Knochen, die man üblicherweise mit den Menschen dieser Zeit assoziiert. Eine in Rhodesien gefundene Kupfermine wurde auf ein Alter von siebenundvierzigtausend Jahren datiert. Die Mine scheint mit einer bestimmten Absicht ausgebeutet worden zu sein.«

»Geht es hier um Atlantis?«, fragte Davis.

»Atlantis gibt es nicht«, antwortete Scofield.

»Ich wette, hier im Hotel gibt es einen Haufen Leute, die anderer Meinung sind.«

»Und sie irren sich. Atlantis ist eine Sage. Es ist ein in vielen Kulturen wiederkehrendes Thema, so wie die Große Flut zu allen Weltreligionen gehört. Atlantis ist eine romantische Vorstellung, aber die Realität ist nicht so fantastisch. Weltweit wurden in geringen Meerestiefen in der Nähe von Küsten alte, überflutete Bauten aus der Megalithzeit gefunden. In Malta,

Ägypten, Griechenland, Libanon, Spanien, Indien, China und Japan – überall sind sie zu finden. Sie wurden vor der letzten Eiszeit errichtet, und als um zehntausend vor Christus das Eis schmolz, stieg der Meeresspiegel und überflutete die Stätten. Das sind die wahren Atlantisse, und hier ist Ockhams Skalpell anzuwenden. Man braucht keine komplizierten Erklärungen, wenn einfache genügen. Alle Erklärungen sind rational.«

»Und was ist hier die rationale Erklärung?«, fragte Davis.

»Während die Höhlenmenschen gerade erst lernten, mit Steinwerkzeugen das Feld zu bestellen und in primitiven Dörfern zu leben, gab es schon ein Volk, das hochseetaugliche Schiffe besaß und präzise Weltkarten zeichnete. Diese Menschen schienen einen Sinn darin zu finden, uns zu belehren. Sie kamen in Frieden. Niemals wird von Aggression oder Feindseligkeit berichtet. Doch ihre Botschaften gingen im Laufe der Zeit verloren, insbesondere nachdem die moderne Menschheit begann, ihre Leistungen als den Gipfel intellektueller Errungenschaften zu betrachten.« Scofield warf Davis einen strengen Blick zu. »Unsere Arroganz wird unser Untergang sein.«

»Dummheit kann dieselbe Wirkung haben«, bemerkte Davis.

Scofield steckte den Tadel kommentarlos ein. »Überall auf unserem Planeten hat dieses alte Volk Botschaften in Form von Artefakten, Seekarten und Manuskripten hinterlassen. Diese Botschaften sind weder eindeutig noch direkt, das stimmt, aber sie sind eine Form der Kommunikation. Sie sagen: *Eure Zivilisation ist nicht die erste Zivilisation, und die Kulturen, die ihr als eure Wurzeln betrachtet, sind nicht der wahre Anfang. Vor Tausenden von Jahren wussten wir schon Dinge, die ihr erst vor kurzem entdeckt habt. Als der Norden von Eis bedeckt war, die südlichen Meere aber noch schiffbar waren, sind wir kreuz und quer über eure junge Welt gefahren. Von den Orten, die wir besucht haben, haben wir Karten hinterlassen. Wir haben euch Wissen über eure Welt und den Kosmos hinterlassen,*

Kenntnisse der Mathematik, der Naturwissenschaften und der Philosophie. Einige der Völker, die wir besucht haben, haben dieses Wissen behalten, und das hat euch geholfen, eure Welt zu errichten. Vergesst uns nicht.«

Davis wirkte unbeeindruckt. »Was hat das mit der Operation *Highjump* und Raymond Dyals zu tun?«

»Sehr viel. Aber wie schon gesagt, das ist vertraulich. Glauben Sie mir, ich wünschte, es wäre anders. Aber ich kann es nicht ändern. Ich habe mein Wort gegeben und es all die Jahre gehalten. Und da Sie beide glauben, dass ich verrückt bin – was übrigens andersherum meine Meinung über Sie beschreibt – gehe ich.«

Scofield stand auf. Doch bevor er wegging, blieb er noch einmal stehen.

»Eines sollten Sie bedenken. Vor einem Jahrzehnt wurde an der Cambridge University eine groß angelegte Studie durch ein Team weltberühmter Gelehrter durchgeführt. Zu welchem Schluss sie kamen? Weniger als zehn Prozent der Aufzeichnungen aus der Antike sind bis heute erhalten. Neunzig Prozent des alten Wissens sind verloren. Woher wollen wir da wissen, ob irgendetwas wirklich Unsinn ist?«

61

Washington, D.C.
13.10 Uhr

Ramsey schlenderte über die Capitol Mall zu der Stelle, wo er am Vortag Senator Aatos Kanes Berater getroffen hatte. Dort stand nun derselbe junge Mann im selben Wollmantel und trat in der Kälte von einem Bein aufs andere. Heute hatte Ramsey ihn eine Dreiviertelstunde warten lassen.

»Okay, Admiral. Ich hab's kapiert. Sie gewinnen«, sagte der Berater, als Ramsey zu ihm trat. »Sie haben mir's ordentlich eingetränkt.«

Ramsey zog bestürzt die Brauen hoch. »Das hier ist kein Wettkampf.«

»Richtig. Ich habe Ihnen letztes Mal gezeigt, was eine Harke ist, und danach haben Sie dasselbe mit meinem Chef gemacht. Jetzt verstehen wir uns alle wunderbar. Es ist ein Spiel, Admiral, und Sie haben gewonnen.«

Ramsey holte ein kleines Gerät in der Größe einer TV-Fernbedienung hervor und schaltete es ein. »Verzeihen Sie.«

Das Gerät bestätigte umgehend, dass keine Abhörvorrichtungen in der Nähe waren. Hovey befand sich auf der anderen Seite der Mall und stellte seinerseits mit einem Gerät sicher, dass keine Parabolantenne mit im Spiel war. Doch Ramsey bezweifelte, dass das ein Problem sein würde. Dieser Lakai arbeitete für einen Profi, der begriff, dass man geben musste, um etwas zu bekommen.

»Reden Sie«, sagte er.

»Der Senator hat heute Vormittag mit dem Präsidenten gesprochen und ihm gesagt, was er von ihm will. Der Präsident hat sich erkundigt, warum der Senator sich für Sie verwendet, und dieser hat gesagt, weil er Sie bewundert.«

Ein Aspekt von Diane McCoys Soloauftritt hatte sich jetzt bestätigt. Ramsey stand da, die Hände in den Manteltaschen, und hörte weiter zu.

»Der Präsident hatte einige Einwände. Er sagte, Sie seien kein Favorit seiner Leute. Die Mannschaft im Weißen Haus hätte andere Namen im Sinn. Aber der Senator wusste, was der Präsident wollte.«

Ramsey war neugierig. »Erzählen Sie es mir.«

»Demnächst gibt es eine unbesetzte Stelle im Obersten Gerichtshof. Jemand ist zurückgetreten. Der Richter will, dass die derzeitige Administration über seine Nachfolge entscheidet.

Daniels hat jemanden im Sinn und möchte, dass wir dem Betreffenden die Zustimmung im Senat sichern.«

Das war interessant.

»Wir sitzen dem Justizausschuss vor. Der Kandidat ist gut, es gibt also kein Problem. Wir können das durchsetzen.« Der Berater klang stolz darauf, mit zur Siegermannschaft zu gehören.

»Hatte der Präsident irgendwelche ernsthaften Probleme mit mir?«

Der Berater gestattete sich ein Grinsen und dann ein Kichern. »Was wollen Sie? Eine ausdrückliche Einladung? Präsidenten lassen sich nicht gerne sagen, was sie zu tun haben, und sie mögen es auch nicht, wenn man sie um einen Gefallen bittet. Sie bitten lieber selbst darum. Daniels wirkte jedoch aufgeschlossen. In seinen Augen ist der Vereinigte Generalstab ohnehin nicht viel wert.«

»Zum Glück für uns bleiben ihm nur noch drei Jahre im Amt.«

»Ich weiß nicht, ob das nun ein Glück ist. Daniels weiß, wie man verhandelt. Er kennt das Gesetz von Geben und Nehmen. Wir hatten keine Probleme mit ihm, und er ist verdammt beliebt.«

»Lieber der Spatz in der Hand als die Taube auf dem Dach?«

»Etwas in der Art.«

Er musste diesem Mann so viele Informationen wie möglich entlocken. Schließlich musste er wissen, ob jemand Diane McCoy bei ihrem überraschenden Kreuzzug unterstützte.

»Wir wüssten gerne, wann Sie gegen den Gouverneur von South Carolina vorgehen«, sagte der Berater.

»Gleich wenn ich in mein neues Büro im Pentagon eingezogen bin.«

»Und was, wenn Sie den Gouverneur nicht absägen können?«

»Dann mache ich einfach nur Ihren Chef fertig.« Etwas fast

wie sexuelle Lust trat in seine Augen. »Wir erledigen das auf meine Weise. Klar?«

»Und was ist Ihre Weise?«

»Als Erstes möchte ich genau wissen, was Sie unternehmen, um meine Ernennung herbeizuführen. Jedes Detail und nicht nur das, was Sie mir erzählen wollen. Sollten Sie meine Geduld auf die Probe stellen, werde ich wohl doch Ihren Vorschlag vom letzten Mal annehmen, in Pension gehen und zusehen, wie all Ihre Karrieren den Bach hinuntergehen.«

Der Berater hob in gespielter Ergebung die Hände. »Langsam, Admiral. Ich bin nicht hergekommen, um mich mit Ihnen zu streiten, sondern um Sie zu informieren.«

»Dann informieren Sie mich, Sie kleines Stück Scheiße.«

Der Berater nahm die Beleidigung mit einem Achselzucken hin. »Daniels sitzt mit im Boot. Er sagt, dass er es macht. Kane kann die notwendigen Stimmen im Justizausschuss organisieren. Das weiß Daniels. Ihre Ernennung erfolgt morgen.«

»Vor Sylvians Begräbnis?«

Der Berater nickte. »Wozu warten?«

Ramsey gab ihm recht. Aber da war noch immer Diane McCoy. »Gibt es aus dem Büro des Nationalen Sicherheitsberaters irgendwelche Einwände?«

»Davon hat Daniels nichts gesagt. Aber warum sollte es die geben?«

»Denken Sie nicht, wir sollten wissen, ob Mitarbeiter des Weißen Hauses die Absicht haben, gegen uns zu intrigieren?«

Der Berater warf ihm ein nachdenkliches Lächeln zu. »Das sollte kein Problem sein. Wenn Daniels einmal mit im Boot sitzt, ist die Sache gelaufen. Er hat seine Leute im Griff. Was ist los, Admiral? Haben Sie Feinde?«

Nein. Es gab nur eine Komplikation. Aber er bemerkte allmählich, wie begrenzt die war. »Sagen Sie dem Senator, dass ich seine Bemühungen zu schätzen weiß. Er soll mit mir in Kontakt bleiben.«

»Kann ich gehen?«

Ramseys Schweigen signalisierte ein Ja.

Der Berater schien froh, dass das Gespräch vorbei war, und verschwand.

Ramsey ging ein Stück und setzte sich auf dieselbe Bank, die er schon vorher angewärmt hatte. Hovey wartete fünf Minuten, kam dann her, setzte sich neben ihn und sagte: »Das Gebiet ist sauber. Keiner hat gelauscht.«

»Mit Kane haben wir kein Problem. Es ist McCoy. Sie handelt im Alleingang.«

»Vielleicht denkt sie, wenn sie Sie in die Pfanne haut, ist ihr nächster Karrieresprung gesichert.«

Es wurde Zeit, herauszufinden, wie scharf sein Berater selbst auf den nächsten Karrieresprung war. »Möglicherweise müssen wir sie eliminieren. Genau wie Wilkerson.«

Hoveys Schweigen sagte mehr als irgendwelche Worte.

»Wissen wir viel über sie?«, fragte Ramsey den Captain.

»Eine ganze Menge, aber sie ist relativ langweilig. Sie lebt allein, hat keine Beziehungen und ist ein Workoholic. Ihre Kollegen mögen sie, aber sie ist nicht die Person, neben der man bei einem Staatsbankett besonders gerne sitzt. Wahrscheinlich versucht sie, aktiv zu werden, um ihren Wert zu steigern.«

Das ergab Sinn.

Hoveys Handy klingelte gedämpft unter seinem Wollmantel. Der Anruf war nur kurz und schnell beendet. »Es gibt noch mehr Probleme.«

Ramsey wartete ab.

»Diane McCoy hat gerade versucht, sich Zugang zum Lagerraum in Fort Lee zu verschaffen.«

Malone betrat die Kirche hinter Henn und Christl. Isabel war von der Empore heruntergestiegen und stand jetzt neben Dorothea und Werner Lindauer.

Malone beschloss, der Farce ein Ende zu bereiten, trat hinter

Henn, stieß dem Mann die Pistole in den Nacken und nahm ihm seine Waffe ab.

Dann trat er zurück und zielte auf Isabel. »Sagen Sie Ihrem Butler, er soll sich ruhig verhalten.«

»Und was würden Sie tun, Herr Malone, wenn ich das ablehnte? Mich erschießen?«

Er senkte die Waffe. »Das ist nicht nötig. Das hier war reine Show. Die vier hier mussten sterben. Auch wenn keiner von ihnen es wusste. Sie, Frau Oberhauser, wollten nicht, dass ich mich mit ihnen unterhalte.«

»Warum sind Sie sich da so sicher?«, fragte Isabel.

»Ich passe auf.«

»Na gut. Ich wusste, dass die vier hier sein würden, und sie haben uns für ihre Verbündeten gehalten.«

»Dann sind sie noch dümmer als ich.«

»Die vier vielleicht nicht, aber der Mann, der sie geschickt hat, schon. Können wir mit dem Theater aufhören – auf beiden Seiten – und vernünftig miteinander reden?«

»Ich höre zu.«

»Ich weiß, wer versucht, Sie zu töten«, sagte Isabel. »Aber ich brauche Ihre Hilfe.«

Er merkte, wie draußen vor den nackten Fensterhöhlen die Nacht hereinbrach und die Luft rasch kälter wurde.

Außerdem merkte er, worauf ihre Worte abzielten. »Ein Tauschhandel?«

»Ich entschuldige mich für die Täuschung, aber es schien mir die einzige Möglichkeit, Ihre Kooperation zu erlangen.«

»Sie hätten mich einfach fragen sollen.«

»Das habe ich in Reichshoffen versucht. Ich dachte, das hier würde besser funktionieren.«

»Es hätte mich das Leben kosten können.«

»Na, na, Herr Malone, ich habe anscheinend mehr Vertrauen in Ihre Fähigkeiten als Sie selbst.«

Er hatte genug. »Ich kehre ins Hotel zurück.«

Er setzte sich in Bewegung.

»Ich weiß, wohin Dietz unterwegs war«, sagte Isabel. »Ich weiß, wohin Ihr Vater ihn in der Antarktis gebracht hat.«

Zum Teufel mit ihr.

»Irgendwo in dieser Kirche befindet sich das, was Dietz übersehen hat. Was er *dort* in der Antarktis suchen wollte.«

Malones heftige Ablehnung wich Hunger. »Ich werde jetzt zu Abend essen.« Er ging weiter. »Ich bin bereit, Ihnen beim Essen zuzuhören, aber wenn Sie nicht verdammt gute Informationen besitzen, bin ich weg.«

»Ich versichere Ihnen, Herr Malone, dass sie mehr als gut sind.«

62

Asheville

»Sie haben Scofield zu sehr bedrängt«, sagte Stephanie zu Edwin Davis.

Sie saßen noch immer in der Nische. Draußen in der Ferne leuchteten die winterlichen Wälder unter einer strahlenden Sonne. Zu ihrer Linken im Südosten erhaschte sie einen Blick auf das Hauptschloss, das auf seinem eigenen Hügel etwa anderthalb Kilometer entfernt lag.

»Scofield ist ein Dummkopf«, sagte Davis. »Er glaubt, Ramsey würde sich darum scheren, dass er all die Jahre den Mund gehalten hat.«

»Wir wissen nicht, worum Ramsey sich schert.«

»Jemand wird Scofield ermorden.«

Da war sie sich nicht so sicher. »Und was sollen wir Ihrer Meinung nach dagegen unternehmen?«

»In seiner Nähe bleiben.«

»Wir könnten ihn in Gewahrsam nehmen.«

»Dann würden wir unseren Köder verlieren.«

»Wenn Sie recht haben, ist diese Überlegung dann ihm gegenüber fair?«

»Er hält uns für Idioten.«

Sie mochte Douglas Scofield genauso wenig, aber das sollte bei ihrer Entscheidung keine Rolle spielen. Da war jedoch noch etwas. »Ist Ihnen klar, dass wir noch immer keinerlei Beweise haben?«

Davis sah auf die Uhr auf der anderen Seite der Lobby. »Ich muss jemanden anrufen.«

Er stand auf, trat zum Fenster und setzte sich drei Meter entfernt auf ein Blumensofa mit Blick nach draußen. Stephanie beobachtete ihn. Er war in Sorge – und er war ein vielschichtiger Charakter. Sie fand es jedoch interessant, dass er wie sie selbst mit Emotionen kämpfte. Und dass auch er nicht gerne darüber sprach.

Davis winkte sie zu sich.

Sie ging hinüber und setzte sich neben ihn.

»Er will wieder mit Ihnen reden.«

Sie hielt das Handy ans Ohr und wusste genau, wer ihr Gesprächspartner war.

»Stephanie«, sagte Präsident Daniels, »die Sache wird immer komplizierter. Ramsey hat sich hinter Aatos Kane geklemmt. Jetzt möchte der gute Senator, dass ich Ramsey zum Mitglied des Vereinigten Generalstabs mache. Dazu wird es auf gar keinen Fall kommen, aber das habe ich Kane nicht wissen lassen. Ich habe einmal ein altes indianisches Sprichwort gehört. *Wer im Fluss lebt, sollte sich mit den Krokodilen anfreunden.* Anscheinend richtet Ramsey sich nach dieser Weisheit.«

»Vielleicht läuft es aber auch andersherum.«

»Genau das macht die Sache so kompliziert. Ramsey und Kane haben sich nicht freiwillig zusammengetan. Etwas ist passiert. Ich kann hier noch eine Weile am Ball bleiben, aber wir müssen an Ihrem Ende Fortschritte machen. Wie geht es meinem Jungen?«

»Der ist kaum zu bremsen.«

Daniels kicherte. »Jetzt sehen Sie einmal, womit ich immer zurechtkommen muss. Ist es schwer, die Kontrolle zu behalten?«

»Das könnte man so sagen.«

»Teddy Roosevelt hat es am besten formuliert. *Tu, was du kannst, mit dem, was du hast, wo immer du bist.* Bleiben Sie dran.«

»Ich glaube nicht, dass ich die Wahl habe, oder?«

»Nein, aber ich habe eine Information für Sie. Der Berliner Leiter des Navy-Geheimdienstes, ein Captain namens Sterling Wilkerson, wurde in München tot aufgefunden.«

»Und Sie halten das für keinen Zufall.«

»Verdammt, nein. Ramsey heckt hier und dort drüben irgendwas aus. Ich kann es nicht beweisen, aber ich fühle es. Wie läuft es bei Malone?«

»Ich habe nichts von ihm gehört.«

»Sagen Sie mir geradeheraus: Glauben Sie, dass dieser Professor in Gefahr schwebt?«

»Ich weiß es nicht. Aber ich denke, sicherheitshalber sollten wir noch bis morgen hierbleiben.«

»Hier ist etwas, was ich Edwin nicht erzählt habe. Können Sie ein Pokerface machen?«

Sie lächelte. »Okay.«

»Ich habe meine Zweifel an Diane McCoy. Ich habe vor langer Zeit gelernt, auf meine Feinde zu achten, weil sie die Ersten sind, die meine Fehler erkennen. Also habe ich McCoy beobachtet. Edwin weiß Bescheid. Allerdings weiß er nicht, dass sie ihr Büro heute verlassen hat und nach Virginia gefahren ist. Im Moment befindet sie sich in Fort Lee und besichtigt ein Lagerhaus, das die Army dem Navy-Geheimdienst verpachtet. Ich habe die Sache überprüft. Ramsey war gestern selbst dort.«

Das wusste sie schon, dank ihrer Leute.

Davis machte ihr ein Zeichen, dass er sich ein Getränk von einem für die Gäste gedachten Tisch beim offenen Kamin holen würde, und fragte sie mit Gesten, ob sie auch etwas wollte. Sie schüttelte den Kopf.

»Er ist weg«, sagte sie in den Hörer. »Vermutlich erzählen Sie mir das aus irgendeinem Grund.«

»Anscheinend hat Diane sich ebenfalls mit den Krokodilen angefreundet, aber ich mache mir Sorgen, dass sie gefressen wird.«

»Das könnte keiner netteren Person passieren.«

»Also wirklich, mir scheint, Sie haben eine gemeine Ader.«

»Ich habe eine realistische Ader.«

»Stephanie, Sie klingen besorgt.«

»Auch wenn ich da gerne widersprechen würde, ich habe das Gefühl, dass der Killer hier ist.«

»Wollen Sie Hilfe?«, fragte Daniels.

»Ich schon, aber Edwin nicht.«

»Seit wann hören Sie denn auf den?«

»Das hier ist seine Show. Er befindet sich auf einer Mission.«

»Die Liebe ist die Hölle, aber achten Sie darauf, dass das nicht sein Untergang wird. Ich brauche ihn noch.«

Smith genoss die Klaviermusik und ein knisterndes Feuer im offenen Kamin. Das Mittagessen hatte großartig geschmeckt. Salat und Appetithäppchen waren superb und die Suppe köstlich gewesen, doch noch viel besser hatte ihm das frische Lamm mit Gemüsebeilage der Saison gemundet.

Er war nach oben gegangen, nachdem der Mann und die Frau an Scofield herangetreten waren und ihn vom Tisch weggeführt hatten. Weder unten noch hier oben hatte er hören können, was geredet wurde. Er fragte sich, ob dies die beiden Personen vom Vorabend waren. Schwer zu sagen.

In den letzten Stunden waren zahllose Menschen an Scofield herangetreten. Tatsächlich wirkte die ganze Konferenz wie ein Fest eigens zu seinen Ehren. Der Professor gehörte zu den ursprünglichen Organisatoren der Veranstaltung. Am nächsten Abend war er der Hauptredner. Außerdem machte er am heutigen Abend eine Führung bei Kerzenlicht durchs Haupthaus. Morgen Vormittag war ein Event vorgesehen, das im Programm als Scofields Wildschweinabenteuer angekündigt wurde. Drei Stunden Wildschweinjagd mit Pfeil und Bogen in einem benachbarten Waldstück, geführt vom Professor persönlich. Die Frau am Empfang hatte gesagt, dieser morgendliche Ausflug sei sehr beliebt und ungefähr dreißig Teilnehmer machten jedes Jahr mit. Dass sich noch zwei weitere Leute für Dr. Douglas Scofield interessierten, war nicht unbedingt ein Grund zur Beunruhigung. Also unterdrückte Smith seine Paranoia und ließ nicht zu, dass sie ihn überwältigte. Er wollte es nicht zugeben, aber er war noch vom Vorabend ganz schön durch den Wind.

Er beobachtete, wie der Mann sich vom Sofa erhob, zu einem Tisch mit grünem Tischtuch neben dem Kamin trat und sich ein Glas eisgekühltes Wasser einschenkte.

Smith stand auf, schlenderte beiläufig hinüber und füllte seine Teetasse aus einer silbernen Teekanne nach. Dieser Service war ein netter Zug des Hauses. Den ganzen Tag über gab es Erfrischungsgetränke für die Gäste. Er gab ein wenig Süßstoff in seinen Tee – er hasste Zucker – und rührte um.

Der Mann zog sich, sein Wasser trinkend, in eine Nische zurück, dorthin, wo die Frau gerade ein Gespräch mit dem Handy beendete. Das Feuer im Ofen war niedergebrannt und knisterte kaum noch. Jemand vom Personal öffnete ein Eisengitter und legte ein paar Scheite nach. Smith wusste, dass er den beiden folgen konnte, um zu sehen, wohin ihn das führte, aber er hatte sich zum Glück schon für einen eindeutigeren Kurs entschieden.

Er würde etwas ganz Neues machen.

Das garantiert zu Ergebnissen führen würde.

Und das für den großen Douglas Scofield genau passend war.

Malone betrat erneut das L'Arlequin und ging in das Restaurant, wo bunte Teppiche einen Eichendielenboden bedeckten. Die anderen folgten ihm und zogen ihre Mäntel aus. Isabel sprach mit dem Mann, der zuvor am Empfang gestanden hatte. Dieser ging weg und schloss die Restauranttür hinter sich. Malone legte Jacke und Handschuhe ab und bemerkte, dass sein Hemd durchgeschwitzt war.

»Es gibt oben nur acht Zimmer«, sagte Isabel, »und ich habe sie alle für die Nacht gebucht. Der Wirt bereitet jetzt ein Essen vor.«

Malone setzte sich auf eine der Bänke, die zwei Eichentische säumten. »Gut. Ich bin hungrig.«

Christl, Dorothea und Werner setzten sich ihm gegenüber. Henn stand, eine Tasche in der Hand, daneben. Isabel nahm das Kopfende des Tisches ein. »Herr Malone, ich werde ehrlich mit Ihnen sein.«

»Das bezweifle ich ernstlich, aber machen Sie weiter.«

Ihre Hände verkrampften sich, und sie trommelte ungeduldig mit den Fingern auf der Tischplatte herum.

»Ich bin nicht Ihr Kind«, sagte Malone, »und bin auch nicht in Stimmung, also kommen Sie zur Sache.«

»Ich weiß, dass Hermann zwei Mal hier zu Besuch war«, begann sie. »Einmal 1937, noch vor dem Krieg. Und das zweite Mal 1952. Meine Schwiegermutter hat Dietz und mir kurz vor ihrem Tod von seinen Reisen erzählt. Aber sie wusste nicht, was Hermann hier getan hat. Dietz selbst war ungefähr ein Jahr vor seinem Verschwinden hier.«

»Das hast du nie erwähnt«, sagte Christl.

Isabel schüttelte den Kopf. »Die Beziehung zwischen diesem

Ort und der *Suchfahrt Karls des Großen* ist mir nie aufgefallen. Ich wusste nur, dass beide Männer hier zu Besuch waren. Aber gestern, als du mir erzählt hast, dass das Rätsel hierher weist, ist mir die Verbindung sofort aufgegangen.«

Malones Adrenalinspiegel, der in der Kirche hochgeschossen war, hatte sich wieder gesenkt, und er fühlte sich jetzt schwer vor Müdigkeit. Aber er musste sich konzentrieren. »Hermann und Dietz waren also hier. Das hilft uns nicht viel weiter, da offensichtlich nur Hermann etwas gefunden hat. Und der hat niemandem davon erzählt.«

»Einhards Testament stellt klar, dass man *das Rätsel löst, indem man die Vollkommenheit des Engels auf die Heiligung unseres Herrn anwendet*«, sagte Christl. »So kommt man von Aachen hierher. *Aber nur wer den Thron Salomons und die römische Frivolität zu schätzen weiß, wird den Weg zum Himmel finden.*«

Dorothea und Werner saßen still da. Malone fragte sich, warum sie überhaupt hier waren. Vielleicht hatten sie ja in der Kirche schon ihre Rolle gespielt? Er zeigte auf sie und fragte: »Haben Sie beide sich wieder versöhnt?«

»Spielt das irgendeine Rolle?«, fragte Dorothea.

Er zuckte die Schultern. »Für mich schon.«

»Herr Malone«, sagte Isabel. »Wir müssen dieses Rätsel lösen.«

»Haben Sie diese Kirche gesehen? Sie ist eine Ruine. Aus der Zeit vor zwölfhundert Jahren ist nichts mehr erhalten. Die Mauern sind baufällig, und das Dach ist neu. Der Boden zerbröckelt, und der Altar zerfällt. Wie wollen Sie da irgendein Rätsel lösen?«

Isabel gab Henn einen Wink, und dieser reichte ihr die Tasche. Mit flinken Fingern schnallte sie die Lederriemen auf und holte eine abgenutzte Landkarte heraus, die eine blass roströtliche Farbe aufwies. Sie entfaltete sie sorgfältig und legte das Blatt von vielleicht sechzig mal fünfundvierzig Zentimetern flach auf den Tisch. Er sah, dass es sich nicht um die Karte einer Landschaft oder eines Kontinents handelte, sondern um die Darstellung einer zerklüfteten Küstenlinie.

»Dies hier ist Hermanns Karte, die er 1938 während der Expedition der Nazis in die Antarktis verwendet hat. Dort hat er das Land erkundet.«

»Es gibt keine Beschriftung«, sagte Malone.

Bestimmte Punkte waren mit einem Dreieck gekennzeichnet. Ein X schien auf Berge hinzuweisen. Ein Kästchen kennzeichnete eine zentrale Stelle und ein Weg führte dorthin, doch nirgends stand ein einziges Wort.

»Mein Mann hat diese Karte zurückgelassen, als er 1971 in die Antarktis aufgebrochen ist. Er hat eine andere Karte mitgenommen. Aber ich weiß genau, wohin Dietz unterwegs war.« Sie hielt eine zweite gefaltete Karte aus der Tasche in die Höhe. Diese war neuer, blau und trug den Titel: *Internationale Reisekarte der Antarktis, Maßstab 1:8 000 000.* »Die Information ist hier zu finden.«

Sie griff in die Tasche und brachte noch zwei Sachen zum Vorschein, die beide in Plastiktüten eingeschlagen waren. Die Bücher. Das eine Buch aus dem Grab Karls des Großen, das Dorothea ihm gezeigt hatte. Und das andere, das aus Einhards Grab stammte und das Christl besessen hatte.

Christls Buch legte sie auf den Tisch und hob Dorotheas Buch hoch.

»Dies hier ist der Schlüssel, aber wir können das Buch nicht lesen. Die Fähigkeit dazu können wir nur hier in diesem Kloster erwerben. Obwohl wir wissen, wohin wir fahren müssen, fürchte ich, dass unsere Reise in die Antarktis unproduktiv wäre, wenn uns nicht klar ist, was auf diesen Seiten hier steht. Wir müssen, wie Einhard schrieb, das volle Verständnis des Himmels erlangen.«

»Ihr Mann ist ohne ein solches Verständnis gefahren.«

»Das war sein Fehler«, gab Isabel zurück.

»Können wir essen?«, fragte Malone, der es satt hatte, ihr zuzuhören.

»Ich verstehe, dass Sie genug von uns haben«, sagte Isabel. »Aber ich bin hierhergekommen, um einen Handel mit Ihnen abzuschließen.«

»Nein, Sie sind hierhergekommen, um mich an der Nase herumzuführen.« Er sah die Schwestern an. »Ein weiteres Mal.«

»Falls wir herausbekommen, wie man dieses Buch liest, und es die Mühe wert scheint, was ich annehme, werden Sie doch in die Antarktis fahren, oder?«, fragte Isabel.

»So weit voraus hatte ich bisher noch nicht gedacht.«

»Ich möchte, dass Sie meine Töchter mitnehmen und außerdem Werner und Ulrich.«

»Sonst noch was?«, fragte Malone beinahe belustigt.

»Mir ist das völlig ernst. Das ist der Preis, den Sie dafür bezahlen, dass Sie die genaue Lage von mir erfahren. Ohne die wäre ihre Reise so vergeblich wie damals die Fahrt von Dietz.«

»Dann werde ich sie wohl nicht erfahren, denn Ihr Wunsch ist verrückt. Wir reden nicht von einer kleinen Schneeballschlacht. Es geht hier um die Antarktis. Einen der härtesten Orte der Welt.«

»Ich habe mich heute Morgen informiert. Die Temperatur an der Halvorsen-Forschungsstation, deren Landebahn der gesuchten Stelle am nächsten liegt, war minus sieben Grad Celsius. So schlimm ist das gar nicht. Das Wetter war außerdem relativ ruhig.«

»Was sich innerhalb von zehn Minuten ändern kann.«

»Sie klingen so, als wären Sie schon da gewesen«, bemerkte Lindauer.

»Das war ich auch. Es ist kein Ort, an dem man gerne verweilt.«

»Cotton«, sagte Christl. »Mutter hat uns das schon vorhin erklärt. Die Expeditionen waren damals auf der Suche nach einem ganz bestimmten Ort.« Sie zeigte auf die Karte. »Ist dir klar, dass das U-Boot an dieser Stelle im Wasser liegen könnte?«

Sie hatte die Trumpfkarte ausgespielt, die er gefürchtet hatte. Das hatte er sich auch selbst schon gesagt. Der Bericht des Untersuchungsausschusses hatte die letzte bekannte Position der NR-1A als $73°S, 15°W, $ *ungefähr 150 Meilen nördlich des Norvegia-Kaps* angegeben. Dem konnte er nun einen anderen Referenzpunkt entgegensetzen, der es ihm vielleicht ermöglichen würde, das gesunkene Schiff zu finden. Doch dazu musste er mitspielen.

»Falls ich bereit bin, diese Passagiere mitzunehmen, werden Sie mir wahrscheinlich erst Näheres sagen, wenn wir in der Luft sind?«

»Sogar erst, wenn Sie gelandet sind«, antwortete Isabel. »Ulrich ist von der Stasi in Navigation ausgebildet worden. Er wird Ihnen dort den Weg weisen.«

»Ich bin zutiefst erschüttert über den Mangel an Vertrauen, das Sie mir entgegenbringen.«

»Das beruht auf Gegenseitigkeit.«

»Ihnen ist bewusst, dass ich nicht das letzte Wort darüber habe, wer mitfliegen kann. Ich brauche die Hilfe des US-Militärs, um dorthin zu kommen. Die werden vielleicht sonst niemanden an Bord lassen.«

Über Isabels düsteres Gesicht huschte ein flüchtiges Lächeln. »Kommen Sie schon, Herr Malone, das können Sie besser. Sie werden es schaffen, sich durchzusetzen. Da bin ich mir sicher.«

Er sah die anderen an, die ihm am Tisch gegenübersaßen. »Haben Sie drei die geringste Vorstellung, auf was Sie sich da einlassen?«

»Das ist der Preis, den *wir* zu zahlen haben«, sagte Dorothea.

Jetzt verstand er. Ihr Spiel war noch nicht vorbei.

»Ich komme damit klar«, sagte Dorothea.

Lindauer nickte. »Ich auch.«

Er sah Christl an.

»Ich möchte wissen, was ihnen zugestoßen ist«, sagte diese mit niedergeschlagenen Augen.

Er auch. Er musste verrückt sein.

»Okay, Frau Oberhauser, falls wir das Rätsel lösen, haben wir eine Abmachung.«

63

Ramsey öffnete die Klappe und stieg aus dem Hubschrauber. In dem Helikopter, den der Navy-Geheimdienst rund um die Uhr bei seinem Verwaltungshauptquartier in Bereitschaft hielt, war er direkt von Washington nach Fort Lee geflogen.

Ein Wagen erwartete ihn, und man fuhr ihn zu dem Ort, an dem Diane McCoy festgehalten wurde. Er hatte ihre Festnahme sofort angeordnet, als Hovey ihm von ihrem Besuch auf dem Stützpunkt berichtet hatte. Eine Stellvertretende Sicherheitsberaterin festzuhalten konnte ein Problem darstellen, doch er hatte dem Kommandanten des Stützpunkts versichert, dass er die volle Verantwortung übernehmen würde.

Er bezweifelte, dass irgendetwas von der Sache durchsickern würde.

McCoy hatte sich ganz allein zu diesem Ausflug entschieden, und sie würde das Weiße Haus gewiss nicht informieren. Diese Schlussfolgerung wurde durch die Tatsache gestützt, dass sie vom Stützpunkt aus niemanden angerufen hatte.

Er stieg aus und betrat das Sicherheitsgebäude, von wo ein Hauptfeldwebel ihn zu McCoy führte. Er trat ein und schloss die Tür hinter sich. Man hatte sie im Privatbüro des Sicherheitsverantwortlichen komfortabel untergebracht.

»Es wird Zeit«, sagte sie. »Das sind jetzt schon beinahe zwei Stunden.«

Er knöpfte seinen Mantel auf. Man hatte ihn bereits informiert, dass sie durchsucht und elektronisch kontrolliert worden war. Er setzte sich neben sie auf einen Stuhl. »Ich dachte, wir beide hätten eine Abmachung.«

»Nein, Langford. Sie hatten eine Abmachung zu Ihren Gunsten. Ich hatte nichts.«

»Ich habe Ihnen gesagt, dass ich dafür sorgen würde, dass Sie der nächsten Regierung angehören.«

»Das können Sie nicht garantieren.«

»Nichts in dieser Welt ist gewiss, aber ich kann die Wahrscheinlichkeit vergrößern, dass es eintritt. Und genau das tue ich auch. Aber dass Sie heimlich aufzeichnen, was ich sage? Dass Sie mich dazu bringen wollen, Verfehlungen einzugestehen? Und dass Sie jetzt hierherkommen? Das ist nicht der richtige Weg, Diane.«

»Was befindet sich in diesem Lagerhaus?«

»Wie haben Sie darüber erfahren?« Das musste er wissen.

»Ich bin eine Stellvertretende Nationale Sicherheitsberaterin.«

Er beschloss, teilweise ehrlich mit ihr zu sein. »Darin lagern Artefakte, die 1947 während der Operation *Highjump* und dann noch einmal 1948 während der Operation *Windmill* gefunden wurden. Einige ungewöhnliche Artefakte. Die haben mit Schuld an dem, was der NR-1A 1971 zugestoßen ist. Das U-Boot befand sich auf einer Mission, die mit diesen Artefakten zu tun hatte.«

»Edwin Davis hat mit dem Präsidenten über *Highjump* und *Windmill* geredet. Das habe ich gehört.«

»Diane, gewiss erkennen Sie den Schaden, der entstehen würde, wenn herauskäme, dass die Navy nach dem Sinken eines ihrer U-Boote nicht nach dem Schiff gesucht hat. Und sie hat nicht nur nicht danach gesucht, sondern auch noch eine Deckgeschichte erfunden. Familien wurden belogen und Berichte gefälscht. Damals konnte man mit so etwas durchkommen – das waren andere Zeiten –, aber heutzutage geht das nicht mehr. Die negativen Auswirkungen wären enorm.«

»Und welche Rolle spielen Sie bei der Sache?«

Interessant. Ihre Informationen waren sehr lückenhaft. »Admiral Dyals hat damals den Befehl gegeben, nicht nach der NR-1A zu suchen. Zwar hat die Mannschaft diesen Bedingungen zugestimmt, bevor sie aus dem Hafen auslief, aber sein Ruf wäre ruiniert, wenn das herauskäme. Ich schulde diesem Mann viel.«

»Und warum haben Sie dann Sylvian umgebracht?«

Da spielte er nicht mit. »Ich habe niemanden umgebracht.«

Sie setzte zum Sprechen an, doch er unterbrach sie mit erhobener Hand. »Ich leugne allerdings nicht, dass ich seinen Posten haben möchte.«

Die Spannung im Raum stieg und erinnerte an das Knistern bei einer Partie Poker – und dem ähnelte dieses Treffen ja tatsächlich in vieler Hinsicht. Er bohrte seinen Blick in ihren. »Ich bin ehrlich mit Ihnen in der Hoffnung, dass Sie ehrlich mit mir sind.«

Er wusste von Aatos Kanes Berater, dass Daniels der Idee seiner Ernennung aufgeschlossen gegenübergestanden hatte, doch das Theater, das McCoy machte, redete eine andere Sprache. Es war entscheidend, dass er ein Paar Augen und Ohren im Weißen Haus behielt. Gute Entscheidungen beruhten immer auf guten Informationen. McCoy mochte ein Problem sein, aber er brauchte sie.

»Ich wusste, dass Sie kommen würden«, sagte sie. »Interessant, dass Sie die persönliche Kontrolle über dieses Lagerhaus haben.«

Er zuckte die Schultern. »Es untersteht dem Navy-Geheimdienst. Bevor ich Leiter dieses Dienstes wurde, haben andere sich darum gekümmert. Dies hier ist nicht das einzige Lagerhaus unter unserer Aufsicht.«

»Wohl kaum. Aber zur Zeit passiert wesentlich mehr, als Sie

zugeben wollen. Was ist mit Ihrem Berliner Geheimdienstleiter? Mit Wilkerson? Warum ist der plötzlich tot?«

Diese Information dürfte heute wohl in jedermanns Briefing-Unterlagen auftauchen. Aber er musste ja keine Verbindung eingestehen. »Das lasse ich derzeit untersuchen. Der Grund könnte allerdings im privaten Bereich liegen – er war mit einer verheirateten Frau involviert. Unsere Leute sind an der Sache dran. Es ist noch zu früh, um von finsteren Umständen auszugehen.«

»Ich möchte sehen, was sich in diesem Lagerhaus befindet.«

Er beobachtete ihr Gesicht, das weder feindselig noch unfreundlich war. »Was würde das beweisen?«

»Ich möchte sehen, worum es hier eigentlich geht.«

»Nein, das wollen Sie nicht.«

Er beobachtete sie erneut. Sie hatte einen Schmollmund. Ihr blondes Haar hing wie zwei nach innen gebogene Vorhänge zu beiden Seiten ihres herzförmigen Gesichts herunter. Sie war attraktiv, und er fragte sich, ob er mit Charme weiterkommen würde. »Diane, hören Sie mir zu. Das alles ist völlig unnötig. Ich stehe zu unserer Abmachung. Aber damit ich das auch kann, muss ich die Sache auf meine Art erledigen. Dass Sie hierherkommen, das bringt alles in Gefahr.«

»Ich bin nicht bereit, Ihnen meine Karriere anzuvertrauen.«

Er wusste das eine oder andere von ihrer Familiengeschichte. Ihr Vater war ein Politiker des Bundesstaates Indiana, der dadurch bekannt geworden war, dass er nach seiner Wahl zum Vizegouverneur den halben Staat vergrault hatte. Vielleicht war hier derselbe rebellische Charakterzug am Werk? Vielleicht. Doch er musste die Sache klarstellen. »Dann muss ich Sie leider sich selbst überlassen.«

Er spürte, dass sie plötzlich begriff, worum es ging. »Und ich muss sterben?«

»Habe ich das gesagt?«

»Das war gar nicht nötig.«

Nein, wirklich nicht. Aber er hatte noch immer das Problem der Schadensbegrenzung. »Wie wäre es damit: Wir sagen, dass es eine Unstimmigkeit gegeben hat. Sie sind auf einer Erkundungsmission hierhergekommen, und das Weiße Haus und der Navy-Geheimdienst haben abgemacht, dass Sie die erbetene Information erhalten. So ist der Kommandant des Stützpunkts zufriedengestellt, und es werden keine zusätzlichen Fragen mehr gestellt. Wir gehen einträchtig hier weg.«

Er sah ihren Augen an, dass sie besiegt war.

»Legen Sie mich ja nicht rein«, sagte sie.

»Ich habe überhaupt nichts getan. Sie sind diejenige, die mit gezogenen Pistolen herumläuft.«

»Ich schwöre Ihnen, Langford, ich mach Sie fertig. Legen Sie mich ja nicht rein.«

Er beschloss, dass Diplomatie der bessere Kurs war. Zumindest vorläufig. »Wie ich schon mehrmals gesagt habe, halte ich meinen Teil der Vereinbarung ein.«

Malone genoss das Essen, umso mehr, als er den ganzen Tag über wenig zu sich genommen hatte. Es war interessant, dass er zu ganz regelmäßigen Zeiten hungrig wurde, wenn er in seinem Bücherladen arbeitete. Wenn er sich dagegen auf einer Mission befand, schien das Bedürfnis nach Essen fast völlig zu verschwinden.

Er hatte zugehört, wie Isabel, ihre Töchter und Werner Lindauer sich über Hermann und Dietz Oberhauser unterhielten. Die Spannung zwischen den Töchtern war mit Händen zu greifen. Ulrich Henn hatte ebenfalls mit ihnen gegessen, und Malone hatte Henn genau beobachtet. Der Ostdeutsche hatte schweigend dagesessen und sich nicht anmerken lassen, dass er auch nur zuhörte, sich dabei aber kein Wort entgehen ließ.

Isabel führte das Wort, und Malone hatte bemerkt, mit welchen wechselnden Gefühlen die anderen auf ihre unstete Art reagierten. Keine der beiden Töchter wagte es, sie herauszufordern. Sie stimmten entweder zu oder sagten gar nichts. Auch Lindauer sagte kaum etwas Brauchbares.

Malone ließ den Nachtisch aus und beschloss, nach oben zu gehen.

In der großen Eingangshalle gab brennendes Feuerholz einen warmen Schein ab und erfüllte den Raum mit einem harzigen Duft. Er blieb stehen und genoss das Feuer, wobei ihm an den Wänden gerahmte Zeichnungen des Klosters auffielen. Die eine Skizze bildete die Türme von außen ab. Alles war intakt, und er bemerkte ein Datum in einer Ecke: 1784. Die anderen beiden Zeichnungen hielten das Klosterinnere fest. Die eine zeigte den Kreuzgang, dessen Bögen und Säulen nicht länger nackt waren. Vielmehr waren sie in regelmäßigen Abständen mit Steinmetzarbeiten verziert. In der Mitte des Kreuzganggartens stand der Springbrunnen in all seiner Pracht, und Wasser floss aus ihm in ein Eisenbecken über. Malone stellte sich vor, wie Gestalten mit Kapuzen über den Köpfen von einem Steinbogen zum anderen gewandelt waren.

Die letzte Zeichnung zeigte das Kircheninnere.

Der Blick ging von der Vorhalle zum Altar, und zwar von der rechten Seite aus, auf der Malone sich vorhin von Säule zu Säule dem Killer genähert hatte. Von Verfall war nichts zu sehen. Stattdessen vereinigten sich Stein, Holz und Glas zu einem erstaunlichen Ganzen – halb gotisch, halb romanisch. Steinerne Ornamente verzierten die Säulen, zahlreich, aber doch zierlich und unauffällig. Nichts erinnerte an den Verfall, in dem die Kirche sich jetzt befand. Ihm fiel auf, dass ein Bronzegitter den Altarbereich umschloss. Die karolingischen Girlanden erinnerten an das Gitter, das er in Aachen gesehen hatte. Der Boden war unversehrt und detailreich abgebildet, verschiedene Schattierungen von Grau und Schwarz standen für ein vielfältiges, einst buntes Muster. Das Datum auf den Zeichnungen war mit 1772 angegeben.

Der Wirt stand hinter dem Empfangstisch. Malone fragte: »Sind das Originale?«

Der Mann nickte. »Sie hängen schon lange hier. Unser Kloster war einmal prachtvoll, aber das ist vorbei.«

»Was ist geschehen?«

»Kriege. Vernachlässigung. Die Witterung. All das hat das Bauwerk zerstört.«

Bevor Malone vom Tisch aufgestanden war, hatte er gehört, wie Isabel Henn losschickte, die Leichen aus der Kirche fortzuschaffen. Das Faktotum zog jetzt seinen Mantel an und verschwand in die Nacht.

Malone spürte einen kalten Windstoß von der Eingangstür her, und dann gab ihm der Wirt den Schlüssel. Langsam stieg er eine Holztreppe zu seinem Zimmer hinauf. Er hatte keine Kleider zum Wechseln mitgebracht, und die Kleidung, die er trug, musste gewaschen werden, insbesondere sein Hemd. Im Zimmer warf er Jacke und Handschuhe aufs Bett und zog sein Hemd aus. Dann ging er ins winzige Bad, wusch das Hemd mit ein wenig Seife in einem Emaillebecken aus und legte es zum Trocknen über die Heizung.

Er stand im Unterhemd da und betrachtete sich im Spiegel. Seit er sechs war, trug er immer ein Unterhemd – diese Gewohnheit war ihm eingeimpft worden. *»Es ist nicht schön, mit nackter Brust herumzulaufen«*, hatte sein Vater immer gesagt. *»Willst du, dass deine Kleider nach Schweiß stinken?«* Malone hatte seinen Vater nie in Frage gestellt, er hatte ihm einfach nachgeeifert und immer ein Unterhemd getragen – mit tiefem V-Ausschnitt, denn *»dass man ein Unterhemd trägt heißt nicht, dass jeder es sehen muss«*. Interessant, wie mühelos sich solche Kindheitserinnerungen abrufen ließen. Die gemeinsame Zeit mit seinem Vater war so kurz gewesen. Er konnte sich an etwa drei Jahre erinnern, vom Alter von sieben Jahren bis zehn. Die Fahne, die beim Gedenkgottesdienst seines Vaters entfaltet worden war, stand noch immer in einer Vitrine neben seinem

Bett. Seine Mutter hatte das Erinnerungszeichen bei der Trauerfeier abgelehnt und gesagt, sie habe genug von der Navy. Doch als Malone ihr acht Jahre später erklärte, dass er zur Navy gehen werde, hatte sie nichts einzuwenden gehabt. *»Was wäre von Forrest Malones Sohn wohl sonst zu erwarten?«*, hatte sie ihn gefragt.

Und er hatte zugestimmt. Was sonst?

Er hörte ein leises Klopfen und trat aus dem Bad, um die Tür aufzumachen. Christl stand davor.

»Darf ich?«, fragte sie.

Er nickte zustimmend und machte leise die Tür hinter ihr zu.

»Ich möchte dir sagen, dass mir das, was heute dort oben passiert ist, nicht gefallen hat. Deshalb bin ich hier. Ich habe Mutter gesagt, dass sie dich nicht betrügen soll.«

»Ganz anders als du, natürlich.«

»Seien wir ehrlich, okay? Hätte ich dir gesagt, dass ich die Verbindung zwischen Einhards Testament und der Inschrift schon hergestellt hatte, wärst du dann auch nur mit nach Aachen gekommen?«

Wahrscheinlich nicht. Aber er blieb stumm.

Sie las die Antwort in seinem Gesicht. »Das habe ich jedenfalls nicht geglaubt.«

»Ihr geht massenhaft richtig dumme Risiken ein.«

»Es steht viel auf dem Spiel. Mutter wollte, dass ich dir etwas sage, aber nicht vor Dorothea oder Werner.«

Er hatte sich schon gefragt, wann Isabel ihr Versprechen von *verdammt guten Informationen* einlösen würde. »Okay, wer hat versucht, mich umzubringen?«

»Ein Mann namens Langford Ramsey. Sie hat sogar mit ihm gesprochen. Er hat die Männer losgeschickt, die uns in Garmisch, in Reichshoffen und in Aachen aufgelauert haben. Auch die vier Männer heute kommen von ihm. Er will deinen Tod. Er ist der Leiter des amerikanischen Navy-Geheimdienstes. Mutter hat ihm vorgegaukelt, sie sei seine Verbündete.«

»Das ist ja einmal etwas Neues. Mein Leben in Gefahr bringen, um es zu retten.«

»Sie versucht, dir zu helfen.«

»Indem sie Ramsey verraten hat, dass ich heute hier sein würde?«

Sie nickte. »Wir haben das Geiselszenario mit Hilfe dieser Männer absichtlich so arrangiert, dass sie dabei ums Leben kamen. Dass die anderen beiden Männer eingreifen würden, hatten wir nicht erwartet. Sie sollten eigentlich draußen bleiben. Ulrich glaubt, dass sie von den Schüssen herbeigelockt wurden.« Sie zögerte. »Cotton, ich bin froh, dass du hier bist. Unversehrt. Ich wollte, dass du das weißt.«

Er fühlte sich wie ein Mann, der zum Galgen geht, nachdem er sich den Strick selbst geknüpft hat.

»Wo ist dein Hemd?«, fragte sie.

»Wer allein lebt, macht auch seine Wäsche allein.«

Sie lächelte freundlich, was die angespannte Atmosphäre lockerte. »Ich lebe schon mein ganzes Erwachsenenleben allein.«

»Ich dachte, du wärst verheiratet gewesen?«

»Wir haben niemals zusammengelebt. Das war eine dieser Fehleinschätzungen, die man schnell revidiert. Wir hatten ein paar tolle Wochenenden, aber das war es auch schon. Wie lange warst du verheiratet?«

»Beinahe zwanzig Jahre.«

»Hast du Kinder?«

»Einen Sohn.«

»Heißt er wie du?«

»Er heißt Gary.«

In das Schweigen mischte sich ein Gefühl des Friedens.

Sie trug eine blaue Jeans, eine steingraue Bluse und eine marineblaue Strickjacke. Er sah sie noch immer vor sich, wie sie an die Säule gefesselt gewesen war. Dass Frauen ihn belogen, war natürlich nichts Neues. Seine Exfrau hatte ihn jahrelang über Garys Vaterschaft belogen. Stephanie log immer wieder, wenn es nötig war. Selbst seine Mutter, die voller gefesselter Emotionen steckte und selten irgendwelche Gefühle zeigte, hatte ihn über seinen Vater belogen. In ihren Augen war die Erinnerung an ihn vollkommen. Aber Malone wusste, dass das nicht stimmte. Er hatte das verzweifelte Bedürfnis, den Mann zu kennen. Nicht einen Mythos oder eine Legende oder eine Erinnerung. Einfach nur den Mann.

Er war müde. »Es ist Zeit, schlafen zu gehen.«

Sie ging um ihn herum zu der Lampe, die neben dem Bett brannte. Er hatte das Badezimmerlicht ausgeschaltet, als er die Tür öffnete, und so war es im Zimmer plötzlich dunkel, als sie an dem Kettchen zog und die Lampe löschte.

»Einverstanden«, sagte sie.

64

Dorothea beobachtete durch ihre einen Spalt weit geöffnete Tür, wie ihre Schwester in Cotton Malones Zimmer trat. Sie hatte ihre Mutter nach dem Essen mit Christl sprechen sehen und sich gefragt, was dabei gesagt worden war. Sie hatte auch Ulrich aufbrechen sehen und wusste, welchen Auftrag er erhalten hatte. Und so fragte sie sich, welche Rolle sie selbst spielen sollte. Offensichtlich ging es darum, dass sie sich mit ihrem Mann aussöhnte, da sie ein gemeinsames Zimmer erhalten hatten, in dem nur ein einziges schmales Bett stand. Als sie den Wirt um ein zweites Bett gebeten hatte, hatte der geantwortet, es gebe keines.

»So schlimm ist es doch gar nicht«, sagte Werner.

»Hängt davon ab, wie man *schlimm* definiert.«

Tatsächlich fand sie die Situation belustigend. Sie beide benahmen sich wie zwei Halbwüchsige bei ihrer ersten Verabredung. In einer Hinsicht wirkte ihre Notlage komisch, in einer anderen tragisch. Der enge Raum machte es ihr unmöglich, der vertrauten Ausdünstung seines Rasierwassers, seines Pfeifentabaks und des Nelkengeruchs seines Kaugummis zu entgehen. Und diese Gerüche erinnerten sie ständig daran, dass er nicht zu den zahllosen Männern gehörte, die sie in letzter Zeit vernascht hatte.

»Das ist zu viel, Werner. Und viel zu schnell.«

»Ich glaube kaum, dass du die Wahl hast.«

Er stand beim Fenster, die Arme im Rücken verschränkt. Sie war noch immer von seiner Tat in der Kirche verblüfft. »Hast du geglaubt, dass der Killer mich tatsächlich erschießen würde?«

»Die Lage hatte sich geändert, nachdem ich den anderen erschossen hatte. Der Killer war gereizt und zu allem fähig.«

»Du hast diesen Mann so bedenkenlos getötet.«

Er schüttelte den Kopf. »Nicht bedenkenlos, aber es war notwendig. Es ist gar nicht so viel anders, als einen Hirsch zu schießen.«

»Mir war gar nicht bewusst, dass so etwas in dir steckt.«

»In den letzten Tagen ist mir einiges über mich selbst klar geworden.«

»Diese Männer in der Kirche waren Dummköpfe, sie hatten nur ihre Bezahlung im Sinn.« *Wie die Frau in der Abtei*, dachte sie. »Sie hatten absolut keinen Grund, uns zu vertrauen.«

Seine Mundwinkel verzogen sich nach unten. »Warum vermeidest du das Thema, das auf der Hand liegt?«

»Mir scheint, hier ist weder die Zeit noch der Ort, über unser Privatleben zu diskutieren.«

Er zog ungläubig die Augenbrauen hoch. »Es gibt keine bessere Zeit. Wir werden bald einige unumkehrbare Entscheidungen fällen.«

Die Entfremdung der vergangenen Jahre machte es ihr schwer, so genau wie früher zu bemerken, wenn er sie betrog.

Sie hatte ihn so lange schon ignoriert – ihn einfach machen lassen, was er wollte. Jetzt verfluchte sie ihre Gleichgültigkeit.

»Was willst du, Werner?«

»Das Gleiche, was du willst. Geld, Macht und Sicherheit. Dein Geburtsrecht.«

»Meines, nicht deines.«

»Interessant, dieses Geburtsrecht. Dein Großvater war ein Nazi. Ein Mann, der Adolf Hitler verehrte.«

»Er war kein Nazi«, erklärte sie.

»Er hat ihnen nur bei ihren bösen Plänen geholfen. Hat es ihnen leichter gemacht, Menschen abzuschlachten.«

»Das ist doch absurd.«

»Was ist mit diesen lächerlichen Theorien über die Arier und unser angebliches Erbe? Dass wir eine besondere Rasse seien, die von einem besonderen Ort stamme? Himmler hat diesen Mist geliebt. Das hat genau zur mörderischen Propaganda der Nazis gepasst.«

Verwirrende Gedanken schossen ihr durch den Kopf. Da waren Dinge, die ihre Mutter ihr erzählt hatte, und andere Dinge, die sie als Kind gehört hatte. Die unverhohlen ultrarechte Einstellung ihres Großvaters. Seine Weigerung, jemals etwas Schlechtes über das Dritte Reich zu sagen. Und ihr Vater hatte darauf beharrt, dass Deutschland nach dem Krieg nicht besser dran war als vor dem Krieg und dass die Teilung Deutschlands schlimmer war als alles, was Hitler je angerichtet hatte. Ihre Mutter hatte recht. Die Familiengeschichte der Oberhausers musste verborgen bleiben.

»Du bist hier besser vorsichtig«, flüsterte Werner.

Etwas an seinem Tonfall beunruhigte sie. Was wusste er?

»Vielleicht erleichtert es dein Gewissen, mich für einen Dummkopf zu halten«, sagte er. »Vielleicht kannst du damit rechtfertigen, dass du mich und unsere Ehe ablehnst.«

Sie ermahnte sich, still zu sein, denn er war ein Experte darin, sie zu ködern.

»Aber ich bin kein Dummkopf.«

Sie war neugierig. »Was weißt du über Christl?«

Er zeigte auf die Tür. »Ich weiß, dass sie dort mit Malone im Zimmer ist. Du verstehst, was das bedeutet?«

»Erkläre es mir.«

»Sie schmiedet ein Bündnis. Malone hat Verbindungen zu den Amerikanern. Deine Mutter hat ihren Verbündeten sorgfältig ausgewählt – Malone kann Hebel in Bewegung setzen, ohne die wir nicht weiterkommen. Wie sollten wir sonst in die Antarktis gelangen? Christl handelt auf Geheiß deiner Mutter.«

Er hatte recht. »Sag mir, Werner, genießt du die Möglichkeit meines Scheiterns?«

»In dem Fall wäre ich nicht hier. Dann würde ich dich einfach scheitern lassen.«

Etwas in seinem beiläufigen Tonfall alarmierte sie. Er wusste eindeutig mehr, als er sagte, und sie war wütend, dass er ihr auswich.

Sie unterdrückte einen plötzlichen Schauder, als sie merkte, dass dieser Mann, mehr Fremder als Ehemann, sie anzog.

»Als du den Mann im Jagdhaus getötet hast, hast *du* da irgendetwas empfunden?«, fragte er.

»Erleichterung.« Das Wort entschlüpfte ihr zwischen zusammengebissenen Zähnen.

Er stand ungerührt da und schien über dieses Eingeständnis nachzudenken. »Wir müssen uns durchsetzen, Dorothea. Wenn das bedeutet, dass wir mit deiner Mutter und Christl zusammenarbeiten müssen, dann soll es eben so sein. Wir können nicht zulassen, dass deine Schwester bei dieser Suche dominiert.«

»Du und Mutter, ihr arbeitet seit einiger Zeit zusammen, oder?«

»Sie vermisst Georg nicht weniger als wir. Er war die Zukunft dieser Familie. Jetzt steht das ganze Familiengeschick in Frage. Es gibt keine Oberhausers mehr.«

Ihr fiel etwas an seinem Tonfall auf, und dasselbe erkannte sie in seinen Augen. Das, was er wirklich wollte. »Das kann doch nicht dein Ernst sein?«, fragte sie.

»Du bist erst achtundvierzig. Du kannst noch immer ein Kind bekommen.«

Er trat näher und küsste sie sanft auf den Hals.

Sie schlug ihn ins Gesicht.

Er lachte. »Heftige Emotionen. Gewalt. Du bist also doch ein Mensch.«

Schweißperlen traten ihr auf die Stirn, obwohl es im Zimmer nicht warm war. Sie würde nicht mehr auf ihn hören.

Sie marschierte zur Tür.

Er sprang los, packte sie am Arm und wirbelte sie herum.

»Du gehst nicht weg. Diesmal nicht.«

»Lass mich los.« Doch es war ein schwacher Befehl. »Du bist ein abscheulicher Widerling. Schon bei deinem Anblick wird mir schlecht.«

»Deine Mutter hat klargemacht, dass du nur schwanger werden musst, um alles zu erhalten.« Er zerrte sie zu sich. »Hör mir zu, Frau. Alles gehört dann dir. Christl braucht keine Kinder und keinen Mann. Aber vielleicht hat sie ja dasselbe Angebot erhalten? Wo ist sie denn gerade in diesem Moment?«

Er war dicht bei ihr und flüsterte ihr beschwörend ins Ohr.

»Streng doch dein Hirn einmal an. Deine Mutter hat euch gegeneinander in Position gebracht, um zu erfahren, was ihrem Mann zugestoßen ist. Aber mehr als alles will sie, dass diese Familie weiterbesteht. Die Oberhausers haben Geld, Status und Besitz. Was ihnen fehlt, ist ein Erbe.«

Sie befreite sich aus seinem Griff. Ja, verdammt, er hatte recht. Christl war mit Malone zusammen. Und ihrer Mutter konnte man niemals trauen. Hatte Christl dasselbe Angebot erhalten, falls sie einen Erben empfing?

»Wir sind ihr einen Schritt voraus«, sagte er. »Unser Kind wäre legitim.«

Sie hasste sich selbst. Aber der Drecksack hatte einfach recht.

»Sollen wir anfangen?«, fragte er.

65

Asheville
17.00 Uhr

Stephanie war ein wenig durcheinander. Davis hatte beschlossen, dass sie über Nacht bleiben würden, und ein einziges Zimmer für beide genommen.

»Zu dieser Sorte Frauen gehöre ich eigentlich nicht«, sagte sie, als er die Tür aufmachte. »Ich bin keine, die gleich beim ersten Date mit jemandem ins Hotel geht.«

»Ach wirklich? Ich habe gehört, dass Sie leicht zu haben sind.«

Sie gab ihm einen Klaps auf den Hinterkopf. »Nur in Ihren Träumen.«

Er sah sie an. »Jetzt sind wir also in einem romantischen Viersternehotel abgestiegen. Gestern Nacht hatten wir auch schon ein großartiges Date, wie wir da in der klirrenden Kälte saßen und dann auch noch auf uns geschossen wurde. Wir kommen uns wirklich näher.«

Sie lächelte. »Erinnern Sie mich nicht daran. Und übrigens, das war großartig, wie feinfühlig Sie mit Scofield umgegangen sind. Hat wunderbar funktioniert. Er ist sofort mit Ihnen warm geworden.«

»Er ist ein arroganter, selbstbezogener Besserwisser.«

»Aber er war 1971 dabei und weiß mehr als Sie und ich.«

Er ließ sich auf eine Tagesdecke mit buntem Blumenmuster fallen. Das ganze Zimmer sah so aus, als wäre es einem Lifestyle-Magazin über die Südstaaten entsprungen. Elegante Möbel, edle Vorhänge und eine Ausstattung, die sich an englischen und französischen Landvillen orientierte. Sie hätte wirklich Lust, ein Bad in der tiefen Wanne zu nehmen. Seit gestern Morgen in Atlanta hatte sie nicht mehr gebadet. Sah so der Alltag ihrer Agenten aus? Sollte sie nicht diejenige sein, die das Kommando hatte?

»Ein Zimmer der Luxusklasse«, sagte er. »Etwas anderes war nicht mehr frei. Der Preis übersteigt die Übernachtungspauschale der Regierung bei weitem, aber zum Teufel damit. Sie sind es wert, Stephanie.«

Sie ließ sich in einen der gepolsterten Clubsessel sinken und legte die Füße auf die dazu passende Fußbank. »Wenn Sie mit so viel Nähe klarkommen, kann ich das auch. Ich habe das Gefühl, dass wir ohnehin nicht viel Schlaf bekommen werden.«

»Er ist hier«, sagte Davis. »Das weiß ich.«

Sie war sich da zwar nicht so sicher, aber sie konnte nicht leugnen, dass sie ebenfalls ein unangenehmes Gefühl im Bauch hatte.

»Scofield hat die Wharton-Suite im fünften Stock. Die nimmt er jedes Jahr«, sagte Davis.

»Das hat die Dame am Empfang sich entlocken lassen?«

Er nickte. »Sie mag Scofield auch nicht.«

Davis zog das Konferenzprogramm aus seiner Hosentasche. »In Kürze bietet er eine Führung durch das Biltmore-Herrenhaus an. Und morgen früh geht er dann auf die Wildschweinjagd.«

»Falls unser Mann sich hier befindet, hat er damit massenhaft Gelegenheit für einen Anschlag, ohne auch nur die Zeit heute Nacht im Hotelzimmer mitzurechnen.«

Sie beobachtete Davis' Gesicht. Normalerweise konnte man seinen Gesichtszügen nicht das Geringste entnehmen, doch jetzt war seine Maske abgefallen. Er war nervös. Sie empfand ein dunkles Widerstreben, das sich mit heftiger Neugier mischte, und so fragte sie: »Was tun Sie, wenn Sie ihn schließlich finden?«

»Ich bring ihn um.«

»Das wäre Mord.«

»Mag sein. Aber ich bezweifle, dass unser Mann sich ohne Gegenwehr geschlagen gibt.«

»Haben Sie sie so sehr geliebt?«

»Männer sollten Frauen nicht schlagen.«

Sie fragte sich, mit wem er in diesem Moment sprach. Mit ihr selbst? Mit Millicent? Mit Ramsey?

»Damals war ich machtlos«, sagte er. »Aber jetzt kann ich handeln.« Sein Gesicht war plötzlich wieder neutral und verbarg seine Gefühle. »Und jetzt sagen Sie mir, was ich vorhin vom Präsidenten nicht erfahren sollte.«

Sie hatte auf diese Frage gewartet. »Es geht um Ihre Kollegin.« Sie erzählte ihm, wohin Diane McCoy gegangen war. »Der Präsident vertraut Ihnen, Edwin. Mehr, als Sie ahnen.« Sie sah, dass er das Unausgesprochene verstanden hatte. *Enttäuschen Sie ihn nicht.*

»Er soll sich nicht in mir geirrt haben.«

»Sie dürfen den Killer nicht töten. Wir brauchen ihn lebend, um an Ramsey heranzukommen. Sonst bleibt das eigentliche Problem ungelöst.«

»Ich weiß.« Seine Stimme klang niedergeschlagen.

Er stand auf.

»Wir müssen los.«

Bevor sie nach oben gegangen waren, hatten sie bei der Anmeldung Halt gemacht, sich für den Rest der Konferenz eingetragen und zwei Karten für die Führung bei Kerzenlicht erstanden.

»Wir müssen in Scofields Nähe bleiben«, sagte er. »Ob ihm das nun passt oder nicht.«

Charlie Smith betrat das Biltmore-Herrenhaus mit der geführten Gruppe. Als er sich für die Konferenz zur Enthüllung alter Mysterien eingetragen hatte, hatte er auch eine Karte für dieses

Ereignis erhalten. In der Geschenkboutique des Hotels hatte er gelesen, dass im Herrenhaus von Anfang November bis zu Neujahr sogenannte magische Abende angeboten wurden, an denen die Besucher das von Kerzenschein, lodernden Kaminfeuern, Weihnachtsschmuck und Live-Musik erfüllte Château genießen konnten. Den Eintritt musste man eigens buchen, und der heutige Abend war etwas ganz Besonderes, da es sich um die letzte Führung des Tages handelte, die nur für Teilnehmer der Konferenz veranstaltet wurde.

Sie waren in zwei Biltmore-Bussen vom Hotel hierher gekarrt worden – etwa achtzig Leute, wie er schätzte. Er war wie die anderen Besucher in Winterfarben gekleidet, mit Wollmantel und dunklen Schuhen. Auf der Fahrt zum Château hatte er sich mit einem anderen Teilnehmer über *Star Trek* unterhalten. Sie hatten darüber diskutiert, welche Serie ihnen am besten gefiel, und Smith hatte argumentiert, *Raumschiff Enterprise* sei mit Abstand am besten, während sein Zuhörer eher auf *Raumschiff Voyager* stand.

»Folgen Sie mir alle nach drinnen«, sagte Scofield, als sie in der eiskalten Nacht vor dem Haupttor standen. »Es erwartet Sie etwas sehr Schönes.«

Die Menge trat durch ein schmiedeeisernes Gitter ein. Smith hatte gelesen, dass jeder Raum im Stil George Vanderbilts weihnachtlich geschmückt sein würde, der 1885, als das Château bezogen wurde, mit den Weihnachtsdekorationen begonnen hatte.

Er freute sich auf das Schauspiel.

Auf das im Haus.

Und auf das eigens von ihm geplante.

Malone wachte auf. Christl schlief neben ihm, den nackten Körper an ihn gepresst. Er sah auf die Uhr. Es war 00.35. Ein neuer Tag – Freitag, der 14. Dezember – war angebrochen.

Er hatte zwei Stunden geschlafen.

Warme Befriedigung durchströmte ihn.

Das hatte er schon eine ganze Weile nicht mehr gemacht.

Danach war er in einem dämmrigen Niemandsland zur Ruhe gekommen, aber noch immer waren detaillierte Bilder durch seinen Kopf gekreist.

Wie zum Beispiel die gerahmten Zeichnungen, die im Erdgeschoss hingen.

Bilder der Kirche von 1772.

Sonderbar, wie die Lösung plötzlich vor ihm gestanden hatte und die Antwort in seinem Kopf ganz klar gewesen war wie eine Patience, die aufgeht. So war es ihm auch vor zwei Jahren ergangen. In Cassiopeia Vitts Château. Er dachte an Cassiopeia. Letzthin hatte sie ihn nur selten besucht und derzeit war sie Gott weiß wo. In Aachen hatte er überlegt, ob er sie zu Hilfe rufen sollte, dann aber beschlossen, dass er diesen Kampf allein durchfechten musste. Er lag still da und wunderte sich über die zahllosen Optionen, die das Leben einem bot. Dass er Christls Annäherungsversuchen so schnell nachgegeben hatte, machte ihm zu schaffen.

Aber wenigstens war noch etwas anderes dabei herausgekommen.

Die *Suchfahrt Karls des Großen*.

Er wusste jetzt, wohin sie führte.

66

Asheville

Stephanie und Davis folgten der Besichtigungsgruppe in Biltmores große Eingangshalle, die von hohen Wänden und Alabasterbögen umschlossen war. Rechts von Stephanie, in einem Wintergarten mit Glasdach, umsäumte ein Kreis von weißen

Weihnachtssternen einen Springbrunnen aus Marmor und Bronze. Die warme Luft roch nach Pflanzen und Zimt.

Auf der Busfahrt hatte eine Frau ihnen die Kerzenlichtführung als ein altmodisches Fest des Lichts angekündigt; es werde fürstliche Dekorationen geben und alles werde aussehen wie eine zum Leben erwachte viktorianische Postkarte. Dieser Ankündigung entsprach, dass in einem weiter entfernten Raum ein Chor Weihnachtslieder sang. Da es keine Garderobe gab, ließ Stephanie ihren Mantel zugeknöpft. Sie hielten sich am Ende der Gruppe auf und gingen Scofield, der seine Rolle als Gastgeber zu genießen schien, aus dem Weg.

»Wir haben das Haus für uns«, sagte der Professor. »Das ist Tradition bei der Konferenz. Zweihundertfünfzig Zimmer, vierunddreißig Schlafzimmer, dreiundvierzig Badezimmer, fünfundsechzig offene Kamine, drei Küchen und ein Hallenbad. Erstaunlich, wie gut ich das alles in Erinnerung habe.« Er lachte über seinen eigenen Scherz. »Ich werde Sie hindurchführen und auf einige der interessanten Einzelheiten hinweisen. Wir gehen hier gemeinsam durch, und dann können Sie sich eine halbe Stunde lang auf eigene Faust umsehen, bevor die Busse uns zum Hotel zurückbringen.« Er hielt einen Moment lang inne. »Gehen wir?«

Scofield führte die Gruppe in eine vielleicht dreißig Meter lange Galerie. Die Wände waren mit Seiden- und Wollgobelins behängt, die, wie er erklärte, gegen 1530 in Belgien gewebt worden waren.

Sie besuchten die großartige Bücherei mit ihren dreiundzwanzigtausend Bänden und der neobarocken Decke. Von dort ging es ins Musikzimmer mit einem spektakulären Dürer-Druck. Schließlich betraten sie einen beeindruckenden Bankettsaal mit weiteren belgischen Gobelins, einer Orgel und einem Esstisch aus massiver Eiche mit – wie sie zählte – vierundsechzig Plätzen. Kerzenlicht, das Kaminfeuer und die funkelnden Baumlichter bildeten die einzige Beleuchtung.

»Das ist der größte Raum des Hauses«, verkündete Scofield im Bankettsaal. »Er ist zweiundzwanzig Meter lang, dreizehn Meter breit und wird in zwanzig Meter Höhe von einer Tonnendecke gekrönt.«

Eine riesige Douglastanne, die bis halb zur Decke hinaufreichte, war mit Spielsachen, Sternen, getrockneten Blumen, Goldperlen, Engeln und Samt- und Spitzenbändern geschmückt. Festliche Musik der Orgel erfüllte den Saal mit fröhlicher Weihnachtsstimmung.

Sie bemerkte, dass Davis sich zum Esstisch zurückzog, und so glitt sie an seine Seite und flüsterte: »Was ist los?«

Er zeigte auf den von einem Wappenkranz umfassten offenen Kamin, als bewunderte er ihn, und sagte: »Da ist ein Kerl, klein und mager. Er trägt eine marineblaue Chinohose, ein Segeltuchhemd und eine regenfeste Jacke mit Kordkragen. Hinter uns.«

Sie war klug genug, sich nicht nach ihm umzudrehen, und so konzentrierte sie sich auf den offenen Kamin und seinen mit Reliefs verzierten Mantel, der aussah, als stammte er aus einem griechischen Tempel.

»Er beobachtet Scofield schon die ganze Zeit.«

»Das machen doch alle.«

»Er hat bisher mit niemandem gesprochen und zwei Mal prüfend aus dem Fenster geschaut. Ich habe einmal Augenkontakt aufgenommen, nur um zu sehen, was geschehen würde, und er hat sich abgewandt. Für meinen Geschmack ist er zu nervös.«

Sie zeigte auf die Dekoration der mächtigen Bronzekronleuchter an der Decke. Dort oben hingen auch mehrere Flaggen, laut Scofield Replikate der Fahnen der ursprünglichen dreizehn Kolonien der amerikanischen Revolution.

»Du weißt eigentlich gar nichts, stimmt's?«, fragte sie.

»Nenn es ein Gefühl. Jetzt schaut er wieder so aufmerksam aus den Fenstern. Man besichtigt doch eigentlich das, was im Haus ist. Und nicht das, was sich draußen befindet.«

»Was dagegen, dass ich ihn mir selber mal ansehe?«, fragte sie.

»Nur zu.«

Davis sah sich weiter mit gespieltem Staunen im Saal um, während sie beiläufig über den Hartholzboden zum Weihnachtsbaum trat, wo der magere, mit einer Chinohose bekleidete Mann bei einer Gruppe stand. Ihr fiel nichts Bedrohliches an ihm auf, nur dass er Scofield große Aufmerksamkeit schenkte, obgleich ihr Gastgeber gerade in ein Gespräch mit jemand anderem vertieft war.

Sie beobachtete, wie er von dem duftenden Baum wegging und lässig auf eine Tür zuschlenderte, wo er etwas in einen kleinen Mülleimer warf, bevor er in den angrenzenden Raum trat.

Noch für einen Moment blieb sie stehen, dann folgte sie ihm und spähte verstohlen durch die Tür.

Der Mann in Chinohose schlenderte durch ein Billardzimmer, das mit seinen eichengetäfelten Wänden, der Stuckdecke und den dunkelroten orientalischen Teppichen an einen Gentleman's Club des neunzehnten Jahrhunderts erinnerte. Er betrachtete gerahmte Drucke an den Wänden – war dabei aber nicht sonderlich aufmerksam, wie sie feststellte.

Sie spähte rasch in den Mülleimer und erblickte etwas, das zuoberst lag. Sie bückte sich, nahm es heraus und zog sich in den Bankettsaal zurück.

Sie sah, was sie in der Hand hielt.

Ein Streichholzheftchen aus einem Ruth's Christ Steakhouse.

In Charlotte, North Carolina.

Malone, der nicht mehr schlafen konnte, weil seine Gedanken rasten, schlüpfte unter der schweren Daunendecke hervor und stand aus dem Bett auf. Er musste nach unten gehen und sich die gerahmte Zeichnung noch einmal ansehen.

Christl wachte auf. »Wohin gehst du?«

Er hob seine Hose vom Boden auf. »Nachschauen, ob ich recht habe.«

»Dir ist etwas aufgefallen?« Sie setzte sich auf und schaltete das Nachttischlämpchen ein. »Was denn?«

Ihre Nacktheit schien sie kein bisschen verlegen zu machen, und ihn machte es kein bisschen verlegen, sie anzustarren. Er schloss den Reißverschluss seiner Hose und schlüpfte in sein Hemd, zog aber keine Schuhe an.

»Warte einen Moment«, sagte sie, stand auf und suchte ihre Kleider.

Unten war die Eingangshalle schwach von zwei Lampen und der noch immer schwelenden Glut im offenen Kamin erhellt. Der Empfang war leer, und er hörte kein Geräusch aus dem Restaurant. Er fand die Zeichnung an der Wand und schaltete noch eine Lampe ein.

»Dieses Bild stammt aus dem Jahr 1772. Damals war die Kirche offensichtlich noch in einem besseren Zustand. Fällt dir etwas auf?«

Er beobachtete, wie sie die Zeichnung studierte.

»Die Fenster sind noch ganz. Buntglas. Statuen. Die Gitter um den Altar scheinen karolingisch zu sein. Wie in Aachen.«

»Das meine ich nicht.«

Er genoss es, dass er ihr endlich einen Schritt voraus war. Er bewunderte ihre schmale Taille, die festen Hüften und die dichten Locken ihres langen, blonden Haars. Sie hatte ihre Bluse nicht in die Hose gesteckt, und so sah er ihren nackten Rücken, als sie die Hand ausstreckte und der Zeichnung auf dem Glas nachfuhr.

Sie wandte sich ihm zu. »Der Boden.«

Ihre hellbraunen Augen glühten.

»Was ist damit?«

»Da ist ein Muster. Es ist schwer zu erkennen, aber da.«

Sie hatte recht. Der Blickwinkel der Zeichnung war aufwärts

416

gerichtet, es ging mehr um die hoch aufragenden Wände und Bögen als um den Boden. Aber vorhin war es ihm aufgefallen. Über den Boden zogen sich dunkle Linien mit helleren Zwischenräumen, ein Quadrat, das ein weiteres Quadrat umfasste, das seinerseits ein drittes Quadrat umfing. Das Muster war vertraut.

»Es ist ein Mühlespiel«, sagte er. »Wir können uns nicht sicher sein, bis wir uns vor Ort vergewissert haben, aber ich glaube, das ist es, was einmal auf dem Boden dargestellt war.«

»Das wird sich schwer feststellen lassen«, erwiderte sie. »Ich bin über den Boden gekrochen. Es ist kaum noch etwas übrig.«

»Hat das zu deiner Show gehört?«

»Das war Mutters Idee. Nicht meine.«

»Und wir können Mutter nichts abschlagen, nicht wahr?«

Ein Lächeln umspielte ihre schmalen Lippen. »Nein, das können wir nicht.«

»*Aber nur wer den Thron Salomons und die römische Frivolität zu schätzen weiß, wird den Weg zum Himmel finden*«, sagte er.

»Ein Mühlespiel auf dem Thron in Aachen und ebenfalls hier.«

»Einhard hat diese Kirche errichtet«, sagte er. »Außerdem hat er Jahre später unter Bezug auf die Pfalzkapelle in Aachen und auf diesen Ort hier das Rätsel verfasst. Offensichtlich stand der Thron damals schon in der Aachener Kapelle. Dein Großvater hat die Verbindung hergestellt, was heißt, dass wir das ebenfalls können.« Er zeigte auf das Bild. »Schau hier, in der unteren rechten Ecke. Auf dem Boden, nahe dem Zentrum des Kirchenschiffs, das damals in der Mitte des Mühlespiels war.«

Sie betrachtete die Zeichnung aufmerksam. »Da ist etwas in den Boden geritzt. Schwer zu erkennen. Die Linien sind unvollständig. Sieht aus wie ein winziges Kreuz mit Buchstaben.

Ich erkenne ein R und ein L, aber der Rest ist zu verschwommen.«

Er sah, wie ihr allmählich klar wurde, was dort einmal gestanden haben mochte.

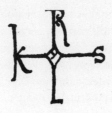

»Es ist ein Teil des Signums Karls des Großen«, sagte sie.
»Schwer, das eindeutig festzustellen, aber es gibt nur eine einzige Möglichkeit, es herauszufinden.«

67

Asheville

Stephanie fand Davis und zeigte ihm das Streichholzheftchen.
»Das sind mir verdammt noch mal zu viele Zufälle«, sagte der. »Der Kerl gehört nicht zu dieser Konferenz. Er späht sein Opfer aus.«
Der Killer war sicherlich unverschämt selbstbewusst. Hier herumzuspazieren, ohne dass jemand wusste, wer er war, musste einer wagemutigen Persönlichkeit gefallen. Schließlich hatte er es in den letzten achtundvierzig Stunden fertiggebracht, mindestens drei Menschen unauffällig zu ermorden.
Aber dennoch.

Davis marschierte davon.

»Edwin.«

Er ging weiter in Richtung Billardzimmer. Der Rest der Gruppe war im Bankettsaal verstreut, und Scofield begann gerade, die Leute in Richtung des Mannes mit der Chinohose zu führen.

Stephanie folgte Davis kopfschüttelnd.

Davis ging um den Billardtisch herum zu der Stelle, wo Chinohose neben einem mit Tannenzweigen geschmückten, offenen Kamin stand, vor dem ein Bärenfell auf dem Holzboden lag. Ein paar andere Mitglieder der Gruppe befanden sich bereits im Raum. Der Rest würde in Kürze dort eintreffen.

»Entschuldigen Sie«, sagte Davis. »Sie meine ich.«

Chinohose drehte sich um, sah, wer ihn angesprochen hatte, und wich zurück.

»Ich muss mit Ihnen reden«, sagte Davis mit fester Stimme.

Chinohose stürzte vorwärts und stieß Davis zur Seite. Seine rechte Hand glitt unter seinen offenen Mantel.

»Edwin«, brüllte Stephanie.

Der sah die Bewegung offensichtlich ebenfalls und schlüpfte unter einen der Billardtische.

Stephanie fand ihre Pistole, hob sie und schrie: »Halt!«

Die anderen Leute im Raum sahen ihre Waffe.

Eine Frau schrie.

Chinohose floh durch die geöffnete Tür.

Davis sprang auf und rannte hinter ihm her.

Malone und Christl verließen das Hotel. In der kalten, klaren Luft lag Stille. Jeder Stern leuchtete unwahrscheinlich hell und übergoss Ossau mit einem farblosen Licht.

Christl hatte zwei Taschenlampen hinter dem Empfangstresen gefunden. Malone befand sich zwar in einem Nebel der Erschöpfung, doch ein Durcheinander widersprüchlicher Gedanken rüttelte ihn wach. Gerade hatte er eine schöne Frau geliebt, der er einerseits nicht vertraute und der er andererseits nicht widerstehen konnte.

Christl hatte ihre Locken zusammengefasst und auf dem Kopf hochgesteckt. Ein paar Strähnen waren entkommen und rahmten ihr weiches Gesicht ein. Schatten spielten über den holprigen Boden. In der trockenen Luft lag der Geruch von Rauch. Sie stapften den verschneiten, abschüssigen Pfad hinauf und blieben vor dem Tor des Klosters stehen. Malone bemerkte, dass Henn, der die Leichen beiseitegeschafft hatte, die durchtrennte Kette so vorgelegt hatte, dass es so aussah, als wäre das Tor verschlossen.

Er machte die Kette los, und sie traten ein.

Sie waren von einer tiefen, jahrhundertealten nächtlichen Stille umgeben. Mit Hilfe der Taschenlampen folgten sie dem dunklen Kreuzgang bis zur Kirche. Die pergamenttrockene Luft riss ihm die Lippen auf, und er kam sich vor wie in einer Gefriertruhe.

Vorhin hatte er nicht sonderlich auf den Boden geachtet, aber jetzt suchte er die moosbewachsenen Fußbodenplatten mit seinem Licht ab. Das Pflaster war primitiv, und zwischen den Platten klafften breite Lücken; viele von ihnen waren entweder zersprungen, oder es fehlten Stücke, so dass die gefrorene, steinharte Erde zum Vorschein kam. Unruhe überkam ihn. Für alle Fälle hatte er die Pistole und das Ersatzmagazin mitgenommen.

»Schau«, sagte er. »Da ist ein Muster. Schwer zu sehen, da so wenig davon übrig ist.« Er blickte zur Empore hinauf, wo am Nachmittag Isabel und Henn aufgetaucht waren. »Komm.«

Er fand die Treppe, und sie stiegen hinauf. Der Blick von oben war hilfreich. Beide sahen, dass der Boden, wenn er vollständig gewesen wäre, ein Mühlebrett abgebildet hätte.

Er richtete den Lichtstrahl auf die Stelle, wo das Zentrum des Musters gewesen sein musste. »Einhard hat präzise gearbeitet, das muss man ihm lassen. Das Zentrum liegt in der Mitte des Kirchenschiffs.«

»Das ist aufregend«, sagte Christl. »Genau das, was wir jetzt tun, hat auch Großvater damals getan.«

»Dann lass uns nach unten gehen und nachsehen, ob wir irgendetwas finden.«

»Hallo, alle bitte zuhören«, sagte Stephanie, die versuchte, die Kontrolle zurückzugewinnen. Die Leute wandten sich ihr zu, und Stille trat ein.

Scofield stürmte aus dem Bankettsaal herein. »Was ist hier los?«

»Dr. Scofield, führen Sie alle Leute zum Haupteingang zurück. Dort erwartet Sie Sicherheitspersonal. Die Besichtigung ist vorbei.«

Noch immer hatte sie die Pistole in der Hand, was ihrem Befehl zusätzliches Gewicht zu verleihen schien. Aber sie konnte nicht bleiben, um sich zu vergewissern, ob Scofield ihrer Aufforderung folgte, denn sie musste Davis hinterher. Unmöglich zu sagen, was er tun würde.

Sie verließ das Billardzimmer und betrat einen schwach erleuchteten Korridor. Ein Schild verkündete, dass sie sich im Junggesellenflügel befand. Zu ihrer Rechten gingen zwei kleine Zimmer ab. Links führte eine Treppe nach unten. Verzierungen fehlten, wahrscheinlich war dies ein Dienstbotengang. Unten hörte sie Schritte.

Jemand rannte.

Sie folgte den Schritten.

Malone betrachtete die Bodenplatten im Zentrum des Kirchenschiffs. Der größte Teil des Pflasters war hier erhalten, die Fugen zwischen den Platten waren mit Erde gefüllt und von Moos überwachsen. Sie stiegen wieder ins Erdgeschoss hinunter, und er beleuchtete die zentrale Platte mit seinem Strahl und ging dann in die Hocke.

»Schau«, sagte er.

Viel war nicht übrig, aber in die Platte waren doch flache Linien eingemeißelt. Hier und da waren noch Striche zu erkennen, die einst zu einem Dreieck gehört hatten, sowie die Überreste der Buchstaben K und L.

»Was könnte das sein, wenn nicht das Symbol Karls des Großen?«, fragte sie.

»Wir brauchen eine Schaufel.«

»Hinter dem Kloster steht ein Schuppen mit Geräten. Den haben wir gefunden, als wir gestern Vormittag hierherkamen.«

»Geh hin und schau nach.«

Sie eilte davon.

Er sah auf die in die gefrorene Erde eingebettete Steinplatte, doch ein störender Gedanke ging ihm durch den Kopf. Falls Hermann Oberhauser denselben Weg eingeschlagen hatte wie sie, stellte sich die Frage, warum hier noch irgendetwas zu finden sein sollte. Isabel hatte gesagt, er sei zum ersten Mal Ende der Dreißigerjahre gekommen, bevor er in die Antarktis reiste, und dann Anfang der Fünfzigerjahre noch einmal zurückgekehrt. Isabels Mann war um 1970 hier gewesen.

Und doch herrschte allgemeine Unwissenheit?

Vor der Kirche tanzte ein Licht und wurde größer. Christl kehrte zurück, eine Schaufel in der Hand.

Er packte den Griff, gab Christl die Taschenlampe und stieß das stählerne Schaufelblatt in eine Fuge. Wie er schon vermutet hatte, war der Boden wie Beton. Er hob die Schaufel hoch, hieb die Spitze kräftig in die Erde und bewegte sie dann hin und her. Nach mehreren Schlägen machte er Fortschritte und der Boden gab nach.

Wieder stieß er die Schaufel in die Fuge und schaffte es, sie unter die Steinplatte zu schieben. Er benutzte den Schaufelstiel als Hebel und befreite den Stein aus der Umklammerung der Erde.

Dann zog er die Schaufel heraus und verfuhr auf den anderen Seiten genauso. Schließlich begann die Steinplatte zu wackeln. Mit Hilfe des schräg angesetzten Schaufelstiels stemmte er sie hoch.

»Halt die Schaufel fest«, forderte er Christl auf. Dann kauerte er sich nieder, schob die behandschuhten Hände unter die Steinplatte und hob sie heraus.

Beide Taschenlampen lagen neben ihm. Er hob eine hoch, doch der Strahl fiel nur auf Erde.

»Lass mich mal versuchen«, sagte Christl.

Sie bearbeitete den harten Boden mit kurzen Stößen und drehte dabei das Schaufelblatt. So arbeitete sie sich immer tiefer. Dann stieß sie auf etwas. Sie zog die Schaufel zurück, und Malone schaufelte die lose Erde heraus, bis er die Oberseite von etwas erblickte, das zuerst wie ein Stein aussah, doch dann bemerkte er, dass es flach war.

Er wischte die verbliebene Erde beiseite.

In die Mitte eines Rechtecks war klar und deutlich die Signatur Karls des Großen eingemeißelt. Er entfernte mehr Erde von den Seiten und erkannte ein steinernes Reliquiar. Es war etwa vierzig Zentimeter lang und fünfundzwanzig Zentimeter breit. Er schob die Hände an den Seiten hinunter und stellte fest, dass es etwa fünfzehn Zentimeter tief reichte.

Er hob das Gefäß heraus.

Christl beugte sich darüber. »Es ist karolingisch. Das erkennt man am Stil. Am Marmor. Und natürlich an der Signatur.«

»Willst du die Ehre haben?«, fragte er.

Ihr Mund verzog sich zur Andeutung eines glücklichen Lächelns, und sie packte das Gefäß an zwei Seiten und hob es an. Das Reliquiar ging in der Mitte auf, und im Bodenteil lag etwas, das in Öltuch eingeschlagen war.

Er hob das Bündel heraus und band die Verschnürung auf.

Behutsam öffnete er den Beutel, während Christl mit der Taschenlampe hineinleuchtete.

68

Asheville

Stephanie stieg die Treppe hinunter, die im Karree in den Keller des Châteaus führte.

Davis erwartete sie unten. »Sie haben aber lange gebraucht.« Er entriss ihr die Pistole. »Die brauche ich.«

»Was haben Sie vor?«

»Wie schon gesagt, ich bring dieses Stück Scheiße um.«

»Edwin, wir wissen nicht einmal, wer er ist.«

»Er hat mich gesehen und ist weggerannt.«

Sie musste die Kontrolle wiedererlangen, das hatte ja auch Daniels ihr befohlen. »Woher hat er Sie gekannt? Keiner hat uns gestern Nacht gesehen, und wir haben ihn nicht richtig gesehen.«

»Ich weiß es nicht, Stephanie, aber er ist weggerannt.«

Ja, der Mann war davongelaufen, was verdächtig erschien, aber sie war nicht bereit, vorschnell ein Todesurteil zu verhängen.

Hinter ihnen hörten sie Schritte; ein uniformierter Sicherheitsmann tauchte auf. Er sah die Waffe in Davis' Hand und reagierte entsprechend, doch Stephanie hielt sich bereit und zog ihren *Magellan-Billet*-Ausweis hervor. »Wir sind Bundesagenten. Hier unten ist jemand, für den wir uns interessieren. Er ist geflohen. Wie viele Ausgänge gibt es von hier unten?«

»Auf der gegenüberliegenden Seite liegt eine weitere Treppe. Und mehrere Türen führen nach draußen.«

»Können Sie die bewachen lassen?«

Er zögerte einen Moment, kam dann aber offensichtlich zu dem Schluss, dass die beiden echt waren. Über ein Funkgerät, das er vom Gürtel abnahm, wies er seine Kollegen an, was zu tun war.

»Wir müssen diesen Kerl schnappen, wenn er aus einem Fenster steigt. Oder wo auch immer. Verstanden?«, fragte sie. »Stellen Sie draußen Männer auf.«

Der Mann nickte, erteilte weitere Anweisungen und sagte dann: »Die Besichtigungsgruppe befindet sich inzwischen draußen in den Bussen. Das Haus ist jetzt bis auf Sie leer.«

»Und bis auf ihn«, sagte Davis und ging los.

Der Wächter war nicht bewaffnet. Schade. Aber sie bemerkte in seiner Hemdtasche eine der Broschüren, die auch Teilnehmer der Besichtigungstour bei sich gehabt hatten. Sie zeigte darauf. »Befindet sich eine Skizze dieses Stockwerks in dem Heft?«

Der Wächter nickte. »Eine Skizze aller vier Stockwerke.« Er reichte ihr die Broschüre. »Das hier ist das Untergeschoss. Hier befinden sich Hobbyräume, Küchen, Dienstbotenquartiere und Lagerräume. Viel Platz, um sich zu verstecken.«

Sie hätte lieber etwas anderes gehört. »Rufen Sie die Polizei. Sie soll herkommen. Und dann bewachen Sie diese Treppe. Der Kerl könnte gefährlich sein.«

»Sie wissen das nicht mit Sicherheit?«

»Das ist ja das Problem. Einen Scheißdreck wissen wir.«

Malone erblickte ein Buch im Inneren des Beutels und einen blassblauen Umschlag, der in das Buch eingelegt war. Er griff nach dem Buch und holte es heraus.

»Leg den Beutel auf den Boden«, sagte er, legte behutsam das Buch darauf und griff nach seiner Taschenlampe.

Christl zog den Umschlag heraus und öffnete ihn. Es lagen zwei Blätter darin. Sie entfaltete sie. Beide waren mit einer kräftigen, männlichen Schrift bedeckt. Deutsch. Schwarze Tinte.

»Das ist Großvaters Schrift. Ich habe seine Notizbücher gelesen.«

Stephanie eilte Davis hinterher und holte ihn an einer Abzweigung ein, wo vom Korridor, der geradeaus weiterführte, ein Gang nach links abging. Vorne schienen Glastüren in Speisekammern zu führen. Sie warf einen raschen Blick auf den Plan. Am Ende des Ganges lag die Hauptküche.

Sie hörte ein verdächtiges Geräusch. Zu ihrer Linken.

Der Grundriss in der Broschüre zeigte, dass der Gang vor ihnen zu den Schlafzimmern der Bediensteten führte und nicht mit anderen Teilen des Untergeschosses verbunden war. Eine Sackgasse.

Davis folgte dem langen, nach links abgehenden Korridor in Richtung des Geräuschs.

Sie kamen durch einen Fitnessraum mit Barren, Hanteln, Medizinbällen und einem Rudergerät. Zu ihrer Rechten stießen sie auf das Hallenbad, wo alles, einschließlich des Deckengewölbes, weiß gekachelt war. Es gab keine Fenster, und der ganze Raum war in hartes elektrisches Licht getaucht. In dem tiefen, glänzenden Becken befand sich kein Wasser.

Ein Schatten tauchte kurz im anderen Ausgang des Raums auf.

Davis voran, gingen sie am Geländer entlang um den Pool herum.

Stephanie sah auf den Plan. »Von den Räumen, die dort liegen, führt kein anderer Weg nach draußen. Abgesehen von der Haupttreppe, aber die wird inzwischen hoffentlich von den Sicherheitsleuten bewacht.«

»Dann haben wir ihn. Er muss hier entlang zurückkommen.«

»Oder er hat uns.«

Davis warf einen kurzen Blick auf den Plan, dann passierten sie einen Durchgang und stiegen ein paar Treppenstufen hinunter. Er reichte ihr die Pistole. »Ich warte hier.« Er zeigte nach links. »Dieser Korridor führt im Kreis wieder hierher zurück.«

Sie bekam ein unangenehmes Gefühl in der Magengrube. »Edwin, das ist verrückt.«

»Treib ihn einfach hier entlang.« Ein Tremor ließ sein rechtes Auge zucken. »Ich muss das tun. Treibe ihn auf mich zu.«

»Was hast du vor?«

»Ich halte mich bereit.«

Sie nickte und suchte nach den richtigen Worten, doch sie verstand das, was ihn antrieb. Seit der letzten Nacht verstand sie so vieles. »Okay.«

Er zog sich die Stufen hinauf zurück, die sie eben heruntergekommen waren.

Sie drang nach links vor und erblickte bei der Haupttreppe, die nach oben führte, einen weiteren Sicherheitsmann. Er schüttelte den Kopf zum Zeichen, dass keiner an ihm vorbeigekommen war. Sie nickte und bedeutete ihm, dass sie nach links weiterging.

Zwei sich schlängelnde, fensterlose Korridore führten sie in einen langen, rechteckigen Raum voller historischer Ausstellungsstücke und Schwarz-Weiß-Fotos. Die Wände waren mit einem Durcheinander bunter Bilder bemalt. Das Halloween-Zimmer. Wie sie sich erinnerte, war in der Broschüre erwähnt worden, dass der Raum 1920 bei einer Halloweenparty von den Gästen bemalt worden war.

Auf der anderen Seite des Raums erblickte sie Chinohose, der sich auf dem Weg zum einzigen anderen Ausgang zwischen den Ausstellungsstücken hindurchwand.

»Halt«, rief sie.

Doch er hastete durch die Tür und rannte weiter.

Sie hinterher.

Es ging durch einen Hobbyraum und einen Saal mit zwei hölzernen Kegelbahnen, die mit Kugeln und Kegeln bestückt waren. Ende des neunzehnten Jahrhunderts musste das etwas ganz Besonderes gewesen sein.

»Was hat das Weglaufen für einen Sinn?«, rief Stephanie. »Sie kommen nirgendwo hin. Das Haus ist abgeriegelt.«

Stille.

Zu ihrer Linken öffneten sich kleine Umkleideräume, eine Tür lag neben der anderen. Sie stellte sich vor, wie die geschniegelten Damen und Herren der damaligen Zeit in sportliche Kleidung geschlüpft waren. Weiter vorn endete der Gang in der Nähe des Hallenbades, wo Davis wartete. Sie war schon am Ende der Korridorschleife angelangt.

»Kommen Sie einfach raus«, sagte sie. »Sie kommen hier nicht weg.«

Sie spürte, dass er in der Nähe war.

Plötzlich flog fünf oder sechs Meter entfernt etwas aus einem der Umkleideräume.

Ein Kegel kam auf sie zu, wirbelte durch die Luft wie ein Bumerang.

Sie duckte sich.

Der Kegel schlug hinter ihr gegen die Wand und fiel polternd zu Boden.

Chinohose probierte weiterhin die Flucht nach vorn.

Stephanie gewann ihr Gleichgewicht zurück und rannte ihm nach. Am Ende des Korridors blickte sie sich um. Niemand zu sehen. Sie eilte zu der kleinen Treppe und stieg die Stufen zum Hallenbad hinauf. Chinohose rannte auf der anderen Seite, wo das Becken flach wurde und die Tür zum Fitnessraum lag, vor ihr weg. Sie hob die Waffe und zielte auf seine Beine. Doch bevor sie schießen konnte, brach Davis durch die Tür und warf sich auf den Fliehenden. Die beiden krachten gegen das Holzgeländer, das den Pool umfasste. Dieses gab augenblicklich nach, und sie flogen auf der flachen Seite des Beckens einen Meter tief nach unten.

Sie schlugen ziemlich hart auf den Kacheln auf.

69

Dir, meinem Sohn, schreibe ich, und dies ist vielleicht meine letzte vernünftige Handlung. Mein Verstand versinkt rasch in einem tiefen Nebel. Ich habe versucht, mich dem entgegenzustemmen, aber erfolglos. Bevor meine Denkkraft vollständig nachlässt, muss ich dies hier erledigen. Wenn du diese Worte liest, hast du die Suchfahrt Karls des Großen *erfolgreich beendet. Gott segne dich. Lass dir sagen, dass ich stolz auf dich bin. Ich habe ebenfalls das bleibende Erbe unserer großen arischen Vorfahren gesucht und gefunden. Ich wusste, dass sie existieren. Ich habe es meinem Führer gesagt und versucht, ihn zu überzeugen, dass seine Sicht auf unsere Vergangenheit falsch ist, doch er wollte nicht auf mich hören. Karl der Große, der größte aller Könige, der Mann, der als Erster ein vereinigtes Europa vorhersah, kannte unser Schicksal gut. Er wusste zu schätzen, was die* Heiligen *ihn lehrten. Er wusste, dass sie weise waren, und hörte auf ihren Rat. Hier, in dieser heiligen Erde, verbarg Einhard den Schlüssel zur Sprache des Himmels. Einhard wurde vom* Hohen Ratgeber *selbst unterrichtet und bewahrte das, was er erfahren hatte, sicher auf. Stell dir meine Begeisterung vor, als ich tausend Jahre später der Erste war, der erfuhr, was Einhard gewusst hat, was Karl der Große gewusst hat – und was wir als Deutsche wissen müssen. Aber niemand, gar niemand wusste zu schätzen, was ich entdeckt hatte. Stattdessen wurde ich als gefährlich gebrandmarkt, als labil eingestuft und für immer zum Schweigen gebracht. Nach dem Krieg machte sich keiner Gedanken über das deutsche Erbe. Wer das Wort* arisch *aussprach, weckte die Erinnerung an Gräueltaten, an die keiner gemahnt werden wollte. Das machte mich krank. Wenn sie nur wüssten. Wenn sie es nur gesehen hätten. So wie ich. Mein Sohn, wenn du bis hier gekommen bist, dann wegen all dem, was ich dir über die* Suchfahrt Karls des Großen *erzählt habe. Einhard hat deutlich gemacht, dass weder er noch die* Heiligen *mit Unwissenheit Geduld haben. Ich auch nicht, mein Sohn. Du hast mich nicht enttäuscht und dich als würdig erwiesen. Jetzt kannst du die Sprache des Himmels kennenlernen. Koste sie aus. Staune über den Ort, von dem wir gekommen sind.*

»Deine Mutter sagte, Hermann sei Anfang der Fünfzigerjahre zum zweiten Mal hierhergekommen«, meinte Malone. »Damals muss dein Vater um die dreißig gewesen sein?«

Christl nickte. »Er wurde 1921 geboren. Und ist mit fünfzig gestorben.«

»Dann hat also Hermann Oberhauser seinen Fund zurückgebracht, damit sein Sohn die Suche aufnehmen konnte.«

»Großvater hatte eigenartige Vorstellungen. In den letzten fünfzehn Jahren seines Lebens hat er Reichshoffen nie verlassen. Er kannte keinen von uns, als er starb. Er hat kaum je mit mir gesprochen.«

Malone erinnerte sich an den Rest von Isabels Bericht. »Deine Mutter sagte, dass Dietz nach Hermanns Tod hier war. Aber offensichtlich hat er nichts gefunden, sonst wäre das Buch nicht mehr da.« Er begriff, was das bedeutete. »Das heißt, dass er überhaupt nichts wusste, als er in die Antarktis aufbrach.«

Sie schüttelte den Kopf. »Er hatte Großvaters Karten.«

»Du hast sie gesehen. Sie sind nicht beschriftet. Wie du in Aachen gesagt hast, sind Karten ohne Beschriftung nutzlos.«

»Aber er hatte außerdem noch Großvaters Notizbücher. In denen stehen etliche Informationen.«

Malone zeigte auf das Buch, das auf dem Öltuch lag. »Dein Vater brauchte das hier, um zu wissen, was Hermann wusste.«

Er staunte, dass die Navy einem so törichten Unternehmen zugestimmt hatte. Was hatte Dietz Oberhauser ihr versprochen? Was hatte sie zu gewinnen gehofft?

Seine Ohren waren von der Kälte taub.

Er sah auf den Einband. Dort prangte dasselbe Symbol, das auch auf dem Buch aus dem Grab Karls des Großen gestanden hatte.

Er öffnete das alte Buch. Was Größe, Format und Farbe anbelangte, war es beinahe identisch mit den zwei Büchern, die er schon gesehen hatte. Drinnen dieselbe alte Schrift, aber mit Zusätzen.

»Die Schnörkel in dem anderen Buch sind Buchstaben«, sagte er. Ihm fiel auf, dass jede Seite eine Umwandlung des Alphabets ins Lateinische enthielt. »Es ist eine Übersetzung der Sprache des Himmels.«

»Wir können das schaffen«, sagte sie.

»Was meinst du damit?«

»Mutter hat das Buch Karls des Großen scannen lassen. Vor einem Jahr hat sie ein paar Linguisten den Auftrag gegeben, das Buch zu entziffern. Die sind natürlich gescheitert, da es sich nicht um eine bekannte Sprache handelt. Ich habe vorhergesehen, dass das, was wir hier finden würden, uns die Möglichkeit verschaffen würde, das Buch zu übersetzen. Was sonst? Gestern hat Mutter mir die Datei mit den gescannten Seiten gegeben. Ich besitze ein Übersetzungsprogramm, das uns eine Übersetzung ermöglichen sollte. Wir haben nichts anderes zu tun, als diese Seiten hier einzuscannen.«

»Jetzt sag nur noch, dass du das Notebook dabeihast.«

Sie nickte. »Mutter hat es aus Reichshoffen mitgebracht. Zusammen mit einem Scanner.«

Endlich war einmal etwas richtig gelaufen.

Stephanie konnte nicht eingreifen. Davis und Chinohose rollten immer tiefer in den leeren Pool, über die glatten, weißen Kacheln zu der flachen tiefen Seite zweieinhalb Meter unter ihr.

Sie krachten gegen den unteren Teil einer Holzleiter, die zu einer Ebene hinaufführte, die unter Wasser gestanden hätte, wenn der Pool gefüllt gewesen wäre. Von dort führten drei Stufen zum Beckenrand hinauf.

Davis stieß Chinohose von sich herunter, sprang auf und wirbelte herum, um ihm die Flucht zu versperren. Chinohose wirkte einen Moment lang unentschieden, wendete den Kopf schnell nach rechts und links und begriff, dass sie in einer ungewöhnlichen Arena gelandet waren.

Davis warf den Mantel ab.

Chinohose nahm die Herausforderung an und tat dasselbe.

Sie hätte dem Kampf gerne ein Ende gemacht, wusste aber, dass Davis ihr das niemals verziehen hätte. Chinohose schien etwa vierzig zu sein, während Davis schon Ende fünfzig war, doch sein Zorn mochte für einen Ausgleich der Kräfte sorgen.

Sie hörte, wie eine Faust auf Knochen traf, als Davis Chinohose voll am Kinn erwischte und zu Boden sandte. Doch dieser erholte sich sofort wieder, stürzte los und trat Davis in den Bauch.

Davis ging die Luft aus.

Chinohose tänzelte vor dem Älteren herum, bearbeitete ihn mit schnellen, harten Schlägen und versetzte ihm zum Schluss einen Hieb gegen die Brust.

Davis verlor das Gleichgewicht und taumelte. Gerade als er sich wieder gefangen hatte und erneut zum Schlag ausholte, sprang Chinohose los und verpasste ihm einen Hieb gegen den Adamsapfel. Davis' Schlag ging ins Leere.

Höhnischer Stolz stahl sich in Chinohoses Gesicht.

Davis fiel auf die Knie und beugte sich wie betend vor, mit gesenktem Kopf und hängenden Armen. Chinohose stand angriffslustig da. Sie hörte, wie Davis um Atem rang. Ihr Mund wurde trocken. Chinohose trat näher, offensichtlich in der Absicht, den Kampf zu beenden. Doch Davis nahm all seine Reserven zusammen, sprang hoch, griff seinen Gegner an und rammte ihm den Kopf in die Rippen.

Knochen krachten.

Chinohose heulte vor Schmerz auf und ging zu Boden.

Davis bearbeitete den Mann mit den Fäusten.

Blut schoss aus Chinohoses Nase und spritzte auf die Kacheln. Seine Arme und Beine erschlafften. Davis schlug weiter schnell und kräftig mit der geballten Faust auf ihn ein.

»Edwin«, rief sie.

Er schien sie nicht zu hören.

»Edwin«, schrie sie.

Er hielt inne. Sein Atem ging pfeifend, doch er rührte sich nicht von der Stelle.

»Es ist gut«, sagte sie.

Davis warf ihr einen mörderischen Blick zu.

Schließlich krabbelte er von seinem Gegner herunter und stand auf, aber seine Knie wurden weich und er taumelte. Er fing sich mit ausgestrecktem Arm ab und versuchte, auf den Beinen zu bleiben, doch es war unmöglich.

Er brach auf den Kacheln zusammen.

70

Ossau
03.00 Uhr

Malone sah zu, wie Christl ein Notebook aus ihrer Reisetasche holte. Sie waren ins Gasthaus zurückgekehrt, ohne jemanden zu hören oder zu sehen. Draußen fiel Schnee, und der Wind wirbelte die Flocken im Kreis herum. Christl schaltete das Notebook ein, holte einen Handscanner hervor und verband ihn mit einer der USB-Schnittstellen.

»Es wird eine Weile dauern«, sagte sie. »Das hier ist nicht der schnellste Scanner.«

Malone hatte das Buch aus der Kirche in der Hand. Sie hatten alle Seiten durchgeblättert, die eine vollständige Übersetzung jedes Buchstabens der Sprache des Himmels in sein lateinisches Gegenstück zu enthalten schienen.

»Dir ist klar, dass das keine ganz exakte Übersetzung wird«, sagte sie. »Einige der Buchstaben könnten eine doppelte Bedeutung haben. Oder es könnte der entsprechende Buchstabe oder Laut im Lateinischen fehlen. So was eben.«

»Deinem Großvater ist es gelungen.«

Sie betrachtete ihn mit einer sonderbaren Mischung aus Verärgerung und Dankbarkeit. »Ich kann auch sofort Lateinisch in Deutsch oder Englisch übertragen. Ich wusste ja nicht genau, was zu erwarten war. Auch war ich mir nie ganz sicher, ob man Großvater Glauben schenken konnte. Vor einigen Monaten hat Mutter mir erlaubt, einige seiner Notizbücher einzusehen. Und ebenso die von Vater. Aber dem war wenig zu entnehmen. Offensichtlich hat sie mir alles vorenthalten, was sie für wichtig hielt. Die Karten zum Beispiel. Oder die Bücher aus den Gräbern Einhards und Karls des Großen. Und so hat es für mich immer den Zweifel gegeben, ob Großvater nicht einfach nur ein Narr war.«

Er staunte über ihre Offenheit. Die war erfrischend. Aber auch verdächtig.

»Du hast all die Nazi-Erinnerungsstücke gesehen, die er gesammelt hat. Er war wie besessen. Das Sonderbare ist: Er schien es geradezu zu bedauern, dass der Untergang des Dritten Reichs für ihn keine persönliche Katastrophe wurde. Am Ende war er einfach nur noch verbittert. Es war beinahe ein Segen, dass er seinen Verstand verlor.«

»Aber jetzt gibt es eine neue Chance zu beweisen, dass er recht hatte.«

Das Gerät gab mit einem Piepton zu erkennen, dass es bereit war.

Sie nahm ihm das Buch aus der Hand. »Und ich habe vor, diese Chance auch wirklich zu nutzen. Was machst du, während ich arbeite?«

Er legte sich aufs Bett zurück. »Ich habe die Absicht zu schlafen. Weck mich, wenn du fertig bist.«

Ramsey vergewisserte sich, dass Diane McCoy Fort Lee verlassen hatte und auf dem Rückweg nach Washington war. Er betrat das Lagerhaus nicht erneut, um nicht noch mehr Aufmerksamkeit zu erregen. Dem Stützpunktkommandanten erklärte er, er sei Zeuge eines kleineren Zuständigkeitsstreits zwischen dem Weißen Haus und der Navy geworden. Falls er sich gefragt hatte, was es mit dem ganzen hochrangigen Besuch der letzten Tage auf sich haben mochte, schien er mit dieser Erklärung zufrieden zu sein.

Ramsey sah auf die Uhr. 20.50 Uhr.

Er saß in einer kleinen Trattoria am Rande Washingtons an einem Tisch. In diesem mit schlichtem Understatement eingerichteten Lokal gab es gutes italienisches Essen und einen ausgezeichneten Weinkeller. Doch heute Abend war ihm das alles völlig gleichgültig.

Eine Frau betrat das Restaurant. Sie war hochgewachsen und schlank und trug einen Samtmantel und Vintage-Jeans. Ein beigefarbener Kaschmirschal war um ihren Hals geschlungen. Sie wand sich zwischen den voll besetzten Tischen hindurch und setzte sich zu ihm.

Es war die Frau aus dem Kartenladen.

»Ihre Sache mit dem Senator haben Sie gut gemacht«, sagte er. »Das war ein Volltreffer.«

Sie nahm das Lob mit einem Nicken entgegen.

»Wo befindet sie sich jetzt?«, fragte er. Er hatte angeordnet, dass Diane McCoy überwacht wurde.

»Das wird Ihnen nicht gefallen.«

Ein Schauder lief ihm den Rücken hinunter.

»Sie ist mit Kane zusammen. In diesem Moment.«

»Wo denn?«

»Sie haben das Lincoln Memorial besucht und sind dann am Wasserbecken entlang zum Washington Monument gegangen.«

»Kalte Nacht für einen Spaziergang.«

»Wem sagen Sie das. Ich habe einen Mann hinter ihr hergeschickt. Sie ist jetzt auf dem Heimweg.«

Das alles war sehr beunruhigend. Die einzige Verbindung

zwischen McCoy und Kane war Ramsey selbst. Er hatte geglaubt, er hätte sie beschwichtigt. Hatte er ihre Entschlossenheit unterschätzt?

Das Handy in seiner Jackentasche klingelte. Er schaute darauf: Hovey.

»Ich muss das Gespräch annehmen«, sagte er. »Könnten Sie bitte bei der Tür warten?«

Sie verstand und ging.

»Was ist?«, sagte er ins Handy.

»Das Weiße Haus ist am Apparat. Man will mit Ihnen sprechen.«

Das war nichts Ungewöhnliches. »Und?«

»Es ist der Präsident.«

Das *war* ungewöhnlich.

»Verbinden Sie uns.«

Ein paar Sekunden später hörte er die dröhnende Stimme, die die ganze Welt kannte. »Admiral, ich hoffe, Sie haben einen schönen Abend.«

»Es ist kalt, Mr. President.«

»Da haben Sie recht. Und es wird noch kälter werden. Ich rufe Sie an, weil Aatos Kane Sie im Vereinigten Generalstab sehen will. Er sagt, Sie seien der richtige Mann für diese Aufgabe.«

»Das hängt davon ab, ob Sie einverstanden sind, Sir.« Er redete leise, noch leiser als das gedämpfte Stimmengewirr um ihn herum.

»Das bin ich. Ich habe den ganzen Tag darüber nachgedacht, aber ich stimme zu. Würden Sie die Aufgabe annehmen?«

»Ich diene bereitwillig, wo immer Sie mich einsetzen wollen.«

»Sie wissen, was ich vom Vereinigten Generalstab halte, aber man muss realistisch sein. Es wird sich so schnell nichts ändern. Und das heißt, dass ich Sie dort brauche.«

»Ich fühle mich geehrt. Wann werden Sie damit an die Öffentlichkeit gehen?«

»Ich lasse Ihren Namen schon in der nächsten Stunde durchsickern. Morgen früh kommt es in den Nachrichten. Halten Sie sich bereit, Admiral – das ist ein anderes Spielfeld als der Navy-Geheimdienst.«

»Ich werde bereit sein, Sir.«

»Dann freue ich mich, Sie an Bord zu haben.«

Damit legte Daniels auf.

Einen Moment lang war Ramsey atemlos. Sein Misstrauen ließ nach. Seine Ängste legten sich. Er hatte es geschafft. Was auch immer Diane McCoy trieb, es spielte keine Rolle mehr.

Er war berufen worden.

Dorothea lag im Bett, in diesem Zustand zwischen Schlafen und Wachen, in dem die Gedanken sich manchmal noch kontrollieren lassen. Wie hatte sie nur noch einmal mit Werner schlafen können? Das war etwas, was sie für völlig unmöglich gehalten hatte – für einen Teil ihres Lebens, der endgültig abgeschlossen war.

Aber vielleicht ja auch nicht.

Zwei Stunden zuvor hatte sie gehört, wie die Tür von Malones Zimmer aufgegangen war und sich wieder geschlossen hatte. Stimmengemurmel war durch die dünnen Wände gedrungen, aber sie hatte kein Wort verstehen können. Was trieb ihre Schwester da mitten in der Nacht?

Werner lag an sie gepresst in dem schmalen Bett. Er hatte recht. Sie waren verheiratet und ihr Kind wäre ehelich. Aber mit achtundvierzig ein Kind bekommen? Vielleicht war das der Preis, den sie würde bezahlen müssen. Werner und ihre Mutter hatten offensichtlich eine Art Bündnis geschlossen, stark genug, dass Sterling Wilkerson hatte sterben müssen – stark genug, um Werner in so etwas wie einen Mann zu verwandeln.

Sie erhob sich aus dem Bett und trat zur Zwischenwand, konnte aber nichts verstehen. Leichtfüßig ging sie über den mit einem dünnen Teppich bedeckten Boden zum Fenster. Lautlos fielen dicke Schneeflocken. Ihr ganzes Leben hatte sie im verschneiten Gebirge zugebracht. Sie hatte früh gelernt zu jagen, zu schießen und Ski zu laufen. Angst hatte sie vor fast gar nichts – nur vor dem Versagen und vor ihrer Mutter. Sie lehnte sich nackt gegen die eiskalte Fensterbank, frustriert und traurig, und sah auf ihren Mann, der zusammengerollt unter der Steppdecke lag.

Sie fragte sich, ob die Bitterkeit, die sie ihm gegenüber empfand, nur dem Kummer entsprang, den der Tod ihres Sohnes ihr bereitete. Noch lange Zeit nach seinem Tod hatten Tage und Nächte eine albtraumhafte Qualität besessen, und sie hatte das Gefühl gehabt vorwärtszueilen, ohne ein Ziel zu besitzen.

Die Kälte schlich sich in den Raum und nahm ihr den Mut.

Sie verschränkte die Arme vor der Brust.

Anscheinend wurde sie mit jedem Jahr, das verstrich, bitterer und unzufriedener. Sie vermisste Georg. Aber vielleicht hatte Werner recht. Vielleicht war es Zeit zu leben. Zu lieben. Und geliebt zu werden.

Sie reckte und streckte ihre Beine. Im Nachbarzimmer war es still geworden. Sie drehte sich um und sah wieder aus dem Fenster auf die schneegepeitschte Dunkelheit.

Sie streichelte ihren flachen Bauch.

Noch ein Kind.

Warum eigentlich nicht?

71

Asheville
23.15 Uhr

Stephanie und Edwin Davis betraten wieder das Inn on Biltmore Estate. Davis war schmerzverzerrt von der Prügelei aufgestanden, mit zerschlagenem Gesicht, aber unversehrtem Ego. Chinohose befand sich in Gewahrsam. Er lag mit einer Gehirnerschütterung und zahlreichen Quetschungen in einem örtlichen Krankenhaus. Die Polizei hatte den Krankenwagen begleitet und würde dort vor Ort bleiben, bis der Geheimdienst innerhalb der nächsten Stunde eintraf. Die Ärzte hatten der Polizei bereits mitgeteilt, dass man den Mann erst am nächsten Morgen würde verhören können. Das Château war abgeriegelt worden, und weitere Polizisten kämmten es durch, um sich zu vergewissern, ob Chinohose noch irgendetwas zurückgelassen hatte. Die Aufzeichnungen der im ganzen Haus aufgestellten Sicherheitskameras wurden auf der Suche nach weiteren Informationen sorgfältig überprüft.

Davis hatte wenig gesagt, seit er aus dem Becken gestiegen war. Ein Anruf im Weißen Haus hatte seine und Stephanies Identität bestätigt, und so hatte man sie nicht gezwungen, Fragen zu beantworten. Das war gut so. Sie konnte sehen, dass Davis nicht in der Stimmung dafür war.

Der Sicherheitschef des Biltmore Estate hatte sie zum Hotel zurückbegleitet. Die Angestellte am Empfang fand, was Davis wollte, und reichte ihm ein Stück Papier: »Die Nummer von Scofields Suite.«

»Gehen wir«, sagte Davis zu Stephanie.

Sie fanden das Zimmer im fünften Stock, und Davis hämmerte an die Tür.

Scofield machte auf. Er trug einen Bademantel mit der Biltmore-Signatur. »Es ist schon spät, und ich muss morgen früh raus. Was wollen Sie beide nur von mir? Haben Sie vorhin nicht schon genug Unheil angerichtet?«

Davis schob den Professor zur Seite und marschierte in die Suite, die einen großzügig ausgestatteten Wohnbereich mit Couch und Sesseln, eine Bar und Fenster aufwies, die sicherlich einen fantastischen Ausblick auf die Berge boten.

»Ich habe mir Ihr Arschloch-Gehabe heute Nachmittag gefallen lassen«, sagte Davis, »weil es nicht anders ging. Sie haben uns für verrückt gehalten. Aber wir haben Ihnen gerade den Arsch gerettet, da könnten Sie eigentlich etwas Dankbarkeit zeigen.«

»Jemand war hier, um mich umzubringen?«

Davis zeigte auf seine Prellungen. »Schauen Sie sich mein Gesicht an. Er liegt im Krankenhaus. Es wird Zeit, dass Sie uns das eine oder andere erzählen, Professor. Dass Sie die Geheimhaltung lüften.«

Scofield schien sich zu besinnen und seine Unverschämtheit zu zügeln. »Sie haben recht. Ich habe mich heute Ihnen gegenüber mies benommen, aber mir war nicht klar ...«

»Ein Mann ist gekommen, um Sie umzubringen«, sagte Stephanie klipp und klar. »Wir müssen ihn zwar noch befragen, um sicherzugehen, aber es sieht definitiv so aus, als hätten wir die richtige Person.«

Scofield nickte und forderte sie auf, sich zu setzen.

»Ich kann mir nicht vorstellen, warum ich nach all diesen Jahren eine Bedrohung darstelle. Ich habe meinen Eid gehalten. Ich habe nie über irgendetwas gesprochen, obwohl ich das hätte tun sollen. Ich hätte berühmt werden können.«

Sie wartete auf eine Erklärung.

»Seit 1972 verbringe ich meine ganze Zeit mit dem Versuch, auf anderem Wege etwas zu beweisen, von dem ich weiß, dass es stimmt.«

Sie hatte eine kurze Zusammenfassung von Scofields Buch gelesen, die ihre Leute ihr am Vortag per E-Mail geschickt hatten. Er wollte nachgewiesen haben, dass eine fortgeschrittene Zivilisation Jahrtausende vor dem alten Ägypten existiert hatte. Seine Argumentation fußte auf einer Neubewertung alter Land- und Seekarten, die den Gelehrten seit langem bekannt waren, wie etwa der berühmten Piri-Reis-Karte, die, so Scofield, unter Zuhilfenahme älterer, inzwischen verlorener Karten gezeichnet worden war. Scofield glaubte, dass die alten

Kartenzeichner wissenschaftlich weiter gewesen waren als die Zivilisationen von Griechenland, Ägypten und Babylonien oder selbst die Europäer zu Beginn der Neuzeit. Sie hatten alle Kontinente abgebildet, Nordamerika Tausende von Jahren vor Columbus umrissen und die Antarktis kartiert, als die Küsten noch eisfrei waren. Scofields Behauptungen wurden zwar von keiner ernst zu nehmenden wissenschaftlichen Studie unterstützt, aber, wie die E-Mail festhielt, auch bisher von keiner widerlegt.

»Professor«, sagte Stephanie. »Um zu begreifen, warum man Ihren Tod wünscht, müssen wir wissen, worum es geht. Sie müssen uns von Ihrer Arbeit für die Navy erzählen.«

Scofield senkte den Kopf. »Diese drei Lieutenants haben mir Kisten voller Steine gebracht. Die waren in den Vierzigerjahren während *Highjump* und *Windmill* gesammelt worden – und dann lagen sie einfach irgendwo in einem Lagerhaus herum. Keiner hatte ihnen die geringste Aufmerksamkeit geschenkt. Können Sie sich das vorstellen? Solche Beweise, aber keiner scherte sich darum.

Ich hatte als Einziger die Genehmigung, die Kisten zu untersuchen, doch Ramsey konnte kommen und gehen, wie es ihm beliebte. In die Steine war Schrift eingemeißelt. Einzigartige, schnörkelreiche Buchstaben. Sie entsprachen keiner bekannten Sprache. Noch spektakulärer wurde der Fund dadurch, dass sie aus der Antarktis kamen, also von einem Ort, der seit Jahrtausenden von Eis bedeckt war. Und doch hatten wir sie gefunden. Oder, besser gesagt, die Deutschen hatten sie gefunden. Sie machten 1938 eine Expedition in die Antarktis und fanden die entsprechenden Stätten. Wir kehrten 1947 und 1948 dorthin zurück und sammelten die Steine.«

»Und dann noch einmal 1971«, sagte Davis.

Scofields Gesicht verzog sich ungläubig. »Tatsächlich?«

Sie konnte sehen, dass er wirklich nichts davon wusste, und so beschloss sie, ihm eine Information zu geben, um ihn seinerseits zum Reden zu bringen. »Ein U-Boot fuhr dorthin, ging aber verloren. Das hat die jetzige Sache in Gang gesetzt. Jemand versucht, die damalige Mission streng unter Verschluss zu halten.«

»Davon habe ich nie etwas erfahren. Aber das ist keine Überraschung – ich musste es nicht wissen. Man hat mich dafür engagiert, die Schrift zu analysieren. Ich sollte versuchen, sie zu entziffern.«

»Und, ist es Ihnen gelungen?«, fragte Davis.

Scofield schüttelte den Kopf. »Ich konnte die Sache nicht zu Ende bringen. Admiral Dyals hat das Projekt unvermittelt beendet. Ich musste Geheimhaltung schwören und wurde entlassen. Das war der traurigste Tag meines Lebens.« Er sackte in sich zusammen. »Da hatten wir also den Beweis, dass eine erste Zivilisation existiert hatte. Sogar ihre Sprache lag uns vor. Wenn wir es irgendwie schafften, sie zu verstehen, konnten wir alles über diese Zivilisation herausfinden – dann würden wir mit Sicherheit erfahren, ob das die alten Könige der Meere gewesen waren. Etwas sagte mir, dass es so sein musste, aber ich bekam nie die Gelegenheit, es wirklich herauszufinden.«

Er klang gleichzeitig begeistert und unendlich traurig.

»Wie hätten Sie lernen sollen, die Sprache zu lesen?«, fragte Davis. »Das wäre, als würde man aufs Geratewohl Wörter niederschreiben und versuchen herauszubekommen, was sie bedeuten.«

»Genau da irren Sie sich. Verstehen Sie, auf diesen Steinen befanden sich auch Buchstaben und Worte, die ich erkannte. Sowohl lateinische als auch griechische. Sogar einige Hieroglyphen. Verstehen Sie nicht? Diese Zivilisation hatte mit uns interagiert. Es hatte Kontakte gegeben. Diese Steine waren Botschaften, Ankündigungen, Bekanntgaben. Was auch immer. Aber sie waren entzifferbar.«

Stephanies Verärgerung über ihre eigene Dummheit wich

einer sonderbaren Unsicherheit, und sie dachte an Malone und was ihm wohl derzeit widerfuhr. »Haben Sie jemals den Namen *Oberhauser* gehört?«

Scofield nickte. »Hermann Oberhauser. Er fuhr 1938 mit den Nazis in die Antarktis. Er ist zum Teil der Grund dafür, dass wir Amerikaner mit *Highjump* und *Windmill* dorthin zurückkehrten. Admiral Byrd war fasziniert von Oberhausers Ansichten über Arier und verlorene Zivilisationen. Natürlich konnte man damals, unmittelbar nach dem Zweiten Weltkrieg, nicht allzu laut über so etwas reden, und so führte Byrd private Expeditionen durch, während er mit *Highjump* in der Antarktis war, und fand die Steine. Da er Oberhausers Theorien eventuell bestätigt hätte, setzte die Regierung einen Schlusspunkt unter die ganze Sache. Schließlich wurden seine Funde einfach vergessen.«

»Warum sollte irgendjemand diese Erkenntnisse abwürgen wollen?«, brummte Davis. »Das ist doch lächerlich.«

»Da ist noch mehr«, sagte Scofield.

Malone wachte mit einem Ruck auf und hörte, wie Christl sagte: »Komm, steh auf.«

Er schüttelte den Schlaf ab und sah auf die Uhr. Er hatte zwei Stunden geschlafen. Als seine Augen sich an die Beleuchtung im Zimmer gewöhnt hatten, merkte er, dass Christl ihn triumphierend ansah.

»Ich habe es geschafft.«

Stephanie wartete darauf, dass Scofield zum Ende kam.

»Wenn man die Welt durch eine andere Brille betrachtet, ändert sich die Sicht auf die Dinge. Wir bestimmen die Lage von Orten mit Längen- und Breitengraden, aber das sind relativ moderne Konzepte. Der nullte Längengrad verläuft durch Greenwich, England. Dieser Punkt wurde Ende des neunzehnten Jahrhunderts willkürlich festgelegt. Meine Studien alter

Karten enthüllten dagegen etwas ganz anderes und ganz Außergewöhnliches.«

Scofield stand auf und nahm sich einen der Schreibblöcke des Hotels und einen Stift. Stephanie beobachtete, wie er eine grobe Skizze einer Weltkarte anfertigte und am Rand dieser Karte Markierungen für die Längen- und Breitengrade anbrachte. Dann zog er von einunddreißig Grad östlicher Länge einen Strich durch die Mitte.

»Das hier ist nicht maßstabsgetreu, aber es reicht, um Ihnen zu zeigen, wovon ich spreche. Glauben Sie mir, auf einer maßstabsgetreuen Karte erweist sich alles, was ich Ihnen jetzt zeige, als wahr. Diese zentrale Linie, die auf einunddreißig Grad acht Minuten östlicher Länge liegt, führt direkt durch die Cheopspyramide von Gizeh. Wenn wir daraus nun den nullten Längengrad machen, geschieht Folgendes.«

Er zeigte auf eine Stelle in Südamerika, wo Bolivien liegen musste. »Tiahuanaco. Um fünfzehntausend vor Christus errichtet. Die Hauptstadt einer unbekannten Prä-Inka-Zivilisation nahe dem Titicacasee. Manche behaupten, dies könnte die älteste Stadt der Welt sein. Sie liegt hundert Grad westlich der Gizeh-Linie.«

Er zeigte auf Mexiko. »Teotihuacán. Genauso alt. Der Name bedeutet ›Geburtsort der Götter‹. Keiner weiß, wer die Stadt errichtet hat. Wir haben hier eine heilige mexikanische Stadt hundertzwanzig Grad westlich von Gizeh.«

Die Spitze des Stifts wanderte zum Pazifischen Ozean. »Die Osterinseln. Sie sind voller Monumente, die wir nicht erklären können. Hundertvierzig Grad westlich der Gizeh-Linie.« Er führte den Stift tiefer in den Südpazifik. »Das alte polynesische Zentrum Raiatea, über die Maßen heilig. Hundertachtzig Grad westlich der Gizeh-Linie.«

»Funktioniert es in der anderen Richtung genauso?«, fragte Stephanie.

»Natürlich.« Er zeigte auf den Nahen Osten. »Irak. Die

biblische Stadt Ur der Chaldäer, der Geburtsort Abrahams. Fünfzehn Grad östlich der Gizeh-Linie.« Er rückte den Stift weiter. »Hier, Lhasa, die heilige tibetische Stadt, unglaublich alt. Sechzig Grad östlich.

Es gibt noch viele weitere Stätten, die in klar definierten Abständen von der Gizeh-Linie liegen. Alle sind heilig. Die meisten wurden von unbekannten Völkern errichtet und weisen Pyramiden oder andere hohe Bauwerke auf. Es kann kein Zufall sein, dass diese Stätten auf präzisen Punkten des Globus liegen.«

»Und Sie glauben, wer immer die Schrift in die Steine gemeißelt hat, war für all das verantwortlich?«, fragte Davis.

»Vergessen Sie nicht, dass Erklärungen immer rational sind. Und wenn man dann noch das Megalithische Yard hinzunimmt, wird die Schlussfolgerung unausweichlich.«

Diese Bezeichnung hatte sie noch nie gehört.

»Von 1950 bis Mitte der Achtzigerjahre vermaß Alexander Thom, ein schottischer Ingenieur, sechsundvierzig Steinkreise der Jungsteinzeit und der Bronzezeit. Schließlich dehnte er seine Untersuchungen auf mehr als dreihundert Stätten aus und stellte fest, dass in jeder einzelnen von ihnen eine gemeinsame Maßeinheit verwendet worden war. Diese nannte er das Megalithische Yard.«

»Wie kann das sein?«, fragte Stephanie. »Bei so vielen verschiedenen Kulturen?«

»Die zugrunde liegende Idee ist durchaus vernünftig.

Monumente wie Stonehenge, die es auf dem ganzen Planeten gibt, waren nichts anderes als alte Observatorien. Die Erbauer fanden heraus, dass nach einem Jahr dreihundertsechsundsechzig Markierungen auf dem Boden lagen, wenn sie sich in den Mittelpunkt eines Kreises stellten und den Ort des Sonnenaufgangs täglich markierten. Der Abstand zwischen diesen Markierungen betrug konstant 16,32 Zoll.

Natürlich haben diese alten Völker nicht in Zoll gemessen«,

erklärte Scofield, »aber mit diesem modernen Äquivalent wurde die Technik reproduziert.

Dieselben alten Völker fanden dann heraus, dass ein Stern 3,93 Minuten brauchte, um von einer Markierung zur nächsten zu wandern.

Wieder maßen sie natürlich nicht in Minuten, aber sie beobachteten dennoch eine konstante Zeiteinheit.« Scofield hielt inne. »Und jetzt kommt der interessante Teil.

Damit ein Pendel in 3,93 Minuten dreihundertsechsundsechzig Mal schlägt, muss es genau 16,32 Zoll messen.

Erstaunlich, würden Sie nicht auch sagen? Und keineswegs zufällig. Deshalb wurde die Länge von 16,32 Zoll von den alten Baumeistern für das Megalithische Yard ausgewählt.«

Scofield schien die Ungläubigkeit der beiden zu bemerken.

»So einzigartig ist die Idee gar nicht«, sagte er. »Eine ähnliche Methode wurde einmal als Alternative für die Festlegung des Standardmeters vorgeschlagen. Doch letztlich entschieden die Franzosen, dass es besser wäre, eine Teilstrecke des Erdquadranten zu nehmen, da sie ihren Uhren nicht vertrauten.«

»Wie können die alten Völker so etwas gewusst haben?«, fragte Davis. »Das würde doch ein komplexes Verständnis der Mathematik und der Himmelsmechanik voraussetzen.«

»Wieder diese moderne Arroganz. Dies waren keine unwissenden Höhlenmenschen. Sie besaßen eine intuitive Intelligenz. Und sie waren sich ihrer Welt bewusst. Wir verengen unsere Sinne und studieren kleine Dinge. Sie aber weiteten ihre Wahrnehmung aus und lernten den Kosmos kennen.«

»Gibt es irgendwelche wissenschaftlichen Belege für Ihre Theorie?«, fragte Stephanie.

»Ich habe Ihnen einfach nur Physik und Mathematik erklärt – die diese seefahrenden Gesellschaften übrigens verstanden hätten. Alexander Thom postulierte, hölzerne Messstäbe von der Länge eines Megalithischen Yards könnten zu Vermessungszwecken verwendet worden sein, und sie müssten an einem zentralen Ort hergestellt worden sein, anders wären die Übereinstimmungen, die er an den Steinkreisen beobachtet hat, nicht zu erklären. Diese Menschen haben ihre Lektionen willigen Schülern gelehrt.«

Stephanie fiel auf, dass er offensichtlich alles glaubte, was er sagte.

»Es gibt eine Reihe von numerischen Berührungspunkten mit anderen im Laufe der Geschichte verwendeten Maßsystemen, die die Theorie des Megalithischen Yards stützen. Beim Studium der minoischen Zivilisation schlug der Archäologe J. Walter Graham vor, die Kreter könnten ein Standardmaß verwendet haben, das er das Minoische Fuß nannte. Hier gibt es eine Korrelation. Dreihundertsechsundsechzig Megalithische Yards entsprechen genau tausend Minoischen Fuß. Wieder so ein verblüffender ›Zufall‹, würden Sie nicht auch sagen?

Es gibt außerdem eine Verbindung zwischen dem alten ägyptischen Maß des königlichen Kubit und dem Megalithischen Yard. Ein Kreis mit einem Durchmesser von einem halben ägyptischen Kubit hat einen Umfang, der einem Megalithischen Yard entspricht. Wie sollte eine solche direkte Korrelation ohne einen gemeinsamen Nenner möglich sein? Es ist, als wären die Minoer und Ägypter über das Megalithische Yard belehrt worden und hätten die Einheit dann an ihre eigene Situation angepasst.«

»Warum habe ich nie von dergleichen gehört oder gelesen?«, fragte Davis.

»Mainstream-Wissenschaftler können das Megalithische Yard weder bestätigen noch widerlegen. Sie argumentieren, es gebe keinen Beweis, dass damals Pendel verwendet wurden oder auch nur, dass das Prinzip des Pendels vor Galileo bekannt war. Aber das ist wieder dieselbe Arroganz. Wir denken immer von uns, wir seien die Ersten, die eine bestimmte Entdeckung gemacht haben. Außerdem heißt es, die neolithischen Völker hätten kein System schriftlicher Kommunikation besessen, mit dem sie Informationen über die Planetenbewegungen hätten festhalten können. Aber ...«

»Die Steine«, sagte Stephanie. »Dort stehen Schriftzeichen.«

Scofield lächelte. »Genau. Eine alte Schrift in einer unbekannten Sprache. Doch bis diese entziffert ist oder bis tatsächlich ein neolithischer Messstab gefunden wurde, wird die Theorie unbewiesen bleiben.«

Scofield verstummte. Sie wartete auf jenes gewisse *Mehr*.

»Ich hatte das Privileg, mit den Steinen zu arbeiten«, fuhr er fort. »Alles wurde in ein Lagerhaus in Fort Lee gebracht. Aber es gab in dem Lagerhaus einen Kühlraum. Der war verschlossen. Nur der Admiral ging hinein. Der Inhalt des Kühlraums war schon da, als ich eintraf. Dyals sagte mir, wenn ich das Sprachproblem löste, könnte ich einen Blick hineinwerfen.«

»Und Sie haben keine Ahnung, was sich darin befinden könnte?«, fragte Davis.

Scofield schüttelte den Kopf. »Der Admiral hatte einen Sicherheitstick. Immer hat er diese Lieutenants auf mich aufpassen lassen. Ich war niemals allein in dem Gebäude. Aber ich spürte, dass die wirklich wichtigen Dinge in diesem Kühlraum aufbewahrt wurden.«

»Haben Sie Ramsey kennengelernt?«, fragte Davis.

»O ja. Er wurde von Dyals bevorzugt. Er hatte eindeutig das Kommando.«

»Hinter der ganzen Sache steht Ramsey«, erklärte Davis.

Scofields Verärgerung schien sich zu steigern. »Hat der Kerl eine Ahnung, was ich über diese Steine hätte schreiben können? Sie hätten der Welt gezeigt werden sollen. Sie würden all meine Forschungen bestätigen. Es gab eine bisher unbekannte seefahrende Kultur, die lange vor dem Beginn unserer Zivilisation existierte und die über eine Schrift verfügte. Das ist revolutionär.«

»Ramsey ist so was scheißegal«, sagte Davis. »Er interessiert sich nur für sich selbst.«

Stephanie war neugierig. »Woher wussten Sie, dass diese Kultur seefahrend war?«

»Auf den Steinen befinden sich Reliefs. Lange Boote, technisch fortgeschrittene Segelschiffe, Wale, Eisberge, Robben und Pinguine. Und zwar nicht die kleinen, sondern Pinguine in Menschengröße. Wir wissen inzwischen, dass eine solche Art einmal in der Antarktis existierte, aber sie ist seit Zehntausenden von Jahren ausgestorben. Und doch habe ich sie in den Stein gemeißelt gesehen.«

»Und was ist dann mit dieser verloren gegangenen Kultur geschehen?«, fragte Stephanie.

Er zuckte die Schultern. »Wahrscheinlich dasselbe, was allen menschlichen Gesellschaften irgendwann zustößt. Wir löschen uns entweder absichtlich oder fahrlässig selbst aus. So oder so sind wir dann weg.«

Davis sah Stephanie an. »Wir müssen nach Fort Lee fahren und sehen, ob diese Dinge noch dort sind.«

»Das alles ist geheim«, erklärte Scofield. »Sie werden nicht einmal in die Nähe kommen.«

Er hatte recht. Aber sie sah, dass Davis sich nicht abschrecken ließ. »Seien Sie sich da mal nicht so sicher.«

»Kann ich jetzt schlafen gehen?«, fragte Scofield. »Ich muss in ein paar Stunden wieder auf den Beinen sein für unsere alljährliche Jagd. Wildschweinjagd mit Pfeil und Bogen. Jedes Jahr führe ich eine Gruppe von Teilnehmern der Konferenz in die Wälder.«

Davis stand auf. »Klar. Wir werden morgen früh auch dabei sein.«

Stephanie erhob sich ebenfalls.

»Hören Sie«, sagte Scofield mit resignierter Stimme. »Ich entschuldige mich für meinen Hochmut. Ich weiß zu schätzen, was Sie getan haben.«

»Sie sollten erwägen, die Jagd ausfallen zu lassen«, sagte Stephanie.

Er schüttelte den Kopf. »Ich kann die Teilnehmer nicht enttäuschen. Sie freuen sich jedes Jahr darauf.«

»Auf Ihre eigene Verantwortung«, sagte Davis. »Aber ich glaube, dass es kein Problem geben wird. Ramsey wäre verrückt, wenn er Sie noch einmal aufs Korn nehmen würde. Und verrückt ist er ganz und gar nicht.«

72

Bacchus sagt mir, sie hätten sich mit vielen Völkern unterredet und respektierten alle Arten von Sprache. Jede fänden sie auf ihre eigene Weise schön. Die Sprache dieses grauen Landes ist ein fließender Zungenschlag und ihr Alphabet wurde vor langer Zeit vervollkommnet. Was das Schreiben angeht, ist man hier geteilter Meinung. Es ist notwendig, aber es wird gewarnt, dass das Schreiben die Vergesslichkeit fördert und dem Erinnerungsvermögen schadet, und das ist richtig. Ich gehe ohne Angst frei zwischen dem Volk umher. Verbrechen sind selten und werden durch Isolierung bestraft. Eines Tages bat man mich, bei der Grundsteinlegung einer Mauer zu helfen. Bacchus freute sich über meine Beteiligung und drängte mich, die Gefäße der Erde zu reizen, denn man destilliert hier einen eigenartigen Wein, der unter meiner Hand wächst und den ganzen Himmel bedeckt. Bacchus sagt, wir sollten dieses Wunder anbeten, denn es sorgt für Leben. Hier wird die Welt von mächtigen Winden und Stimmen durchbrochen, die laut schreien in einer Sprache, die sterbliche Menschen nicht sprechen können. Zum Klang dieser ursprünglichen Freude betrete ich das Haus Hathors und opfere fünf Edelsteine auf einem Altar. Der Wind singt so laut, dass alle, die da sind, verzückt wirken, und ich wirklich glaube, im Himmel zu sein. Vor einer Statue knien wir nieder und beten sie an. Flötenklänge dringen durch die Luft.

Es liegt ewiger Schnee, und ein sonderbarer Duft weht aufwärts. Eines Nachts hielt Bacchus eine lange, leidenschaftliche Rede, die mir nichts sagte. Ich bat darum, dass man mich Verstehen lehren möge, Bacchus willigte ein, und ich machte mich eifrig an das Studium der Sprache des Himmels. Ich bin froh, dass mein König mir gestattet hat, in dieses wilde Land der schwindenden Sonne zu kommen. Die Menschen hier feiern ausgelassen und heulen vor überschäumender Freude. Eine Zeitlang hatte ich Angst, allein zu sein. Ich träumte von warmen Sonnenuntergängen, bunten Blumen und üppigen Ranken. Aber das ist vorbei. Hier ist die Seele trunken. Das Leben ist voll. Es fließt reichlich und enttäuscht nie.

Mir ist eine sonderbare Konstante aufgefallen. Alles, was sich dreht, dreht sich von Natur aus nach links. Verirrte Menschen laufen nach links. Schnee wirbelt nach links. Die Spuren der Tiere im Schnee führen nach links. Die Geschöpfe des Meeres schwimmen linksherum im Kreis. Vogelschwärme nähern sich nach links fliegend. Im Sommer wandert die Sonne den ganzen Tag über den Horizont, und zwar immer von rechts nach links. Die Jugend wird ermutigt, ihre natürliche Umgebung kennenzulernen. Man lehrt sie, ein Unwetter oder das Nahen einer Gefahr vorherzusehen, die jungen Leute werden zur Bewusstheit erzogen, sind in Frieden mit sich selbst und auf das Leben vorbereitet. Eines Tages schloss ich mich einem längeren Ausflug an. Wandern ist dort ein beliebter, wenn auch gefährlicher Zeitvertreib. Eine gute Orientierung und ein sicherer Schritt sind unerlässlich. Mir fiel auf, dass unser Führer zwar mehrmals bewusst nach rechts abbog, dass aber die Summe seines Abbiegens insgesamt nach links führte. Ohne Markierungspunkte, die in diesem Land vollständig fehlen, ist es also praktisch unmöglich, sich seinem Ausgangspunkt anders als von links zu nähern. Dies trifft gleichermaßen für Menschen, Vögel und Meeresgeschöpfe zu. Dieser Mechanismus des Abbiegens nach links scheint den Menschen völlig unbewusst zu sein. Keiner von denen, die dieses graue Land bewohnen, weiß auch nur das Geringste von dieser Gewohnheit, und wenn ich auf diese Beobachtung hinweise, zuckt man nur lächelnd die Schultern.

Heute haben Bacchus und ich Adonai besucht, dem man von meinem Interesse an Mathematik und Architektur berichtet hatte. Er ist ein Lehrer handwerklicher Fähigkeiten und zeigte mir die Messstäbe, die sowohl zum Entwerfen als auch zum Bauen verwendet werden. Konsequent sein heißt exakt sein, sagte er mir. Ich berichtete ihm, dass der Entwurf der königlichen Kapelle in Aachen sehr von seinen Schülern beeinflusst worden sei, und das freute ihn. Wir sollten der Welt gegenüber nicht ängstlich, misstrauisch oder unwissend sein, sagte Adonai, sondern aus dem lernen, was die Natur geschaffen hat. Die Einbettung in die Landschaft, das Vorhandensein unterirdischer Wärmequellen, der Winkel, in dem die Sonne einfällt, und das Meer, all das sind Faktoren, die man bedenken muss, wenn man über die Lage einer Stadt oder eines Gebäudes entscheidet. Adonais Weisheit ist vernünftig, und ich danke ihm für die Lektion. Man zeigt mir auch einen Garten. Viele Pflanzen werden erhalten, aber noch viel mehr Pflanzen sind zugrunde gegangen. Pflanzen werden in Hallen gezogen, in einem Boden reich an Asche, Bimsstein, Sand und Mineralien. Es werden auch Pflanzen im Wasser angebaut, sowohl in Salzwasser als auch in Süßwasser. Fleisch wird nur selten gegessen. Man sagte mir, Fleisch entziehe dem Körper Energie und mache ihn für Krankheiten anfällig. Bei dieser vegetarischen Kost, die gelegentlich durch Fisch ergänzt wurde, habe ich mich so gut gefühlt wie nie zuvor.

Welche Freude, die Sonne wiederzusehen. Die lange Winterdunkelheit ist zu Ende. Die kristallenen Wände erwachen mit einem Geglitzer farbigen Lichts zum Leben. Ein Chor singt eine langsame, süße, rhythmische Weise. Sie wird lauter, als die Sonne an den Himmel steigt. Trompeten verkünden den letzten Ton, und alle huldigen mit gesenktem Kopf der Kraft des Lebens. Die Stadt heißt den Sommer willkommen. Die Menschen spielen miteinander, gehen zu Vorträgen, besuchen sich gegenseitig und genießen das Jahrfest. Jedes Mal, wenn das zentrale Pendel auf dem Stadtplatz zum Stillstand kommt, schauen alle zum Tempel und beobachten, wie ein Kristall Farbe über die Stadt verteilt. Nach dem langen Winter weiß man dieses Schauspiel sehr zu schätzen. Die Zeit der Paare nähert sich, und viele kommen, um ihre Liebe und Treue zu geloben. Sie schenken sich gegenseitig Treuearmbänder und versichern einander ihre Liebe. Diese Zeit bringt große Freude. Harmonisch zu leben ist das Ziel, wie man mir sagt. Doch zu diesem Anlass verlangten auch drei Partnerschaften ihre Auflösung. Zwei hatten gemeinsame Kinder, und die Eltern kamen überein, die Verantwortung zu teilen, obgleich sie nicht länger zusammenlebten. Das dritte Paar verweigerte sich einer solchen Regelung. Keiner der beiden Partner wollte die Kinder. So wurden diese an andere Paare gegeben, die sich schon lange Nachwuchs wünschten, und wieder herrschte große Freude.

Ich bin in einem Haus untergebracht, dessen vier Räume einen Innenhof umschließen. In keiner Wand sind Fenster, doch die Räume bekommen von oben durch eine kristallene Decke Licht und sind immer warm und hell. Rohre führen durch die Stadt und in jedes Haus wie Wurzeln, die sich über den Boden ziehen. Sie bringen eine nie nachlassende Wärme. Es gibt nur zwei Regeln, die im Haus regieren. Essen und sanitäre Anlagen sind dort verboten. Man darf die Räume nicht durch Essen entheiligen, sagte man mir. Die Mahlzeiten werden gemeinsam in den Speisesälen eingenommen. Das Waschen, das Baden und alle anderen sanitären Bedürfnisse werden in anderen Sälen erledigt. Auf meine Nachfrage berichtet man mir, dass alles Unreine aus den Speise- und den Sanitärsälen zum nie erlöschenden Feuer gebracht und dort verbrannt wird. So bleibt der Tartarus sauber und gesund. Die Einhaltung dieser beiden Regeln sind das Opfer, das jeder für die Reinheit der Stadt erbringt.

Dieses graue Land ist in neun *Lots* unterteilt. Jedes *Lot* beherbergt eine Stadt, die strahlenförmig von einem Zentralplatz ausgeht, der ein Versammlungsort zu sein scheint. Durch eine Wahl, an der sowohl Männer als auch Frauen teilnehmen, wird ein *Berater* bestimmt, der das jeweilige *Lot* verwaltet. Gesetze werden von den neun *Beratern* erlassen und in die *Pfeiler der Rechtschaffenheit* auf jedem Zentralplatz jeder Stadt eingemeißelt, damit alle sie kennen. Feierliche Vereinbarungen werden mit dem Gesetz in Übereinstimmung gebracht. Die *Berater* treffen sich einmal während des Jahrfests auf dem Zentralplatz des Tartarus und wählen einen der ihren zum *Obersten Berater*. Ihren Gesetzen liegt eine einzige Regel zugrunde: Behandelt das Land und einander so, wie ihr selbst behandelt zu werden wünscht. Die *Berater* fällen ihre Entscheidungen zum Wohle aller unter dem Symbol der Rechtschaffenheit. Dieses zeigt zuoberst eine halbe, glorreich strahlende Sonne. Darunter kommen die Erde, ein einfacher Kreis, und die Planeten, die durch einen Punkt innerhalb des Kreises symbolisiert sind. Das Kreuz erinnert an das Land, während ganz zuunterst das Meer wogt. Vergib meine grobe Skizze, aber so sieht es aus.

73

Asheville

Stephanie wurde durch das Telefon auf ihrem Nachttisch aus dem Schlaf gerissen. Sie sah auf die Digitaluhr: 05.10 Uhr. Davis lag auf dem anderen Kingsize-Bett, ebenfalls voll bekleidet. Er schlief. Keiner von ihnen hatte sich auch nur die Mühe gemacht, sich vor dem Schlafengehen zuzudecken.

Sie griff nach dem Hörer, lauschte einen Moment den Worten des Anrufers und setzte sich dann aufrecht. »Sagen Sie das noch einmal.«

»Der Mann, den wir in Gewahrsam genommen haben, heißt Chuck Walters. Das haben wir mit Hilfe seiner Fingerabdrücke verifiziert. Er ist aktenkundig, lauter Kleinkram, nichts, was hier eine Rolle spielt. Er lebt und arbeitet in Atlanta. Wir haben sein Alibi überprüft. Zeugen bestätigen, dass er vor zwei Tagen abends in Georgia war. Zweifelsfrei. Wir haben sie alle befragt, und sie stimmen alle überein.«

Sie versuchte, einen klaren Kopf zu bekommen. »Warum ist er weggelaufen?«

»Er sagte, ein Mann habe ihn angegriffen. Er hat in den letzten Monaten mit einer verheirateten Frau geschlafen und dachte, es sei der Ehemann. Wir haben die Frau überprüft, und sie hat die Affäre bestätigt. Als Davis auf ihn zukam, hat er einen Riesenschreck bekommen und ist weggelaufen. Als Sie dann auf ihn geschossen haben, hat er wirklich den Kopf verloren und den Kegel nach Ihnen geworfen. Er wusste nicht, worum es ging. Dann hat Davis ihn windelweich geprügelt. Er sagt, er wird Davis verklagen.«

»Könnte es sein, dass er lügt?«

»Nicht, soweit wir sehen können. Dieser Mann ist kein Berufskiller.«

»Was hatte er in Asheville zu tun?«

»Seine Frau hat ihn vor zwei Tagen rausgeschmissen, und da hat er beschlossen, hierherzukommen. Das ist alles. Keine finsteren Absichten.«

»Und seine Frau hat vermutlich alles bestätigt.«

»Dafür werden wir bezahlt.«

Sie schüttelte den Kopf. Verdammt.

»Was soll ich mit ihm tun?«

»Lassen Sie ihn laufen. Was sonst?«

Sie legte auf und sagte: »Er ist es nicht.«

Davis saß auf der Bettkante. Beiden wurde der Ernst der Lage im selben Moment klar.

Scofield.

Und sie rannten zur Tür.

Charlie Smith hockte seit beinahe einer Stunde im Baum. In der Winterluft dufteten die Äste aromatisch, und die dichten Nadeln boten in einem Bestand hoher Kiefern die ideale Deckung. Die frühmorgendliche Luft war beißend kalt, und die Feuchtigkeit vergrößerte sein Unbehagen nur noch. Zum Glück hatte er sich warm angezogen und diese Stelle sorgfältig ausgewählt.

Die Show gestern Abend im Biltmore House war klassisch gewesen. Er hatte das Verwirrspiel groß in Szene gesetzt und zugesehen, wie die Frau den Köder nicht nur annahm, sondern ihn mit allem Drum und Dran, mit Angelschnur, Angelrute, Spule und dem kompletten Boot verschluckte. Er hatte wissen müssen, ob er in eine Falle lief, und so hatte er in Atlanta angerufen und den Mann engagiert, den er zuvor schon für andere Jobs eingesetzt hatte. Sein Helfer hatte eindeutige Anweisungen bekommen. *Achten Sie auf ein Signal und lenken Sie dann die Aufmerksamkeit auf sich.* Smith hatte den Mann und die Frau aus der Eingangshalle bemerkt, als sie in den Bus stiegen, der die Besichtigungsgruppe aus dem Hotel ins Château transportierte. Er hatte den Verdacht gehegt, dass die beiden ein Problem für ihn darstellten, und im Haus hatte sich dieser Verdacht dann bestätigt. So hatte er das Signal gegeben, und sein Helfer hatte eine oscarwürdige Show abgezogen. Smith selbst hatte auf der anderen Seite des riesigen Weihnachtsbaums im Bankettsaal gestanden und zugesehen, wie die Hölle losbrach.

Die Anweisungen an seinen Helfer waren eindeutig gewesen. Keine Waffen. Laufen Sie einfach nur weg. Lassen Sie sich fassen und sagen Sie dann, Sie wissen von nichts. Er hatte dafür gesorgt, dass sein Mann ein sicheres Alibi für den Abend vor zwei Tagen besaß, da er wusste, dass alles mehrfach überprüft werden würde. Die Tatsache, dass sein Helfer tatsächlich Eheprobleme hatte und mit einer Verheirateten schlief, hatte das Alibi dann wasserdicht gemacht und den perfekten Fluchtgrund geliefert.

Alles in allem war das Ganze perfekt gelaufen.

Und jetzt war *er selbst* gekommen, um die Sache zu Ende zu bringen.

Stephanie hämmerte gegen die Tür der Konferenzkoordinatorin, und die reagierte schließlich auf das heftige Klopfen. Vorne am Empfang hatte Stephanie die Zimmernummer bekommen.

»Wer zum Teufel sind …«

Stephanie zückte ihren Dienstausweis. »Bundesagenten. Wir müssen wissen, wo die Jagd heute Morgen stattfindet.«

Die Frau zögerte einen Moment und sagte dann: »Auf dem Biltmore-Gelände, etwa zwanzig Minuten von hier.«

»Eine Karte«, sagte Davis. »Zeichnen Sie uns bitte eine Karte, Miss …«

»Scholar, Sir, Sabi Scholar.«

»Danke schön, Miss Scholar. Bitte, lassen Sie sich nicht aufhalten.«

Smith beobachtete die Jagdgesellschaft durch ein Fernglas, das er am Nachmittag zuvor in einem Kaufhaus erstanden hatte. Er war froh, dass er das Gewehr aus Herbert Rowlands Haus behalten hatte. Vier Schuss, mehr als genug. Tatsächlich würde er nur einen einzigen brauchen.

Die Jagd auf Wildschweine war gewiss nicht jedermanns Sache. Er wusste ein wenig über diesen Sport Bescheid. Wildschweine waren gemein, hinterhältig und hielten sich am liebsten in dicht bewachsenen Gebieten abseits der ausgetretenen Pfade auf. Sein Dossier über Scofield wies darauf hin, dass dieser die Wildschweinjagd liebte. Als Smith am Vortag von diesem Jagdausflug erfahren hatte, hatte er schnell den perfekten Plan gefasst, um sein Zielobjekt zu eliminieren.

Er blickte sich um. Die Umgebung war ideal. Es gab viele Bäume. Keine Häuser. Meilenweit erstreckte sich dichter Wald. Nebelschwaden umfingen die bewaldeten Gipfel. Zum Glück hatte Scofield keine Hunde dabei – die hätten ein Problem dargestellt. Smith hatte von den Mitarbeitern der Konferenz erfahren, dass die Teilnehmer sich immer auf einem drei Meilen vom Hotel entfernten Sammelplatz beim Fluss trafen und einem gut markierten Weg folgten. Sie hatten keine Gewehre, sondern nur Pfeil und Bogen dabei. Und sie kehrten nicht notwendigerweise mit einem Wildschwein zurück. Es ging eher darum, Zeit mit dem Professor zu verbringen, zu fachsimpeln und den Wintermorgen im Wald zu genießen. Daher war Smith zwei Stunden früher, also lange vor Tagesanbruch eingetroffen, hatte sich entlang des Pfades umgesehen und sich schließlich für den höchsten und besten Platz in der Nähe des Anfangs des Pfades entschieden. Er hoffte auf eine gute Gelegenheit.

Andernfalls würde er halt improvisieren müssen.

Stephanie fuhr und Davis dirigierte sie. Sie waren vom Hotel aus rasch Richtung Westen in das über 3000 Hektar große Gelände des Biltmore Estate aufgebrochen. Die Straße war ein schmales Asphaltband ohne Mittelstreifen, das schließlich den French Broad River überquerte und in dichten Wald führte. Die Konferenzkoordinatorin hatte gesagt, der Sammelplatz für die Jagd befinde sich kurz hinter dem Fluss und von dort könne man leicht dem Pfad in den Wald folgen.

Stephanie erblickte parkende Autos.

Nachdem sie auf einer Lichtung geparkt hatten, sprangen sie aus dem Wagen. Eine blasse Andeutung von Morgengrauen erhellte den Horizont. Ihr Gesicht war eiskalt von der feuchten Luft.

Sie erblickte den Pfad und rannte los.

Zwischen den Kiefernnadeln hindurch sah Smith in einem halben Kilometer Entfernung etwas Orangefarbenes aufblitzen. Er saß, sich am Stamm der Kiefer abstützend, auf einem Ast. Unter einem zunehmend azurblauen Dezemberhimmel fegte ein eiskalter Wind hindurch.

Durch sein Fernglas beobachtete er, wie Scofield und seine Gruppe nordwärts stapften. Er war ein Risiko eingegangen, denn er hatte nicht gewusst, wie ihre Route letztlich verlaufen würde, und gehofft, dass sie auf dem Pfad bleiben würden. Jetzt, da Scofield auftauchte, hatte sich diese Vermutung bestätigt.

Er hängte das Fernglas am Riemen über einen vorstehenden Ast, legte das Gewehr an und blickte durch das Zielfernrohr. Er hätte es vorgezogen, mit einem Schalldämpfer zu arbeiten, um unbemerkter zu bleiben, doch er hatte keinen eigenen mitgebracht, und der Kauf war illegal. Er hielt den hölzernen Gewehrschaft in Händen und wartete geduldig darauf, dass sein Opfer sich näherte.

Es ging nur noch um einige wenige Minuten.

Stephanie rannte voraus, und die Angst durchfuhr sie in harten Schüben. Sie hielt die Augen nach vorn gerichtet und durchsuchte den Wald nach etwas, das sich bewegte. Ihr Atem stach in der Lunge.

Würden nicht alle Jäger leuchtend bunte Westen tragen?

Befand sich der Killer hier draußen?

Smith bemerkte eine Bewegung hinter der Gruppe der Jäger. Er griff nach dem Fernglas und hatte die beiden vom Vorabend im Visier. Sie rannten etwa fünfzig Meter hinter den anderen über den gewundenen Pfad.

Offensichtlich hatte seine List nur teilweise funktioniert.

Er konnte sich vorstellen, was nach Scofields Tod geschehen würde. Man würde zunächst von einem Jagdunfall ausgehen, auch wenn die beiden Unerschrockenen, die der Gruppe immer näher kamen, sofort von Mord sprechen würden. Es würde eine Untersuchung des örtlichen Sheriffs und der Behörde für Naturparks geben. Die Beamten würden messen, fotografieren und Einschusswinkel und Flugbahn des Geschosses bestimmen. Wenn man erst einmal merkte, dass die Kugel von oben gekommen war, würde man die Bäume untersuchen. Aber zum Teufel, ringsum gab es Zehntausende von Bäumen.

Bei welchen würden sie suchen?

Scofield befand sich fünfhundert Meter entfernt, und seine beiden Retter näherten sich. Gleich würden sie die Biegung des Pfades umrunden und den Gesuchten erblicken.

Smith schaute wieder durchs Zielfernrohr.

Unfälle gab es ständig. Jäger verwechselten einander mit Beute.

Jetzt war Scofield noch vierhundert Meter entfernt.

Selbst wenn sie leuchtend orangerote Westen tragen.

Das Zielobjekt befand sich im Fadenkreuz seines Gewehrs.

Er musste Scofield in die Brust treffen. Aber wenn er auf den Kopf zielte, wäre ein zweiter Schuss überflüssig.

Noch dreihundert Meter.

Dass Smith' beide Verfolger hier waren, stellte ein Problem

dar, aber Ramsey erwartete, dass Dr. Douglas Scofield heute starb.

Er betätigte den Abzug.

Der Gewehrschuss hallte über das Tal, und Scofields Kopf zerbarst.

Smith hatte das Risiko eben eingehen müssen.

TEIL FÜNF

74

Ossau, Frankreich
13.20 Uhr

Malone hatte genug von Christls Übersetzung gelesen, um sich klar zu sein, dass er in die Antarktis reisen musste. Wenn er dazu vier Passagiere mitnehmen musste, sei's drum. Einhard hatte offensichtlich etwas Außergewöhnliches erfahren, etwas, das auch Hermann Oberhauser in seinen Bann gezogen hatte. Unglückseligerweise hatte der alte Deutsche das ihm bevorstehende Verhängnis gespürt und das Buch dorthin zurückgebracht, wo es zwölfhundert Jahre lang sicher geruht hatte, in der Hoffnung, dass sein Sohn es zum zweiten Mal finden würde. Doch Dietz hatte versagt und die Mannschaft der NR-1A mit sich ins Verderben gerissen. Sollte es überhaupt eine Chance geben, das gesunkene U-Boot zu finden, so musste Malone sie ergreifen.

Sie hatten mit Isabel gesprochen und ihr erzählt, was sie gefunden hatten.

Christl vollendete die Übersetzung und ging noch einmal über den Text, um sicherzustellen, dass die Informationen korrekt waren.

Also trat er aus dem Gasthaus in einen kalten Nachmittag hinaus und spazierte zu Ossaus zentralem Marktplatz. Jeder Schritt knirschte wie Styropor auf dem frischen Schnee. Er hatte sein Handy mitgenommen und wählte im Gehen Stephanies Nummer. Sie nahm beim vierten Läuten ab und sagte: »Ich habe darauf gewartet, von dir zu hören.«

»Das klingt nicht gut.«

»Wenn einen jemand an der Nase herumführt, ist das nie gut.« Er hörte zu, während sie ihm von den letzten zwölf Stunden und dem erzählte, was auf dem Biltmore Estate vorgefallen war. »Ich habe gesehen, wie dem Mann der Schädel weggeschossen wurde.«

»Ihr habt versucht, ihn an dem Ausflug zu hindern, aber er wollte nicht auf euch hören. Gibt es keine Spur des Schützen?«

»Es lag eine Menge Wald zwischen uns und ihm. Unmöglich, ihn zu finden. Er hat die Stelle gut gewählt.«

Malone verstand ihre Frustration, bemerkte aber: »Du hast noch immer eine Spur, die zu Ramsey führt.«

»Ich würde eher sagen, er hat uns.«

»Aber du kennst die Verbindung. Er muss irgendwann einen Fehler machen. Und wie du ja sagtest, weißt du von Daniels, dass McCoy nach Fort Lee gefahren ist und dass Ramsey gestern dort vorbeigeschaut hat. Denk nach, Stephanie. Der Präsident hat dir das nicht einfach nur so erzählt.«

»Das habe ich mir auch gedacht.«

»Ich denke, du weißt, was du als Nächstes zu tun hast.«

»Das kotzt mich an, Cotton. Scofield ist tot, weil ich nicht nachgedacht habe.«

»Keiner behauptet, dass das fair ist. Die Regeln sind hart und die Konsequenzen noch härter. Es ist so, wie du es mir immer gesagt hast. Tu deine Arbeit und mach dir nichts draus, aber vermassele es nicht noch einmal.«

»Der Schüler belehrt die Lehrerin?«

»Etwas in der Art. Und jetzt musst du mir einen Gefallen tun. Einen großen.«

Stephanie rief das Weiße Haus an. Geduldig hatte sie sich Malones Bitte angehört und ihn aufgefordert, ihren Rückruf zu erwarten. Sie gab ihm recht. Die Sache musste erledigt werden. Sie pflichtete ihm ebenfalls bei, dass Danny Daniels irgendetwas ausheckte.

Sie hatte den Stabschef im Weißen Haus auf einem privaten Anschluss direkt angewählt. Als er abnahm, erklärte sie ihm, was sie brauchte. Gleich darauf war der Präsident am Apparat und fragte: »Scofield ist tot?«

»Und es ist unsere Schuld.«

»Wie geht es Edwin?«

»Er ist fuchsteufelswild. Was treiben Sie und Diane McCoy eigentlich so?«

»Nicht schlecht. Ich dachte, das hätte ich gut versteckt.«

»Nein, Cotton Malone gebührt die Ehre. Ich war nur klug genug, auf ihn zu hören.«

»Das ist kompliziert, Stephanie. Aber lassen Sie uns einfach sagen, dass ich weniger Zutrauen zu Edwins Vorgehen hatte, als mir lieb war, und da hatte ich anscheinend recht.«

Sie konnte ihm nicht widersprechen. »Cotton bittet um einen Gefallen, der mit dieser Sache hier zu tun hat.«

»Schießen Sie los.«

»Er hat Ramsey, die NR-1A, die Antarktis und das Lagerhaus in Fort Lee miteinander in Beziehung gebracht. Diese Steine mit eingemeißelter Schrift – er hat eine Möglichkeit gefunden, sie zu lesen.«

»Auf so etwas hatte ich gehofft«, sagte Daniels.

»Er mailt mir ein Übersetzungsprogramm. Vermutlich ist das der Grund, aus dem die NR-1A 1971 in die Antarktis aufgebrochen ist – um mehr über diese Steine zu erfahren. Jetzt muss Malone in die Antarktis fliegen. Zur Halvorsen-Forschungsstation. Und zwar sofort. Mit vier Passagieren.«

»Zivilisten?«

»Leider ja. Aber sie sind Teil des Deals. Sie verfügen über die Standortangabe. Nimmt er sie nicht mit, bekommt er diese Angabe nicht. Er braucht Transport in der Luft und zu Land und die entsprechende Ausrüstung. Seiner Meinung nach dürfte es ihm gelingen, das Geheimnis um die NR-1A zu lüften.«

»Das sind wir ihm schuldig. Einverstanden.«

»Zurück zu meiner Frage, was treiben Sie und Diane McCoy eigentlich?«

»Tut mir leid. Privileg des Präsidenten. Aber ich muss wissen, ob Sie nach Fort Lee fahren.«

»Können wir diesen Privatjet verwenden, mit dem der Geheimdienst gekommen ist?«

Daniels kicherte. »Er gehört für heute Ihnen.«

»Okay, dann fliegen wir hin.«

Malone saß auf einer eiskalten Bank und betrachtete die vorbeigehenden Menschengruppen. Alle lachten und waren voller Festtagsfreude. Was erwartete ihn in der Antarktis? Unmöglich zu sagen. Aber aus irgendeinem Grund fürchtete er es.

Er saß allein da, und seine Gefühle waren so eisig kalt wie die Luft um ihn herum. Er konnte sich kaum an seinen Vater erinnern, aber seit dem Alter von zehn Jahren hatte es keinen Tag gegeben, an dem er nicht an diesen Mann gedacht hatte. Als er in die Navy eingetreten war, hatte er viele ehemalige Kameraden seines Vaters getroffen und bald erfahren, dass Forrest Malone ein sehr geachteter Offizier gewesen war. Malone hatte nie den Druck verspürt, diesem Vorbild zu genügen – vielleicht, weil er den Maßstab nie kennengelernt hatte –, aber man hatte ihm gesagt, dass er seinem Vater sehr ähnele. Wie dieser sei er direkt, entschlossen und loyal. Er hatte das immer als Kompliment betrachtet, aber verdammt noch mal, er hätte den Mann gerne selbst gekannt.

Unglückseligerweise war der Tod dazwischengekommen.

Und er war noch immer wütend auf die Navy, weil sie ihn belogen hatte.

Stephanie und der Bericht der Untersuchungskommission hatten die Gründe für diese Täuschung zum Teil erklärt. Die

Geheimhaltung um die NR-1A, der Kalte Krieg, die Einzigartigkeit der Mission und die Tatsache, dass die Mannschaft zugestimmt hatte, dass sie im Notfall nicht gerettet würde. Aber nichts davon war zufriedenstellend. Sein Vater war bei einem tollkühnen Unternehmen auf der Suche nach Unsinn gestorben. Und doch hatte die US-Navy die unsinnige Fahrt und eine unverschämte Vertuschung gutgeheißen.

Warum?

Das Handy in seiner Hand vibrierte.

»Der Präsident hat allem zugestimmt«, sagte Stephanie, als er abnahm. »Normalerweise gibt es eine Menge Vorbereitungen und Vorschriften, bevor jemand in die Antarktis reist – Training, Impfungen und medizinische Untersuchungen –, aber der Präsident hat angeordnet, dass davon abgesehen wird. Ein Hubschrauber ist schon auf dem Weg zu euch. Der Präsident wünscht euch viel Glück.«

»Ich maile dir das Übersetzungsprogramm.«

»Cotton, was hoffst du dort zu finden?«

Mit einem tiefen Atemzug beruhigte er seine angegriffenen Nerven. »Ich bin mir nicht sicher. Aber ich bin hier nicht der Einzige, der diese Reise unternehmen muss.«

»Manchmal sollte man keine Gespenster wecken.«

»Wenn ich mich recht erinnere, hast du das vor ein paar Jahren, als es deine Gespenster waren, nicht geglaubt.«

»Das, was du vorhast. Es ist in mehr als einer Hinsicht gefährlich.«

Sein Gesicht war nach unten zum Schnee gewandt, und er hatte das Handy ans Ohr gepresst. »Ich weiß.«

»Pass auf dich auf, Cotton.«

»Du auch.«

75

Fort Lee, Virginia
14.40 Uhr

Stephanie fuhr einen Mietwagen, den sie am Flughafen von Richmond geliehen hatte, wo der Geheimdienst nach dem kurzen Flug von Asheville eben gelandet war. Davis saß neben ihr, noch immer äußerlich und innerlich angeschlagen. Er war zwei Mal hereingelegt worden. Einmal vor Jahren von Ramsey, als es um Millicent ging, und zum zweiten Mal gestern von dem Killer, der Douglas Scofield so geschickt ermordete. Die örtliche Polizei hatte nur auf Stephanies und Edwins Information hin eine Morduntersuchung eingeleitet, obwohl keine Spur eines Attentäters gefunden worden war. Beiden war klar, dass der Killer längst verschwunden war und sie jetzt die Aufgabe hatten, seinen Aufenthaltsort herauszufinden. Aber erst mussten sie einmal selbst sehen, worum es bei dem ganzen Theater ging.

»Wie willst du in dieses Lagerhaus hineinkommen?«, fragte sie Davis. »Diane McCoy ist es nicht gelungen.«

»Ich glaube nicht, dass das ein Problem sein wird.«

Sie wusste, was oder genauer gesagt wen er damit meinte.

Sie näherte sich dem Haupttor des Stützpunkts und hielt vor dem Kontrollpunkt. Dem uniformierten Wächter zeigte sie ihre Dienstausweise und sagte: »Wir haben etwas mit dem Stützpunktkommandanten zu besprechen. Vertraulich.«

Der Corporal ging in sein Wachhaus und kam rasch mit einem Umschlag zurück. »Das ist für Sie, Ma'am.«

Sie nahm das Päckchen entgegen, und er winkte sie durch. Sie reichte den Umschlag Davis und fuhr weiter, während er ihn aufmachte.

»Eine Nachricht«, sagte er. »Da steht, wie wir fahren sollen.«

Davis dirigierte, und sie fuhr durch den Stützpunkt, bis sie auf ein Gelände mit Lagerhäusern aus Stahlblech kamen, die nebeneinanderlagen wie halbe Brotlaibe.

»Es ist Nummer 12E«, sagte Davis.

Sie erblickte einen Mann, der sie vor dem Lagerhaus erwartete. Er war dunkelhäutig, hatte pechschwarzes, kurz geschnittenes Haar, und seine Gesichtszüge waren eher arabisch als europäisch. Sie parkte und beide stiegen aus.

»Willkommen in Fort Lee«, sagte der Mann. »Ich bin Colonel William Gross.«

Er trug Jeans, Stiefel und ein Holzfällerhemd.

»Nicht gerade in Uniform«, bemerkte Davis.

»Ich war heute auf der Jagd. Ich wurde zurückbeordert und erhielt den Auftrag, so zu kommen, wie ich bin, und diskret zu sein. Sie wollen also einen Blick dort hineinwerfen.«

»Und wer hat Ihnen das gesagt?«, fragte Stephanie.

»Tatsächlich der Präsident der Vereinigten Staaten. Ich kann nicht behaupten, dass so jemand mich schon einmal angerufen hat, aber heute ist es passiert.«

Ramsey blickte über den Konferenztisch auf die Reporterin der *Washington Post*. Dies war das neunte Interview des Tages, aber das erste, das er von Angesicht zu Angesicht gab. Die anderen waren telefonisch geführt worden, was für die Presse mit ihren knappen Abgabeterminen zur Standardprozedur geworden war. Daniels hatte Wort gehalten und die Ernennung vor vier Stunden bekannt gegeben.

»Sie müssen begeistert sein«, sagte die Frau. Sie berichtete schon seit einigen Jahren über das Militär und hatte ihn auch schon früher interviewt. Besonders helle war sie nicht, aber sie hielt sich eindeutig dafür.

»Es ist eine gute Position, um meine Karriere bei der Navy zu beenden.« Er lachte. »Sehen wir den Tatsachen ins Gesicht, das war immer die letzte Karrierestufe für den Ernannten. Viel höher kann man nicht kommen.«

»Doch, ins Weiße Haus.«

Er fragte sich, ob sie etwas wusste oder ob sie ihn einfach nur köderte. Gewiss Letzteres. Also beschloss er, sich ein bisschen darüber lustig zu machen. »Na klar, ich könnte in Pension gehen und mich dann als Präsidentschaftskandidat aufstellen lassen. Ein toller Plan.«

Sie lächelte. »Zwölf Angehörige des Militärs haben es so weit gebracht.«

Er hob ergeben die Hand. »Ich versichere Ihnen, dass ich keine derartigen Pläne habe. Überhaupt keine.«

»Mehrere Leute, mit denen ich heute gesprochen habe, haben angemerkt, dass Sie ein ausgezeichneter politischer Kandidat wären. Ihre Karriere war beispielhaft. Nicht der kleinste Skandal. Ihre politische Einstellung ist unbekannt, was heißt, dass Sie sie ganz nach Gusto zurechtmodeln können. Sie gehören keiner Partei an, so dass Sie die Wahl haben. Und das amerikanische Volk liebt immer einen Mann in Uniform.«

Genau das hatte er sich selbst auch überlegt. Er war fest überzeugt, eine Meinungsumfrage würde ergeben, dass er sowohl als Mensch als auch als potentieller Staatsführer beliebt war. Sein Name war zwar nicht besonders bekannt, aber seine Karriere sprach für sich. Er hatte sein Leben dem Militärdienst gewidmet, war auf der ganzen Welt im Einsatz gewesen und hatte an jedem denkbaren Unruheherd gedient. Dreiundzwanzig Mal war er ausgezeichnet worden. Seine politischen Freunde waren zahlreich. Manche Freundschaften hatte er persönlich kultiviert, wie die mit dem Winterfalken Dyals und mit Senator Kane, aber andere Politiker neigten ihm einfach deshalb zu, weil er ein hochrangiger Offizier in einer wichtigen Position war, der ihnen vielleicht einmal helfen konnte, wenn sie es brauchten.

»Ich sage Ihnen was. Diese Ehre überlasse ich einem anderen

Militärangehörigen. Ich freue mich einfach nur darauf, im Vereinigten Generalstab zu dienen. Das wird eine fantastische Herausforderung.«

»Ich habe gehört, dass Aatos Kane hinter Ihnen steht. Ist da etwas dran?«

Diese Frau war weit besser informiert, als er angenommen hatte. »Wenn der Senator sich für mich ausgesprochen hat, bin ich ihm dankbar. Wenn die Bestätigung noch aussteht, ist es immer gut, Freunde im Senat zu haben.«

»Sie denken, dass die Bestätigung ein Problem sein wird?«

Er zuckte die Schultern. »Ich maße mir nichts an. Ich hoffe einfach nur, dass der Senat mich für würdig hält. Andernfalls beende ich gerne meine Karriere in meiner jetzigen Position.«

»Sie klingen so, als wäre es Ihnen gleichgültig, ob Sie den Posten bekommen oder nicht.«

Ein Ratschlag, den schon mancher Kandidat in den Wind geschlagen hatte, war einfach und klar. Nie darf man so wirken, als wollte man einen Posten unbedingt haben oder als meinte man, ein Recht darauf zu besitzen.

»Das habe ich nicht gesagt, und das wissen Sie auch. Wo liegt hier das Problem? Es gibt keine Story außer der Ernennung selbst, also versuchen Sie, eine zu produzieren?«

Sie schien seinen Tadel nicht gut aufzunehmen, wie leicht der auch gewesen war. »Sehen wir den Tatsachen ins Gesicht, Admiral. Sie waren nicht der Mann, mit dessen Ernennung die meisten Leute gerechnet hätten. Rose im Pentagon, Blackwood in der NATO – diese beiden boten sich von selbst an. Aber Ramsey? Sie sind aus dem Nichts gekommen. Das fasziniert mich.«

»Vielleicht waren die beiden Genannten nicht an der Position interessiert?«

»O doch, das habe ich überprüft. Aber das Weiße Haus ist direkt auf Sie zugekommen, und meinen Quellen zufolge haben Sie das Aatos Kane zu verdanken.«

»Diese Frage müssen Sie Kane stellen.«

»Das habe ich auch. Sein Büro sagte mir, man werde auf mich zurückkommen und einen Kommentar abgeben. Das ist jetzt drei Stunden her.«

Es wurde Zeit, sie zu beschwichtigen. »Hier gibt es keine finsteren Machenschaften. Zumindest nicht von meiner Seite. Hier ist einfach nur ein alter Navy-Offizier, der sich freut, noch ein paar Jahre dienen zu können.«

Stephanie folgte Colonel Gross ins Lagerhaus. Er hatte sich mittels eines Zahlencodes und biometrischer Fingerabdruckerkennung Zugang verschafft.

»Ich überwache persönlich die Instandhaltung aller Lagerhäuser«, sagte Gross. »Wenn ich hierherkomme, erregt das keinen Verdacht.«

Und genau das war der Grund, warum Daniels sich seiner Hilfe versichert hatte, dachte Stephanie.

»Sie verstehen, dass dieser Besuch streng geheim ist?«, fragte Davis.

»Das hat mir der Stützpunktkommandant bereits erklärt und ebenso der Präsident.«

Sie traten in einen kleinen Vorraum. Der Rest der schwach erleuchteten Lagerhalle war durch eine Fensterscheibe zu sehen, hinter der sich Reihe um Reihe von Stahlregalen durch den Raum zogen.

»Ich soll Ihnen die Hintergrundinformationen geben«, sagte Gross. »Dieses Gebäude wird seit Oktober 1971 von der Navy gepachtet.«

»Also seit einem Zeitpunkt noch vor der Fahrt der NR-1A«, sagte Davis.

»Davon weiß ich nichts«, stellte Gross klar. »Aber ich weiß, dass die Navy dieses Gebäude seit damals instand hält. Es ist mit einer separaten Kühlkammer ausgestattet ...« Er zeigte durchs Fenster. »Sie liegt hinter der letzten Regalreihe und ist immer noch in Betrieb.«

»Was befindet sich dort drin?«

Er zögerte. »Ich denke, das sollten Sie sich selbst ansehen.«

»Ist das der Grund, aus dem wir hier sind?«

Er zuckte die Schultern. »Keine Ahnung. Aber Fort Lee hat dafür gesorgt, dass dieses Lagerhaus während der letzten achtunddreißig Jahre immer im Topzustand war. Ich mache diesen Job jetzt seit sechs Jahren. Niemand außer Admiral Ramsey betritt dieses Gebäude, ohne dass ich dabei bin. Ich bleibe immer dabei, wenn Reinigungspersonal oder Handwerker kommen. So haben es auch meine Vorgänger gehalten. Zahlenschlösser und Fingerabdruckerkennung wurden vor fünf Jahren installiert. Per Computer werden alle Eintretenden aufgezeichnet, und die Daten werden täglich dem Navy-Geheimdienst übermittelt, dem das gepachtete Lagerhaus direkt untersteht. Was hier zu sehen ist, ist streng geheim, und das Personal versteht sehr gut, was das bedeutet.«

»Wie oft war Ramsey hier zu Besuch?«, fragte Davis.

»In den vergangenen fünf Jahren nur einmal – das zeigt die Computeraufzeichnung. Und zwar vor zwei Tagen. Er hat auch die Kühlkammer betreten. Die hat ein Schloss, das vom Computer separat überwacht wird.«

Stephanie hatte es eilig. »Führen Sie uns hin.«

Ramsey geleitete die Reporterin der *Post* aus seinem Büro. Hovey hatte ihn bereits über drei weitere Interviews informiert. Zwei fürs Fernsehen und eins fürs Radio. Sie würden unten in einem Besprechungszimmer stattfinden, wo die Kamerateams schon alles aufbauten. Die Sache machte ihm allmählich Spaß. Das war doch etwas ganz anderes als das Leben im Schatten. Er würde ein großartiges Mitglied des Vereinigten Generalstabs werden und, falls alles nach Plan verlief, ein sogar noch besserer Vizepräsident.

Er hatte nie begriffen, warum der Inhaber des zweithöchsten Staatsamtes nicht aktiver sein konnte. Dick Cheney hatte gezeigt, welche Möglichkeiten in dem Amt schlummerten. Er hatte die Politik im Stillen geformt, ohne die Aufmerksamkeit zu erhalten, die der Präsident ständig auf sich zog. Als Vizepräsident konnte er nach Belieben entscheiden, wann er sich in was involvierte. Und genauso schnell konnte er sich aus einer Sache zurückziehen, denn – wie John Nance Garner, Franklin D. Roosevelts erster Vizepräsident, ganz richtig angemerkt hatte – die meisten Bürger waren der Meinung, das Amt sei keinen Pfifferling wert.

Er lächelte.

Vizepräsident Langford Ramsey.

Das gefiel ihm.

Sein Handy riss ihn mit einem kaum hörbaren Klingeln aus seinen Gedanken. Er nahm es vom Tisch und sah auf die Anzeige. Diane McCoy.

»Ich muss mit Ihnen sprechen«, sagte sie.

»Das glaube ich kaum.«

»Keine Ausflüchte, Langford. Schlagen Sie einen Treffpunkt vor.«

»Ich habe keine Zeit.«

»Sie werden kommen, oder es wird keine Ernennung geben.«

»Warum bestehen Sie darauf, mir zu drohen?«

»Dann werde ich in Ihr Büro kommen. Dort fühlen Sie sich doch gewiss sicher.«

Das stimmte zwar, aber er war trotzdem erstaunt. »Worum geht es denn?«

»Um einen Mann namens Charles C. Smith jr. Das ist zwar nur ein Deckname, aber so wird der Mann von Ihnen genannt.«

Er hatte bisher noch nie gehört, dass jemand diesen Namen aussprach. Hovey erledigte alle Zahlungen, doch die wurden unter Ausnutzung eines Vorrechts der Geheimdienste auf ein Konto anderen Namens bei einer ausländischen Bank geleistet.

Und doch wusste Diane McCoy Bescheid.

Er sah auf die Uhr auf seinem Schreibtisch.

»Okay, kommen Sie vorbei.«

76

Malone setzte sich in die LC-130. Gerade hatten sie einen zehnstündigen Flug von Frankreich nach Cape Town, Südafrika, hinter sich gebracht. Ein französischer Militärhubschrauber hatte sie von Ossau nach Cazau, Teste-de-Buch gebracht, den nächstgelegenen, etwa zweihundert Kilometer entfernten französischen Militärstützpunkt. Von dort hatten sie mit einer C-21A, der militärischen Version eines Learjets, fast mit Schallgeschwindigkeit das Mittelmeer und den afrikanischen Kontinent überquert. Nur zwei Mal waren sie kurz zum Tanken gelandet.

In Cape Town wurden sie schon mit dröhnenden Triebwerken von einer voll betankten LC-130 *Hercules* erwartet. Zwei Mannschaften einer Einheit der New York Air National Guard hielten sich für sie flugbereit. Malone begriff, dass der Flug mit dem Learjet ihnen luxuriös vorkommen würde im Vergleich zu dem, was ihn und seine Begleiter nun auf dem 4300 Kilometer langen Trip nach Süden in die Antarktis erwartete. Sie würden den sturmumtosten Ozean überfliegen und die letzten tausend Kilometer fest gepacktes Eis unter sich haben.

Wahrhaftig ein Niemandsland.

An Bord waren sie von ihrer Ausrüstung erwartet worden. Malone kannte den Schlüsselbegriff. *Stofflagen.* Und er kannte das Ziel. Feuchtigkeit vom Körper wegschaffen, ohne dass sie gefriert. Zuunterst trugen sie Hemden und Hosen von Under Armour, aus feuchtigkeitstransportierendem Material, damit die Haut trocken blieb. Darüber kam ein wollener Ganzkörperanzug, atmungsaktiv und ebenfalls feuchtigkeitstransportierend, und dann ein Nylon-Zweiteiler mit Fleece-Rücken. Zuletzt zogen sie einen fleecegefütterten Parka aus Goretex und windstoppende Polarhosen an. Da die Sachen von der US-Armee kamen, hatten sie alle ein Tarnmuster. Goretex-Handschuhe und Stiefel schützten zusammen mit zwei Socken pro Fuß die Extremitäten. Schon vor Stunden hatte er die Maße durchgegeben und merkte jetzt, dass die Stiefel eine halbe Nummer größer als das vorgegebene Maß waren, damit die dicken Socken noch hineinpassten. Eine schwarze, wollene Sturmhaube bedeckte Gesicht und Hals und hatte nur Öffnungen für die Augen, die durch getönte Gläser geschützt sein würden. Er kam sich vor wie in einem Raumanzug, und so viel anders war es auch gar nicht. Er hatte Geschichten darüber gehört, dass die antarktische Kälte sogar dazu führen konnte, dass Zahnfüllungen sich zusammenzogen und herausfielen.

Jeder von ihnen hatte einen Rucksack mit ein paar persönlichen Gegenständen mitgebracht. Doch für die Kälte besser geeignete, dickere, besser isolierte Rucksäcke waren ihnen gestellt worden.

Die *Hercules* rollte zur Startbahn.

Er wandte sich den anderen zu, die ihm gegenüber auf Segeltuchsitzen mit Stofflehnen saßen. Keiner hatte bisher die wollene Sturmhaube aufgesetzt, und so waren die Gesichter noch unbedeckt. »Sind alle okay?«

Christl, die neben ihm saß, nickte.

Er bemerkte, dass alle sich in ihrer dicken Kleidung unbehaglich zu fühlen schienen. »Ich versichere Ihnen, auf diesem Flug wird es nicht warm sein, und diese Kleider werden Ihre besten Freunde werden.«

»Die sind vielleicht etwas übertrieben«, meinte Werner.

»Das hier ist der einfache Teil«, stellte Malone klar. »Aber wenn Sie das Klima unerträglich finden, können Sie jederzeit in der Forschungsstation bleiben. In den Antarktisstationen ist es bequem.«

»So etwas habe ich noch nie gemacht«, sagte Dorothea. »Das ist ein ziemliches Abenteuer für mich.«

Es dürfte das Abenteuer ihres Lebens sein. Schließlich war die Antarktisküste vermeintlich zum ersten Mal 1820 von Menschen betreten worden, und auch heute kamen nur sehr wenige Personen dorthin. Malone wusste, dass es einen von fünfundzwanzig Nationen unterzeichneten Vertrag gab, demzufolge der ganze Kontinent ein Ort des Friedens war. Der Vertrag verlangte den freien Austausch von wissenschaftlichen Informationen, unterband neue Gebietsansprüche und verbot militärische Aktivitäten sowie auch den Abbau von Bodenschätzen, wenn nicht alle Unterzeichnerstaaten zustimmten. Es ging um vierzehn Millionen Quadratkilometer, etwa die Größe der Vereinigten Staaten und Mexikos zusammengenommen, die zu achtzig Prozent unter einer kilometerdicken Eisschicht lagen – siebzig Prozent des Süßwassers der Erde –, was die daraus entstandene Eishochebene zu einer der höchsten der Erde machte. Durchschnittlich lag sie zweitausendvierhundert Meter über dem Meeresspiegel.

Nur an den Rändern existierte Leben, da der Kontinent pro Jahr weniger als fünf Zentimeter Regen empfing. Es war dort trocken wie in einer Wüste. Die weiße Oberfläche absorbierte weder Licht noch Wärme, sondern warf alle Strahlung zurück, so dass die Durchschnittstemperatur unter minus fünfzig Grad Celsius lag.

Die politische Situation war ihm von seinen zwei vorangegangenen Besuchen vertraut, die er in seiner Agentenzeit beim *Magellan Billet* gemacht hatte. Derzeit wurden acht Territorien, die durch am Südpol zusammenlaufende Längengrade definiert waren, von sieben Nationen – Argentinien, Großbritannien, Norwegen, Chile, Australien, Frankreich und Neuseeland – beansprucht. Sie flogen zu dem von Norwegen beanspruchten Gebiet namens Königin-Maud-Land, das von 44°38' Ost bis zu 20° West reichte. Im Westen war ein beträchtlicher

Teil dieses Gebietes – von 20° Ost bis 10° West – 1938 von Deutschland als Neuschwabenland beansprucht worden. Der Krieg hatte diesem Anspruch zwar ein Ende bereitet, doch die Region blieb eine der am wenigsten bekannten des Kontinents. Ihr Ziel war die Forschungsstation Halvorsen, die von Australien im norwegischen Teil betrieben wurde und die an der Nordküste lag, gegenüber der Südspitze Afrikas.

Man hatte ihnen Schaumstoff-Ohrstöpsel gegeben – und, wie er merkte, hatten alle sie verwendet –, doch der Lärm war immer noch beträchtlich. Der durchdringende Geruch von Flugbenzin lag in der Luft, jedoch wusste er von früheren Flügen, dass er den Geruch bald nicht mehr wahrnehmen würde. Sie saßen vorn, in der Nähe des Cockpits, zu dem eine fünfsprossige Leiter hinaufführte. Für den langen Flug waren ihnen zwei Mannschaften gestellt worden. Malone hatte einmal bei einer Landung im Antarktisschnee selbst im Cockpit gesessen. Das war wirklich ein Erlebnis gewesen. Jetzt war er also wieder hier.

Ulrich Henn hatte auf dem Flug von Frankreich kein Wort gesagt und saß jetzt gleichmütig auf seinem Platz neben Werner Lindauer. Malone wusste, dass dieser Mann Ärger bedeutete, konnte aber nicht entscheiden, ob er selbst oder einer der anderen im Mittelpunkt von Henns Interesse stand. Egal. Henn besaß die Information, die sie brauchten, wenn sie gelandet waren, und abgemacht war abgemacht.

Christl tätschelte seinen Arm und sagte lautlos: *Danke.*

Er bedankte sich mit einem Nicken.

Die Turboprops der *Hercules* liefen auf Hochtouren, und das Flugzeug beschleunigte. Sie rollten immer schneller über die Startbahn, bis sie abhoben und über dem offenen Ozean nach oben stiegen.

Es war beinahe Mitternacht.

Und sie wussten nicht, was sie erwartete.

77

Fort Lee, Virginia

Stephanie verfolgte, wie Colonel Gross das elektronische Schloss öffnete und die Stahltür der Kühlkammer aufmachte. Kalte Luft strömte in einem eisigen Nebel nach draußen. Gross wartete ein paar Sekunden, bis die Luft klar geworden war, und winkte sie dann hinein.

»Nach Ihnen.«

Stephanie trat als Erste ein. Davis folgte ihr. Die Kammer maß etwa drei auf drei Meter. Zwei der Wände waren aus nacktem Metall, die dritte war vom Boden bis zur Decke mit einem Regal vollgestellt, auf dem Bücher standen. Fünf Reihen. Eine über der anderen. Sie schätzte die Zahl der Bücher auf etwa zweihundert.

»Sie stehen seit 1971 hier«, sagte Gross. »Wo sie vorher aufbewahrt wurden, weiß ich nicht. Aber es muss kalt gewesen sein, denn wie Sie sehen, sind sie in bestem Zustand.«

»Woher stammen sie?«, fragte Davis.

Gross zuckte die Achseln. »Ich weiß es nicht. Aber die Steine draußen wurden alle während der Operation *Highjump* 1947 und der Operation *Windmill* 1948 geborgen. Man kann also gefahrlos annehmen, dass die Bücher ebenfalls von dort kommen.«

Sie trat zu dem Regal und betrachtete die Bände. Sie waren klein, vielleicht fünfzehn auf zwanzig Zentimeter, hatten Buchdeckel aus Holz und waren mit Schnüren straff gebunden. Die Seiten waren dick und grob.

»Kann ich mir eines davon näher ansehen?«, fragte sie Gross.

»Ich habe den Auftrag, Sie tun zu lassen, was Sie wollen.«

Vorsichtig zog sie ein tiefgekühltes Buch heraus. Gross hatte recht. Es war perfekt erhalten. Ein Thermometer bei der Tür zeigte eine Temperatur von minus zwölf Grad Celsius. Sie hatte einmal einen Bericht über die beiden Expeditionen von Amundsen und Scott zum Südpol gelesen – Jahrzehnte später, als man ihre Essensvorräte fand, waren Käse und Gemüse noch immer genießbar gewesen. Die Kekse waren knusprig geblieben. Salz, Senf und Gewürze waren unverdorben. Selbst die Seiten von Zeitschriften sahen aus wie am Tag ihrer Drucklegung. Die Antarktis war ein natürlicher Gefrierschrank. Es gab keine Fäulnis, keinen Rost, keine Fermentation, keinen Schimmel und keine Krankheitserreger. Keine Feuchtigkeit, keinen Staub und keine Insekten. Nichts, was Organisches hätte zersetzen können.

Wie etwa Bücher mit hölzernen Buchdeckeln.

»Ich habe einmal über einen Vorschlag gelesen«, erzählte Davis. »Jemand hat die Antarktis als den perfekten Lagerraum für eine Weltbibliothek vorgeschlagen. Bei dem Klima würde jede einzelne Seite erhalten bleiben. Die Idee ist mir damals lächerlich vorgekommen.«

»Vielleicht war sie gar nicht so dumm.«

Sie legte das Buch wieder ins Regal zurück. In den blass beigefarbenen Buchdeckel war ein unbekanntes Symbol eingraviert.

Aufmerksam betrachtete sie die steifen Seiten, die von oben bis unten beschriftet waren. In einer schnörkelreichen Schrift voller Kringel und Schleifen. Es war eine eigenartige Kursivschrift – eng und gedrungen. Es gab auch Zeichnungen. Pflanzen, Menschen und Gerätschaften. Alle anderen Bände waren genauso – alle waren mit klarer, brauner Tinte beschriftet, und nirgends war ein Klecks zu sehen.

Bevor Gross die Kühlkammer geöffnet hatte, hatte er ihnen die Regale im Lagerhaus gezeigt, in denen zahlreiche Steinfragmente mit ähnlichen eingemeißelten Schriftzügen standen.

»Ob das eine Art Bibliothek ist?«, fragte Davis Stephanie.

Sie zuckte die Schultern.

»Ma'am«, sagte Gross.

Sie drehte sich um. Der Colonel griff zum obersten Regalfach hinauf und holte ein ledergebundenes Buch herunter, das von einem Stoffgurt umschlossen war. »Der Präsident hat mir aufgetragen, Ihnen das hier zu geben. Es ist Admiral Byrds privates Tagebuch.«

Sie erinnerte sich sofort, dass Herbert Rowland es erwähnt hatte.

»Seit 1948 hat es den Vermerk ›geheim‹«, sagte Gross. »Hier befindet es sich seit 1971.«

Sie bemerkte mehrere Papierstreifen, die bestimmte Stellen markierten.

»Die relevanten Stellen sind gekennzeichnet.«

»Von wem?«, fragte Davis.

Gross lächelte. »Der Präsident sagte, dass Sie das fragen würden.«

»Und wie lautet die Antwort?«

»Ich habe dieses Buch ins Weiße Haus gebracht und dort gewartet, während der Präsident es gelesen hat. Er hat mich gebeten, Ihnen zu sagen, dass er, anders, als Sie und andere Mitarbeiter im Weißen Haus vielleicht denken, durchaus lesen gelernt hat.«

Ins Trockental zu Spot 1345 zurückgekehrt. Lager aufgeschlagen. Wetter klar. Himmel wolkenlos. Wenig Wind. Ehe-
maliges deutsches Lager gefunden. Versorgungsgüter, Nah-
rungsmittelvorräte, Ausrüstung, alles weist auf Expedition von
1938 hin. Damals errichtete Holzhütte steht noch. Sparsam
eingerichtet mit Tisch, Stühlen, Herd und Funkgerät. Nichts
Bedeutsames. Vierzehn Meilen weiter ostwärts, bei Spot 1356,
wieder auf ein Trockental gestoßen. Am Bergfuß behauene
Steine gefunden. Die meisten zu groß für den Transport, daher
haben wir kleine gesammelt. Helikopter angefordert. Habe die
Steine untersucht und Abschrift gemacht.

Oberhauser berichtete 1938 von ähnlichen Funden. Die Steine
stellen Bestätigung der Kriegsarchive dar. Die Deutschen waren
eindeutig hier. Die physischen Beweise sind unbestreitbar.

Bei Spot 1578 Felsspalte in Berg untersucht, die in einen klei-
nen, aus dem Stein gehauenen Raum führte. An den Wänden
Schrift und Zeichnungen ähnlich Spot 1356. Menschen, Boote,
Tiere, Wagen, die Sonne, Darstellungen von Himmel, Planeten

und Mond. Wände fotografiert. Eine persönliche Feststellung: Oberhauser war 1938 auf der Suche nach verloren gegangenen Ariern hier. Hier hat eindeutig irgendeine Zivilisation existiert. Die Bilder stellen eine hochgewachsene, muskulöse Rasse mit dichtem Haar und europiden Gesichtszügen dar. Die Frauen haben volle Brüste und langes Haar. Ihr Anblick bestürzte mich. Wer waren sie? Bis heute hielt ich Oberhausers Theorien über Arier für lächerlich. Aber jetzt bin ich unsicher.

Bei Spot 1590 eingetroffen. Bekamen eine weitere Kammer gezeigt. Klein. Mehr Schrift an den Wänden. Wenige Bilder. Im Inneren 212 holzgebundene Bücher gefunden, auf Steintischen gestapelt. Objekte fotografiert. In den Büchern steht dieselbe unbekannte Schrift wie auf den Steinen. Wenig Zeit. Operation endet in achtzehn Tagen. Sommer ist fast vorbei. Schiffe müssen ablegen, bevor sich Packeis bildet. Befehl gegeben, Bücher in Kisten zu verpacken und zum Schiff zu schaffen.

Stephanie blickte von Byrds Tagebuch auf. »Das ist doch unglaublich. Schau dir an, was sie gefunden haben – und doch haben sie nichts damit angefangen.«

»Ein Zeichen ihrer Zeit«, bemerkte Davis ruhig. »Sie hatten zu viel damit zu tun, sich über Stalin Sorgen zu machen und sich um ein zerstörtes Europa zu kümmern. Da scherten sie sich nicht um verloren gegangene Zivilisationen und schon gar nicht um eine, die für Deutschland von besonderer Bedeutung sein mochte. Das hat Byrd eindeutig Sorgen bereitet.« Davis sah Gross an. »Es wurden Fotos erwähnt. Können wir die sehen?«

»Das hat der Präsident auch schon versucht. Sie sind verschwunden. Tatsächlich ist alles verschwunden, außer diesem Tagebuch.«

»Und diesen Büchern und Steinen«, fügte Stephanie hinzu.

Davis blätterte das Tagebuch durch und las andere Passagen

laut vor. »Byrd hat viele Stätten aufgesucht. Schade, dass wir keine Karte haben. Die Spots sind nur durch Zahlen gekennzeichnet, nicht durch Koordinaten.«

Stephanie wünschte sich ebenfalls eine Karte, insbesondere Malones wegen. Aber eines war gut. Sie hatten das von Malone erwähnte Übersetzungsprogramm. Auf der Grundlage des Buches, das Hermann Oberhauser in Frankreich gefunden hatte. Sie trat aus der Kühlkammer, griff nach ihrem Handy und rief in Atlanta an. Als ihre Assistentin ihr berichtete, dass eine E-Mail von Malone eingetroffen sei, lächelte sie und legte auf.

»Ich brauche eines dieser Bücher«, sagte sie zu Gross.

»Die müssen tiefgekühlt gelagert werden. So werden sie konserviert.«

»Dann möchte ich hierher zurückkommen. Ich habe ein Notebook, aber ich brauche Internetzugang.«

»Der Präsident sagte, Sie sollen bekommen, was immer Sie wünschen.«

»Haben Sie einen Plan?«, fragte Davis.

»Ich glaube ja.«

78

18.30 Uhr

Ramsey hatte das letzte Interview des Tages beendet und trat wieder in sein Büro. Drinnen saß Diane McCoy; er hatte Hovey gebeten, sie dort warten zu lassen. Er schloss die Tür. »Okay, was ist denn so wichtig?«

Sie war elektronisch durchsucht worden und hatte kein Abhörgerät bei sich. Er wusste, dass sein Büro abhörsicher war, und so setzte er sich gelassen hin.

»Ich will mehr«, erklärte sie ihm.

Sie trug ein kariertes Wolltweedkostüm in beruhigenden Braun- und Kamelhaartönen und darunter einen schwarzen Rollkragenpullover. Ihr Outfit wirkte ein bisschen zu lässig und teuer für eine Angestellte des Weißen Hauses, war aber schick. Ihr Mantel lag über einem der anderen Stühle.

»Mehr wovon?«, fragte Ramsey.

»Da ist also ein Mann, der unter dem Namen Charles C. Smith jr. auftritt. Er arbeitet für Sie, und zwar schon seit langem. Sie bezahlen ihn gut, wobei die Zahlungen an verschiedene falsche Namen und auf verschiedene Nummernkontos gehen. Er ist Ihr Auftragskiller, der Mann, der sich um Admiral Sylvian und viele weitere Menschen gekümmert hat.«

Ramsey war verblüfft, blieb aber gefasst. »Irgendwelche Beweise?«

Sie lachte. »Als wenn ich Ihnen das sagen würde. Es reicht, dass ich Bescheid weiß, das ist das Einzige, was zählt.« Sie lächelte. »Sie könnten durchaus der erste Mensch in der Militärgeschichte der USA sein, der sich bis zur Spitze hinaufgemordet hat. Verdammt, Langford, Sie sind wirklich ein ehrgeiziger Drecksack.«

Er musste Bescheid wissen. »Was wollen Sie?«

»Ihre Ernennung steht bevor. Das ist das, was *Sie* wollten. Ich bin mir zwar sicher, dass das noch nicht alles ist, aber vorläufig reicht es Ihnen. Bisher waren die Reaktionen auf Ihre Ernennung positiv, Sie scheinen sich also auf einem guten Weg zu befinden.«

Er war ganz ihrer Ansicht. Falls es irgendwelche ernsthaften Probleme gab, würden die schnell auftauchen, nachdem die Öffentlichkeit nun wusste, dass er der Kandidat des Präsidenten war. Das war der Zeitpunkt, zu dem die Presse gewöhnlich anonyme Anrufe bekam und die destruktiven Tendenzen einsetzten. Nach acht Stunden war bisher noch alles ruhig, aber McCoy hatte recht. Mit Charlie Smith' Hilfe hatte er sich ganz nach oben gemordet, und so war jeder, der ein Problem darstellen könnte, schon längst tot.

Das erinnerte ihn an etwas. Wo war Smith eigentlich?

Er war so sehr mit den Interviews beschäftigt gewesen, dass er ihn ganz vergessen hatte. Er hatte dem Idioten gesagt, er solle sich um den Professor kümmern und bei Anbruch der Nacht zurückkehren. Inzwischen ging die Sonne unter.

»Sie waren ein fleißiges Mädchen«, sagte er.

»Ich war ein kluges Mädchen. Ich habe Zugang zu Informationsnetzwerken, von denen Sie nur träumen können.«

Das bezweifelte er nicht. »Und Sie haben vor, mir zu schaden?«

»Ich habe vor, Ihnen das Leben zur Hölle zu machen.«

»Es sei denn?«

Sie lachte amüsiert. Die Schlampe genoss ihre Rolle ganz offensichtlich.

»Hier geht es nur um Sie, Langford.«

Er zuckte die Schultern. »Sie wollen mitmischen, wenn Daniels' Präsidentschaft zu Ende ist? Ich werde dafür sorgen, dass Sie das können.«

»Sehe ich so aus, als wäre ich auf den Kopf gefallen?«

Er grinste. »Jetzt klingen Sie wie Daniels.«

»Das ist, weil er mir das mindestens zwei Mal pro Woche sagt. Normalerweise habe ich es verdient, da ich versuche, ihn zu manipulieren. Er ist klug, das muss ich ihm lassen. Aber ich bin kein Dummkopf. Ich will eine ganze Menge mehr.«

Er musste sie bis zu Ende anhören, aber ein sonderbares Unbehagen begleitete seine erzwungene Geduld.

»Ich will Geld.«

»Wie viel?«

»Zwanzig Millionen Dollar.«

»Wie kommen Sie denn auf diesen Betrag?«

»Mit den Zinsen kann ich für den Rest meines Lebens bequem auskommen. Ich habe gerechnet.«

In ihrem Blick flackerte fast so etwas wie sexuelle Lust.

»Ich nehme an, Sie wollen das Geld ins Ausland, auf ein anonymes Konto, zu dem nur Sie Zugang haben?«

»Genau wie Charles C. Smith jr. Mit ein paar weiteren Bedingungen, aber die können später kommen.«

Er versuchte, ruhig zu bleiben. »Was hat Sie auf diese Idee gebracht?«

»Sie werden versuchen, mich hereinzulegen. Das weiß ich so gut wie Sie. Ich habe versucht, Sie auf Band aufzunehmen, aber Sie waren zu schlau. Da dachte ich: *Lass die Katze aus dem Sack. Sag ihm, was du weißt. Mach einen Deal. Lass dir was geben, ganz direkt.* Nennen Sie es eine Vorauszahlung. Eine Investition. So werden Sie mich nicht ganz so schnell bescheißen. Ich bin dann gekauft und bezahlt, gebrauchsbereit.«

»Und wenn ich mich weigere?«

»Dann landen Sie im Gefängnis. Oder besser noch: Vielleicht finde ich Charles C. Smith jr. und sehe, was der zu sagen hat.«

Ramsey erwiderte nichts.

»Oder vielleicht werfe ich Sie auch einfach nur der Presse vor.«

»Und was erzählen Sie den Reportern?«

»Ich fange mit Millicent Senn an.«

»Was wissen Sie denn von der?«

»Junge Offizierin der Navy, gehörte in Brüssel zu Ihren Mitarbeitern. Sie hatten eine Beziehung mit ihr. Und dann, schau mal einer an, wird sie schwanger, und ein paar Wochen später ist sie tot. Herzversagen. Die Belgier beurteilten es als natürlichen Tod. Damit war der Fall abgeschlossen.«

Diese Frau war gut informiert. Ramsey war besorgt, dass sein Schweigen beredter sein mochte als jede Antwort, und so erklärte er: »Das würde Ihnen keiner glauben.«

»Vielleicht noch nicht, aber es ist eine großartige Story. Genau das, was die Medien lieben. Das wäre was für *Extra* und *Inside Edition.* Wussten Sie, dass Millicents Vater bis heute glaubt, dass seine Tochter ermordet wurde? Der würde nur zu gerne vor eine Kamera treten. Millicents Bruder – der übrigens Rechtsanwalt ist – hat ebenfalls seine Zweifel. Natürlich wissen die beiden nichts über Sie oder Ihre Beziehung mit Millicent. Genauso wenig wissen sie, dass Sie Ihre Geliebte oft schwer verprügelt haben. Was meinen Sie wohl, was die belgischen Behörden oder die Medien mit all dem anfangen würden?«

Sie hatte ihn am Wickel und wusste es genau.

»Das hier ist keine Falle, Langford. Es geht mir nicht darum, dass Sie irgendetwas eingestehen. Ich brauche Ihr Eingeständnis nicht. Mir geht es hier um mich selbst. Ich. Will. Geld.«

»Und falls ich, nur einmal rein theoretisch, zustimmen würde, was würde Sie dann daran hindern, mich weiter zu erpressen?«

»Nichts«, antwortete sie mit zusammengebissenen Zähnen.

Er gestattete sich ein Grinsen und dann ein Kichern. »Sie sind ein Teufel.«

Sie gab das Kompliment zurück. »Anscheinend passen wir perfekt zusammen.«

Ihm gefiel der freundschaftliche Tonfall. Nie hätte er erwartet, dass sie ein so durchtriebenes Luder war. Aatos Kane wäre nichts lieber, als sich von seiner Verpflichtung zu befreien, und selbst die Andeutung eines Skandals würde dem Senator die gewünschte Gelegenheit bieten. *Ich bin bereit, meinen Teil der Abmachung zu halten,* würde Kane sagen. *Die Probleme kommen von Ihrer Seite.*

Und er könnte nichts dagegen unternehmen.

Die Reporter würden keine Stunde brauchen, um festzustellen, dass seine Dienstzeit in Brüssel tatsächlich mit der von Millicent zusammenfiel. Edwin Davis war ebenfalls da gewesen, und dieser romantische Dummkopf hatte etwas für Millicent übrig gehabt. Ramsey hatte das damals gewusst, hatte sich aber nicht darum geschert. Davis war schwach und bedeutungslos gewesen. Das war heute anders. Gott weiß, wo Davis im Moment steckte. Seit mehreren Tagen hatte Ramsey schon nichts mehr über ihn gehört. Ganz anders sah es dagegen mit der Frau aus, die ihm gegenübersaß. Sie zielte praktisch mit einer geladenen Waffe auf ihn und wusste, wohin sie schießen musste.

»Okay. Ich zahle.«

Sie griff in ihre Jackentasche und holte ein Blatt Papier heraus.

»Hier sind die Bankdaten. Führen Sie die komplette Zahlung innerhalb der nächsten Stunde durch.«

Sie warf den Zettel auf seinen Schreibtisch.

Er rührte sich nicht.

Sie lächelte. »Schauen Sie nicht so finster.«

Er erwiderte nichts.

»Ich sage Ihnen was«, meinte sie. »Um Ihnen meinen guten Willen zu zeigen und meine Bereitschaft zu demonstrieren, dauerhaft mit Ihnen zusammenzuarbeiten, sobald die Zahlung bestätigt ist, werde ich Ihnen noch etwas anderes geben, was Sie wirklich wollen.«

Sie stand auf.

»Und was ist das?«, fragte er.

»Mich. Morgen Abend gehöre ich Ihnen. Vorausgesetzt, ich werde innerhalb der nächsten Stunde bezahlt.«

79

Samstag, 15. Dezember
00.50 Uhr

Dorothea war nicht glücklich. Das Flugzeug holperte durch die Luftturbulenzen wie ein Pick-up auf einem ungeteerten Weg voller Schlaglöcher, und das brachte ihr Erinnerungen an ihre

Kindheit und Fahrten mit ihrem Vater zum Jagdhaus zurück. Sie waren gern draußen unterwegs gewesen. Während Christl Gewehre und die Jagd mied, hatte sie selbst beides geliebt. Das war etwas gewesen, was sie mit ihrem Vater geteilt hatte. Unglücklicherweise hatten sie nur einige wenige Male eine Jagdsaison gemeinsam erlebt. Sie war zehn gewesen, als er starb. Oder besser gesagt, als er nie mehr nach Hause zurückgekehrt war. Dieser traurige Gedanke machte die Leere in ihrem Inneren noch größer und vertiefte die Lücke, die für immer zu klaffen schien.

Es war nach dem Verschwinden ihres Vaters gewesen, dass sie und Christl sich immer weiter auseinandergelebt hatten. Sie hatten unterschiedliche Freunde und Interessen und einen unterschiedlichen Geschmack. Ein unterschiedliches Leben. Wie konnten zwei Menschen, die sich aus demselben Ei entwickelt hatten, einander so fremd werden?

Nur eine einzige Erklärung ergab Sinn.

Ihre Mutter.

Seit Jahrzehnten zwang sie sie, miteinander zu konkurrieren. Von diesen Auseinandersetzungen war Groll zurückgeblieben. Abneigung kam als Nächstes. Und von da bis zum Hass war es nur ein kurzer Weg.

Sie saß in ihr Outfit eingepackt angeschnallt im Sitz. Malone hatte mit der Kleidung recht behalten. Das gegenwärtige Elend würde frühestens in fünf Stunden enden. Die Crew hatte beim Einsteigen Vesperpakete ausgeteilt. Käsebrötchen, Kekse, einen Schokoriegel und einen Apfel. Aber sie konnte keinen Bissen runterbekommen. Schon beim Gedanken an Essen wurde ihr schlecht. Sie drückte sich mit dem Parka fest gegen die Stofflehne und versuchte, es sich bequem zu machen. Vor einer Stunde war Malone ins Cockpit verschwunden. Henn und Werner schliefen, aber Christl wirkte hellwach.

Vielleicht war auch sie nervös.

Dieser Flug war der schlimmste ihres Lebens, und nicht nur,

weil er so unbequem war. Sie flogen ihrem Schicksal entgegen. War dort etwas zu finden? Und falls ja, würde es gut oder schlecht sein?

Nach dem Umziehen hatten sie ihre kälteisolierten Rucksäcke gepackt. Sie hatte nur eine Garnitur Kleidung zum Wechseln, eine Zahnbürste, ein paar Toilettenartikel und eine Pistole mitgenommen. Die Pistole hatte ihre Mutter ihr in Ossau zugeschmuggelt. Da dies kein kommerzieller Flug war, gab es keinen Sicherheitscheck. Obgleich sie damit wieder einmal zugelassen hatte, dass ihre Mutter eine Entscheidung für sie traf, und sich das selbst übelnahm, fühlte sie sich mit griffbereiter Waffe besser.

Christl drehte den Kopf.

Im Dämmerlicht begegnete ihr Blick dem Dorotheas.

Was für eine bittere Ironie des Schicksals, dass sie gemeinsam in diesem Flugzeug saßen, zusammengeworfen. Ob es etwas helfen würde, mit ihr zu sprechen?

Sie beschloss, es zu versuchen.

Sie schnallte sich los und erhob sich von ihrem Sitz. Dann trat sie über den schmalen Mittelgang und hockte sich neben ihre Schwester. »Wir müssen damit aufhören«, sagte sie über den Lärm hinweg.

»Das habe ich vor. Sobald wir herausgefunden haben, was sich dort befindet.« Christls Miene war so eisig wie das Flugzeug.

Dorothea versuchte es erneut. »All das spielt keine Rolle.«

»Nicht für dich. Noch nie. Dir ging es immer nur darum, den Reichtum an euren kostbaren Georg zu vererben.«

Die Worte taten weh, und Dorothea wollte wissen: »Warum hast du ihn abgelehnt?«

»Er war genau das, was ich niemals haben konnte, teure Schwester.«

Sie hörte die Bitterkeit heraus, und in ihr selber prallten widersprüchliche Empfindungen aufeinander. Zwei Tage lang hatte Dorothea an Georgs Sarg geweint und mit aller Kraft versucht, sich von der Erinnerung an ihn zu lösen. Christl war zur Beerdigung gekommen, aber schnell wieder gegangen. Nicht ein einziges Mal hatte sie ihrer Schwester Beileid gewünscht.

Nichts.

Georgs Tod hatte einen Wendepunkt in Dorotheas Leben bedeutet. Alles hatte sich danach geändert. Ihre Ehe, ihre Familie. Am wichtigsten aber sie selbst. Das, was aus ihr geworden war, gefiel ihr nicht, aber sie hatte Zorn und Groll bereitwillig als Ersatz für das Kind akzeptiert, das sie innig geliebt hatte.

»Du bist unfruchtbar?«, fragte sie.

»Was geht dich das an?«

»Weiß Mutter, dass du keine Kinder haben kannst?«

»Was spielt das für eine Rolle? Hier geht es nicht mehr um Kinder. Sondern um das Vermächtnis der Oberhausers. Um das, woran diese Familie geglaubt hat.«

Dorothea sah, dass ihre Bemühungen vergeblich waren. Die Kluft zwischen ihnen war zu groß, um sie zu schließen oder zu überbrücken.

Sie wollte aufstehen.

Christl riss Dorotheas Hand am Handgelenk nach unten. »Darum habe ich bei seinem Tod nicht gesagt, dass es mir leidtut. Wenigstens weißt du, wie es ist, ein Kind zu haben.«

Die kleinliche Boshaftigkeit dieses Kommentars erschütterte Dorothea. »Gott helfe jedem Kind, das du gehabt hättest. Du hättest es niemals lieben können. Du bist dieser Art von Liebe unfähig.«

»Anscheinend hast du auch keine so tolle Arbeit geleistet. Dein Kind ist tot.«

Die verdammte Schlampe.

Dorothea ballte die rechte Hand zur Faust und schlug sie krachend Christl ins Gesicht.

Ramsey saß an seinem Schreibtisch und bereitete sich vor. Mit Sicherheit erwarteten ihn weitere Interviews und die Aufmerksamkeit der Presse. Morgen würde Admiral Sylvians Bestattung auf dem Arlington National Cemetery stattfinden, und er ermahnte sich, dieses traurige Ereignis gegenüber jedem Interviewer zu erwähnen. *Denk an den gefallenen Kameraden. Sei dankbar, dass du dazu auserwählt wurdest, in seine Fußstapfen zu treten. Bedauere den Verlust eines Admiralskollegen.* Sylvian würde mit allen Ehren bestattet werden. Beim Militär wusste man definitiv, wie man ein eindrucksvolles Begräbnis ausrichtete. Das hatte man oft genug getan.

Sein Handy klingelte. Eine internationale Nummer. Deutschland. Es wurde auch Zeit.

»Guten Abend, Herr Admiral«, sagte eine raue Frauenstimme.

»Frau Oberhauser. Ich habe Ihren Anruf erwartet.«

»Und woher wussten Sie, dass ich anrufen würde?«

»Sie sind eine kontrollsüchtige alte Frau, die alle Fäden in der Hand haben möchte.«

Sie kicherte. »Das bin ich. Ihre Männer haben gute Arbeit geleistet. Malone ist tot.«

»Ich warte lieber ab, bis diese mir selbst Bericht erstatten.«

»Das ist leider unmöglich. Sie sind ebenfalls tot.«

»Dann haben Sie Pech. Ich brauche die Bestätigung.«

»Haben Sie in den letzten zwölf Stunden irgendetwas von Malone gehört? Irgendwelche Berichte, was er gerade tut?«

Nein, das hatte er nicht.

»Ich habe ihn sterben sehen.«

»Dann gibt es nichts mehr zu sagen.«

»Nur dass Sie mir eine Antwort auf meine Frage schulden. Warum ist mein Mann niemals zurückgekehrt?«

Zum Teufel, was soll's. Erzähle es ihr. »Das U-Boot hat versagt.«

»Und die Mannschaft? Mein Mann?«

»Sie haben nicht überlebt.«

Stille.

Schließlich sagte sie: »Sie haben das U-Boot und die Mannschaft gesehen?«

»Ja.«

»Erzählen Sie mir, was Sie gesehen haben.«

»Das wollen Sie gar nicht wissen.«

Wieder eine lange Pause und dann: »Warum war es nötig, das zu verheimlichen?«

»Das U-Boot war streng geheim. Und die Mission war geheim. Damals gab es keine andere Möglichkeit. Wir konnten nicht riskieren, dass die Sowjets das Boot fanden. Es befanden sich nur elf Mann an Bord, da war es einfach, die Tatsachen zu verdecken.«

»Und Sie haben sie dort zurückgelassen?«

»Ihr Mann hat diesen Bedingungen zugestimmt. Er kannte das Risiko.«

»Und da sagen die Amerikaner, die Deutschen seien herzlos.«

»Wir denken praktisch, Frau Oberhauser. Wir beschützen die Welt, Ihr Land hat dagegen versucht, sie zu erobern. Ihr Mann hatte sich zu einer gefährlichen Mission gemeldet. Die Sache war sogar seine Idee. Er ist nicht der Erste, der eine solche Entscheidung getroffen hat.«

Er hoffte, dass er nie wieder von ihr hören würde. Sie hatte ihm gerade noch gefehlt.

»Leben Sie wohl, Admiral. Fahren Sie zur Hölle.«

Er hörte ihrer Stimme an, dass es in ihr brodelte, doch das war ihm völlig egal. »Ich wünsche Ihnen dasselbe.«

Damit legte er auf.

Er nahm sich vor, seine Handynummer zu ändern. So würde er nie wieder mit dieser verrückten Deutschen reden müssen.

Charlie Smith liebte Herausforderungen. Ramsey hatte ihm einen fünften Auftrag gegeben, aber klargestellt, dass das Zielobjekt noch am selben Tag zu sterben hatte. Es durfte absolut kein Verdacht entstehen. Ein sauberer Mord ohne Nachgeschmack. Normalerweise stellte so etwas kein Problem dar. Aber diesmal arbeitete er ohne ein Dossier und hatte nur ein paar knappe Fakten von Ramsey erhalten. Außerdem hatte er nur zwölf Stunden Zeit. Für den Erfolgsfall hatte Ramsey ihm einen eindrucksvollen Bonus versprochen. Genug, um Bailey Mill zu kaufen und trotzdem noch genug Geld für Umbau und Möblierung zu behalten.

Er war aus Asheville in seine Wohnung zurückgekehrt, das erste Mal seit ein paar Monaten. Es war ihm gelungen, ein paar Stunden zu schlafen, und er war bereit für das, was vor ihm lag. Er hörte ein leises Klingeln vom Küchentisch und sah auf die Anzeige seines Handys. Die Nummer kannte er nicht, aber es war eine Washingtoner Vorwahl. Vielleicht rief Ramsey ihn von einem anonymen Telefon an. Das tat er gelegentlich. Dieser Mann war von Paranoia zerfressen.

Er nahm ab.

»Ich möchte mit Charlie Smith sprechen«, sagte eine Frauenstimme.

Die Verwendung dieses Namens versetzte ihn in Alarmstimmung. Er benutzte ihn nur Ramsey gegenüber. »Sie haben sich verwählt.«

»Nein, durchaus nicht.«

»Doch, leider schon.«

»Ich an Ihrer Stelle würde nicht auflegen«, sagte sie. »Was ich zu sagen habe, ist absolut entscheidend für Sie.«

»Wie schon gesagt, Sie haben sich verwählt.«

»Sie haben Douglas Scofield ermordet.«

Ein kalter Schauder durchlief ihn, als ihm klar wurde, was los war. »Sie waren da, zusammen mit diesem Mann?«

»Nicht ich, aber die beiden arbeiten für mich. Ich weiß alles über Sie, Charlie.«

Er erwiderte nichts, aber dass sie seine Telefonnummer hatte und seinen Decknamen kannte, das war ein Problem. Es war sogar eine Katastrophe. »Was wollen Sie?«

»Ihren Arsch.«

Er kicherte.

»Aber ich bin zu einem Tauschhandel bereit. Ihr Arsch gegen den von jemand anderem.«

»Lassen Sie mich raten. Ramsey?«

»Sie sind ein kluger Junge.«

»Vermutlich werden Sie mir nicht sagen, wer Sie sind?«

»O doch. Im Gegensatz zu Ihnen habe ich keine zweite Identität.«

»Und wer zum Teufel sind Sie dann?«

»Diane McCoy. Stellvertretende Sicherheitsberaterin des Präsidenten der Vereinigten Staaten.«

80

Malone hörte jemanden schreien. Er unterhielt sich gerade im Cockpit mit der Mannschaft und eilte zur Tür nach hinten, von wo er in das tunnelartige Innere der LC-130 hinunterstarrte. Dorothea stand auf der anderen Seite des Mittelgangs neben Christl, die schreiend versuchte, sich aus dem Gurt zu befreien. Blut schoss aus Christls Nase und tropfte auf ihren Parka. Werner und Henn waren aufgewacht und schnallten sich los.

Die offenen Hände ums Geländer der Leiter gelegt, sprang Malone nach unten und eilte zu dem Gemenge. Henn hatte es inzwischen geschafft, Dorothea wegzureißen.

»Du verrückte Sau«, schrie Christl. »Was soll das?«

Werner hielt Dorothea fest. Malone zog sich zurück und beobachtete das Geschehen.

»Sie hat mich geschlagen«, sagte Christl und betupfte sich die Nase mit dem Ärmel.

Malone fand ein Handtuch auf einem der Stahlgestelle und warf es ihr zu.

»Ich sollte dich umbringen«, spie Dorothea heraus. »Du verdienst es nicht zu leben.«

»Seht ihr«, schrie Christl. »Genau das meine ich. Sie ist verrückt. Vollkommen verrückt. Absolut durchgeknallt.«

»Was machst du da eigentlich?«, fragte Werner seine Frau. »Wie ist es dazu gekommen?«

»Sie hat Georg gehasst«, sagte Dorothea, die sich in Werners Griff wand.

Christl stand auf und starrte ihre Schwester an.

Werner ließ Dorothea los, und nun maßen die beiden Löwinnen sich mit Blicken. Beide versuchten anscheinend, bei der anderen eine verborgene Absicht zu entdecken. Malone beobachtete die beiden Frauen, die die gleichen dicken Outfits trugen und die gleichen Gesichter hatten, innerlich aber so verschieden waren.

»Du warst noch nicht einmal da, als wir ihn schließlich begraben haben«, sagte Dorothea. »Alle anderen sind geblieben, aber du nicht.«

»Ich hasse Beerdigungen.«

»Und ich hasse dich.«

Christl wandte sich Malone zu, das Handtuch an ihre Nase gepresst. Er fing ihren Blick auf und bemerkte plötzlich die Drohung in ihren Augen. Bevor er reagieren konnte, ließ sie das Handtuch fallen, fuhr herum und schlug Dorothea so heftig ins Gesicht, dass diese gegen Werner zurücktaumelte.

Christl machte sich für den nächsten Hieb bereit.

Malone packte sie am Handgelenk. »Du warst ihr einen Schlag schuldig. Mehr nicht.«

Ihre Miene hatte sich verdüstert, und das Funkeln in ihren Augen sagte ihm, dass ihn das Ganze nichts anging.

Sie riss ihren Arm frei und hob das Handtuch vom Boden auf.

Werner half Dorothea auf ihren Platz. Henn sah wie immer einfach nur zu, ohne ein Wort zu sagen.

»Genug geboxt«, sagte Malone. »Ich schlage vor, dass alle eine Runde schlafen. Wir sind keine fünf Stunden mehr unterwegs, und ich habe vor, bei der Landung sofort loszumarschieren. Wer rumzickt oder nicht Schritt halten kann, bleibt in der Forschungsstation.«

Smith saß in seiner Küche und starrte auf das Handy, das auf dem Tisch lag. Er hatte die Identität der Anruferin angezweifelt, und so hatte sie ihm eine Kontaktnummer gegeben und dann aufgelegt. Er griff nach dem Handy und wählte die Nummer. Nach dreimaligem Läuten meldete sich eine angenehme Stimme als Zentrale des Weißen Hauses. Mit wem man ihn verbinden solle?

»Mit dem Büro des Nationalen Sicherheitsberaters«, sagte er mit schwacher Stimme.

Er wurde verbunden.

»Sie haben ja reichlich lange gebraucht, Charlie«, sagte eine Frau. Dieselbe Stimme wie vorhin. »Zufrieden?«

»Was wollen Sie?«

»Ihnen etwas sagen.«

»Ich höre zu.«

»Ramsey hat die Absicht, seine Beziehung zu Ihnen zu beenden. Er hat große Pläne, bedeutende Pläne, und in denen ist nicht vorgesehen, dass Sie dann noch da sind und ihm womöglich einen Strich durch die Rechnung machen.«

»Sie bellen am falschen Baum.«

»Das würde ich auch sagen, Charlie. Aber ich mache es Ihnen leicht. Sie hören zu und ich rede. So kompromittieren Sie sich nicht, falls Sie glauben, dass dieses Gespräch aufgezeichnet wird. Klingt das wie ein guter Plan?«

»Wenn Sie die Zeit haben, nur zu.«

»Sie sind Ramseys persönlicher Problemlöser. Er setzt Sie

schon seit Jahren ein. Und bezahlt Sie gut. In den letzten paar Tagen hatten Sie viel zu tun. Jacksonville. Charlotte. Asheville. Bin ich auf einer heißen Spur, Charlie? Soll ich Namen nennen?«

»Sie können sagen, was immer Sie wollen.«

»Und jetzt hat Ramsey Ihnen einen neuen Auftrag gegeben.« Sie machte eine Pause. »Mich. Und jetzt lassen Sie mich raten. Er muss noch heute erledigt werden. Das ergibt Sinn, da ich ihm gestern klargemacht habe, dass ich ihm auf die Schliche gekommen bin. Hat er Ihnen davon erzählt, Charlie?«

Smith antwortete nicht.

»Nein, hatte ich es mir doch gedacht. Sehen Sie, er schmiedet Pläne, und in denen kommen Sie nicht vor. Aber ich habe nicht die Absicht, wie die anderen zu enden. Deswegen unterhalten wir uns jetzt miteinander. Ach, und übrigens, falls ich Ihre Feindin wäre, stünde schon der Geheimdienst vor Ihrer Tür und wir hätten dieses Gespräch an einem vertraulichen Ort, nur Sie und ich und noch jemand Großes und Starkes.«

»Dieser Gedanke war mir schon gekommen.«

»Wusste ich doch, dass Sie vernünftig sein würden. Und nur damit Sie begreifen, dass ich wirklich weiß, wovon ich rede, will ich Ihnen von drei Konten erzählen, die Sie im Ausland besitzen und auf die Ramsey seine Zahlungen leistet.« Sie rasselte die Banken und Kontonummern herunter und sogar die Passwörter, von denen er zwei erst vor einer Woche geändert hatte. »Keines dieser Konten ist wirklich geheim, Charlie. Man muss nur wissen, wo und wie man hinschauen muss. Zu Ihrem Unglück kann ich diese Konten sofort beschlagnahmen. Aber um Ihnen meinen guten Willen zu zeigen, habe ich sie nicht angerührt.«

Okay. Die Frau war echt. »Was wollen Sie?«

»Wie schon gesagt, Ramsey hat beschlossen, dass Sie gehen müssen. Er hat einen Deal mit einem Senator gemacht, und da bleiben Sie außen vor. Da Sie praktisch gesehen ohnehin so gut wie tot sind, ohne Identität, fast ohne Wurzeln und ohne Familie, wie schwierig wäre es da wohl, Sie einfach verschwinden zu lassen? Keiner würde Sie vermissen. Das ist traurig, Charlie.«

Aber wahr.

»Und so habe ich einen besseren Vorschlag«, sagte sie.

Ramsey war seinem Ziel ganz nahe. Alles war wie geplant gelaufen. Nur ein einziges Hindernis blieb noch. Diane McCoy.

Er saß noch immer an seinem Schreibtisch, ein Glas eisgekühlter Whisky stand neben ihm. Er dachte über das nach, was er Isabel Oberhauser gesagt hatte. Über das U-Boot. Und über das, was er aus der NR-1A geholt und seitdem aufbewahrt hatte.

Captain Forrest Malones Logbuch.

Im Laufe der Jahre hatte er manchmal auf die handgeschriebenen Seiten geblickt, mehr aus morbider Neugier als aus echtem Interesse. Aber das Logbuch war ein Erinnerungsstück von einer Reise, die sein Leben gründlich verändert hatte. Er war nicht sentimental, aber es gab Zeiten, die es verdienten, erinnert zu werden. Für ihn gehörte der Moment unter dem antarktischen Eis dazu.

Als er der Robbe gefolgt war.

Nach oben …

Er tauchte auf und schwenkte seinen Scheinwerfer aus dem Wasser. Er befand sich in einer Höhle aus Fels und Eis. Sie hatte vielleicht die Länge eines Fußballfeldes und war halb so breit. Durch die Stille sickerte ein grau-purpurfarbenes Dämmerlicht. Rechts von sich hörte er eine Robbe bellen und sah, wie das Tier sich ins Wasser zurückwarf. Er schob die Tauchermaske in die Stirn, spuckte das Mundstück aus und kostete die Luft. Dann erblickte er ihn. Einen leuchtend orangeroten

502

U-Boot-Turm, kleiner als üblich und von charakteristischer Form.

Die NR-1A.

Heilige Mutter Gottes!

Er paddelte auf das aufgetauchte Boot zu.

Er hatte an Bord der NR-1 gedient, was einer der Gründe war, aus denen er für diese Mission ausgewählt worden war, und so war er vertraut mit dem revolutionären Äußeren dieses U-Bootes. Es war lang und dünn, hatte einen zigarrenförmigen Rumpf, und der Turm war weit vorn. Ein flacher Fiberglasaufbau ermöglichte es der Mannschaft, der Länge nach über das Boot zu gehen. Im Rumpf gab es nur wenige Öffnungen, so dass tiefes Tauchen mit minimalem Risiko möglich war.

Er schwamm näher und berührte das schwarze Metall. Nichts rührte sich. Da war nur das Wasser, das gegen den Rumpf klatschte.

Er befand sich in der Nähe des Bugs, und so schwamm er die Backbordseite hinunter. Eine Strickleiter hing vom Rumpf herab – sie wurde, wie er wusste, verwendet, um in aufblasbare Flöße hinunterzusteigen oder von diesen hochzukommen. Er fragte sich, warum sie dort hing.

Er packte sie und zog daran.

Sie war oben befestigt.

Er streifte seine Taucherflossen ab und hängte sie mit den Riemen über sein linkes Handgelenk. Dann befestigte er das Licht am Gürtel, griff nach der Leiter und zog sich aus dem Wasser. Oben brach er auf dem Deck zusammen und ruhte sich aus, bevor er Bleigürtel und Sauerstoffflasche ablegte. Er wischte sich das kalte Wasser aus dem Gesicht, benutzte das Tiefenruder am Turm wie eine Leiter und zog sich auf den Turm hinauf.

Das Hauptluk stand offen.

Er schauderte. Von der Kälte? Oder vom Gedanken an das, was ihn unten erwartete?

Er stieg hinunter.

Am Fuß der Leiter sah er, dass die Bodenplatten entfernt worden waren. Er richtete den Scheinwerfer auf die Stelle, wo, wie er wusste, die Batterien des Boots untergebracht waren. Alles wirkte verkohlt – das erklärte vielleicht, was geschehen war. Ein Brand wäre katastrophal gewesen. Er fragte sich, was mit dem Reaktor des Bootes los sein mochte, doch da alles stockdunkel war, war der offensichtlich abgeschaltet worden. Er ging durch den vorderen Teil zur Kommandozentrale. Keiner saß auf den Sitzen, die Instrumente waren dunkel. Er probierte ein paar Schalter aus. Kein Strom. Dann untersuchte er den Maschinenraum. Stille. Der Reaktor lag stumm da. Er fand die Nische des Kapitäns – keine Kajüte. Die NR-1A war zu klein für einen solchen Luxus, es gab nur eine Koje und einen am Schott befestigten Schreibtisch. Er erblickte das Logbuch des Kapitäns, schlug es auf, blätterte es durch und fand den letzten Eintrag.

Ramsey erinnerte sich genau an diesen Eintrag. *Eis auf seinem Finger, Eis in seinem Kopf, Eis in seinem glasigen Blick.* Oh, wie recht Forrest Malone da gehabt hatte.

Ramsey hatte diese Suche perfekt gemeistert. Jeder, der heute ein Problem darstellen könnte, war tot. Admiral Dyals Vermächtnis war sicher, genau wie Ramseys eigenes. Auch die Navy war in Sicherheit. Die Gespenster der NR-1A würden bleiben, wohin sie gehörten.

In der Antarktis.

Sein Handy meldete sich lautlos mit einem Lichtsignal. Den Ton hatte er vor Stunden ausgestellt. Er sah hin. Endlich.

»Ja, Charlie, was ist los?«

»Ich muss Sie sehen.«

»Das geht nicht.«

»Es muss aber sein. In zwei Stunden.«

»Warum denn?«

»Es gibt ein Problem.«

Ihm war klar, dass sie über eine nicht abhörsichere Leitung telefonierten und dass er seine Worte sorgfältig wählen musste.

»Ist es schlimm?«

»Schlimm genug, dass ich Sie sehen muss.«

Er sah auf die Uhr. »Wo?«

»Sie wissen, wo. Seien Sie dort.«

81

Fort Lee, Virginia
9.30 Uhr

Computer waren nicht Stephanies Stärke, doch Malone hatte ihr in seiner E-Mail die Übersetzungsprozedur erklärt. Colonel Gross war es gelungen, einen tragbaren Hochgeschwindigkeitsscanner zu beschaffen und für eine Internetverbindung zu sorgen. Sie hatte das Übersetzungsprogramm heruntergeladen und mit einer Seite experimentiert, die sie in den Computer eingescannt hatte.

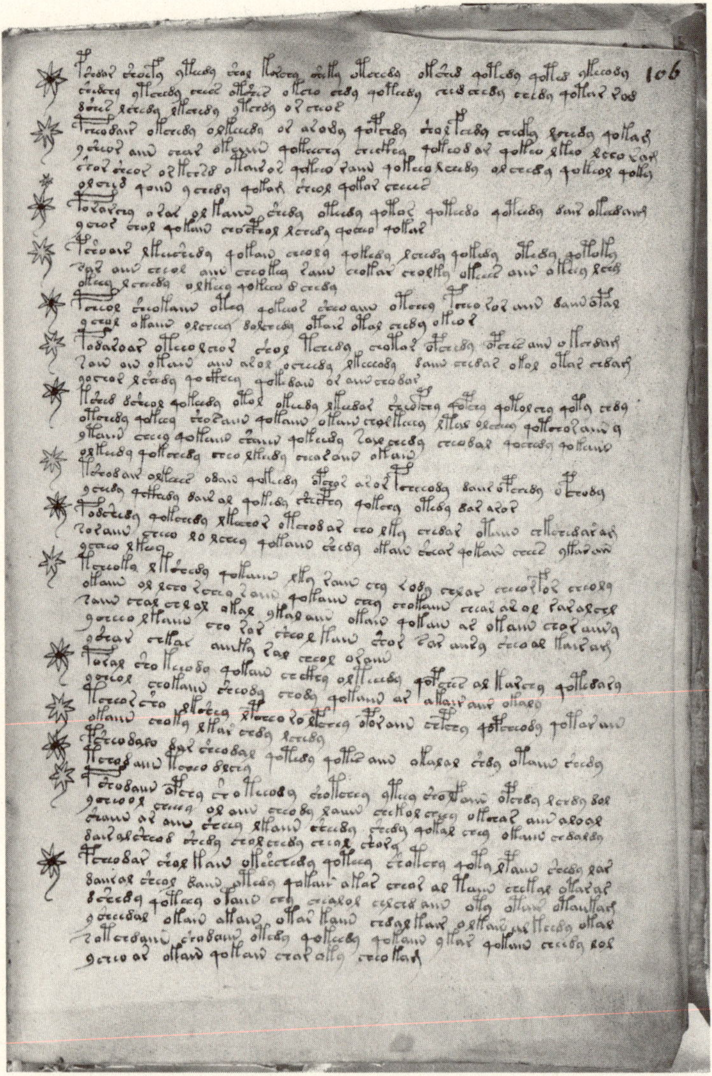
106

Sie ließ das Übersetzungsprogramm über die Seite laufen, und das Ergebnis war außerordentlich. Aus der sonderbaren, verschnörkelten Schrift wurde erst ein lateinischer und dann ein englischer Text. Stellenweise war er etwas unbeholfen. Hier und dort fehlte etwas. Doch es reichte, um zu erkennen, dass in dem Kühlraum ein Schatz alter Erkenntnisse lagerte.

Hänge zwei flauschige, leichte Kügelchen in einem Glas an je einem dünnen Faden auf. Reibe einen glänzenden Metallstab kurz über Kleidung. Du spürst nichts, kein Kribbeln und keinen Schmerz. Führe den Stab dicht an das Glas, dann fliegen die beiden Kügelchen auseinander und verharren auch so, wenn der Stab weggenommen wird. Die Kraft aus dem Stab fließt unsichtbar und unfühlbar nach außen und treibt die Kügelchen auseinander. Nach einer Weile, unter der Einwirkung jener Kraft, die alles, was in die Luft geworfen wurde, daran hindert, oben zu bleiben, sinken die Kügelchen wieder nach unten.

Baue ein Rad mit einer Kurbel hinten und befestige kleine Metallplättchen an seinem Rand. Zwei Metallstäbe sollten so befestigt werden, dass ein Büschel daraus herausragender Drähtchen die Metallplättchen streift. Von den Stäben führt ein Draht zu zwei Metallkugeln. Diese sollen sich in einem Abstand von anderthalb Commons befinden. Drehe das Rad mit Hilfe der Kurbel. Wo die Drähtchen die Metallplättchen streifen, werden kleine Blitze entstehen. Drehe das Rad schneller, und größere blaue Blitze werden zischend aus den Metallkugeln springen. Ein sonderbarer Geruch wird zu bemerken sein, wie man ihn auch nach heftigen Unwettern in den Ländern antrifft, in denen reichlich Regen fällt. Achte auf diesen Geruch und die Blitze, denn diese Kraft und die Kraft, die die flauschigen Kügelchen auseinandertreibt, ist ein und dieselbe und wurde nur auf unterschiedliche Weise erzeugt. Das Berühren der Metallkugeln ist so harmlos wie das Berühren der Metallstäbe, die über die Kleidung gerieben wurden.

Mondstein, Crownchaka, fünf Milcharten des Banyanbaums, Feige, Magnet, Quecksilber, Glimmerperle, Saarasvata-Öl und Nakha zu gleichen Teilen reinigen, mahlen, mischen und bis zum Festwerden stehen lassen. Anschließend Bilva-Öl untermischen und kochen, bis sich eine gummiartige Masse bildet. Verteile die lackartige Schicht gleichmäßig auf einer Oberfläche und lasse sie trocknen, bevor sie dem Licht ausgesetzt wird. Zum Mattieren füge der Mischung Akkalkadha, Maatang, Kaurimuscheln, Erdsalz, Graphit und Granitsand zu. Durch Auftragen des Lacks verstärkt man beliebige Oberflächen.

Die Peetha soll drei Commons breit und einen halben Common hoch sein, quadratisch oder rund. In ihrer Mitte soll ein Drehzapfen angebracht werden. Davor stellt man ein Gefäß mit saurem Dellium. Im Westen ist der Spiegel zum Verstärken der Dunkelheit, und im Osten wird die Sonnenstrahlanziehungsröhre befestigt. In der Mitte befindet sich das Drahtbedienungsrad und im Süden der Hauptschalter. Dreht man das Rad nach Südosten, sammelt der an der Röhre befestigte zweiseitige Spiegel Sonnenstrahlen ein. Bewegt man das Rad nach Nordosten, wird die Säure aktiviert. Dreht man das Rad nach Westen, nimmt der dunkelheitsverstärkende Spiegel die Arbeit auf. Dreht man das zentrale Rad, gelangen die im Spiegel gefangenen Strahlen zum Kristall und umfangen dieses. Dann muss das Hauptrad mit großer Geschwindigkeit gedreht werden, um eine alles umfangende Hitze zu erzeugen.

Füllt man Sand, Kristall und Suvarchala-Salz zu gleichen Teilen in einen Tiegel, stellt diesen in einen Schmelzofen und gießt die Schmelzmasse anschließend in eine Form, erhält man ein reines, leichtes, starkes, kühles keramisches Material. Aus diesem

Material hergestellte Röhren transportieren Wärme, strahlen sie aus und lassen sich mit Salzmörtel fest aneinanderfügen. Farbpigmente aus Eisen, Ton, Quarz und Calcit färben stark und dauerhaft und bleiben nach dem Guss gut haften.

Stephanie sah Edwin Davis an. »Einerseits experimentierten sie auf einem kindlichen Niveau mit Elektrizität herum, aber andererseits schufen sie Materialien und Apparaturen, von denen wir nie gehört haben. Wir müssen herausfinden, woher diese Bücher stammen.«

»Das dürfte schwierig werden, da offensichtlich alle Aufzeichnungen von *Highjump*, die uns darüber informieren könnten, verschwunden sind.« Davis schüttelte den Kopf. »Was für verdammte Dummköpfe. Alles war streng geheim. Ein paar engstirnige Geister haben einschneidende Entscheidungen getroffen, die uns alle berühren. Hier ist eine Fundgrube von Wissen, das durchaus die Welt verändern könnte. Natürlich könnte es auch unbrauchbar sein. Aber das werden wir nun nie herausfinden. Du weißt ja, in den Jahrzehnten, seit diese Bücher gefunden wurden, hat sich dort Meter um Meter neuer Schnee aufgehäuft. Die Landschaft ist heute vollkommen anders als damals.«

Sie wusste, dass die Antarktis der Albtraum jedes Kartographen war. Die Küstenlinie veränderte sich ständig, Schelfeis bildete sich unberechenbar neu und verschwand wieder. Davis hatte recht. Die Orte zu finden, an denen Byrd gewesen war, konnte sich als unmöglich erweisen.

»Wir haben bisher erst eine Handvoll Seiten in einigen der Bücher angeschaut«, sagte sie. »Es lässt sich nicht sagen, was hier noch zu finden sein wird.«

Eine weitere Seite fiel ihr ins Auge. Sie war mit Text und einer Skizze zweier Pflanzen einschließlich der Wurzeln gefüllt.

Sie scannte die Seite in den Computer und übersetzte.

Gyra wächst in schattigen, feuchten Winkeln und sollte von der Erde befreit werden, bevor die Sommersonne Abschied

nimmt. Die Blätter wirken zerquetscht und verbrannt fieber-
senkend. Aber achte darauf, dass die Gyra nicht feucht wird.
Feuchte Blätter sind wirkungslos und können krank machen.
Ebenso gelbe Blätter. Leuchtend rote und orangefarbene Blät-
ter sind vorzuziehen. Sie bringen auch Schlaf und helfen gegen
Albträume. Zu viel kann schaden. Vorsichtig dosieren.

Stephanie stellte sich vor, wie sich ein Entdecker gefühlt haben
musste, der an einer unbekannten Küste stand und auf ein
jungfräuliches Land blickte.

»Dieses Lagerhaus wird versiegelt«, erklärte Davis.

»Keine gute Idee. Das würde Ramsey alarmieren.«

Davis schien die Richtigkeit dieser Bemerkung einzusehen.
»Dann behalten wir die Sache mit Hilfe von Gross im Auge.
Sollte irgendjemand sich diesem Versteck hier nähern, wird
Gross uns Bescheid geben, und wir können einschreiten.«

Diese Idee war schon besser.

Sie dachte an Malone. Der sollte inzwischen fast schon in
der Antarktis sein. Ob er auf der richtigen Spur war?

Doch hier vor Ort war noch immer einiges zu erledigen. Den
Killer zu finden war dabei das vorrangigste Ziel.

Stephanie hörte, wie sich auf der anderen Seite der Halle
eine Tür öffnete und wieder schloss. Colonel Gross hatte sich
in den Vorraum zurückgezogen, damit sie unter sich sein konnten, und so nahm sie an, dass er nun herkam. Doch dann hörte
sie, dass die Schritte von zwei Personen durch die Dunkelheit
hallten. Sie saßen unmittelbar vor dem Kühlraum an einem
Tisch, und nur zwei Lampen brannten. Sie blickte auf und sah
Gross, der aus dem Dämmerlicht trat, gefolgt von einem weiteren Mann – der war groß, hatte buschiges Haar und trug einen
marineblauen Windbreaker und eine sportliche Hose. Auf seiner linken Brust prangte das Emblem des Präsidenten der Vereinigten Staaten.

Danny Daniels.

82

Maryland
22.20 Uhr

Ramsey verließ den dunklen Highway und fuhr in den Wald. Er war auf dem Weg zu dem Farmhaus in Maryland, wo er Charlie Smith vor ein paar Tagen getroffen hatte.

Bailey Mill hatte Smith es genannt.

Smith' Tonfall hatte ihm gar nicht gefallen. Überheblich und nervtötend – das war Charlies Art. Aber wütend, anspruchsvoll und streitsüchtig? Absolut nicht.

Irgendetwas war da faul.

Ramsey schien in Diane McCoy eine neue Verbündete gewonnen zu haben, eine Verbündete, die ihn zwanzig Millionen Dollar gekostet hatte. Glücklicherweise hatte er auf seinen verschiedenen Konten auf der ganzen Welt weit mehr als diese Summe liegen. Das Geld stammte von Operationen, die entweder früher als geplant geendet hatten oder abgebrochen worden waren. Zum Glück gab es praktisch keine finanzielle Überprüfung mehr, wenn eine Akte einmal mit dem Stempel »geheim« versehen war. Politisch war zwar vorgesehen, dass freie Mittel zurückgegeben wurden, doch das war nicht immer der Fall. Er brauchte Geld, um Smith zu bezahlen – Mittel zur Finanzierung geheimer Nachforschungen –, doch mit diesem Bedarf war es nun bald vorbei. Aber je mehr er sich seinem Ziel näherte, desto größer wurde sein Risiko.

So wie hier.

Im Licht seiner Scheinwerfer tauchte ein Farmhaus auf, eine Scheune und ein parkender Wagen. Nirgendwo war Licht. Er parkte, griff in das Staufach in der Mittelkonsole, holte seine Walther heraus und stieg in die Kälte aus.

»Charlie«, rief er. »Ich habe keine Zeit für Ihre Mätzchen. Kommen Sie gefälligst raus.«

Als seine Augen sich an die Dunkelheit gewöhnt hatten, bemerkte er eine Bewegung zur Linken. Er zielte und schoss zwei Mal. Die Kugeln schlugen in das alte Holz ein. Wieder eine Bewegung, doch er sah, dass es nicht Smith war.

Sondern Hunde.

Sie flohen aus dem Haus und von der Veranda und rannten in den Wald. Wie beim letzten Mal.

Er stieß den Atem aus.

Smith liebte Spielchen, und so beschloss er, ihm den Gefallen zu tun. »Ich sage Ihnen was, Charlie. Ich mache gleich Ihre sämtlichen vier Reifen platt, und dann können Sie sich hier heute Nacht den Arsch abfrieren. Rufen Sie mich morgen an, wenn Sie so weit sind, mit mir reden zu wollen.«

»Mit Ihnen hat man überhaupt keinen Spaß, Admiral«, sagte eine Stimme. »Nicht den geringsten Spaß.«

Smith trat aus dem Schatten.

»Sie haben Glück, dass ich Sie nicht umbringe«, sagte Ramsey.

Smith kam von der Veranda herunter. »Warum sollten Sie das tun? Ich habe alles erledigt, was Sie wollten. Alle vier sind tot, hübsch und sauber. Dann höre ich im Radio, dass Sie zum Mitglied des Vereinigten Generalstabs befördert werden. Sie schwarzer Schlaumeier steigen einfach weiter auf.«

»Das ist unwichtig«, stellte er klar. »Das geht Sie nichts an.«

»Ich weiß. Ich bin einfach nur ein Auftragnehmer. Wichtig ist lediglich, dass ich bezahlt werde.«

»Das habe ich erledigt. Vor zwei Stunden. Den vollen Betrag.«

»Sehr gut. Ich hatte an einen kleinen Urlaub gedacht. Irgendwo, wo es warm ist.«

»Erst wenn Sie Ihren neuen Auftrag erledigt haben.«

»Sie haben hochgesteckte Ziele, Admiral. Ihr jüngster Auftrag führt direkt ins Weiße Haus.«

»Seine Ziele hoch zu stecken ist die einzige Möglichkeit, etwas zu erreichen.«

»Ich brauche diesmal das doppelte Honorar wie sonst, die Hälfte vorab, den Rest bei Erledigung.«

Ihm war es gleichgültig, wie viel es kostete. »Einverstanden.«

»Und da ist noch etwas«, sagte Smith.

Etwas stieß ihm durch seinen Mantel hindurch von hinten in die Rippen.

»Immer mit der Ruhe, Langford«, erklärte eine Frauenstimme. »Oder ich erschieße Sie vor Ihrer nächsten Bewegung.«

Diane McCoy.

Malone sah auf den Chronometer des Flugzeugs – es war 07.40 Uhr – und blickte aus der Pilotenkabine auf das Panorama unter ihm. Die Antarktis erinnerte ihn an eine Schale mit angeschlagenem Rand. Mindestens zwei Drittel eines beinahe drei Kilometer dicken Eisplateaus wurden von schwarzen, zerklüfteten Gebirgen umgrenzt, von denen Gletscher voller Spalten sich zum Meer hinunterzogen – die Nordostküste unter ihm stellte da keine Ausnahme dar.

Der Pilot kündigte an, dass sie sich der Halvorsen-Forschungsstation näherten. Es wurde Zeit, sich auf die Landung vorzubereiten.

»Ein seltener Glücksfall«, sagte der Pilot zu Malone. »Sie haben ausgezeichnetes Wetter. Auch die Winde sind günstig.« Er stellte die Parameter ein und griff nach dem Steuerknüppel. »Wollen Sie das Flugzeug landen?«

Malone winkte ab. »Nein danke. Das übersteigt meine Fähigkeiten.« Er hatte zwar schon Kampfjets auf schwankenden Flugzeugträgern gelandet, aber ein fünfzig Tonnen schweres

Flugzeug auf gefährlichem Eis niederzusetzen, das konnte er sich verkneifen.

Der Streit zwischen Dorothea und Christl bereitete ihm immer noch Sorgen. Die beiden hatten sich in den letzten Stunden zwar zusammengerissen, aber der bittere Konflikt zwischen ihnen konnte noch ärgerlich werden.

Das Flugzeug begann einen steilen Abwärtsflug.

Dorotheas Angriff hatte bei ihm die Warnlämpchen aufleuchten lassen, aber etwas anderes, was er gesehen hatte, beunruhigte ihn noch stärker.

Ulrich Henn hatte überrumpelt gewirkt.

Malone hatte die Verwirrung gesehen, die einen Moment lang über Henns Gesicht gehuscht war, bevor dieses sich wieder maskenhaft verschloss. Henn hatte eindeutig nicht mit Dorotheas Attacke gerechnet.

Das Flugzeug flog nun flacher, und die Antriebsturbinen arbeiteten langsamer.

Die *Hercules* war mit Schneekufen ausgestattet, und Malone hörte, wie der Kopilot bestätigte, dass diese fest arretiert waren. Sie flogen weiter abwärts; der weiße Boden unten kam immer näher, und immer mehr Einzelheiten waren zu erkennen.

Ein Schlag. Dann noch einer.

Er hörte, wie die Schneekufen knirschend über die Eiskruste glitten. Bremsen war unmöglich. Nur die Reibung würde sie schließlich zum Stehen bringen. Zum Glück gab es massenhaft Platz zum Ausgleiten.

Endlich stand die *Hercules* still.

»Willkommen in der Antarktis«, sagte der Pilot.

Stephanie stand auf. Das machte die Gewohnheit.

Davis tat das Gleiche.

Daniels gab ihnen einen Wink, sitzen zu bleiben. »Es ist spät, und wir sind alle müde. Setzen Sie sich doch wieder.« Er nahm sich einen Stuhl. »Vielen Dank, Colonel. Würden Sie jetzt bitte dafür sorgen, dass wir nicht gestört werden?«

Gross verschwand in den vorderen Bereich des Lagerhauses.

»Sie beide sehen schrecklich aus«, bemerkte Daniels.

»Das kommt davon, wenn man mit ansehen muss, wie einem Menschen der Kopf weggepustet wird«, sagte Davis.

Daniels seufzte. »Das habe ich selbst ein- oder zweimal mitbekommen. Während meiner Dienstzeit in Vietnam. Damit wird man nie ganz fertig.«

»Ein Mann ist unseretwegen gestorben«, sagte Davis.

Daniels presste die Lippen aufeinander. »Aber Herbert Rowland hat Ihnen sein Leben zu verdanken.«

Das war nur ein kleiner Trost, dachte Stephanie und fragte dann: »Was machen Sie hier?«

»Hab mich aus dem Weißen Haus geschlichen und bin mit der Flugbereitschaft direkt nach Süden geflogen. Bush hat damit angefangen. Der ist die ganze Strecke bis in den Irak geflogen, bevor irgendjemand etwas davon mitbekommen hat. Wir haben inzwischen Standardverfahren dafür eingerichtet. Bevor überhaupt jemand merkt, dass ich weg war, bin ich schon wieder im Bett.« Daniels' Blick wanderte zur Kühlraumtür. »Ich wollte selbst sehen, was sich dort drinnen befindet. Colonel Gross hat es mir gesagt, aber ich wollte es sehen.«

»Es könnte den Blick ändern, den wir auf die Zivilisation werfen«, sagte Stephanie.

»Das ist wirklich erstaunlich.« Sie sah, dass Daniels ehrlich beeindruckt war. »Hatte Malone recht? Können wir die Bücher lesen?«

Sie nickte. »Genug, um Sinn hineinzubekommen.«

Die übliche laute Art des Präsidenten wirkte gedämpft. Sie hatte gehört, dass er ein notorischer Nachtmensch war und kaum schlief. Seine Mitarbeiter beschwerten sich ständig.

»Wir haben den Killer verloren«, sagte Davis.

Sie merkte, wie niedergeschlagen seine Stimme klang. Er war

diesmal ganz anders als beim ersten Mal ihrer Zusammenarbeit. Damals hatte er einen ansteckenden Optimismus ver-
sprüht, der sie motiviert hatte, bis nach Zentralasien zu reisen.

»Edwin«, sagte der Präsident, »Sie haben Ihr Bestes gegeben.
Ich dachte, Sie wären verrückt, aber Sie hatten recht.«

Davis hatte den Blick von jemandem, der es aufgegeben hat,
gute Nachrichten zu erwarten. »Scofield ist trotzdem tot. Und
Millicent auch.«

»Die Frage ist: Wollen Sie den Mörder fassen?«

»Wie schon gesagt, wir haben ihn verloren.«

»Sehen Sie, darum geht es gerade«, meinte Daniels. »Ich
habe ihn gefunden.«

83

Maryland

Ramsey saß auf einem wackeligen Holzstuhl, Hände, Brust
und Füße mit Isolierband gefesselt. Er hatte draußen mit dem
Gedanken gespielt, sich gegen McCoy zu wehren, war sich
aber darüber im Klaren, dass Smith bewaffnet sein musste –
und beiden konnte er nicht entkommen. Daher hatte er nichts
unternommen. Sondern auf Zeit gespielt. Und auf einen Fehler
der beiden gehofft.

Möglicherweise war das nicht klug gewesen.

Sie hatten ihn ins Haus getrieben. Smith hatte einen kleinen
Campingofen entzündet, der nun ein schwaches Licht und
willkommene Wärme abgab. Interessanterweise stand ein Abschnitt der Schlafzimmerwand offen, und das Rechteck dahinter war kohlrabenschwarz. Er musste wissen, was diese beiden
wollten, wie sie zusammengefunden hatten und wie er sie beschwichtigen konnte.

»Diese Frau sagt mir, dass ich Ihnen entbehrlich geworden bin und jetzt auf der Abschussliste stehe«, erklärte Smith.

»Sie sollten nicht auf Leute hören, die Sie nicht kennen.«

McCoy stand gegen eine Fensterbank gelehnt da, eine Pistole in der Hand. »Wer sagt denn, dass wir einander nicht kennen?«

»Das ist nicht schwer zu erraten«, antwortete er. »Sie spielen uns beide gegeneinander aus. Hat sie Ihnen erzählt, Charlie, dass sie mir zwanzig Millionen Dollar abgepresst hat?«

»Sie hat etwas in der Art erwähnt.«

Noch ein Problem.

Er sah McCoy an. »Ich bin beeindruckt, dass Sie Charlie gefunden und den Kontakt hergestellt haben.«

»So schwierig war das nicht. Sie denken, dass keiner auf Sie achtet? Sie wissen doch, Handys kann man abhören und Überweisungen verfolgen. Es gibt vertrauliche Vereinbarungen zwischen Regierungen, aufgrund derer man zu Konten und Aufzeichnungen Zugang hat, die sonst unzugänglich wären.«

»Mir war gar nicht bewusst, dass ich Sie so sehr interessiere.«

»Sie wollten meine Hilfe. Jetzt helfe ich.«

Er zerrte an seinen Fesseln. »Das ist nicht das, was ich im Sinn hatte.«

»Ich habe Charlie die Hälfte der zwanzig Millionen angeboten.«

»Im Voraus zahlbar«, fügte Smith hinzu.

Ramsey schüttelte den Kopf. »Sie sind ein undankbarer Dummkopf.«

Smith sprang vor und schlug Ramsey mit dem Handrücken ins Gesicht. »Das wollte ich schon seit einer Ewigkeit tun.«

»Charlie, ich schwöre Ihnen, das werden Sie noch bereuen.«

»Fünfzehn Jahre lang habe ich getan, was Sie von mir verlangt haben«, sagte Smith. »Sie wollten den Tod von Menschen, und ich habe sie getötet. Ich weiß, dass Sie irgendeinen Plan hatten. So was habe ich immer gemerkt. Jetzt steigen Sie ins

Pentagon auf. In den Vereinigten Generalstab. Was kommt als Nächstes? Sie werden damit garantiert nicht zufrieden sein und nicht in Pension gehen. Das sähe Ihnen nicht ähnlich. Also bin ich zum Problem geworden.«

»Wer hat das gesagt?«

Smith zeigte auf McCoy.

»Und Sie glauben ihr?«

»Es ergibt Sinn. Und sie hatte wirklich zwanzig Millionen Dollar, denn inzwischen habe ich die Hälfte davon.«

»Und wir beide haben Sie«, sagte McCoy.

»Keiner von Ihnen beiden hat den Mut, einen Admiral zu ermorden, der Leiter des Navy-Geheimdienstes und Kandidat für den Vereinigten Generalstab ist. So ein Mord dürfte sich nur schwer bemänteln lassen.«

»Wirklich?«, fragte Smith. »Wie viele Menschen habe ich für Sie ermordet? Fünfzig? Hundert? Zweihundert? Ich kann mich nicht einmal mehr daran erinnern. Und kein einziges dieser Verbrechen wurde je als Mord erkannt. Ich würde sagen, das Bemänteln ist meine Spezialität.«

Leider hatte dieser unverschämte kleine Verräter recht, und so beschloss Ramsey, es mit Diplomatie zu versuchen. »Was kann ich tun, um Ihnen ein Gefühl der Sicherheit zu geben, Charlie? Sie arbeiten jetzt schon so lange für mich. Ich brauche Sie in den kommenden Jahren.«

Smith antwortete nicht.

»Wie viele Frauen hat er getötet?«, fragte McCoy Ramsey.

Ramsey wunderte sich über die Frage. »Spielt das eine Rolle?«

»Für mich schon.«

Dann begriff er, worum es ihr ging. Um Edwin Davis. Ihren Kollegen. »Sie wollen auf Millicent hinaus?«

»Hat Mr. Smith sie getötet?«

Er beschloss, ehrlich zu sein, und nickte.

»Und sie war schwanger?«

»Das hat sie mir gesagt. Aber wer weiß das schon immer so genau? Frauen können lügen.«

»Also haben Sie sie einfach ermordet?«

»Das erschien mir als der einfachste Weg, das Problem zu lösen. Charlie arbeitete damals für uns in Europa. Dort sind wir uns zum ersten Mal begegnet. Er hat den Auftrag gut erledigt, und seitdem gehört er mir.«

»Ich gehöre Ihnen nicht«, antwortete Smith verächtlich. »Ich arbeite für Sie. Und Sie bezahlen mich.«

»Und es gibt noch viel mehr Geld zu verdienen«, stellte der Admiral klar.

Smith trat zu der offenen Wandtür. »Das hier führt in einen Geheimkeller hinunter. Während des Bürgerkriegs war der wahrscheinlich sehr nützlich. Ein guter Ort, um Dinge zu verstecken.«

Ramsey begriff die Botschaft. *Wie zum Beispiel eine Leiche.*

»Charlie, mich zu ermorden wäre eine ganz schlechte Idee.«

Smith drehte sich um und zielte auf ihn. »Mag sein. Aber ich werde mich dann verdammt viel wohler fühlen.«

Von den anderen gefolgt, trat Malone aus dem strahlenden Sonnenschein in die Halvorsen-Forschungsstation. Ihr Gastgeber, der sie auf dem Eis erwartet hatte, nachdem sie von Bord gegangen und in die eiskalte Luft getreten waren, war ein dunkler, bärtiger Australier – untersetzt, kräftig und kompetent wirkend – namens Taperell.

Die Forschungsstation bestand aus einer Ansammlung von Hightech-Gebäuden. Sie waren unter dickem Schnee begraben und wurden von einem aufwändigen System aus Solarmodulen und Windrädern mit Strom versorgt. Der neueste Stand der Technik, sagte Taperell und fügte dann hinzu: »Sie haben heute Glück. Es sind nur minus dreizehn Grad Celsius. Verdammt warm für diesen Teil der Welt.«

Der Australier führte sie in einen großen Raum mit holzverkleideten Wänden, in dem Tische und Stühle standen und in dem es nach frischem Essen roch. Ein Digitalthermometer an der gegenüberliegenden Wand zeigte neunzehn Grad Celsius an.

»Hamburger, Fritten und etwas zu trinken sind gleich da«, sagte Taperell. »Ich dachte, Sie könnten ein paar Futteralien vertragen.«

»Ich nehme an, das heißt, etwas zu essen«, meinte Malone.

Der Australier lächelte. »Was sonst, Kumpel?«

»Können wir gleich nach dem Essen aufbrechen?«

Ihr Gastgeber nickte. »Keine Sorge, ich habe die entsprechenden Anweisungen erhalten. Ein Hubschrauber ist flugbereit. Wohin geht es?«

Malone sah Henn an. »Sie sind an der Reihe.«

Da trat Christl vor. »Ich habe das, was du brauchst.«

Stephanie beobachtete, wie Davis aufstand und den Präsidenten fragte: »Was meinen Sie damit, Sie haben ihn gefunden?«

»Ich habe den freien Posten im Vereinigten Generalstab heute Ramsey angeboten. Ich habe ihn angerufen, und er hat zugesagt.«

»Ich nehme an, es gibt einen guten Grund dafür, dass Sie das getan haben«, sagte Davis.

»Wissen Sie, Edwin, bei uns läuft es irgendwie verkehrt herum. Es ist so, als wären Sie der Präsident und ich der Stellvertretende Nationale Sicherheitsberater – und das sage ich mit besonderer Betonung auf dem Wort *Stellvertretend*.«

»Ich weiß, wer hier der Chef ist. Und Sie wissen es auch. Also sagen Sie uns einfach, warum Sie mitten in der Nacht hier aufkreuzen.«

Sie sah, dass Daniels diese Unverschämtheit nicht krummnahm.

»Als ich vor ein paar Jahren in England war, wurde ich eingeladen, bei einer Fuchsjagd mitzumachen«, erzählte der Präsident. »Die Briten lieben diesen Quatsch. Früh am Morgen diese ganze Jagdkleidung anlegen, ein stinkendes Pferd besteigen und dann einem Rudel heulender Hunde hinterherhetzen. Sie erzählten mir, wie toll das sei. Außer natürlich, man ist der Fuchs. Dann ist es die Hölle. Als die mitfühlende Seele, die ich bin, musste ich immer an den Fuchs denken, und so habe ich die Einladung ausgeschlagen.«

»Gehen wir auf die Jagd?«, fragte Stephanie.

Sie sah ein Funkeln in den Augen des Präsidenten. »O ja. Aber das Großartige an diesem Unternehmen ist: Die Füchse wissen nicht, dass wir kommen.«

Malone sah zu, wie Christl eine Karte entfaltete und sie auf einem der Tische ausbreitete. »Mutter hat es mir erklärt.«

»Und warum gerade dir?«, fragte Dorothea.

»Vermutlich dachte sie, dass ich einen klaren Kopf bewahren würde, auch wenn sie mich anscheinend für eine rachsüchtige Träumerin hält, die darauf aus ist, unsere Familie zu zerstören.«

»Und, bist du das?«, stichelte Dorothea weiter.

Christl durchbohrte die Fragende mit Blicken. »Ich bin eine Oberhauser. Die letzte Vertreterin einer langen Ahnenreihe, und ich habe vor, meine Vorfahren zu ehren.«

»Wie wäre es, wenn wir uns mit dem anstehenden Problem befassen?«, warf Malone ein. »Das Wetter ist großartig. Wir müssen das ausnutzen, so lange es geht.«

Christl hatte die neuere Antarktiskarte mitgebracht, mit der Isabel Malone in Ossau verlockt hatte, die Karte, die Isabel damals nicht aufgeschlagen hatte. Jetzt sah er, dass alle Forschungsstationen dort eingezeichnet waren, die meisten entlang der Küste, darunter auch Halvorsen.

»Großvater war hier und hier«, sagte Christl und zeigte auf zwei Stellen, die mit 1 und 2 gekennzeichnet waren. »Seinen Notizen zufolge kamen die meisten Steine, die er mitgebracht hat, von Standort 1, obwohl er sehr viel Zeit an Standort 2 verbracht hat. Die Expedition hatte eine in Einzelteile zerlegte Hütte dabei, die aufgebaut werden sollte, um Deutschlands Anspruch auf das Gebiet anzumelden. Man beschloss, die Hütte an Standort 2 zu errichten, hier, in der Nähe der Küste.«

Malone hatte Taperell gebeten dazubleiben. Jetzt sah er den Australier an und fragte: »Wo liegt das?«

»Ich kenne die Hütte. Sie befindet sich etwa fünfzig Meilen westlich von hier.«

»Steht sie noch?«, fragte Werner.

»Garantiert«, antwortete Taperell. »Holz verfault hier nicht. Die Hütte wird noch so da stehen wie an dem Tag, an dem sie erbaut wurde. Umso mehr, als es sich bei der ganzen Region um ein Schutzgebiet handelt. Um einen Ort besonderen wissenschaftlichen Interesses unter dem Antarktisschutzgesetz. Man kann die Gegend nur mit der Erlaubnis Norwegens besuchen.«

»Warum das?«, fragte Dorothea.

»Die Küste gehört den Robben. Sie ist ein Fortpflanzungsgebiet. Menschen sind dort nicht zugelassen. Die Hütte steht in einem der landeinwärts gelegenen Trockentäler.«

»Mutter sagt, Vater habe ihr erklärt, er bringe die Amerikaner zu Standort 2«, berichtete Christl. »Großvater wollte immer zurückkehren und die Stelle weiter erforschen, erhielt aber nie die Möglichkeit dazu.«

»Woher *wissen* wir eigentlich, dass das die richtige Stelle ist?«, fragte Malone.

Er bemerkte ein durchtriebenes Funkeln in Christls Augen. Sie griff in ihren Rucksack und holte ein dünnes Buch mit farbigem Cover und deutschem Titel heraus. Malone übersetzte ihn stumm für sich. *Ein Besuch in Neuschwabenland. Fünfzig Jahre danach.*

»Dies hier ist ein Bildband, der 1988 publiziert wurde. Ein deutscher Zeitschriftenverlag hat ein Kamerateam und einen

Fotografen hingeschickt. Mutter ist vor fünf Jahren auf dieses Buch gestoßen.« Sie blätterte es auf der Suche nach einer bestimmten Seite durch. »Das hier ist die Hütte.« Sie zeigte ihnen ein eindrucksvolles, zweiseitiges Farbfoto eines grauen Holzbaus in einem schwarzen Felstal, in dem Streifen glänzenden Schnees lagen. Vor dem Hintergrund der grauen Berge wirkte die Hütte zwergenhaft klein. Sie blätterte um. »Hier ist eine Aufnahme des Hütteninneren.«

Malone betrachtete das Bild. Viel war dort nicht zu sehen. Ein Tisch, auf dem Zeitschriften verstreut lagen, ein paar Stühle, zwei Stockbetten, Kisten, die zu Regalen gestapelt waren, ein Ofen und ein Funkgerät.

Ihr belustigter Blick begegnete dem seinen. »Fällt dir etwas auf?«

Sie trieb mit ihm das gleiche Spiel wie er mit ihr in Ossau. Daher nahm er die Herausforderung an und betrachtete das Bild genauer. Das taten auch die anderen.

Dann sah er es. Auf dem Boden. In die Bodenbretter eingeschnitzt.

Er zeigte darauf. »Es ist dasselbe Symbol wie auf dem Einband des Buches, das im Grab Karls des Großen gefunden wurde.«

Sie lächelte. »Das hier muss der richtige Ort sein. Und dann ist da noch das hier.« Sie ließ ein gefaltetes Stück Papier aus dem Buch gleiten. Es war eine Seite aus einer alten Zeitschrift, vergilbt und brüchig. Ein grobkörniges Schwarz-Weiß-Foto aus dem Inneren der Hütte war darauf zu sehen.

»Das stammt aus den Ahnenerbe-Aufzeichnungen, die ich besorgt habe«, sagte Dorothea. »Ich erinnere mich daran. Ich habe mir das Foto in München angesehen.«

»Mutter hat die Aufzeichnungen an sich genommen«, erklärte Christl, »und dieses Foto bemerkt. Schaut auf den Hüttenboden – das Symbol ist deutlich sichtbar. Dieser Artikel wurde im Frühjahr 1939 veröffentlicht, Großvater hat darin über die Expedition des Vorjahrs geschrieben.«

»Ich hatte ihr ja gesagt, dass diese Aufzeichnungen die Mühe wert waren«, bemerkte Dorothea.

Malone sah Taperell an. »Dort müssen wir wohl hin.«

Taperell zeigte auf die Karte. »Dieses Gebiet hier an der Küste ist Schelfeis mit Meerwasser darunter. Es erstreckt sich etwa fünf Meilen landeinwärts und wäre eine große Bucht, wenn es nicht gefroren wäre. Die Hütte liegt auf der anderen Seite eines Bergkamms, etwa eine Meile weit landeinwärts, am westlichen Rand der Eisbucht. Wir können Sie dort absetzen und auch wieder dort abholen, wenn Sie fertig sind. Wie schon gesagt, Sie dürften mit dem Wetter Glück haben. Da draußen ist heute ein wirklich heißer Tag.«

Minus dreizehn Grad war nicht gerade das, was Malone sich unter tropischen Temperaturen vorstellte, aber er begriff, was der Australier sagen wollte. »Trotzdem brauchen wir für alle Fälle eine Notfallausrüstung.«

»Wir haben zwei Schlitten bereitgemacht, denn wir hatten ja mit Ihnen gerechnet.«

»Sie stellen nicht gerade viele Fragen, oder?«, bemerkte Malone.

Taperell schüttelte den Kopf. »Nein, Kumpel. Ich bin einfach nur hier, um meinen Job zu machen.«

»Dann lasst uns die Futteralien vernichten und dann los.«

84

Fort Lee

»Mr. President«, sagte Davis. »Wäre es Ihnen vielleicht möglich, einfach nur zu erklären, was Sie wollen? Keine Geschichten, keine Rätsel. Es ist schon schrecklich spät, und ich habe nicht mehr die Kraft, geduldig und *außerdem* noch respektvoll zu sein.«

»Edwin, ich mag Sie. Die meisten der Arschlöcher, mit denen ich zu tun habe, sagen mir entweder das, was ich ihrer Meinung nach hören möchte, oder Sachen, die ich nicht zu wissen brauche. Sie aber sind anders. Sie sagen mir das, was ich hören muss. Ohne Verschönerungen, einfach geradeheraus. Deshalb habe ich Ihnen zugehört, als Sie mir von Ramsey erzählt haben. Bei jedem anderen hätte ich gedacht: zum einen Ohr rein, zum anderen raus. Aber nicht bei Ihnen. Ja, ich war skeptisch, aber Sie hatten recht.«

»Was haben Sie getan?«, fragte Davis.

Stephanie war ebenfalls etwas am Tonfall des Präsidenten aufgefallen.

»Ich habe Ramsey einfach gegeben, was er wollte. Ich habe ihn ernannt. Nichts wiegt einen Mann mehr in Sicherheit als Erfolg. Gerade ich sollte das wissen – mir gegenüber hat man dieses Mittel schon viele Male verwendet.« Daniels' Blick wanderte zur Tür des Kühlraums. »Das, was dort drinnen ruht, fasziniert mich. Aufzeichnungen von Menschen, die wir nie kennengelernt haben. Sie haben vor langer Zeit gelebt. Haben gedacht und gehandelt. Und doch hatten wir keine Ahnung von ihrer Existenz.«

Daniels griff in seine Hosentasche und brachte ein Stück Papier zum Vorschein. »Schauen Sie sich daseinmal an. Das Bild

526

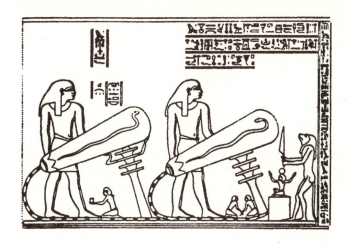

stammt von einem Steinrelief im Hathor-Tempel in Dendera. Den habe ich vor ein paar Jahren besichtigt. Er ist riesig, mit hoch aufragenden Säulen. Für ägyptische Verhältnisse ist er relativ neu, erstes Jahrhundert vor Christus. Auf dem Relief halten zwei Diener jeweils etwas, das aussieht wie eine Art Lampe, die auf Pfeilern steht, also schwer sein muss. Die Lampen sind über Kabel mit einem Kasten verbunden. Schauen Sie sich die Pfeilerenden unterhalb der beiden Glühbirnen an. Sie sehen doch aus wie Kondensatoren, oder?«

»Ich hatte keine Ahnung, dass Sie sich so sehr für dergleichen interessieren«, sagte Stephanie.

»Ich weiß. Wir armen, dummen Jungs vom Land sind völlig ahnungslos.«

»So hatte ich das nicht gemeint. Es ist nur ...«

»Machen Sie sich nichts draus, Stephanie. Ich hänge dieses Interesse nicht an die große Glocke. Aber ich bin fasziniert. All diese Gräber, die in den Pyramiden und in ganz Ägypten gefunden wurden – in keiner einzigen Grabkammer gibt es Beschädigungen durch Rauch. Wie zum Teufel hat man damals diese

Orte beleuchtet, um dort zu arbeiten? Die Ägypter hatten nur offenes Feuer, und ihre Lampen brannten mit qualmendem Öl.« Er zeigte auf die Zeichnung. »Aber vielleicht benutzten sie ja doch etwas anderes. Im Hathor-Tempel wurde eine Inschrift gefunden, die sehr beredt ist. Ich habe sie hier notiert.« Er drehte das Blatt um. »*Der Tempel wurde nach einem Plan erbaut, der in alter Schrift auf eine Ziegenhautrolle aus der Zeit der Gefährten von Horus geschrieben war.* Können Sie sich das vorstellen? Hier steht, dass sie Hilfe aus einer weit zurückliegenden Epoche hatten.«

»Sie können doch nicht wirklich glauben, dass die Ägypter elektrisches Licht verwendet haben«, wandte Davis ein.

»Ich weiß nicht, was ich glauben soll. Und wer sagt denn, dass das Licht elektrisch war? Es könnte chemisch gewesen sein. Beim Militär verwendet man Tritiumgaslichtquellen, die jahrelang ohne Stromzufuhr leuchten. Ich weiß nicht, was ich glauben soll. Ich weiß nur, dass dieses Steinrelief keine Fälschung ist.«

Ja, das stimmte.

»Betrachten Sie es einmal so«, sagte der Präsident. »Es hat einmal eine Zeit gegeben, als die sogenannten Experten glaubten, die Kontinente seien unbeweglich. Keine Frage, hieß es, das Land hat schon immer so dagelegen wie heute, basta. Dann fiel den ersten Leuten auf, dass Afrika und Südamerika zusammenzupassen scheinen. Ebenso Nordamerika, Grönland und Europa. Das sei reiner Zufall, behaupteten die Experten. Mehr nicht. Dann fand man in England und Nordamerika identische Fossilien. Und auch dasselbe Gestein. An Zufall konnte man nun fast schon nicht mehr glauben. Dann wurden unter den Ozeanen tektonische Platten entdeckt, und die sogenannten Experten begriffen, dass die Kontinente sich auf diesen Platten bewegten. Schließlich wurde 1960 klar bewiesen, dass die Experten unrecht gehabt hatten. Die Kontinente hatten alle einmal zusammengehangen und waren im Laufe der Zeit auseinandergetrieben. Was einmal eine fantastische Idee war, ist heute ein wissenschaftliches Faktum.«

Sie dachte an den vergangenen April und ihr Gespräch in Den Haag. »Sie haben mir doch gesagt, dass Sie nicht die Bohne von Wissenschaft verstehen.«

»Tu ich auch nicht. Aber das bedeutet nicht, dass ich nichts lese oder mir keine Gedanken mache.«

Sie lächelte. »Sie sind ein widersprüchlicher Mensch.«

»Das fasse ich als Kompliment auf.« Daniels zeigte auf den Tisch. »Funktioniert das Übersetzungsprogramm?«

»Es scheint so. Und Sie haben recht. Dies ist ein Bericht einer verloren gegangenen Zivilisation. Einer Zivilisation, die lange Zeit existiert hat und anscheinend zu Menschen auf der ganzen Welt Kontakt hatte. Unter anderem, so glaubt Malone, auch zu Europäern des neunten Jahrhunderts.«

Daniels stand auf. »Wir halten uns für so klug. Für so fortschrittlich. In allem waren wir angeblich die Ersten. Völliger Quatsch. Es wimmelt nur so von Dingen, die wir nicht wissen.«

»Nach dem, was wir bisher übersetzt haben, gibt es hier anscheinend einiges an technischem Wissen. Wir sind auf eigenartige Dinge gestoßen. Es wird eine Weile dauern, sie zu verstehen. Und einiges an Arbeit vor Ort benötigen.«

»Malone wird es vielleicht noch bereuen, dass er dorthin geflogen ist«, brummte Daniels.

Sie musste Bescheid wissen. »Warum?«

Die dunklen Augen des Präsidenten betrachteten sie prüfend. »Die NR-1A benutzte einen Atomreaktor als Antrieb, aber als Schmiermittel waren mehrere tausend Liter Öl an Bord. Davon wurde niemals auch nur ein Tropfen gefunden.« Daniels schwieg einen Moment. »U-Boote verlieren Öl, wenn sie sinken. Und dann ist da noch das Logbuch. Genau wie Sie es von Rowland gehört haben. Es ist knochentrocken. Kein einziger Wasserfleck. Das bedeutet, dass das U-Boot noch intakt war, als Ramsey es fand. Und Rowland zufolge befanden sie sich auf dem Kontinent, als Ramsey ins Wasser stieg. In der Nähe der Küste. Malone folgt Dietz Oberhausers Spur, genau wie damals die NR-1A. Was, wenn die Wege sich kreuzen?«

»Dieses U-Boot kann unmöglich noch da sein«, sagte Stephanie.

»Warum nicht? Wir reden hier über die Antarktis.« Daniels hielt inne. »Vor einer halben Stunde habe ich erfahren, dass Malone und seine Leute sich jetzt in der Halvorsen-Forschungsstation befinden.«

Sie sah, dass Daniels sich ernsthaft für das Geschehen interessierte, sowohl für das, was hier geschah, als auch für das, was im Süden vor sich ging.

»Okay, hier kommt die Information«, sagte Daniels. »Ich habe erfahren, dass Ramsey einen Killer engagiert hat, der sich Charles C. Smith jr. nennt.«

Davis saß stumm auf seinem Stuhl.

»Ich habe Ramsey gründlich von der CIA durchleuchten lassen, und dabei sind sie auf diesen Smith gestoßen. Fragen Sie mich nicht, wie, aber so war es. Anscheinend verwendet er eine Vielzahl von Namen, und Ramsey hat ihn mit Riesensummen bezahlt. Wahrscheinlich ist Smith derjenige, der Sylvian, Alexander und Scofield ermordet hat und der denkt, er hätte auch Herbert Rowland umgebracht …«

»Millicent hat er ebenfalls auf dem Gewissen«, sagte Davis.

Daniels nickte.

»Sie haben Smith gefunden?«, hakte Stephanie in Erinnerung an Daniels' ursprüngliche Worte nach.

»In gewisser Weise.« Der Präsident zögerte. »Ich bin gekommen, um das hier zu sehen. Ich wollte wirklich Bescheid wissen. Aber ich bin außerdem auch gekommen, um Ihnen zu sagen, wie wir dieses Affentheater beenden können.«

Malone sah aus dem Fenster des Hubschraubers. Das Dröhnen der Rotoren pulsierte in seinen Ohren. Sie flogen westwärts.

Strahlendes Sonnenlicht strömte durch die dunkel getönten Gläser, die seine Augen schützten. Sie folgten dem Küstensaum, wo Robben wie riesige Nacktschnecken auf dem Eis lagen und Killerwale auf der Suche nach unvorsichtiger Beute an den Rändern des Eises entlangpatrouillierten. Wie Grabsteine auf einem endlosen, weißen Friedhof ragten hinter der Küste Berge empor, und ihre dunkle Färbung stach heftig vom hellen Schnee ab.

Der Hubschrauber bog nach Süden ab.

»Wir fliegen jetzt in das Schutzgebiet ein«, sagte Taperell über die Flughelme.

Der Australier saß vorne rechts neben dem norwegischen Piloten. Alle anderen hockten im ungeheizten hinteren Abteil. Durch technische Probleme mit dem UH-1 waren sie drei Stunden aufgehalten worden. Keiner war zurückgeblieben. Alle schienen unbedingt wissen zu wollen, was dort draußen zu finden war. Selbst Dorothea und Christl hatten sich beruhigt, auch wenn sie so weit wie möglich voneinander entfernt saßen. Christl trug nun einen andersfarbigen Parka, ihr blutiger war in der Forschungsstation ersetzt worden.

Sie fanden die in der Karte verzeichnete Bucht, deren Form an ein gefrorenes Hufeisen erinnerte und deren Eingang durch Eisberge versperrt war. Blendendes Licht wurde von den bläulich schimmernden Eisbergen zurückgeworfen.

Der Hubschrauber flog über einen Berggrat, der so steil war, dass der Schnee nicht daran haften blieb. Die Sicht war ausgezeichnet, und die Winde waren schwach; nur ein paar feine Zirruswölkchen hingen an einem strahlend blauen Himmel.

Weiter vorn erblickte Malone etwas anderes.

Schnee lag so gut wie keiner dort. Stattdessen waren Boden und Felswände von schwarzem Dolerit, grauem Granit, braunem Schiefer und weißem Kalkstein unregelmäßig gestreift. Granitblöcke in allen Größen und Formen lagen in der Landschaft verstreut.

»Ein Trockental«, sagte Taperell. »Seit zwei Millionen Jahren hat es hier nicht mehr geregnet. Damals türmte das Gebirge sich schneller empor, als die Gletscher sich vorarbeiten konnten, und so blieb das Eis auf der anderen Seite der Berge. Von Süden her wehen Winde vom Hochland herunter und halten das Tal eis- und schneefrei. Im südlichen Teil des Kontinents gibt es viele dieser Trockentäler. Hier sind es nicht ganz so viele.«

»Ist das Tal erkundet worden?«, fragte Malone.

»Wir haben Fossiliensucher, die hier vorbeischauen. Dieses Tal ist eine Schatzgrube. Auch Meteoriten sind hier zu finden. Aber der Vertrag lässt nur eine begrenzte Zahl von Besuchern zu.«

Die Hütte tauchte auf. Am Fuße eines bedrohlich wirkenden, wegelosen Berggipfels bot sie einen sonderbaren Anblick.

Der Hubschrauber flog über das jungfräuliche Felsengelände, schwenkte dann zu einem Landeplatz zurück und landete auf kiesigem Sand.

Alle stiegen aus, Malone als Letzter; ihm wurden die Schlitten mit der Ausrüstung angereicht. Taperell zwinkerte Malone zu, als er ihm seinen Rucksack reichte, zum Zeichen, dass er damit seine Aufgabe erledigt hatte. Der Lärm der Rotoren und eiskalte Luftstöße empfingen Malone im Freien.

Zwei Funkgeräte lagen in den Bündeln. Malone hatte bereits ausgemacht, dass man in sechs Stunden wieder nach ihnen schauen würde. Taperell hatte ihnen gesagt, dass die Hütte ihnen notfalls Schutz bieten würde. Doch es sah so aus, als würde das Wetter die nächsten zehn bis zwölf Stunden stabil bleiben. Tageslicht war kein Problem, da die Sonne erst im März wieder untergehen würde.

Malone signalisierte mit erhobenen Daumen sein Okay, und der Hubschrauber hob ab. Das rhythmische Dröhnen der Rotorblätter entfernte sich leiser werdend über den Berggrat.

Dann waren sie von Stille umgeben.

Jeder seiner Atemzüge knisterte, die Luft war so trocken wie ein Saharawind. Doch die Stille vermittelte kein Gefühl des Friedens.

Die Hütte stand fünfzig Meter entfernt.

»Und was machen wir jetzt?«, fragte Dorothea.

Malone ging los. »Ich würde sagen, wir fangen mit dem Offensichtlichen an.«

85

Malone näherte sich der Hütte. Taperell hatte recht gehabt. Sie war siebzig Jahre alt, doch ihre hellbraunen Wände sahen so aus, als wären sie gerade erst von der Sägemühle ausgeliefert worden. Auf den Nagelköpfen war nicht das kleinste Fleckchen Rost zu finden. Ein Seil, das zusammengerollt neben der Tür hing, sah wie neu aus. Zwei Fenster waren von Läden geschützt. Er schätzte die Hütte auf etwa sechs mal sechs Meter. Sie hatte ein überhängendes, steiles Blechdach, aus dem ein Schornstein ragte. An der einen Wand lag eine ausgeweidete, grauschwarze Robbe; die glasigen Augen und Schnurrhaare waren noch immer da, und sie wirkte eher wie schlafend, nicht wie gefroren.

Die Tür hatte keinen Riegel, und so schob Malone sie nach innen auf und nahm die getönte Brille ab. Von stahlverstärkten Dachsparren hingen Robbenfleisch und Schlitten herab. An der einen, braun verfleckten Wand stand das aus Kisten aufgestapelte Regal, das er schon vom Foto kannte, darin dieselben Dosen und Flaschen mit Nahrungsmitteln, deren Etiketten noch lesbar waren. Die beiden Stockbetten mit Schlafsäcken aus Pelz, der Tisch, die Stühle, der Stahlherd und das Funkgerät – alles war da. Selbst die Zeitschriften aus dem Foto lagen auf dem Tisch. Es sah so aus, als wären die Bewohner am

Vortag aufgebrochen und könnten jeden Moment zurückkehren.

»Geradezu verstörend«, murmelte Christl.

Das fand Malone auch.

Da es hier keine Staubmilben oder Insekten gab, die organische Abfälle zersetzen konnten, mussten Schweißtröpfchen der Deutschen noch immer gefroren am Boden liegen, zusammen mit Hautschuppen und sonstigen körperlichen Absonderungen – und diese Gegenwart der Nazis hing schwer in der stillen Luft der Hütte.

»Großvater war hier«, sagte Dorothea und trat zum Tisch mit den Zeitschriften. »Hier liegen Publikationen des Ahnenerbes.«

Malone schüttelte das Gefühl des Unbehagens ab, trat zu der Stelle, wo das Symbol in den Boden eingeschnitzt sein sollte, und erblickte es tatsächlich. Dasselbe Symbol, das auf dem Buchdeckel geprangt hatte, und daneben noch eine primitive Ritzzeichnung.

»Das ist unser Familienwappen«, sagte Christl.

»Anscheinend hat Großvater seinen persönlichen Anspruch angemeldet«, bemerkte Malone.

»Was meinen Sie damit?«, fragte Werner.

Henn, der neben der Tür stand, schien zu verstehen und griff nach einer Eisenstange, die neben dem Ofen lehnte. Sie war vollkommen rostfrei.

»Ich sehe, dass Sie die Antwort ebenfalls kennen«, sagte Malone.

Henn erwiderte nichts. Er zwängte einfach nur die abgeflachte Eisenspitze unter die Fußbodenbretter und stemmte diese auf. Darunter kamen ein schwarzes Loch und das obere Ende einer Holzleiter zum Vorschein.

»Woher wusstest du Bescheid?«, fragte Christl Malone.

»Diese Hütte steht an einer merkwürdigen Stelle. Das ergibt keinen Sinn, wenn sie nicht etwas schützt. Als ich das Foto im Buch sah, begriff ich, wie die Antwort lauten musste.«

»Wir brauchen Taschenlampen«, sagte Werner.

»Zwei liegen draußen auf dem Schlitten. Ich habe Taperell gebeten, sie einzupacken, zusammen mit Ersatzbatterien.«

Smith wachte auf. Er befand sich wieder in seiner Wohnung. Es war zwanzig nach acht. Er hatte nur drei Stunden Schlaf bekommen, aber trotzdem war er schon jetzt begeistert vom neuen Tag. Er war zehn Millionen Dollar reicher, Diane McCoy sei Dank, und er hatte Ramsey klargemacht, dass man ihn ernst nehmen musste.

Er schaltete den Fernseher ein und stieß auf eine Wiederholungsfolge von *Zauberhafte Hexen*. Er liebte diese Serie. Irgendetwas an diesen drei attraktiven Hexen sprach ihn an. Nichtsnutzig *und* nett. Und so konnte man wohl auch Diane McCoy am besten beschreiben. Sie hatte während seiner Konfrontation mit Ramsey kühl dabeigestanden, eindeutig eine unzufriedene Frau, die mehr wollte – und offensichtlich wusste, wie sie es bekommen konnte.

Er sah zu, wie Paige aus ihrem Haus orbte. Was für ein Kunststück. Sich am einen Ort zu entmaterialisieren und an einem anderen zu rematerialisieren. So war er selber in gewisser Weise auch. Er schlüpfte in ein Haus, tat seine Arbeit und schlüpfte dann genauso geschickt wieder hinaus.

Sein Handy läutete. Er erkannte die Nummer.

»Und was darf ich für Sie tun?«, fragte er Diane McCoy, als er das Gespräch annahm.

»Ich muss noch ein bisschen mehr Ordnung schaffen.«

»Dafür scheint heute der richtige Tag.«

»Die beiden aus Asheville, die Ihnen beinahe bei Scofield in die Quere gekommen wären. Sie arbeiten für mich und wissen viel zu viel. Ich wünschte, wir hätten Zeit für Raffinesse, aber die fehlt uns. Die beiden müssen eliminiert werden.«

»Und Sie wissen schon, wie?«

»Ich weiß genau, wie wir es anstellen werden.«

Dorothea sah zu, wie Cotton Malone in die Öffnung unter der Hütte stieg. Was hatte ihr Großvater gefunden? Sie hatte sich davor gefürchtet mitzukommen, sowohl wegen der Risiken als auch wegen unerwünschter persönlicher Verwicklungen, doch jetzt war sie froh, dass sie die Reise unternommen hatte. Ihr Rucksack lag ein paar Schritte entfernt; die Pistole, die darin lag, gab ihr ein tröstliches Gefühl. Im Flugzeug hatte sie überreagiert. Ihre Schwester wusste genau, wie sie sie manipulieren musste, wie sie sie aus dem Gleichgewicht bringen und an ihrer wundesten Stelle treffen konnte, und sie ermahnte sich, doch nicht immer wieder denselben Köder zu schlucken.

Werner stand mit Henn beim Eingang der Hütte. Christl saß am Funktisch.

Malones Licht huschte durch die Dunkelheit in der Grube.

»Es ist ein Tunnel«, rief er. »Er erstreckt sich in Richtung des Berges.«

»Wie weit?«, fragte Christl.

»Verdammt weit.«

Malone stieg wieder nach oben. »Ich muss etwas sehen.«

Er kam aus der Grube und verließ die Hütte. Sie folgte ihm.

»Ich habe mich gefragt, was es mit den Schnee- und Eisstreifen auf sich hat, die sich durchs Tal ziehen. Überall liegt schneefreier Boden und Fels, aber dann gibt es ein paar wegartige Streifen, die kreuz und quer durch die Landschaft führen.« Er zeigte auf den Berg und einen gut zwei Meter breiten Schneepfad, der von der Hütte bis zum Fuß des Berges führte. »Unter diesem Schneestreifen liegt der Tunnel. Die Luft dort unten ist viel kälter als die Erde, und so bleibt der Schnee liegen.«

»Woher wissen Sie das?«, fragte Werner.

»Das werden Sie sehen.«

Henn war der Letzte, der die Leiter hinunterstieg. Malone beobachtete, wie alle verblüfft stehen blieben. Vor ihnen erstreckte sich der gerade Tunnel, vielleicht sechs Meter breit, die Wände aus schwarzem, vulkanischem Gestein und die Decke durchscheinend blau, was den unterirdischen Pfad in ein schimmerndes Dämmerlicht tauchte.

»Das ist unglaublich«, sagte Christl.

»Die Eisdecke hat sich vor langer Zeit gebildet. Aber sie hatte Unterstützung.« Malone zeigte mit der Taschenlampe auf Steinblöcke, die den Boden übersäten. Sie warfen das Licht funkelnd zurück. »Eine Art Quarz. Die Blöcke liegen überall herum. Schauen Sie sich die Formen an. Meine Vermutung ist, dass sie früher einmal die Decke gebildet haben, dann aber heruntergebrochen sind, und dass das Eis als natürliche Decke zurückgeblieben ist.«

Dorothea bückte sich und untersuchte eines der Stücke. Henn strahlte es mit der anderen Taschenlampe an. Dorothea fügte ein paar Stücke zusammen. Sie passten zusammen wie die Teile eines Puzzles. »Sie haben recht. Die Steine gehören zusammen.«

»Wohin führt dieser Tunnel?«, fragte Christl.

»Das werden wir jetzt herausfinden.«

Unter der Erde war die Luft kälter als draußen. Malone sah

auf sein Armbandthermometer: minus zwanzig Grad Celsius. Kalt, aber erträglich.

Was die Länge betraf, hatte er recht gehabt – der Tunnel war ein paar hundert Meter lang und mit den Quarztrümmern übersät. Bevor sie hinabgestiegen waren, hatten sie ihre Ausrüstung in die Hütte geschleppt, darunter auch die beiden Funkgeräte. Sie hatten ihre Rucksäcke mitgenommen, und Malone hatte Ersatzbatterien für die Taschenlampen dabei, doch das schimmernde Licht, das durch die Decke sickerte, genügte, um ihnen den Weg zu zeigen.

Weiter vorn endete die schimmernde Decke. Dort begann wohl der Berg, und sie stießen auf einen hohen Torbogen – schwarze und rote Pfeiler ragten an den Seiten auf und trugen ein Tympanon, in das die gleiche Schrift wie in den Büchern eingemeißelt war. Er beleuchtete die quadratischen Pfeiler mit der Taschenlampe und bemerkte, dass sie nach unten schmaler wurden. Die glatte Oberfläche schimmerte in ätherischer Schönheit.

»Anscheinend sind wir am richtigen Ort«, sagte Christl.

Zwei Türflügel, vielleicht vier Meter hoch, waren verschlossen. Malone trat heran und strich darüber. »Bronze.«

Spiralbänder verzierten die glatte Fläche. Ein Metallriegel, der in dicken Halterungen steckte, lag quer vor den Türflügeln. Diese wurden von sechs schweren Türangeln gehalten.

Malone nahm den Riegel und schob ihn weg.

Henn packte den Griff eines der Türflügel und schwang ihn auf. Malone packte den anderen und fühlte sich dabei wie Dorothy, die das Zauberland Oz betritt. Der zweite Türflügel war mit denselben Spiralbändern verziert und wies dieselbe Bronzehalterung auf. Das Portal war so breit, dass sie alle gleichzeitig eintreten konnten.

Was von oben wie ein einziger schneebedeckter Berg ausgesehen hatte, bestand in Wirklichkeit aus drei eng beieinanderstehenden Gipfeln. Die breiten Klüfte dazwischen wurden von einer durchscheinenden blauen Eisschicht überwölbt – alt, kalt, hart und schneefrei. Diese Schicht war einmal von weiteren Quarzblöcken getragen worden wie ein hoch aufragendes Buntglasfenster mit dicken, unregelmäßigen Fugen. Ein guter Teil dieser inneren Konstruktion war eingebrochen, doch es stand noch genug da, um sehen zu können, dass die bautechnische Leistung beeindruckend gewesen war. Durch drei lotrechte Fugen, die wie drei dicke Leuchtstäbe den riesigen Raum in ein fast übernatürliches Licht tauchten, fielen weitere bläulich irisierende Lichtbündel ein.

Vor ihnen lag eine Stadt.

Stephanie hatte die Nacht in Edwin Davis' Wohnung verbracht, einer bescheidenen Dreizimmerwohnung mit zwei Badezimmern in den Watergate Towers. Schiefe Wände, ein unregelmäßiger Grundriss, unterschiedliche Deckenhöhen und viele geschwungene Linien verliehen den Räumen etwas Kubistisches. Die minimalistische Einrichtung und die Farbe der Wände, die Farbe reifer Birnen, hatten eine ungewöhnliche, aber nicht unangenehme Wirkung. Davis erzählte Stephanie, er habe die Wohnung möbliert gemietet und sich an ihre Schlichtheit gewöhnt.

Sie waren mit Daniels und der Flugbereitschaft nach Washington zurückgekehrt und hatten ein paar Stunden Schlaf bekommen. Stephanie hatte geduscht, und Davis hatte dafür gesorgt, dass sie in einer der Boutiquen im Erdgeschoss Ersatzkleidung kaufen konnte. Teuer, aber ihr war keine Wahl geblieben. Sie hatte ihre alten Sachen schon zu lange an. Als sie Atlanta verlassen hatte und nach Charlotte aufgebrochen war, hatte sie geglaubt, die Reise werde höchstens einen Tag in Anspruch nehmen. Jetzt war sie schon den dritten Tag unterwegs, und ein Ende war nicht in Sicht. Davis hatte ebenfalls geduscht, sich rasiert und eine marineblaue Kordhose sowie ein blassgelbes Oxford-Hemd angezogen. Sein Gesicht war immer noch von der Prügelei verunziert, sah inzwischen aber wieder besser aus.

»Wir können unten etwas essen«, sagte er. »Als Koch bin ich der totale Versager, deshalb esse ich oft dort.«

»Der Präsident ist Ihr Freund«, fühlte sie sich genötigt zu sagen, da sie wusste, dass ihm die vergangene Nacht auf der Seele lag. »Er geht ein großes Risiko für Sie ein.«

Er lächelte verhalten. »Ich weiß. Und jetzt sind wir an der Reihe.«

Sie bewunderte diesen Mann inzwischen. Er war ganz anders, als sie geglaubt hatte. Ein bisschen unerschrockener, als für ihn gut war, aber sehr engagiert.

Das Telefon läutete und Davis nahm ab.

Sie hatten schon auf den Anruf gewartet.

Da es in der Wohnung ganz still war, konnte sie jedes einzelne Wort des Anrufers verstehen.

»Edwin«, sagte Daniels. »Ich weiß jetzt, wo es ist.«

»Sagen Sie es mir«, bat Davis.

»Sind Sie sich sicher? Noch können Sie einen Rückzieher machen. Vielleicht kommen Sie von dieser Aktion nicht lebend zurück.«

»Sagen Sie mir einfach, wo es ist.«

Sie zuckte bei seiner Ungeduld zusammen, aber Daniels hatte recht. Vielleicht würden sie nicht zurückkommen.

Davis schloss die Augen. »Lassen Sie es uns einfach tun.« Er machte eine kurze Pause. »Sir.«

»Schreiben Sie das hier auf.«

Davis schnappte sich einen Stift und einen Block von der Ablage und notierte rasch die Information, die Daniels ihm gab.

»Vorsicht, Edwin«, sagte Daniels. »Hier gibt es sehr viele unbekannte Faktoren.«

»Und Frauen kann man nicht trauen?«

Der Präsident kicherte. »Ich bin froh, dass Sie das gesagt haben und nicht ich.«

Davis legte auf und starrte Stephanie an, die Augen ein Kaleidoskop von Emotionen. »Sie müssen hierbleiben.«

»So ein Quatsch.«

»Sie brauchen das nicht zu tun.«

Seine coole Überheblichkeit brachte sie zum Lachen. »Seit wann denn das? Schließlich haben Sie mich in diese Sache hineingezogen.«

»Das war ein Fehler.«

Sie trat näher und streichelte ihm sanft über das zerschlagene Gesicht. »Wäre ich nicht da gewesen, hätten Sie in Asheville den falschen Mann getötet.«

Mit nervös zitternden Händen umfasste er leicht ihre Handgelenke. »Daniels hat recht. Die Sache ist völlig unkalkulierbar.«

»Zum Teufel, Edwin, so ist mein ganzes Leben.«

86

Malone hatte einige eindrucksvolle Dinge gesehen: den Schatz des Templerordens, die Bibliothek von Alexandria, das Grab Alexanders des Großen. Aber nichts davon war mit dem zu vergleichen, was er jetzt erblickte.

Vor ihm erstreckte sich ein Prozessionsweg aus unregelmäßig geformten, polierten Platten, zu dessen Seiten sich dicht an dicht Gebäude unterschiedlicher Form und Größe drängten. Andere Straßen kreuzten diesen Weg. Der Kokon aus Stein, der die Siedlung umschloss, reichte mehrere hundert Meter hoch in die Luft, und die fernste Wand lag vielleicht zwei Fußballfelder entfernt. Sogar noch beeindruckender waren die vertikalen Fronten der Felsgipfel, die sich wie riesige Monolithen glatt poliert vom Boden bis zur Decke erhoben. Symbole, Buchstaben und Zeichnungen waren hineingemeißelt. Mit der Taschenlampe entdeckte Malone an der nächstgelegenen Wand ein Ineinander von weißlich gelbem Sandstein, grünlich rotem Schiefer und schwarzen Dolerit-Keilen. Es sah aus wie Marmor – und man hatte eher das Gefühl, in einem Gebäude zu stehen als in einem Berg.

In regelmäßigen Abständen standen Pfeiler entlang der Straße und trugen mehr von dem Quarz, das wie ein Nachtlicht sanft schimmerte und alles mit einer Aura von Geheimnis umgab.

»Großvater hatte recht«, sagte Dorothea. »Es existiert wirklich.«

»Ja, er hatte recht«, verkündete Christl mit erhobener Stimme. »Er hatte in allem recht.«

Malone hörte ihren Stolz heraus und spürte ihre Erregung.

»Ihr alle habt ihn für einen Träumer gehalten«, fuhr Christl fort. »Mutter hat ihn und Vater gescholten. Aber die beiden waren Visionäre.«

»Das hier wird *wirklich* alles ändern«, sagte Dorothea.

»Du hast kein Recht, daran teilzuhaben«, entgegnete Christl. »Ich habe immer an ihre Theorien geglaubt. Deswegen habe ich in diese Richtung geforscht. Ihr habt darüber gelacht. Jetzt wird niemand mehr über Hermann Oberhauser lachen.«

»Wie wäre es, wenn wir mit den Lobpreisungen abwarten und uns erst einmal alles anschauen?«, schlug Malone vor.

Er führte die Gruppe weiter und spähte in die Seitenstraßen, so weit der Strahl ihrer Taschenlampen reichte. Eine Vorahnung hatte sich seiner bemächtigt, aber die Neugierde trieb ihn weiter. Beinahe rechnete er damit, dass aus den Häusern Leute kommen und sie begrüßen würden, aber es waren nur ihre eigenen Schritte zu hören.

Die Gebäude waren teils quadratisch, teils rechteckig. Die Wände waren aus ohne Mörtel eng verfugten, behauenen und glatt polierten Steinen errichtet. Im Licht der beiden Taschenlampen kamen leuchtend bunte Fassaden zum Vorschein.

Rostrot, braun, blau, gelb, weiß und golden. Schwach geneigte Dächer krönten Ziergiebel voller komplexer Spiralmuster und weiterer Schrift. Alles wirkte ordentlich, praktisch und gut organisiert. In der antarktischen Kälte war alles erhalten geblieben, auch wenn es Hinweise auf das Arbeiten geologischer Kräfte gab. Viele der Quarzblöcke in den hoch aufragenden Lichtspalten waren herausgefallen. Ein paar Wände waren eingebrochen, und in der Straße gab es Höcker.

Der Hauptweg führte auf einen kreisrunden Platz, der von weiteren Gebäuden umstanden war, darunter ein tempelähnlicher Bau mit wunderschön verzierten, quadratischen Pfeilern. In der Mitte des Platzes stand das charakteristische Symbol, das auf dem Buchdeckel geprangt hatte, ein riesiges, glänzend rotes Monument, das von Reihen von Steinbänken umgeben war. Mit seinem eidetischen Gedächtnis rief Malone sich mühelos in Erinnerung, was Einhard geschrieben hatte.

Als Zeichen ihrer Zustimmung stempelten die *Berater* das Symbol der Rechtschaffenheit unter alle gesetzlichen Verfügungen. In roten Stein gemeißelt steht dieses Symbol in der Mitte der Stadt und wacht über die jährlichen Beratungen. Zuoberst zeigt es eine halbe, glorreich strahlende Sonne. Darunter kommen die Erde, ein einfacher Kreis, und die Planeten, die durch einen Punkt innerhalb des Kreises symbolisiert sind. Das Kreuz darunter erinnert an das Land, während ganz zuunterst das Meer wogt.

Auf dem Platz standen zahlreiche etwa drei Meter hohe Pfeiler. Alle waren rot und oben mit Schnörkeln und Ornamenten verziert. Malone zählte achtzehn davon. Darin war in eng stehenden Zeilen weitere Schrift eingemeißelt.

Die Gesetze werden von den Beratern *erlassen und in die Pfeiler der Rechtschaffenheit in der Mitte der Stadt eingemeißelt, so dass jeder die Vorschriften kennt.*

»Einhard war hier«, sagte Christl. Ihr war offensichtlich dasselbe aufgefallen wie ihm. »Es ist so, wie er es beschrieben hat.«

»Da du uns das, was er geschrieben hat, nicht gezeigt hast, lässt sich das schwer beurteilen«, maulte Dorothea.

Christl ignorierte ihre Schwester und studierte einen der Pfeiler.

Sie gingen über eine Vielfalt von Bodenmosaiken. Henn leuchtete das Pflaster mit seiner Taschenlampe an. Tiere, Menschen, Szenen des Alltagslebens – alles leuchtend bunt. Ein paar Meter entfernt sah Malone eine kreisförmige Steinmauer von etwa zehn Meter Durchmesser und ein Meter zwanzig Höhe. Er ging hin und blickte darüber. In der Erde öffnete sich ein schwarzes, von Steinen umfasstes Loch.

Die anderen kamen ebenfalls.

Er fand einen Steinbrocken von der Größe einer kleinen Melone und warf ihn über den Rand. Zehn Sekunden vergingen. Zwanzig. Dreißig. Vierzig. Eine Minute. Noch immer drang kein Geräusch von unten herauf.

»Das ist wirklich ein tiefes Loch«, sagte er.

Ganz ähnlich wie die Grube, die er sich selbst gegraben hatte.

Dorothea trat von dem Loch weg. Werner folgte ihr und flüsterte: »Alles in Ordnung?«

Sie nickte; seine Art, sich als sorgender Ehemann zu geben, bereitete ihr Unbehagen. »Wir müssen zum Ende kommen«, flüsterte sie. »Bring die Sache in Schwung.«

Er nickte.

Malone betrachtete gerade einen der quadratischen roten Pfeiler.

Mit jedem Atemzug wurde Dorotheas Mund trockener.

»Vielleicht kommen wir ja schneller vorwärts, wenn wir die Gegend in zwei Gruppen getrennt erkunden und uns dann wieder hier treffen?«, schlug Werner Malone vor.

Der Angesprochene drehte sich um. »Keine schlechte Idee.

Uns bleiben noch fünf Stunden, bis wir wieder abgeholt werden, und der Rückweg durch den Tunnel ist lang. Wir sollten den Weg nur einmal machen müssen.«

Keiner widersprach.

»Um Streitereien zu vermeiden, nehme ich Dorothea mit«, sagte Malone. »Sie und Christl gehen mit Henn.«

Dorothea sah Ulrich an. Sein Blick sagte ihr, dass das in Ordnung war.

Also entgegnete sie nichts.

Falls überhaupt etwas passieren würde, dann jetzt, sagte sich Malone, und so hatte er Werners Vorschlag rasch zugestimmt. Er würde abwarten, wer den ersten Schachzug machte. Die Schwestern und das Ehepaar getrennt zu halten, erschien ihm klug, und er bemerkte, dass keiner Einwände hatte.

Das bedeutete, dass er jetzt die Karten ausspielen musste, die er sich selbst gegeben hatte.

87

Malone und Dorothea verließen den Zentralplatz und drangen tiefer in die Stadt vor. Die Häuser waren so dicht gepackt wie Dominosteine in einer Schachtel. Einige der Gebäude waren Geschäfte mit ein oder zwei Räumen, die sich ohne eine erkennbare andere Funktion zur Straße hin öffneten. Andere Häuser waren zurückgesetzt, und zwischen den Geschäften hindurch führten Gassen zu deren Haustüren. Er bemerkte weder Dachgesimse noch Dachrinnen. Die Architektur schien an rechten Winkeln, Diagonalen und Pyramidenstrukturen ausgerichtet zu sein – geschwungene Linien gab es fast gar nicht. Keramikrohre mit dicken, grauen Verbindungsfugen führten von Haus zu Haus und an den Außenwänden hinauf und herunter – alle waren schön bemalt. Sie sahen gut aus, waren aber, so vermutete Malone, außerdem aus praktischen Gründen da.

Er und Dorothea untersuchten eine der Wohnungen, nachdem sie durch eine Bronzetür eingetreten waren. Ein mit Mosaiksteinen gepflasterter Innenhof war von vier exakt angelegten quadratischen Räumen umgeben. Säulen aus Onyx und Topas schienen mehr der Zierde als der Statik zu dienen. Eine Treppe führte zu einem Obergeschoss hinauf. Fenster gab es nicht. Stattdessen bestand die Decke wiederum aus Quarzsteinen, die mit Mörtel zusammengefügt waren. Das schwache Licht, das von draußen hereinsickerte, brach sich darin und ließ den Raum heller wirken.

»Alle Räume stehen leer«, sagte Dorothea. »Als hätten die Bewohner alles eingepackt und wären gegangen.«

»Genau so könnte es gewesen sein.«

Die Wände waren mit Bildern bemalt. Dort saßen Gruppen gut gekleideter Frauen von weiteren Menschen umgeben zu beiden Seiten eines Tisches. Dahinter schwamm ein Mörderwal – ein Männchen, wie er an der großen Finne erkannte – in einem blauen Meer. Dort trieben auch zerklüftete Eisberge, auf denen Kolonien von Pinguinen saßen. Ein Boot segelte über das Wasser – es war lang, schmal und hatte zwei Masten. Auf quadratischen Segeln prangte rot das Symbol vom Zentralplatz. Man schien sich um Realismus bemüht zu haben. Alle Proportionen stimmten. Die Wand warf den Strahl der Taschenlampe zurück, was ihn dazu verlockte, mit der Hand über den Stein zu streichen.

In jedem Zimmer liefen Keramikrohre vom Boden zur Decke, so bemalt, dass sie zu den Bildern passten.

Malone untersuchte sie mit unverhülltem Erstaunen.

»Scheint eine Art Heizungssystem zu sein. Die Leute mussten sich ja irgendwie warm halten.«

»Und wo kam die Wärme her?«, fragte Dorothea.

»Geothermie. Diese Leute waren klug, aber nicht technisch hochentwickelt. Meine Vermutung lautet, dass die Grube auf dem Zentralplatz ein geothermischer Schacht war, mit dem alles hier beheizt wurde. Man speiste Wärme in diese Rohre und versorgte damit die ganze Stadt.« Er rieb mit der Hand über das glänzende Rohr. »Aber als die Wärmequelle versiegt war, gerieten die Bewohner in Schwierigkeiten. Das Leben muss hier zum täglichen Kampf geworden sein.«

Eine der Innenwände war von einem Spalt verunstaltet, und Malone fuhr ihm mit der Taschenlampe nach. »Im Laufe der Jahrhunderte hat es hier einige Erdbeben gegeben. Erstaunlich, dass das alles immer noch steht.«

Da er auf keine seiner Anmerkungen eine Antwort erhalten hatte, drehte er sich um.

Dorothea Lindauer stand auf der anderen Seite des Raums und hielt eine Pistole auf ihn gerichtet.

Stephanie betrachtete das Haus, zu dem Danny Daniels' Beschreibung sie geführt hatte. Alt und verfallen stand es einsam in der Landschaft von Maryland, umgeben von dichten Wäldern und Wiesen. Hinter dem Haus stand eine Scheune. Es waren keine weiteren Autos zu sehen. Sie waren beide bewaffnet gekommen, und so stiegen sie mit der Waffe in der Hand aus. Keiner sagte ein Wort.

Sie näherten sich der Vordertür, die offen stand. Die meisten Fenster waren aus dem Rahmen gebrochen. Sie schätzte die Fläche des Hauses auf zwei- bis dreihundert Quadratmeter, doch seine Prachtzeiten waren längst vorüber.

Vorsichtig traten sie ein.

Der Tag war klar und kalt, und durch die leeren Fensteröffnungen strömte heller Sonnenschein herein. Sie standen in einer Eingangshalle, links und rechts lagen Salons, und vor ihnen öffnete sich ein weiterer Korridor. Das Haus war eingeschossig und weitläufig, die Zimmer waren durch breite Gänge verbunden. Mit schmutzigen Tüchern abgedeckte Möbel standen in den Räumen; die Tapeten blätterten von den Wänden, und die Holzböden wölbten sich.

Sie hörte ein Geräusch, ein Scharren. Dann ein leises Tappen. Bewegte sich da etwas? Ging da jemand?

Ein Knurren ertönte.

Sie fasste einen der Korridore ins Auge. Davis marschierte an ihr vorbei und ging voran. Sie kamen zu einer Tür, die in eines der Schlafzimmer führte. Davis fiel hinter Stephanie zurück, hielt aber noch immer die Waffe im Anschlag. Sie wusste, was er von ihr wollte, und so schob sie sich näher zum Türpfosten, spähte ins Zimmer und erblickte zwei Hunde. Der eine war gelbbraun mit weißen Flecken, der andere blassgrau, und beide fraßen etwas. Es waren große, sehnige Hunde. Einer der beiden spürte ihre Anwesenheit und hob den Kopf. Schnauze und Nase waren blutverschmiert.

Das Tier knurrte.

Sein Gefährte spürte Gefahr und blickte ebenfalls wachsam auf.

Davis trat hinter Stephanie.

»Sehen Sie das?«, fragte er mit ungläubiger Stimme.

Sie sah es.

Auf dem Boden lag die Mahlzeit der Hunde.

Eine menschliche Hand, die am Handgelenk abgetrennt war und der drei Finger fehlten.

Malone blickte auf Dorotheas Pistole. »Sie haben vor, mich zu erschießen?«

»Sie stehen mit Christl im Bund. Ich habe gesehen, wie sie in Ihr Zimmer gegangen ist.«

»Ich glaube kaum, dass ein One-Night-Stand bedeutet, man stünde mit jemandem im Bund.«

»Sie ist böse.«

»Sie sind beide verrückt.«

Er trat auf sie zu. Sie reckte die Waffe mit einem Ruck vor. Er blieb neben der Tür stehen, die in den Nachbarraum führte. Dorothea stand drei Meter entfernt vor einer weiteren, mit schimmernden Mosaiken bedeckten Wand.

»Sie beide werden sich zugrunde richten, wenn Sie nicht aufhören«, stellte er klar.

»Sie wird das hier nicht gewinnen.«

»*Was* wird sie nicht gewinnen?«

»Ich bin die Erbin meines Vaters.«

»Nein. Das sind Sie nicht. Sie beide sind Erben. Das Problem ist nur, dass keine von Ihnen beiden das erkennt.«

»Sie haben sie ja gehört. Ihre Ansichten sind bestätigt worden. Sie hat recht gehabt. Es wird unmöglich sein, mit ihr umzugehen.«

Das stimmte, aber ihm reichte es allmählich, und jetzt war nicht die Zeit für so etwas. »Tun Sie, was Sie zu tun haben, aber ich gehe jetzt hier raus.«

»Dann erschieße ich Sie.«

»Nur zu.«

Er drehte sich um und ging durch die Tür.

»Es ist mir ernst damit, Malone.«

»Sie verschwenden Ihre Zeit.«

Sie betätigte den Abzug.

Ein Klicken.

Malone ging weiter. Sie betätigte erneut den Abzug. Wieder nur Klicken.

Er blieb stehen, drehte sich um und sah sie an. »Ich habe Ihren Rucksack durchsuchen lassen, während wir in der Forschungsstation waren. Dabei wurde die Pistole gefunden.« Er bemerkte ihren beschämten Gesichtsausdruck. »Nach Ihrem Wutanfall im Flugzeug hielt ich das für geraten. Ich habe die Kugeln aus dem Magazin entfernen lassen.«

»Ich habe auf den Boden gezielt«, sagte sie. »Ich hätte Ihnen nichts getan.«

Er streckte die Hand nach der Waffe aus.

Sie trat zu ihm und übergab sie ihm. »Ich hasse Christl aus ganzer Seele.«

»Das hatten wir schon geklärt, aber im Moment ist es kontraproduktiv. Wir haben gefunden, was Ihre Familie gesucht hat – wonach Ihr Vater und Ihr Großvater ihr ganzes Leben gestrebt haben. Können Sie sich denn gar nicht darüber freuen?«

»Ich selbst habe nicht danach gesucht.«

Er spürte, dass sie in der Klemme steckte, beschloss aber, nicht weiter nachzuhaken.

»Und was ist mit dem, wonach Sie gesucht haben?«, fragte sie ihn.

Sie hatte recht. Bisher wies nichts auf die NR-1A hin. »Darüber steht die Entscheidung noch offen.«

»Dies könnte der Ort sein, an den unsere Väter gekommen sind.«

Bevor er auf ihre Überlegung antworten konnte, knallte es in der Ferne zwei Mal laut.

Dann noch einmal.

»Das waren Schüsse«, sagte er.

Und sie rannten aus dem Raum.

Stephanie fiel noch etwas auf. »Schauen Sie weiter rechts.«

Eine Wandtür in der Innenwand des Raums stand offen, und das Rechteck dahinter lag in tiefem Schatten. Sie studierte die Pfotenabdrücke im Schmutz und Staub, die zu dem Wandfeld hin- und davon wegführten. »Offensichtlich wissen die beiden, was sich hinter dieser Wand befindet.«

Die Hunde spannten sich an. Beide bellten los.

Stephanie wandte ihre Aufmerksamkeit wieder den Tieren zu. »Die müssen weg.«

Sie zielten weiter auf die Hunde, die die Stellung hielten und ihr Fressen bewachten. Davis trat zur anderen Seite der Tür.

Einer der Hunde stürzte vor und blieb dann unvermittelt stehen.

»Ich schieße jetzt«, sagte Davis.

Er schoss zwischen den Tieren in den Bretterboden. Beide jaulten auf und rannten verwirrt durcheinander. Davis schoss erneut, und die Hunde rannten durch die Tür in den Korridor. Nach zwei oder drei Metern blieben sie stehen, da ihnen einfiel, dass sie ihr Fressen vergessen hatten. Stephanie schoss ebenfalls in die Bodenbretter und die Hunde machten kehrt, rannten weg und verschwanden durch die Haustür.

Sie stieß den Atem aus.

Davis betrat den Raum und kniete sich neben die abgerissene Hand. »Wir müssen sehen, was sich dort unten befindet.«

Sie war nicht unbedingt derselben Meinung – wozu sollte das gut sein? –, wusste aber, dass Davis es sehen musste. Schmale Holzstufen führten nach unten und bogen dann ins Stockdunkle ab. »Wahrscheinlich ein alter Keller.«

Stephanie ging voran. Davis folgte. Unten angekommen, zögerte sie einen Moment. Ihre Augen gewöhnten sich an die Dunkelheit, und im Dämmerlicht erkannte sie einen Raum von etwa drei mal drei Metern. Seine Außenwand war in den Fels gehauen und der Boden mit pudrigem Schmutz bedeckt. Dicke Holzbalken spannten sich über die Decke. Die kalte Luft war abgestanden.

»Wenigstens keine Hunde mehr«, sagte Davis.

Dann sah sie es.

Eine mit einem Mantel bekleidete Leiche lag lang ausgestreckt auf dem Boden. Einer der beiden Arme war nur noch ein Stumpf. Sie erkannte das Gesicht sofort, obgleich eine Kugel die Nase und ein Auge weggerissen hatte.

Langford Ramsey.

»Die Schuld ist beglichen«, sagte sie.

Davis ging an ihr vorbei und trat zu der Leiche. »Ich wünschte nur, ich hätte ihn getötet.«

»So ist es besser.«

Oben war ein Geräusch zu hören. Schritte. Ihr Blick schoss zum Holzboden des Erdgeschosses.

»Das ist kein Hund«, flüsterte Davis.

88

Malone und Dorothea eilten aus dem Haus und traten auf die leere Straße. Noch ein Knall. Malone entschied, aus welcher Richtung er gekommen war.

»Dort entlang«, sagte er.

Er widerstand der Versuchung loszurennen, ging aber eilig in Richtung des Zentralplatzes. Die dicke Kleidung und die Rucksäcke behinderten sie. Sie umrundeten den ummauerten Schacht und eilten eine weitere breite Straße entlang. Hier, in der Mitte der Stadt, waren noch mehr Hinweise auf geologische Störungen zu sehen. Mehrere Gebäude waren eingestürzt. In den Mauern klafften Risse, und Trümmer übersäten die Straße. Er ging vorsichtig. Auf so unsicherem Gelände vertrat man sich schnell einmal den Fuß.

Etwas fiel ihm ins Auge. Es lag in der Nähe eines der sanft schimmernden, erhöhten Kristalle. Er blieb stehen. Dorothea tat es ihm nach.

Eine Kappe? Hier? An diesem Ort alter, aufgegebener Besitztümer wirkte sie sonderbar fehl am Platz.

Er trat näher.

Orangefarbener Stoff. Eindeutig eine Kappe.

Er bückte sich. Über dem Schirm war etwas eingestickt:

MARINE DER VEREINIGTEN STAATEN
NR-1A

Heilige Mutter Gottes.

Dorothea las es ebenfalls. »Unmöglich.«

Er sah in die Kappe hinein. Dort stand mit schwarzer Tinte der Name VAUGHT. Er dachte an den Bericht des Untersuchungsausschusses. *Maschinistenmaat Doug Vaught.* Der Mann hatte zur Besatzung der NR-1A gehört.

»Malone.«

Jemand hatte aus der Ferne seinen Namen gerufen.

»Malone.«

Es war Christl. Seine Gedanken sprangen ins Hier und Jetzt zurück.

»Wo bist du?«, rief er.

»Hier drüben.«

Stephanie begriff, dass sie aus dem Verlies entkommen mussten. Dies war der letzte Ort, der für eine Konfrontation geeignet wäre.

Von oben hörte man die Schritte einer einzigen Person, und diese entfernten sich zur anderen Seite des Hauses, weg von dem Zimmer am oberen Ende der Treppe. Daher stieg Stephanie leise die Holzstufen hinauf und blieb oben stehen. Vorsichtig spähte sie an der Wandtür vorbei, erblickte niemanden und trat hinaus. Sie gab Davis einen Wink, und dieser stellte sich auf die eine Seite der Tür zum Korridor. Sie auf die andere.

Sie riskierte einen Blick.

Nichts.

Davis ging voran, ohne auf sie zu warten. Sie folgte ihm in die Eingangshalle. Noch immer war niemand zu sehen. Sie spähte in einen Salon, und an seinem hinteren Ende bewegte sich etwas – dort, wo die Küche und die Speisesäle liegen mussten.

Eine Frau tauchte auf.

Diane McCoy.

Genau, wie Daniels gesagt hatte!

553

Stephanie ging direkt auf sie zu. Davis verließ seinen Platz auf der anderen Seite der Eingangshalle.

»Der Lone Ranger und Tonto«, sagte McCoy. »Sind Sie gekommen, um die Situation zu retten?«

McCoy trug einen langen Wollmantel, der vorne offen war, und darunter Hose, Bluse und Stiefel. Ihre Hände waren leer, und das rhythmische Klacken ihrer Schritte war das Geräusch, das Stephanie und Davis unten gehört hatten.

»Haben Sie beide eine Ahnung, wie viel Ärger Sie uns gemacht haben?«, fragte McCoy. »Überall rumzuschnüffeln. Und sich in Dinge einzumischen, die Sie absolut nichts angehen.«

Davis zielte auf McCoy. »Als wenn mir das nicht egal wäre. Sie sind eine Verräterin.«

Stephanie rührte sich nicht.

»Also, das ist nicht gerade nett«, sagte eine neue Stimme. Männlich.

Stephanie drehte sich um.

Aus dem Salon gegenüber tauchte ein kleiner, drahtiger Mann mit rundem Gesicht auf und richtete eine HK53 auf sie. Stephanie kannte das Sturmgewehr gut. Vierzig Schuss, Schnellfeuer, gefährlich. Sie begriff außerdem auch, wer es in der Hand hielt.

Charlie Smith.

Malone steckte die Kappe in seine Manteltasche und rannte los. Die etwa alle sechs Meter von einer Stufe unterbrochene Straße führte allmählich zu einem halbkreisförmigen Platz hinunter, auf dessen anderer Seite ein hohes, pfeilergeschmücktes Bauwerk aufragte. Quadratische Pfeiler mit Statuen und Skulpturen liefen um das Gebäude herum.

Christl stand zwischen den Pfeilern beim Eingangstor des Gebäudes, eine gesenkte Pistole in der Hand. Malone hatte ihren Rucksack durchsuchen lassen, sie selber hingegen nicht.

Hätte er das getan, hätte jeder gemerkt, dass er nicht so dumm war, wie sie offensichtlich dachten, und er hatte den Vorteil nicht verlieren wollen, unterschätzt zu werden.

»Was ist los?«, fragte er außer Atem.

»Es geht um Werner. Henn hat ihn erschossen.«

Er hörte, wie Dorothea aufkeuchte. »Warum denn?«

»Denk doch mal nach, liebe Schwester. Wer erteilt Ulrich Befehle?«

»Mutter?«, fragte Dorothea als Antwort.

Sie hatten keine Zeit für eine Familiendiskussion. »Wo ist Henn?«

»Wir hatten uns getrennt. Ich bin gerade zurückgekommen, als er Werner erschossen hat. Ich habe nach meiner Pistole gegriffen und geschossen, aber Henn ist geflohen.«

»Was machst du hier mit einer Waffe?«, fragte Malone.

»Ich würde sagen, es ist gut, dass ich sie mitgenommen habe.«

»Wo ist Werner?«, fragte Dorothea.

Christl zeigte auf den Eingang. »Dort drinnen.«

Dorothea hetzte die Treppe hinauf. Malone folgte ihr. Sie betraten das Gebäude durch eine Tür, die mit verziertem Blech beschlagen schien. Drinnen befand sich ein langer Saal mit hoher Decke; Boden und Wände waren blau und golden gekachelt. Becken, deren Böden mit rund geschliffenen Kieseln ausgelegt waren, bildeten eine von zwei Steinbalustraden gesäumte Reihe. Unverglaste Fenster waren mit bronzenem Gitterwerk versehen, die Wände mit Mosaiken verkleidet. Landschaften, Tiere, junge Männer, die eine Art Kilt trugen, und Frauen in volantbesetzten Röcken. Manche trugen Krüge, andere Schalen, mit denen sie Becken füllten. Draußen war ihm aufgefallen, dass der Ziergiebel anscheinend mit Kupfer verkleidet war und Silber die Pfeiler schmückte. Jetzt entdeckte er Bronzekessel und Silberbeschläge. Metallbearbeitung war in dieser Gesellschaft offensichtlich eine Kunstform gewesen.

Die Decke des Saals bestand aus Quarz, sie war ein breites Gewölbe, gestützt von einem in Längsrichtung verlaufenden Mittelbalken. Abflüsse in den Seiten und am Boden der Becken bewiesen, dass diese einmal mit Wasser gefüllt worden waren. Dies musste wohl ein Badehaus sein.

Werner lag lang ausgestreckt in einem der Becken.

Dorothea eilte zu ihm.

»Eine rührende Szene, nicht wahr?«, meinte Christl. »Das gute, treue Weib beklagt den Verlust ihres geliebten Gatten.«

»Gib mir die Pistole«, verlangte er.

Sie bedachte ihn mit einem giftigen Blick, reichte ihm aber die Waffe. Er bemerkte, dass es sich um dasselbe Modell handelte, das auch Dorothea gehabt hatte. Isabel hatte offensichtlich dafür gesorgt, dass die Chancen ihrer Töchter ausgeglichen waren. Er entfernte das Magazin und steckte auch die zweite Waffe ein.

Er trat zu Dorothea und sah, dass Werner mit einer einzigen Kugel in den Kopf getötet worden war.

»Ich habe zwei Mal auf Henn geschossen«, sagte Christl. Sie zeigte zum Ende des Saals auf eine weitere Tür hinter einer niedrigen Tribüne. »Er ist dort entlang geflohen.«

Malone nahm den Rucksack von den Schultern, öffnete den Reißverschluss des mittleren Fachs und holte eine 9-mm-Pistole heraus. Als Taperell die Sachen der anderen durchsucht und dabei Dorotheas Waffe gefunden hatte, hatte er den Australier klugerweise gebeten, eine Pistole in seinen Rucksack zu stecken.

»Für dich gelten wohl andere Regeln?«, fragte Christl.

Er beachtete sie nicht.

Dorothea stand auf. »Ich will mir Ulrich schnappen.«

Er hörte den Hass in ihrer Stimme. »Warum sollte er Werner erschossen haben?«

»Das hat Mutter befohlen. Warum sonst?«, schrie Dorothea, und ihre Worte hallten durch das Badehaus. »Sie hat Sterling

Wilkerson nur deshalb ermordet, um ihn von mir fernzuhalten. Und jetzt hat sie Werner getötet.«

Christl schien zu spüren, dass er nicht Bescheid wusste. »Wilkerson war ein amerikanischer Agent, den dieser Ramsey losgeschickt hat, um uns nachzuspionieren. Dorotheas letzter Geliebter. Ulrich hat ihn in Deutschland erschossen.«

Nun war Malone ebenfalls der Meinung, dass sie Henn finden mussten.

»Ich kann helfen«, sagte Christl. »Zwei sind besser als einer. Und ich kenne Ulrich. Ich weiß, wie er denkt.«

Daran hatte er keinen Zweifel, und so schob er das Magazin aus seiner Tasche in die Pistole und reichte ihr die Waffe.

»Ich will meine auch haben«, sagte Dorothea.

»Sie war bewaffnet?«, fragte Christl Malone.

Er nickte. »Ihr beiden Hübschen seid euch wirklich genau gleich.«

Dorothea fühlte sich ebenso verletzlich wie verletzt. Christl war bewaffnet, und Malone lehnte ihre Bitte um eine Waffe rundheraus ab.

»Warum verschaffen Sie ihr einen Vorteil«, fragte Dorothea. »Sind Sie blöd?«

»Werner, Ihr Mann, ist tot«, rief Malone ihr in Erinnerung.

Sie blickte auf den Toten hinunter. »Wir waren schon lange nicht mehr wie Mann und Frau.« Ihre Worte klangen bedauernd. Traurig. Genau so, wie sie sich fühlte. »Aber das bedeutet nicht, dass ich seinen Tod gewünscht habe.« Sie starrte Christl wütend an. »Nicht so.«

»Diese Suche verlangt einen hohen Preis.« Malone stockte. »Von Ihnen beiden.«

»Großvater hatte recht«, sagte Christl. »Die Geschichtsbücher werden neu geschrieben werden, und all das dank der Oberhausers. Es ist unserer Aufgabe, dafür zu sorgen. Um der Familie willen.«

Dorothea stellte sich vor, dass ihr Vater und ihr Großvater vielleicht genau dasselbe gedacht und gesagt hatten. Aber eines wollte sie wissen. »Was ist mit Henn?«

»Man kann unmöglich wissen, was Mutter ihm aufgetragen hat«, sagte Christl. »Meine Vermutung ist, dass er mich und Malone töten soll.« Sie zeigte mit ihrer Waffe auf Dorothea. »Du solltest die einzige Überlebende sein.«

»Du bist eine Lügnerin«, zischte Dorothea.

»Ach ja? Und wo ist Ulrich? Warum ist er geflohen, als ich ihm entgegengetreten bin? Warum hat er Werner ermordet?«

Dorothea konnte ihr keine Antwort geben.

»Streiten ist sinnlos«, sagte Malone. »Schnappen wir ihn uns und bringen die Sache hinter uns.«

Malone trat durch eine Tür und verließ den Badesaal. Von einem langen Korridor ging eine Folge von Räumen ab, die wohl entweder Lager- oder Werkstatträume waren, da sie farblich und architektonisch schlicht gestaltet waren und keine Wandbilder aufwiesen. Die Decke war auch hier aus Quarz, und das davon zurückgeworfene Licht erhellte ihnen den Weg. Christl ging neben Malone, während Dorothea ein Stück zurückblieb.

Sie kamen zu einer Folge von winzigen Räumen, die vielleicht als Umkleidekabinen gedient hatten, und daran schlossen sich erneut Lager- und Werkstatträume an. Auch hier führten wieder Keramikrohre durch die Räume, sie verliefen an der Bodenkante und dienten gleichzeitig als Sockelleiste.

Sie kamen zu einer Kreuzung.

»Ich gehe da entlang«, sagte Christl.

Malone war einverstanden. »Wir nehmen den anderen Weg.«

Christl ging nach rechts und verschwand dann im kalten, grauen Dämmerlicht hinter einer Ecke.

»Sie wissen, dass sie eine verlogene Schlampe ist, oder?«, flüsterte Dorothea.

Er hielt seine Aufmerksamkeit auf die Stelle gerichtet, wo Christl verschwunden war, und fragte: »Meinen Sie?«

89

Charlie Smith hatte die Situation im Griff. Diane McCoy hatte ihm kluge Anweisungen gegeben. Sie hatte ihm aufgetragen, in der Scheune zu warten, bis beide Besucher im Haus waren, und sich dann lautlos hier, im vorderen Salon aufzustellen. McCoy würde das Haus so betreten, dass man ihr Kommen nicht überhören konnte, und dann würden sie sich gemeinsam des Problems annehmen.

»Lassen Sie die Waffen fallen«, befahl er.

Metall fiel klappernd auf den Holzboden.

»Sie waren die beiden in Charlotte?«, wollte Smith wissen.

Die Frau nickte. Stephanie Nelle. *Magellan Billet*. Justizministerium. McCoy hatte ihm Namen und Stellung genannt.

»Woher wussten Sie, dass ich bei Rowland vorbeischauen würde?« Er war wirklich neugierig.

»Ach, das war doch vorhersehbar, Charlie«, sagte Nelle.

Das bezweifelte er. Aber die beiden waren da gewesen. Zweimal.

»Ich weiß seit langem über Sie Bescheid«, sagte Edwin Davis. »Ich wusste nicht, wie Sie heißen, wie Sie aussehen oder wo Sie wohnen. Aber ich wusste, dass es Sie gab und dass Sie für Ramsey arbeiteten.«

»Hat Ihnen meine kleine Showeinlage im Biltmore gefallen?«

»Sie sind ein echter Profi«, antwortete Nelle. »Diese Runde ist an Sie gegangen.«

»Ich bin stolz auf meine Arbeit. Unglückseligerweise wechsele ich im Moment gerade Job und Auftraggeber.«

Er trat ein paar Schritte in die Eingangshalle hinaus.

»Ihnen ist bewusst, dass mehrere Leute wissen, wo Mr. Davis und ich uns gerade aufhalten«, sagte Nelle.

Smith kicherte. »Da hat sie mir allerdings etwas anderes gesagt.« Er deutete auf McCoy. »Sie weiß, dass der Präsident sie verdächtigt. Der Präsident hat Sie beide hergeschickt – um ihr eine Falle zu stellen. Hat Daniels zufällig auch mich erwähnt?«

Nelle warf ihm einen überraschten Blick zu.

»Hatte ich es mir doch gedacht. Nur Sie drei sollten sich treffen. Um mal über alles zu reden?«

»Das haben Sie ihm gesagt?«, fragte Nelle McCoy.

»Es stimmt. Daniels hat Sie beide hergeschickt, um mich zu schnappen. Der Präsident kann sich nicht leisten, dass das hier an die Öffentlichkeit dringt. Das gäbe zu viele Fragen. Und aus diesem Grund sind Sie beide auch schon seine ganze Truppe.«

McCoy hielt inne.

»Wie schon gesagt, der Lone Ranger und Tonto.«

Malone hatte keine Ahnung, wo das Gewirr der Korridore hinführte. Er hatte nicht die Absicht, das zu tun, was er Christl gesagt hatte, und so forderte er Dorothea auf: »Kommen Sie mit.«

Sie gingen den Weg zurück und traten erneut in den Badesaal.

Drei weitere Türen gingen von dem Saal ab. Er reichte Dorothea die Taschenlampe. »Wollen wir einmal sehen, was sich in diesen Räumen befindet.«

Sie warf ihm einen verwirrten Blick zu, doch dann sah man ihr an, dass sie allmählich begriff. Sie hatte eine rasche Auffassungsgabe, das musste er ihr lassen. Im ersten Raum war nichts Besonderes, doch in der zweiten Tür blieb sie stehen und winkte Malone herbei.

Er trat zu ihr und sah Ulrich Henn tot auf dem Boden liegen.

»Der vierte Schuss«, sagte er. »Allerdings war Henn mit Sicherheit der Erste, auf den Christl geschossen hat, da er die größte Gefahr darstellte. Insbesondere nach der Nachricht, die Ihre Mutter geschickt hat. Christl war überzeugt, dass Sie drei sich verbündet hatten, um sie zu töten.«

»Die Drecksau«, murmelte Dorothea. »Sie hat beide umgebracht.«

»Und sie hat vor, auch Sie noch umzubringen.«

»Und Sie?«

Er zuckte die Schultern. »Ich kann mir nicht vorstellen, warum sie zulassen sollte, dass ich hier lebend weggehe.«

Ganz spontan hatte er in der Nacht zuvor Nähe zugelassen. Das war die Wirkung von Gefahr und Adrenalin. Sex war für ihn immer eine Möglichkeit gewesen, seine Ängste zu lindern – vor Jahren, als er beim *Magellan Billet* angefangen hatte, hatte ihn das in Schwierigkeiten gebracht.

Doch diesmal nicht. Er sah in den Badesaal hinaus und überlegte, was er als Nächstes tun sollte. Die Ereignisse überschlugen sich. Er musste …

Etwas traf ihn seitlich am Kopf.

Ein Schmerz durchfuhr ihn. Der Saal verschwamm ihm vor den Augen.

Noch ein Schlag. Kräftiger.

Seine Arme zitterten. Er ballte die Fäuste.

Dann verlor er das Bewusstsein.

Stephanie schätzte die Lage ein. Daniels hatte sie mit verdammt wenig Informationen hierhergeschickt. Aber beim Geheimdienst war die Kunst des Improvisierens das Wichtigste. Es wurde Zeit, dass sie selbst anwandte, was sie sonst immer predigte.

»Ramsey hatte Glück, dass Sie für ihn gearbeitet haben«, sagte sie. »Admiral Sylvians Tod war das reinste Kunstwerk.«

»Das fand ich auch«, bemerkte Smith.

»Dafür zu sorgen, dass sein Blutdruck abstürzte. Erfinderisch ...«

»Haben Sie so auch Millicent Senn umgebracht?«, unterbrach Davis sie. »Eine Schwarze. Lieutenant der Navy in Brüssel. Vor fünfzehn Jahren.«

Smith schien in seinem Gedächtnis zu kramen. »Ja. Auf dieselbe Weise. Aber das war eine andere Zeit und ein anderer Kontinent.«

»Ich war derselbe«, sagte Davis.

»Sie waren damals da?«

Davis nickte.

»Was hat sie Ihnen bedeutet?«

»Wichtiger ist die Frage, was sie Ramsey bedeutet hat.«

»Da haben Sie mich erwischt. Ich habe ihn das nie gefragt. Sondern einfach nur getan, wofür er mich bezahlt hat.«

»Hat Ramsey Sie dafür bezahlt, dass Sie ihn selbst ermorden?«, fragte Stephanie.

Smith kicherte. »Andernfalls wäre ich demnächst selber tot gewesen. Was immer er im Sinn hatte, er wollte nicht, dass ich ihm dabei in den Weg kommen konnte, und so habe ich ihn erschossen.« Smith winkte mit dem Gewehr. »Er liegt dort hinten im Schlafzimmer, mit einem hübschen, ordentlichen Loch in seinem finsteren Gehirn.«

»Ich habe da eine kleine Überraschung für Sie«, sagte Stephanie.

Er warf ihr einen fragenden Blick zu.

»Die Leiche liegt nicht dort.«

Dorothea schlug Malone noch einmal die schwere Stahltaschenlampe seitlich gegen den Kopf.

Er ging zu Boden.

Sie griff nach seiner Waffe.

Die Sache zwischen ihr und Christl musste ein Ende haben.

Und zwar jetzt sofort.

Stephanie sah, dass Smith verblüfft war.

»Was hat sie getan? Ist sie etwa weggegangen?«

»Schauen Sie doch selber nach.«

Er drückte ihr das Sturmgewehr ins Gesicht. »Sie gehen voran.«

Sie holte tief Luft und stählte ihre Nerven.

»Einer von Ihnen beiden hebt diese Pistolen auf und wirft sie aus dem Fenster«, sagte Smith, den Blick auf Stephanie geheftet.

Davis tat wie geheißen.

Smith senkte das Gewehr. »Okay, dann schauen wir alle mal nach. Sie drei gehen voran.«

Sie gingen langsam durch den Korridor und betraten das Schlafzimmer.

Dort war nichts zu sehen als ein leerer Fensterrahmen, die offene Wandtür und eine blutige Hand.

»Sie werden manipuliert«, sagte Stephanie. »Von ihr.«

McCoy zuckte vor der Anschuldigung zurück. »Ich habe Ihnen zehn Millionen Dollar bezahlt.«

Doch das schien Smith gleichgültig zu sein. »Wo ist die verdammte Leiche?«

Dorothea beeilte sich. Sie wusste, dass Christl auf sie wartete. Ihr ganzes Leben lang hatten sie miteinander konkurriert. Die eine hatte versucht, die andere zu übertrumpfen. Georg war die einzige Leistung gewesen, der Christl nichts entgegenzusetzen gehabt hatte.

Dorothea hatte sich immer gefragt, warum.

Jetzt wusste sie Bescheid.

Sie schüttelte alle beunruhigenden Gedanken ab und konzentrierte sich auf die düstere Szene, die vor ihr lag. Sie hatte nachts gejagt, im Schein eines silbrigen Mondes Beutetiere durch die bayrischen Wälder verfolgt und auf den richtigen Moment gewartet, um sie zu töten. Ihre Schwester war mindestens eine

563

Doppelmörderin. Alles, was sie ihr je zugetraut hatte, hatte sich jetzt bestätigt. Keiner würde ihr einen Vorwurf machen, wenn sie die Schlampe erschoss.

Drei Meter vor ihr endete der Gang.

Es gab zwei Türöffnungen – die eine führte nach links, die andere nach rechts.

Sie kämpfte gegen einen Anflug von Panik an.

Welche sollte sie nehmen?

90

Malone schlug die Augen auf und wusste, was passiert war. Er rieb sich eine pochende Beule seitlich am Kopf. Verdammt. Dorothea hatte keine Ahnung, was sie da tat.

Er stemmte sich hoch und wurde von Schwindel erfasst.

Mist – vielleicht hatte sie ihm den Schädel gebrochen.

Er zögerte und ließ zu, dass sein Kopf von der eiskalten Luft klarer wurde.

Denk nach. Konzentrier dich. Er hatte die ganze Sache angeleiert. Aber es lief nicht wie erwartet, und so verbot er sich unnötige Grübeleien und holte Dorotheas Pistole aus seiner Tasche.

Er hatte Christls Waffe konfisziert, deren Bauart und Modell mit der Pistole in seiner Hand identisch war. Als er Christl die Waffe zurückgegeben hatte, hatte er jedoch die Situation ausgenutzt und sie mit dem leeren Magazin geladen, das ursprünglich aus Dorotheas Pistole stammte. Jetzt schob er das geladene Magazin in die Heckler & Koch USP, die ihm geblieben war, und zwang sich trotz des Nebels in seinem Kopf zur Konzentration, während er hantierte.

Dann ging er taumelnd zur Tür.

Stephanie improvisierte und nutzte alles, was ihr einfiel, um Charlie Smith aus dem Gleichgewicht zu bringen. Diane McCoy hatte ihre Rolle vollendet gespielt. Daniels hatte Stephanie und Davis informiert, dass er McCoy erst als Mitverschwörerin und dann als Gegnerin zu Ramsey geschickt hatte, alles, damit Ramsey nicht zur Ruhe kam. *»Eine Biene kann nicht stechen, solange sie fliegt«*, hatte der Präsident angemerkt. Daniels hatte auch erklärt, dass McCoy sich sofort freiwillig gemeldet hatte, als sie von Millicent Senn und den Ereignissen vor vielen Jahren in Brüssel erfahren hatte. Damit die Täuschung irgendeine Aussicht auf Erfolg hatte, war jemand nötig, der auf ihrer Hierarchiestufe stand, da Ramsey sich mit niedrigeren Chargen weder abgegeben noch ihnen geglaubt hätte. Nachdem der Präsident von Charlie Smith erfahren hatte, hatte McCoy auch diesen Mann mühelos manipuliert. Smith war ein eitler, gieriger Geck und allzu erfolgsverwöhnt. Daniels hatte Stephanie und Davis informiert, dass Ramsey tot war – von Smith erschossen – und dass Smith auftauchen würde, aber mehr hatte er leider nicht gesagt. Dass McCoy sich ihnen entgegenstellte, hatte ebenfalls noch zum Skript gehört. Was danach geschehen würde, war völlig offen gewesen.

»Wieder zurück nach vorn«, befahl Smith und zeigte mit der Waffe in die angegebene Richtung.

Sie kehrten zur Eingangshalle zwischen den beiden vorderen Salons zurück.

»Sie haben da ein ziemliches Problem«, sagte Stephanie.

»Ich würde sagen, das Problem haben Sie.«

»Wirklich? Sie wollen zwei Stellvertretende Sicherheitsberater und eine hochrangige Agentin des Justizministeriums ermorden? Ich glaube kaum, dass Sie so viel Aufmerksamkeit erregen wollen. Dass Sie Ramsey erschossen haben? Wen schert das schon? Uns gewiss nicht. Gut, dass wir ihn los sind. Keiner wird Ihnen da irgendwelche Probleme bereiten. Aber mit uns sieht die Sache anders aus.«

Sie sah, dass ihre Überlegungen ihm einleuchteten.

»Sie waren immer so vorsichtig«, sagte Stephanie. »Das ist Ihr Markenzeichen. Keine Spuren hinterlassen. Keine Beweise. Uns zu erschießen wäre völlig untypisch für Sie. Und außerdem wollen wir Ihnen ja vielleicht einen Job anbieten. Schließlich leisten Sie gute Arbeit.«

Smith kicherte. »Aber ja doch. Ich bezweifle, dass Sie meine Dienste nutzen würden. Stellen wir eines klar. Ich bin hierhergekommen, um ihr« – er zeigte auf McCoy – »bei einem Problem zu helfen. Sie hat mir zehn Millionen gezahlt und mich Ramsey töten lassen, da bin ich ihr einen Gefallen schuldig. Sie wollte, dass Sie beide verschwinden. Aber ich sehe ein, dass das eine schlechte Idee war. Ich denke, das Klügste ist, wenn ich jetzt gehe.«

»Erzählen Sie mir von Millicent«, sagte Davis.

Stephanie hatte sich schon gefragt, warum er so still war.

»Warum ist sie so wichtig?«, fragte Smith.

»Das ist sie eben einfach. Ich möchte über sie Bescheid wissen, bevor Sie gehen.«

Dorothea schlich sich zu den beiden Türöffnungen. Sie drückte sich gegen die rechte Wand des Korridors und achtete darauf, ob sich in den Schatten vor ihr irgendetwas bewegte.

Dort war nichts.

Sie kam zum Rand der Türöffnung und warf hastig einen Blick in den Raum zu ihrer Rechten. Dieser maß vielleicht zehn auf zehn Meter und war von oben erhellt. Er war leer bis auf eine Gestalt, die gegen die gegenüberliegende Wand gelehnt saß.

Es war ein in eine Decke gehüllter Mann in einem orangeroten Overall aus Nylon. So matt beleuchtet wie in einem alten Schwarz-Weiß-Foto saß er im Schneidersitz da, den Kopf nach links geneigt, und starrte sie mit Augen an, die nicht blinzelten.

Sie fühlte sich berührt.

Er war jung, vielleicht Ende zwanzig, hatte staubbraunes

Haar und ein schmales, eckiges Gesicht. Er war dort gestorben, wo er saß, perfekt erhalten. Beinahe erwartete sie, dass er etwas sagen würde. Er trug keinen Mantel, doch dieselbe Kappe, die sie schon draußen gesehen hatte. Marine der Vereinigten Staaten. NR-1A.

In der Zeit, als sie miteinander gejagt hatten, hatte ihr Vater sie immer vor Erfrierungsschäden gewarnt. Der Körper, hatte er gesagt, opfere Finger, Zehen, Hände, Nasen, Ohren, das Kinn und die Wangen, damit das Blut weiter durch die lebenswichtigen Organe fließe. Wenn aber die Kälte anhielt und Rettung ausblieb, setzten schließlich Lungenblutungen ein und das Herz blieb stehen. Der Tod kam langsam, allmählich und schmerzlos. Die eigentliche Qual war der lange, bewusste Kampf gegen das Sterben. Insbesondere, wenn man hilflos war.

Wer war dieser Mensch?

Sie hörte ein Geräusch hinter sich.

Sie fuhr herum.

In dem Raum auf der anderen Seite des Ganges tauchte jemand auf. Zwanzig Meter entfernt. Eine schwarze Gestalt im Rahmen der zweiten Türöffnung.

»Worauf wartest du, Schwester?«, rief Christl. »Komm doch und hol mich.«

Malone begab sich erneut in die Korridore hinter dem Badesaal und hörte, wie Christl Dorothea anrief. Er wandte sich nach links, in die Richtung, aus der die Stimme wohl erklungen war, und folgte einem weiteren langen Korridor, der schließlich ein Dutzend Meter weiter vorn in einen Raum mündete. Beim Gehen achtete er auf offene Eingänge zu seiner Linken und Rechten. Im Vorbeigehen warf er immer einen kurzen Blick in jede Kammer. Es handelte sich um weitere Lager- und Werkstatträume. In keinem der düsteren Räume war irgendetwas Interessantes zu sehen.

Bei der vorletzten Kammer blieb er stehen.

Jemand lag dort auf dem Boden.

Ein Mann.

Malone betrat den Raum.

Es war ein Weißer mittleren Alters mit kurzem, rostbraunem Haar. Er lag lang ausgestreckt da, die Arme an den Seiten, die Füße gerade, wie ein Felsblock von menschlicher Gestalt. Unter ihm war eine Decke ausgebreitet. Er trug einen orangeroten Overall der Navy. Auf die linke Brusttasche war der Name Johnson gestickt. Malone stellte die Verbindung her. *Elektronik-Maat Jeff Johnson, Bordelektronik.* NR-1A.

Sein Herz machte einen Satz.

Der Seemann schien sich einfach hingelegt und der Kälte ergeben zu haben. Malone hatte in der Navy gelernt, wie es zum Erfrierungstod kam. Wenn die Haut von kalter Luft umgeben war, zogen sich die oberflächennahen Gefäße zusammen, minimierten den Wärmeverlust und drängten das Blut in die lebenswichtigen Organe. Der Spruch *Kalte Hände, warmes Herz* war mehr als ein Klischee. Er rief sich die Warnzeichen in Erinnerung. Zuerst ein Kribbeln, ein Stechen, ein dumpfer Schmerz, dann Taubheit und schließlich ein plötzliches Erblassen der Haut. Wenn die Temperatur im Inneren des Körpers weiter fiel und lebenswichtige Organe versagten, kam der Tod.

Man erfror.

Hier, in einer Welt ohne Feuchtigkeit, hätte die Leiche eigentlich perfekt erhalten sein sollen, aber dieses Glück war Johnson verwehrt geblieben. Schwarze Fetzen toter Haut hingen ihm von Wangen und Kinn. Ein fleckiger, gelblicher Schorf bedeckte sein Gesicht und war zum Teil zu einer grotesken Maske erstarrt. Seine Augenlider waren zugefroren, Eis hing an seinen Wimpern, und seine letzten Atemzüge waren zu zwei Eiszapfen gefroren, die ihm von der Nase zum Mund hingen wie die Stoßzähne eines Walrosses.

Wut auf die US-Navy kochte in Malone hoch. Diese verdammten Schweine hatten den Mann sterben lassen.

Allein.

Hilflos.

Vergessen.

Er hörte Schritte, kehrte in den Gang zurück und schaute nach rechts, als Dorothea gerade im hintersten Raum auftauchte und durch eine weitere Türöffnung verschwand.

Er ließ sie vorgehen.

Und folgte ihr dann.

91

Smith blickte auf die Frau hinunter. Sie lag im Bett und rührte sich nicht. Der Alkohol wirkte als das perfekte Beruhigungsmittel, und er hatte darauf gewartet, dass sie das Bewusstsein verlor. Sie hatte viel getrunken, mehr als üblich, denn sie hatte ihren vermeintlichen Erfolg gefeiert, die versprochene Ehe mit einem aufsteigenden Captain der US-Navy. Doch sie hatte den falschen Verehrer gewählt. Captain Langford Ramsey hatte nicht die Absicht, sie zu heiraten. Vielmehr wünschte er ihr den Tod und hatte zu diesem Zweck gut bezahlt.

Sie war reizend. Langes, seidiges Haar. Glatte, dunkle Haut. Ein wunderschönes Gesicht. Er zog die Decke zurück und betrachtete ihren nackten Körper. Sie war schlank und wohlgeformt. Von ihrer angeblichen Schwangerschaft war noch nichts zu sehen. Ramsey hatte ihm ihre Navy-Krankenakte verschafft. Dort war während der vergangenen sechs Jahre eine zweimalige Behandlung wegen Herzunregelmäßigkeiten verzeichnet. Diese Neigung war wahrscheinlich erblich. Ein weiteres Problem war der niedrige Blutdruck.

Ramsey hatte Smith weitere Aufträge versprochen, falls es

diesmal reibungslos klappte. Smith gefiel es, dass sie sich in Belgien befanden, da er festgestellt hatte, dass die Europäer weit weniger misstrauisch waren als die Amerikaner. Aber das sollte keine Rolle spielen. Die Todesursache dürfte nicht feststellbar sein.

Er griff nach der Spritze und beschloss, sie am besten unter der Achsel anzusetzen. Ein winziger Einstich würde zurückbleiben, aber den würde hoffentlich keiner bemerken – vorausgesetzt, es wurde keine Autopsie durchgeführt. Aber selbst falls es zur Autopsie kam, würde im Blut oder im Gewebe nichts zu entdecken sein.

Nur ein winziger Einstich unter dem Arm.

Vorsichtig hob er den Arm am Ellbogen hoch und stieß die Nadel hinein …

Smith erinnerte sich genau, was in jener Nacht in Brüssel vorgefallen war, doch er beschloss klugerweise, dem Mann, der zwei Meter von ihm entfernt stand, keine Einzelheiten mitzuteilen.

»Ich warte«, sagte Davis.

»Sie ist gestorben.«

»Sie haben sie getötet.«

Smith war neugierig. »Geht es hier um diese Frau?«

»Es geht um Sie.«

Ihm missfiel die Bitterkeit in Davis' Stimme, und so erklärte er erneut: »Ich gehe jetzt.«

Stephanie beobachtete, wie Davis den Mann mit dem Sturmgewehr herausforderte. Smith *wollte* sie vielleicht nicht töten, aber er würde es garantiert tun, wenn es sein musste.

»Sie war ein guter Mensch«, sagte Davis. »Sie hätte nicht sterben sollen.«

»Diese Unterhaltung hätten Sie mit Ramsey führen müssen. Er ist derjenige, der ihren Tod wollte.«

»Er ist derjenige, der sie ständig verprügelt hat.«

»Vielleicht hat ihr das ja gefallen?«

Davis machte eine Bewegung nach vorn, doch Smith hielt ihn mit dem Gewehr auf Abstand. Stephanie wusste, dass nicht mehr viel von Davis übrig bleiben würde, wenn Smith den Abzug betätigte.

»Sie sind ein leicht reizbarer Typ«, sagte Smith.

Davis' Augen waren voller Hass. Er schien nur noch Charlie Smith zu hören und zu sehen.

Doch Stephanie nahm hinter Smith eine Bewegung wahr, draußen vor dem leeren Fenster und der überdachten Vorderveranda, wo der strahlende Sonnenschein auf die Winterkälte traf.

Dort war ein Schatten.

Er kam näher.

Dann spähte jemand herein.

Colonel William Gross.

Stephanie sah, dass McCoy ihn ebenfalls bemerkt hatte, und fragte sich, warum Gross Smith nicht einfach erschoss. Bewaffnet war er doch gewiss, und McCoy hatte offensichtlich gewusst, dass er dort draußen war – zwei Pistolen, die aus dem Fenster flogen, hatten zweifellos die Botschaft übermittelt, dass sie Hilfe brauchten.

Dann begriff sie.

Der Präsident wollte diesen Mann lebend haben.

Nicht dass er die Situation unbedingt ins Zentrum der öffentlichen Aufmerksamkeit rücken wollte – daher waren keine Leute des FBI und des Geheimdienstes da –, aber er wollte, dass Charlie Smith unversehrt blieb.

McCoy nickte leicht.

Smith sah die Bewegung.

Sein Kopf ruckte herum.

Dorothea verließ das Gebäude und stieg über eine schmale Treppe zur Straße hinunter. Sie befand sich nun neben dem

Badehaus, vor sich den Platz und in der Nähe die Höhlenwand – eine der glänzenden Felswände, die Hunderte von Metern aufstiegen.

Sie wandte sich nach rechts.

Christl befand sich dreißig Meter entfernt und rannte durch einen Laufgang, wo Licht und Schatten sich abwechselten, so dass sie mal auftauchte und mal wieder verschwand.

Dorothea folgte ihr.

Es war, wie wenn man im Wald ein Reh jagt. Ihm Raum lassen. Es in Sicherheit wiegen. Und dann zuschlagen, wenn es am wenigsten damit rechnet.

Dorothea eilte ebenfalls durch den Gang und betrat einen weiteren Platz, der dem vor dem Badehaus in Form und Größe ähnelte. Er war leer, mit Ausnahme einer Steinbank, auf der eine Gestalt saß. Sie trug einen weißen Schneeanzug, der Dorotheas eigenem ähnelte, nur dass der Reißverschluss vorn geöffnet und der obere Teil heruntergerollt war, so dass Arme und Oberkörper frei lagen. Darunter trug der Mann nur einen Wollpullover. Die Augen waren dunkle Höhlen in einem flachen Gesicht, die Lider geschlossen. Der gefrorene Hals war zur Seite geneigt, und das dunkle Haar streifte die Spitze der aschfahlen Ohren. Im stahlgrauen Bart hingen Eiszapfen, und auf den geschlossenen Lippen lag ein seliges Lächeln. Die Hände hatte er friedlich gefaltet.

Es war ihr Vater.

Sie war wie betäubt. Ihr Herz hämmerte. Sie wollte wegschauen, konnte aber nicht. Leichen sollten eigentlich im Grab liegen und nicht auf Bänken sitzen.

»Ja, er ist es«, sagte Christl.

Dorothea wandte ihre Aufmerksamkeit wieder der sie umgebenden Gefahr zu, doch sie sah ihre Schwester nicht, sondern hörte sie nur.

»Ich habe ihn schon vorhin gefunden. Er hat auf uns gewartet.«

»Zeig dich«, sagte Dorothea.

Ein Lachen drang durch die Stille. »Schau ihn dir an, Dorothea. Er hat den Reißverschluss seines Schneeanzugs geöffnet, um zu erfrieren. Kannst du dir das vorstellen?«

Nein, das konnte sie nicht.

»Das hat Mut erfordert«, sagte die körperlose Stimme. »Wenn man Mutter reden hört, hatte er keinen Mut. Wenn man dich hört, war er ein Narr. Hättest du das tun können, Dorothea?«

Dorothea erblickte ein weiteres der hohen Tore, von Pfeilern eingerahmt und mit bronzenen Türflügeln versehen. Diese wurden jedoch von keinem Metallriegel gehalten und standen offen. Dahinter führten Stufen nach unten, und sie spürte einen Hauch kalter Luft.

Sie sah wieder auf den Toten.

»Unser Vater.«

Sie fuhr herum. Christl stand vielleicht sieben Meter entfernt und hatte die Pistole auf sie gerichtet.

Dorothea machte den Arm steif und hob ihre Waffe.

»Nein, Dorothea«, sagte Christl. »Lass sie unten.«

Dorothea rührte sich nicht.

»Wir haben ihn gefunden«, sagte Christl. »Wir haben Mutters Aufgabe gelöst.«

»Das klärt nichts zwischen uns.«

»Ganz meiner Meinung.«

»Ich hatte recht«, sagte Christl. »Ich hatte in allem recht. Und du hattest unrecht.«

»Warum hast du Henn und Werner getötet?«

»Mutter hat Henn mitgeschickt, um mich aufzuhalten. Der loyale Ulrich. Und Werner? Ich dachte, du würdest dich freuen, dass er weg ist.«

»Hast du auch vor, Malone zu töten?«

»Ich werde die Einzige sein, die von hier weggeht. Die einzige Überlebende.«

»Du bist verrückt.«

»Sieh ihn dir an, Dorothea. Unseren geliebten Vater. Als wir ihn zum letzten Mal gesehen haben, waren wir zehn Jahre alt.«

Dorothea wollte nicht hinsehen. Sie hatte schon genug gesehen. Und sie wollte ihn so in Erinnerung behalten, wie sie ihn gekannt hatte.

»Du hast an ihm gezweifelt«, sagte Christl.

»Du doch auch.«

»Nein, nie.«

»Du bist eine Mörderin.«

Christl lachte. »Als wenn es mir nicht egal wäre, was du von mir denkst.«

Dorothea konnte es unmöglich schaffen, die Pistole zu heben und zu schießen, bevor Christl feuerte. Da sie aber ohnehin schon so gut wie tot war, beschloss sie, als Erste zu handeln.

Ihr Arm ruckte hoch. Christl drückte den Abzug ihrer Waffe. Dorothea bereitete sich auf den Tod vor. Aber nichts geschah. Es war nur ein Klicken zu hören.

Christl wirkte schockiert. Wieder betätigte sie den Abzug, doch vergebens.

»Es sind keine Kugeln darin«, sagte Malone, als er den Platz betrat. »Ich bin doch kein kompletter Idiot.«

Genug.

Dorothea zielte und schoss.

Der erste Schuss durchschlug Christls dicke Polarkleidung und traf sie mitten in die Brust. Die zweite Kugel, ebenfalls mitten in die Brust, ließ die Getroffene taumeln. Der dritte Schuss traf den Kopf, aus dem es rot herausspritzte, doch die Eiseskälte ließ das Blut sofort gefrieren.

Noch zwei Schüsse, und Christl Falk brach auf dem Pflaster zusammen.

Sie rührte sich nicht mehr.

Malone näherte sich.

»Es musste getan werden«, murmelte Dorothea. »Sie war böse.«

Sie wandte sich ihrem Vater zu. Es kam ihr so vor, als erwachte sie aus einer Narkose, und manche Gedanken klärten sich schon, während andere noch fern und trüb blieben. »Die Männer haben es tatsächlich bis hierher geschafft. Ich bin froh, dass er gefunden hat, was er gesucht hatte.«

Sie blickte Malone an und sah, dass auch ihn der Gedanke an eine erschreckende Erlösung umtrieb. Beide kehrten ihre Aufmerksamkeit dem Ausgangsportal zu. Sie musste es nicht aussprechen. Sie hatte ihren Vater gefunden. Er nicht.

Noch nicht.

92

Stephanie fragte sich, ob McCoys Warnung klug war. Smith war verunsichert zurückgetreten und herumgefahren. Er versuchte, sie alle drei im Auge zu behalten, während er gleichzeitig einen Blick aus dem Fenster warf.

Draußen bewegten sich noch weitere Schatten.

Smith gab eine kurze Salve ab, die tiefe Wunden in das Holz der baufälligen Wände schlug.

McCoy stürzte sich auf ihn.

Stephanie fürchtete, dass er sie erschießen würde, doch stattdessen kehrte er sein Gewehr um und rammte ihr den Kolben heftig in den Bauch. Sie krümmte sich keuchend, und er traf sie mit dem Knie am Kinn und warf sie zu Boden.

Noch bevor Stephanie oder Davis irgendwie reagieren konnten, legte Smith die Waffe wieder an und teilte seine Aufmerksamkeit zwischen den beiden und dem Fenster. Wahrscheinlich versuchte er zu entscheiden, von wo die größere Gefahr drohte.

Draußen rührte sich nichts.

»Wie schon gesagt, ich hatte kein Interesse daran, Sie drei zu töten«, sagte Smith. »Aber ich denke, das hat sich inzwischen geändert.«

McCoy lag stöhnend in Embryohaltung auf dem Boden und hielt sich den Bauch.

»Darf ich nach ihr sehen?«, fragte Stephanie.

»Sie ist kein Kleinkind mehr.«

»Ich kümmere mich jetzt um sie.«

Ohne auf seine Erlaubnis zu warten, kniete sie sich neben McCoy nieder.

»Sie gehen hier nicht weg«, sagte Davis zu Smith.

»Tapfere Worte.«

Aber Charlie Smith wirkte verunsichert, als wäre er in einem Käfig gefangen und sähe zum ersten Mal hinaus.

Etwas schlug donnernd in der Nähe des Fensters gegen die Außenwand. Smith reagierte und schwang die HK53 herum. Stephanie versuchte aufzustehen, doch er schlug ihr den stählernen Gewehrschaft gegen den Hals.

Sie ging keuchend zu Boden.

Sie fasste sich an die Kehle – es war ein Schmerz, wie sie ihn nie zuvor gefühlt hatte. Sie rang um Atem und kämpfte gegen ein Würgen an. Sie wälzte sich herum und sah, wie Edwin Davis sich auf Charlie Smith stürzte.

Mühsam kam sie auf die Beine. Sie bekam keine Luft und versuchte, den Schmerz im Hals zu überwinden. Smith hielt immer noch sein Sturmgewehr umklammert, doch es nützte ihm nichts, da Davis und er sich zwischen den alten Möbeln wälzten, bis sie gegen die gegenüberliegende Wand stießen. Smith versuchte, sich mit Hilfe seiner Beine aus Davis' Umklammerung herauszuwinden und gleichzeitig das Gewehr festzuhalten.

Wo steckte Gross?

Smith verlor das Gewehr, doch mit dem rechten Arm um-

klammerte er Davis, und eine neue Waffe kam zum Vorschein –
eine kleine Pistole. Er rammte sie Davis gegen den Hals.

»Genug!«, schrie Smith.

Davis hörte auf zu kämpfen.

Sie kamen auf die Beine, und Smith ließ Davis los und drückte
ihn neben McCoy zu Boden.

»Sie sind alle verrückt«, sagte Smith. »Völlig durchgeknallt.«

Stephanie stand langsam auf und schüttelte ihre Benommen-
heit ab, während Smith wieder nach dem Sturmgewehr griff.
Die Sache war komplett aus dem Ruder gelaufen. Das eine,
worauf sie und Davis sich während der Fahrt geeinigt hatten,
war gewesen, Smith nicht zu reizen.

Und doch hatte Edwin genau das getan.

Smith zog sich zum Fenster zurück und warf einen kurzen
Blick nach draußen. »Wer ist das?«

»Was dagegen, wenn ich nachsehe?«, brachte Stephanie hervor.

Smith nickte zustimmend.

Sie ging langsam zum Fenster und sah Gross auf der Veranda liegen. Sein rechtes Bein blutete von einer Schusswunde. Er
schien bei Bewusstsein, litt aber wohl starke Schmerzen.

Er arbeitet für McCoy, flüsterte sie.

Smith' suchender Blick wanderte über die Veranda hinaus
zur braunen Wiese und dem dichten Wald. »McCoy ist eine
verlogene Schlampe.«

Stephanie riss sich zusammen. »Aber sie hat Ihnen zehn Millionen gezahlt.«

Smith wusste ihre leichthin gesagte Bemerkung ganz offensichtlich nicht zu schätzen.

»Schwere Entscheidung, Charlie? Bisher haben Sie immer
selbst bestimmt, wann Sie töten wollten. Es war Ihre Entscheidung. Aber diesmal nicht.«

»Seien Sie sich da nicht so sicher. Gehen Sie wieder da
rüber.«

Sie tat wie geheißen, konnte der Versuchung aber nicht widerstehen. »Und wer hat Ramsey weggeschleppt?«

»Halten Sie endlich Ihre verdammte Klappe«, sagte Smith und warf weiter kurze Blicke aus dem Fenster.

»Ich lass ihn nicht weg«, knurrte Davis.

McCoy wälzte sich auf den Rücken, und Stephanie sah den Schmerz im Gesicht ihrer Kollegin.

Mantel ... tasche, formte McCoy lautlos mit den Lippen.

Malone stieg die Stufen auf der anderen Seite des Portals hinunter und fühlte sich dabei, als ginge er zu seiner eigenen Hinrichtung. Angstschauer liefen ihm den Rücken hinunter, was für ihn ganz untypisch war.

Unten erstreckte sich eine riesige Höhle, deren Wände und Decke zum größten Teil aus Eis bestanden und das vertraute bläuliche Licht auf einen orangefarbenen U-Boot-Turm warfen. Der Rumpf war kurz, abgerundet und oben mit einem flachen Aufbau versehen. Das ganze Boot war von Eis überzogen. In einem Bogen von der Treppe bis zur anderen Seite der Höhle zog sich in knapp zwei Meter Höhe über dem Eis ein gekachelter Steg.

Es musste sich um eine Art Werft handeln.

Vielleicht hatte sich dieser Hafen ja einmal zum Meer hin geöffnet?

Eishöhlen gab es in der ganzen Antarktis, und diese hier war lang genug, um Platz für viele U-Boote zu bieten.

Von einem gemeinsamen Impuls getrieben gingen Malone und Dorothea los. Sie hielt ihre Waffe in der Hand und er ebenfalls, auch wenn im Moment nur sie selbst noch eine Bedrohung füreinander darstellten.

Der felsige Teil der Höhlenwand war glatt poliert und wie die Felswände zuvor mit Symbolen und Schrift bedeckt. Am Fuß der Wand standen Steinbänke. Auf einer davon saß eine dunkle Gestalt. Malone schloss die Augen und hoffte, dass es sich nur um eine Erscheinung handelte. Doch als er sie wieder aufschlug, war die unheimliche Gestalt immer noch da.

Wie die anderen saß sie aufrecht mit geradem Rücken da. Der Mann trug ein khakifarbenes Navy-Hemd, die Hose steckte unten in Schnürstiefeln und auf der Bank neben ihm lag eine orangerote Kappe.

Malone trat langsam näher.

Ihm wurde schwindlig. Er konnte kaum mehr etwas sehen.

Es war dasselbe Gesicht wie auf dem Foto in Kopenhagen, das neben der Glasvitrine mit der Fahne hing, die die Navy seiner Mutter bei der Gedächtnisfeier überreichen wollte und deren Annahme sie verweigert hatte. Eine lange, kräftige Nase. Hervorstehende Wangenknochen. Sommersprossen. Angegrautes, blondes Haar, kurz geschnitten. Die Augen waren geöffnet und sahen ins Leere wie in tiefer innerer Einkehr.

Ein Schock durchfuhr Malone und er war wie gelähmt. Sein Mund war ausgetrocknet.

»Ihr Vater?«, fragte Dorothea.

Er nickte, von Selbstmitleid ergriffen – es war, als wäre ihm ein scharfer Pfeil durch die Kehle in die Eingeweide gedrungen, als wäre er aufgespießt worden.

Seine Nerven waren zum Zerreißen gespannt.

»Sie sind einfach gestorben«, sagte Dorothea. »Keine Mäntel. Sie haben sich nicht gegen die Kälte geschützt. Als hätten sie sich hingesetzt und den Tod willkommen geheißen.«

Er wusste, dass sie genau das getan hatten. Es wäre sinnlos gewesen, die Qual zu verlängern.

Er bemerkte Papier, das auf dem Schoß seines Vaters lag, die Schrift so frisch und klar, wie sie es vor achtunddreißig Jahren gewesen sein musste. Die rechte Hand lag auf den Seiten, als hätte der Sterbende dafür sorgen wollen, dass sie nicht verloren gingen. Langsam streckte Malone die Hand aus und zog die Seiten heraus, wobei er sich fühlte, als entweihte er eine heilige Stätte.

Er erkannte die kräftige Schrift als die seines Vaters.

Seine Brust blähte sich auf. Die Welt erschien ihm gleichzeitig wie ein Traum und wie die Realität. Er kämpfte gegen das Aufsteigen von altem, verdrängtem Kummer an. Nie zuvor hatte er geweint. Weder bei seiner Hochzeit noch bei Garys Geburt, noch als seine Familie zerfallen war, noch als er erfahren hatte, dass Gary nicht sein leiblicher Sohn war. Um den Drang, jetzt in Tränen auszubrechen, zu unterdrücken, rief er sich in Erinnerung, dass die Tränen gefrieren würden, bevor sie aus seinen Augen rollten.

Er zwang sich, sich auf die Seiten zu konzentrieren, die er in der Hand hielt.

»Würden Sie das bitte laut vorlesen?«, fragte Dorothea. »Vielleicht betrifft es ja auch meinen Vater.«

Smith musste alle drei umbringen und dann schleunigst hier verschwinden. Er arbeitete ohne Informationen, nachdem er einer Frau vertraut hatte, der er, wie er wusste, nicht hätte vertrauen sollen. Und wer hatte Ramseys Leiche weggeschleppt? Er hatte sie im Schlafzimmer liegen lassen mit der Absicht, sie irgendwo auf dem Grundstück zu vergraben.

Doch jemand hatte sie nach unten geschleppt.

Er blickte aus dem Fenster und fragte sich, ob dort draußen noch irgendjemand war. Irgendetwas sagte ihm, dass sie nicht allein waren.

Das war einfach nur ein Gefühl.

Aber er hatte keine andere Wahl, als ihm zu folgen.

Er würde die drei im Haus mit einer kurzen Salve erledigen und dann mit dem Mann draußen Schluss machen.

Die verdammten Leichen würde er liegen lassen.

Wen scherte das? Er hatte das Grundstück unter einem falschen Namen mit falschen Papieren gekauft und bar bezahlt, er war also nicht auffindbar.

Sollte sich doch die Regierung um die Leichen kümmern.

Stephanie beobachtete, wie Davis die rechte Hand in McCoys Manteltasche schob. Charlie Smith stand noch immer am Fenster, die HK 53 in Händen. Sie hatte keinen Zweifel, dass er die Absicht hatte, sie alle umzubringen, und es bereitete ihr ebenso große Sorgen, dass keiner da war, um ihnen zu helfen. Der Mann, der sie hatte unterstützen sollen, lag blutend auf der Vorderveranda.

Davis erstarrte mitten in der Bewegung.

Smith fuhr mit dem Kopf zu ihnen herum, vergewisserte sich, dass alles in Ordnung war, und starrte dann wieder aus dem Fenster.

Davis zog die Hand wieder aus der Tasche – darin lag eine 9-mm-Pistole.

Sie hoffte bei Gott, dass er damit umgehen konnte.

Davis legte die Hand mit der Pistole neben McCoy auf den Boden und benutzte den Körper der Liegenden, um Smith die Sicht zu verstellen. Edwin begriff offensichtlich, dass ihre Wahl begrenzt war. Er würde Charlie Smith erschießen müssen. Aber darüber nachzudenken war nicht dasselbe, wie es zu tun. Vor einigen Monaten hatte Stephanie selbst zum ersten Mal jemanden getötet. Zum Glück hatte sie nicht den Bruchteil einer Sekunde Zeit gehabt, sich darüber Gedanken zu machen – sie war einfach dazu gezwungen gewesen, blitzschnell abzudrücken. Davis war ein solcher Luxus nicht vergönnt. Er dachte nach und war sicherlich hin- und hergerissen, ob er schießen sollte oder nicht. Jemanden zu töten war eine ernsthafte Angelegenheit. Ganz unabhängig vom Grund oder den Umständen.

Doch eine kalte Erregung schien Davis zu stählen.

Mit ausdrucksloser Miene beobachtete er Charlie Smith. Was würde ihm den Mut verleihen, einen Menschen zu töten? Der Wille zu überleben? Möglich. Millicent? Mit Sicherheit.

Smith machte Anstalten, sich umzudrehen, und schwenkte den Gewehrlauf in ihre Richtung.

Davis hob den Arm und schoss.

Die Kugel schlug in Smith' magere Brust ein und ließ ihn zur Wand zurücktaumeln. Der Getroffene nahm eine Hand vom Gewehr und versuchte, sich mit ausgestrecktem Arm zu fangen. Davis zielte weiter mit der Pistole, stand auf und schoss noch vier Mal. Die Kugeln gruben sich in Charlie Smith' Körper. Davis schoss weiter – jeder Schuss klang wie eine Explosion in Stephanies Ohren –, bis das Magazin leer war.

Smith' Körper krampfte sich zusammen, und sein Rücken wand und krümmte sich unwillkürlich. Schließlich knickten ihm die Beine weg, und er fiel krachend auf die Bodenbretter. Sein lebloser Körper rollte auf den Rücken, und so blieb er mit weit aufgerissenen Augen liegen.

93

Der Elektrobrand unter Wasser zerstörte unsere Batterien. Der Reaktor war schon zusammengebrochen. Zum Glück breitete sich der Brand nur langsam aus, und mit dem Radargerät entdeckten wir eine Öffnung im Eis und konnten auftauchen, bevor die Luft zu giftig wurde. Alle Mann gingen rasch von Bord, und zu unserer Überraschung entdeckten wir eine Höhle mit geglätteten Wänden, die mit Schrift bedeckt waren, ähnlich der Schrift, die wir schon auf Steinblöcken am Meeresgrund entdeckt hatten. Oberhauser fand eine Treppe und ein Bronzetor, das von unserer Seite verriegelt war. Als wir es öffneten, führte es in eine erstaunliche Stadt. Oberhauser erkundete sie mehrere Stunden lang und versuchte, einen Ausgang zu finden, während wir das Ausmaß des Schadens untersuchten. Unter Verletzung jedweder Sicherheitsbestimmungen versuchten wir mehrmals, den Reaktor wieder in Gang zu setzen, aber er funktionierte nicht. Wir hatten nur Polarkleidung für drei

Personen dabei, waren aber zu elft. Die Kälte war schneidend, gnadenlos und unerträglich. Wir verbrannten das wenige an Papier und Abfall, das wir an Bord hatten, aber es war nicht viel und verschaffte uns nur für einige wenige Stunden Erleichterung. In der Stadt gab es nichts Brennbares. Alles war entweder aus Stein oder aus Metall. Häuser und Gebäude standen leer. Die Einwohner schienen all ihre Habe mitgenommen zu haben. Wir entdeckten drei weitere Ausgänge, aber sie waren von außen verriegelt. Wir hatten keine Ausrüstung, um die Bronzetore gewaltsam zu öffnen. Nach nur zwölf Stunden begriffen wir, dass unsere Lage verzweifelt war. Kein Weg führte aus der umschlossenen Stadt heraus. Wir aktivierten den Notfallsender, bezweifelten aber in Anbetracht der Felswände und des Eises und der Tausende von Meilen bis zum nächsten Schiff, dass sein Signal weit genug reichen würde. Oberhauser wirkte am deprimiertesten von allen. Er hatte gefunden, was wir gesucht hatten, würde aber nicht erfahren, welche Bedeutung sein Fund hatte. Wir alle begriffen, dass wir bald sterben würden. Niemand würde kommen und nach uns suchen, da wir dieser Bedingung vor unserem Aufbruch zugestimmt hatten. Mit dem U-Boot ist Schluss und mit uns selbst ebenfalls. Jeder Mann hat beschlossen, auf seine eigene Weise zu sterben. Manche sind allein weggegangen, andere zusammen. Ich bin hier sitzen geblieben und halte Wache über mein Boot. Ich schreibe diese Worte, damit alle erfahren, dass meine Mannschaft tapfer gestorben ist. Jeder einzelne Mann, Oberhauser eingeschlossen, hat sein Schicksal mutig akzeptiert. Ich wünschte, ich hätte mehr über die Menschen erfahren können, die diese Stadt hier errichtet haben. Oberhauser erklärte uns, sie seien unsere Ahnen und unsere Kultur stamme von ihnen. Gestern noch hätte ich gesagt, er sei verrückt. Interessant, wie das Leben uns unser Geschick zuteilt. Ich hatte das Kommando über das technisch ehrgeizigste U-Boot der Navy erhalten. Meine Karriereaussichten waren glänzend. Früher oder später *hätte ich den Rang eines Captains erhalten. Jetzt aber werde ich allein hier in der Kälte sterben. Ich empfinde keinen Schmerz, nur große Schwäche. Ich bin kaum fähig zu schreiben. Ich habe meinem Land nach bestem Vermögen gedient. Dasselbe gilt für meine Mannschaft. Ich habe Stolz empfunden, als jeder einzelne mir die Hand schüttelte und davonging. Jetzt, da die Welt vor mir verblasst, denke ich an meinen Sohn. Ich bedaure sehr, dass er niemals erfahren wird, was ich wirklich ihm gegenüber empfunden habe. Ihm zu sagen, wie es in meinem Herzen aussah, ist mir immer schwergefallen. Obwohl ich immer wieder lange von zu Hause fort war, ist nicht ein einziger Tag vergangen, an dem er nicht in meinen Gedanken an vorderster Stelle kam. Er hat mir alles bedeutet. Er ist erst zehn und hat gewiss noch keine Ahnung, was das Leben für ihn bereithält. Ich bedaure, dass ich nicht mehr die Möglichkeit habe, ihn zu formen. Seine Mutter ist die großartigste Frau, die ich je kennengelernt habe, und sie wird dafür sorgen, dass er ein Mann wird. Bitte, wer immer diese Worte findet, übergeben Sie sie meiner Familie. Ich möchte, dass sie erfährt, wie sehr ich im Tod an sie gedacht habe. Du, meine Frau, sollst wissen, dass ich dich liebe. Diese Worte sind mir dir gegenüber stets leichtgefallen. Aber dir, meinem Sohn, will ich jetzt sagen, was mir immer große Schwierigkeiten bereitet hat. Ich liebe dich, Cotton.*

Forrest Malone, United States Navy
17. November 1971

Malones Stimme zitterte, als er die letzten vier Worte seines Vaters vorlas. Ja, es war seinem Vater schwergefallen, sie auszusprechen. Tatsächlich konnte Malone sich nicht daran erinnern, sie je von ihm gehört zu haben.

Aber er hatte es trotzdem gewusst.

Er sah die Leiche an, deren Gesicht in der Zeit erstarrt war. Achtunddreißig Jahre waren vergangen. In dieser Zeit war

Malone zu einem Mann herangewachsen, war zur Navy gegangen, Offizier geworden und später Agent der US-Regierung. Und während all das geschah, hatte Commander Forrest Malone hier auf einer Steinbank gesessen.

Und gewartet.

Dorothea schien seinen Schmerz zu spüren und ergriff ihn sanft beim Arm. Er betrachtete ihr Gesicht und konnte ihre Gedanken lesen.

»Anscheinend haben wir alle gefunden, was wir gesucht haben«, sagte sie.

Er sah es in ihren Augen. Entschlossenheit. Und Frieden.

»Für mich gibt es nichts mehr zu tun«, sagte sie. »Mein Großvater war ein Nazi. Mein Vater ein Träumer, der im Geist in einer fernen Zeit und an einem fernen Ort gelebt hat. Er kam hierher, um die Wahrheit zu finden, und hat seinem Tod mutig ins Auge gesehen. Meine Mutter versucht seit vier Jahrzehnten, seinen Platz auszufüllen, hat es aber nur geschafft, Christl und mich gegeneinander auszuspielen. Sogar jetzt noch. Hier. Sie hat versucht, uns gegeneinander aufzuhetzen, und war so erfolgreich, dass Christl nun ihretwegen sterben musste.« Sie verstummte, doch in ihrem Blick lag Ergebung. »Als Georg gestorben ist, ist ein großer Teil von mir mit ihm dahingegangen. Ich dachte, ich könnte das Glück finden, indem ich meinen Wohlstand mehre, aber das ist unmöglich.«

»Sie sind die letzte Oberhauser.«

»Wir sind ein erbärmlicher Haufen.«

»Sie könnten das ändern.«

Sie schüttelte den Kopf. »Dazu müsste ich Mutter eine Kugel durch den Kopf jagen.«

Sie drehte sich um und ging auf die Treppe zu. Er sah ihr mit einer merkwürdigen Mischung aus Respekt und Verachtung nach. Er wusste, wohin sie ging.

»Das alles wird Auswirkungen haben«, sagte er. »Christl hatte recht. Man wird die Geschichte neu schreiben.«

Dorothea ging weiter. »Das betrifft mich nicht mehr. Alles muss einmal enden.«

Ihrer Bemerkung merkte man die innere Qual an, und ihre Stimme zitterte. Aber sie hatte recht. Alles war einmal vorbei. Seine militärische Laufbahn war zu Ende gegangen. Seine Tätigkeit bei der Regierung. Seine Ehe. Sein Leben in Georgia. Das Leben seines Vaters.

Und nun traf Dorothea Lindauer eine letzte Entscheidung für sich selbst.

»Viel Glück«, rief er ihr nach.

Sie blieb stehen, drehte sich um und warf ihm ein schwaches Lächeln zu. »Bitte, Herr Malone.« Sie stieß einen langen Atemzug aus und schien sich zu stählen. »Ich muss das alleine machen.« Ihre Augen flehten ihn an.

Er nickte. »Ich bleibe hier.«

Er sah ihr nach, wie sie die Treppe hinaufstieg und durch das Portal in die Stadt ging.

Er sah seinen Vater an, in dessen toten Augen sich kein Fünkchen Licht spiegelte. Er hätte ihm so viel zu sagen. Er würde seinem Vater gerne sagen, dass er ein guter Sohn war, dass er ein guter Offizier der Navy gewesen war, ein guter Agent und, wie er glaubte, auch ein guter Mensch. Sechs Mal war er ausgezeichnet worden. Als Ehemann hatte er versagt, aber er arbeitete daran, seine Sache als Vater besser zu machen. Er wollte immer ein Teil von Garys Leben bleiben. Sein ganzes Erwachsenenleben hindurch hatte er sich gefragt, was seinem eigenen Vater zugestoßen war, und sich das Schlimmste ausgemalt. Traurigerweise war die Realität noch schrecklicher als alles, was er sich ausgedacht hatte. Seine Mutter war ähnlich gequält gewesen wie er selbst. Sie hatte nicht wieder geheiratet. Stattdessen hatte sie ihren Kummer jahrzehntelang mit sich herumgeschleppt und sich selbst immer Mrs. Forrest Malone genannt.

Wie kam es, dass die Vergangenheit niemals zu enden schien?

Ein Schuss ertönte, es klang, als ob ein Ballon unter einer Decke zerplatzte.

Er stellte sich die Szene oben vor.

Dorothea Lindauer hatte ihrem Leben ein Ende gesetzt. Normalerweise betrachtete man Selbstmord als die Tat eines kranken Geistes oder die Folge einer gescheiterten Liebe. Hier war er dagegen die einzige Möglichkeit, einen Wahnsinn zu beenden. Er fragte sich, ob Isabel Oberhauser jemals begreifen würde, was sie angerichtet hatte. Ihr Mann, ihr Enkel und ihre Töchter waren tot.

Einsamkeit beschlich ihn, als er der tiefen Grabesstille lauschte. Ein Sprichwort aus der Bibel kam ihm in den Sinn.

Wer sein Haus zerrüttet, wird Wind erben.

94

Washington, D.C.
Samstag, 22. Dezember
16.15 Uhr

Stephanie betrat das Oval Office. Daniels stand auf und begrüßte sie. Edwin Davis und Diane McCoy saßen bereits.

»Fröhliche Weihnachten«, sagte der Präsident.

Sie wünschte ihm das Gleiche. Er hatte sie gestern Nachmittag aus Atlanta hergerufen und ihr dafür denselben Jet des Geheimdienstes zur Verfügung gestellt, den sie und Davis vor mehr als einer Woche bereits benutzt hatten, um von Asheville nach Fort Lee zu fliegen.

Davis sah gut aus. Sein Gesicht war geheilt, die blauen Flecken waren weg. Er trug einen Anzug mit Krawatte und saß steif auf einem Polsterstuhl. Er hatte wieder seine undurchschaubare Miene aufgesetzt. Sie hatte einen flüchtigen

Blick in sein Herz werfen können und fragte sich, ob dieses Privileg nun verhinderte, dass sie ihn jemals besser kennenlernte. Er wirkte nicht wie ein Mann, der seine Seele gerne entblößte.

Daniels bot ihr einen Stuhl neben McCoy an. »Ich hielt es für das Beste, dass wir uns alle einmal unterhalten«, sagte der Präsident und setzte sich auf seinen eigenen Stuhl. »Die letzten Wochen waren hart.«

»Wie geht es Colonel Gross?«, fragte Stephanie.

»So weit gut. Sein Bein heilt, aber der Schuss hat einigen Schaden angerichtet. Er ist ein bisschen verärgert über Diane, weil sie ihn verraten hat, aber dankbar, dass Edwin treffsicher schießt.«

»Vielleicht sollte ich ihn besuchen«, sagte McCoy. »Ich wollte wirklich nicht, dass er verletzt wird.«

»Ich würde noch eine Woche oder so warten. Das, was ich eben über seine Verärgerung gesagt habe, war ernst gemeint.«

Daniels' melancholischer Blick war ein Inbegriff des Kummers.

»Edwin, ich weiß, dass Sie meine Geschichten hassen, aber hören Sie mir trotzdem zu. Zwei Lichter kommen im Nebel aufeinander zu. Das eine gehört zu einem Schiff, auf dessen Brücke ein Admiral steht. Der funkt das andere Licht an und teilt ihm mit, dass er ein Schlachtschiff kommandiert und dass der andere nach rechts ausweichen soll. Die Gegenseite funkt zurück und fordert den Admiral auf, *seinerseits* nach rechts auszuweichen. Der Admiral, der ein reizbarer Kerl ist, so wie ich, befiehlt daraufhin seinem Gegenüber zum zweiten Mal, nach rechts auszuweichen. Endlich kommt vom anderen Licht: ›Admiral, ich bin der Leuchtturmwächter, und Sie fahren verdammt noch mal jetzt besser nach rechts.‹ Ich hab mich für Sie weit aus dem Fenster gelehnt, Edwin. Sehr weit. Aber Sie waren der Kerl im Leuchtturm, der Klügere, und ich habe auf Sie gehört. Diane dort hat sich, sobald sie das von Millicent erfah-

588

ren hat, freiwillig gemeldet und ist ein verdammt großes Risiko eingegangen. Stephanie, Sie haben den Plan gemacht, aber Diane hat die Sache bis zum Ende durchgezogen. Und Gross? Er ist angeschossen worden.«

»Ich bin für alles dankbar, was getan wurde«, sagte Davis. »Ungeheuer dankbar.«

Stephanie fragte sich, ob Davis es vielleicht bereute, dass er Charlie Smith getötet hatte. Wahrscheinlich nicht, aber das bedeutete nicht, dass er es jemals vergessen würde. Sie sah McCoy an. »Haben Sie schon Bescheid gewusst, als der Präsident am Anfang auf der Suche nach Edwin bei mir im Büro angerufen hat?«

McCoy schüttelte den Kopf. »Er hat es mir nach dem Auflegen erzählt. Er machte sich Sorgen, dass die Dinge vielleicht aus dem Ruder laufen würden. Er dachte, ein Zusatzplan wäre vielleicht ratsam. Also bat er mich, Ramsey zu kontaktieren.« McCoy hielt inne. »Und er hatte recht. Auch wenn Sie beide großartige Arbeit dabei geleistet haben, Smith in unsere Richtung zu treiben.«

»Allerdings müssen wir uns immer noch mit einigen Nachwirkungen beschäftigen«, sagte Daniels.

Stephanie wusste, was er meinte. Ramseys Tod war als mörderischer Akt eines verdeckt ermittelnden Privatagenten deklariert worden. Über Smith' Tod ging man einfach hinweg, da keiner wusste, dass es ihn überhaupt gab. Gross' Verletzung wurde einem Jagdunfall zugeschrieben. Ramseys Haupthelfer, ein gewisser Captain Hovey, wurde befragt, und als man ihm androhte, ihn vor ein Kriegsgericht zu stellen, enthüllte er alles. Innerhalb weniger Tage räumte das Pentagon auf, ernannte eine neue Führungsspitze für den Geheimdienst der Navy und beendete die Herrschaft von Langford Ramsey und allen, die mit ihm verbündet gewesen waren.

»Aatos Kane hat mich besucht«, erzählte Daniels. »Er wollte mir Bescheid geben, dass Ramsey versucht hatte, ihn zu erpressen. Natürlich hat er sich ausführlich beklagt, aber keine Erklärungen geliefert.«

Stephanie bemerkte ein Funkeln in den Augen des Präsidenten.

»Ich habe ihm ein Dossier gezeigt, das wir in einem Safe in Ramseys Haus gefunden haben. Wirklich faszinierend. Es ist nicht nötig, auf Einzelheiten einzugehen – lassen Sie mich einfach sagen, dass der gute Senator sich nicht als Präsidentschaftskandidat aufstellen lässt und sich zum einunddreißigsten Dezember vom Kongress verabschiedet, um mehr Zeit für seine Familie zu haben.« Ein Ausdruck, der unverkennbar Führerschaft signalisierte, trat in Daniels' Augen. »Dem Land wird seine Präsidentschaft erspart bleiben.« Daniels schüttelte den Kopf. »Sie drei haben großartige Arbeit geleistet. Und Malone ebenfalls.«

Zwei Tage zuvor hatten sie Forrest Malone auf einem schattigen Friedhof in Georgia bestattet, nahe der Wohnung seiner Witwe. Der Sohn hatte im Namen seines Vaters eine Bestattung auf dem Arlington National Cemetery abgelehnt.

Stephanie hatte Malone verstanden.

Die anderen neun Besatzungsmitglieder waren ebenfalls nach Hause gebracht worden. Ihre Leichen waren den Familien übergeben worden, und die wahre Geschichte der NR-1A wurde endlich von den Medien berichtet. Dietz Oberhausers Leiche war nach Deutschland geschickt worden, wo seine Witwe seine und ihrer Töchter sterbliche Überreste in Empfang nahm.

»Wie geht es Cotton?«, fragte der Präsident.

»Er ist wütend.«

»Vielleicht hilft es ihm, dass Admiral Dyals von der Navy und von den Medien tüchtig eingeheizt wird«, sagte Daniels. »Die Story hat bei der Öffentlichkeit einen Nerv getroffen.«

»Ich bin mir sicher, Cotton würde Dyals am liebsten den Hals umdrehen«, sagte Stephanie.

»Und dieses Übersetzungsprogramm legt einen Schatz an Informationen über diese Stadt und das Volk frei, das dort gelebt hat. Es gibt Hinweise auf Kontakte mit Kulturen auf der ganzen Welt. Sie haben mit anderen Kulturen interagiert und ihr Wissen weitergegeben, aber Gott sei Dank waren sie keine Arier. Keine Rasse von Übermenschen. Sie waren nicht einmal kriegerisch. Gestern sind die Forscher über einen Text gestolpert, der erklären könnte, was mit ihnen geschehen ist. Sie lebten vor Zehntausenden von Jahren in der Antarktis, als diese noch nicht von Eis bedeckt war. Als die Temperaturen fielen, zogen sie sich allmählich ins Innere der Berge zurück. Schließlich kühlten ihre geothermischen Schächte aus. Daher gingen sie dort weg. Wann das geschehen ist, ist schwer zu sagen. Sie haben offensichtlich eine andere Zeitrechnung und einen anderen Kalender verwendet. Genau wie bei uns verfügten die einzelnen Individuen nicht über das gesamte Wissen der Kultur, und so konnten sie diese anderswo nicht wieder aufbauen. Nur Bruchstücke blieben hier und da erhalten, während sie sich in andere Kulturen integrierten. Die kundigsten Vertreter des Volkes gingen als Letzte und schrieben die Texte nieder, die sie hinterließen. Im Laufe der Zeit gingen die Einwanderer in anderen Kulturen auf, ihre Geschichte verlor sich nach und nach, und von ihnen blieben nur noch Legenden.«

»Klingt traurig«, sagte Stephanie.

»Richtig. Aber der Fund könnte enorme Auswirkungen haben. Die National Science Foundation schickt ein Team in die Antarktis, um die Stätte zu erforschen. Norwegen ist bereit, uns die Kontrolle über dieses Gebiet zu überlassen. Malones Vater und die restliche Besatzung der NR-1A sind nicht umsonst gestorben. Ihnen haben wir es zu verdanken, dass wir möglicherweise eine Menge über unsere Vergangenheit erfahren werden.«

»Ich bin mir nicht sicher, ob Cotton oder diese Familien sich dadurch besser fühlen.«

»*Studiere die Vergangenheit, wenn du die Zukunft kennen willst*«, psalmodierte Davis. »Konfuzius. Ein guter Rat.« Er hielt inne. »Für uns und für Cotton.«

»Ja, das stimmt«, sagte Daniels. »Ich hoffe, damit ist die Sache vorbei.«

Davis nickte. »Für mich ja.«

McCoy stimmte ihm zu. »Nichts wäre dadurch gewonnen, dass man die Vorfälle an die große Glocke hängt. Ramsey ist weg. Smith ist weg. Kane ist weg. Es ist vorbei.«

Daniels stand auf, trat zu seinem Schreibtisch und griff nach einem Buch. »Das hier kommt ebenfalls aus Ramseys Haus. Es ist das Logbuch der NR-1A. Herbert Rowland hatte Ihnen davon erzählt. Das Arschloch Ramsey hat es die ganze Zeit bei sich aufbewahrt.«

Der Präsident reichte es Stephanie. »Ich dachte mir, Cotton hätte es vielleicht gerne.«

»Ich gebe es ihm«, sagte sie. »Wenn er sich beruhigt hat.«

»Schauen Sie sich einmal den letzten Eintrag an.«

Sie schlug die letzte Seite auf und las, was Forrest Malone geschrieben hatte. *Eis auf seinem Finger, Eis in seinem Kopf, Eis in seinem glasigen Blick.*

»Aus *The Ballad of Blasphemous Bill*«, erklärte der Präsident. »Robert Service. Anfang des zwanzigsten Jahrhunderts. Er hat über den Yukon geschrieben. Cottons Vater war offensichtlich ein Fan von ihm.«

Malone hatte ihr erzählt, wie er den gefrorenen Leichnam gefunden hatte: *Eis in seinem glasigen Blick.*

»Malone ist ein Profi«, sagte Daniels. »Er kennt die Regeln, und sein Vater kannte sie auch. Es ist hart, wenn wir das Handeln von Menschen, das vierzig Jahre zurückliegt, nach heutigen Maßstäben beurteilen. Er muss darüber hinwegkommen.«

»Das ist leichter gesagt als getan«, stellte Stephanie klar.

»Jemand muss Millicents Familie informieren«, sagte Davis. »Sie verdient es, die Wahrheit zu erfahren.«

»Einverstanden.« Daniels nickte. »Ich nehme an, dass Sie das tun wollen?«

Davis nickte.

Daniels lächelte. »Und etwas Gutes hat die ganze Sache auch.« Der Präsident zeigte auf Stephanie. »Sie sind nicht gefeuert worden.«

Sie grinste. »Dafür bin ich ewig dankbar.«

»Ich schulde Ihnen eine Entschuldigung«, sagte Davis zu McCoy. »Ich habe Sie falsch eingeschätzt. Ich war kein guter Kollege. Ich habe Sie für blöd gehalten.«

»Sind Sie immer so ehrlich?«, fragte McCoy.

»Sie waren zu dem, was Sie getan haben, nicht verpflichtet. Sie haben sich für etwas in Lebensgefahr gebracht, was Sie eigentlich gar nichts anging.«

»Das würde ich nicht so sagen. Ramsey hat eine Bedrohung für die nationale Sicherheit dargestellt. Das gehört zu unserer Aufgabenbeschreibung. Und er hat Millicent Senn ermordet.«

»Ich bedanke mich trotzdem vielmals.«

McCoy nickte Davis freundlich zu.

»Also, so habe ich das gerne«, sagte Daniels. »Alle verstehen sich. Wie man sieht, kann ein Ringkampf mit Klapperschlangen auch viel Gutes bringen.«

Die Spannung im Raum legte sich.

Daniels rutschte auf seinem Stuhl herum. »Nachdem das nun geklärt ist, haben wir unglückseligerweise ein neues Problem – eines, das Cotton Malone ebenfalls mitbetrifft, ob ihm das nun gefällt oder nicht.«

Malone schaltete die Lichter im Erdgeschoss aus und stieg in seine Wohnung im dritten Stock hinauf. In seinem Laden war heute viel los gewesen. Es war drei Tage vor Weihnachten, und auf Kopenhagens Wunschlisten schienen überwiegend Bücher zu stehen. Er hatte drei Leute eingestellt, die den Laden geöffnet hielten, wenn er weg war. Dafür war er ihnen dankbar, und zwar so sehr, dass jeder von ihnen ein großzügiges Weihnachtsgeld erhielt.

Er hatte noch immer widersprüchliche Gefühle wegen seines Vaters.

Sie hatten ihn im Familiengrab von Malones Mutter bestattet. Stephanie war gekommen. Pam, Malones Exfrau, war auch da. Gary hatte aufgewühlt reagiert, als er seinen Großvater nun zum ersten Mal sah, wie er dort im Sarg lag. Der Polarkälte und einem geschickten Leichenbestatter war es zu verdanken, dass Forrest Malone so dalag, als wäre er erst vor wenigen Tagen gestorben.

Malone hatte der Navy gesagt, sie solle sich zum Teufel scheren, als diese eine militärische Zeremonie mit allen Ehren vorgeschlagen hatte. Dafür war es jetzt zu spät. Es spielte keine Rolle, dass keiner der heute Verantwortlichen an der unerklärlichen Entscheidung teilgehabt hatte, nicht nach der NR-1A zu suchen. Er hatte die Nase voll von Befehlen, Pflicht und Verantwortung. Was war mit Anstand, Rechtschaffenheit und Ehre? Diese Werte schienen immer dann vergessen, wenn sie wirklich zählten. Wie zum Beispiel, als elf Männer in der Antarktis verschwunden waren und keiner sich darum scherte.

Er kam ins oberste Stockwerk und schaltete ein paar Lampen ein. Er war müde. Die letzten Wochen hatten ihren Tribut gefordert. Zum Schluss war seine Mutter in Tränen ausgebrochen, als der Sarg in die Erde gelassen wurde. Danach waren sie alle noch geblieben und hatten zugesehen, wie Arbeiter Erde ins Grab schaufelten und einen Grabstein setzten.

»*Du hast etwas Wunderbares getan*«, hatte seine Mutter zu ihm gesagt. »*Du hast ihn heimgeholt. Er wäre so stolz auf dich gewesen, Cotton. So schrecklich stolz.*«

Und diese Worte hatten ihn zum Weinen gebracht.

Endlich.

Er wäre beinahe über Weihnachten in Georgia geblieben, hatte dann aber doch beschlossen, nach Hause zu kommen.

Sonderbar, dass er nun Dänemark als sein Zuhause betrachtete.

Doch so war es.

Und es verblüffte ihn nicht mehr.

Er ging ins Schlafzimmer und legte sich aufs Bett. Beinahe dreiundzwanzig Uhr. Er war so was von erschöpft. Er sollte sich nicht mehr auf solche Verwicklungen einlassen, schließlich war er doch genau genommen inzwischen pensioniert. Aber er war trotzdem froh, dass er Stephanie um diesen Gefallen gebeten hatte.

Morgen würde er sich ausruhen. Sonntage waren immer leichte Tage. Die Läden waren geschlossen. Vielleicht würde er nach Norden fahren und Henrik Thorvaldsen besuchen. Er hatte seinen Freund schon drei Wochen nicht mehr gesehen. Aber vielleicht auch nicht. Thorvaldsen würde wissen wollen, wo er gewesen war, und er war noch nicht so weit, alles noch einmal zu durchleben.

Jetzt würde er erst einmal schlafen.

Malone wachte auf und löste sich aus seinem Traum. Die Uhr auf dem Nachttisch zeigte 02.34 Uhr. Noch immer waren in der ganzen Wohnung die Lichter an. Er hatte drei Stunden geschlafen.

Aber etwas hatte ihn geweckt. Ein Geräusch. Es hatte zu seinem Traum gehört – und doch auch wieder nicht.

Jetzt hörte er es wieder.

Drei Knarrlaute in rascher Folge.

Sein Haus stammte aus dem siebzehnten Jahrhundert, war aber vor ein paar Monaten vollkommen neu errichtet worden, nachdem es durch einen Angriff mit Brandbomben abgebrannt war. Seitdem verkündeten die neuen Holzstufen, die vom ersten in den zweiten Stock führten, immer, wenn jemand sie betrat, und zwar in einer abgestuften Reihenfolge wie die Tasten eines Klaviers.

Das bedeutete, dass jemand da war.

Er griff unter sein Bett und fand den Rucksack, den er immer bereithielt – eine Gewohnheit aus seinen Tagen als Agent des *Magellan Billet*. Im Rucksack packte er mit der rechten Hand die Beretta, die schon eine Kugel im Lauf hatte.

Dann schlich er sich aus dem Schlafzimmer.

Anmerkungen des Autors

Dieses Buch war nicht nur für Malone, sondern auch für mich selbst eine sehr persönliche Reise. Während Malone seinen Vater gefunden hat, habe ich geheiratet. Für mich nicht unbedingt etwas Neues, aber eindeutig ein Abenteuer. In puncto Reisen hat diese Geschichte mich nach Deutschland (Aachen und Bayern) geführt, in die französischen Pyrenäen und nach Asheville, North Carolina (das Biltmore Estate). Lauter kalte, verschneite Orte.

Jetzt kommt die Zeit, Fantasie und Realität voneinander zu trennen.

Das streng geheime U-Boot NR-1 (Prolog) ist real und ebenso seine Geschichte und seine Leistungen. Nach vierzig Jahren dient die NR-1 auch heute noch der amerikanischen Nation. Die NR-1A ist meine Erfindung. Es gibt sehr wenige schriftliche Berichte über die NR-1, aber derjenige, auf den ich mich gestützt habe, ist *Dark Waters* von Lee Vyborny und Don Davis, eines der seltenen Zeugnisse aus erster Hand über das Leben an Bord. Der Bericht des Untersuchungsausschusses über den Untergang der NR-1A (Kapitel fünf) ist tatsächlichen Untersuchungsberichten über den Untergang der *Thresher* und der *Scorpion* nachempfunden.

Die Zugspitze und Garmisch sind wirklichkeitsgetreu beschrieben (Kapitel eins), ebenso das Posthotel. Urlaub in Bayern ist wunderschön und die in den Kapiteln dreizehn, dreiunddreißig und siebenunddreißig beschriebenen Weihnachtsmärkte sind zweifellos ein Teil der Attraktion. Die Abtei Ettal (Kapitel sieben) ist mit Ausnahme des Untergeschosses wirklichkeitsgetreu beschrieben.

Karl der Große ist eine Schlüsselfigur dieses Romans. Der dargestellte historische Kontext ist zutreffend geschildert (Kapitel sechsunddreißig) und ebenso Karls Signum (Kapitel zehn). Er bleibt eine der rätselhaftesten Gestalten der Weltgeschichte und trägt noch immer den Titel Vater Europas. Ob Otto III. tatsächlich 1000 n. Chr. das Grab Karls des Großen geöffnet hat, ist umstritten. Der sonderbare Bericht aus Kapitel zehn wurde viele Male weitererzählt – allerdings ist das merkwürdige Buch, das Otto findet, natürlich von mir hinzugefügt. Anderen, ebenfalls überzeugenden Berichten zufolge wurde Karl der Große in einem Marmorsarkophag liegend bestattet (Kapitel vierunddreißig). Mit Sicherheit weiß es keiner.

Einhards *Das Leben Karls des Großen* wird bis heute als eines der großen Werke jener Zeit betrachtet. Einhard selbst war ein Gelehrter und stand Karl dem Großen tatsächlich sehr nahe. Nur die Verbindung der beiden mit den *Heiligen* ist meine Erfindung. Einhards in Kapitel einundzwanzig und zweiundzwanzig zitierten Berichte basieren locker auf Teilen des Buches Henoch (Enoch) – eines alten, rätselhaften Texts.

Operation *Highjump* und Operation *Windmill* liefen ab wie geschildert (Kapitel elf). Beides waren ausgedehnte militärische Operationen. Große Teile davon blieben über Jahrzehnte unter Verschluss und sind bis heute geheimnisumwittert. Admiral Richard Byrd war einer der Leiter der Operation *Highjump*. Meine Beschreibung der technischen Ausstattung, die Byrd mit sich in den Süden führte (Kapitel dreiundfünfzig), ist zutreffend und ebenso der Bericht über seine ausgedehnte Erforschung des Kontinents. Sein geheimes Tagebuch (Kapitel siebenundsiebzig) ist genauso fiktiv wie der angebliche Fund von behauenen Steinen und alten Büchern. Die deutsche Antarktisexpedition von 1938 (Kapitel neunzehn) hat stattgefunden und wurde zutreffend geschildert – einschließlich des Abwurfs kleiner Hakenkreuze auf der Eisfläche. Nur Hermann Oberhausers Entdeckungen sind meine Erfindung.

Die Seiten mit der sonderbaren Schrift (Kapitel zwölf und einundachtzig) stammen aus dem Voynich-Manuskript. Dieses Buch befindet sich in der Beinecke Rare Book and Manuscript Library an der Yale University und wird gemeinhin als die geheimnisvollste Schrift der Welt betrachtet. Es ist noch niemandem gelungen, den Text zu entziffern. Eine gute Einführung in diese merkwürdige Schrift gibt *Der Voynich-Code* von Gerry Kennedy und Rob Churchill. Das Symbol, das zum ersten Mal in Kapitel zehn auftaucht – ein unteilbares Zeichen –, stammt aus dem Buch der beiden und ist eine archetypische Darstellung des Originals, das in einem Vertrag des sechzehnten Jahrhunderts gefunden wurde. Das sonderbare Familienwappen der Oberhausers (Kapitel fünfundzwanzig) kommt ebenfalls aus Kennedys und Churchills Buch und stellt in Wirklichkeit das von Voynich selbst entworfene Familienwappen der Voynichs dar.

Die wahre Erklärung des Terminus *Arier* (Kapitel zwölf) zeigt, wie etwas zunächst Harmloses höchst gefährlich werden kann. Das Ahnenerbe hat es natürlich gegeben. Erst in den letzten Jahren haben Historiker sowohl das dort herrschende pseudowissenschaftliche Chaos als auch die begangenen Gräueltaten enthüllt (Kapitel sechsundzwanzig). Eines der besten Bücher zu diesem Thema ist *The Master Plan* von Heather Pringle. Die in Kapitel einunddreißig aufgezählten internationalen Expeditionen des Ahnenerbes haben stattgefunden und wurden massiv genutzt, um die wissenschaftlichen Fiktionen der Forschungsorganisation zu produzieren. Hermann Oberhausers Arbeit für diese Organisation ist meine Erfindung, aber seine Erfahrung der Diskreditierung nach geleisteter Arbeit entspricht den Erlebnissen historischer Mitarbeiter des Ahnenerbes.

Die Idee einer Ersten Zivilisation (Kapitel zweiundzwanzig) stammt nicht von mir. Viele Bücher wurden darüber geschrieben, aber *Civilization One* von Christopher Knight und Alan

Butler ist ausgezeichnet. Alle Argumente, die Christl Falk und Douglas Scofield für die Existenz einer Ersten Zivilisation anführen, stammen von Knight und Butler. Ihre Theorie ist gar nicht so abwegig, aber der Mainstream der Wissenschaft reagiert darauf so ähnlich, wie er einmal mit der Theorie der Kontinentaldrift umging (Kapitel vierundachtzig). Die naheliegendste Frage bleibt natürlich bestehen. Falls eine solche Kultur existiert hat, warum gibt es dann keine Überreste?

Aber vielleicht gibt es die ja.

Die von Scofield in Kapitel sechzig erwähnten Erzählungen über »gottähnliche« Menschen, die weltweit mit verschiedenen Kulturen Kontakt hatten, gibt es tatsächlich, und ebenso gibt es die unerklärlichen Artefakte und den Bericht über das, was Columbus gezeigt wurde. Noch verblüffender sind das Bild und die Inschrift aus dem Hathor-Tempel in Ägypten (Kapitel vierundachtzig), die eindeutig etwas Außergewöhnliches zeigen. Leider ist jedoch Scofields Anmerkung, dass neunzig Prozent des Wissens unserer Vorfahren auf immer unbekannt bleiben werden, potenziell richtig. Das bedeutet, dass wir vielleicht nie eine eindeutige Antwort auf diese faszinierende Frage erhalten werden.

Die Erste Zivilisation in der Antarktis anzusiedeln (Kapitel zweiundsiebzig, fünfundachtzig und sechsundachtzig), war meine Idee. Ebenso stammen die Ausführungen über das Wissen dieser Zivilisation und ihre begrenzten technischen Möglichkeiten von mir (Kapitel zweiundsiebzig und einundachtzig). Ich habe die Antarktis nicht besucht (sie steht unbedingt ganz oben auf meiner Liste der Orte, die ich noch besichtigen muss), aber ihre Schönheit und ihre Gefahren sind anhand von Berichten aus erster Hand wirklichkeitsgetreu beschrieben. Die Halvorsen-Forschungsstation (Kapitel zweiundsechzig) ist fiktiv, aber die Polarausrüstung, die Malone und seine Begleiter anziehen, ist real (Kapitel sechsundsiebzig). Politisch gesehen bleibt der antarktische Kontinent mit den verschiedenen internationalen Verträgen und einzigartigen Kooperationsregeln kompliziert (Kapitel sechsundsiebzig). Das Gebiet, das Malone erkundet (Kapitel vierundachtzig), steht tatsächlich unter norwegischer Hoheit, und in einigen Texten ist angemerkt, dass es besonderen Umweltschutzbestimmungen unterliegt. Ramseys Unterwasserexpedition ist Zeugnissen von Menschen nachempfunden, die in diesen ursprünglichen Gewässern getaucht sind. Die Trockentäler (Kapitel vierundachtzig) gibt es, allerdings sind sie im Allgemeinen auf den südlichen Teil des Kontinents beschränkt. Die einerseits tödlichen und andererseits konservierenden Auswirkungen großer Kälte auf den menschlichen Körper sind zutreffend geschildert (Kapitel neunzig und einundneunzig). *Ice* von Mariana Gosnell liefert eine ausgezeichnete Beschreibung dieser Phänomene.

Der Aachener Dom (Kapitel vierunddreißig, sechsunddreißig, achtunddreißig und zweiundvierzig) ist einen Besuch wert. Die Offenbarung des Johannes hat bei seiner Errichtung eine Schlüsselrolle gespielt, und das Bauwerk ist eines der letzten aus der Zeit Karls des Großen, das bis heute steht. Natürlich ist meine Eingliederung der *Heiligen* in seine Geschichte nur Teil des vorliegenden Romans.

Die lateinische Inschrift im Dom (Kapitel achtunddreißig) stammt aus der Zeit Karls des Großen und wurde exakt wiedergegeben. Beim Abzählen jedes zwölften Wortes entdeckte ich, dass dabei nur drei Worte herauskamen, da die letzte Zählrunde beim elften Wort endete. Dann ergaben die drei Worte erstaunlicherweise einen Sinn – *das Leuchten Gottes*.

In die Seitenwand des Throns Karls des Großen ist tatsächlich ein Mühlespiel eingeritzt (Kapitel achtunddreißig). Wie es dort hinkommt und warum es dort ist, weiß keiner. Das Spiel war in römischer und in karolingischer Zeit bekannt und wird bis heute gespielt.

Die *Suchfahrt Karls des Großen* mit den verschiedenen Hinweisen, darunter auch Einhards Testament, ist meine Erfindung. Ossau, Frankreich, (Kapitel einundfünfzig) und die Abtei sind ausgedacht, aber Bertrand basiert auf einem wirklichen Abt, der in dieser Gegend gelebt hat.

Fort Lee (Kapitel fünfundvierzig) ist real, das Lagerhaus und die Kühlkammer allerdings nicht. Vor kurzem habe ich mir ein iPhone angeschafft, und so musste auch Malone eines besitzen. Sämtliche Untersuchungen der US-Regierung über paranormale Phänomene und Hinweise auf Außerirdische (Kapitel sechsundzwanzig) wurden während des Kalten Krieges wirklich durchgeführt. Ich habe einfach noch eine weitere hinzugefügt.

Das Biltmore Estate (Kapitel achtundfünfzig, neunundfünfzig und sechsundsechzig) ist einer meiner Lieblingsorte, gerade auch in der Vorweihnachtszeit. Restaurant, Herrenhaus, Village, Hotel und das Grundstück sind realistisch beschrieben. Die Konferenz zur Enthüllung alter Mysterien gibt es natürlich nicht, aber ihre Schilderung beruht auf einer Vielzahl wahrer Veranstaltungen.

Die Piri-Reis-Karte und andere Portolane (Kapitel einundvierzig) existieren wirklich, und jede dieser Karten wirft eine Vielzahl verwirrender Fragen auf. *Maps of the Ancient Sea Kings* von Charles Hapgood gilt als das entscheidende Werk zu diesem Thema. Die Diskussion um den Nullmeridian (Kapitel einundvierzig) hat wie geschildert stattgefunden, und die Entscheidung fiel willkürlich auf Greenwich. Legt man dagegen den nullten Längengrad durch die Pyramiden von Gizeh (Kapitel einundsiebzig), stößt man auf einige faszinierende Verbindungen mit heiligen Stätten auf der ganzen Welt. Das Megalithische Yard (Kapitel einundsiebzig) ist ein weiteres interessantes Konzept, das Übereinstimmungen, die Wissenschaftlern seit langem an alten Stätten der Baukunst auffallen, rational erklärt. Doch der Beweis seiner Existenz wurde bisher noch nicht erbracht.

Dieser Roman stellt einige interessante Möglichkeiten zur Diskussion. Nicht die eines mythischen Atlantis mit rätselhaften Techniken und fantastischer Technologie, sondern einfach nur die schlichte Idee, dass wir vielleicht nicht die Ersten waren, die zu einem intellektuellen Bewusstsein gelangten. Vielleicht gab es andere Völker, deren Existenz einfach unbekannt geblieben ist und deren Geschichte und Schicksal ausgelöscht wurden. Sie könnten zu den neunzig Prozent alten Wissens gehören, das für immer verloren ist.

Ist das weit hergeholt? Unmöglich?

Wie oft haben sich die Behauptungen der sogenannten Experten schon als falsch erwiesen?

Laotse, der große chinesische Philosoph, der vor zweitausendsiebenhundert Jahren lebte und noch immer als einer der brillantesten Denker der Menschheit gilt, hat es vielleicht am besten gewusst, als er schrieb:

Die vor alters tüchtig waren als Meister, waren im Verborgenen eins mit den unsichtbaren Kräften.
Tief waren sie, so dass man sie nicht kennen kann.
Weil man sie nicht kennen kann, darum kann man nur mit Mühe ihr Äußeres beschreiben.
Zögernd, wie wer im Winter einen Fluss durchschreitet, vorsichtig, wie wer von allen Seiten Nachbarn fürchtet, zurückhaltend wie Gäste, vergehend wie Eis, das am Schmelzen ist,
einfach wie unbearbeiteter Stoff.

Dank

Mit jedem meiner Bücher habe ich den wunderbaren Leuten bei Random House meinen Dank abgestattet. Darin mache ich auch diesmal keine Ausnahme. So geht nun an Gina Centrello, Libby McGuire, Cindy Murray, Kim Hovey, Christine Cabello, Beck Stvan, Carole Lowenstein und alle in Marketing und Vertrieb ein herzliches und ehrliches Dankeschön. Außerdem verbeuge ich mich vor Laura Jorstad, die alle meine Romane Korrektur gelesen hat. Kein Schriftsteller könnte sich ein besseres Team von Profis wünschen. Ihr seid alle ohne jede Frage die Besten.

Ein großer Dank geht an die freundlichen Leute in Aachen, die all meine beharrlichen Fragen mit großer Geduld beantwortet haben. Mit seit langem überfälligem Dank möchte ich Ron Chamblin erwähnen, dem die Chamblin Bookmine in Jacksonville, Florida, gehört. Dort führe ich seit Jahren den Großteil meiner Recherchen durch. Es ist ein erstaunlicher Ort. Danke, Ron, dass du ihn geschaffen hast. Danke auch unserer Australierin, Kate Taperell, die mir einen Einblick verschafft hat, wie die Leute »down under« reden.

Schließlich widme ich dieses Buch meiner Agentin Pam Ahearn und meinem Lektor Mark Tavani. 1995 nahm Pam mich als Klienten an und stand dann sieben Jahre und fünfundachtzig Ablehnungen mit mir durch, bevor sie ein Zuhause für uns fand. Was für eine Geduld. Und dann ist da noch Mark. Was für ein Risiko er mit diesem verrückten Anwalt eingegangen ist, der Bücher schreiben wollte!

Aber wir haben es alle geschafft.

Ich schulde Pam und Mark mehr, als ein Mensch in einem einzigen Leben zurückerstatten kann.

Ich danke euch.

Für alles.

Das größte Geheimnis der britischen Krone wird Europa ins Chaos stürzen ...

512 Seiten. ISBN 978-3-7341-0031-4

Cotton Malone will mit seinem Sohn Gary in den Urlaub, als er in letzter Minute einen Auftrag erhält: Er soll den Teenager Ian, der zuvor versucht hatte, ohne Papiere in die USA einzureisen, der Polizei übergeben. Doch statt der vereinbarten Übergabe wird Malone niedergeschlagen und Gary von Unbekannten entführt, Ian kann in letzter Sekunde flüchten. Die Entführer scheinen hinter einem Dokument her zu sein, das nur Ian beschaffen kann und in dem das bestgehütete Geheimnis der englischen Monarchie enthüllt wird. Ein Geheimnis, das eine große Gefahr für den Frieden in Europa bedeutet ...

Lesen Sie mehr unter: **www.blanvalet.de**

Die Wahrheit über die Entdeckung Amerikas wird die Welt verändern …

544 Seiten. ISBN 978-3-442-38279-8

Der preisgekrönte Journalist Tom Sagan deckt in seinen Artikeln unbequeme Wahrheiten aus Brennpunktregionen der Welt auf. Doch als seine Reportage aus dem Nahen Osten als Fälschung angeprangert wird, verliert er über Nacht alles. Was er nicht beweisen kann: Er wurde gezielt sabotiert. Gerade als Sagan dem Ganzen ein Ende setzen will, wird der amerikanische Nachrichtendienst auf ihn aufmerksam. Und plötzlich ist Sagan in eine hoch brisante verdeckte Ermittlung verstrickt, die alles verändern könnte, was die moderne Welt über die Entdeckung Amerikas zu wissen glaubt …

Lesen Sie mehr unter: **www.blanvalet.de**